百年百人
情与事

徐廷华——著

团结出版社

·北京·

© 团结出版社，2025 年

图书在版编目（ＣＩＰ）数据

百年百人情与事 / 徐廷华著 . － 北京： 团结出版
社，2025. 3. － ISBN 978-7-5234-1558-0

Ⅰ . I247.81

中国国家版本馆 CIP 数据核字第 2024BN6332 号

策　　划: 时晓莉
责任编辑: 王　哲
封面设计: 阳洪燕

出　　版: 团结出版社
　　　　　（北京市东城区东皇城根南街 84 号　邮编：100006）
电　　话:（010）65228880　65244790（出版社）
　　　　　（010）65238766　85113874　65133603（发行部）
　　　　　（010）65133603（邮购）
网　　址: http://www.tjpress.com
E-mail: zb65244790@vip.163.com
　　　　　tjcbsfxb@163.com（发行部邮购）
经　　销: 全国新华书店
印　　装: 三河市东方印刷有限公司

开　　本: 170mm×240mm　16 开
印　　张: 31.75　　　　　　　　　　字　　数: 458 千字
版　　次: 2025 年 3 月　第 1 版　　印　　次: 2025 年 3 月　第 1 次印刷

书　　号: 978-7-5234-1558-0
定　　价: 88.00 元
　　　　　（版权所属，盗版必究）

小序

《百年百人情与事》就要付梓了，书名是本书策划编辑时晓莉给取的，像极一个母亲十月怀胎，一朝分娩时给宝宝用心用情取名一样，温馨、可人、靓丽。一位名人曾说，好的书名，已先期占了读书人的一半眼球。同时感谢责任编辑王哲为本书倾注了大量心血。

收辑在这里的百位名人的情与事，均系从多年前发表在各类报刊一百多篇中挑选出的，并于2018年集结成书。书中所写的名人，有社会名流、学者教授、作家诗人、画家、科学家、报人等，都是名震遐迩的人物。他们大都出生于清末民初的更替之交，成长于民国，耀眼于新中国。我以饱蘸情感之笔，写他们甘苦与共的夫妻之爱，记他们鸿雁传书的相恋之旅，述他们琴瑟和谐的美满生活，忆他们悲欢离合的凄美爱情，状他们缠绵缱绻的苦恋之情，歌他们功高德望的事业成就，用我熟悉的散文笔调，倾注一腔热情于笔端。

撰写这些篇什文字，是不能像写小说、散文这样天马行空、凭空想象、随意独创，而是要"读万卷书"，需在浩如烟海、卷帙繁多的书籍中，一点一点的积累资料，东一点西一瓢，是随寒暑晨昏的时间流逝，集腋成裘，厚重了再爬疏打磨，理出人物脉络，分析提炼，斟酌取舍，选取一个新颖的角度。写作中，那一个个灿如群星般的大师们，从我眼帘一一闪过时，也让我领略了他们人生中轰轰烈烈的事业成就、曲曲折折的情感生活，常有所触动、有所感动、有所心动。我竭力使所写之名人其史实力求真实可靠；其文字力求朴素无华，如道家常，如谈心曲。几年下来，不经意间断断续续竟写了一百多篇。2013年刊出几篇后，便收到报社编辑转来的一些读者的信息和邮件，给予由衷地肯定和鼓励。人就是这样，一受到鼓励就更来劲儿了，精气神十足，这也是促使我决心逐一写下去的原动力。

审读完书稿目录，夜已深，四周静籁，只有窗外的寒星闪烁，而我精神仍处亢奋中，意犹未尽。忽然看到电脑桌旁放着一本我尚未看完的英国著名作家狄更斯的名著《双城记》，年轻时看过，记不清已是第几次重温这部经典了，我曾一次次被扉页上的一段话所吸引，上面这样写着："那是最美好的时代，那是最糟糕的时代，那是智慧的年头，那是愚昧的年头，那是信仰的时期，那是怀疑的时期，那是光明的季节，那是黑暗的季节……"我由此想到，本书中这些名人一个个远去的背影，他们在人生的长河中，不也曾走过那峰峦如聚、波涛如怒的时代；那热血偾张、个性飞扬的时代；那新旧碰撞、中西融汇的时代；那大师如云、泰斗雄峙的时代。

一代人有一代人的使命，一代人有一代人的荣光。

是为序。

作者
2018年5月初夏
2024年12月大雪再改

目录

001　　小　序

艺术大师

002　　齐白石：国画大师的画外情感

006　　周信芳与裘丽琳：一曲生死恋歌

010　　潘赞化与潘玉良：一场风花雪月的往事

015　　徐悲鸿：艺术大师的坎坷情路

022　　刘海粟：大画家的情与爱

027　　张伯驹：民国公子的爱情故事

032　　李苦禅：国画大师的"苦禅"人生

036　　冼星海与钱韵玲：战火中的亲密伴侣

041　　蔡楚生与阮玲玉：一段悲情岁月

046　　叶浅予：漫画家的婚姻故事

051　　吴作人与萧淑芳：一对画坛伉俪

056　　曹禺：戏剧家诠释"人生如戏"

061　　启功：书画巨匠一生相濡以沫的爱

066　　黄苗子与郁风：画坛的"神雕侠侣"

072　王洛宾与三毛："西部歌王"的旷世情缘

077　舒适：电影演员情感生活的微波细浪

082　周巍峙与王昆："歌声换来意中人"

086　丁聪与沈峻：漫画家的幽默与爱情

091　吴祖光与新凤霞：灿烂的一束霞光

096　瞿维与寄明：中国乐坛的一对伉俪

100　吴冠中与朱碧琴：一生患难与共相濡以沫

105　吕恩：演绎自己的艺术与人生

109　杜鹏程与张文彬：一首"战地浪漫曲"

114　曲波与刘波：战火硝烟中的坚守与相伴

118　常香玉：豫剧大师鲜为人知的爱情生活

122　朱旭与宋凤仪：平凡岁月中的戏剧伉俪

文坛大家

128　鲁迅："此中甘苦两心知"

133　白薇与杨骚：无言的结局

140　叶圣陶与胡墨林：一生两情相悦

145　张恨水：章回小说家的"啼笑因缘"

150　邹韬奋与沈粹缜：淡然而馨香隽永的恋歌

155　周瘦鹃：一生低首"紫罗兰"

160　郁达夫与王映霞：一段浪漫的风雨情事

165　苏雪林：一生的婚姻悲剧

170　庐隐：命运于她过分残酷

175　朱自清：月下淡淡柳荷风

180　郑振铎：人生的情与爱

186　老舍与胡絜青：相濡以沫的一世情

191　闻一多与高孝贞：一曲人间爱情绝唱

196　俞平伯与许宝驯：琴瑟和鸣相伴一生一世

201　夏衍：与德清的浓浓情结

206　李金发："诗怪"的坎坷爱情路

210　蒋光慈与宋若瑜：革命作家的生死恋情

215　沈从文与张兆和：一段传奇的爱情往事

221　石评梅：民国才女的凄美爱情

226　朱湘："中国济慈"的悲剧人生

231　戴望舒："雨巷诗人"的多舛恋情

237　赵树理：作品中有他生活的影子

241　邵洵美：新月派诗人、出版家的情感漩涡

246　萧乾与文洁若：文学家的浪漫爱情

251　罗洪与朱雯：自甘寂寞的文坛夫妻

256　卞之琳：一生缠绵缱绻的苦恋

262　陈梦家与赵萝蕤：他的欢喜，他的诗

266　宋清如与朱生豪：一生执着的爱情

272　徐迟：一半是火焰一半是海水

276　穆旦与周与良：沉重的苦难与纯真的欢欣

282　汪曾祺与施松卿：爱就是一生为你骄傲

287　魏巍与刘秋华：情结烽烟伴终生

292　闻捷：歌唱爱情的诗人

297　王火：一个有故事的人

302　高莽与孙杰：结缘俄苏文学

著名学者

308　蔡元培：趋于完美又匆匆逝去

313　梁启超：扑朔迷离的婚姻生活

318　陈寅恪与唐筼：白首不相离

323　陈衡哲：中国第一位女教授的美满婚姻

327　刘半农与朱惠：教我如何不想她

332　胡适与江冬秀："不般配"的婚姻，相濡以沫的爱情

337　杨步伟与赵元任："神仙伴侣"的美好姻缘

342　梁漱溟：国学大师的传奇婚姻

347　吴宓："得"与"不得"之间

352　金岳霖：一种至死不渝的情感

357　林语堂："幽默大师"的爱情故事

362　陈西滢与凌叔华：讲述别样人生

367　王力：找到心中知己

371　曹诚英：胡适刻骨相思的一位女性

375　汪静之："湖畔诗人"的尘影往事

380　周培源与王蒂澂：两情相悦恩爱终身

385　梁实秋：一生开放两次的"花"

390　吴晗与袁震：患难与共的生死情

395　钱学森与蒋英："航天之父"的完美婚姻

400　吴健雄与袁家骝："东方的居里夫妇"

404　王世襄与袁荃猷：世间最美好的爱情

409　杨苡与赵瑞蕻：在西南联大收获的爱情

413　王元化与张可："书香伉俪"的爱情故事

418　梁思礼：相伴一生的爱人，钦佩一生的亲人

423　谷超豪与胡和生：数学王国里的一对比翼鸟

428　陈景润与由昆：数学家的绝世之恋

社会名流

434　熊希龄：近代著名教育家的婚姻生活

439　林觉民与陈意映：短暂却永恒的爱情

444　顾维钧：民国第一外交家的传奇婚姻

449　宋子文："民国首富"的恋情

456　罗家伦与张维桢：漫漫情书铺就的百年之好

461　曹聚仁：民国著名报人的情感世界

466　张幼仪：不无凄苦，又不无自豪的一生

471　张茂渊：为心中的人等待一生

476　张友鸾与崔伯萍：幽默报人的恩爱一生

480　浦熙修与罗隆基：无果的爱情

485　费孝通：往事如烟

490　林如斯：美丽如斯的悲剧人生

494　章含之："末代名媛"的人生风雨情

艺术大师

齐白石：国画大师的画外情感

20世纪中国画坛的一代巨擘齐白石，其93载人生极富传奇色彩，以诗书画印名闻后世。而他的感情生活也是风风雨雨，多姿多彩。

遇见高人指点

齐白石，1864年出生于湖南省湘潭县杏子坞村一户穷苦的农民家庭，是家中长子，初名纯芝，字渭清，号白石。

11岁时，齐白石师从叔祖父学做木工，16岁，改学雕花木工，三年后出师，成为当地的雕花名手，有"芝木匠"的美誉。一次他给一家富户雕花，在主顾家无意间见到一部乾隆年间刻的《芥子园画谱》，五彩套印，非常高兴，便一幅一幅地临摹下来，足足画了半年时间。这可以说是他迈向艺术殿堂的起步阶段。那时，他依据《芥子园画谱》雕出的花样开始在乡间盛传，同时，求"芝木匠"画神仙圣佛等画像的乡民也日渐增多，他的画自此名满乡里。

1919年，齐白石经历了人生中的一次动荡，举家迁往北平，在那里以卖画治印为生，时与徐悲鸿、罗瘿公、林风眠等过从频繁。此时他结识了一生中也是最重要的一位友人——陈师曾。两人的关系后来被人概括为"没有陈师曾就没有齐白石，没有齐白石也就没有陈师曾"。

齐白石在绘画艺术上受陈师曾影响甚大，是各方面造诣都很高的现代绘画大师，白石的人品、绘画、诗句、书法、篆刻，无不出类拔萃。特别是他画的虾堪称画坛一绝。齐白石从小生活在家乡的水塘边，常钓虾玩。青年时开始画虾，40岁后临摹过徐渭、李复堂等明清画家画的虾，63岁时齐白石画虾已很相似，但还不够"活"，便在碗里养了几只长臂虾，置于画案，日日观察，力求深入表现虾的形神特征，画虾之法也因此而变，虾成为齐白石代表性的艺术符号之一。

齐白石画虾之所以能表现出虾的形态——活泼、灵敏、机警、有生命力，盖因齐白石掌握了虾的特征，所以画起来得心应手。寥寥几笔，用墨色的深浅浓淡，表现出一种动感。一对浓墨眼睛，脑袋中间用一点焦墨，左右二笔淡墨，使虾的头部变化多端，硬壳透明，由深到浅。而虾的腰部，一笔一节，连续数笔，形成了虾腰节奏的由粗渐细。

齐白石的画，反对不切实际的空想，他经常注意花、鸟、虫、鱼的特点，揣摩它们的精神。他曾说："为万虫写照，为百鸟张神，要自己画出自己的面目。"他对每幅画的题句非常讲究，诙谐巧妙，他画的两只小鸡争夺一条小虫，题曰"他日相呼"；一幅《棉花图》题曰"花开天下暖，花落天下寒"；《不倒翁图》题曰"秋扇摇摇两面白，官袍楚楚通身黑"。

1927年，声名鹊起的齐白石开始任教于北京艺术专科学校，学校更名为北平艺术学院后，他被民国史上最年轻的美院校长林风眠聘为教授，专职教授花鸟，在校极受尊敬，进而确立起自己的画坛地位，此时已有《白石老人画选》二集、《三百石印斋纪事》九册陆续出版。

婚姻连遭多舛

在齐白石12岁时，家里就为他收了一个童养媳陈春君。15岁，齐白石学做木匠；19岁出师，成家。陈春君也成了他的第一任夫人。婚后，陈春君任劳任怨，喂猪养鸡，料理家务。后来齐白石改行习画，陈春君也全力支持。

1919年，因家乡盗匪四起，57岁的齐白石去了北平，住在法源寺，以卖画、刻印为生。陈春君带着孩子留在家乡。一次，陈春君来到北平，看到丈夫只身在外，生活无人照料，出于中国传统女性的慈善之心，便主动为齐白石物色了一个18岁的胡宝珠做侧室。胡宝珠对陈春君非常尊敬，把她看成像自己母亲一样，一时传为佳话。

1940年，陈春君在湘潭老家病故，一生养育了5个孩子。齐白石闻讯悲恸欲绝，在老妻灵前哭得死去活来，并撰一挽联：怪赤绳老人，系人夫妻，何必使人离别；问黑面阎王，主我生死，胡不管我团圆。

第二年，在亲朋好友劝说下，齐白石将胡宝珠扶为正室。胡宝珠为齐白石生了四个儿子和三个女儿，第七个孩子良末是在齐白石78岁时所生，齐白石自以为是最后一个孩子，所以取名良末，没想到齐白石83岁时，胡宝珠又怀孕了，在生第八个孩子时不幸难产去世，时年43岁。

在与胡宝珠二十多年的相处中，胡对齐白石照顾有加，两人感情甚好。而且，天资聪慧的胡宝珠受齐白石影响，也喜爱上了绘画。闲来无事，齐白石有时会指点胡宝珠绘画，有时也会站在夫人身后，静静地欣赏夫人作画。极具绘画天赋的胡宝珠经过勤练，加上有丈夫的指点，画艺精进。

一次，齐白石看到画桌上有一幅《群鹅图》，以为是自己所作，即挥笔署款，并连用三印。过了一天，他再仔细品味这幅画时，却发觉自己弄错了，此画原来是夫人的临摹之作。于是，他题跋更正：此小幅乃宝珠所临。后来，胡宝珠又作了一幅《群虾图》拿给丈夫品评。齐白石欣赏之余竟喜忧参半。喜的是夫人竟有此突出成就，可以达到以假乱真的地步；忧的是，恐人在世面上说齐白石作画由夫人代笔，让人认为连"借山馆"出来的画也不可靠了。"借山馆"，是齐白石的书房名。

胡宝珠作画纯为消遣，当她得知丈夫的心事后，从此便搁下了画笔。夫妻恩爱之情可见一斑。齐白石感激的同时也很内疚，于是，他在《群虾图》上题款："此幅乃内人宝珠画，可与予乱真……"题毕，觉得意犹未尽，又加题："予使宝珠弃画，因恐人猜疑替老夫代作"，道出了胡宝珠弃画的真正原因。

胡宝珠陪伴齐白石生活了二十多年，为了爱。她放弃了自己的所好，演绎了一段夫唱妇随的伉俪佳话。但没想到，当了二十余年侧室的胡宝珠结婚两年之后，竟也因故而逝，让风烛残年的白石老人受到沉重打击。

胡宝珠去世后的第二年，84岁的白石老人不耐孤寂，有意续弦，朋友又为他介绍曾任北京协和医院护士长的夏文珠，老人一见十分满意，决定结婚，却遭到儿女们的强烈反对，老人无奈，只好和夏文珠协商，以护士名义留下来，做一位"有实无名"的白石夫人。夏文珠到齐家的时候，大约四十四五岁，身材高挑，面容姣好，又有文化，极得老人宠爱。谁知这位夏文珠恃宠而骄，时常对老人发小脾气闹别扭，进入齐家七年之后，大约在1951年春的一天，夏文珠和老人又一次闹别扭负气出走了，老人起初并未在意，可是，时间一天一天过去了，夏文珠竟然没有回来。

画坛享誉殊荣

新中国成立后，自称"中国长沙湘潭人也"、初为雕花匠阿芝的齐白石，被中央人民政府文化部授予"人民艺术家"的称号，获得了同辈画人中最高的荣誉。

1951年，齐白石为祝贺亚洲与太平洋地区和平会议在京召开，创作了"百花与和平鸽"，歌颂人类进步事业，并于1956年荣获世界和平理事会颁发的国际和平奖金。1952年受聘为中央美术学院名誉教授，被推选为文学艺术界联合会主席团委员。1953年，被选任中国美术家协会主席。1954年，齐白石以高龄当选为第一届全国人大代表，同年举办齐白石绘画展览会。著有《借山吟馆诗草》《白石诗草》《白石印草》《白石老人自传》等。出版有《齐白石全集》等画集近百种。

1957年，北京中国画院成立，公推齐白石为名誉院长。9月16日，一代大师病逝于北京。享年93岁。

周信芳与裘丽琳：一曲生死恋歌

周信芳是我国著名京剧表演艺术家。他在几十年的舞台生涯中，以其精湛的表演艺术，塑造了宋士杰、徐策、萧何、宋江等众多性格鲜明的人物形象。他开创的"麒派"不仅是京剧老生的重要流派，而且对其他行当、其他戏曲剧种的表演艺术也有较大影响。

而声名鹊起的周信芳在20世纪20年代末，一桩与富家名媛裘丽琳的自由恋爱，更是倾城上海滩，成为一时舆论的中心。

两情相悦

周信芳，1895年出生于江苏清江浦（今淮安市淮安区）。名士楚，字信芳。父母均为春仙班演员。6岁时，周信芳随父居于杭州，从陈长兴练功学戏。7岁登台演《铁莲花》中的定生，艺名"七龄童"。1907年在上海演出，改用"麒麟童"，此后一直沿用此名。与梅兰芳、高百岁、谭鑫培、李吉瑞、金秀山等人同台演出，演技渐趋成熟，名声渐响。人称"麒派"。

1923年，上海基督教会慈善机构举办一场冬赈游园义卖会。周信芳作为邀请来的贵宾，也参加了这次义卖会。经主持人介绍，周信芳相识了当时社交界首席名媛18岁的裘丽琳。那时周信芳28岁，已有二十多年的艺龄，他的"麒麟童"的艺名早已传遍大江南北。

裘丽琳是上海裘天宝银楼的三小姐，正值妙龄，是母亲的掌上明珠，长期接受的是西方教育。在当时上海滩时尚人士中，她是第一个梳"油条"发式者。富裕的家庭背景和出众的外貌，使裘丽琳无论在何种社交集会出现，必定艳压群芳，由于她的美貌和魅力，她的追求者源源不断。

然而在裘丽琳眼中，她只敬羡一个人，那就是周信芳。早在她第一次看周信芳在《鸿门宴》中出演谋士张良时，便对他英俊飘逸的形象产生好感。以后一直都是周信芳表演艺术的"超级粉丝"和崇拜者，直到她生命的终点。

其实那个时候的周信芳很红，看上他的妙龄女郎也不止一两个，可是他总是尽力躲开她们。

这次相识，两人一见钟情，互生情愫。从此周信芳与裘丽琳演绎了一场生死与共、刻骨铭心的情爱恋歌。

终成伉俪

门第不同的恋情总是曲折的，一个是名伶，一个是富家千金。

尽管周信芳与裘丽琳顶着世俗的压力恋爱着，私下约会时也是小心翼翼，可天下没有不透风的墙，两人自由恋爱的消息还是被透露了出去。有近十家小报用各种醒目的标题在主要版面竞相报道花边新闻，把他们的恋情添油加醋，传播得沸沸扬扬。

裘丽琳的母亲看到这些消息，犹如当头一棒，她怎么也想不到自己最宠爱的小女儿竟然会和一个操"贱业"的戏子恋爱。周信芳的名声纵然再大，但在当时的上流社会看来，他终究不过是一个"戏子"，况且周信芳又曾有过妻室，尽管一年前已离异，但这对家世显赫的裘家来说绝对是一件很不光彩的事情。

为了斩断女儿与周信芳的联系，裘母将女儿关在了家中，不准她单独离开大门，并积极地为女儿寻找婆家。就这样，裘丽琳和周信芳被严密隔离了近半年。但在这半年中，裘丽琳在家里仍心心念念着周信芳，她写信托人外出时投入邮筒，通过这个方式，她和周信芳依然保持着联系。

半年后，裘家为裘丽琳订下了天津一户门当户对的亲事，开始为她筹备嫁妆。就在这个时候，裘丽琳趁着家人看管懈怠之际，收拾了一点细软，穿着睡衣拖鞋逃离了家，与周信芳坐火车私奔去了苏州。

周信芳曾经在苏州的戏院里演出过，对苏州颇为熟悉，下车之后，他没有去找大旅馆，而是找了一家僻静干净的小客栈安顿裘丽琳，登记时用的是假名，两人以兄妹相称。因为第二天还有他的戏码，因此把裘丽琳安顿好以后，周信芳连夜赶回上海。临别时，周信芳十分细心地叮嘱她千万别离开自己的房间，自己第二天再赶回苏州看她。

此时，那边的裘家发现裘丽琳不见了，迅速派人去各大旅店和火车站、轮船码头明察暗访，搜寻裘丽琳和周信芳的踪迹。得知他们去了苏州后，裘家连夜带着家中的仆人、朋友赶赴苏州，几乎将苏州城翻了个遍，也没找到周、裘两人的影子。此时去苏州的人却得知"麒麟童"正在上海演戏的消息，一头雾水，一无所获，就又匆匆赶回了上海。

两个星期后，裘丽琳回到了上海，此时，她已做好了与家庭决裂的准备。不久之后，裘家登报宣布与裘丽琳脱离母女关系。此后的几年，每逢大年初一，裘丽琳都会以出嫁女儿的规矩去家中拜年，她的母亲却坚持不见。直到裘丽琳的第三个孩子出生后，出于对外孙们的疼爱，加之婚姻已木已成舟，时过境迁，怨愤也渐渐疏淡，她的母亲才接受了女儿和女婿。不久，周信芳和裘丽琳在上海新亚饭店举行了盛大的婚礼。那天，裘丽琳按照西方习俗，穿上代表纯洁的婚纱，而周信芳则穿上笔挺的燕尾服。这个时候，他们已经是三个孩子的母亲和父亲了。

相爱一生

1937年7月7日，卢沟桥事变爆发，在抗日期间，许多有气节的艺人停演、罢演，梅兰芳大师蓄须明志。周信芳则坚持在舞台上演宣传抗日的戏。他自编自演了《徽钦二帝》和《明末遗恨》。这就是周信芳在抗日期间向敌人投的两颗"艺术炸弹"。在《明末遗恨》中有一段对白把国民党当局的腐败无能揭露得淋漓尽致，观众无不拍手称快："骂得好！"当念到"商女不知亡国恨，隔江犹唱后庭花"时，台下总是响起阵阵掌声。出演《徽钦二帝》时徽宗有两句对百姓的唱词"只要万众心不死，复兴中华总有期"。为此周信芳受到了恐吓。可是他对同仁们说，我们不要被他们的威胁吓倒，我们演我们的戏。

新中国成立后的1952年，周信芳出演经典剧目《徐策跑城》。当时周信芳一定不知道，这出剧目正是他日后"文革"时期的遭遇。

时光荏苒，转眼真到了那个撕心裂肺的日子。

1965年，中国大陆上一场政治风暴正在酝酿中，山雨欲来风满楼，人们逐渐感受到了这场政治风暴的可怕和毁灭性。11月中旬，上海《文汇报》刊登了一篇题为《评新编历史剧〈海瑞罢官〉》的文章，作者是姚文元。从那时起，只要是歌颂过这位清官的戏剧、小说等各种文艺作品都遭到了批判。周信芳1959年创作的《海瑞上疏》和《海瑞罢官》讲述的都是为民请命的清官海瑞的故事。自然也在劫难逃。

此时，周信芳家的四个子女都不在国内。1947年时，裘丽琳将她的大女儿送到美国留学，其余三个子女也在50年代分别出国。周信芳夫妇是有机会离开中国大陆去香港的，但他们没有去。裘丽琳曾去香港、美国探亲，那时，要在香港或美国定居，她完全可以趁这个机会一走了之，但她牵挂着在上海的周信芳，她和周信芳一样热爱共产党、坚定地相信共产党，所以并没有在域外多停留，而是如期回到了上海。自此之后，周家的苦难便接踵而至。

几年来，裘丽琳身体一天比一天衰弱。在周信芳被关进监狱之后的1968年3月27日，这位大家闺秀与世长辞。在她生活了六十三年的生活舞台上隐没了，没有灯光，没有花篮，没有掌声，没有谢幕，甚至没有丈夫陪伴左右，就像一粒悄然熄灭的灰烬。

1975年3月8日，一代京剧大师周信芳也与世长辞。三年后的1978年8月16日，周信芳得以平反昭雪，中宣部为其举行了隆重的追悼会。1995年，裘丽琳、周信芳骨灰被合葬在上海龙华烈士陵园。

潘赞化与潘玉良：一场风花雪月的往事

1913年底，上海法租界渔阳里3号举行了一场婚礼，宾客只有陈独秀夫妻两人，新郎是陈独秀同乡好友，芜湖海关监督潘赞化；小他十岁的新娘叫陈秀清，即人们后来所熟知的中国著名油画家潘玉良。

出自一种同情

潘赞化，1885年出生于安徽桐城，他早年参加过孙中山组织的"兴中会"和徐锡麟的"安庆起义"，失败后流亡日本，进入早稻田大学攻读兽医专业。辛亥革命胜利后，潘赞化回到国内，投奔革命党出身的安徽督军柏文蔚，1913年被任命为芜湖海关监督。监督自古就是个重要的官职，新官上任，地方上的大员纷纷朝拜潘赞化，生怕得罪了这位大爷而断了自己的财路。

潘赞化其实是"五四"时代的一个新青年，常为当时颇有影响的《新青年》撰稿，对官场上那些恶习早就深恶痛绝。一次他应邀参加宴会，看着这些地方官员请来的歌妓，唱着靡靡之音，他尽显无奈，但他不会想到在那众多的歌妓里面，有一个人正在注意他，并从他的眼神里看出了这种厌倦之意。

注意他的人叫潘玉良。潘玉良原名陈秀清、张玉良，1895年出生在江苏扬州。8岁之前父母相继去世，沦为孤儿，只好投靠舅舅，在舅舅家过了五年饱受欺凌的生活。14岁那年，潘玉良被好赌的舅舅卖到安徽芜湖城中的一座怡春院成了一名雏妓。她本来就不是那种风尘女子，相貌更谈不上出众，肤色较黑。但为了生计，只好在那里过着昏暗的生活，她心里只有两个念头：一是自己攒钱赎身，二是希望有人能替她赎身，这是她活下去的唯一信念。

此时潘玉良虽注意到有双眼睛在看她，却无心顾及，依旧在角落里拨动琵琶，慢启朱唇，唱着深沉的曲子。

这曲子声音凄凉委婉、悲伤，宴会上新上任的海关监督潘赞化被打动了。这一切让在场的达官贵人们都看在眼里，自然看出了潘赞化的欢喜，巴结他的会长随即在宴会后让老鸨安排人把潘玉良送到潘家。

当老鸨说这个姑娘可以以二百银圆赎身时，出于对潘玉良身世的同情，潘赞化当即派人送了银票过来。潘玉良的命运就是在这一瞬间得到了转变。她做梦也没想到，自己此后的人生会因为这个男人而发生彻底的改变，并促使她成为一名著名的旅法画家。

潘玉良跟着潘赞化回到潘府，潘赞化一时犯了难，不知如何安置她。送她回去，无疑把她重新推回火坑，于是先留她住了一两天，便对她说："过几天，我送你回老家扬州吧，做一个自由人。"

潘玉良一听，哭了起来："回扬州，我一个孤苦女子，无依无靠，我愿终身侍奉大人。"

潘赞化却不同意，一是他自己早已听从父母之命在老家结了婚，如果再娶潘玉良，也只能让她做妾了，这不公平。但潘玉良铁了心，表示不在乎。二是潘赞化不认为他是从心里喜欢潘玉良的，只是心生怜悯举手之劳的事，大可不必以身相许，正所谓没有感情基础的婚姻不能儿戏。但潘玉良只求安身立命，什么爱情、什么婚姻、什么名分都是次要的，能不回妓院就是她最大的奢望。

看着潘玉良这番固执，潘赞化的心也就软了下来，把她留在了家里。潘赞化是个文化人，本身就是一个有才华的诗人。他请了一些老师来教潘玉良读书习画。一番相处下来，两人日久生情，潘赞化眼里的潘玉良待人友善、知书达理；而潘玉良眼里的他则是风度翩翩，虽身居高位但言谈举止文雅，生活习性也是琴棋书画，这让潘玉良颇为心动。

就这样原来只是萍水相逢的两人在生活中感受到了乐趣，半年后，潘赞化决定正式娶潘玉良为妾，由大名鼎鼎的陈独秀做证婚人，从此她便有了一个新的名字：潘玉良。这便出现了文章开始的情景。

悉心培养爱好

早年，潘赞化在父母的安排下与一位表妹成婚，这位原配妻子人称方氏，与潘赞化育有一个女儿。潘赞化与潘玉良的结合，让身在老家的方氏有所耳闻。潘玉良自己不愿意生育孩子，但出于对潘赞化的考虑，她做出了一个决定。背着潘赞化以丈夫的名义给身在安徽桐城的方氏写去一封书信，信的内容是潘赞化希望方氏能够来上海同住。方氏接到信后误以为是潘赞化的要求，便起身带着幼女来到上海。潘赞化后来与方氏生下的儿子起名叫潘牟。

方氏与潘玉良相处得较为融洽，对潘牟，潘玉良视如己出，把母爱都倾注在潘牟身上，照顾他的日常生活和起居，很多年后，潘牟在给潘玉良的信中都是以"亲爱的吾妈"为称谓，可见他也是非常亲近潘玉良的。

在和睦的家庭生活中，潘赞化感觉潘玉良聪颖蕙质，对绘画有特殊爱好和天赋，遂为其延师授教，悉心培养。正当他们开始憧憬美好生活的时候，潘赞化的仕途却开始出现了危机。因为他的秉公执法导致当地很多官商的利益受损，潘赞化自然受到了排挤，后来新任安徽都督倪嗣冲免去了潘赞化芜湖海关监督一职，随后一家人便再次寓居上海。在上海潘赞化依旧不忘培养潘玉良。1920年，潘玉良考入刘海粟创办的上海美术专科学校，后又在潘赞化的资助下赴法国留学。

结婚这么多年，潘玉良与潘赞化第一次面临不知归期的分别。送别的那一天，两人在上海黄浦江码头上站立许久，潘赞化没有太多的话语。离去之前他从口袋里掏出一条鸡心的金项链，上面镶嵌着两个人的照片，所有的情感，所有的言语此刻都凝聚在这条小小的项链之上。随着一声沉闷的汽笛声，加拿大皇后号邮轮拍击海水缓缓离港，码头上，潘玉良望着丈夫的身影渐渐地模糊了。

心系丈夫赞化

潘玉良在法国先后在里昂中法大学、巴黎国立美专习画，与徐悲鸿是同窗。1925年，游学于意大利国立罗马美术学院油画班、雕塑班。其间她的习作油画《裸体》获得了意大利国际美术展览会金奖。1928年初，潘玉良回国，相继任上海美专西画系主任，国立中央大学油画教授，多次举办个人画展，名震画坛。

1937年抗战爆发，潘玉良再度旅法，其画作多次在法国、瑞士、意大利、希腊、比利时等国巡回展出，法国政府及博物馆、英国皇家学院均有珍藏。其中巴黎国立现代美术馆收藏她的雕塑作品有《张大千头像》和水彩画《浴后》。西方画坛誉其为绘画、雕塑两艺齐名的艺术家。

而潘赞化后来带着家小辗转于重庆，于1940年回到桐城故里，开始倾心致力于家乡的教育事业。他在任桐城孟侠中学校长期间，为家乡办了两所小学。一所是"黎阁小学"，用他祖父的名号命名的，就设立在潘家楼后面的大横山脚下。另一所是"木崖小学"。

抗战胜利后，潘玉良准备回国与潘赞化团圆相聚，一是夫妻间的思念之情，二是此时潘赞化的原配夫人已经去世，但遗憾的是随着内战的爆发，两人在战乱中失去了联系，潘玉良想回国的事只能搁置了，直到新中国成立后两人才恢复了联系，但又随着中法两国外交关系中断，潘玉良又失去了一次归国的机会。但这一次，却是永别。

多年后，潘玉良在寄给潘赞化的一首小诗里这样写道："狭路思难行，异域一雁声。露从今夜白，月是故乡明。"潘赞化喜爱菊花，与丈夫相隔天涯的潘玉良时常以画菊来寄托自己的相思之情。

在巴黎，潘玉良时常关心着祖国，她生活不算苦闷，常会帮助那些贫苦的留学生，谴责那些侵略者，要求归还中国的艺术品，始终保持着自己特立独行的风格，她给自己定了三条规矩：一是不加入外国籍。二是不恋爱。三是保持创作独立，不与任何画商合作。

因为她的特立独行，还有当时市场上对她的画风并不认同，导致她后来生活十分窘迫，只能靠当时法国政府的救济金度日。

新中国成立后，潘赞化担任安徽省文史馆馆员。1959年，潘赞化在安徽病逝。潘玉良得知消息，伤心欲绝，却无法回国。她感激潘赞化的付出和包容。没有他，不可能有今天的潘玉良。她对这个男人，唯有感激，却无以回报。她在巴黎异常的孤独，晚年唯一的寄托只有画画，从异乡的梦里醒来，相见的却不是故人。

1976年，病中的潘玉良在给儿子潘牟的信中这样写道："我的精神很痛苦，老想祖国。你喜欢吃我做的红烧肉，等我身体好了，就回来做给你吃……只要回去，我的病就好了。"然而潘玉良终究没能回来，临终前潘玉良嘱托友人将当年潘赞化赠送给她的项链和怀表归还给潘赞化的后人。

潘玉良的一生是不幸的，年幼的她承受着太多的伤痛。而她又是幸运的，她遇到了那个改变她命运的人。晚年的她又是一个孤独的敏感者，她的一生，就像一部电影，每一个镜头，都有她不屈的印记。

1977年7月22日，命运多舛的潘玉良在法国巴黎病逝。1983年，在多方的努力下，潘玉良四千余件遗作被运回中国，分别于安徽省博物馆、桐城县博物馆展出。

徐悲鸿：艺术大师的坎坷情路

徐悲鸿是中国现代著名画家，美术教育家，中国现代美术的奠基人。作为一代艺术大师的徐悲鸿，他的画驰名中外，他的生活也丰富多彩。在他的身后曾萦绕过三位杰出女性的身影，在坎坷曲折的情感历程中，她们都把自己最美丽的那段人生献给了徐悲鸿。

一见钟情的蒋碧微

徐悲鸿是江苏宜兴人，1895年出生，原名寿康。父亲徐达章能诗、工书画，一家八口就靠其卖画为生。徐悲鸿9岁从父学画，17岁先后在家乡三所学校担任美术教师。此时父母为他订了门婚事，他从心里就不满意，遂离家出走。后被父亲抓回家中完婚。第二年生下儿子吉生，可惜这孩子却未能"吉生"，不久就和他的母亲双双因病去世。

妻儿逝世后，徐悲鸿离开家乡去上海，进了震旦大学法文专修科。此时，经一位同乡的引荐，他去拜访同在上海的宜兴老乡蒋先生。蒋在上海复旦公学（复旦大学前身）当教授，其女儿蒋碧微（一作碧薇）随父亲从宜兴来到了五光十色的大上海。

蒋碧微那时叫蒋棠珍，1899年生。由于蒋家在宜兴是名门望族，她自幼就受到良好的教育，且天生丽质。13岁时就由父母做主与苏州查家订下了亲事。

蒋碧微没见徐悲鸿之前，就曾多次听大人们议论过徐悲鸿，在蒋碧微心里，徐悲鸿早就是个与众不同的特殊人物了。当徐悲鸿到她家里时，蒋碧微特意找了个借口到大厅里看了他一眼。徐悲鸿见到蒋碧微时，只是礼节性地打了个招呼，甚至没敢多看她一眼。

后来徐悲鸿经常到蒋家来，蒋碧微一家看徐悲鸿一人在外，也给予了他很多照顾。有一天，蒋父在蒋母面前夸奖徐悲鸿，说他人品才貌都难得，将来一定是个可造之才。最后，蒋父感慨地说："要是我们再有一个女儿就好了。"说这话的用意很明显，因为当时蒋家的大女儿已经出嫁，二女儿蒋碧微也和查家定了亲。如果再有一个女儿，很显然，父亲希望能有这样一位才貌出众、画艺高超的女婿。父亲说这话时，蒋碧微就在边上，她装作若无其事，其实句句都听在心里，对她的震动非常大。同时，徐悲鸿在上海拼搏奋争的故事，以及他矢志上进的毅力，都让蒋碧微对他产生了深深的爱慕和钦佩。

爱情就是这么微妙。徐悲鸿一次次地到蒋家来，明着是拜访蒋先生，实际是想多见见蒋碧微，两人眉目间已暧昧丛生了。

一天，蒋碧微家的一位亲戚突然来到蒋家，他把蒋碧微叫到一旁，神秘兮兮地问她："现在有个人，想带你到国外，你去不去？"听他这么一问，蒋碧微的脑子里立刻就映出了徐悲鸿的影子，她的心怦然一跳，恍惚觉得，自己面临人生中一次最重要的选择。这位亲戚低声告诉蒋碧微说，他说的这个人就是徐悲鸿，他最近要到法国留学，很想带她一起去。蒋碧微从心里一直对徐悲鸿存有好感和爱慕，再加上她一直想逃避查家马上要到来的迎娶，所以脱口而出："我去！"一个封建大家庭出身的小姐不顾徐悲鸿出身寒微而且还刚刚丧妻，毅然以身相许，由此可见青年徐悲鸿对她的吸引力。她把未来的理想和希冀，都寄托在了徐悲鸿的身上。

1917年5月14日凌晨，徐悲鸿带着蒋碧微乘坐日本"博爱丸"海轮驶往长崎。开启了日后两人几十年的爱恨交加的人生之旅。翌年11月，徐悲鸿带着蒋碧微来到了巴黎，这次他以公派留学生的身份进了法国国立最高艺术学校。在赴法以前，徐悲鸿的绘画艺术已有相当造诣，此番入学更是废寝忘食地潜心学习。

1921年，徐悲鸿夫妇在中国驻德国公使馆的一次酒会上结识了青年画家张道藩，没人会想到，随着这位青年的出现，中国近代史上一出悲悲切切、如泣如诉的情感大戏也拉开了序幕……

张道藩出身书香门第，一身才气，英俊潇洒，他是伦敦大学美术院有史以来的第一位中国留学生。他到德国旅行的时候，听说徐悲鸿也在柏林，便去拜访这位同道，谁知这次会面给他留下最深印象的不是徐悲鸿而是蒋碧微，蒋碧微的风姿和气质令张道藩怦然心动。

从这之后张道藩便以他特有的细腻，不断向蒋碧微投以关怀。1926年2月，蒋碧微收到张道藩寄来的一封信，他正式向蒋碧微求爱。这封信使蒋碧微陷入了痛苦的境地，她犹豫不决。想想自己18岁跟徐悲鸿私奔，从日本到欧洲，来欧洲这些年，丈夫把全部精力都放在了艺术上，对自己缺少关爱，夫妻两人经常会因生活琐事发生争吵。而张道藩的温存要远远胜过自己的丈夫，热情且体贴。但最终，蒋碧微还是理智地回绝了张道藩。张道藩在极度失望中回国，之后与在法国巴黎认识的姑娘素珊结了婚。这一时期徐悲鸿以蒋碧微为模特创作的《琴课》《箫声》等多幅作品，不知倾倒了多少人，一幅幅饱含深情的作品见证了这对夫妻的恩爱。

1927年10月，徐悲鸿和蒋碧微从欧洲回国。两个月之后，他们生下了一个儿子，第二年他们又添了个女儿。

节外生枝的孙多慈

回国后的徐悲鸿正值壮年，精力充沛，他已成了声名显赫的大画家，前途一片光明。而蒋碧微在经历了欧洲生活的洗礼之后见多识广、风姿绰约，思想境界全面升华。人们似乎看到了这对夫妻在经历了十年艰辛之后，苦尽甘来美好新生活的开始。然而好景不长，随着一个人的出现，徐悲鸿和蒋碧微的家庭危机全面爆发了。这个人就是孙多慈。

孙多慈，又名韵君，端庄秀美，颇具艺术气质。她出身于安徽寿县的书香名门，祖父孙家鼐曾任清廷大臣，声名显赫。父亲孙传瑗饱读诗书，在东南五省联军总司令孙传芳麾下任秘书。孙多慈自幼酷爱丹青，1930年投考中大艺术系，竟以绘画满分被录取，师从徐悲鸿。

孙多慈初见徐悲鸿是在徐的画室，徐悲鸿很快发现了孙多慈与众不同的绘画才华和悟性，大为赏识。认为如此出众的女学生实在不多见，就格外用心培养。徐悲鸿有时会在课余时间约孙多慈来画室观摩，并为她个人画像，时时得到这位风华绝代的艺术大师的呵护与关照，日子一长，一场艰难而痛苦的"师生恋"拉开了序幕。

徐悲鸿曾画了一幅《台城月夜》的油画，背景是玄武湖畔的台城，画中，悲鸿席地而坐，孙多慈则侍立一旁，脖颈间洁白的纱巾随风飘动，天边高悬一轮皓月，意蕴清幽，师生情谊跃然于画幅之中。

1931年初的一天，蒋碧微陪同朋友去徐悲鸿的画室参观，一进门，她就看到了两幅画，这两幅画令她脸色大变。一幅是徐悲鸿为孙多慈画的肖像，另一幅为《台城月夜》。

看到这两幅画蒋碧微没有吵闹，在外人面前她尽量让自己显得温淑贤惠，她平静地提出要将这两幅画带走。她对徐悲鸿说："你的画我不会毁掉，但这两幅画只要我活着，就不能公开。"

她对丈夫的婚外情早有耳闻，便指使人对孙多慈进行人身攻击。不是把她的名字写在黑板上，加上不堪入目的秽语加以诋毁，就是用刀把孙的画作捅破，并恫吓她："我将像对付这张画一样对付你！"

这年年底，徐悲鸿在南京傅厚岗的公馆建成，徐悲鸿为自家公馆取名为"危巢"。作为学生的孙多慈给老师送了一份贺礼，她别出心裁，选了一百株枫树苗，让人栽在了老师家的院子里。

这真是一个绝好的礼物，孙多慈想让这些树苗与老师相互凝望，天天成长。

聪明的蒋碧微，对这种挑衅和入侵，不动声色做了处理。时间不长，有一天徐悲鸿从上海为张大千祝寿归来，一进院子他就愣住了：所有的枫树苗都不见了，取而代之的是桃树、梅花等观赏类植物。徐悲鸿面对此情，痛心无奈，遂将此公馆称为"无枫堂"，称画室为"无枫堂画室"，并刻"无枫堂"印章一枚纪念，钤盖于那一时期他创作的所有画作上。

这一时期，徐悲鸿为孙多慈画了一幅《睡猫图》，题道："寂寞谁与语，昏昏又一年。"这幅画笔墨精湛，题句含情脉脉。徐悲鸿深爱着孙多慈，但他对蒋碧微也还是很有感情的，他迟迟没有下定决心要与蒋碧微离婚。

抗战爆发后，孙多慈一家和徐悲鸿一家都迁往桂林，徐悲鸿这才犹犹豫豫地在报纸上刊登了一条启事，声明与蒋碧微脱离关系，他的目的是想借这条启事向孙家逼婚。为了八年苦恋能修成正果，徐悲鸿已经顾不得蒋碧微的感受了。刊登完启事，徐悲鸿就托好朋友向孙家提亲，不料却被孙老先生骂个狗血喷头，给撵了出去。没过几日，孙家便收拾行装，离开桂林去了丽水。不久，孙多慈便由郁达夫的夫人王映霞牵线，嫁给了大她13岁的浙江省教育厅厅长许绍棣，后育有两子。

许绍棣给了孙多慈生活上的安稳，但徐悲鸿却始终是她生命里最重要的男人。1946年，春雨绵绵中的南京，孙多慈旧地重游，她独自徘徊于鼓楼傅厚岗公馆和当年上学的中大校园，心情惆怅而痛苦，往事幕幕，物是人非。她心中挚爱的人只有徐悲鸿。同年，当孙多慈听说徐悲鸿娶了廖静文时，特意画了一幅红梅送给老师，在画上题道："倚翠竹，总是无言；傲流水，空山自甘寂寞。"这也是她内心的写照。

1949年孙多慈随许绍棣到了台湾，她先后到美国、法国从事美术研究，后来担任了台湾师范大学艺术学院院长，在艺术上取得了很高的成就。

1953年9月，徐悲鸿在北京去世，在美国的孙多慈听到消息后当场昏了过去，她闭门哭了三天，并且为导师戴了三年的大孝。

1975年2月13日，孙多慈弥留之际，问今天为何日，闺中密友吴健雄（著名物理学家）告诉她翌日是情人节，孙多慈眨动了一下眼睛，之后她用手指在吴健雄掌心，费力地画动着。然吴健雄并不知道她要表达的是什么，但她立即猜出，孙多慈最后想说的，或者说最后在她掌心留下的，可能是"慈"和"悲"

两个字。因为徐悲鸿每作完画作，极爱用一方细朱文闲章，其印文就是"大慈大悲"。

陪伴终身的廖静文

徐悲鸿在失去孙多慈之后，便到新加坡、印度等地待了三年。1942年6月，徐悲鸿回到了重庆，他又回头去找蒋碧微，承认过去的一切都是自己的错，表达了倦鸟归林之意，希望夫妻破镜重圆。

而在徐悲鸿与孙多慈相恋的过程中，张道藩始终陪在蒋碧微的身边，在重庆的蒋碧微几乎每天都收到张道藩从南京寄来的信，满纸情话、缠缠绵绵，蒋碧微与张道藩爱得如火如荼。这时她的心早已经不再属于徐悲鸿了，她有了新的归属。两人和好已经是根本不可能的事。

遭到蒋碧微的拒绝后，徐悲鸿便于1942年12月远走广西桂林。在桂林，徐悲鸿为中国美术学院招考一名图书管理员，当时在"抗战文艺演出团"合唱队的廖静文报了名，徐悲鸿亲自面试，廖静文被录取了，这年她19岁。

徐悲鸿对廖静文十分欣赏，而廖静文对徐悲鸿是万分崇敬，两人很快成了情侣。徐悲鸿和廖静文相恋的消息马上成为绯闻，这时候蒋碧微虽然已经爱上了张道藩，但她还是徐悲鸿的合法妻子，她坚决反对徐悲鸿和廖静文的交往。

蒋碧微把廖静文与徐悲鸿相恋的事写信告诉了廖静文的父亲和姐姐，家人向廖静文发出了最后通牒。廖静文只好给徐悲鸿留下了一封绝交信，不辞而别。

眼看着自己喜欢的又一个女人也将离去，徐悲鸿心碎欲绝，他在廖静文即将登船的那一刻，及时留住了廖静文。这之后，徐悲鸿亲自赶到贵阳见了廖静文的家人，并且举行了正式的订婚仪式。同时他还在贵阳《中央日报》上刊登了两份启事，一份是与蒋碧微断绝关系的启事，另一份是与廖静文的订婚启事。

1945年的最后一天，12月31日，在经历了二十多年的痛苦煎熬之后，徐悲鸿和蒋碧微终于在重庆协议离婚，徐悲鸿答应了蒋碧微提出的所有条件，送给蒋碧微一百万的赡养费和一百幅自己的画。同时，他还将在法国留学时期以蒋碧微为模特创作的油画《琴课》也送给了蒋碧微。

在徐悲鸿与蒋碧微离婚一个月之后，徐悲鸿和廖静文在重庆举行了婚礼，证婚人是大文豪郭沫若和"七君子"之一的沈钧儒。这时徐悲鸿52岁，廖静文24岁。

徐悲鸿与廖静文苦恋三年，终成正果，但他们在一起仅仅生活了七年。徐悲鸿曾经深情地对廖静文说："我真正找到了我所爱的人，除了你，没有人会对我有这样的爱情。我要把我最珍爱的东西都送给你。"后来他在很多作品上都补题了："静文爱妻保存。"

1953年9月26日，徐悲鸿去世。廖静文将徐悲鸿作品一千二百多件，还有徐悲鸿一生节衣缩食收藏的历代名画一千二百多件、碑帖、美术资料全部捐献给了国家。

廖静文担任徐悲鸿纪念馆的馆长，她用自己的行动为徐悲鸿做了一生的守候。2015年6月16日晚，廖静文在北京的家中逝世，享年92岁。

后来蒋碧微和张道藩一同去了台湾，但是，她最终也没有成为张道藩的妻子，她和张道藩保持了31年的恋人关系。此后蒋碧微独居20年。1953年9月徐悲鸿去世，蒋碧微得到消息，她泪断如珠，她身边一直珍藏着早年她与徐悲鸿同在巴黎时购买的怀表，她把徐悲鸿写给她的信，哪怕是一张小纸片，也都完好地保存到晚年。

后来蒋碧微写出了著名的回忆录《我与悲鸿》和《我与道藩》，《我与悲鸿》纯粹叙事，对徐悲鸿多为指责；而《我与道藩》情深意长，微词甚少。这其实恰恰反映了蒋碧微的内心：她始终将徐悲鸿看作自己的丈夫，以妻子之心，求全责备；而对张道藩则是以情人的心理宽恕一切。1978年蒋碧微在台北逝世。

刘海粟：大画家的情与爱

刘海粟，在中国画坛是一位久负盛名的现代杰出画家、美术教育家。1912年创办上海美术专科学校，首创人体"模特儿"教学。这一艺术创新，当时被人责骂为"艺术叛徒"，但却得到蔡元培等学者的鼎力支持。1949年刘海粟出任南京艺术学院院长。他一生充满传奇色彩，其情感和婚姻更是为人所注目。

逃婚到上海

1896年，刘海粟出生于江苏常州，刘家在当地是一个封建大家族。刘海粟从小就酷爱书画，6岁便进了私塾。15岁那年，父亲刘家风为他包办了一桩婚姻，让他和林姓富商的女儿林佳结婚，但刘海粟执意不肯，就在新婚当夜，当时还是刘家小少爷的刘海粟便逃婚来到了上海，进入画家周湘主持的背景画传习所学西洋画。

1912年11月，刘海粟在上海乍浦路创办现代中国第一所美术学校——上海国画美术院（上海美术专科学校前身），自任校长，招收了徐悲鸿、王济远等高才生，并冲破种种封建势力和偏见，敢为天下先，首创男女同校，开设用人体模特和旅行写生。被人称为"艺术叛徒"，刘海粟从来不是一位循规蹈矩的画家，也不是一位温文尔雅的画家，他的艺术血脉中，奔腾着的是"破坏"的血液。同时也是创造的血液。在20世纪的中国画坛，刘海粟既是一位"破坏"者，又是一位创造者。1918年到北京大学讲学，并第一次举行个人画展，受到蔡元培、郭沫若的称赞。

画模张韵士

自刘海粟在上海美专正式推出使用女裸体模特，开设模特写生课后，一位17岁的少女进入刘海粟的视野，她就是张韵士。张韵士是美专学校的画模，两人一见钟情，认识不久便结了婚。

张韵士是一位温柔贤惠的女子，善于持家，却不善交际。与刘海粟结婚后，一直在背后默默无闻地支持着丈夫。在此期间，没有后顾之忧的刘海粟，在艺术创作上取得了很大的成就。《披狐皮的女孩》就是其早期的油画作品之一，画中的女子就是以张韵士为画模的。

1929年，刘海粟带着张韵士一起赴欧洲考察美术，遍访、游览法国、意大利、瑞士等国的名胜，三年间创作近百幅美术作品，曾两次入选法国秋季沙龙、蒂勒黎沙龙，受到巴黎美术界的好评。曾与毕加索、马蒂斯等画家交游论艺。巴黎大学教授路易、拉洛拉著文赞誉刘海粟是"中国文艺复兴大师"。1930年比利时政府聘请刘海粟任比利时独立百年纪念展览会美术馆审查委员，其国画作品《九溪十八涧》获荣誉奖，并出版画册《海粟油画》。

美女成家和

1931年刘海粟和张韵士一起回国。也就在这期间，刘海粟和一个叫成家和的少女产生了感情。

因为刘海粟渐渐在张韵士身上找不到当初那种一见钟情的激情，觉得婚姻生活越来越平淡乏味。出于张韵士的温柔贤惠、知书达理，没有任何可挑剔之处，另外刘海粟毕竟是一校之长，多少要顾及自己在学生中的自我形象和威信。于是，在与成家和相识之初，面对成家和的热情，刘海粟尽可能地回避，并极力压抑着自己内心的情感。

成家和也是上海美专的学生，担任学生会主席，她办事果断，善于交际。刘海粟评价她"较之一般的女孩子，她是很美的，不仅她的容颜和体型，风度、神韵皆美"。

1933年元旦，美专迎来21周年校庆，在师生联欢舞会上，被誉为校花的成家和，身边围着一群翩翩少男，但成家和却始终在人群中寻觅着校长刘海粟的身影。刘海粟的目光也早已被成家和漂亮的身姿所吸引，但他却假装没有看见，只是机械地和夫人张韵士走着舞步。这时，大胆的成家和却突然来到刘海粟面前，热情地对刘海粟说："刘校长，能请您跳个舞吗？"

那一夜，刘海粟和成家和在优美的舞曲声中，跳了一曲又一曲，如醉如痴，就像天造地设的一对情侣。舞会结束后，刘海粟去找自己的妻子，这才发现张韵士早就走了，他心里不禁生出一丝愧疚。

不久，刘海粟向张韵士坦白了自己与成家和的婚外情。张韵士对此并不吃惊，善解人意的张韵士主动提出分手。这年的金秋十月，刘海粟和成家和在南京结婚，这是他的第三段婚姻，7天后，新婚的刘海粟携妻开始了第二次欧洲之行，刘海粟40岁时，成家和为他生下了一个女儿。

情感的破裂

抗战爆发后，刘海粟在南洋举办画展，筹赈灾款，支援国内抗战。由于疏于对妻子成家和的关照和看顾，夫妻关系产生裂痕，1943年，成家和离家出走，后两人离婚。

刘海粟在其晚年回忆这段往事时说："成家和从一个清苦的女学生，成为美专校长的妻子，很快适应了那种所谓上流社会的交际生活。其实，我虽有虚名，生活却并不充裕，尤其无法满足家和对物质生活的迫切要求。实际上，我们结婚不久，就开始暴露出夫妻之间有一点小小的隔膜。……当抗战开始后，我去南洋募捐，后来战事吃紧，我在新加坡等地住了几年，和上海断了半年多音讯。她竟然抛弃了我和儿女，带走了我的藏画和我自己画的一些精品，在上海一个地方躲藏起来。当然，这件事的前因后果，在我来说，也有不足之处，因战争关系，国内和新加坡通讯困难，邮路周折，我没有留下充足的安家费，又不能及时汇寄，也没有及时请朋友辗转帮助，总以为她很能干，会渡过难关的。这一段时间，她在生活上是十分艰难的，何况她又过不惯清贫的生活，加上第三者乘虚而入，终于凤离故桐，另栖他枝了。"

刘海粟说的第三者，就是萧乃震。萧也是刘海粟的朋友，且是晚辈。1938年，刘海粟出访南洋时，托萧乃震照看家属。1942年上海租界沦陷后，刘海粟从新加坡辗转回上海探家，想带成家和及子女远走天涯，谁知破家犹存，人去楼空了。这个结果是刘海粟做梦都没想到的。

结伴夏伊乔

就在刘海粟精神生活倍感孤寂的时候，又一位女性走进刘海粟的情感生活。

1944年，刘海粟和在南洋时收的一名年轻貌美的女弟子夏伊乔在上海结婚，这是他的第四任妻子，在刘海粟的情感世界里，夏伊乔被他称为"恢复春天生机的人"，是"人间难得一知己"。

夏伊乔善良贤惠，很快就把家治理起来，耐心地照应前妻的几个孩子。婚后，他们又生下3个孩子，这几个孩子和他们的哥哥姐姐相处得很和睦。更重要的是夏伊乔支持丈夫的艺术事业。

1957年，刘海粟被错划为右派，无论环境、条件怎样恶劣，夏伊乔总是安慰刘海粟："你不要去多想它，应该把精力放到你的事业中去。"当得知刘海粟的第二任妻子张韵士生活不便、无人照料，夏伊乔就把她接到家里来住，把她当作大姐姐照看，长达13年。张韵士晚年卧病不起，夏伊乔亲手喂她吃，帮她擦身洗脚，直到其去世。

"文革"中，刘海粟不断遭受批斗，家被抄十多次，一幢三层楼的大宅子，被毁坏一空，夏伊乔从地上捡起仅存的一些被撕破的宣纸，擦擦干净，供刘海粟写字作画用。还装作若无其事地说："一切都是身外之物，不用想，你是艺术家，真正的艺术是砸不掉的、抢不走的。"有时，夏伊乔还借口刘海粟年龄大，顶替他去批斗。在最艰难的岁月里，夏伊乔显示出了异常的勇气和胆识，寸步不离地陪伴着丈夫一步步走过那段辛酸的时光，并坚定了刘海粟继续从事艺术创作的信心。

"文革"后的1979年、1983年，文化部、中国美术家协会先后两次举办"刘海粟美术作品展览"。这期间，刘海粟历任南京艺术学院院长、名誉院长、教授，上海美术家协会名誉主席、中国美术家协会顾问、全国政协常务委员会委员。1981年意大利国家艺术学院聘任他为院士，并颁赠金质奖章。英国剑桥国际传略中心授予"杰出成就奖"、意大利欧洲学院授予"欧洲棕榈金奖"、美国传略研究所授予"伟大成功大使"称号。

刘海粟和夏伊乔相伴终老。1994年刘海粟去世，享年98岁；2012年夏伊乔去世，享年96岁。

（载《金陵晚报》2016年5月3日）

张伯驹：民国公子的爱情故事

与张学良、溥侗、袁克文一起被称为"民国四公子"的张伯驹，是一位集收藏鉴赏家、书画家、诗词学家、京剧艺术研究家于一身的一代艺苑宗师。著有《丛碧词》《氍毹纪梦诗注》等书。1982年2月26日病逝时，艺术大师刘海粟说："丛碧词兄是当代文化高原上的一座峻峰。从他那广袤的心胸涌出四条河流，那便是书画鉴藏、诗词、戏曲和书法。四种姊妹艺术互相沟通，又各具性格，堪称京华老名士，艺苑真学人。"

不甚美满的三位夫人

张伯驹，字家骐，号丛碧。1898年生于河南项城一个官宦世家，系张锦芳之子，袁世凯的表侄，过继其伯父张镇芳。

张伯驹自幼天资聪慧，7岁入私塾，9岁能写诗，享有"神童"之誉。曾与袁世凯的几个儿子同在英国人办的一所书院读书。毕业后，张伯驹进入袁世凯的陆军混成模范团骑兵科受训，并由此进入军界。后曾在曹锟、吴佩孚、张作霖部任提调参议等职。因不满军阀混战，1927年起投身金融界。历任盐业银行总管理处总稽核，南京盐业银行经理、常务董事，秦陇实业银行经理等职。

张伯驹十五六岁时由养父张镇芳包办娶了安徽亳州女子李氏，她父亲曾任安徽督军。在嫁给张伯驹之前两人并没有什么交往，更谈不上有什么感情。张伯驹是在不愿意、不甘心的情况下与她结合的，她没有让张伯驹感到有欣赏、有爱的条件，也不能侍候、照顾张伯驹的生活，所以她和张伯驹一直没有建立起真正的感情，而且结婚多年也没有生儿育女。1939年李氏故去时，张伯驹都没有回天津家里见她最后一面。

张伯驹的第二位夫人邓韵绮原是北京的京韵大鼓艺人，韵绮的名字是张伯驹给起的。张伯驹的儿子张柳溪曾讲述父亲这段婚姻："我大妈当年是唱得好的京韵大鼓艺人，我上大学时她已经四五十岁了，仍断不了哼唱几句。她的长相不算娇艳，也不太善于打扮自己，穿着绸缎衣裳也不比别人更美，当年主要是唱红了。她到底是出身贫寒，所以很会料理家庭生活，她能把我父亲在北京的生活安排料理得很好，北京家里的管家和厨师也能够按照我父亲的需要随时侍候，做出令我父亲满意的丰盛菜肴。"

张伯驹的第三位夫人王韵缃是苏州人，名字也是张伯驹起的。"我姥爷从家乡外出做工在北京安了家。我父亲经过大中银行职员的介绍看中了我妈妈，就在北池子一带弄了一套小院，给我姥姥一笔钱，娶了我妈。他给我妈起名叫王韵缃，不久以后我妈妈就怀孕了，我爷爷奶奶早就盼望有个孙子，知道我妈妈怀孕后，就把我妈接到天津家里与我爷爷奶奶同住。妈妈生下我之后，爷爷奶奶为了让妈妈照顾好我，也为他们能看着我长大，就没有再让我妈回北京，而是留在了天津家里，留在了爷爷奶奶的跟前。"张柳溪在《父亲张伯驹的姻缘》中这样回忆。

20世纪20年代末，张伯驹被委派去上海任盐业银行总管理处总稽核时，三夫人王韵缃是准备随行的，但此时王韵缃已管理张府全家的家务，最终没能成行，这一念之差，让张伯驹到上海后邂逅了潘素。

琴瑟和鸣的伉俪

潘素原名白琴，是前清著名状元宰相潘世恩的后代。其父潘智合是个纨绔子弟，移居上海后游手好闲，家产被其挥霍一空。其母沈桂香亦出自名门，为潘素聘请名师，促其工女红、习音律、学绘画。潘素13岁时，母亲病逝，继母王氏给她一张琴，将她卖入风月场所。

说起张伯驹与潘素两人的结缘，据张伯驹的好友孙曜东回忆介绍："张伯驹在盐业银行任总稽核，每年到上海分行查账两次，来上海就先找我。后来就撞上了潘素，两人英雄识英雄，双双坠入爱河。但此时潘素已经名花有主，和国民党的一个叫臧卓的中将已到了谈婚论嫁的程度，谁知半路杀出了个张伯驹。潘素此时决定跟定张伯驹，而臧卓岂肯罢休？于是臧把潘素'软禁'了起来，在汉口路的一品香酒店租了间房把她关在里面，不许露面。潘素无奈，只好每天以泪洗面。而张伯驹此时心慌意乱，因他在上海人生地不熟，对手又是个国民党中将，硬来怕惹出大乱子，只好来找我。我那时候年轻气盛，为朋友敢于两肋插刀。趁天黑我开出一辆车带着张伯驹，先到静安寺路上的静安别墅租了一套房子，然后驱车来一品香，买通了臧卓的卫兵，知道臧不在房内，急急冲进去，潘素已哭得两眼桃子似的。两人顾不上说话，赶快走人。我驱车把他俩送到静安别墅，对他们说：'我走了，明天再说。'其实明天的事伯驹自己就有主张了：赶快回到北方，就算没事了。"

就这样，世上又多了一对神仙眷侣，潘素与张伯驹结婚的时候是20岁，在张伯驹的大力栽培和她的努力之下，她成为著名的山水画家。婚后潘素的画作常常有张伯驹的诗词书法相配，可谓是珠联璧合、琴瑟和鸣。

张伯驹晚年所写的《瑞鹧鸪》："姑苏开遍碧桃时，邂逅河阳女画师，红豆江南留梦影，白苹风末唱秋词。除非宿草难为友，那更名花愿作姬，只笑三郎年已老，华清池水恨流脂。"即是追忆他与潘素情定三生的情景。

无偿捐献不带走一片云彩

1948年邓韵绮与张伯驹离婚，1952年王韵缃也和张伯驹离了婚。只有潘素留在了张伯驹身边，陪伴他度过了坎坷的一生。

潘素在新中国积极投入新生活，与何香凝一起创作了几十幅山水画，为抗美援朝作画义卖，何夸奖潘的画壮美、有气势。她与著名画家胡佩衡等合作绘制

《大好河山图》献给毛主席；她与齐白石等合作绘制了《普天同庆》，庆祝中华人民共和国成立三周年；她的《漓江春暖》得到周恩来总理的称赞，认为"有新气象"。其山水画《临吴历雪山图》被赠送给了英国首相；所临摹隋展子虔的《游春图》，在中国文化代表团访问东京时，被赠予日本天皇。潘素的名字一时在美术界传颂。到了晚年，更是蜚声海外，张大千称其画"神韵高古、直逼唐人。谓为杨升可也，非五代以后所能望其项背"。

张伯驹一生醉心于古代文物，致力于收藏字画名迹。他自30岁开始收藏中国古代书画，初时出于爱好，继而以保存重要文物不外流为己任，他不惜一掷千金，虽变卖家产或借贷亦不改其志。

1956年，故宫博物院收到了一份极为珍贵的大礼：著名收藏家张伯驹及其夫人潘素，将其三十年所收藏的珍品——包括陆机的《平复帖》、杜牧的《张好好诗》、范仲淹的《道服赞》以及黄庭坚《草书》等8幅书法，无偿捐献给国家，表现了崇高的爱国情操和无私的奉献精神。这些古代书画极品都是故宫博物院的镇院之宝。

1965年，张伯驹将《百花图》以及所剩的其他古书画共计三十多件藏品捐献给吉林省博物馆（即吉林省博物院）。当时吉林省有一位叫宋振庭的文化官员，握住张伯驹的手说："张先生一下子使我们博物馆成了富翁了。"

在两人结合四十年后，年近八旬的张伯驹到西安女儿家小住，与老妻暂别，写下深情款款的《鹊桥仙》送给潘素："不求蛛巧，长安鸠拙，何羡神仙同度。百年夫妇百年恩，纵沧海，石填难数。白头共咏，黛眉重画，柳暗花明有路。两情一命永相怜，从未解，秦朝楚暮。"在张伯驹眼中，潘素依旧是四十年前认识的那个明媚鲜艳的、弹琵琶的女子。

1982年2月26日，张伯驹逝世，享年84岁。十年后的1992年4月16日潘素因病医治无效在北京逝世，享年77岁。

2011年6月19日上午，在景色秀丽的什刹海后海南沿26号张伯驹潘素故居，举行了"张伯驹潘素故居纪念馆"启动仪式的新闻发布会。张伯驹潘素夫妇的唯一爱女张传綵将这一私人遗产捐出，建立一座向公众开放的故居纪念馆。

有人说，当今中国像张伯驹一样有钱的并不很少，然而，有张伯驹一样才情、气节和胆识的却真是绝了。

"视勋名如糟粕，看势利如尘埃"，是张伯驹一生的写照。即便在"文革"中遭受不公正待遇，张伯驹依然保有一份放达之心。黄永玉说："余生也晚，然前贤文章轶事，亦有幸涉猎，故于伯驹先生行趾极生兴趣，乃知今世有如斯大妙人，实千秋江山之福祉也。"

（载《金陵晚报》2017年2月7日）

李苦禅：国画大师的"苦禅"人生

我国著名的大写意画家李苦禅，原名李英杰。苦禅，是他的法名，此后一直以法名行世。新中国成立后，画界朋友劝慰李苦禅，如今苦尽甘来了，您老可以改"苦禅"为"乐禅"，他听了说："人不能忘本，俺还是叫苦禅吧！"因为他心里始终铭记着自己一步步走过的艰辛人生路。

发妻肖氏中风身亡

李苦禅，1889年出生在山东高唐县的一个普通农民家庭。自幼喜欢绘画。还在聊城二中上学时，李苦禅就由父母包办，与一位不相识的大他6岁的"肖美人"结了婚，二人完全是奉"父母之命，媒妁之言"结合的，志趣相异，毫无感情。

1919年李苦禅只身来到北平求学，因举目无亲，身无分文，只好落脚于慈音寺，靠从舍粥棚里取粥度日。考入北平大学勤工俭学会后，他参加了由徐悲鸿主持的业余画法研究会，免费学习素描。1922年转入北平国立艺专，跟随齐白石学水墨画，成为齐门的第一名弟子。因生活贫苦，他白天上课，晚上拉人力车挣钱，腊月里还穿着夹袍。有一次他去八达岭写生，带的干粮吃光了，便沿路讨饭。终因饥饿倒在路边，幸亏一位好心的车把式，把他架到马车上拉回京城。

李苦禅为了生存和求学，学习宋代的范仲淹，每天熬上半锅杂面粥，等冷了用筷子划成三块，每顿饭吃一块。在艺专上炭画课，每个学生会发一个馒头，用来粘画坏了的炭画，李苦禅则小心翼翼地画，绝不让一根线条出错，省下馒头当饭吃。后来当了教授，每念及那些贫寒的学生，总会资助学子，而自己生活还是很清苦。李苦禅刻苦学画的精神，得到了齐白石的赞扬。齐白石特地送给他一方

"死不休"印章，要李苦禅"丹青不知老将至，画不惊人死不休"。

1926年冬，李苦禅回家处理父亲的丧事时，与7年未见面的妻子相见，两人曾提到离婚之事，但为了保住李家门风，彼此忍受着，不料翌年冬，肖氏中风身亡，留下一个女儿李嫦由肖氏娘家抚养。

第二次婚姻妻子红杏出墙

1928年，齐白石又收了一位女弟子凌嵋琳，她是著名电影导演凌子风的大姐。凌嵋琳出身书香门第，苗条秀美，眉宇间却凝着几分孤傲。凌嵋琳因画与李苦禅相识相熟起来，对眼前这位耳闻已久的刚正朴实的师兄，怀有一种敬重和深深的爱慕。她深为他画中显露出的磅礴大气和平实淡泊所慑服，不久便参加了李苦禅创办的"吼虹画社"。画社的每次活动，凌嵋琳都很热心，经常早早来帮助师兄整理画案、打扫卫生，并爱上了李苦禅。

1930年的仲秋，李苦禅与凌嵋琳的爱情果实终于成熟，他们在一片祝福声中幸福地结合了，婚后他们搬到阜成门内柳树井2号的凌嵋琳家居住，度过了一段浓情蜜意的生活。然而不久，二人有了矛盾，在苦水中长大的农民的儿子李苦禅与书香门第出身的凌嵋琳的差距渐渐显露出来了，且越来越大。

李苦禅整天忙着和一帮画友、票友作画说戏，从没有时间陪凌嵋琳逛过公园或下一次饭馆。最使凌嵋琳恼火的是，他们住的那两间小屋整天宾客不断，不管是拉洋车、蹬三轮的，还是练武的、卖泥人的，李苦禅经常和他们一聊就是大半天，晚了就留人家在家过夜，把凌嵋琳赶到岳母屋里去睡。

凌嵋琳理想中的夫妇生活应是花前月下般的诗情画意，而现实让她感到越来越乏味，当初笼罩在李苦禅身上的让她感到神秘炫目的光环没有了，她现在看到的是实实在在的土得只会说"俺"的李苦禅。

恰在这时，一个叫张若谷的青年闯进了他们的生活。张若谷人长得英俊，但生活穷困潦倒，最初拜访李苦禅是为了向他学习绘画。一向待人热诚的李苦禅真诚地接待他，经常留他在家吃住。日子一久，凌嵋琳对婚姻的失望和哀怨引起了张若谷的注意。1930年春，李苦禅应林风眠的邀请，出任杭州艺专国画系教授。这给张若谷更多的可乘之机，他以向凌嵋琳请教画艺为由，往李家跑得更勤了。日久天长，滋生爱意，使得凌嵋琳寂寞的心田得到滋润。

1934年秋，李苦禅忽然接到一封匿名信，打开信封一看，是两张剪报，一张是离婚启事："凌嵋琳与李苦禅因志趣不合，夫妻感情实难维系，特此登报离婚。"另一张是结婚启事："张若谷与凌嵋琳已于上周正式结婚，组建家庭。至亲好友不及一一通知，特此敬告。"苦禅的心被这两则启事撕碎了，他立即请假回北平，不料雪上加霜，他被校方解聘了，只好领了薪水，挥泪告别杭州艺专。

第三任妻子恩爱相伴

李苦禅被两次婚姻伤透了心，他心灰意冷，很长时间不愿谈及感情之事，直到1942年春，在济南买画时，经人介绍，结识了李惠文。

李惠文1918年生，出身贫寒，文静漂亮，是济南画家李省三的养女。刚从德州博济医院高级护士学校毕业。相同的命运、相同的出身把他俩的心拉近了，这年11月，二人在济南芙蓉饭店举行了婚礼，婚后恩恩爱爱，育有一儿两女，一直持续到他生命的终结。

新中国成立后，北平艺专改名为中央美术学院，不料学院个别领导给李苦禅以不公正的待遇，让他"半工半教"，后来竟调离教师队伍，当起了工人，每月只发12元工资，朋友叹气："苦禅，苦禅，你什么时候才能离开'苦'呢！"在凌子风的提醒下，李苦禅给毛主席写了反映自己情况的信，1950年8月26日，中央美院徐悲鸿院长收到了毛主席的来信："悲鸿先生：有李苦禅先生来信，自称是美术学院教授，生活困难，有求助之意。此人情况如何，应如何处理，请考虑示知为盼。"几天后，毛主席的秘书田家英又去会见了李苦禅，不久，苦禅的教授职务恢复了，工资由12元提高到62元。

1962年，李苦禅去北京画院参加一个国画界的活动，不期然遇到了他的前妻凌嵋琳，然而这次见面让两人都极为痛苦，凌嵋琳与张若谷结合没多久，也分手了。后来凌嫁给天津一位画家，自己则在天津美院教书，和李苦禅一样是桃李满天下的老师。1968年"文革"期间，凌嵋琳惨遭迫害，个性刚强的她不能忍受种种侮辱，跳楼自杀了……

　　"文革"中，李苦禅也受到残酷迫害，多次遭到批斗。这时，李苦禅又想给毛主席再写一封信，报告自己的境况，请他来解救。可李苦禅看到整个国家都处在动乱状态，于是打消了此念。

　　1972年，周总理为保护老画家，组织画家给国宾馆画画。苦禅开始给钓鱼台国宾馆、外交部、北京饭店、民族饭店等处义务作画，两年多共画了三百多幅画。

　　"文革"后，李苦禅青春焕发，先后绘出《红梅怒放图》《晴雪图》等巨制，以抒发无限喜悦之情。他画的画成为"国礼"，邓小平出国对日本进行访问时，带了苦禅画的一幅题为《鸟语花香》的画，送给日本友好人士。他还为邓颖超出国访问画了《兰花》一幅，送给泰国领导人。李苦禅传世作品有《盛荷》《群鹰图》《兰竹》《芙蓉》《秋节风味》等。1978年出版《李苦禅画辑》。

　　李惠文一直积极支持李苦禅的艺术事业与美术教育事业，休戚与共，陪伴李苦禅左右。

　　1983年6月10日晚，李苦禅照例临帖练腕。在看新闻联播时，发布的一则廖承志的讣告令他甚哀，喃喃自语良久。子夜时李苦禅心脏病猝发，于翌日凌晨一时逝世，享年84岁。1986年李惠文将李苦禅的遗作精品三百余件与文物字画珍藏品数十件无偿捐献给国家。2009年11月25日，李惠文在北京复兴医院辞世，享年91岁。

（载《金陵晚报》2017年2月12日）

冼星海与钱韵玲：战火中的亲密伴侣

冼星海是我国现代音乐史上一位卓有成就的作曲家，他以澎湃的激昂、鲜明的民族特色，写出了震惊中外乐坛的音乐。1938年创作的《黄河大合唱》等歌曲，鼓舞了全国军民抗日，有"人民音乐家"之称。

在前往延安途中结为夫妻

冼星海，1905年出生于广东番禺一个贫苦的渔民家庭。在他出生前，父亲冼星泰已经去世，襁褓中的小星海，跟随母亲到澳门，投靠以捕鱼为生的外祖父。幼年时，珠江上纤细委婉的船娘曲、粗犷低沉的民谣、亲切优美的渔歌，令冼星海异常着迷。溽暑退去时，他在江畔上行走，静静地听，累了，便躺在堤坝上，撑起腮帮子，情不自禁地"咿呀呀"学着哼唱。在外祖父的帮助下，小小年纪的冼星海很快便学会用竹箫吹奏广东水乡民歌。

从小就极具音乐天赋的冼星海，1918年，进入岭南大学学习小提琴。为了对音乐做进一步的探索，后又考上北京音专、上海音乐学校专门学习音乐。24岁时考入巴黎音乐学院高级作曲班，并成为该班历史上第一名中国留学生。为减轻家庭负担，冼星海留学时期，依靠勤工俭学挣些生活费，"艰难困苦，玉汝于成"。1935年冼星海学成毕业回国。

在上海，经田汉和张曙介绍，冼星海结识了进步音乐家任光、吕骥、贺绿汀等人，此后积极参加抗日救亡运动，开始为进步影片《夜半歌声》《壮志凌云》《青年进行曲》，话剧《太平天国》《日出》《复活》《大雷雨》等谱曲。他创作的歌曲激情澎湃，鼓舞着中国人民英勇战斗。随着这些激昂的歌曲被广泛传唱，冼星海的名字广为人知。

1937年全面抗战爆发后，冼星海参加上海话剧界战时演剧二队，进行抗日文艺宣传。同年10月到达武汉，发动了十余万人参加长江上的火炬歌咏大游行，场面蔚为壮观。国家的存亡、民族的危难、大众的疾苦，激发了冼星海强烈的创作欲望，他边创作，边宣传，边游行，边谱歌。先后创作了《保卫卢沟桥》《游击军歌》《在太行山上》《到敌人后方去》等著名抗日歌曲。不久参加了周恩来、郭沫若等领导的国民政府军事委员会政治部第三厅，参与主持抗战音乐工作。

在冼星海组织的歌咏队里，有一个叫作钱韵玲的小姑娘，是文化名流钱亦石先生（著名社会学家，中共党员）的女儿。钱韵玲当时在武汉第六小学任音乐教员，才19岁，是歌咏运动的积极参与者。她认识并崇敬冼星海，冼星海也认识她，但两人一直没有交往过。1938年初，钱亦石先生不幸逝世，武汉为其举行了隆重的追悼会，就在追悼会上，冼星海才知道钱韵玲是他敬仰的前辈钱亦石先生的女儿。

之后，两人有了逐渐多的单独交往，感情发展很快。一次，著名电影演员金山来武汉拍片，金山一直非常欣赏冼星海的艺术才华，让冼星海担任影片配乐的作曲，在冼星海的引荐下，金山让钱韵玲在影片中饰演一个角色。他们朝夕相处，相伴既久，情感亦深。这年的7月20日，34岁的冼星海和钱韵玲在普海春酒楼举行了订婚仪式。来参加的有田汉等不少后来的文化巨匠。不久，延安鲁迅艺术学院邀请冼星海去任教，同年11月，冼星海和钱韵玲排除国民党当局的重重阻挠和干涉，怀着极大的革命热情奔赴延安。在前往延安的途中两人结为夫妻。

辅佐星海谱出《黄河大合唱》

到达延安后，冼星海在鲁艺音乐系任教，钱韵玲则在学院的高研班学习，从此他们住在窑洞里，开始了革命的新生活。

当时延安的生活条件非常艰苦，但夫妻俩的感情很甜蜜。吃惯了大米饭的冼星海和钱韵玲慢慢适应了延安的小米饭。他们和鲁艺的师生们响应毛泽东的"自己动手，丰衣足食"的号召，一起上山开荒，在热火朝天的大生产运动中，冼星海满怀激情创作了大型歌舞话剧《生产大合唱》，讴歌边区人民自力更生的大无畏的革命精神。

后来冼星海在窑洞的土炕上，架起一个小木桌，又埋首创作另一首新歌。早春的延安夜里非常冷，贤惠的钱韵玲就烧一盆炭火给冼星海取暖，精心照顾丈夫的生活，为了给丈夫寻找灵感，她独自将黄豆炒熟，磨成粉，加上红糖，制作"土咖啡"给丈夫喝，有时熬红枣汤、烤山药蛋，还帮丈夫在白纸上画好五线谱格子，便于他书写曲谱。冼星海创作有个习惯，思考一旦成熟，工作起来的劲头相当惊人，可以连续几天几夜不休息直至作品完成。这一次果然又是连续六天六夜没有好好休息，创作出了后来影响巨大的《黄河大合唱》组曲。

1939年4月13日，《黄河大合唱》在延安陕北公学礼堂公演。5月11日，在庆祝延安鲁迅艺术学院成立一周年晚会上，毛泽东等中央领导观看了由冼星海指挥演出的《黄河大合唱》后，连声称赞。周恩来从重庆回到延安看过演出后，于7月8日题词："为抗战发出怒吼，为大众谱出呼声！"

《黄河大合唱》是冼星海最重要的和影响最大的一部代表作。这部作品由诗人光未然作词，以黄河为背景，热情歌颂中华民族源远流长的光荣历史和中国人民坚强不屈的斗争精神，痛诉侵略者的残暴和人民遭受的深重灾难，广阔地展现了抗日战争的壮丽图景，并向全中国全世界发出了民族解放的战斗警号，从而塑造起中华民族巨人般的英雄形象。

在延安期间，冼星海还创作了《九一八大合唱》等大型作品，以及《三八妇女节歌》《打倒汪精卫》等大量歌曲。此外，他还发表了《聂耳——中国新兴音乐的创造者》《论中国音乐的民族形式》《民歌与中国新兴音乐》等许多音乐论文，论述中国新音乐发展的历史经验及大众化和民族形式等问题。

1939年，他们的孩子出生了，取名妮娜，随着孩子的到来，为这个家庭带来了很多快乐。然而就在女儿出生的第二年，冼星海却因为组织的安排需要前往苏联，甜蜜的三口之家不得不面临两地分居。

冼星海不幸在苏联病逝

1940年5月，冼星海受党中央派遣去苏联为大型纪录片《延安与八路军》配乐。临行前，毛泽东于百忙中在家中请他吃饭，为他饯行。到苏联后不久，德国法西斯入侵苏联，卫国战争爆发。冼星海原来的初衷不能实现，于是，他决定回国。可是，因战乱和交通阻隔，冼星海难以归国。回国不成，在供应十分困难的战时，他来到了哈萨克斯坦做了一名音乐老师。仍然以音乐为武器，写下了交响曲《民族解放》《神圣之战》，管弦乐组曲《满江红》《中国狂想曲》，歌颂苏联人民的反法西斯战争，表达对祖国的深切怀念。

冼星海在苏联期间，给钱韵玲写过一封信："两地遥隔，能不依依？……妮娜在你殷勤爱护之下，必定很幸福地过她的生活……她这一副小面孔，我时常都怀念着她……"

可是由于苏德战争的爆发，冼星海整整与妻子失联了三年。这期间因长期劳累、营养不良和环境的恶劣，冼星海患上了严重的肺病。战争结束时，冼星海回到莫斯科治疗却未能痊愈，于1945年10月30日在克里姆林宫医院病逝，年仅40岁。

而这一切远在千里外的钱韵玲一无所知，她仍然痴情地等待着丈夫的归来。当冼星海逝世的噩耗传到延安，钱韵玲失声恸哭，她做梦也没想到这一别竟成永别。

在冼星海短促的一生中，共创作数百首脍炙人口的歌曲（现存250余首）。延安各界为他举行了隆重的追悼会，毛泽东亲笔题词："为人民的音乐家冼星海致哀。"

冼星海逝世后，苏联人民将他安葬在莫斯科近郊的一座公墓里，骨灰存放在一个灰色大理石的小匣子里，匣子正中镶嵌着一张冼星海的照片。周围环绕着缎制的花束，下面镌刻着一排金色的俄文："中国作曲家、爱国主义者、共产党员：黄训"。黄训是冼星海在苏联时使用的名字。

钱韵玲在之后的日子里没有再嫁，1958年她带着母亲、女儿回到杭州，一直生活在那里。为继承冼星海的遗愿，钱韵玲倾注毕生精力从事儿童音乐和群众歌曲的创作，即使在病中也不辍笔，直到1994年在杭州病逝。生前，她长期在浙江文化厅工作，还担任过中国音乐家协会浙江分会名誉主席。

冼星海、钱韵玲的独生女冼妮娜，20世纪70年代从西北制造飞机的工厂调回杭州，到浙江省图书馆，一直在那工作到退休。

蔡楚生与阮玲玉：一段悲情岁月

在中国一百多年电影史上，蔡楚生是一位颇负盛名的导演。早在20世纪30年代初期，他就有享誉"少年导演"的美称，其时只有27岁。在新中国成立前，银幕上最卖座的《都会的早晨》《渔光曲》《一江春水向东流》三部影片，均出自蔡楚生之手。

就是这样一位名导，在其影坛大红大紫、如日中天的时候，却深深地陷入与"一代影后"阮玲玉的一段情感漩涡，乃至难以自拔。

结识阮玲玉

1927年，蔡楚生告别妻儿，只身一人从广东汕头来到上海滩闯荡。这个有着"东方巴黎"之称的大都会歌舞升平、灯红酒绿、繁华异常。出于对电影的热爱，蔡楚生希望在这里能寻找到自己最好的发展空间。

起初并不顺利。作为一个新人，电影公司并不给蔡楚生机会。一次次碰壁后，蔡楚生痛苦万分，为了生存，他去商店里给人当学徒，饱受欺凌之苦。打完工之后，每次经过电影院回住处时，内心那个没有泯灭的梦想仍时时在激励着他，他实在是太爱电影了。

一个偶然的机会，蔡楚生与中国早期电影艺术的拓荒者、明星影片公司的著名编剧郑正秋相识。郑也是广东人，出于乡谊之情，十分关心这位后生。相处时间长了，郑正秋独具慧眼，发现了蔡楚生卓越的艺术才华，决定倾注自己的心血培养他。他推荐蔡楚生加入明星影片公司，并且让他担任自己的副导演。从1929年开始，在两年多的时间里，蔡楚生协助郑正秋摄制了《战地小同胞》《碎琴楼》

《红泪影》等六部影片，显示了自己的艺术才能。也在此时，蔡楚生结识了阮玲玉。

阮玲玉也是广东人，比蔡楚生小4岁。却比蔡楚生早一年进入影坛。且因主演《挂名夫妻》《野草闲花》《三个摩登女性》等影片红遍上海滩。蔡楚生认识她时，阮玲玉已经被誉为"一代影后"了。

阮玲玉长相妩媚，却又有一种悲情。蔡楚生几乎看过所有她主演的电影，对她很欣赏。那时，影院外面的电影海报上，随处可见阮玲玉的剧照。

阮玲玉身材好，无论什么样的旗袍，穿在她身上都十分好看、得体。尽管她烫着大花朵的头发，戴着耳坠，涂着艳色的口红，脸上有香粉，看上去却一点也不俗艳。更重要的是她演起戏来细腻入微，《联合画报》曾这样评价她："演员拍戏时，重拍最少者，女为阮玲玉。阮玲玉拍戏极能领略剧中人物的地位，临摇机前，导演为之说一二句，即贯通理解。拍时，喜怒哀乐，自然流露。要哭，两泪即至；要笑，百媚俱生。甚有过于导演所期望水准之上者，此密斯阮之所以独异于人也。"

这自然让一心想在上海滩混出名堂的蔡楚生心生遐想：有一天如果自己做导演，一定要请阮玲玉演主角，这个女人表演起来太到位了。

三邀影后出场

但蔡楚生真正将阮玲玉请出来，却费了一番周折。

1932年，蔡楚生进联华影片公司，开始独立编导电影《南国之春》。此时他第一个想到的演员就是阮玲玉，他向阮玲玉发出了邀请，得到的回复让他非常失望，阮玲玉拒绝了他。

随后，蔡楚生又执导了一部《粉红色的梦》。他同样邀请阮玲玉出演女主角，这回，阮玲玉还是拒绝了他。

蔡楚生很失望，觉得阮玲玉是在摆大腕架子。其实阮玲玉拒绝蔡楚生是有原因的。已经很有名气的她，并不在乎多演一部少演一部电影。在圈内阮玲玉是个很爱惜自己名誉的人，无论是对感情还是拍戏，面子总是放在第一位。她生怕接了不好的戏，演坏了会有损自己的名气，所以在接片时，她会很认真地挑导演和剧本。选择标准是：导演要有名，剧本要能打动她。当蔡楚生邀请她时，她也打听过蔡楚生，知道他是没有名气的新人，所以她根本不考虑接戏。

令阮玲玉万万没想到的是，仅隔一年，蔡楚生便红遍了上海滩。

1933年，是蔡楚生转折的一年。他拍了一部家庭伦理剧《都会的早晨》，以新锐的风格讲述了一个悲情的故事：富家少爷抛弃了穷苦的女子，单身母亲辛苦地养育着孩子。当年，很少有这么完整讲述故事的电影，很吸引人。在上海的电影院连映了18天，影迷们记住了蔡楚生这个名字。

初尝成就感的喜悦，让蔡楚生更加勤奋地投入。1934年，蔡楚生编导了一部反映东海渔民悲惨生活境遇的电影《渔光曲》，依然是蔡氏的风格，故事情节完整曲折，人物刻画细致入微，表现手法清新感人。在炎热的盛夏，这部电影在金城大戏院连映了60多天，女主角王人美一举成名，就连主题曲被灌制成唱片后，也很快被抢购一空，卖了十几万张。

蔡楚生的电影如此卖座，这让阮玲玉感到很意外，对以前断然拒绝他的邀请也有些后悔，她以为蔡楚生再也不会来请自己拍片了。

蔡楚生当然没有忘记阮玲玉。他每次拍电影时，都很想邀请阮玲玉，在前两次碰壁后，他也意识到阮玲玉的拒绝有可能是不信任，所以，他想等自己成功后，一定还要再请阮玲玉来演女主角。

机会终于来了，当蔡楚生开拍电影《新女性》时，他第三次邀请了阮玲玉。

《新女性》取材于一个真实的故事，女主角原型韦明来自明星公司的女演员艾霞。艾霞很有才华，除了拍戏，她还经常发表小说和诗歌，在当年被称为作家明星。然而在荣耀面前，艾霞的情感生活却非常不顺。年轻时因反对包办婚姻与家人决裂，在上海孤身闯荡，事业有成后，另一场心碎之恋却让她失去活下去的勇气。她在诗里写：眼泪同微笑，接吻同拥抱，这些都是恋爱的代价。最终23岁的艾霞，在黑暗中忧伤得无法自拔，服毒而亡。

蔡楚生是艾霞的好友，在艾霞自杀后，非常悲伤，特别是看到媒体不但不同情已故之人，一些无聊报纸还对艾霞歪曲中伤。

蔡楚生决定替好友讨个公道，就以此故事为原型，编导了《新女性》电影，他第一个想到的女演员又是阮玲玉。因为阮玲玉的悲情气质，太适合演剧中的女主角了。

阮玲玉接到蔡楚生的邀请很意外，没想到他还会邀请自己，她被他的诚意打动了，这次她不加考虑就答应了蔡楚生。看剧本时，她因女主角韦明的遭遇，触景生情，直掉眼泪。她和剧中的女主角有着相同的命运，仿佛就是自己的写照。

无助的抉择

影片开拍后，阮玲玉演得忘情而投入，渐渐地她发现自己的心离蔡楚生更近了，有事没事总爱和蔡楚生在一起说些体己的话，倾诉衷肠。

蔡楚生一边安慰她。在安慰的同时，也倾诉了自己的生活经历。他与阮玲玉一样，在光环的背后，都有共同的不愿让人知道的过去。

除了他们是老乡，且年龄相当外，在影坛，蔡是导演，阮是演员，两人的经历也相仿，蔡既无留洋背景亦非科班出身，是从电影义工一步步做过来的；阮玲玉先随母为人帮佣后投考影片公司演戏，均从社会底层走来。在人心冷漠的上海滩，两人开始相知相惜。蔡楚生本来就对阮玲玉很欣赏，两人的朝夕相处、倾心交谈，更让他为这个妖媚又悲凉的女人心动，一种微妙的情愫在他心里产生了。

1935年初，影片《新女性》公演后，获得观众的一致叫好，却也遭到一些黄色小报记者的痛骂，引来轩然大波，其攻击重点是女主角阮玲玉。恰在这时，阮玲玉的第一任丈夫张达民又一次想讹诈阮玲玉一笔金钱，胡诌当初阮玲玉从他住所搬离时带走了不少财物，要她偿还。过去阮玲玉为了面子，对张达民的要求一向是尽量满足，但如今的丈夫唐季珊是精明人，坚决不肯吃这个哑巴亏，张达民一气之下，找律师告唐季珊侵吞自己的财产，而唐也不甘示弱，反告张达民"虚构事实，妨害名誉"。阮玲玉向来珍视的名誉，被这两个为一己私利的男人毁于大庭广众之下。这还不算，张达民还以重婚罪将阮玲玉告上法庭，公开羞辱阮玲玉。

此时的阮玲玉四面楚歌，张达民的无情，唐季珊的背叛，舆论的辱骂，逼得她无路可走。她向蔡楚生发出求救的信号，希望蔡楚生能带着她离开这里。

面对阮玲玉的遭遇，蔡楚生十分同情，可是在这关键的时刻，他还是选择了退却。一是蔡楚生已有妻室；二是他怕卷入阮玲玉的生活会承受太多的社会舆论，让他失去电影事业。为了电影，他奋斗了那么多日日夜夜，现在怎么可以放弃呢？

蔡楚生的沉默，终于让阮玲玉绝望了。失去了爱情，阮玲玉觉得一切都没了，她再也没有力量对抗外界的压力。1935年3月8日凌晨，阮玲玉仿效电影《新女性》里的韦明，在家中一口气服下了三瓶安眠药，年仅25岁就香消玉殒。蔡楚生闻讯，立时惊呆了。

如果没有这两个错爱的男人，如果蔡楚生敢爱敢当，如果唐季珊还有点善良，阮玲玉也不会这样离开。

阮玲玉自杀后，蔡楚生整整一年多都没有新作问世，直到1936年8月才拍摄了一部以流浪儿童为题材的《迷途的羔羊》。

几十年后的1966年，"文革"开始，蔡楚生被诬为中国电影界的"黑线头目""牛鬼蛇神"而遭迫害，这位一辈子追求电影事业的著名导演，也于1968年7月15日凄苦地离开人世。

（载台湾《传记文学》2015年第12期）

叶浅予：漫画家的婚姻故事

叶浅予是一位享有国际盛誉的画家、美术教育家、中国现代漫画先驱。其长篇漫画《王先生与小陈》《天堂记》以及许多国画精品都曾作为中国现代美术的代表，成为几代读者成长中的美好记忆。

叶浅予一生体验了多重情感和数段婚姻的经历，像他的漫画一样，可画成一段长长的系列漫画。

发妻罗彩云

叶浅予，1907年出生于浙江桐庐。他自幼爱画画，家里没有给他请过绘画老师，全是他自己无师自修的。1925年叶浅予中学毕业后，到上海以画画谋生，画过广告、教科书插图，做过时装设计、舞台美术布景，还担任过《时代漫画》的编辑。

在他23岁时，父母为他物色了当地一位望族的少女罗彩云，催他回桐庐完婚。

婚后，叶浅予准备回上海时，新娘提出要跟他一起到上海，叶母放话让儿子带走媳妇。第二年春天，罗彩云怀孕了，回老家分娩，生了个儿子，四年后又生了个女儿。这期间，罗彩云学会了上海少奶奶的做派，孩子交给奶妈，家务全靠娘姨，自己什么都不管，除了逛大街，整天泡在麻将桌上，什么"东西南北中"，她手一摸就知道是什么牌。而对叶浅予经常说的一句话是："钱用完了，拿钱来！"叶浅予很无奈，常对她说："辛苦钱来得不容易，省着点用吧！"

日久天长，叶浅予感到他与妻子完全生活在两个极端：自己要求上进，在事业上不断进取；而妻子却满足于现状，花钱无度，只知道吃喝玩乐，根本不理解他的事业和追求。感情的鸿沟渐渐越来越难以填平了。

就在叶浅予对罗彩云的生活做派极度不满，甚至到了忍无可忍时，他生命中的第二个女人出现了。

钟情梁白波

1935年初，叶浅予在《时代漫画》编辑部接待一位前来投稿的女性。她的漫画题目是《母亲花枝招展，孩子嗷嗷待哺》，画得非常传神，且意趣盎然。这幅讽刺上海少奶奶的画，正合自己的心意，指责的不正是罗彩云吗？叶浅予不由得对作者另眼相看。此女子就是后来成为民国时期中国最优秀的女漫画家的梁白波。

叶浅予和梁白波一见如故，他们不仅在绘画上有诸多交流，在情感方面也渐渐有了许多共鸣。对叶浅予来说，梁白波带给他全新的情感体验，他在后来的自传里回忆："白波不是一个寻常的女性，她有不吝施舍的精神，也有大胆占有一切的勇气。她的一切生活方式、艺术思维、人生观念，对我来说都是新生的、诱人的，我无法抗拒。"

在交往中，叶浅予了解到，梁白波读过杭州美专油画系，曾在菲律宾的一所华文中学教过图画课。回国后，因一时找不到工作，画漫画是为了生计。此后，叶浅予每天下班都要到梁白波的住处去看望她，共同的爱好和追求，促使他们的恋情像火山爆发一样，无从阻挡。

他们的情事很快传到了罗彩云的耳中，她一怒之下将此事捅给了一家报纸。一时间，叶浅予搞婚外情的传闻闹得沸沸扬扬。此番动静非但没有挽回叶浅予的心，无所顾忌的他索性带着梁白波到南京同居，同时向罗彩云提出离婚。

罗彩云对叶浅予说，自己是明媒正娶的原配，没犯族规、家法，为叶家生儿育女，叶浅予要休自己需支付一笔终身赡养费。这件事最后由一位律师出面，达成了分居协议，叶浅予按月向罗彩云提供赡养费。1937年抗日战争全面爆发，叶浅予将罗彩云和儿女送回老家，同叶浅予的家人一起生活。

这件事表面上似乎很和谐，但在梁白波心里却有阴影，叶浅予没离婚，她的身份只是情人，这让她尴尬，也让她不愉快。

就在这时，梁白波与一位空军飞行员有了交往。此人是叶浅予的亲戚，年轻有为，风流倜傥，梁白波对他颇有好感，两人一见钟情。这一年的夏天，叶浅予要到香港去监印《日寇暴行实录》一书，想让梁白波同行，想不到她一口拒绝了，还提出要同他分手。这一下叶浅予蒙了。他没有挽回这段感情，两人在武汉就此话别。不久，梁白波脱离漫画群，他们再也没有见面。

20世纪40年代，梁白波随后来的丈夫去了台湾，后因患精神分裂症，于1967年10月16日在海滩自杀。

新中国成立后，叶浅予与罗彩云生的儿子叶申已经大学毕业，他将母亲罗彩云接到无锡，劝导母亲与父亲办理了离婚手续。"文革"期间，叶浅予被关进秦城监狱，便没有能力支付罗彩云的生活费用，1970年，罗彩云因患重症不堪忍受疾病折磨，吞服过量安眠药身亡。

移情戴爱莲

1940年春天，宋庆龄邀请戴爱莲来香港举办舞蹈表演会，希望叶浅予在宣传方面给予支援。叶浅予欣然应允。戴爱莲操一口英语，不会说中文。叶浅予只好通过打手势、画图画来交流思想。一个是相貌英俊的青年画家，一个是楚楚动人的舞蹈家，两人在相识一周后双双坠入情网，热恋起来。

表演会之后，戴爱莲告诉叶浅予她想去延安。叶浅予为出版问题正要去重庆，他说他俩可以结伴同行，但走之前最好明确关系，先结婚，再上路。一次募捐义演活动后，戴爱莲和叶浅予在宋庆龄办公室举行了简朴而隆重的婚礼，宋庆龄高兴地做了他们的主婚人。这一年，叶浅予33岁，戴爱莲24岁。

1949年北平解放，叶浅予和戴爱莲此时已回到北平，叶浅予当了美协副主席。1950年文化部又聘请戴爱莲当了北京舞蹈学校校长。他们共同走过了一段极其艰难而留有深远影响的路程，事业上互相扶持。叶浅予深爱着戴爱莲。

这一年冬天，戴爱莲冷不防向叶浅予提出离婚。这真是晴天霹雳，叶浅予大吃一惊，问她为什么，她说她已经爱上别人了。叶浅予问那人是谁？戴说是来我们家住过的一位青年舞蹈家。

1951年，叶浅予含着眼泪，与戴爱莲办了离婚手续。屈指算来，从1940年到1950年，他们在一起生活了整整十年。

戴爱莲与叶浅予离婚后与那个男青年结了婚，本以为找到了她的幸福，后来她却为这段情感付出了惨痛的代价。"文革"中，这个男人拿了她的所有钱款逃走了。

1989年3月全国政协会议期间，叶浅予与戴爱莲相逢于京丰宾馆。大会晚间休息时，戴爱莲在餐厅举办舞蹈晚会，叶浅予闻讯，积极参与组织，还欣然为她绘制了海报，戴爱莲曾经表示后悔与叶浅予离婚。2006年戴爱莲逝世。

相伴王人美

自与戴爱莲离婚后，叶浅予独自一人生活了几年。一次他发病昏倒在地上躺了一夜，朋友们知道后深感他这样的生活太辛苦，开始张罗着为他重组一个新家庭。于是叶浅予生命中的第四个女人出现了，她就是电影明星王人美。

王人美的前夫是有影帝之称的金焰。两人结婚时，王人美刚满20岁。他们的婚姻维持了11年。金焰是王人美的初恋，虽然这段婚姻以失败告终，可在她内心金焰始终处于一个很重要的位置，离婚多年都没有说过金焰一句不好。

早在20世纪30年代王人美在上海当歌舞演员时，叶浅予曾在画家丁聪家里和她见过一面，彼此是认识的。如今年纪大了，两人都想有个稳定的家。1954年5月，他们在西单的一个餐厅里订了三桌谭家菜，请了各自的亲朋好友参加，举行了一个简单的婚礼。婚后，两个人由北京迁居上海。

两人在一起生活了三十多年，虽有不少磕磕碰碰，但彼此都能坦诚相见、包容和扶持。叶浅予生活大大咧咧，王人美对叶浅予的不拘小节颇有微词。她曾评价叶浅予："他是个好画家，却不是个好丈夫。他除了懂画，别的什么都不懂……有好多好多让我恼火的事……叶浅予是个过于沉浸在事业里的人，当这种人的妻子，真不容易！"

1986年王人美走路不小心摔了一跤，结果脑出血成为植物人。朋友们去看望病床上的王人美，她不会说话，只是睁着眼睛。次年的4月12日，王人美在北京病逝。而叶浅予突发心脏病住进了医院，医生不让他离开，王人美遗体在朋友们的送别中悄然远去，作为三十多年的伴侣叶浅予，却只能在医院那扇沐浴阳光的窗口久久地站立着，凄凉地向空中遥祭自己的妻子。

1995年5月8日，一代画家叶浅予病逝，享年88岁。

（载《金陵晚报》2017年4月22日）

吴作人与萧淑芳：一对画坛伉俪

爱情，对于一个艺术家来说，有时就是一首诗，一幅画，一段难忘的故事。吴作人和萧淑芳的婚姻，就是这样一幅美丽的画，一首动情的诗。

重逢画展结良缘

吴作人，1908年出生于江苏苏州，祖籍安徽泾县。他3岁丧父，在饥饿贫困中长大。他本是学建筑的，学校里设有美术课，而他却渐渐地爱上了美术。

1927年起，吴作人先后就读上海艺术大学、南国艺术学院，并加入南国社，师从徐悲鸿学画，又跟田汉学戏剧，备受器重。不久，徐悲鸿到国立中央大学（即南京大学前身）执教，吴作人遂以旁听生的身份转到中大，在这里，他与同为旁听生的萧淑芳相识。

萧淑芳，广东中山人，出身于书香门第。在人地生疏的中央大学，萧淑芳不善交际，加之那时社会风气保守，活动圈子很小，吴作人与萧淑芳虽同为徐悲鸿门下师兄妹，但两人极少联系。一次，萧淑芳持她的新作向徐悲鸿请教，恰巧吴作人也在场。他好奇地凑上去欣赏一番，见她画的是静物《一筐鸡蛋》。吴作人灵感陡生，幽默地说："你画的一筐鸡蛋都是买来的吗？"不知怎的，萧淑芳没有答话，只向他扫了一眼而已。吴作人讨了个没趣，心中有点不悦。时已初露头角的吴作人心想，他在南国艺术学院从来没有哪个女生敢如此冷落自己。此后，在同窗半年的日子里，他也不再与萧淑芳交往。1930年，吴作人在徐悲鸿的帮助下去法国、比利时留学，萧淑芳则于1937年至1940年到瑞士、英国、法国学习油画和雕塑，他们就此分离。

可命运之神又让他们戏剧性地重逢了。1946年上海美术家协会刚成立，此时已颇具名气的张正宇、吴作人、丁聪等举办美术作品联展。八年战乱，生灵涂炭，吴作人多么想在联展上见到离散多年的故旧。他在人群中惊喜地发现当年那个文弱、典雅的老同学萧淑芳。

阔别十载，一叙旧谊，二人都经历了生命中的大变动。吴作人诉说他在法国、比利时留学的艰辛。坦然地告诉她，自己和比利时女孩李娜的恋情和婚姻，以及李娜随他回国后所经历的战争苦难，最后于1939年在日本飞机轰炸声中流产惨死于重庆的情形。他还告诉她，抗战初期他曾到河南前线写生、办展览的情景，后来，在后方看不下去重庆醉生梦死的局面，只身到大西北采风的缘由。萧淑芳也告诉吴作人，她离开中央大学后到欧洲游学，回到上海教书、结婚、生儿育女、三年卧病又离婚的遭遇。说着说着，泪水夺眶而出。两个有着相似伤痛与共同志趣的人，此时倍感相知相惜。

萧淑芳邀请师兄到她家里做客，欣赏她的画作，吴作人欣然前往。彼此回忆当年的年少气盛和幼稚都觉得好笑。

吴作人被萧淑芳独立的人格与魅力所感染，顿生倾慕，他主动为萧淑芳画像，画中的萧淑芳面带微笑、神情安然，透露出生活的平静与满足。并题款："三月烟花乱，江南春色深。相逢情更怯，未语泪沾襟。"这浓得化不开的情思熨帖了萧淑芳心灵的创伤。对这一切，他们的恩师徐悲鸿历历在目，并乐为当月老。

1946年，吴作人应徐悲鸿之邀任北平美专教务长，萧淑芳亦在此执教。1948年6月5日，吴作人与萧淑芳经过一段充满诗情画意的心灵碰撞之后，在不惑之年终于同舟共渡，结下了半个世纪的姻缘。徐悲鸿亲自做"证婚人"。那一年吴作人40岁，萧淑芳37岁，此后他们的生活，也正如徐悲鸿赠与二人的结婚礼物《双骥图》上所书："百年好合休嫌晚，茂实英声相接攀。譬如行程千万里，得看世界最高峰。"从此两人互相充当对方作品的第一位观众与最真诚的品评者，这对契合的伴侣，共同谱写了一段为人传颂的半世情缘。

携手作画创高峰

新中国成立后，吴作人担任新成立的中央美术学院教务长和油画系主任，萧淑芳也到美院教水彩画。徐悲鸿去世后，吴作人接任副院长、院长，此外，还担任着中国美术家协会副主席，公务十分繁忙。

共同的旨趣，使两人有着永远讨论不完的话题。吴作人学识广博，他的创作也进入高峰期，不仅诞生了《齐白石像》这样开创中国学派的油画代表作，在中国画的革新方面，吴作人的画风简洁、意境高远，既不同古人，也不和时人，完全是出于自己的独创，别具一格，自成一家。吴作人是继徐悲鸿之后中国美术界的又一领军人物。他擅长画动物，笔下浑厚雄健的牦牛、骆驼、苍鹰和聪明可爱的熊猫、天鹅，成为人们喜闻乐见的艺术典型。他还几度出国到印度、东欧访问考察。

萧淑芳博学达识，善画植物，她不善趋时，"花中王"的牡丹、茶花，她从不屑。爱画类似不为人注目的谦卑淡雅的丁香、扶桑、杜鹃等，她的画风雅洁端庄，意幽神美。以花自喻，干净、淡雅，是萧淑芳的心灵写照，也是她从未放弃的自我呈现。

一个画油画，一个画水彩；一个画动物，一个画植物。倘将两人的画放一起，则妙趣横生，相得益彰，他们用画笔记录新中国人民的欢乐与情怀。

一天，吴作人画了一只猴子，捧着桃子献寿，上题："盗得王母桃，祝君千岁寿"，他把这幅画送给萧淑芳。萧淑芳问是什么意思，吴作人说："今天是8月19，什么日子？"萧淑芳笑了起来，原来今天是她的生日，自己忘了，吴作人倒没有忘记。她仔细看了看画，好奇地问道："这猴子怎么没有尾巴？"吴作人狡黠地一笑："您不是要我夹着尾巴做人吗？所以，这猴子干脆不要尾巴了！"说罢，两人笑得前仰后合。

繁忙之余，两人回到水磨胡同那个温馨的家时，萧淑芳此时却当起了贤内助。

吴作人的家，每天晚上都会引来文艺界的各路朋友。除了美术界的朋友外，戏剧界的夏衍、田汉、曹禺、新凤霞，文学界的艾青、邓拓、俞平伯，电影界的郑君里、赵丹、欧阳予倩，还有赵朴初、童第周等，都是常客。有的是20世纪20年代在上海"南国社"活动期间的旧交，有的是到北京工作后的新知。这些对他们夫妇俩有恩、有情、有义的师长和朋辈，他俩把他们看作最大的精神财富。这些朋友聚在一起的时候，友谊和艺术是他们的主要话题，有时兴起，他们都会画上几笔，写上几句绝句，甚至唱上几出昆曲，吴作人总是以笛子伴奏，十分热闹，称得上是一个地道的艺术家俱乐部。

自然，这在后来的政治运动中也给他们夫妇俩平添一条莫须有的"罪名"，但无论如何，20世纪50年代初这段美妙的时光，这段无价的情谊，对吴作人和萧淑芳而言，是永远难忘的。

伉俪情深传佳话

"风扫乌云气爽，雨洗玉宇清朗。""文革"结束后，吴作人和萧淑芳获得了新生。拨乱反正，落实政策，吴作人恢复了政治名誉和社会地位，恢复了中央美术学院院长的职务，并先后当选为全国文联副主席和全国美协主席。他和萧淑芳在国务院安排的西郊华侨公寓安下了新家。

萧淑芳与吴作人晚年亲密无间、形影不离。在1991年至1997年吴作人病倒直至逝世的七年间，她几乎完全放下了自己的画笔，一心扑在照料吴作人的起居生活，帮助丈夫吃饭、喝水、翻身、大小便，不停地像哄孩子似的与吴作人说话，推着轮椅让吴作人到室外享受空气、阳光、绿荫、鸟鸣……期望着有一天吴作人能重新拿起画笔，恢复谈笑风生。爱，是一种多么神奇和伟大的力量。可是，奇迹没有出现。

1997年4月9日，吴作人撇下相濡以沫近五十载的萧淑芳而仙逝。萧淑芳扑在吴作人身上，抱起他清瘦的脸庞，久久地亲吻着，两行辛酸的眼泪润湿了吴作人干枯的脸庞。

　　吴作人去世后，家人都担心萧淑芳的精神状况，但是她却一次都没有哭，又重新拿起了画笔，并在90岁时于中国美术馆举办了她从艺75周年的个人回顾展。2003年，她在北京、苏州举办了"九十以后新作展"，所展出的近百幅作品全部都是90岁以后的新作，她的家族赋予她一种骨子里的坚强，她不张扬，但从未放弃自我。

　　2005年12月20日，萧淑芳在北京逝世，享年94岁。依照萧淑芳生前愿望，她的家人在吴作人国际美术基金会下设立萧淑芳专项奖励基金，用于奖励那些贫困而优秀的女艺术家。

曹禺：戏剧家诠释"人生如戏"

以《雷雨》《日出》《原野》《北京人》等几部著名话剧作品闻名的曹禺，是家喻户晓的著名戏剧家。他漫漫一生的故事，也印证了他的"人生如大剧，大剧如人生"的哲理。

同台演出喜结同心伴侣

1910年，曹禺出生在天津的一个封建官僚家庭。他本名叫万家宝，幼年在家塾读书。1923年，13岁的曹禺考入南开中学，由于身体原因休学了两年。15岁时重返校园，与周恩来是同学，两人都加入了南开剧团，在导师的指导下，一起男扮女装演过戏。曹禺因在易卜生的戏剧《娜拉》《人民公敌》中扮演娜拉等角色而展露表演才华，闻名京津。

1926年，曹禺第一次使用"曹禺"这个笔名，在天津《庸报》副刊《玄背》上发表连载小说《今宵酒醒何处》。"曹禺"是取自本姓"万"的繁体"萬"字分解而来。

1932年，在清华就读的曹禺执导了英国杰出的作家约翰·高尔斯华绥创作的三场话剧《罪》。这部戏里的人物不多，场景也少，便于排练。剧中三个主要人物（吉斯、拉里、汪达），曹禺和好友分演两个男主角，还差女主角一时找不到合适人选。大家建议请个女生扮演。有人推荐法律系一年级女生郑秀，她在贝满女中读书时就演过七八场戏，都十分成功。于是，性格活泼、穿着时髦、在清华一枝独秀的郑秀，便顺理成章成了这部戏的女主角。

郑秀，出身于官宦家庭，从小就跟随姨母来到北平读书。在贝满女中，郑秀就是一个活跃分子，很爱活动，也爱打扮，能讲一口流利的英语。

曹禺从见到郑秀的第一面，就对她产生好感。他在与郑秀一起排演《罪》的日子里，每次排练结束，都要到女生宿舍门外等郑秀，约她去玩。这时，宿舍里就会不断传来传唤声："郑小姐，万先生找。"在一个月的接触中，曹禺和郑秀的交谈十分投机。《罪》演出之后，曹禺开始了对郑秀的大胆追求。

郑秀对曹禺也有好感。但一想到自己刚入大学就谈恋爱，感觉太突然了，也担心引来同学们的流言蜚语，于是，她慎重地拒绝了曹禺的爱情。

可是，曹禺是个痴迷的人。一旦爱情迷住了他，他就像个充满稚气的孩子，天真而执着。他抱定"精诚所至，金石为开"的信念，继续追求郑秀。郑秀最终被曹禺的真诚所感动，与曹禺相爱了。

1933年暑假，曹禺没有回天津的家，郑秀也没有回南京的家。清华的花前月下，留下了他们形影相随的爱情絮语。也就在这个暑假，曹禺的代表作《雷雨》完稿。在爱情甜蜜之际，《雷雨》也很快发表在《文学季刊》上，在巴金的支持下由文化生活出版社出版单行本，23岁的曹禺迅速走红。人们用羡慕的眼光看着这对年轻的学生恋人。

翌年，曹禺毕业，先在天津河北女子师范学院任教。在这里他创作了《日出》。1936年南京成立国立戏剧专科学校，曹禺应聘到南京。郑秀中断学业，随曹禺到了南京。经过三年诚挚的倾心相恋，曹禺与郑秀于这年的11月26日在南京举行了隆重的订婚典礼。曹禺的好友巴金、靳以、田汉等都从外地匆匆赶来，出席这个隆重的仪式。第二年春，由于抗战爆发，南京戏校迁到长沙，他们在长沙青年会举行了简单的婚礼。

然而，就是这样一段被人们看作郎才女貌、天作之合的好姻缘，却没有等到"七年之痒"，在婚后两年就遭遇了第三者的介入。

心怀幽恋痴迷心中情人

正当曹禺与郑秀的婚姻，因性格、脾气、爱好、情趣的不同而开始触礁时，一个23岁的姑娘方瑞闯入了他的心怀。

方瑞，本名邓译生，安徽怀宁人，出身书香门第，是清代著名书法家邓石如的重孙女。其母是清代桐城派古文家方苞之后，所以她自取名方瑞。

曹禺第一次见到她，就被她那沉静的气质吸引住了。当方瑞请求曹禺帮她补习英文时，曹禺不假思索地一口答应。

经过多次的接触之后，爱情的种子在曹禺和方瑞心中不声不响地生根、发芽，他们相爱了。曹禺从方瑞的身上获得了很多灵感和启发，激励他于1941年创作了话剧《北京人》。剧中愫方的原型就是方瑞，他把自己对她的爱全部融入愫方的创作里。

曹禺觉得，方瑞才是自己心目中理想的妻子。而方瑞对曹禺也很喜欢。面对已婚的曹禺，对周遭的流言蜚语方瑞毫不退缩，她勇敢地与曹禺出双入对。戏校的学生们都知道他们的婚外恋情，一见到他们两人在一起散步都会自觉地回避，觉得他俩才是合适的一对。

郑秀听说曹禺与方端相好，也曾大吵大闹过。而曹禺也借机数次提出过离婚，但都遭到郑秀的拒绝。此时郑秀已育有二女，二人的夫妻关系却已名存实亡，曹禺因此也很苦恼。

1946年曹禺赴美讲学，从美国讲学归来后，留在上海。郑秀则搬到南京她父母家里。由于郑秀不同意离婚，曹禺只得往返于上海和南京两地，照顾两个家庭。

直到1950年，郑秀在十分孤寂和痛苦中与曹禺离婚。郑秀对曹禺的同窗好友张骏祥说："过去我爱曹禺，嫁给了他，现在我还是爱他。我同意离婚，因为我希望他幸福。"此后方瑞才与曹禺于1951年春天正式结为夫妻。

婚后至"文革"前，是方瑞一生中最幸福的时光。她没有出去工作，在家里帮助曹禺整理材料，做一些文字抄写工作。闲暇时，则写字、画画。

曹禺和方瑞生有两个女儿：万方，万欢。在"文革"中，曹禺没能逃过厄运，他被打成"反动学术权威"，下放到农场劳改。家中两个孩子尚小，又有一个年老体弱的老母亲，方瑞一介弱女子，怎经得起这样的大风浪？连惊带吓，身体很快就垮掉了，但她外表上依然显得很镇静，靠每天吃安眠药过日子。1974年的一天，方瑞在自家床上离开了人世，临死时床上各处都散落着大量的安眠药。

晚年携手共度晚霞时光

在与曹禺离婚后，郑秀并未再婚。方瑞死后，郑秀的孩子盼望二人能有机会复合，郑秀自己也有此意。可是，曹禺却似乎没有这么想过。忽然有一天，他向家人宣布，自己要再婚了，对象是著名京剧演员李玉茹。

李玉茹原名李淑贞、李雪莹，1924年7月出生在旗人家庭，父亲原是北平的贫民，很早就过世了。她从小没念过什么书，与母亲和姐姐靠做针线活讨生计。曹禺与李玉茹也算是老相识了。早在20世纪40年代末，曹禺还未与郑秀离婚时，他们就认识了。1947年，李玉茹刚23岁。那年秋天，她在上海挂牌演出。一起挂牌的，有李少春、叶盛兰、叶盛章、袁世海等人，有时还能与大师周信芳等名角同台演出。

1978年"文革"结束后，《人民文学》发表了曹禺的《王昭君》。当时，李玉茹正担任上海京剧院三团团长，很想把《王昭君》和原有的京剧《昭君出塞》合并起来，搞个京剧《王昭君》，于是就主动给曹禺打电话，说明此事。谁知曹禺在电话那头回答说："你现在太胖了，不能演王昭君了。"

这年12月8日，曹禺到上海参加活动，李玉茹去宾馆看望他。两人同是在"文革"中受到迫害，又是老相识，现在又都成了自由身。一别三十年，他俩再次相见，爱情的火花再度点燃，见面后相谈甚欢。回到北京以后，曹禺开始天天往上海写信、打电话。

曹禺在《如梦令》中写道："三十年前旧梦，今日又来相抚。瞬息又离别，谁知何日再睹？再睹，再睹，春风小楼独主。"李玉茹回应的则是"三十年已逝矣，今日大地春回。喜意外重逢，暂离相会有期。有期，有期，小楼坐待生辉。"

1979年12月7日，56岁的李玉茹和69岁的曹禺，在北京悄悄办理了结婚手续。然而，两位大名人，一个在北京，一个在上海，注定要聚少离多。还没有等蜜月结束，两人就开始准备分离了。李玉茹回上海工作后，曹禺一有时间就过去陪伴她。甚至作为家属，与她一起到外地去巡回演出。

曹禺和李玉茹都极为珍视这份"黄昏情"，他们共同携手生活了17年。

1996年12月13日，曹禺去世。李玉茹伴随他走过了人生的最后岁月。2008年7月11日，著名京剧艺术家李玉茹也因患肺癌于上海逝世，享年84岁。

郑秀与曹禺离婚后始终未再婚，于1989年10月口中喃喃地念着"家宝、家宝"离开人世，这是发自内心对曹禺执着的真感情。

（载《金陵晚报》2017年1月25日）

启功：书画巨匠一生相濡以沫的爱

著名书法大家启功，一生人缘好，字写得好，婚姻也好，虽说是包办婚姻，两人却相敬如宾、相濡以沫，虽无子女，但情深义重，风风雨雨相伴四十三载。这故事还得从头说起。

借由头让启功去相见

启功是满族人，1912年出生于北平，他的祖先是雍正的儿子、乾隆的弟弟。生活在这样一个特殊的家庭，对启功的母亲来说，每年的祭祖总是上下张罗，相当地重视。

1932年3月5日，这天又是启功家祭祖的日子。启功母亲特意叫了一个章姓姑娘来家里帮忙，并嘱咐启功到胡同口去迎接。天上正飘着绵绵细雨，启功来到胡同口，看见对面的林荫道上，一个穿着蓝布衣衫的女子，撑着把花伞，正袅袅娜娜地走来。启功情不自禁地想起戴望舒的《雨巷》中那个丁香一样的姑娘。

待姑娘走到跟前，启功轻轻地问："你是章宝琛？"姑娘抬头看了启功一眼，羞涩地点了点头。

其实，这个"丁香一样的姑娘"，就是母亲和姑姑为启功物色了很久的章宝琛，特意借这个机会让儿子去相见。那时，20岁的启功诗文书画已有佼佼之色，正忙于寻找工作。根本没有结婚成家的念头，他对母亲说："我现在工作还没落实，为什么要这么早结婚呢？"母亲说："你父亲死得早，妈守着你很苦啊！你早结了婚，身边有个人，我也就放心了。"启功是个孝子，母命难违，考虑了一下，便对母亲说："行啊，只要妈看着满意就行啦。"

这年的10月，启功和章宝琛举行了简朴的婚礼。虽说两人只见过几次面，可是启功渐渐地发现，这个长他2岁、文化水平不高的妻子竟是一位难得的知己。每天早晨一睁眼，启功就看到章宝琛在没完没了地干活。启功的母亲和姑姑上了年纪，又常闹病，不免会发些脾气，不管遇上多么委屈的事，章宝琛从来不顶一句嘴。启功有时在外面碰上不顺心的事，回到家也冲她发脾气，可是每次妻子总是不言不语，想吵也吵不起来。

启功心里有些不忍，突然记起母亲曾说过的关于章宝琛的身世。章宝琛生母早亡，后妈对她非常刻薄，她从小就吃了不少苦，她是带着相依为命的弟弟一起嫁过来的。当启功了解了她的身世以后，强烈的同情心逐渐化成了爱恋之情。

贤妻伴启功度风雨

启功和章宝琛结婚多年，一直没有孩子。启功到辅仁大学教书后，班上有很多女学生，启功经常带女学生们去看书画展览。于是，便有好事者开始无中生有地造谣，说启功在搞师生恋。谣言很快传到章宝琛的耳中。章宝琛却没有对启功刨根问底，更没有大吵大闹，因为她深信自己丈夫的为人和品质。

1952年，启功任北京师范大学副教授，整天忙于教学，章宝琛承担了所有的家庭琐事。没几年启功母亲久病不起，姑姑也随后病倒。章宝琛一人就挑起了照顾两位老人的重担，她把所有的重活脏活，端屎端尿的事都包了。直到婆母弥留之际，拉着章宝琛的手断断续续地说："我只有一个儿子，没有女儿，你就跟我的亲闺女一样啊。"母亲去世后，启功在悲伤中想起妻子侍奉老人的日日夜夜，想到她的深明大义，对自己体贴入微，对章宝琛更是从心底感激。

1957年，启功被莫名其妙地划成右派。回到家中，章宝琛不解："他们怎么会让你当这个'右派'呢？"启功苦笑着宽慰她："你想想，这不是明摆着吗？咱家是封建家庭，我受的是封建教育，划我'右派'不算冤。"尽管启功在妻子面前表现得幽默，还是难掩他内心的苦楚。章宝琛见启功痛苦的样子，便紧紧抱住丈夫泣不成声："以前那么苦的日子都挺过来了，还有什么能够难倒我们？如果你有个好歹，我活着还有什么意思？"她对启功说，"谁批你、骂你，你都不要怕，陈校长知道你是好人，我也知道你是个好人。"她深知启功爱讲话，就经常把自己的经验告诉他，"有些不该讲的话，你要往下咽，使劲咽！"启功听了妻子这些朴素的话，心头荡起一股股暖流，总盼着有拨云见日的一天。

几年后，启功又重新登上讲台，在学术上取得了重大成就。正当他全力以赴在学术上进行拓展时，"文化大革命"爆发了。

"文革"一来，启功夫妻两人的生活又被打乱了，启功的皇族身份自然躲不过浩劫。启功再次被迫离开讲台，一切公开的教学、写作也被迫停止。经历了太多的风风雨雨，启功内心出奇的平静。他想："不让我写作，我就私下里治学。"

从此，为了能让启功专心在家撰写文章，章宝琛天天坐在门口给他望风。一见红卫兵来，就立即咳嗽几声，启功马上就把纸和笔藏起来。

1975年，章宝琛积劳成疾一病不起，她感觉自己来日不多了。一天章宝琛悄悄告诉启功一件事，启功听后大惊不已，立刻到后院拿起铁锹，按照妻子所说的墙角挖下去。终于挖到一个大缸，搬出来一看，一共有4个麻袋，麻袋内又用一层层的厚纸包裹着，打开一看，发现自己从1930年到1960年的一幅幅书画作品、一本本文稿藏书，竟然全都保存完好，无一遗漏。捧着自己的心血之作，启功颤抖不止，真有一种劫后重逢的感觉。他完全没有料到，章宝琛这个文墨不通的弱女子竟敢冒如此之大的风险来珍藏他的作品，这需要多大的勇气！

在生命的最后日子里，章宝琛对启功说："我死了以后，你一定要找个人照顾你。"启功泪眼婆娑地握着妻子的手说："老朽如斯，哪会有人再跟我？"数月后，章宝琛撒手人寰，启功在妻子坟前悲痛地说："你跟着我没过上一天好日子，我应该多受些苦才对得起你。"说着，启功双膝跪地，深深地给章宝琛磕了个头……

妻子病逝后，启功长久地沉浸在无尽的哀思中，写下了催人泪下的《痛心篇二十首》，以极朴素的语言表达了他与老伴之间生死相依的深厚感情："结婚四十年，从来无吵闹。白头老夫妻，相爱如年少。相依四十年，半贫半多病。虽然两个人，只有一条命……"

独守空房思念妻子

1979年，北师大正式为启功平反，同时给他加了一级工资。启功对前来通知的人说："改与不改，对我都无所谓了。"来人问原因，启功回答说"当初知道我被划为'右派'特别为我揪心的两个人，一个是我师陈垣，一个是我老伴，现在，这两个人都不在了。"平反后，给启功做媒的人络绎不绝，更有人不经启功的同意，便直接领着女方前来"会面"。启功——谢绝朋友们的美意，表示不愿再娶。

妻子去世后的日子，启功一直过着孤独而清苦的生活，住在简陋狭小的房子里，一日三餐也是粗茶淡饭，往往一碗面条，加一碟黄瓜拌炸酱就是一顿饭。即使逢上过生日，也是这样简简单单。可他在帮助别人时却毫不吝啬。

1991年11月，恩师陈垣诞辰110周年，启功在香港举行义卖展，义卖所得163万元全部捐给了北师大，作为贫困学生的奖学金。而对这笔奖学金，启功没有用自己的名义，而是用陈垣"励耘书室"中的"励耘"二字，设立了"励耘奖学助学金"。

启功一辈子最大的遗憾就是老伴章宝琛在清贫与辛劳中度过一生，从没去出游一次。晚年时，有人多次邀启功游山玩水，都被他拒绝了。看到别人双双相随，启功就会触景生情，一想起过世的老伴他心里就难过，会久久地沉浸在对妻子的追思中。

启功一生为人至善。对妻子至爱，对母亲至孝，对师长至敬，对朋友至诚，对晚辈、学生关爱至切。在独守空房三十年后，2005年6月30日，启功在北京病逝，享年93岁。按照启功生前的遗愿，启功与妻子章宝琛合葬在一起。一代书法大师的凄美爱情，画上了最后的句号。在他心里，这世上只有一个她。

（载《金陵晚报》2017年2月14日）

黄苗子与郁风：画坛的"神雕侠侣"

黄苗子和郁风是书画界颇具名气的一对"神雕侠侣"，在几十年风风雨雨岁月中，两人患难与共，相濡以沫，相敬相爱，留下一段段佳话。他们合作的《小小画集》，趣味盎然，至今还为世人捧读、称道。

离家走上海

黄苗子，本名黄祖耀。1913年出生于广东中山市一个书香世家，祖父黄绍昌系清末举人，曾在张之洞创办的广州广雅书院（清末时期广东的最高学府）教授词章。父亲黄冷观从师范学校毕业，就从业于报界，热衷于社会活动，鼓吹革命，是孙中山创办的同盟会会员。

黄苗子少年时就读于香港中华中学，因自幼酷爱画画，在岭南画家黄般若等人的鼓励下，开始为香港的《骨子》报、广州的《半角漫画》画漫画。黄般若还为他取了个笔名，说："你的小名'猫仔'，把两个偏旁去掉，'苗子'不是现成的笔名吗？"从此，"黄苗子"的名字赫然出现在他的画作上，且影响越来越大。

1929年，16岁的黄苗子创作的漫画《魔》入选香港学生画展。他把作品寄给了《上海漫画》杂志。因为在他心目中对叶浅予主编，张光宇、张正宇、鲁少飞等几位漫画家参与的《上海漫画》周刊早就仰慕已久。没想到，他的这幅作品不久就发表了，而且还接到了叶浅予的亲笔回信。黄苗子喜出望外，这使他更加热爱漫画创作，觉得唯有画漫画才值得自己花费精力，身边那些有趣的事只有在漫画中才能体现出来。

作品的发表，让黄苗子对上海这座离他十分遥远而陌生的城市无限向往。1932年，19岁的黄苗子觉得自己已经长大成人，应该走自己的路了，于是拿着刚得到的稿费请朋友买了一张去上海的船票，离开故乡远行。

得知黄苗子离家出走，父亲黄冷观当即给时任上海市长的同乡兼好友吴铁城拍电报，拜托他关照儿子。吴铁城是国民党要员，他把黄苗子安排在上海市政府任职。黄苗子没有加入国民党，却因为父亲的关系，在国民党政府里做了一名高级公务员。

有缘识郁风

黄苗子身在官场，心却在画坛，在上海他相继认识了漫画家叶浅予、华君武、丁聪、张乐平等人。黄苗子常为叶浅予等主办的漫画杂志《时代》投稿，之后又加入《良友画报》做编辑。黄苗子的才华、学识和活动能力，渐渐给美术界特别是漫画界同人留下了深刻印象。他陆续在《生活》杂志《良友画报》《时代画报》《上海漫画》等刊物上发表漫画作品，还与叶浅予、张光宇等人一起组织漫画界活动。

1936年夏天，黄苗子和鲁少飞、叶浅予、张光宇、张正宇、王敦庆一起发起一个全国性的漫画展览，并成为筹备委员之一，具体负责书记事务。这次展览是中国漫画史上第一次全国性漫画展览，汇集了来自全国及海外华侨漫画界的600多幅作品。几年过后，黄苗子从一个漂泊来沪的漫画爱好者，成为上海漫画界的一个中坚人物。

上海的霞飞路上有个"漫画俱乐部"，是上海漫画家主办的，漫画家们经常在那里聚会。黄苗子就是在俱乐部里见到了当时已颇负名气的作家郁达夫和他的侄女郁风。

郁风初识黄苗子时，已从北平艺术专科学校油画专业毕业，刚随家人从北平迁来上海。身材高挑、活泼开朗的郁风很快成了上海文艺圈内一张备受关注的新面孔。年轻的艺术家们常聚在一起，一来二去，黄苗子和郁风逐渐熟悉起来。

可惜好景不长，抗战爆发，1937年黄苗子来到广州。郁风此时是上海《救亡日报》的漫画插图记者。郭沫若是《救亡日报》的挂名社长，夏衍是实际主办者。上海在1937年11月21日沦陷，郁风先去香港，后到广州，参与恢复出版《救亡日报》。在广州，她与黄苗子之间的距离再度拉近。他们经常在一起谈论文艺、国事，感觉意趣相投。

不久，黄苗子被调回重庆。他心中惦念着郁风，贸然给她写了一首诗："乳香百合荐华缦，慈净温庄圣女颜，谁遣梦中犹见汝，不堪重忆相聚时。"诗中透露出一种思念、爱恋之情。

由于战事频仍，郁风后来也辗转来到重庆，随徐悲鸿去成都青城山写生。在此次青城山之行期间，黄苗子与郁风交流的机会更多了，两人的关系日趋热烈。

夏衍当月老

黄苗子对郁风的那份情愫，随着时间的流淌越来越浓，他终于鼓起勇气向郁风求婚，而以革命者自居的郁风却觉得这桩婚事难以抉择，因为黄苗子这时依然在国民党政府任职。为此黄苗子请夏衍帮忙。

黄苗子结识夏衍，缘起1936年夏衍的话剧《赛金花》在上海上演，黄苗子跟随叶浅予、丁聪等一起到演出后台画速写，从而结识了身为共产党员的夏衍，夏衍不但影响了黄苗子的人生走向，还是促成黄苗子与郁风美满婚姻的"月下老"，黄苗子视夏衍为知己。

夏衍得悉此事，专程到徐悲鸿的美术学院找到了郁风。郁风向夏衍说出了自己的顾虑，她不想当国民党的官太太，毕竟做好朋友是一回事，结婚又是另一回事。夏衍便劝说她，从而玉成了黄苗子、郁风的"国共合作"。

1944年5月，黄苗子和郁风在重庆天官府的郭沫若家中举行订婚仪式。夏衍做主持人。据说黄苗子、郁风拍结婚照时还有一段趣事：黄苗子个矮、郁风个高，但结婚照拍出时，却是黄苗子高、郁风矮。这是叶浅予想的一个办法，拍照之前，在黄苗子脚下垫了两块砖头。为此，夏衍还写过一幅字，叫作"此风不可长"。

当年11月，婚礼在嘉陵宾馆举办。书法家沈尹默做证婚人，赠诗："无双妙颖写佳期，难得人间绝好辞。取譬渊明远风日，良苗新意有人知。"柳亚子和郭沫若也和诗祝贺："跃冶祥金飞郁凤，舞阶干羽格黄苗。芦笙今日调新调，连理枝头瓜瓞标。"

在黄苗子住处不远，有一个文化人的住所，名为"碧庐"，这是电影界，以仗义疏财、热情助友著称的"左联"作家唐瑜自费建造的房子，用来在抗战时期，接纳文艺界的穷朋友。常到这里的有革命家兼艺术家夏衍、漫画家丁聪、剧作家吴祖光、画家叶浅予、大牌明星金山、翻译家冯亦代、歌唱家盛家伦、黄苗子和郁风夫妇。大家情投意合，自由自在地欢聚一堂，说说文艺，议议国事。

那时进步文化人多与共产党来往频繁，结交的有周恩来、潘汉年、廖承志、乔冠华等朋友。从延安来的秧歌剧《兄妹开荒》中有个陕北名词"二流子"，引起了"碧庐"中人的兴趣，这些文化人平时不用严格按时上班，生活自由散漫，便互相用"二流子"调侃。有一次，郭沫若来"碧庐"聊天，听到"二流子"这个称呼，觉得很有趣，说："我看这碧庐就叫'二流堂'吧！"还兴致勃勃地要题匾，只是一时没找到宣纸和毛笔，并未题成，但"二流堂"的名号从此就叫开了。"二流堂"在民族水深火热之际安顿了一批文化人，而不同学科的文化交流，更成就了日后一批文化大家。后来，在夏衍的推荐下，八路军驻重庆办事处也常到这里开会。

1946年6月，国民党政府从重庆迁都南京，黄苗子家也迁居南京，住进了莫干路21号的一栋小洋楼。不久，重庆"二流堂"的一群朋友也陆续到了南京，在局势紧张的时候，他家成为一批左翼文人的庇护所。

风雨情更深

1949年9月，对新中国满怀欣喜的黄苗子与郁风来到北京，应邀参加10月1日中华人民共和国的开国大典。此后，他们先在华北革命大学政治研究院学习。次年毕业后，黄苗子被分配至政务院担任秘书厅秘书，翌年调任《新民报》副总经理，之后又调任人民美术出版社编辑。郁风毕业后被分配至中国美术家协会办公室担任主任，后来兼任《新观察》杂志副主编，曾任中国美协书记处书记、美术馆展览部主任、中央文史研究馆馆员。

"文革"时期，"二流堂"被当作"反革命裴多菲俱乐部"遭到批判，《人民日报》赫然刊登了署名檄文《粉碎中国的裴多菲俱乐部"二流堂"》，审查的"堂友"达百人之多。黄苗子和郁风夫妇因此案株连，含冤入狱7年，他俩关押在同一个监狱，却相互不知下落。在郁风的回忆里，监狱生活成了一种修炼："坚持锻炼，斗室之内，日行万米，就感到生命的正常存在。因为我相信，流水不腐，户枢不蠹。身体被禁锢了，思想却可以自由飞翔，和古人、世界对话，飞向每一个熟识的人，飞向每一处可怀恋的地方。"

沧桑之后，黄苗子和郁风声名日隆，夫妇书画合璧，被誉为中国艺术界的"双子星座"，但他们却自称是"行走在艺术世界里的小票友"。两人合出过一本精美别致的书画集，书分两面，从前往后翻是郁风的画，名曰《小小画集》，从后往前翻是黄苗子的书画，名曰《我这本画册》。郁风优美柔和的画面，配上黄苗子粗粝刚猛的书法，刚柔相济。在艺术创作道路上，他们彼此互为师友。黄苗子曾说，"我和郁风能走到一起，可以说是艺术做的媒，我们的结合完全是志同道合，然后互相影响，你中有我，我中有你，融为一体。兴趣一致，心灵相通，互相理解、互相支持，这是爱情、婚姻牢固的基础"。

黄苗子的书画作品曾先后在日本、英国、德国、韩国、澳大利亚及我国台湾、港澳地区和内地展出，并为大英博物馆收藏。

2004年，黄苗子、郁风夫妇一起庆祝了他俩的"钻石婚"，这标志着他们共度了60年幸福的婚姻。2007年4月15日，郁风溘然长逝，享年91岁。作为画家的郁风，在文学上也有较高的成就，她著有散文集《我的故乡》《急转的陀螺》《时间的切片》《陌上花》《美比历史更真实》《画中游》，编有《郁曼陀陈碧岑诗抄》《郁达夫海外文集》等。5年后，黄苗子也于2012年1月8日在北京朝阳医院辞世。这位百岁老人留在世上的最后一句话是："我该做的事都做完了！"

（载《华人月刊》2019年第2期）

王洛宾与三毛："西部歌王"的旷世情缘

王洛宾，这位久负盛名的人民音乐家，一生搜集、整理、创作歌曲一千多首，尤其是《在那遥远的地方》几乎唱遍了世界每一个角落。他后来创作的《达坂城的姑娘》《阿娜木罕》《掀起你的盖头来》《半个月亮爬上来》《玛依拉》等经典歌曲，首首都打动着天山南北男女青年火热的心，被人们誉为"西部歌王"。可写了那么多情歌的王洛宾，自己的情感生活却命运多舛，尤其是到了晚年，他更是遭遇到一次旷世情缘，让他久久不能释怀。

扎根在大西北的"西部歌王"

王洛宾，1913年出生在北京一个小职员的家庭。他的父亲是一个京剧迷，闲来无事，常在四合院内拉胡琴自娱自乐。这对幼小的王洛宾影响颇大，后来他一生与音乐结缘与此无不有一定的关联。

王洛宾是个"不安分"的人，13岁那年只身跑到东北投奔红色苏俄未成，18岁考入北平艺术专科学校，学习西洋音乐，后来因家贫难以供养而辍学。1937年卢沟桥事变爆发，王洛宾再次出走，奔赴大西北参加了作家萧军、塞克、丁玲领导的西北抗日战地服务团，进行抗日宣传。

在六盘山下，一个偶然的机会，他听到了一个名叫"五朵梅"的乡村妇女唱的一首"花儿"，他被那淳朴、率直、热情、奔放的旋律所震撼，于是他下定决心扎根在西北，开始他一生漫长的民歌搜集整理和创作。

王洛宾在西北先后创作出了《达坂城的姑娘》《草原情歌》《阿娜木罕》等几百首情歌，然而他的爱情生活却是不幸的。

王洛宾第一个真正的恋人叫方珊，是一位河南籍的兰州姑娘。他们的初恋是甜蜜的，以至于使王洛宾终生难忘。王洛宾很爱方珊，曾为方珊专门写了一首情歌《半个月亮爬上来》。歌中写道："半个月亮爬上来，依拉拉爬上来。照在我姑娘的梳妆台，依拉拉梳妆台。请你把那纱窗快打开，再把那葡萄摘一朵，轻轻地扔下来……"从这首歌中，不难看出王洛宾的痴恋之情。然而，后来方珊因忍受不了王洛宾常常外出采风而带来的寂寞，最终与他分手了。

后来，王洛宾在兰州与一位名叫黄静的护士结了婚。黄静漂亮文静，聪明贤惠，从不与王洛宾红脸，把小家庭安排得妥妥当当。兰州解放后，王洛宾跟随王震大军开赴新疆，黄静带着孩子回到了北京。不幸的是黄静于1951年离开人世，给王洛宾留下了四个儿女。噩耗从北京传来，远在新疆边陲的王洛宾心都要碎了。

远在宝岛的三毛"悄然出现"

王洛宾一生历尽坎坷，饱经磨难，曾因"莫须有"的罪名，先后两次入狱，尤其是1960年那次，竟长达十五年之久，差点将"牢底坐穿"，而他却信念犹存。年近不惑，妻子病逝，他孤零零地死守在美丽的新疆，仍然痴迷艺术，在默默无闻中仍不放弃对音乐的爱好和追求，不断辗转各地。他写了那么多情歌，却只能冠以"青海民歌""新疆民歌"，不能署上自己的名字。在被埋没了几十年后，1981年王洛宾才声名鹊起，因为历史拂去了尘埃，还原了其本来的面目，人们知道那些动人的情歌都出自他的笔下，人们一次次传唱着他那一首首脍炙人口的歌曲。

1990年春的一天，远在宝岛台湾的著名作家三毛，在《台湾日报》上读到一篇名为《在那遥远的地方——王洛宾老人的故事》的报道。文章写的是一位坚强而矍铄的老人过着简单而快乐的生活，在黄沙漫漫的戈壁滩，用他心底流淌出的歌声抵御着常人难以忍受的苦难，每一首歌都打上了他生命的印迹。

三毛感动了，流下了热泪。她是从小就是唱着《在那遥远的地方》《达坂城的姑娘》长大的。并把这些中国民歌带到西班牙，带到撒哈拉去。放下报纸，三毛立即收拾行囊，义无反顾地千里迢迢来到新疆，她要去寻找王洛宾。

三毛，原名叫陈平，1943年生于重庆。少时因读过《三毛流浪记》，写作后以"三毛"为笔名。这个才气沛然的女子，浪漫洒脱，至情至性。她与荷西的那段生死恋，曾令多少在爱中百转千回的人唏嘘不已。当荷西命殒大海之后，三毛的灵魂便也渺渺不知所终。荷西的死，让她失去了生命中最值得眷顾的理由，其后多年，她一直恍然行走于苍茫的人世间。不想，王洛宾的坎坷经历让她怦然心动。

历经几番波折，三毛终于在新疆乌鲁木齐军区干休所找到年逾七旬的王洛宾。

出现在王洛宾面前的三毛，长发披肩，一身黑红格子毛呢外套，亮晶晶的大眼睛。王洛宾热情地把三毛介绍给自己的新疆好朋友。陪伴三毛走马天山，领略大漠南北的异域风情。

三毛为王洛宾唱了自己的代表作《橄榄树》：不要问我从哪里来，我的故乡在远方，为什么流浪。流浪远方……

在新疆，三毛心中泛起阵阵涟漪，这是荷西离开她之后，三毛第一次动心。她为王洛宾的人生和艺术才华倾倒，饱含着敬仰、爱慕、同情……三毛自己也说不清究竟是什么感情，觉得自己的心和这位老人连在了一起。几天后，三毛依依不舍地离开了王洛宾，但她的心却留在了大漠戈壁。那一年，三毛47岁，王洛宾77岁，他们之间有30岁的年龄鸿沟。

回到台湾的三毛时时刻刻惦念着远在天边的王洛宾。那时的电话通讯还没有现在发达，每个月她都给王洛宾写上几封信，表达心中的爱恋。

一辈子敏感而多情的王洛宾，自然会感知到三毛的那份炽热的情感。但面对这份情感王洛宾却犹豫了。王洛宾写信委婉地回应三毛：

"萧伯纳有一柄破旧的阳伞，但早已失去了伞的作用，他出门带着它，只能当做拐杖用。"王洛宾自嘲而诚恳地说："我就像萧伯纳那柄破旧的阳伞。"后来，王洛宾故意延缓了回信的节奏。

但三毛仍一往情深，她在信中责怪王洛宾："你好残忍，让我失去了生活的拐杖。"五个月后，三毛来到北京，为电影《滚滚红尘》的剧本做最后的修改，刚一忙完编剧的工作。三毛便风尘仆仆飞往乌鲁木齐。

写下他生命的最后一首歌

三毛这次空降乌鲁木齐，带着一只沉甸甸的皮箱，里面装满了她准备长期居住所需的衣物，她要陪王洛宾一起生活。打开皮箱，三毛取出一套十分精美的藏族衣裙。这是她在尼泊尔旅行时特意定做的。三毛知道那个美丽动人的故事：那是王洛宾年轻时到新疆采风，认识了一位美丽多情的姑娘卓玛，有一天两人一起参加赛马，相约如果男的被追上就要重重挨姑娘一鞭子。在比赛中卓玛追上了王洛宾，但她不想重鞭打她的心上人，只是象征性轻轻地打了一下……为此王洛宾创作出传世名曲《在那遥远的地方》。三毛穿起藏式衣裙，就是想唤起王洛宾心中那段久远的记忆。

但接下来的故事，却并不像小说情节那样"从此过上幸福的生活"。

三毛无遮无拦的炽烈感情，让王洛宾的内心时时在挣扎和犹豫，横亘在两人之间的现实又让他惴惴不安。囿于年龄、舆论、子女及其他考虑，王洛宾根本不敢唐突佳人，贸然接受三毛的这份忘年情。现实生活中的王洛宾并没有三毛想象得那么浪漫、那么诗意，这让她很失望。半个月后，热情满满的三毛拖着她沉重的皮箱，离开了乌鲁木齐、离开了大陆、离开了王洛宾。王洛宾望着三毛远去的背影，这才意识到自己失去了一份多么宝贵的感情。

三毛离开王洛宾，写完《西部歌王——王洛宾》后，饱受事业、爱情与疾病三重困扰的三毛，于1991年的1月5日在台北自缢身亡。

噩耗传来，王洛宾极度震惊，他一瓶接一瓶地喝着烈度白酒，他希望在酒精中麻醉自己。大悲大痛之中，王洛宾写下了他晚年最后一首情歌《等待——寄给死者的恋歌》。可惜，远在天国的三毛，已经永远听不到这情深似海的呼唤了……

1996年，王洛宾溘然长逝。他的一生酸甜苦辣，皆因歌而起，皆因歌而终。他曾在一封信里这样写道："我把西部美的民歌奉献给人们，如果大家能在我的歌集中得到一点儿美的满足，那我这一生就太满足了。"

王洛宾走了，他给我们的不是一点儿美的满足，而是为世世代代的后人留下最美的歌，这歌与日月同辉。

舒适：电影演员情感生活的微波细浪

舒适身材魁梧，相貌堂堂，气度俊逸洒脱。在电影《林冲》中饰八十万禁军教头林冲，在影片《红日》中演国民党军长张灵甫，颇具大将风度。早年在舞台上与慕容婉儿同演《清宫怨》（即后来改编成电影的《清宫秘史》），把光绪和珍妃的形象刻画得惟妙惟肖。戏演完，舒适也收获了爱情。

喜结良缘

舒适，1916出生于北京一个知识分子家庭。原名舒昌格。六七岁时随父亲移居上海。19岁入复旦大学。学生时代，舒适除了在篮球和游泳方面表现出了过人之处，还特别喜爱京剧、话剧和古典文学。上海沦陷后，舒适参加了青鸟剧社，曾演出话剧《日出》《大雷雨》等。正式演出时，将父亲的雅号"舒适"为自己所用。

舒适的身材健美，气质不凡，很具备一个电影演员的上镜条件，1938年经许幸之导演介绍，舒适开始从影，第一部影片就是主演星光影片公司摄制的《孤儿救母记》，从此，成了一名职业电影演员。

舒适结识慕容婉儿，缘于同台出演由姚克编剧、费穆导演的清廷宫闱戏《清宫怨》。一个演光绪，一个饰珍妃。

慕容婉儿原名钱欣珍，1920年出生于一个兄弟姐妹众多的大家庭。早在学生时代，就喜爱戏剧、电影。抗战时期，为了减轻家庭负担，她不得不中断了学业，于1939年加入上海剧艺社，并得到一个宛如古典文学作品中的人物名字："慕容婉儿"。慕容婉儿除了演戏，还在《花溅泪》《孤岛春秋》《西厢记》《地老天荒》《故城风云》《艺海春秋》等影片中扮演主要角色，一时成为影迷眼中的"中国的葛丽泰·嘉宝"或者"英格丽·褒曼"。

《清宫怨》在上海的璇宫剧场连演七十一天、九十七场，场场爆满，观众报以热烈的掌声。两人真正进入了角色，感情急速升温，舞台上是一对佳人，舞台下成了情侣。

演出结束，卸妆后的舒适和慕容婉儿，一个身着西装，一个穿上士林蓝的旗袍，外面再披一件黑色的绒线外套。慕容婉儿把头靠在舒适坚实的肩膀上，无比的幸福。

1942年，舒适与慕容婉儿结为夫妇，相同的事业，相同的追求，夫妻相互携手，比翼齐飞，成为当时电影界里少有的双双事业有成、夫妻恩爱的伉俪之一。

痛失爱妻

新中国成立后，舒适任上海电影制片厂演员、导演。电影事业发展的美好前景，为舒适这位演技日趋成熟的优秀演员施展才华创造了良好条件。

从1952年秋开始，舒适在《鸡毛信》《为了和平》《李时珍》《情长谊深》《水上春秋》《林冲》《红日》等影片中担任了重要角色。其中，在1958年江南电影制片厂拍摄的《林冲》中，舒适既担任导演，又饰演主角林冲，是他历来塑造古典人物中的一部力作。

1961年，舒适在《红日》中扮演的国民党军长张灵甫，家喻户晓。多年的艺术实践使他领会到：一个貌似公正、文雅而内心险恶毒辣的伪君子形象更能震动观众的心。他将这一反面角色"俊扮"，并在两军对垒时，胜不狂、败不乱，正因为张灵甫的"沉着、能干"，更显示出我军指挥员的英勇、善战。他扮演的这个角色被称为当代影坛上的"反派三杰"之一。从《林冲》到《红日》，标志着舒适的艺术水准已达到炉火纯青的地步。《红日》后，又导演了数部影片。

而慕容婉儿，1953年进上海电影制片厂译制片组，后转入上海电影译制厂任翻译。先后单独翻译或与人合译了德国、英国、法国、印度、西班牙、阿根廷、墨西哥、希腊、芬兰、匈牙利等十多个国家近三十部影片的剧本。这些作品中，不少是在国际上享有盛誉的名作，如德国的《世界的心》、印度的《两亩地》、法国的《没有留下地址》、英国的《鬼魂西行》《抗暴记》、捷克斯洛伐克的《仲夏夜之梦》、墨西哥的《勇敢的胡安娜》等。

可没几年，"文革"开始了，上海的《解放日报》《文汇报》同日发表了一篇批判《红日》的文章，提到舒适扮演张灵甫是"反革命演反革命"。舒适把反角演得如此精彩，也成了一条罪状，他被关进上影厂一间只放得下一张小桌和一张小床的屋子。而此时慕容婉儿也不幸患上了癌症。造反派却不让她看病，派人轮流日夜看管着。

舒适被隔离、被批斗，对慕容婉儿而言无异于雪上加霜，肿瘤一天天恶化，扩散到淋巴，人一天比一天消瘦。她知道自己来日无多了，只是一心惦记着舒适，把平时几乎不用的食用油积攒下来，和舒适喜欢吃的糖一起储藏在柜子里，然后就是翻看日历，期盼节假日干校会放舒适回来一趟。可是，还没等到那一天，她连下床都困难了。

当舒适被两名造反队员押解，从"五七干校"回到家里，只见癌症晚期的慕容婉儿直挺挺躺在床上，目光已经呆滞。"婉儿！婉儿！"在舒适的大声呼唤下，她才微微睁开原本那么美丽的双眼，见到了穿着打满补丁棉衣的舒适，露出一丝笑容，好像说了句什么，声音很微弱，可是舒适还是听懂了，她是不想看见他被人押解回来。舒适不由悲从中来，他尽量克制住，但仍抽泣了一声。慕容婉儿似乎听到了，微微睁开眼睛，艰难地举起肿大的手臂，想抹去他的热泪，但是还没触及就昏了过去……

1970年1月26日，正值壮年的一代影星慕容婉儿辞世，在舒适心中留下了刻骨铭心的痛。

幸福晚年

五年后，经历了与慕容婉儿生离死别的舒适在上影厂邂逅了年轻时的同事、著名影星凤凰。

凤凰，原名严慧秀。舒适和她早就相识。1939年拍《李三娘》，周璇扮演李三娘，舒适饰演"偷鸡贼"刘智远，而当时刚满11岁的小明星凤凰反串演李三娘之子"咬脐郎"。一次，拍"飞马追兔"的镜头，凤凰不慎从马背上摔下来，疼得抹泪，舒适像兄长般立刻将她抱起来，边揉边哄，凤凰破涕为笑。

拍完这部影片，导演张石川便给这个小明星取了个"凤凰"的艺名。1940年，凤凰和慕容婉儿在一起合作拍摄《西厢记》，慕容婉儿演崔莺莺，凤凰反串她的弟弟欢郎。两人以后成为一对很要好的姐妹。凤凰还见证了舒适和慕容婉儿的幸福婚姻。

这次见面，舒适了解到，凤凰的丈夫也已去世有十年了，相同的生活遭遇，命运之手让两个饱经沧桑的心相互靠近。1975年3月1日，59岁的舒适和47岁的凤凰走到了一起。双方的儿女依然按照原来的习惯，凤凰的孩子称呼舒适"伯伯"，舒适的儿女叫凤凰"阿姨"。

舒适对比他小一轮的凤凰非常关心和照应。2002年，凤凰住进了医院，动了大手术，舒适就经常打电话给女儿，叫她陪着一起去医院探望。有一天，女儿正在外面办事，突然接到父亲的电话，说凤凰不好了，要她立即陪他到医院，到了医院，一见凤凰好好的，这才放心。

凤凰说："老头子心地善良，对我好，对我的孩子也好，更离不开我，所以我要伺候他，一定要让他有一个安稳的晚年。"

在经历了人世间多少次的风云变幻之后，他们更加珍惜生命、珍爱生活，几十年携手相依，不知不觉地迈入了人生的暮年。

当年体格强健的舒适，渐渐耳背眼盲，银发闪闪的他不再活跃在篮球场上和游泳池里，他哪儿都不能去了，在自己的家中，戴上耳塞，听听京剧，打打节奏，有时在凤凰的协助下，取出胡琴，拉上几段京胡，聊以自慰。

很长一段时间，舒适常常会突然在半夜里，用他那浓浓的上海话叫起来："几点啦，通告来了伐？服装准备好了伐？有人来伐……"他还沉浸在拍电影的氛围中，还在做着拍电影的梦。

2015年6月26日，刚过完99岁生日后的一个月，舒适驾鹤西去。一年之后的9月26日，凤凰也在上海病逝。

慕容婉儿、舒适、凤凰，在仙界三人同行……

周巍峙与王昆："歌声换来意中人"

周巍峙是我国著名音乐家，由他作曲的《上起刺刀来》《前线进行曲》《中国人民志愿军战歌》成为那个时代抗日救亡和抗美援朝的最强音，曾鼓舞激励了无数中国军民抗战的坚强斗志。他与著名歌唱家王昆的美满婚姻，在文艺界内外有口皆碑。他们因歌结缘，走过70年的美满婚姻。人们将他们的爱情赞为："伯乐推荐百灵嗓，歌声换来意中人。"

因歌结缘

周巍峙，原名良骥，1916年出生于江苏东台一个贫民家庭。小时候，在东台昆剧团敲锣打鼓的祖父常带他去茶馆听书。上小学时，跟随父亲到上海生活。在上海，周巍峙一家生活穷困潦倒，家中只有一张床，他经常睡在地板上。1934年，周巍峙在上海参与左翼歌咏活动，深感社会太多不平，太多黑暗，决心与之巍然对峙，遂改名周巍峙。先后创作了《前线进行曲》《上起刺刀来》等多首抗日歌曲，编辑出版了第一本救亡歌曲集《中国呼声集》。1937年他从上海西成里出发，参加八路军奔赴延安。

1938年10月，周巍峙带领西北战区服务团从延安来到晋察冀边区。有人对他说："唐县妇救会有个女干部歌唱得好"，名叫王昆。

王昆，1925年出生于河北唐县，14岁赴晋察冀边区参加革命。对音乐人才素有一种偏爱的周巍峙专程来到唐县，那一天，王昆在台上，亮开歌喉唱了一首她的"保留曲目"——《松花江上》，在热烈的掌声中，周巍峙听罢这位小姑娘的歌声，情不自禁地发出"真行"的感叹。当了解到，这孩子很能干，小小年纪就参加妇救会，是棵好苗，不自觉地从心里喜欢上这个女孩，于是便把王昆调到"西战团"。

后来，周巍峙被调入延安鲁迅文艺学院戏剧音乐系任助理员兼鲁艺文工团副团长。王昆则进入鲁艺学习，毕业后成为鲁艺文工团成员，这年王昆19岁。瘦骨嶙峋，梳着两个丫丫辫，一看就是一个地道的农村女孩子。当时延安的秧歌扭得正火，延安的民歌也唱得正火，王昆很快就被西北高原高亢的民间歌曲吸引住了，她跟着民间艺人唱秦腔、唱信天游，感到一种难以言表的兴奋。于是，桥儿沟的山坡坡上、小麦地里、小河滩头便不时响起了她那银铃一般的歌声。优美的歌声也时常让周巍峙听到，一种别样的情感在心里悄悄萌发。

王昆的第一个艺术高峰是饰演新歌剧《白毛女》中的"喜儿"。是周巍峙和许多专家力推王昆出演这个角色的。

在紧张的排练中，周巍峙不断给王昆以艺术指导。《白毛女》作为献礼节目在中共七大上推出，公演那一天，毛泽东、朱德和许多中央领导，参加七大的代表以及各个解放区的首长几乎全来了。王昆的演出非常成功。当大幕落下后，王昆和同伴们扒开幕缝看中央首长和代表们的反应。她看到，场上观众反应很热烈，好多人哭了，她甚至看见毛主席也用手绢擦着眼泪。

周巍峙与王昆的爱情，终于在革命文艺工作中萌发和升华。饰演"喜儿"成功后，王昆心中也暗暗喜欢上了既是领导又是老师的周巍峙。作为革命圣地延安的当红"明星"，王昆引来很多的求爱者，可她却坚定不移地把绣球抛给了自己的心上人——周巍峙。但他俩的相爱并不顺利，那时王昆还不是党员，当时党内有一条规定：党员领导干部不可以和非党员群众结婚。然而，纯真的爱紧系着两个人的心。周巍峙更加用心在政治上帮助王昆。1943年，王昆迎来双喜临门，加入了共产党，同时经过四年的相处与周巍峙结为夫妻。

共攀高峰

新中国成立后，这对革命伉俪迎来了政治和艺术生命中的高峰。1950年，周巍峙随志愿军一起参加抗美援朝战争，在行军的志愿军中，一位炮兵连的政治指导员麻扶摇写了一首出征诗："雄赳赳，气昂昂，跨过鸭绿江，保和平，卫祖国，就是保家乡……"表达响应祖国号召，参加抗美援朝的信心和决心。这首诗一下激发起周巍峙的创作激情，便立马进行谱曲，仅半小时即谱写完毕，歌名叫作《打败美帝野心狼》。后来周巍峙觉得歌名不够理想，便将其改为《中国人民志愿军战歌》。当年12月30日，《人民日报》发表了这首歌，这首音调铿锵，节奏坚定、气势磅礴的歌，真实地表现了中国人民军队的英雄气概、必胜决心和乐观主义精神，成为著名的志愿军军歌，传唱全国。此后周巍峙还在中央实验歌剧院主持了《刘胡兰》《槐荫记》和《草原之歌》等不同风格的新歌剧的创作和演出。

王昆在新中国成立后任中央实验歌剧院演员，在演唱《南泥湾》《翻身道情》《秋收》及歌剧《白毛女》的过程中，她积极探索中国民族唱法的规律，吸收西洋发声的长处，形成了自己音色明朗、感情质朴、处理细腻的演唱风格，成为中国歌坛民族唱法的开拓和奠基者之一。1962年王昆由中央实验歌剧院调至东方歌舞团。

在庆祝中华人民共和国成立15周年的大型音乐舞蹈史诗《东方红》中，周恩来总理亲自点将周巍峙担任组织指挥小组的总指挥，负责创作工作。周巍峙不辱使命，仅用两天就拿出了大型歌舞第一稿提纲，"东方红"这个名字就是周巍峙起的。当指挥小组研究到《农友歌》的主唱人选时，周巍峙率先表态，"选角儿第一条要依赖实力"。王昆无疑是最佳当选人，经过指挥部集体研究最后决定，她的演唱也大受好评。革命音乐舞蹈史诗《东方红》在人民大会堂彩排，"总导演"周恩来总理看后对周巍峙开玩笑说："你编曲来她唱歌，真是红色歌坛的艺术伴侣呀。"一时在文艺界传为佳话。

在周恩来总理逝世1周年之际，与周总理有过密切交往并在周总理领导下工作多年的周巍峙，创作激情奔涌，为乔羽等人的歌词《十里长街送总理》谱曲。高山呜咽，大海悲鸣，北京街头泪送周总理的感人场面被周巍峙用音乐呈现出来，撕心裂肺，震撼人心。这首歌依然由王昆登台演唱，一时间，台上台下难忍泪水。

伉俪情深

拨乱反正后，周巍峙和王昆得到解放。周巍峙在文化部担任党组书记和全国文联主席的重要职务。王昆则担任东方歌舞团团长，此后，又受聘担任东方华夏艺术中心总监、理事长，始终忙于教学和演出。

1982年10月4日，中央提出要创作和演出一部《中国革命之歌》的决定。周巍峙出任该剧创作演出领导小组组长。阔别文艺界近20年后，他再次披挂上阵，指挥一部新的史诗性大型歌舞。邓小平在1984年国庆节期间观看首演后，评价是"很好"。胡耀邦陪同来访的金日成观后，评价是与《东方红》相比，"各有千秋"。

在歌坛，王昆有"伯乐"的美称，她总是能独具慧眼挖掘培养人才。在领导东方歌舞团十年工作中，经她培养的远征、郑绪岚、朱明瑛、牟炫甫等人，成为我国歌坛享有盛名的优秀艺术家。并推出了一台台格调高雅、多姿多彩的中外歌舞节目，曾赴朝鲜、印度、日本、泰国、新加坡等国访问演出。王昆先后获得国家颁发的金质奖、巴基斯坦总统授予的"卓越明星"勋章、我国首届金唱片奖，被誉为"德高望重的歌唱家"。夏衍高度评价王昆的歌声"朴实纯真、一片天籁"。茅盾1979年欣然为王昆赠诗："早岁歌喉动八方，延安儿女不寻常。新人旧鬼白毛女，陕西江南大垦荒。白骨妖精空施虐，丹心兰蕙自芬芳。若非粉碎奸帮四，安得余韵又绕梁。"

2014年9月12日，著名音乐家周巍峙因病医治无效，在北京逝世，享年98岁。2014年11月21日，著名女高音歌唱家王昆也追随而去，享年89岁。两位老人相隔三个月先后去世，令人唏嘘，想来，是多么不可思议，也让人再一次被他们的相爱弥坚、风雨同舟、伉俪情深所感动。

两位艺术家已驾鹤西去，然风华犹存。人们将永远纪念这对"德艺双馨的人民艺术家"，这对走过70年婚龄的老夫妇——周巍峙、王昆。

（载《金陵晚报》2017年2月17日）

丁聪与沈峻：漫画家的幽默与爱情

2009年暮春的一天，93岁的著名漫画大师丁聪走了，家中不设灵堂、不开追悼会、不留骨灰，只怀揣着夫人沈峻的一封满含深情的书信，去了天堂。留下的是他一生用画笔记录中国世间百态的漫画和夫妇俩一辈子为世人称道的婚恋童话。

迟来的爱情

丁聪，1916年生于上海金山区枫泾镇，自幼受家庭影响，4岁时发表《京剧人物》画作，中学时代以漫画崭露头角。开始时用丁聪的名字，但"聪"字笔画太多，制成锌版后，字迹模糊，写小了看不清，写大了在一幅小画上又多占了版面，不协调。后来画家张光宇建议丁聪，何不用"小丁"？张光宇说："你老爸叫老丁，你就叫小丁好了。"从此，丁聪就用"小丁"作笔名。这笔名，用丁聪自己的话来说，还有一层意思，"小丁"即"小人物"也，符合自己一辈子的经历。几十年来，他就爱听别人叫他小丁。

抗战开始后，丁聪在上海为《救亡漫画》杂志作画，编辑《良友》《大地》《今日中国》等画报。所创作的漫画让他成为中国第一代漫画家，与华君武、叶浅予、张乐平齐名。他的漫画影响了一代又一代中国人，很多人都是看着他的漫画长大的。

1940年，丁聪到重庆任中国电影制片厂美术师，曾为话剧《雾重庆》设计布景。1942年在桂林、重庆、成都、昆明等地，担任《钦差大臣》《正气歌》《北京人》等美术设计，同时在重庆举办个人画展。抗战胜利后回到上海，继续从事讽刺漫画的创作和舞台美术设计。主编《清明》文艺杂志。

新中国成立后，丁聪来到北京，任《人民画报》副总编兼编辑室主任。他在社里的食堂解决"一日三餐"，工作在编辑室里，忙起来就干个通宵，有时索性睡在办公桌上。

岁月流淌到了1956年，40岁的小丁仍然是"光棍儿"一个。他的婚姻真成了大事，被领导列入了议事日程。时任文化部部长的夏衍说："年内小丁结婚，我包了！"夏衍如此"大包大揽"，是因为他知道小丁正在热恋中。为了这一份爱，丁聪一直等到40岁。

丁聪热恋的心上人是上海复旦大学毕业的沈峻，在国务院外文局做编辑。

沈峻，原名沈崇，祖籍福建闽侯，其外公是著名文学家、翻译家林琴南，曾祖父沈葆桢，系林则徐的女婿。

沈峻具有江南美女的灵秀，长得亭亭玉立、俊美俏丽。她和丁聪妹妹丁一薇是同学，沈峻十分欣赏丁聪的漫画，爱屋及乌，对丁聪其人便也充满了好奇心，经常向丁一薇询问有关丁聪的情况。姑娘的心是藏不住的，丁聪妹妹从沈峻的眼神里窥见了她心中的秘密，于是，便带着她去看望哥哥。小丁见到沈峻也是眼前一亮，犹如见到久别重逢的好友。

后来逢上星期天，沈峻常跑到丁聪的单身宿舍"义务劳动"，给他洗衣服、收拾房间。1956年，他们结婚了。"夏公"算是证婚人。这以后，这对新人心贴着心、手牵着手，走过了几十年的风风雨雨的人生之路……

主事的"家长"

命运常会捉弄人。就在他们结婚的第二年，丁聪忽然莫名其妙地成了右派，这时沈峻正在待产，而他自己即将被发配到北大荒"劳动改造"，丁聪没有勇气将这事告诉妻子。一直等到出发前的两天，丁聪才跟沈峻说："你帮助我收拾一下行李吧，去北大荒，我不能耽误你，我们离……"当时，因成为右派而夫妻异的人不算少，"我想还是自己先提出来算了。"没想到，沈峻没等丁聪把话说完，就伸手捂住他的嘴巴，不许丁聪胡说。她说："你可能犯错误，但我相信你决不会'反党'。""她把家里能带的东西，都给我带上了，主要是衣服，连她的毛衣也给我了，她说那边冷，多穿点儿衣服，要自己照顾好自己……"

几天后，丁聪隔着医院婴儿室的玻璃窗，瞧了眼妻子和刚出生的儿子，就匆匆登上开往北大荒的列车。

沈峻的坚贞让他们的爱坚持下来，夫妻深情相思，皆寄于鸿雁。三年后，丁聪"摘帽"回到北京，抱着从未抱过的儿子，百感交集。儿子四五岁的时候，沈峻说："你不想再要一个女儿吗？"丁聪说："我当然也想，可是……你太苦了，我不能让你再为我多吃苦了……"就这样这对夫妻此生只养育了一个儿子。

可好日子没过多久，"文革"开始了，丁聪又一次被批斗，之后又到美术馆扫地，写标签，就是不许他画画。他偷偷用泡沫塑料剪猪、剪鸡、剪鲁迅和高尔基的人头像，在废标签上画漫画。

这顶"右派""帽子"，一直到党的十一届三中全会以后，才获平反。老朋友黄永玉总结丁聪命数为一切皆慢："四十岁方娶小丁嫂，一慢也；'反右'多少年后方落实政策，二慢也；'文化大革命'多少年后方平反，三慢也；住小屋数十年才分配到楼房，四慢也。"

丁聪说，我这一辈子历尽风霜雨雪……我能坚持下来，全靠沈峻的扶持，在那么艰难的日子里我之所以没有绝望，就是因为我怀里揣着她的爱，揣着家的温暖……如果没有她，哪里还有我？

特别的告别

也许是造物主早就安排好了，一个人若在某方面身怀绝技，在其他方面可能就一塌糊涂。丁聪也是，料理生活的能力极差。

小丁不会做饭，连面条都不会煮。"打光棍"时，他就在单位吃食堂或者偶尔下馆子。

结婚以后，每顿饭吃什么，几时喝牛奶、喝茶、吃点心等，全都唯妻子是从。丁聪喜欢甜食，每天都要吃冰棍，他最高兴的就是吃冰棍，一年四季天天吃，数九寒天也要吃。后来他患了糖尿病，饮食需要控制，沈峻每天只给一根无糖的冰棍，每天早晨定量供应他一片面包、一个西红柿或者半根黄瓜。

对妻子如此严格的"管教"，丁聪戏称沈峻为"家长"，平时他就干一件事，画漫画或者写文章，除此之外，他的一切"内政、外交"事务，统统依靠"家长"。以至于后来，连丁聪的朋友也都称沈峻为"家长"。

丁聪做人一向低调，讨厌出风头。所以，记者的采访，十之八九都被"家长"谢绝。家里的电话全由沈峻接，这是惯例。编辑约稿、出版社出书、办画展等，都由沈峻一人安排。

丁聪的画稿全交给妻子保管，几只大箱子里装得满满的，哪件作品在哪儿放着，她一清二楚。若是问丁聪，他就傻了眼。要出书或办画展，编辑提要求，丁聪定原则，具体操作就是沈峻的事了。沈峻是高级编辑，干这类事情得心应手。

丁聪常说："幸亏我这辈子娶了位这么能干、又这么专业的好夫人。如果没有她，我都不知道该怎么生活了。"

2009年4月中旬，丁聪意外跌倒，5月26日，丁聪平静地走了。沈峻把一封信揣到他怀里，以这种浪漫的方式跟他作别。她在信中写道：

小丁老头：

我推了你一辈子，就像高莽画的那样，也算尽到我的职责了。现在我已不能再往前推你了，只能靠你自己了，希望你一路走好。

我给你带上两个孙子给你画的画和一支毛笔，几张纸，我想你会喜欢的。

另外，还给你准备了一袋花生、几块巧克力和咖啡，供你路上慢慢享用。巧克力和咖啡都是真糖的，现在你已不必顾虑什么糖尿病了，放开胆子吃吧。

这朵小花是我献给你的。有首流行歌曲叫《月亮代表我的心》，这朵小花则代表我的魂。

你不会寂寞的，那边已有很多好朋友在等着你呢；我也不会寂寞的，因为这里也有很多你的好朋友和热爱你的读者在陪伴着我。

再说，我们也会很快见面的。请一定等着我！

信的末尾写着：永远永远惦记着你的凶老伴沈峻。

丁聪去世后不久，沈峻大病一场，是肠癌。开完刀，沈峻醒过来时说，"丁聪在天上做快乐的单身汉，我在地上做快乐的单身汉，我们都很快乐。"

2014年12月11日，沈峻逝世，两人终于快乐地团聚了。

吴祖光与新凤霞：灿烂的一束霞光

吴祖光、新凤霞夫妇，是闪耀在我国戏剧舞台上的一束灿烂霞光。他们一个写戏，一个唱戏；一个才子，一个佳人，无论岁月怎样流逝，无论风云怎样变幻，也无论世事怎样跌宕，他们都相伴着共历坎坷，不离不弃，本色依然。

老舍牵线搭桥

著名戏剧家吴祖光，又名吴召石、吴昭。1917年出生在北平，祖籍江苏武进（今常州市）。

新凤霞，原名杨淑敏，小名杨小凤。1927年出生，6岁学京剧，12岁学评剧，14岁任主演。1949年后任北京实验评剧团团长，评剧新派创始人。

1950年，吴祖光从香港回国，在一次文艺界会议上，老舍就热情介绍他和新凤霞认识，有心撮合他们结为一对。表面上看，两人很不般配，出身诗书世家的吴祖光文质彬彬，新凤霞却大字不识，就是戏唱得好。

新凤霞长着一张漂亮的脸，没有丝毫缺陷，不化妆谁看了都惊艳，吴祖光也不例外。他听老舍评价新凤霞是"共和国美女"，听艾青赞誉她"美在天真"。就连周总理都说"三天不喝茶，不能不看新凤霞"。总理喜欢听新凤霞的戏，还说新凤霞是个值得尊敬的漂亮女人。

新凤霞演过吴祖光的《风雪夜归人》，心里早已对他留下美好印象。

他们真正从陌生走向熟识源于一次"求援"。那天，新凤霞给吴祖光打电话，说有事求帮忙，吴祖光急匆匆骑车首次到新凤霞的住所。新凤霞说，全国青联大会就要召开，要她准备一个大会上的发言稿，但不知该说什么，可把她难住了。

在几千人的面前唱戏她不怕，可在台上发言，想起来就浑身发抖。

吴祖光听了，笑着说："这事太容易了，你说，我来写。"两个人一个说，一个记，很快就把提纲弄出来了。

聊天的时候，吴祖光发现新凤霞的手和脸被蚊虫叮了很多包。回去的路上，他想起有一顶从香港带回来的珍珠罗蚊帐，就顺路买了一柄小榔头、钉子、铅丝、绳子……回去把帐子找了出来。晚饭后又去新凤霞家里，把罗蚊帐挂起来了。

第二天一大早，吴祖光来到新凤霞的家，拿出连夜赶写的发言稿给她。认不得几个字的新凤霞不好意思地说："您能不能念给我听听？"吴祖光开始耐心地读给新凤霞听。

新凤霞很快就背了个八九不离十，吴祖光赞她聪明，这句赞美让新凤霞满脸通红，她低着头摆弄手指不作声，吴祖光看着美丽的新凤霞也没了言语。

不久，他们恋爱的消息在文艺界流传开来，一些人反对：吴祖光从香港回来，必然是生活浪漫，惯于花天酒地，道德败坏，不负责任。而新凤霞作为北京最年轻最轰动的演员，也面临着各种压力。她知道吴祖光曾与话剧演员吕恩1946年在上海结过婚，是夏衍和叶圣陶做的证婚人，后来他们离婚了。新凤霞对自己的爱情与婚姻，表现出和她戏里演的刘巧儿角色一样的坚定，她说："我认为我的选择是对的，我坚持，我认定了的事谁也破坏不了，我结婚不结婚，父母不管我，领导也管不着，台上唱刘巧儿，唱婚姻自由，台下还在婚事上这么不勇敢吗？"

面对来自戏剧界的压力，她甚至说："评剧是我的生命，吴祖光是支撑我生命的灵魂，不能两全，我宁要祖光。"

1951年9月，吴祖光和新凤霞在北京南河沿欧美同学会的大院里，以鸡尾酒会、自助餐的形式举行了隆重的婚礼。

结婚那天，新凤霞穿的是郁风亲自设计的一件紫色旗袍，灰色绒背心，黑色半高跟鞋。吴祖光穿一身从香港带回来的蓝色西装、白衬衫、红花领带。证婚人是郭沫若，男方主婚人是阳翰笙，女方主婚人是欧阳予倩，介绍人是老舍。茅盾、洪深、梅兰芳、尚小云、程砚秋、荀慧生……京城文艺界的大师老友年轻一代都来了。

这一年，吴祖光34岁，新凤霞24岁。

突来的大磨难

1957年是一个风向逆变，左右摇摆的年份，就在这一年，世人眼中的"才子佳人"吴祖光与新凤霞，在艺术生命正当巅峰的时候遭遇了巨大的变故。这年5月，中央号召大家帮助党整风，吴祖光本来就好打抱不平，这次他准备响应毛主席的号召，对文艺界的领导提些意见，对政治一贯胆小的新凤霞坚决不同意。

5月31日，周扬、阳翰笙邀请吴祖光出席全国文联的一个会议，派人派车来接，一向温顺的新凤霞却叉着腰站在门口不许吴祖光出去，汽车在外不停按喇叭，接的人在旁催促，吴祖光情急之下用力推开妻子出了门。

在人数寥寥的会议上，吴祖光发了言，反对"外行领导内行"，事后他的发言被加上标题——《党"趁早别领导艺术工作"》见诸报端，吴祖光成了反革命右派分子，1958年，被发配北大荒劳改三年，此时的新凤霞不过30岁出头，风华正茂，艺术生命正值巅峰，文化部领导找新凤霞谈话，指着报上的吴祖光的名字，要她与吴祖光划清界限，断绝和吴祖光的夫妻关系。

新凤霞听了，坚决拒绝，说："吴祖光是好人，我一定要等他回来。王宝钏等了薛平贵18年，我可以等吴祖光28年。"

吴祖光三年后从北大荒平安回来，可好景不长，"文革"开始了，吴祖光再次被揪了出来。这一次新凤霞也被拉出来批斗，但评剧还得依靠她去演主角，于是舞台上照样演，谢幕时不得上台露脸，而后立马到后台倒痰盂、打扫卫生。但观众对于新凤霞的热爱是无法改变的，在上海演出时，每逢新凤霞主演都场场爆满。

演绎绝代爱情

当所有风云散尽，吴祖光再次迎来了他的创作高峰，而他的妻子却因在"文革"中不断挨整批斗，左膝盖严重伤残，从此告别了魂牵梦萦的舞台。吴祖光心疼新凤霞，总觉得这都是自己连累的，他每天推着坐在轮椅上的新凤霞出门，一对老人相依相伴，互相照顾着。

而新凤霞没有沉沦，也没有绝望，她一边教学生唱戏，一边在吴祖光悉心照顾、鼓励下，开始画画。因为早年新凤霞曾是齐白石的亲传弟子，有着深厚的绘画功底。她在丈夫的鼓励下，拿起画笔开始绘画，吴祖光看到妻子画得比较满意的作品，就给她亲笔题字，新凤霞都会像孩子似的异常高兴。

吴祖光还鼓励妻子写作，他说："你写文章吧，像你当年学文化交作业那样，想到什么写什么，想到哪儿就写到哪儿。"

新凤霞认字不多，常常要用别字或者符号代替，比如"杜"字不会写，她就在那个位置画一个小肚皮，常常惹得吴祖光捧腹大笑。

正是丈夫不断地鼓励，让新凤霞在残疾后的二十多年间，在她自己的书房里画出了几千幅的花鸟作品，写出了《评剧皇后与作家丈夫》《舞台上下》《新凤霞卖艺记》《我和皇帝溥仪》等二十九部作品，大约四百万字的文学著作。因为有吴祖光，曾经一个字不识的新凤霞创造了奇迹。

1998年，吴祖光夫妇双双回归故里，不料新凤霞却因疾病突发不幸魂栖常州。此后吴祖光只能在深深的孤独与悲痛中苦度余生。吴祖光在妻子逝世后，竟然意外地失语了，谁也没想到，挺过了许许多多风雨和打击的他，在妻子离开的那一刹，永远缄默了。他习惯了与新凤霞相伴的日子，习惯了他们在各自的书房里快乐地忙碌。可有一天，妻子突然病故。新凤霞的离去，让他无法相信，此后，他一直住在她的书房里，到死也没离开过。

五年以后，2003年4月9日，吴祖光去世，走完了他坎坷而辉煌的一生，享年86岁。吴祖光的女儿吴霜这样写："……我深信，父亲是去和母亲会合了，他挑选了一个初春的早晨上路……"

人称"神童作家"和"评剧皇后"的吴祖光、新凤霞，霞光万丈，将永远闪烁在中国现代戏剧史的天空。

（载《金陵晚报》2016年7月24日）

瞿维与寄明：中国乐坛的一对伉俪

瞿维与寄明都是我国著名的作曲家，相识在延安，或许是上帝的安排，让两个音乐人走在了一起，风风雨雨几十年，他们为音乐而歌，在一首首飞舞的音符中，跳荡着他们伉俪无尽的爱情。

钢琴当"红娘"

瞿维，原名瞿世雄，1917年出生于江苏常州。自幼喜爱音乐和戏曲的他，早在读初中时就积极参加学校的歌咏和京剧活动。在人民音乐家聂耳、冼星海的影响下，走上音乐道路。1936年起，瞿维先后在上海、湖北宜昌任中小学音乐、美术教师。1938年11月入重庆中国电影制片厂合唱团，担任钢琴伴奏。1940年奔赴革命圣地延安，任教于鲁迅文学艺术学院音乐系。在这里，瞿维相识了早他半年来到延安的、有"延安第一位女钢琴家"之称的青年寄明。

寄明与瞿维同庚，原名吴亚贞，是江苏淮安人。来延安之后，为了表达"寄希望于明天"的信念，改名为寄明。

寄明自幼学习过多种乐器，曾考入上海国立音专主修琵琶和钢琴。抗战爆发后积极参加抗日歌咏活动。1939年8月，寄明怀着追求光明的信念，告别家庭，冲破重重阻力，到达延安，在鲁迅文学艺术学院担任教员。

1941年，在重庆的周恩来将一位爱国人士赠送给他的德国钢琴转送给延安鲁艺，钢琴在当时可谓是珍贵的乐器，只允许三个人弹奏使用，其中有寄明和瞿维。

没想到这架钢琴却牵起两人的情愫，1942年瞿维和寄明在延安宝塔山下的窑洞里结为伴侣，并从此一起为中国的音乐事业奋斗一生。

圆满音乐梦

1942年瞿维和寄明夫妇同时参加了享誉盛名的延安文艺座谈会。二十年后，寄明在《解放日报》发表的《指路明灯》一文中，深情地回忆当年毛泽东在这次座谈会上和他们交流的情景。

座谈会召开三年后，瞿维的第一部重要作品《白毛女》歌剧诞生，是同马可、张鲁等合作完成的。《白毛女》开创了中国新歌剧的里程碑，在中国民族歌剧发展史上具有划时代的意义。此剧在延安连演三十多场，反响极为强烈，极大地鼓舞了抗日军民的斗志。后来瞿维于1951年同张鲁合作电影《白毛女》的音乐，于1961年完成的管弦乐幻想序曲《白毛女》，以及于1974年根据舞剧《白毛女》的音乐编成的管弦乐组曲《白毛女》等，都可视为对同一题材的不断深化和对相同音乐材料的更绚烂多彩的发挥。

1946年，瞿维创作了《花鼓》，这是40年代一部重要钢琴曲。音乐表现了民间热烈的歌舞场面。乐曲开头的引子，模仿民间锣鼓的节奏和音响：一段开场锣鼓过后，仿佛场面已经打开，欢悦的舞蹈正式开始；中间段是轻歌曼舞，曲调是《茉莉花》的演变，行板；中段过后，再现第一段的曲调，但音乐比开始时更为热烈、欢腾。与此前的中国钢琴曲相比，《花鼓》具有更浓重的民间气息。是用钢琴这件洋乐器表现中国乡土气的成功创作，开拓了钢琴音乐美的新天地。

新中国成立后，瞿维于1952年6月起任中央新闻电影制片厂作曲组组长和中央电影局作曲训练班教员。1955年9月，他作为国家特别选修生被送往莫斯科柴可夫斯基音乐学院作曲系学习作曲、复调、配器。1959年9月他毕业后回到上海，任上海交响乐团专业作曲家。

1963年，瞿维创作完成了一部脍炙人口的交响诗《人民英雄纪念碑》，并成了他的代表作之一。

瞿维还有其他一些创作：为优秀影片《革命家庭》写了音乐；钢琴曲《洪湖赤卫队》幻想曲，继而又改编成管弦乐曲；1964年他创作了组曲《光辉的节日》；1965

年他深入大庆生活，铁人王进喜等先进工人的事迹深深感动着他，随后他创作了歌曲《五好工人之歌》，同年《红旗》杂志向全国推荐包括此歌在内的10首歌曲时，正式定名为《工人阶级硬骨头》，在全国流传，影响至今，之后他还以大庆为题材，创作了大合唱《油田颂》……"文革"后，瞿维焕发了新的艺术青春，创作了好多首歌曲，1988年，瞿维应邀为海南建省创作了管弦乐《五指山随想曲》。

寄明在新中国成立后从北京调入上海电影制片厂，长期从事电影作曲。为《李时珍》《鲁班的故事》《金沙江畔》《燕归来》《凤凰之歌》《平凡的事业》等近三十部电影作曲，其中《凤凰之歌》等影片的插曲广为流传。

特别是1978年为《英雄小八路》创作的主题歌《我们是共产主义接班人》，获1954—1979年第二届全国少年儿童文艺创作一等奖，并由共青团中央定为中国少年先锋队队歌；1980年获少年儿童音乐作品一等奖。

寄明经常为少年儿童写歌曲。有一次，寄明从一位教师嘴里听到，有些少年儿童缺少理想，要是有首歌，能激起他们对祖国的热爱，帮助他们树立崇高的理想，那该有多好啊。这以后，寄明一有空就酝酿着写一首歌唱祖国、歌唱理想的歌曲。由于一时找不到较好的歌词，一直没能写成。1981年春天，寄明正忙于为一部电影片谱写乐曲。一天，邮递员送来一封信，寄明拆开一看，原来是一位作者寄来的一首歌词《少年，少年，祖国的春天》。如此美的题目，立即吸引了寄明，她马上朗读起来："我们欢乐的笑脸，比那春天的花朵还要鲜艳；我们清脆的歌声，比那百灵鸟还要婉转……"这不正是自己一直盼望谱曲的歌词吗？她读了一遍又一遍，终于，一个动人的旋律随口飞了出来，创作出《少年，少年，祖国的春天》，歌曲一发表，全国各省市的电台都播放着这首少年歌曲。全国千百万少年儿童都唱起了这首歌曲。这首歌还被编在《少先队活动歌曲选》里。

陪妻抗疾病

20世纪80年代中期，享誉乐坛的作曲大家寄明突然患上了早期老年痴呆症，有一次寄明上街时，走到淮海中路因迷失了方向，昏倒在路旁。幸被一位熟人发现，送她回到家中。但从此她的病便日益沉重，未能好转。1986年9月寄明已经什么都不明白了。只见她哭一阵又笑一阵，而瞿维却在一旁不住地对她说话，可怜的寄明痴痴地望着与她相伴一生的丈夫，什么也没听懂。瞿维心急如焚，四处奔走，百般求医。

每天一早，瞿维起床的第一件事就是走到妻子床边，捧着她的脸拍拍她的双颊，亲亲她，轻轻抱起她，放在一张为她特制的椅子上，为她洗脸，用柔软的小毛巾为她擦洗口腔，再由阿姨捧住寄明的头使她稍稍后仰，瞿维便往她口中喂牛奶或酸奶，有时喂蒸鸡蛋。中午和晚上，还亲自把鱼和肉、蔬菜、水果咬碎，分别装进小小的杯里，放进冰箱，餐前拿出蒸热，给妻子一口口喂进去。

瞿维就是用这样的办法维持着妻子的生命。后来有了榨汁机，不必再这样辛苦了，但瞿维仍然尽力亲自去做这一切。年复一年，失去自理能力的寄明只能生活在床上。为了防止寄明长期卧床生褥疮，瞿维特意设计了一张床，在棉垫下加了一层气垫，又在下面放了一条电热毯，既有弹性，又保暖。有朋友去看望他们时，瞿维常摸着寄明对朋友说："她的面部肌肉还有感觉，吞咽、消化功能完好。人生在世，总会遇到各种挫折，我不怨天，不尤人，能为寄明服务，延长她的生命，我的心理也就得到平衡。"

毫无感知的寄明，只剩下一颗心脏还在跳动，她的事业，她所热爱的音乐，她的爱人，她和瞿维心心相印的一生，她都不再清楚明白了。1997年1月13日，寄明在上海逝世。瞿维为自己的妻子写的挽联是：寄希望于明天，寓理想于现实。

2002年，瞿维在为《白毛女》歌剧的音乐部分进行新的管弦乐配器，为避免干扰，他特地回到老家常州，5月20日，他趴在总谱上修改时，突发脑出血逝世。

斯人已逝，可歌剧《白毛女》的旋律、童声合唱《我们是共产主义接班人》歌声，依然让一代代人吟唱着，回想着。

吴冠中与朱碧琴：一生患难与共相濡以沫

吴冠中是20世纪现代中国绘画的代表画家之一，更是一位不可多得的散文大家，在他几十年的丹青生涯和文学创作中，妻子朱碧琴一直与他相濡以沫，患难与共，熬过了早年的艰辛劳苦，挺过了"文革"的重重磨难，始终陪伴在他的身边。

爱于最初的那一瞬间产生

吴冠中，1919年出生于江苏宜兴一个贫苦的农民家庭。吴冠中是家中6个孩子中的长子。年轻时的他起初学的是工科，因一次机缘，参观了当时由画家林风眠主持的杭州艺术专科学校，吴冠中被五彩缤纷的油画、水墨画迷住了。原来美有如此的魅力，他骨子里的艺术细胞被全部激发出来。

中学毕业后，吴冠中不顾父亲的强烈反对，从浙江大学工科转学到杭州艺专学画，开启了他终身的绘画之缘。

1942年，吴冠中从艺专毕业后，到重庆沙坪坝的一所大学任助教，教素描和水彩。在这里，吴冠中遇到了他一生中情感归宿的意中人朱碧琴。

朱碧琴，湖南人，1925年出生，比吴冠中小6岁。那一年朱碧琴刚从师范学校毕业，在重庆一所大学的附小任教。当时朱碧琴正跟着李长白学画。有一天，吴冠中到李长白家里，一眼看到一位容貌清丽、眼神灵秀、梳着两条小辫子的年轻漂亮的朱碧琴，在温暖的阳光下习画，他突然呆住了。瞬间，吴冠中感到自己的心脏像是被什么击中了。朱碧琴看李长白家里来了客人，忙起身告辞，吴冠中的心跟着那个美丽的女孩飘走了，好多天都神不守舍。

李长白看出了吴冠中的心事，为了给两人牵线，他就让朱碧琴去给吴冠中送颜料，创造机会让他们私下里单独见面。吴冠中一开门看到那女孩，心又狂跳起来，那不正是他那天见到的姑娘。赶紧将朱碧琴让进屋。

　　那天下午，他们聊了许久。而眼前这个高高瘦瘦又博学多才的男孩，也让朱碧琴怦然心动。从那之后，吴冠中和朱碧琴经常相约着一起习画、出游。渐渐地，两个年轻人越走越近。但他们的恋情，遭到了朱家人的反对，朱的父亲说："学艺术的将来都很穷。"在家人的压力下，朱碧琴有些犹豫了。眼看心爱的女孩摇摆不定，吴冠中心里着急，但他一直默默坚持守护在朱碧琴的身边，最终将她的心彻底融化了。经过三年的恋爱，1946年他们走进了婚姻的殿堂。

倾尽所有为了丈夫的事业

　　婚后不久吴冠中留学法国巴黎，临走之前，吴冠中特别想要一块手表，如果没有手表在国外很不方便。对于新婚的他们来说，根本没有钱买这种奢侈品。为了给丈夫买手表，朱碧琴卖掉了母亲给她的嫁妆金手镯。又怕丈夫在外求学穿得寒酸受人排挤，她又卖掉自己的缎子夹袄，紧赶慢赶，还给吴冠中织了件红色的新毛衣。吴冠中看着妻子大冬天身上穿的是老太太们才穿的那种厚重棉袄，心里十分难过，不由得鼻子酸酸的。

　　4年后，徘徊于西方艺术与祖国之间的吴冠中，乘法国"马赛曲"号邮轮回国。回国的第一件事就是回老家看望妻儿。他将朱碧琴和3岁的孩子接到了北平定居，一家人终于团聚在一起。之后，他们的第二个、第三个孩子也相继出生，家庭经济压力也越来越大。吴冠中每年都要多次背着油画箱到深山老林和穷乡僻壤写生，还要将有限的工资花在购买绘画的材料上。为了开源，朱碧琴决定出去工作，重执教鞭。

　　吴冠中回国之初，被推荐到中央美术学院任教，院长是徐悲鸿。后又先后在清华大学建筑系和中央工艺美院几个院校间辗转，始终处于边缘。从20世纪50年代末开始，吴冠中开始转向尝试风景画创作。当时几乎没有人画风景，认为不能为政治服务。但吴冠中不管，他要探寻自己艺术的独木桥，成为他后来一生的艺术道路。1960年，吴冠中不顾生命危险，将西藏雪域高原的圣洁、神秘呈现在了画布上。他的画作渐渐步入人们的视野。

正当吴冠中开创画坛"无边光景一时新"的时候，"文革"开始了。吴冠中被下放到河北邯郸农村劳动，而调到了美术研究机构的朱碧琴，也随着自己的单位到另一个农村劳动改造。有一段时期，两个人的劳动地点相距十余里，每周日被允许见上一面。每周相会的那天，要分开的时候他们会相互送别，在半途的地方停下来。那里有几户农家，葡萄架掩着土墙和拱门。吴冠中笑称这是他们的"十里长亭"。逆境中，吴冠中的乐观，让妻子的心情也跟着开朗起来。在艰难的年代，他们还能那么浪漫地想象。

1973年，吴冠中调回北京参加宾馆画创作前，特意去画了那个小小的农家院落，他在画面里画了两只燕子，代表着他与妻子。

朱碧琴一辈子守着工作和家庭，照顾吴冠中几十年，没离开北京去外地旅游过。当孩子们各自成家，子孙绕膝，她才陪着吴冠中一起四处写生，走遍祖国的大好河山。这时候的吴冠中已经是个大名家了，大江南北，且行且画，他和妻子举案齐眉、相濡以沫的镜头让周围多少人羡慕。

一次吴冠中在黄山写生，妻子朱碧琴没有去观光，而是举着雨伞为他遮住画架。他们淋在雨中，听凭冰冷的雨水浇在身上，他不断地挪动写生画架，她则不停地跟随着，手中的雨伞一直没离开过。有人拍下了朱碧琴在吴冠中身后撑伞默立雨中的照片，打动了无数人。世间最美的爱情，无非就是如此吧。

吴冠中曾在世界各地多次举办作品展及回顾展。其油画代表作《小鸟天堂》曾在大英博物馆展出，并成为馆藏珍品。《北国风光》更是以2700万元的高价拍出。油画《长江三峡》《鲁迅的故乡》，中国画《长城》《春雪》等都成为画界珍品。他用如椽巨笔记录人生的悲喜酸甜，也记录了时代和艺术的沧海桑田。

相濡以沫精心照顾妻子

1991年早春的时候，朱碧琴突然病倒了，是脑血栓，半身不遂。这对吴冠中是一个多么大的打击。住宅附近的龙潭湖公园里的杨柳转青，桃花吐蕾，而吴冠中却再也无暇顾及这些美景，他把全部的精力放在照顾妻子的身上。奔走求名医、找病房，亲友、学生们都想来帮忙，但谁也帮不上忙。

朱碧琴看着丈夫日夜奔忙，无限伤感地对吴冠中说："你将最好的名医都请来了，我的病看来已难治，你自己也做好安排吧！"

吴冠中听着这话，心如刀绞。回家之后，抱着妻子的枕头放声大哭，好像真的要生离死别一样。他再次无休无止地失眠，要靠安眠药才能睡去。夜半醒来，看着空荡荡的枕边，那个陪了他几十年的妻子却在医院，他的心也像被抽空了一样。

自从朱碧琴病了之后，吴冠中无心作画。医院离家很远，吴冠中一天几趟往返医院，妻子批评丈夫说，不能再这样跑来跑去了，害得家人都为他操心，连她也不放心。吴冠中像是犯了错误的孩子，不高兴地耷拉着脸，朱碧琴看着笑起来："你啊，老了老了，还是这个脾气。"笑着笑着朱碧琴湿了眼眶。

一天下午，吴冠中一人在家，电话铃响了。他拿起话筒，话筒里直呼他的名字，他听见是个女人的声音，估计是哪个老同窗来问候她的病情。没想到却是妻子打来的。她也惦记着家中的吴冠中。居然从病房被扶到电话机前给他打来电话。中风后的妻子，声音有所变化，他竟然没有听出来，为妻子挣扎着打来电话而感到意外。吴冠中伤心地哭了。

后来朱碧琴的病情发展到了老年痴呆，她时而清醒，时而糊涂，过去的记忆几乎全没了，她唯一记得的就是丈夫画画的事情。吃饭的时候，吴冠中一定要朱碧琴和他坐在同一张小桌上，有她在身边，这房子才像一个完整的家。

1991年7月，法国驻华大使马尔当先生代表法国文化部，授予吴冠中法国文化最高勋位。他将勋章和法国文化部长签名的证书给妻子看，朱碧琴躺在床上说："你真不容易。"吴冠中想回答："你也真不容易。"但话到嘴边还是没有说出口，因为对他们来说，这不过是种荣誉，又怎能抵得过一起走过的这些岁月？

晚年的吴冠中将他与妻子朱碧琴的故事，写成了一篇散文《他和她》。文中，吴冠中写道："我一生只看重三个人：鲁迅、梵高和妻子。鲁迅给我方向给我精神，梵高给我性格给我独特，而妻子则成全我一生的梦想，平凡，善良，美。"如今"她成了婴儿"。——他希望她永远是自己怀中的婴儿，那么安静地在他身边待着，让他照顾她。

可是，最先离开的那个人却是吴冠中自己。2010年6月25日，吴冠中因肺癌在北京走完了他91岁的人生。妻子朱碧琴当时不知道他的离世，他曾说过："你走在我的前面，是你的福气。"

2011年10月23日，朱碧琴也随他而去。

（载《金陵晚报》2018年1月24日）

吕恩：演绎自己的艺术与人生

吕恩，一生参加了上百部话剧和十余部电影的演出，塑造了众多性格鲜明、各具魅力的艺术形象。她不仅是一位优秀的表演艺术家，也是一位中国戏剧文化的传播者。她一生有过三段婚姻，在其晚年，她把自己的艺术生涯和婚姻生活都写进了一本名为《回首：我的艺术人生》的回忆录中。

成名

吕恩，1920年出生于江苏常熟，本名俞晨，青年时代热爱表演艺术，上中学时，遇到当时已颇具名气的于伶老师力促她演戏，可是父母坚决不同意，认为"戏子"低人一等，辱没门庭。吕恩不听，1938年毅然考入国立剧专，为了不"辱"俞氏门第，她悄悄将自己的名字改为吕恩。这是她外祖母的姓氏。父母鞭长莫及，也只好默认了。

当时国立剧专集聚着我国剧坛一流的精英，校长是俞上沅，老师有曹禺、张骏祥、吴晓邦、黄佐临、吴祖光和陈白尘等。吕恩毕业后驰骋于重庆、上海、香港等地的戏剧舞台上，与白杨、张瑞芳、秦怡、舒绣文、金山、赵丹等配戏，并结为挚友。这些艺术大家对吕恩的人生道路产生了重大的影响和引领。

1947年起，吕恩逐步从舞台走向银幕，在电影《还乡日记》《山河泪》《郎才女貌》《火葬》《虾球传》《红旗歌》中担任主角。在上海，她还被中外文艺联络社聘为特约记者，在演戏之余辛勤笔耕，为上海的《新民报》撰写了大量戏剧文章。

新中国成立后，吕恩在北京人艺工作，演出话剧和电影。她说"我是从重庆起步，演小角色成长起来的"，吕恩从演《清宫外史》的瑾妃起，演过花枝招展的交际花，演过又老又丑的妓女。在话剧《雷雨》中饰演繁漪、《伊索》中饰演梅丽达、《智者千虑，必有一失》中饰演巫婆马聂法等，虽戏份不太重，但她的表演大气凝重、性格鲜明、形象鲜活，富有浓厚的生活气息，给观众留下了深刻的印象。业内评论家说"她演戏的特点是没有戏的痕迹"，足见功夫之深。

吕恩常说，在中国当代剧坛上，"我是绿叶"。这话虽是事实，更多的是自谦。她在《明朗的天》中饰演徐慕美获得表演奖。1992年荣获"北京人艺元老杯"奖，1992年起享受国务院颁发的政府特殊津贴，1999年荣获国务院颁发的"终身贡献奖"。

婚姻

吕恩一生有过三段婚姻，她的第一任丈夫张定和是著名音乐家。

张定和出身名门望族，他有四个著名的姐妹，即张元和、张允和、张兆和和张充和。张家四姐妹全是名媛：大姐元和嫁给了昆曲名家顾传玠；二姐允和嫁给了著名语言文字学家周有光；三姐兆和是著名作家沈从文的夫人，小妹充和嫁给了著名汉学家傅汉思。据周有光回忆张定和与吕恩的婚姻，说他们在一起的时候太年轻，总是无休止地吵架，很快两人就分手了。"但吕恩和我们还是很要好，经常往来。"

新中国成立后，张定和在中央戏剧学院、中央实验歌剧院执教，先后为田汉的《十三陵水库畅想曲》、欧阳予倩的《桃花扇》以及陈白尘的《大风歌》等二十一部话剧、歌剧、舞剧、电影谱写音乐。2002年张定和获中国音乐"金钟奖"终身奖。2011年春，张定和以95岁高龄谢世。曲终韵自存，他留下的那些难忘的旋律依然在历史的册页中永久回响。

吕恩的第二任丈夫是著名戏剧家吴祖光。

说起来，这段婚姻还挺有戏剧性。1938年吕恩就读国立剧专，吴祖光是校长俞上沅的秘书，兼教国语。吴祖光很喜欢吕恩，一次请客时，叫上了他的学生吕恩。17岁的吕恩不理解老师为什么请她，事后问"吴先生，你怎么也请我"？吴说："我喜欢你呀！"吕恩当时也没认真，直至结伴到成都演出吴祖光的《牛郎织女》后，他们"才慢慢好上的"。

有段时间，吴祖光给吕恩和秦怡同时写信，称吕恩是"傻女孩"，称秦怡是"美女孩"。吕恩知道了，也不嫉妒。吴祖光对人说："要是吕恩嫉妒，她就有爱我的意思了。"吴祖光还教吕恩记日记，纠正吕恩的发音……日久生情，两人便生活在一起了，但谁都没提正式结婚的事。

一次吕恩回老家常熟探亲，故乡的一位已定亲的表兄对吕恩有点"意思"，外界又有些许传闻。母亲听到后不同意。正在这时，吴祖光也到常熟来了，与吕恩母亲交谈一夜，吕母对吴很满意，对吕恩说："这个人对你不错，又有学问，你们就结婚吧。"吕恩觉得突然，后又想，女孩子大了，老被人追来追去，也不是个事，不如成家后，专心搞事业。1944年3月，吴、吕在上海举行婚礼，由冯亦代、丁聪操办，夏衍和叶圣陶当证婚人。

但婚后，他们发现两个人的生活习惯很不一样，吴祖光喜欢听京剧、吃面食、好静；而吕恩喜欢跳舞、吃米饭、好动。有一次，吴祖光拉吕恩去听戏，那天的戏是周信芳演的，吕恩却在开场不久便呼呼大睡，气得吴祖光说是在对牛弹琴。同样的，吕恩和赵丹、唐纳跳舞，吴祖光只能在一边做电灯泡站着。1949年，吕恩在香港拍《虾球传》时，他们便决定分手了。"我们是1950年友好分手的，没有吵架。"吕恩与吴祖光共同生活了6年。

吕恩性格开朗，待人和善。吴祖光由香港回大陆时，经济情况十分窘迫，那时编剧收入不如演员拿固定月薪高。他们把房子抵押掉，得了几千块，吕恩全给了吴祖光。吕恩考虑吴祖光当导演，将来拍戏采景需要照相机，就花几千元买了一部莱卡照相机送给他作纪念，在当时，那部莱卡照相机可以买辆小汽车。后来吴祖光与新凤霞结婚，吕恩认为吴、新很般配，新凤霞崇拜吴祖光，吴祖光也体贴新凤霞，她为他们的结合祝福。

吕恩的第三个丈夫是飞行员胡业祥，胡业祥是胡蝶的堂弟，吕恩原本和胡蝶关系很好。胡业祥在美国学的是空军，跟飞虎队在一起打日本，后来打败日本人，国共打仗，国民党败了，他是国民党的起义飞行员。在吕恩的眼里，她觉得和胡业祥在一起，这才是真正的爱情，两人的性格、爱好也很相投，最终相伴一生。两人育有一子胡其鸣，在美国从事影剧业，颇有成就。胡业祥于1998年去世。

谢幕

在革命洪流中，吕恩也干过几件大事。1948年，张骏祥在香港导演电影《火葬》，要到北平拍外景，临行的前一天晚上，夏衍找吕恩，要她带信函坐飞机到上海，在上海逗留一晚为党办四件事：通知阳翰笙身份已暴露，赶快离沪赴港；告知陈白尘赶快隐蔽；通知刘厚生火速到解放区与某人接头；转交宋之的由苏区写给妻子王苹的信。吕恩一口应承。她把信函文件藏在箱底，又备了许多张自己的漂亮剧照，在过海关时，适时将剧照送给海关检查员，并塞上优厚的小费……她的这些点子果然生效，出色地完成了任务。回到香港后，夏衍拍拍她的肩膀说："吕恩，你干得不错。"

吕恩1973年得了"红斑狼疮"病，治愈后，从此便告别了舞台。离休后，吕恩还时时关心着剧院的艺术事业发展。88岁时，吕恩撰写出版了《回首：我的艺术人生》一书，还陆续撰写了多篇热情介绍中国戏剧艺术发展成就的文章，发表于海内外的主流媒体上。她的文笔活泼流畅、亲切感人，文章具有重要的史料价值。

2012年8月15日，吕恩因病医治无效，在北京东方医院逝世，享年91岁。吕恩生命的大幕缓缓落下了，但她留在舞台、银幕上的华彩形象依然熠熠生辉。

（载《金陵晚报》2016年5月15日）

杜鹏程与张文彬：一首"战地浪漫曲"

杜鹏程的《保卫延安》是我国第一部大规模描写解放战争、成功塑造彭德怀将军感人形象的长篇小说，曾被誉为"英雄史诗"而轰动中国文坛。半个多世纪过去了，这部巨著至今还留在几代人的心中，流传着。而他和妻子的"战地浪漫曲"，也颇有传奇色彩。

和张文彬相逢延安

杜鹏程，原名杜红喜，1921年出生在陕西韩城一个贫苦农民的家庭，由于早年丧父，家境贫寒，只读了几年私塾，后来因生活所迫到县城一家店铺当学徒。

1937年抗战爆发，16岁的杜鹏程参加一个由进步教师倡导的"中华民族解放先锋队"组织，当了一名小队长，积极从事抗日宣传。1938年初夏，在地下党的介绍下，杜鹏程踏上了去延安的道路，从此揭开他个人生活的崭新一页。

到了陕甘宁边区由于年龄太小，杜鹏程被选送到延安鲁迅师范学校读书，后到延川县农村工作，并参加了延安整风、大生产运动，其间，他阅读了许多世界名著，在心底里埋下文学的种子。后在西北野战军任新华社随军记者。二纵队司令员王震听说有一个记者在自己的部队中，特意找杜鹏程谈话，鼓励他要经受战火的考验，写出反映广大指战员英勇战斗的好作品来。

1949年5月，彭德怀指挥的西北野战军解放了武功，部队文工团随即在西北农学院开展演出宣传。农学院附中16岁的女学生张文彬坐在舞台前第一次看解放区的秧歌、舞蹈。特别是由新华社随军记者杜鹏程创作的五幕大型歌剧《劳动人民的子弟》，看得张文彬热血沸腾，一下子燃起她向往革命的激情：戏一演完她就和大批同学一起报名参军。从此，她心里记住了一个人的名字：杜鹏程。

张文彬初到部队，由于身材好、个头高，又是女生，就被安排到文工团，不久又调到二军四师政治部工作。她哪里知道，自己崇拜的作家杜鹏程从解放战争开始，就一直跟随这支由王震将军率领的部队转战陕北，写下了不少有影响力的战地报道和二百多万字的战地日记。一个甜蜜的渴望开始在她的心里酝酿着……

一天下午，部队在渭河畔的宫家堡做短暂休整，张文彬和战友小马正坐在老乡的炕头上缝衣、读书。突然，一位年轻的军官喊着小马的名字急急火火地闯了进来。张文彬一听小马叫"杜记者"，下意识地看了一眼这位身材适中、十分干练的小伙子，心里激动万分，他就是大名鼎鼎的杜鹏程啊。她本想看清人家长什么样儿，但少女的矜持与害羞又让她装出不在乎的样子继续低头看书。忽然，杜鹏程发现窗台上放了本书，便如获至宝地顺手去拿。张文彬一看，急忙去抢，但书还是落在了杜鹏程手中，他"噢"了一声，原来书里夹着一篇作文。张文彬的心一下子提起来了，自己幼稚的习作落在名记者的手中，人家还不知怎么笑话呢。因为羞涩又紧张，少女的脸上飞起了一片红晕，头埋得更低了。

没想到杜鹏程看过作文后大加赞赏，兴奋得像个诗人手舞足蹈，眼睛火热地盯着张文彬连声说："好苗子，有才气！"说完一激动，坐上炕就兴致勃勃地给张文彬谈起了写作。渐渐地，杜鹏程满身的热情感染了一颗少女懵懂的心，她开始红着脸抬头观察这个热情似火的军人：面容清瘦但目光如炬，那充满诗情的话语，那畅怀纵意的笑声，张文彬就这样第一次被一个成熟的男性闪电般的激流包围、淹没……

就在这年火热的6月，他们的订婚报告被部队批准了。乃至几十年后的2009年，回想这段激情燃烧的岁月，76岁的张文彬依然谈笑风生："后来老杜跟我开玩笑老爱讲，千里姻缘一线牵，我这台戏大概就是红线的头儿吧！"

倾尽心力创作《保卫延安》

杜鹏程一直记着王震司令员的殷切希望，勤奋写作。他写于1948年的歌剧

《宿营》，不仅被当时的西北战场上的很多文工团排演，还由西北人民出版社发行了单行本。这是他正式出版的第一部作品。

1949年10月，新疆和平解放，杜鹏程从部队转业后又任新华社新疆分社社长，和妻子进驻南疆重镇喀什，在一间刚接收的平房里安下家来，而这间四面透风的房子，既是他的家，也是他的办公室，还是他的写作间。

从1949年底，杜鹏程开始动笔写作当时还没有定名的《保卫延安》，列写作提纲时，前后反复四次，喀什军区政委兼南疆区党委第一书记王恩茂得知情况后，给予杜鹏程极大的支持和关怀，勉励他说："不管有多大困难，也要把保卫党中央、保卫毛主席、保卫延安、保卫陕甘宁边区这部具有伟大历史意义的书写出来，让它安慰死者，鼓励活者，教育后者。"

那时，地处少数民族地区的喀什很难找到纸张和参考资料。张文彬就特别留心搜罗，甚至还托人从各处收集来一些旧报刊、旧标语、旧簿册以及老百姓用以糊窗户的麻纸等，当杜鹏程在这些花花绿绿、大小不一的废纸上写作时，就不得不把字写得小之又小。此外张文彬还帮他做一些力所能及的事情，整理一些必要的资料，她看到，每逢夜深人静，杜鹏程总是习惯地打开那个从战场上带回来的马褡子，凝神观看，睹物思人。

"写着，写着，想起了那些死去和活着的战友，抚摸烈士遗物，便从他们身上汲取了力量，又鼓起勇气来……饿了啃一口冷馒头，累了头上敷上块湿毛巾。写到那些激动人心的场景时，笔跟不上手，手跟不上心，热血冲击胸膛，眼泪滴在稿纸上……"杜鹏程这样回忆当时艰苦创作的情景。

四年间，这部作品先后历经9次修改，由最初的上百万字的报告文学，修改为60万字的长篇小说，继而又压缩为17万字，最后又变成30多万字，前后被杜鹏程涂改过的稿纸足可以拉一大马车。

1953年春，总政文化部将杜鹏程从新华社新疆分社借调出来，到北京住了一年，他集中精力修改书稿，其间还将书稿送呈国防部长彭德怀征求意见。当年底书稿就完全定下来了，列为"解放军文艺丛书"之一，《解放军文艺》杂志1954

年第1、第2期分别选发了"蟠龙镇"和"沙家店"两个章节。

1954年6月1日，人民文学出版社正式出版了《保卫延安》这部长篇小说，初版竟达百万册，这部作品出版后引起强烈反响。出现了争购争读的可喜景象，有评论说，作者以澎湃的激情、高昂的笔调，刻画了一批丰满而生动的解放军指战员的群像，展现了毛泽东、朱德、彭德怀等老一辈革命家的高瞻远瞩，其革命英雄主义精神、钢铁般的意志，成为鼓舞和教育中华儿女的楷模。为这部小说付出心血的著名文艺理论家冯雪峰，特地撰写了2万字的长文《论〈保卫延安〉的地位和重要性》，发表在当年《文艺报》第14、第15期上。

1956年，作者对《保卫延安》又一次进行了较大修改，增加了二三万字，出了第二个版本。这年的2月4日，杜鹏程在中南海受到毛泽东主席的亲切接见。

辉煌巨卷耀千秋

1959年庐山会议上，彭德怀因写了《意见书》而遭受批判，被打成"右倾机会主义分子"，撤销国防部长职务。由于《保卫延安》曾描写了彭德怀的艺术形象，自然受到牵连，被诬为"利用小说反党的活标本"。

1966年"文革"一来，更是让杜鹏程雪上加霜，造反派说杜鹏程写《保卫延安》"发了财"，其实此书的稿费百分之九十交了党费和捐献给了国家，杜鹏程有口难辩。

妻子张文彬也百思不解，她目睹了丈夫是怀着怎样的激情，夜以继日地写这本书的，她安慰丈夫，护着孩子，操持家务，陪伴杜鹏程度过了最艰难的岁月。

青山遮不住，毕竟东流去。1978年12月，随着彭德怀冤案的平反，《保卫延安》及杜鹏程也恢复了名誉，他们夫妻相拥而泣。1979年这部书第4次重新出版，并被译成多种外文，杜鹏程将冯雪峰的2万字长文《论〈保卫延安〉的地位和重要性》放在小说卷首，以表达对这位文学前辈的深切怀念。

《保卫延安》的声誉一路飙升："现代文学史上第一次成功地塑造了彭德怀的

艺术形象"，"新中国成立初期第一部讴歌人民解放战争的名著"，"我国描写现代战争的长篇小说的里程碑"。

1991年10月27日，70岁的杜鹏程因心脏病突发在西安逝世，有悼诗赞曰："挥毫疾写风云史，咏赋浩歌总敞喉，熠熠华章烁睿智，辉煌巨卷耀千秋。"

（载《金陵晚报》2016年7月14日）

曲波与刘波：战火硝烟中的坚守与相伴

曲波和刘波都是1938年参加八路军的老革命，两人又是同乡，参军后又同在胶东军区。一个15岁，一个14岁；一个在前方作战，一个在后方做医务工作。在战火纷纷的硝烟中，他们心连心，波连波，走在了一起，没有轰轰烈烈的爱情，有的是相濡以沫，有的是坚守与相伴。

同年参军结下姻缘

曲波，原名曲清涛。1923年出生于山东龙口一个贫农家庭。他只念过五年半私塾，13岁失学在家务农，15岁参加了八路军，并将自己的名字改为曲波。1945年抗日战争胜利后，随部队开赴东北作战，担任过大队和团的指挥员。还曾率领一支英勇善战的小分队深入东北牡丹江一带的深山老林与敌人周旋，开展艰难的剿匪战斗。为他日后创作《林海雪原》积累了大量生动的素材。

刘波，1924年出生于山东龙口，和曲波一样也是1938年参加八路军，在部队长期从事医护工作。

有一天，曲波带领工作检查团到医院检查工作，第一次与刘波相识，渐渐知道两人是老乡。从那一刻起，刘波的名字，深深印在曲波的心里。

1946年，曲波由于肠道疾病住院治疗，他和刘波有了更多的接触，共同的战斗经历将两个年轻人的命运紧紧联系在一起，心中开始慢慢滋生出异样的情感，他们渐渐懂得，这就是爱情。这一年的6月，在组织的安排下，曲波与刘波举行了简朴的婚礼。

婚后第二天，曲波便上山参加剿匪战斗了，两人很少有时间住在一起。而刘波此时任牡丹江军区政治部秘书，曲波每次剿匪回来都要到军部汇报工作，住一晚第二天就匆匆赶回剿匪驻地。有一次，刘波知道曲波刚刚打了胜仗，一定会回来，就提前借了两辆自行车放在楼下，第二天一早天还没亮，两人就骑车来到牡丹江畔，在一块草地上他们俩背靠着背相互依偎着，陶醉在大自然的风景里。时间尽管短暂得只有几个小时，却成为两个人爱情旅程中最浪漫的回忆。

秘密创作《林海雪原》

在辽沈战役中，曲波两次负伤，股动脉被打断，造成大出血，手术后硬是挺了过来，但留下了终身残疾，一条腿短了四厘米。1950年12月，曲波依依不舍地脱下军装，转业到地方，担任沈阳机车车辆厂党委书记、副厂长，后来又到齐齐哈尔车辆厂当党委书记。他是二等甲级残疾，当时都是挂着双拐奔波。

工厂离宿舍较远，每当曲波踩着大雪归来，思绪时常会回到茫茫的林海雪原，就会想起飞袭威虎山的狂风暴雪的日子，一幕幕战争的画面，浮现在曲波的面前。他心里便有了酝酿创作长篇小说的想法，思考再三，决定先从一场特殊的战斗开始，书名定为《林海雪原》。当他在书稿第一页写下"以最深的敬意，献给我英雄的战友杨子荣、高波等同志"，自此开始了《林海雪原》的创作。

1955年初，中央决定所有机械车辆厂归一机部管理，曲波和刘波奉命来到北京。曲波担任一机部第一设计院副院长。到北京后，曲波继续写他的那部长篇小说。依旧是保持着秘密状态，一下班就躲在屋子里写作，连孩子们都不知道真情，以为爸爸还在屋里加班工作。

那时家中写字桌的抽屉一直是半开着，只要一听到一机部同事来找他，曲波就立即把稿件塞进抽屉。生怕人知道闹得满城风雨，说闲话。有一次，部办公厅召开传达中央文件的大会，曲波事先已看过文件，他就坐在会场里佯装做记录，专心在一个小本子上写出了"小分队驾临百鸡宴"一章。

曲波在《林海雪原》的后记中曾这样写道："……及抵家，一眼望见那样幸福地甜睡着的爱人和小晶晶，一阵深切的感触涌上我的心头……我的宿舍是这样的温暖舒适，家庭生活又是如此的美满，这一切，杨子荣、高波等同志没有看到，也没有享受到。但正是为了美好的今天和更美好的将来，在最艰苦的年月里，他们献出了自己最宝贵的生命。"这段话写得很真切，确是曲波的肺腑之言。

妻子刘波对曲波的创作给予大力支持和帮助，既是第一读者，又当抄稿员。当时曲波不懂文艺理论，写起来没有条条，也没有框框，想怎么写，就怎么写，速度之快，曲波自己也没料到，构思好了一章，一气呵成，每天多则可写一万多字，少则也能写八千字。刘波抄不了那么快，就和他开玩笑说："你这样倾盆大雨，一定写得太粗糙。"当曲波写得细一点慢一点时，她又说："你像春蚕吐丝一样，吐个没完，一丝到头，不截不断，这样眉目能清楚吗？"在那些日子里，曲波就像同当年的战友一起，在纵横无垠的林海雪原上，周旋奔驰，把情感都融入他创作的情景中。

荣辱劫难始终坚守

书稿写完，夫妻俩用包袱将文稿装了两大包，来到作家出版社。曲波对接待的人说："我不是作家，你们看看行不行？如不用，你们打个电话我来取。"曲波再三叮嘱，电话一定要打到家里，怕机关知道走漏了风声。

大约二十天以后，出版社来电话了，请曲波去一趟。到了出版社，曲波没等坐下，就伸手向接待他们的责任编辑龙世辉要稿子。龙世辉见曲波是来拿退稿的，就笑着对他说："稿子我们看过了，很喜欢，决定采用，需要做一部分修改。"

在《林海雪原》编排出版的日子里，擅长书法的刘波亲自提笔为《林海雪原》题写了书名。责任编辑龙世辉为编《林海雪原》，付出了艰辛的劳动，作了认真修改。并在出版前将书稿推荐给《人民文学》。

1957年2月《人民文学》以《奇袭虎狼窝》为题，选载发表《受命》《杨子荣智识小炉匠》《刘勋苍猛擒刁占一》《夜审》《蘑菇老人神话奶头山》《破天险奇袭奶头山》六个章节，主编秦兆阳还亲自写了按语。说："作者是一位解放军的军官，现在工业部门工作……这本书将是我国文学创作上的一个可喜的收获。"

1957年作家出版社、人民文学出版社分别出版了《林海雪原》，书一出版，轰动全国，家喻户晓。1962年又出版了《林海雪原》的英译本，后被译成俄文、日文、阿拉伯文、挪威文、越南文、朝鲜文等多种外文出版。小说曾先后改编成电影、电视剧、戏剧。电影《林海雪原》和根据小说改编的京剧《智取威虎山》在全国影响极大。

1959年至1962年，曲波又先后完成了《山呼海啸》和《桥隆飙》两部长篇小说的初稿。还创作了反映工业建设题材的小说《热处理》《争吵》等。

"文革"期间，曲波和刘波都被打成"走资派"，铺天盖地的大字报上显赫地写着：刘波不是"小白鸽"是"黑乌鸦"。曲波知道后，为解除妻子的思想压力，他幽默地对妻子说："乌鸦也是益鸟，小乌鸦长大了还知道反哺老乌鸦呢。"在那个特殊岁月里，两个人始终坚守着，成为彼此的依靠。

1969年6月27日，周恩来总理在人民大会堂小礼堂休息室接见了曲波，祝贺他的写作成就，鼓励他奋勉不息，向新的高峰攀登。

在逆境中，曲波一直坚持着文学创作，并写了二十多万字的自传。1977年重新出版了长篇小说《林海雪原》，1979年又出版了长篇小说《桥隆飙》。与此同时曲波还创作了一批短篇小说、散文、诗歌等。

曲波作为著名人物被收入《大百科全书》《人物辞海》，但他自己却不止一次地对人说："我不是文学家，不是作家，我只是一名业余作者。"2002年曲波因心脑血管病、糖尿病、尿毒症、肾衰竭数病并发，于6月27日怀着《山呼海啸》离开人世，也留下了人们对他的无尽思念。

尤其是因《林海雪原》一书而为人熟知的海林市，半个世纪过去了，这座城市的人们没有忘记他。2010年10月18日，曲波的雕像在黑龙江海林市人民广场落成，86岁的刘波携儿女，参加了雕像落成仪式。

（载《金陵晚报》2017年5月9日）

常香玉：豫剧大师鲜为人知的爱情生活

常香玉，中国最知名的豫剧表演艺术家。豫剧《花木兰》更可谓深入人心，其中的一曲《谁家女子不如男》，经过豫剧大师常香玉的演唱，那令人振奋的声音传遍大江南北、千家万户，足以激发每一个中国人的民族自豪感和爱国热情。

跟父学戏

常香玉，原名张妙玲，1923年出生于河南巩县（今巩义市）一个豫剧世家。这名字是父亲根据唱词"妙龄女郎，秋波若水"而取的。

常香玉的父亲本是当地有名的一个戏曲艺人，因为嗓子过早的损坏，无法登台演唱。一家人的生计就成了大问题。所以，常香玉7岁开始跟父亲张茂堂学戏，父亲对她极其严厉，甚至还编了一条鞭来督促她练功。艰苦的磨炼，让天资聪颖、勤奋好学的常香玉脱颖而出，10岁就登台演出，凭着练就的一副"金嗓子"，13岁时得到"文武全才之伶童"的美名，名贯河南开封。

那时，很少有女子登台唱戏。听说常香玉要出去唱戏，族里的长辈们都不同意，觉得丢了祖宗的脸面，甚至放出狠话，如果她去唱戏，就不能再姓张。常香玉不知从哪来的一股勇气，对父亲说："爹爹，我已经决定了，就是把我赶出家门，这个戏我是唱定了。"父亲看女儿执意唱戏，就和一位常听他戏的朋友常会庆讲起此事，常会庆立即表示："唱戏比啥都体面。不姓张就跟我姓常。"张茂堂随即让女儿认常会庆作"干爹"，并为其取名"常项羽"，由于不识字，错把"香玉"当成"项羽"。

此后风风雨雨大半生，戏成了常香玉的生命，她从小县城唱到大城市，从跑龙套到成为主角，她成了家喻户晓的中国豫剧舞台"常派"名角。

抗战初期，常香玉怀着对日本侵略者的满腔愤恨，在饰演穆桂英时唱出"取了那大阪地再平东京"的唱词。接着又公演了豫剧史上第一出现代戏《打土地》，宣传抗日。1942年，常香玉连续义演十天，将全部收入捐赠给巩县修治南渡河，当地群众流传着"巩县两个省主席，不如一个常香玉"的美谈。

甜美婚姻

1943年，已在舞台上大红大紫的常香玉，在宝鸡河声剧院演出《灯节缘》时，认识了比她大6岁的中州小学校长陈宪章。陈宪章那时26岁，长得温文尔雅，因为对豫剧的热爱，是常香玉的"铁杆粉丝"，只要有常香玉的戏，他几乎是每场必看。

陈宪章不只看戏，还懂戏，常会对一出戏评头论足，提出自己的意见。很多年后，常香玉在她的《戏比天大——常香玉回忆录》里有过一段深情的回忆文字："我看他眉清目秀人忠厚，心想，这个人有学问，又懂戏，可真不简单。一颗'自由花'的种子，已悄悄在我的心里种下。"

两人初次见面，陈宪章的影子就深深印在了常香玉的心里。然而他们间的爱情并不顺畅。常香玉在接触中得知，陈宪章原是有过妻室的人。尽管陈宪章的那段婚姻已到了名存实亡地步，但常香玉心里总觉得疙疙瘩瘩。她对陈宪章说，她不愿破坏他们的婚姻，如果他愿意留着原配，就不可再谈下去了。

陈宪章说："没有你，我和她还是要离婚的。"

陈宪章的表白，让常香玉心里有了底，但她还是向陈宪章提出三个条件：一不做小老婆；二不嫁当官的；三结完婚还是唱戏。陈宪章竟然全部答应了。随后他们在患难交往中，两人的感情日深，于1944年6月3日结婚。

婚后，常香玉对陈宪章前妻之子视如己出，陈宪章则放弃了原有的教育事业，专心为常香玉的艺术操劳，教常香玉识字、学文化，一边创作了很多适合她演出的剧本，一边担任舞台导演，指导常香玉在不断地演出实践中，掌握戏剧理论，把各种戏曲艺术长处吸收过来，融进豫剧唱腔里，从而使常香玉的艺术上升到一个新的高度和境界，逐渐形成豫剧中独树一帜的"常派"艺术。

1948年，为救济从河南逃到陕西的难民儿童，常香玉与陈宪章创办起"香玉豫剧学校"，免费为学员提供食宿穿着，请专业老师授课。在校学生最多时达到40人，不少学员后来成为豫剧的中坚力量。

戏比天大

新中国成立后，常香玉一心投入她的豫剧事业。1950年朝鲜战争爆发，志愿军赴朝参战，常香玉带领她的剧社在半年时间内，不辞劳苦，在硝烟纷飞的战场上巡回义演一百八十多场次；1953年初，她又率中国西北人民赴朝慰问文工团第五团到朝鲜前线一百七十天，为志愿军演出近二百场。当常香玉铿锵有力的唱腔在战壕里响起时，志愿军将士们受到了极大的鼓舞，仿佛祖国和亲人就站在他们身边。

从朝鲜战场回来后，常香玉带着剧团，千里奔波，在全国各大城市巡回义演，用演出的收入购买了一架价值15亿元人民币（旧币）的战斗机，命名为"香玉剧社号"，捐给志愿军。

陈宪章实践着婚前的约定，常香玉只管一心一意在台上唱戏，他则在幕后做她坚强有力的支持者。陈宪章为她写戏编戏，像一名普通观众一样坐在台下看戏，然后细心收集身边观众的感受和意见。

常香玉为公益事业募捐义演，陈宪章一场不落地跟着她，照顾她的饮食起居，家里家外，事无巨细，陈宪章全部承担起来。

常香玉的表演刚健清新、细腻洒脱、内涵深邃、个性鲜明，其唱腔字正腔圆、运气醇畅、韵味醇厚。代表作有《花木兰》《拷红》《断桥》《白蛇传》等，久演不衰，传唱不息，深受观众喜爱，为豫剧艺术的发展和传播作出了重大贡献。特别是在塑造花木兰形象的各个艺术门类中，豫剧《花木兰》可谓深入人心，一曲《谁说女子不如男》，经过常香玉的演唱，传遍祖国大江南北、千家万户，激发每一个中国人的民族自豪感和爱国热情。常香玉是第一个在演艺界率先叫响"戏比天大"口号的艺人，获得"爱国艺人"的称号。

"文革"中，常香玉遭到了残酷迫害，但她始终坚持练唱练功。"文革"一结束，平反后的常香玉又活跃在舞台上，为振兴豫剧艺术，她刻意创新，开豫剧唱腔改革先河，广泛吸收京剧、评剧、秦腔、河南曲剧等艺术所长，把不同的各种豫剧唱腔融会于豫西调中，独创新腔，成为豫剧中的一支主要流派。

2000年7月9日，陈宪章带着对人世的无限留恋和对香玉的无限牵挂静静地离开人世。陈宪章的逝世，给常香玉带来常人无法想象的痛苦。她常对着他们曾经共同住过的老屋，对着陈宪章的照片，默默地低声絮语，说出自己心里的思念。

常香玉和陈宪章育有三女一男：常小玉、陈小香、常如玉和陈嘉康，外加丈夫和前妻所生的儿子陈金榜，这5个孩子都在常香玉培养下长大成人。其中，大女儿常小玉已成"常派"豫剧传承人。

2003年12月，80岁的常香玉患了癌症。在北京住院治疗期间，她听说正在兴建的奥运村工地上，有一场慰问家乡河南民工的演出，就再三请求，让家人搀扶着，登上工地舞台，不顾身体的虚弱，为家乡的民工们演唱了一段《柳河湾》。这段演唱，成了常香玉留在百姓舞台上的最后定格。

"吃透勤与苦，才能到高峰"，这是常香玉的一句名言。2004年6月1日，豫剧界一代宗师常香玉走完她81年的人生历程。7月7日，国务院发布决定，追授常香玉"人民艺术家"的荣誉称号。2009年9月14日，常香玉被评为100位新中国成立以来感动中国的人物之一。

"人民是亲爹娘，乡亲是好朋友。谁的是谁的非，天在上头……戏比天大，无私天地宽。只要你想听，我唱到一百年！谁说女子不如儿男……"几年后上映的电视剧《常香玉》中的主题歌《戏比天大》，正是常香玉一生对人民的朴素感情和对艺术无尽追求的写照。

朱旭与宋凤仪：平凡岁月中的戏剧伉俪

演了一辈子戏的朱旭和北京人艺很多老艺术家一样，都属于大器晚成的"老来红"：银幕上，观众是通过《变脸》《洗澡》这一部部经典影片认识他的，而银幕外，他与妻子宋凤仪携手六十载，共同走过的舞台人生同样令人钦羡与回味。

相识于华北大学

朱旭，1930年出生于辽宁沈阳。1岁时全家跟着父亲来到北平，他很小就迷上了京剧，一有空就在家里打开那个神奇的"话匣子"，放上一张京剧唱片，听得津津有味。1949年5月，朱旭考进华北大学学习戏剧专业。恰恰在这时，他未来生命中的另一个人宋凤仪也来到这所学校。两人同系不同班。

宋凤仪大朱旭两岁，一个出生在北平胡同深处的大家闺秀。做进出口生意的父亲钟爱京韵大鼓，经常带着宋凤仪去听戏，渐渐也成了一名京剧票友。宋凤仪14岁初登舞台，演出独幕剧《父归》，怕家里人知道自己做"抛头露面"的事儿，不敢把真名印在说明书上。刚好她正在读《三国演义》，书中有凤仪亭，于是起名"宋凤仪"。多年以后，每每谈到这个细节，朱旭总忘不了调侃老伴一句："怎么不叫'貂蝉'呢。"

这两个年轻人虽然不在一个班，但系里每周都要上一次大课，全系学生都集中到校礼堂听课，时间长了都面熟，只是没讲话。毕业后，朱旭进入华大文工二团工作，从灯光师到演员，由此开启了他一生的戏剧人生。宋凤仪则在文工二团担任演员。尽管两人常见面，还是很少说话。

1950年中央戏剧学院成立，或许是命运的安排，两人又同时进入中央戏剧学院话剧团。适逢抗美援朝，团里要排戏去田间地头和工厂巡回演出。朱旭被临时调来演类似"匪兵乙"的龙套，没想到这个群众角色点亮了无数眼睛，其中也有宋凤仪。

她眼里那个"高鼻梁，大眼睛"的高个小伙子，自演"匪兵乙"后调到了演员组，这一回两人走在了一起，一起在大江南北等地巡回演出，一起研究剧本角色，宋凤仪觉得朱旭"这个小伙子很聪明"，喜欢上了他。

1952年北京人民艺术剧院成立，曹禺为第一任院长，集中了焦菊隐、刁光覃、于是之等当时顶尖的艺术大师。朱旭和宋凤仪也成为人艺的一员，那年他们一个22岁，一个24岁。那一年的秋天，朱旭约宋凤仪出来在篮球场散步，走着走着，朱旭突然对宋凤仪说："我喜欢你。"宋凤仪被他突然冒出的这句话惊到，一时不知如何是好，没想到这小伙子表达爱情的方式那么直爽。看宋凤仪犹犹豫豫的样子，朱旭又来了一句："你考虑考虑，不必立刻回答。"宋凤仪心里对朱旭也挺有好感，轻轻说了句："好。"他们在篮球场走了一圈又一圈。

1957年12月12日，人艺专门停戏一天，为朱旭和宋凤仪在内的三对新人，在人艺宿舍的小剧场中举行了一场热热闹闹的集体婚礼。他们有了一间很小的婚房，剧院还送了一张带三个抽屉的书桌，外加一个书架，唯一的私产是朱旭家祖传的一张双人床和一个硬木长桌。

忙碌于人艺舞台

婚后朱旭和宋凤仪都忙于排戏、演戏，朱旭在舞台上，先后塑造了数十个性格独特、色彩鲜明的人物形象。

1958年，朱旭有次从福建前线演出回京，连夜就被拉去排《星火燎原》。那个时候几乎每天都要演两场戏，有时还要早中晚三场连演，晚上则是集体创作新剧本，一直到天亮，在团里稍作休息，然后赶去剧场化妆演出。他先后参演《武则天》《霓虹灯下的哨兵》《左邻右舍》等话剧。他在话剧《红白喜事》中扮演三叔，还获文化部颁发的表演一等奖。

宋凤仪1958年刚生完他们的大儿子，便参加了于是之主笔的《花开万古香》的集体创作，由于身体极度疲倦，又心系幼小的孩子，排戏的时候甚至会迷迷糊糊地喊："孩子掉地上了！"

朱旭和宋凤仪每场戏都要做大量的前期案头准备：分析剧本，写人物小传，写人物小品，连甲乙丙丁的龙套角色也都先去体验生活，赋予这些小角色以个性，有时连服装都是自己设计。如此几十年的厚积薄发，使得朱旭和宋凤仪那一批人艺老艺术家随着时间推移，愈发光彩，成为人艺的金牌老艺术家。宋凤仪写的独幕剧《误点》，1958年被北京文联评为优秀剧本，又被人艺收进独幕剧选集。

1984年，已经54岁的朱旭初涉影坛，出演过电影《洗澡》《刮痧》等众多文化意蕴深厚的影片，还参加了《末代皇帝》《似水年华》《大宅门》等大量电视剧的拍摄。他以炉火纯青的演技为广大观众塑造了一个个鲜活的形象。1996年，朱旭与吴天明合作的影片《变脸》获得第9届东京电影节三项提名，并最终斩获最佳导演及最佳男演员两项大奖。2009年，他又在蒋雯丽自编自导的影片《我们天上见》中扮演了姥爷这个角色，这部影片又为他拿到了首届澳门国际电影节最佳男演员奖和第28届中国电影金鸡奖评委会特别奖、特别影人奖。

宋凤仪演出过《北京人》里的愫方，北京人艺女演员多于男演员，在舞台上展现的机会实在太少，1980年赋闲了大半年的宋凤仪便主动要求下去体验生活，她敏锐地捕捉到当时农村婚礼大要彩礼的习气，八个月的采访和体验最终写成多幕剧《张灯结彩》，被河北省话剧院排演，当年便演出二百多场，又被拍摄成同名电影。《张灯结彩》的成功使她产生转为职业编剧的想法，但是领导觉得宋凤仪14岁就开启演艺生涯，中断了太可惜，于是做专职编剧的想法被一直搁置下来。

夫妻俩演了一辈子戏，可二人同台的戏只有两个，《骆驼祥子》中的父女和《左邻右舍》，后者却只同台而没对手戏，有些遗憾。

若干年后，已是耄耋之年的宋凤仪写出新戏《理发馆》，主人公便是以朱旭为原型，导演任鸣有心让朱旭出演男主角，以弥补两人六十多年没有合作的遗憾，可在排练前，朱旭却意外中风住进了医院。

2014年7月16日，北京人艺年度原创大戏《理发馆》在北京举办新闻发布会，有人问起朱旭对老伴的《理发馆》的评价，朱老沉默很久，只喃喃地说："不容易呀，不容易……"此刻他的眼里满是对老伴耄耋之年还要执着写作、坚持十多次大改、一坐下便是一整天的钦佩和心疼。

留存于戏迷心中

朱旭一生将话剧大师洪深说的那句"会演戏的演人，不会演戏的演戏"当成表演的座右铭，凡看过他表演的人最深的感触就是"自然、朴实、放松"，而其实"放松"恰恰是最难的。很多人说："朱旭一上舞台，就把这个舞台变成了家。"也有人说"有的写得并不好的角色，到了朱旭老师那儿都能给救活了"，这大概就是朱旭老爷子最神奇的地方。而这些看似不经意，其实都是朱旭下了笨功夫得来的。别人是看剧本、读剧本，朱旭多年的习惯是抄剧本，他将剧本抄成纸条放在身边，随时拿出来看，一直到这些台词化在他身上、这个人物角色活在他身上为止。其不留痕迹的表演被评论界称赞是"完全不是在演戏，而是在生活"。

82岁时，朱旭更是和人艺一批国宝级的老艺术家同台出演《甲子园》。朱旭说："趁着老哥几个都健在，应该再做点什么，现在戏剧发展很快，也许我们赶不上年轻人的脚步和潮流了，但我相信'传统'这两个字。"

宋凤仪每次在台下看朱旭演出，都用新鲜的目光去寻找老伴塑造出的人物光彩，每每都有惊喜。

朱旭常对年轻的演员说："……你看我漂亮吗？我就是一个丑演员，开始时没有导演看上我，但是我通过先做舞台工作，后来慢慢地演小角色，一点一点在这个过程中，我看到老艺术家们怎么去创作人物，我学到了他们身上的精神。演戏不是演你自己，是演你对生活的理解，是把那些精神传承出来，在舞台上观众看到的不是你这个人，是你们通过塑造的形象而表达出给观众什么样的教义，什么样的真善美，漂亮不是本钱。"

戏台下的朱旭，下围棋、放风筝、拉胡琴、喝酒为他的四大乐趣。朱旭拉得一手好京胡。当年他曾向梅兰芳的琴师姜凤山老先生学琴，在之后的话剧生涯中也派上了用场，在话剧《名优之死》中，他扮演的琴师操琴上阵，弓法娴熟，令观众惊叹。在电视剧《粉墨情痴》《武生泰斗》和《心香》中，他的琴艺更是帮了他的大忙。他的另一嗜好就是喝酒了，朱旭酒量大，无论走到哪儿，他都要过过酒瘾，但是他却不贪杯误事，若是晚上有演出，不管桌上摆着"茅台"还是"五粮液"，他绝对滴酒不沾。他说：这叫为了艺术，在所不惜。朱旭爱下棋，以棋为友，以前在剧院排戏时，一有闲空儿总爱与棋友对上一局。这就是朱旭，舞台上认真做戏；舞台下谈笑风生。

2015年2月12日，宋凤仪因病医治无效，在北京安贞医院逝世，享年87岁。她生前写了一本书，书名《老爷子朱旭》，这是她留给老伴朱旭的最好礼物。此书直到2018年1月才出版。

宋凤仪，那个生命中最重要的人离开了他，朱旭一下子显老了，身体也不像以前那么硬朗。2018年9月15日，朱旭在北京逝世，享年88岁。去世后，家人把老爷子与妻子宋凤仪这对戏剧伉俪合葬于北京八达岭陵园。远去天国的他，会在那里开心地和老伴继续喝着小酒，唱着京剧，拉着胡琴，下着围棋，温暖地微笑着。

（载《各界》2019年第10期）

文坛大家

鲁迅：“此中甘苦两心知”

鲁迅先生作为中国现代文学史上贡献最大的作家，其以笔代戈，奋笔疾书，战斗一生，被誉为"民族魂"，"横眉冷对千夫指，俯首甘为孺子牛"就是鲁迅一生的光辉写照。

然而他的生活却极其寂寥，他有过一次形同虚设的婚姻，这段婚姻让他绝望，也给那个叫朱安的原配带来一生的不幸。

一桩没有爱的婚姻

鲁迅，1881年出生在浙江绍兴新台门，原名周树人，祖父非常高兴，给他取名为"樟寿"，字"豫山"。后来，因为"豫山"与"雨伞"同音，祖父又替他改字为"豫才"。取"豫章之材"之义，希望他长大后能出人头地，光宗耀祖。"鲁迅"是他1918年5月在《新青年》杂志发表第一篇白话文小说《狂人日记》时开始用的一个笔名。

鲁迅是周家长子，父亲周凤仪是秀才，乡试未中，身体不好，35岁就去世了。父亲亡故后，鲁迅的婚事自然是压在周老太太鲁瑞心上的一桩大事。鲁迅刚满18岁，母亲就忙着为儿子张罗婚事，最后看中的是由谦少奶奶撮合的朱安姑娘。

绍兴传统风俗，是以妻子比丈夫大两三岁为佳，鲁迅一度表示不愿意。母亲告诉他，定亲是她作主的，退亲会伤害女方，她不能做这种事。鲁迅毕生对母亲极尽孝道，无奈，他提出了两项条件：一要朱安放脚；二要她进学堂学习。

朱安，1878年生于浙江绍兴。祖上曾做过知县一类的官。在这样的家庭环境中长大的朱安，虽然识字不多，但却懂得礼仪，性格温和，待人厚道。

1902年鲁迅去日本求学。几年间，鲁迅三番五次接到母亲催归完婚的电报。鲁迅回说，让姑娘另嫁他人为好。1906年7月母亲电报的内容改为：母病速归。孝子鲁迅匆匆回国，而等待他的却是一场婚礼。这位生性开朗、喜读小说的母亲鲁瑞，一生与鲁迅情感极好，唯独在儿子婚姻这件事上，做了她应该做又万不该做的强迫。

这年的7月26日，青年鲁迅头上装了一条假辫子，戴着礼帽，身着礼袍，一套新郎行头，木然地去迎亲。

揭开盖头，鲁迅看到一张狭长的脸，脸色萎黄，颧骨凸出，前额高而近秃，发育未足，似有病容。当夜，鲁迅坐了一宿，彻夜未眠。此后几天皆在母亲房中看书、入睡。四天后，鲁迅便借口"不能荒废学业"，与二弟周作人启程回日本，一走三年。从此，两人分别身陷婚姻的坟墓，一人在里头，一人在外头，只有荒原与冷雨，两人都吞噬了无尽的苦涩。

1909年8月，鲁迅回国。1910年7月，鲁迅回绍兴，后任绍兴师范学校校长。虽身在绍兴，鲁迅却以公务缠身为由，回家次数寥寥，实则是有意回避朱安。

1912年，鲁迅受蔡元培之邀，到北平教育部任职。1919年11月，鲁迅用卖掉绍兴老家的钱，购置了北平八道湾的一座三进式四合院。作为周家长子，鲁迅有大家庭理想。他把母亲与朱安接到北平，安排在中院。二弟周作人一家、三弟周建人一家，分住在大且宜于儿童游戏的后院。这时，鲁迅与朱安徒有其名的婚姻已经维持了十三年。鲁迅年近40，朱安年已43，蹉跎岁月，难以言表。

1924年5月，鲁迅借债重新购置了西三条胡同21号，即"我的后院有两棵树，一棵是枣树，另一棵也是枣树"之居所。与朱安同在一个屋檐下，平日见面，形同陌路，日日无话。饭间对话，也无非问菜味咸淡如何，答应者或点头，或曰"是"与"不是"。

就这样，双方麻木地各人在自己的苦海里僵持着过了近二十年。

流淌暖暖的师生恋

1923年10月，鲁迅接受北京女子高等师范学校校长许寿裳的邀请，前往女师大教书。许广平那一年25岁。刚从天津一所师范学校毕业，来到北平求学。她本想进入更好的大学，但因为学费等问题，只好退而求其次，进了女师大。

许广平比鲁迅小17岁。1925年3月，许广平以"受教的一个小学生"的身份，第一次给教过她两年书的老师鲁迅写信，许广平是1923年考入北京女子高等师范学校国文系，成为鲁迅的学生。鲁迅当天就热情地回了信。从此，开始了两人之间的书信往来。从"收许广平信"，后来渐渐变成"收广平信"，再后来则成了"得害马（鲁对许的昵称）书"。一本正经的鲁迅，也开始了暧昧。许广平还时常登门谒见，有时是几个同学一起，有时是独自一人，向鲁迅求教。在鲁迅的教育和启发下，她的思想不断提高。七年后，鲁迅将他们的来往书信编成《两地书》公开发行。

许广平出身名门，性格活泼开朗，因为仰慕鲁迅的思想人品，积极主动发展着与鲁迅之间超出师生的感情。许广平在校担任学生会总干事，成为学生运动的骨干，与刘和珍等携手并肩战斗，并写下了大量揭露和批判段祺瑞政府黑暗统治的檄文。当北洋军阀政府及其在教育界的代理人残酷迫害北京女师大的进步学生时，鲁迅挺身而出，支持和保护了学生。1925年8月8日，许广平因避难住进了鲁迅西三条胡同的家里。

这一天晚上，鲁迅坐在靠书桌的藤椅上，许广平坐在鲁迅的床头，27岁的许广平握住鲁迅的手，鲁迅同时也向许广平报以轻柔而缓缓地紧握。鲁迅对许广平说："你战胜了！"许广平不禁报以羞涩的一笑。接着，两人热烈地接吻。第二天，刚刚写完小说《孤独者》四天的鲁迅，又一气呵成写了一篇以婚恋为题材的、充满生活哲理和抒情色彩的小说——《伤逝》。

1926年，许广平从北京女子师范大学毕业。8月，鲁迅离开北平赴厦门大学任教，许广平也同车南下，到广州的广东省立女子师范学校任训育主任。1927年

1月，鲁迅到广州担任中山大学教务主任兼文学系主任，许广平任他的助教。4月15日，广州的反动派进行了反革命大屠杀，腥风血雨笼罩了广州城。鲁迅愤而辞去了中山大学的职务，来到上海。10月8日，许广平和鲁迅在上海开始共同生活，正式结为伴侣。

婚姻不同于恋爱，柴米油盐，样样都需要精打细算，这些琐事全落在许广平的身上。还有迎来送往，以及替鲁迅校对抄写稿子。鲁迅写好了文章，也总是第一时间读给她听，听听她的意见。1929年许广平难产生下海婴。鲁迅有了子嗣，血缘得以延续。也一举解除了压在鲁瑞、朱安心头的梦魇，她们相信死后有人给她们烧香祈福了。

在上海的日子，算得上是鲁迅一生较为温馨的时光，在这里他们共度了鲁迅生命中的最后十年。1936年10月19日上午5时25分，天快亮的时候，鲁迅带着深深的遗憾与世长辞，弥留之际给许广平留下遗言："忘记我，管自己的生活。"

倾情鲁迅未竟事业

许广平与鲁迅共同生活十年，这十年她除了照顾鲁迅的饮食起居、安排鲁迅的写作环境之外，鲁迅的著作她是第一读者和评论者。某些检查官认得鲁迅的笔迹，好多稿件往往要经许广平誊录后再发出。她是鲁迅的忠实的伴侣、知己，而又是一个极能干的助手。

鲁迅去世后，许广平在极端困难的条件下，一边哺养教育海婴，同时兼顾在北平的鲁瑞和朱安，不断地寄钱去。《许广平文集》刊载了十五封致鲁瑞信，七封致朱安信。情真意切，读来催人泪下。

朱安也将许广平看作姐妹，视周海婴如己出。鲁迅逝世的当月，朱安就托人转告许广平母子，欢迎她们搬去北平与其同住。她说："许妹及海婴为堂上所钟爱，倘肯朝夕随侍，可上慰慈怀，亦即下安逝者。"还愿意"同甘共苦扶持堂上，教养遗孤"。朱安不但将她们母子两人的住房做了安排，甚至还说"倘许妹尚有踌躇，尽请提示条件"，她"无不接受"。朱安的为人坦荡和对许广平母子二人的体贴，周海婴多年之后提起仍感怀不已，并在他所写的书中不无深情地回忆。

怀着对鲁迅的爱，许广平决心完成鲁迅的未竟之业。她将鲁迅的遗稿按鲁迅生前厘定的体例编成《且介亭杂文末编》，半年后就出版发行。旋即又着手收集资料（如公开征集鲁迅给友人的信函、友人手中的文稿），开始编辑《鲁迅全集》。历经千辛万苦，甚至致函胡适求助，各处张罗，仅仅历时两年，就以鲁迅纪念委员会名义出版了二十卷本（含译著）《鲁迅全集》。这是许广平的贡献。不仅是对鲁迅的纪念，也是对中华文明的一大贡献。

1947年6月29日，朱安去世，身边没有一个人。她在这个世界上生活了六十九个春秋，孤独地度过了四十多年的漫漫岁月。

朱安去世后一年，许广平在一篇散文里写道："鲁迅原先有一位夫人朱氏，她名'安'，她的母家长辈叫她'安姑'。"这末句很有感情，也是颇细腻的一笔。

1968年3月，许广平心脏病突发在北京病逝，终年70岁。也许在人生的最后一程，许广平依旧会想起先生在上海写给她的一首诗："十年携手共艰危，以沫相濡亦可哀。聊借画图怡倦眼，此中甘苦两心知。"

白薇与杨骚：无言的结局

白薇，民国时期走红的著名女作家。她的剧本《打出幽灵塔》发表在鲁迅主编的《奔流》创刊号上；她的独幕剧《革命神受难》也发表在鲁迅编辑的《语丝》杂志上。她是毛泽东主席当年会见过的进步女作家之一。风流才子杨骚，是中国左翼作家联盟成员，中国诗歌会发起人之一。他一生著述甚丰，出版书籍22种。

可惜这一对情人，从他们在异国相遇开始，其情感纠葛一直缠绵了20多年，最终是无言的结局。白薇为爱情耗尽了自己的一生。

相遇在日本

1924年春天，惠风和畅。日本东京，樱花如雪的树下，年过而立的白薇与刚刚失恋的诗人杨骚相遇了。

白薇，1894年生于湖南。白薇的父母都出身于书香门第，所秉承的封建伦理道德根深蒂固。16岁的她就被父母包办，早早地嫁给了一个寡妇的儿子。在夫家，白薇的日子过得很痛苦，常遭丈夫的毒打，婆婆也非常厉害，对她百般折磨，甚至还咬断了她的脚筋。

不堪虐待的白薇，在舅舅的帮助下逃到长沙，在第一女子师范学院求学。就在毕业的时候，婆家人找了一帮亲戚，悄悄埋伏在大门口准备将她绑回去。不愿重回到那个魔窟的白薇，在同学们的帮助下，从学校的后门翻墙而逃，踏上了开往日本东京的海轮。

东京，在白薇的幻想中，应该是个樱花飞舞的浪漫国度。但现实很快给了她沉重的一击，她所面对的生活，远没有她想象得那么美好。而且，家人也断绝了对她的经济援助，想以此逼迫她尽早回国。孤苦伶仃、漂泊异国他乡的白薇，不得不一边打苦工维持生计，一边复习功课，咬紧牙关挺过了最难熬的一段时间，最终如愿地进入了东京女子高等师范学校，读生物学。此时她在日本已经苦苦挣扎了六年。

情感起波折

白薇生来白净秀气，雅逸脱俗，一双晶亮的大眼睛满含淡淡的哀愁，似寂寞轻吟。第一次见面，白薇在介绍自己的身世后对杨骚说："白薇，是我给自己取的笔名，白薇是一种多年生草本植物，味苦，性寒。"又说："你是我发现的最清新、最纯洁，不带俗气的男性。"

听着白薇对自己名字和身世的回顾，杨骚感慨万分，他握着白薇纤细的手，从心里由衷地说："薇，这些年来，你确实过得太苦了。"

他们开始相爱了。两人的感情急剧升温，以至于到了如火如荼急风暴雨般的地步。白薇是那种敢爱敢恨的女子，她一旦爱上了，便全力以赴。爱情中的女子内心是豁达的，又是狭隘自私的，时时刻刻都想拥有这个男人。杨骚在失恋的沉沦中也非常需要感情的慰藉，白薇亦然。

可渐渐地白薇发现，失恋的杨骚始终没能忘记那个初恋的女友凌琴如，仍时常和她见面。白薇是不能看到杨骚同别的女人谈笑风生的，她为此和杨骚多次发生激烈争执，吵完后又怕他生气而道歉。她对杨骚爱得是那么直白，可偏偏杨骚是个情感丰富的年轻诗人，他喜欢结交朋友，也很喜欢享受异性仰慕的目光，他并没有为了白薇而放弃和其他女人相识的机会。

白薇轰轰烈烈的爱情方式，让杨骚突然生出几分害怕。他越来越无法承受这份把人勒得喘不过气来的爱情。慢慢地，原先的一些朋友和同乡开始与杨骚疏远，还有留日的同学们，包括那个离他而去的恋人凌琴如，都生活在不远的地方，他感到周围空气的窒息。无论是感情上，还是心理上，杨骚都承受不了这样的现实。他心里还只有凌琴如的音容笑貌。无奈之下，杨骚渐生离开东京回国的念头。两个月后的一个黄昏，杨骚突然走了，不辞而别，只给白薇留下一纸短笺："对不住，对不住！我决定离开东京去杭州。我不能不走，我只有这条路，请原谅我的不辞而别……"往日欢如朝露的日子，刹那间，又成了寒雨秋霜。

后来，白薇打探到杨骚的消息和地址，便马不停蹄地跟着来到了杭州。这天，当杨骚打开房门，看到门外站着一脸兴奋的白薇，他的心顿时坠入谷底。白薇还沉浸于见到恋人时的激动情绪中，完全没有留意到杨骚的些微变化。她喜极而泣地扑到杨骚的怀中："你吓到了吗？我没有告诉你，其实就是想要给你一个惊喜！"杨骚无可奈何，他除了惊，并无半点的喜可言，他听不进白薇发自内心的倾诉。

白薇在杭州待了几天，不知道该如何面对她的杨骚，每天不是去会朋友，就是去应聘，或者参加诗社沙龙，把白薇一个人孤零零地扔在旅馆里。有时候白薇逼得太紧，他会哄她说，让她在旅馆乖乖地等着，第二天他会带她游西湖。

白薇在旅馆里等了一天又一天，哪儿都不敢去，唯恐与杨骚走岔了路。但是，直到第三天，杨骚也没有来。心急如焚的白薇担心杨骚出了什么事情，跑到杨骚租的房子那里去找，居然看到大门紧闭。听房东讲，杨骚回了福建漳州的老家。

白薇的心骤然从云端跌落，那个男人再次不告而别，她这才发现杨骚可能根本不愿意见到她。黯然神伤的白薇只身又回了日本。但是漳州，自此在白薇的心中，成了一个闪闪发光的城市。她写了一封又一封的长信寄到杨骚的老家，却都如石沉大海。此时的杨骚已经前往新加坡。

当她知道杨骚去了新加坡后，她的信又追随而去，绵绵不绝地诉说着自己对他的思念。

杨骚在新加坡过得并不轻松，白薇的深情更让他感到痛苦和烦恼。终于有一次，他回了封信给白薇，并且直白地告诉她，希望她能够放弃这段感情，无论她怎么做，他都不会回东京去了。

白薇接到这封信后，心情万分沮丧，她知道在日本再也等不到杨骚了。1926年初冬，怀着绝望的心情，白薇和在日本开始的这段恋情说了声再见，从长崎登上美国的远洋轮返回了祖国。

意外又重逢

白薇回国后先是在广州，后来辗转到武汉，最后来到了上海。其间，她投身于火热的革命斗争，用文字来填充内心的空虚和情感上的失落。1926年4月，陈西滢在《现代评论》上专门介绍了两位女作家，一位是当时"几乎谁都知道的冰心女士"，另一位则是当时"几乎谁都不知道的白薇女士"，陈西滢称白薇是"突然发现的新文坛的一个明星"。陈西滢将白薇的《琳丽》与郁达夫的《沉沦》、鲁迅的《呐喊》并列入《新文学以来的十部著作》，可见对她的评价之高。白薇的名气渐渐响了。

在新加坡闯荡了两年的杨骚也回到了上海。他忽又思念起白薇，开始寻找白薇的行踪。一天，杨骚在创造社主编的《洪水》杂志上找到了白薇的下落。两人再次相聚，看着这个曾经让她伤心绝望的爱人，此时的白薇本可傲然拒之，但是她心又软了，爱火再次熊熊燃起，她重新接纳了他。他们的命运再次连在一起。不久他们便同居了。

那段时光，对白薇来说是最快乐和开心的。她和杨骚认识了鲁迅先生，一起成为鲁迅主办的《奔流》杂志的主要撰稿人。鲁迅知道他们的情侣关系后，总是刻意地将他们俩的稿子排在一起，这种排稿法，在《奔流》杂志上持续了很长时间。

在鲁迅先生的帮助下，白薇迎来了自己的创作黄金期，她以犀利的文字，向当时的社会扔下一枚枚炸弹，先后写出了剧本《打出幽灵塔》、长篇小说《炸弹与征鸟》、诗歌《春笋的歌》等佳作。杨骚的作品也频频问世，散文《十日糊记》、诗集《受难者的短曲》、译著长篇小说《痴人之爱》等。二人的作品一篇接着一篇，星光灿烂，是当时文坛的活跃人士。他们都达到了文学创作上的高峰，成绩斐然，被誉为"左翼戏剧初潮的一对海燕"。那是他们俩一生中最为幸福的一段岁月。

但是，在这场看似风花雪月的浪漫复合爱情背后，却还是藏着难堪和痛苦。与杨骚复合后，原本体弱的白薇就开始生病了，时常出现各种各样的症状，有时候痛得连路都不能走，杨骚终于向白薇坦白，原来他在南洋时生活一度陷入迷乱，患上了难言的疾病，眼下分明是传染给了白薇。白薇简直要崩溃了，哭过骂过后，她最终还是选择了原谅和接受。为此，杨骚大为感动，甚至还动了要娶白薇的念头。

白薇觉得自己的这段爱情终于守得云开见月明。1928年底，他们照了张结婚照、发了请帖，可是杨骚却在结婚当天退缩了，他害怕自己被婚姻束缚住手脚，最终没有出现在婚礼上。

白薇伤透了心。杨骚出走几天后，再次回到白薇的身边时，她还是选择了原谅。这个坚强的女人，在爱情里完全失去了自己的原则。

1930年，白薇和杨骚的感情又生变故。因为凌琴如也来到了上海，她虽然已与别人结婚了，但她对杨骚热情依旧。杨骚每次去探望凌琴如，都让白薇嗅出一丝不安的气息。对此，白薇无法容忍，她克制不住自己，又开始了与杨骚无休止地争吵。

杨骚曾在自己与白薇的一张合影照背面题过这样的诗："流的云，奔的水，多少峰峦飞，多少浪花碎，多少风的叹息，多少雨的泪，多少地火飞迸，多少天星坠……"他们俩的爱情，的确如诗里所言，总是激烈跌宕。

1933年8月，白薇与杨骚的情书集《昨夜》出版，白薇为这本书写了"序诗"，杨骚也为此书写了"序"。白薇是想用这本书，给两人的感情画上一个句号。一切都过去了，他们终于平静地分手。

孤独中离世

1940年，白薇到达重庆，在郭沫若领导的文协工作。巧合的是，此时的杨骚辗转多地后，也来到了重庆。或许是时间的沉淀，让杨骚成熟了。看着这个曾经深爱过自己的女人，他的内心充满了愧疚。他多次请求与白薇重新开始，让他来好好爱她，白薇都拒绝了。

不久，体弱多病、生活困窘的白薇患了热病，她发高烧、说胡话。这次，杨骚趁着白薇发高烧糊涂的时候，把她抬到了自己的书斋，无微不至地照顾她。但是，当白薇清醒过来之后，却挣扎着要离开。杨骚苦求她："往日全不知道爱你，现在才开始真正知道爱你了。我既然变成了好人，你就再和我好起来算了，我绝不再变心，使你再痛苦。"

哀莫大于心死。白薇不会接受这种复活式的爱，不会接受任何怜悯。她也绝不愿意再做爱情的俘虏，她剩下的，仅有这点能够守住的自尊了。几天后，当白薇能够起床时，她就拄着拐棍，拖着病腿回到了自己潮湿简陋的小屋。她对一些前来劝说她与杨骚重归于好的朋友说："我和杨骚早已分手了，不可能再走到一起生活。"

1941年皖南事变后，杨骚想报名到延安，组织上考虑他是福建人，动员他去新加坡，帮助陈嘉庚，并在海外侨胞中做好抗日救亡工作。他愉快地答应了。在那里，他谋了一份教师的职业，在繁忙的抗日救亡的宣传中，杨骚仍不忘曾经和他一起生活过的白薇，他像一个真正的男人那样，开始懂得关心照顾白薇，他将自己每月不到70元薪水中的50元寄给白薇，想以此挽回白薇对他的情感。

可是这一次，他真的想错了。对一颗已经彻底死掉的心，无论他做什么努力都是白费的。1944年6月，眼见复合无望的杨骚与一位华侨女子结了婚，生儿育女，过着稳定的家庭生活。1952年杨骚和家人一起回到祖国，被选为广州作家协会副主席。1957年1月15日，杨骚因病医治无效，离开了人世，年仅57岁。

浮生如梦，为欢几何。此后的白薇再也没有恋爱、结婚，她孑然一身，没有丈夫，没有孩子，也没有亲人，晚年的她一直住在北京一个居民区里，一个人安静地生活着。

在白薇的一生当中，她唯一爱过的只有杨骚这一个男人，那是她心中永远的痛。1987年8月27日，白薇孤独地离世，走完了坎坷悲苦而漫长的一生，享年93岁。

（载《金陵晚报》2017年1月18日）

叶圣陶与胡墨林：一生两情相悦

叶圣陶，现代作家、教育家、出版家。作为作家，在中国现代文学史上，叶圣陶曾推出第一个童话故事《稻草人》，第一篇白话小说《春宴琐谭》；作为出版家和教育家，叶圣陶积极提倡使用白话文，不仅编写《开明国语课本》，还领导编写了《新华字典》。在新中国学生的教科书中，还专门提出"语文"这个科目，素有"优秀的语言艺术家"之称。

叶圣陶在他的事业上不断创新，但他的婚姻却是相当的传统。他和妻子胡墨林，是经人介绍后，尚未谋面，便定下了终身，婚后竟然情深意笃、恩爱有加，被好友们调侃为"中了头彩的婚姻"。

一首佳词牵引线

叶圣陶，原名叶绍钧，字秉臣，1894年生于江苏苏州，1912年2月，18岁的叶圣陶参加同学王彦龙的婚礼，"秀才人情纸半张"，爱好诗词的他写了一首《贺新郎》词作贺礼。叶圣陶的词作高挂在新人的洞房里，字行云流水、笔精墨妙，恰好胡墨林的二姑母胡铮子前来贺喜，见到这幅字，赞叹不已。

胡墨林，浙江杭州人，比叶圣陶大一岁。胡墨林很小就失去双亲，由二姑母胡铮子抚养长大。1914年北京女子师范学校毕业后，与二姑母一起回到苏州。她先在苏州大同女校教书，后又应聘到南通女子师范当教员。

胡铮子，是一位知识女性，正在北平女子师范当教员，她看到叶圣陶的字时欣喜不已，想到侄女胡墨林已渐渐长大了，出落得亭亭玉立，十分惹人怜爱，是该到了谈婚论嫁的年龄。她觉得应给侄女找一位德才兼备的夫君，便立即找到叶圣陶的好友王伯祥，请王伯祥做媒。

王伯祥接受了嘱托，不敢怠慢，立即拜访了叶圣陶的父亲叶钟济，把胡墨林的家世人品和胡家人的意思仔细描述了一番。叶钟济老人正为儿子的婚事操心，听到王伯祥的介绍，自然是高兴不已。于是互换庚帖及相片，议定婚期。

1916年8月12日，姑苏城里，明月皎洁，一对新人在此喜结连理。洞房花烛，新郎官叶圣陶这才第一次见到新娘胡墨林。

新婚之后，叶圣陶送胡墨林去南通，自己仍回上海任教。他们互相了解，互相欣赏，情投意合。由于有着共同的教育背景和爱好，两人开始了真正的恋爱。

婚后十四年，叶圣陶这样回忆说："我与妻结婚是由人家做媒的，结婚以前没有会过面，也不曾通过信，结婚以后两情颇投合。那时大家当教员，分散在两地，一来一往的信在半途中碰头，写信等信成为盘踞心窝的两件大事。到现在十四年了，依然很爱好。对方怎样的好是彼此都说不出的，只觉很适合，更适合的情形不能想象，如是而已。"

一个常恋家的人

叶圣陶自从结婚后，便成了一个恋家的人。北大邀请他去任教，聘书是两年，可叶圣陶只教了一个多月的作文课，就请假回甪直了。因为夫人产期将近，他怎么也放心不下，要亲自送胡墨林去苏州的医院分娩。

1923年，叶圣陶在商务印书馆编译所国文部当编辑。又有友人热诚邀请他到福州协和大学任教。叶圣陶本不打算离家远游，但禁不住友人的恳切催促，只好答应下来。

临别时，他怀着"怅怅然"的心情，写下了散文《将离》。妻子胡墨林买了梨和香蕉，到码头为丈夫送行。叶圣陶倚着船栏，深深体会到"离别的滋味假若是酸的，这里又掺入一些苦辛的味道了"。

在福州，叶圣陶白天在课堂上为大学生们讲新小说，讲鲁迅、郁达夫、朱自清，讲得津津有味，但到晚上，只身躺在床上，望着山那边的月亮，听着秋虫的合奏，"总是抑制不住对亲人的恋念"。

一到寒假，叶圣陶就辞职了，水土不服是一个原因，但想家、离不开家是辞职的主要原因。他回到上海与家人团聚了。

叶圣陶主编《小说月报》时，发掘培养了茅盾、巴金、丁玲、戴望舒等一批作家。虽然在事业上风头正劲，但已41岁的叶圣陶一直酷爱用直那种乡村化的家居生活，1935年秋，他用积累的一笔版税和稿费，在老家苏州的滚绣坊青石弄买下八分地皮，造了四间中西合一式的平房，把一家人由上海迁回了苏州。从此，夫妻俩风风雨雨，相依相伴，从没有长时间地分开过。在叶圣陶的日记中常有这样的话"墨不在家，便觉异样"，"墨不在家，余则寂然无聊"。

然而，他的理想家居梦只维系了两年。1939年8月19日，抗战爆发后，一天，日寇出动几十架飞机对苏州进行大轰炸。叶家不幸被炮弹击中，一大家子人被困火海，无法脱身。幸好大儿子叶至善急中生智，弄开封死的后门，带领一家老少冲出火海，死里逃生。得知家中遭遇轰炸，远在成都的叶圣陶心急如焚，一夜没合眼，第二天一人早，便托教育厅雇了辆汽车，急速往家赶，找到了在朋友家避难的妻儿。看到亲人都安然无恙，他一颗悬着的心终于落下。

一家人在城外安顿下来后，时已秋凉，胡墨林开始张罗着为全家人准备冬衣。全家七口，单的夹的长袍短袄裤子，就得几十件。以前，胡墨林从没做过衣裳，这一次却出人意料地显示出缝纫的本事，各种衣服的样式，都是她一人琢磨着裁剪的。全家连老母亲在内，凡能动针线的，一齐上阵，就连叶圣陶也"客串"间或缝上几针。原来雇的一个女佣，逃难时散了，扫地洗衣倒马桶一应家务活都是自己来。

后来的岁月里，叶圣陶再也不敢轻易和家人分开，他和胡墨林几乎寸步不离，做什么事情都陪伴着对方，叶圣陶时常和胡墨林一起去买菜，"夫妻两个，你提我拎，虽然吃力，却又别是一趣"。

度过了兵荒马乱的战争岁月。叶圣陶后来在一篇文中记叙这种生活，充满了乐观情绪："粗陶碗，毛竹筷子，一样可以吃饭；土布衣裳穿在身上，也没有什么不舒服；三间面对田野的矮房，比以前多了好些阳光和清新空气，轰炸改变了我什么呢？"

一直挂心的爱情

新中国成立后，叶圣陶被任命为出版总署副署长兼编审局局长，后又担任人民教育出版社社长兼总编辑、教育部副部长，他把自己的全部精力贡献给了新中国的出版事业和教育事业。而胡墨林也担任了人民文学出版社校对科长。然而，正当一家人的生活开始好转之时，胡墨林因为劳累过度，竟然一病不起。于1957年3月2日离开了人世，享年64岁。

为胡墨林守丧的那几天，儿女们都在前前后后，忙这忙那，小儿子叶至诚的任务是日夜陪伴父亲，为他排解过度的忧伤。他在父亲居室的床边搭了一张帆布床，有时朦胧一觉醒来，只见台灯亮着，父亲仍坐在写字台前，用中号羊毫，一丝不苟地在宣纸上书写着悼念亡妻的诗句。

妻子的离世，对叶圣陶的打击特别大，他把妻子生前的很多照片都放大了，然后挂在客厅里，写了多首追怀妻子的诗，梦中相见，醒来怅然。此后每一年的忌日，叶圣陶都会写下"墨逝世若干年矣"，来纪念自己的爱妻，日复一日，年复一年，一直持续了三十一年，直到叶圣陶生命的尽头。

1987年底，叶圣陶最后一次生病住院，他自知自己的时日已不多了，对身边的孩子唯一的叮嘱就是："到母亲的忌日，你们无论哪一个，去坟上看看吧，我就不去了。"

1988年2月16日，叶圣陶逝世。几个子女在整理父亲的遗物时，发现了父亲几十年来的日记，日记中有太多太多内容都是为妻子胡墨林所写。后来叶圣陶的大儿子叶至善为父母的爱情故事写了一本书，书名是《中了头彩的婚姻》。两人的爱情"始于责任，陷于才华，忠于人品"，虽然是"先结婚，后恋爱"，却遵守着"一生一世一双人"的誓约。他们的爱情一直在心里，穿越时空与年代，可以波澜壮阔，也可以细水长流，却始终不离不弃。

张恨水：章回小说家的"啼笑因缘"

张恨水是20世纪二三十年代中国最走红的章回小说作家之一，被老舍称为"国内唯一的妇孺皆知的老作家"，张爱玲是他的铁杆粉丝。这位写尽言情小说的作家，其婚姻生活也像他所写的小说一样，在缠绵缱绻的爱恋之中，演绎着他情感的"啼笑因缘"。

违心地接受包办婚姻

张恨水，原名张心远，笔名恨水，取自南唐后主李煜"自是人生长恨水长东"之句。

1912年，张恨水的父亲在南昌暴病去世，举家返回仅有薄田数亩、破屋数椽的安徽潜山老家，从此，"上养寡母，下养三弟二妹"的重担便落在了他的肩上。

那时张恨水还在苏州中学上学。为了支撑这个破落的门庭，他母亲决定为儿子早日成婚，便托媒人说了一门亲。姑娘名叫徐文淑，家境较富裕，人也贤淑，母亲听了很满意，便与媒人约好亲自去相亲。

相亲约在一次看戏的时候，村里人三五成群地坐在台下。媒人陪着张母，指着远处看戏的姑娘说："喏，就是那姑娘！"张母抬眼望去，果然有个很俊美的姑娘。于是，说定了亲事，接着就下了聘礼。

张恨水知道后很不以为然，他觉得自己还很年轻，学业未成，不能自立。但他是个孝子，不敢违抗母亲的意愿。何况母亲一再告诉他，那姑娘是如何的贤淑漂亮，不由得使读过不少浓词艳章和才子佳人小说的他，产生了对美好婚姻的幻想，便也同意了。

新婚之日，揭开盖头，张恨水顿时呆住了，艳红的盖头下，不是母亲所说的清秀美丽的姑娘，而是个地地道道的乡下丑女。张母更是茫然无措，眼前的新娘并不是她看中的那一个。事后得知，那天相亲，媒人指的是徐家二女儿，如今结婚的却是他家的大女儿。张恨水知道自己被人家戏弄了。

婚礼已经进行完，既成事实，一场包办婚姻让张恨水陷入了尴尬境地。母亲流着眼泪对儿子说："我对不起你，这事是我做错了。可是人已经娶回来了，不能退呀！就算是替我娶的吧。将来有中意的，你再另娶一个。"听到母亲这一番话，再看看那无辜的新娘，是啊，退婚岂不是把她送上死路？就这样张恨水只能违心地接受了这段婚姻。

徐文淑没有文化，又拙于言辞，张恨水与她终日无话。几天之后，找了一个借口，离开了老家，从此开始了他浪迹江湖的笔墨生涯。

徐文淑在家一直侍奉婆母，照顾弟妹，确实十分贤淑。他们之间虽无情爱，但张恨水同情她，决心养她一辈子。直至1956年，徐文淑在安庆去世，已过甲子之年的张恨水还前去料理后事。

孤独等待真正的爱情

现实生活中得不到爱情，张恨水便把自己的感情宣泄在小说中。最早的长篇小说《南国相思谱》，便是张恨水情感的代表作。

1919年张恨水来到北平，一住就是好几年。他一边兼着几个报馆的工作，一边写小说，孤身一人，工作劳累，心境寂寞，很自然地想有个温馨的家。在朋友的建议、介绍下，张恨水来到了北平一所专门收养流浪女子的平民习艺所，在那里他认识了胡秋霞。

胡秋霞是四川人，出身贫苦，自幼被拐卖到北平当了丫头，因不堪虐待，进了救济院。张恨水十分同情她，不由得产生了"爱屋及乌"的想法。他娶回了胡秋霞，把对爱情的渴求和对不幸弱女子的深切同情，全部倾注在她身上。

婚后的生活是幸福的。遗憾的是好景不长，生活中各种复杂的因素，使张恨水与胡秋霞之间终于产生了裂痕。

1926年，张恨水已是名噪南北的小说家了，收入渐丰，便把安徽潜山的全家老小接到北平。两个人的小家庭顿时变成了一个人口众多的大家庭。这时，秋霞已经有了第一个孩子。亲人团聚，添人进口，虽不乏欢乐，却也为张恨水增加了不少烦恼和劳累，他不可能常和秋霞单独在一起。写小说是他生命的一部分，现在又成了他维持一大家人生活的主要经济来源。他日夜工作，白天在家写小说，有时同时写几部小说在几家报纸上连载，夜晚还要到报馆去编报。一个需要的是丈夫的温存与怜爱，一个需要的是妻子与他共负生活的重担，分享创作的喜悦。

爱情中的两个人是需要相同点的，胡秋霞虽然对张恨水很好，尽到了作为妻子的本分，但毕竟两个人的文化程度相差太远，她不懂得张恨水小说里的世界，也不懂得张恨水的情感，他们就这样生活在无奈之中。

孤独寂寞的张恨水依旧在等待，等待自己的爱情，一直到1928年。

终于找到心中的知己

那一年，张恨水在《世界日报》编副刊，结识了一位能写小说会作诗的名为周淑云的女作者，很自然便引起了他的爱慕之心。那年，他已33岁，虽然有过两次婚姻，却从来没有对异性产生过这种感情。

周淑云爱读张恨水的小说，特别是《啼笑因缘》，又爱唱京戏，偏巧张恨水也是个京戏迷。虽然两人相差近20岁，但在一起谈小说、谈京戏，却有说不完的话。以至张恨水竟将她引为红粉知己，而周淑云对他则由仰慕进而产生了爱恋之情。

两情相好，便会议及婚嫁。张恨水向周淑云如实说出自己的婚姻状况及无奈的心情，她却表示，只要和他终生相伴，并不计较他已有了妻子。他喜出望外，觉得自己真正的爱情终于找到了归宿。联想到《诗经·国风》第一章"周南"二字，他便为周淑云改名周南。

1931年，张恨水终于落入爱情的漩涡，这成了张恨水一生中最后的一次婚姻，那个年代，男人娶几房妻室并不稀奇，张恨水认为，与周南的结合，是他们由相互爱慕而产生的真正的婚姻，他必须按老规矩"明媒正娶"。

这次婚姻，给张恨水带来了全新的生活感受。他又全力投入写作。过去他曾说自己是"文字机器""新闻工作的苦力"，而现在，辛勤的笔耕成为愉快的享受。工作时，一个伏案挥毫，一个铺纸研墨；休息时，或夫妻对弈，或一人操琴，一人引吭，来一段清唱。这一时期，是张恨水生活上最幸福的日子，也是他创作上的丰收期。他在完成长篇小说《金粉世家》的同时，又开始创作《水浒别传》等几部小说。"九一八"事变促使他把笔锋转向抗日。据说他曾在26天里，完成了反映抗战的三篇小说、一个剧本、一组笔记和两组诗。

张恨水与周南另组家庭后，对胡秋霞仍尽他做丈夫的义务，周南体谅他，并不干预。胡秋霞却不能接受这个现实，心情更加不好，越发沉溺于杯中之物。但由于分开生活，倒也相安无事。

抗战胜利后，张恨水带着周南和儿女到安庆探望久别的老母，而后为北平《新民报》的创刊独自去了北平。他在北平购置了一所大房子，于1947年底将周南、胡秋霞和孩子们都接了来，大家一起生活。

1949年6月，张恨水突患脑出血，送医院抢救，醒来时已是半身不遂。周南侍奉汤药，日夜守护，还要应付一家人的生活。为了支付昂贵的医疗费用，她卖掉了仅有的一点首饰。这一年，她的小儿子张同出世，家中六个孩子嗷嗷待哺；老家徐文淑那里，每月还需要寄赠养费；秋霞和一双儿女也要生活。不得已，1951年夫妻俩卖掉住了三年的大宅院，换了一个小院落，也就是后来周南和张恨水相继度过生命最后时刻的西四砖塔胡同43号。

经过一段时期的疗养，张恨水病情逐渐好转，1953年恢复了写作。就在他重获生命的第二个春天时，周南却病倒了。到1959年已卧床不起，在44岁时便离开了人世。

周南的病逝，对张恨水的打击太大了。张恨水一直想要"绿衣捧砚催题卷，红袖添香伴读书"的人生，他等到了人生36岁，才等到了周南，而如今，那个陪伴自己的红颜女子却先他而去了，自己的美好生活也停止了。他不能没有周南，他在床头挂满了周南的照片，好一抬眼就能看见，犹如周南仍在身边。他写了一首又一首悼亡诗和词，追忆他与周南同甘共苦的往日，倾诉他对周南的无尽思念。

胡秋霞并未忘情于张恨水，常去看望他，曾表示愿意陪伴他度过晚年，却被张恨水谢绝了。1967年2月15日清晨，张恨水又一次突发脑出血，撒手而去。

胡秋霞虽然失去了张恨水的爱，但她的晚年还是幸福的。她一直守着儿子晓水、女儿张正生活。晓水执教于北京外国语学院，1955年结婚，有二子一女。张恨水去世后，周南的孩子们也常去看望胡秋霞。她儿孙绕膝，直到1982年病逝。

（载《金陵晚报》2017年5月18日）

邹韬奋与沈粹缜：淡然而馨香隽永的恋歌

邹韬奋是中国现代史上一位杰出的新闻记者、出版家。他毕生追求进步、光明与真理，为中华民族独立与解放，为民主政治的思想，为人民大众的进步文化事业，殚精竭虑做出很大贡献。在他的革命生涯中，妻子沈粹缜始终默默地支持着他。两人相濡以沫，谱写了一曲淡然而馨香隽永的恋歌。

喜结连理

邹韬奋，1895年出生于一个官僚地主家庭。还在他幼年时期，便遵父命，与父亲政界同僚的女儿结成"秦晋之好"。

订婚时，邹韬奋年纪幼小，本身对这事也糊里糊涂。后来受到五四运动的影响，他对婚姻自由有了自己的主见，开始对父母包办的婚事提出抗议。双方家长当然不会答应，他的未婚妻也秉着"诗礼之家"的教诲，向邹韬奋表示情愿为他终身不嫁。结果这件事就一直僵持着到邹韬奋毕业以后。

邹韬奋十分同情一直守着自己的未婚妻，他"没想到这个女子会为着我而终身不嫁，于心似乎有些不忍，又想她只是时代的牺牲者，我再坚持僵局，徒然增加她的牺牲而已，因此虽坚持了几年，终于自动地收回了我的抗议"。与这位等待多年的女子完婚。婚后，妻子对邹韬奋感情很好，可惜未及两年，妻子因患伤寒病去世。邹韬奋为此悲痛不已。

伉俪情深

沈粹缜出生于当时的江苏吴县。少年时期，沈粹缜在苏州读了4年私塾后，随姑母到北平学刺绣，后到南通女工传习所学习，毕业后留校任助教。1921年，苏州女子职业中学校长杨卫玉聘请她担任美术科主任。1925年春，杨卫玉作为中华职业教育社创办人之一，介绍沈粹缜与在《教育与职业》月刊任主编的邹韬奋相识。

当时，邹韬奋的发妻病故不久，他生活孤单，整日心情沉郁。结识沈粹缜后，邹韬奋振作起来，他经常给她写信，后来每周都要通信两三次。邹韬奋为人体贴风趣。渐渐让沈粹缜动情，两人就此相恋。1926年元旦，他们在上海举办了隆重的婚礼。

婚后，沈粹缜辞去了苏州的工作，来到上海生活。韬奋专心于工作，家庭事务全由沈粹缜承担。夫妻之间互敬互爱，凡接触过他们的朋友，莫不称羡两人亲密和谐，赞扬沈粹缜的贤惠善良。

婚后不久邹韬奋接任《生活周刊》主编，他全力以赴毫不马虎。当时的《生活周刊》缺钱缺人，连他在内总共只有两个半职员，由于稿费过低，约稿不易，多数稿件都得自己撰写。他不得不以六七个笔名轮流撰写各式各样的文章。邹韬奋既要握笔写文章，还要收发、看信、复信。夜夜在办公室忙到十一二点。

这样的日子过久了，沈粹缜也打趣邹韬奋说："我看你恨不得把床铺搬到办公室里面去！"话虽是怪罪邹韬奋忙于工作疏离了自己，但言语间嗔爱参半的复杂感情，邹韬奋自是明白的。沈粹缜嘴上埋怨但心中更多的是体谅与心疼，她明白，邹韬奋对待工作的态度是严谨的，作风上一丝不苟。她欣赏如此认真的男人。

患难与共

邹韬奋一生追求民主进步，反抗日本帝国主义的侵略，颠沛流离历经磨难，曾六次流亡和一次入狱。沈粹缜不离不弃，默默追随邹韬奋。

"九一八"事变后，《生活周刊》在全国各地特别是广大爱国青年中影响很大，遭到当局的忌惮。中国民权保障同盟的总干事长杨杏佛遇害后，邹韬奋也被列入黑名单。1933年底，邹韬奋不得不流亡海外。1935年8月，他从美国回到上海立即积极投入抗日救国活动，发表文章，号召爱国者奋起抗日。

1937年11月上海沦陷后，邹韬奋再次离开了上海，与生活书店一起转移，先到香港再辗转到武汉。武汉沦陷后，一家人又迁居重庆。

在重庆，邹韬奋更加感到苦闷和压抑，他发表的文章出版的书籍时常被没收、查禁。后来国民党当局提出，将邹韬奋创办的生活书店与国民党官方的正中书局合并，邹韬奋毅然拒绝，国民党便开始查封生活书店逮捕书店员工。邹韬奋多次抗议无效后，本人也受到跟踪迫害，一言一行都受到监视。在这种情况下，邹韬奋决定前往香港。

邹韬奋走后，沈粹缜一人独撑家庭。为了维持生活开支，她不得不将家里的物件拿去当铺、寄售铺换钱。不仅如此，沈粹缜还得应付国民党特务的巡查和盘问。面对特务不依不饶的盘查，沈粹缜总是冷静镇定地对答。在一次躲避空袭的关头，沈粹缜带着孩子们逃离了特务的监视前往香港。

1941年底日军侵占香港后，为了避免日本当局的纠缠和胁迫，共产党交通员找到邹韬奋，要求邹韬奋先行离开，随后，沈粹缜再带着孩子们离开香港。

经历过多次生死磨难，邹韬奋知道此次转移必定危险异常。离别时，邹韬奋望着心爱的妻儿，不禁湿润了眼眶："我此番离去路途遥远，危险重重，如果我们没能再次相见，你一定要将孩子们安全抚养长大。"一个月后，沈粹缜带着三个孩子混在难民队伍里离开香港。

继承遗志

1942年9月，邹韬奋回到上海后，继而秘密进入苏中解放区和苏北解放区，后因受到病痛的折磨，他不得不于1943年3月又秘密回到上海就诊，经诊断他得了中耳癌。

在邹韬奋与病魔斗争的几个月里，沈粹缜带着长子和女儿从桂林赶来上海。

邹韬奋把别后的情况与在苏北解放区的见闻，都详尽地告诉她。沈粹缜回忆说，即使病得那样重，邹韬奋的记忆力依旧那么好，谈话依旧跟平时一样的风趣。

手术后，邹韬奋的右颊、右太阳穴和右额时有剧痛，经常坐卧难安。到了后来实在太痛苦了，他不得不靠杜冷丁来缓解疼痛。为此，沈粹缜学会了打针。

药效维持的时间越来越短，沈粹缜看着心爱的人被病魔折磨，眼泪止不住地流下。可当邹韬奋稍微平静的时候，却反过来安慰沈粹缜说："你瘦了，是我的病把你折磨瘦了。等我病好了，我们一定到延安去。"沈粹缜看着病痛一点点地销蚀着邹韬奋的生命，心如刀绞。

病榻上的邹韬奋念念不忘革命，临终前，邹韬奋在一张纸上专门为沈粹缜写了"不要怕"三个字，这是邹韬奋留给沈粹缜最后的话。1944年7月24日，邹韬奋与世长辞。

邹韬奋一生坚持用笔战斗，他没有武器，却是一名忠诚于祖国的战士。而与邹韬奋相濡以沫的沈粹缜用淡泊馨香的品格，给予了丈夫真挚、朴素而淳厚的爱情，一辈子都在支持他的事业。

邹韬奋去世后，沈粹缜化悲痛为力量，把对丈夫的无限爱意和怀念转向社会。12月底，她把长子嘉骅（即邹家华）交给新四军派来慰问的干部徐雪寒带到苏北解放区参加了工作，次子嘉骝在周恩来亲自安排下由重庆转送延安。他觉得把两个儿子送到解放区比留在身边放心。之后，她和女儿嘉骊去无锡隐居。

抗战胜利后，沈粹缜回到上海，得到宋庆龄和邓颖超的鼓励，参加上海妇女联谊会的各种活动，并帮助整理韬奋遗著的工作。1949年3月，沈粹缜作为国民党统治区上海的代表，参加了全国妇女代表大会。

新中国成立后，沈粹缜随宋庆龄回沪，参加中国福利基金会工作，担任中国福利会托儿所所长。1951年调上海市民主妇女联合会任妇女儿童福利部部长。曾任全国政协第二至第六届委员、第三至第七届上海市妇女联合会副主任。1961年加入中国共产党。"文化大革命"结束恢复工作后，沈粹缜担任中国福利会秘书长，把珍藏多年的韬奋遗物捐献给了韬奋纪念馆。

沈粹缜有着东方妇女所有的淡泊馨香的品格，给予了丈夫真挚、朴素而淳厚的爱情。她理解和支持丈夫的思想和性格以及他的事业。作家冰心曾说："世界上若没有女人，这世界至少要失去十分之五的'真'，十分之六的'善'，十分之七的'美'。"沈粹缜为这句话作了最好的诠释。

1997年1月12日，沈粹缜病逝于上海华东医院，享年96岁。

（载《莫愁》2019年第6期）

周瘦鹃：一生低首"紫罗兰"

说到周瘦鹃的名字，文学和园艺界的人不会陌生，他是20世纪二三十年代名噪一时的"鸳鸯蝴蝶派"的主要作家；他一生热爱花卉，是著名的盆景艺术家，尤爱紫罗兰。曾有位诗人写诗说周瘦鹃"一生低首紫罗兰"，这里有他一段刻骨铭心的故事。

少年成名

周瘦鹃，1895年生于上海，原籍江苏吴县。其父是内河宽号轮上的会计，在周瘦鹃6岁时得了一种鼓胀病（即血吸虫病）去世。靠母亲含辛茹苦，节衣缩食，把几个孩子抚养成人。

穷困激发志气。周瘦鹃从小发愤读书，在上海民立中学读书时，成绩格外优异。有年暑假，他省下买早点的钱，在旧书摊上买了本杂志，见上面有则征稿启事，就花了一个月时间，将法国的一篇小说改写成五幕剧本，瞒着家人悄悄投给《小说月报》。不久题名为《爱之花》的剧本发表，周瘦鹃得到16块大洋的稿酬。全家人欣喜若狂，大大解决了家庭生活的开支和困顿，16岁的周瘦鹃也从这里看到了自己未来人生的出路。

后来名伶郑正秋、汪优游将剧本改编为《英雄难逃美人关》，公演于汉口，走红江城。此后周瘦鹃更是勤奋创作，凭其特有的才情和风格，以多产小说家的声誉在文坛上崭露头角，成为"鸳鸯蝴蝶派"的主要作家之一。

日后，周瘦鹃开始主编报刊，影响甚大，世间有"一鹃一鹤"之誉，鹃指编《申报》的周瘦鹃，鹤为《新闻报》的严独鹤。他所编辑的《自由谈》《春秋》

《礼拜六》《半月》《良友》《乐观》等刊物、栏目，对当时上海乃至中国杂志、报纸的繁荣，有很大功劳，尤其是《紫罗兰》《紫兰花片》两份杂志。

心生爱慕

1912年，周瘦鹃因成绩优异，中学毕业即留校任教。他在每天去民立中学的路上，总能看到一位风姿绰约的女生，心生爱慕。一打听是邻校西门务本女校的学生周吟萍。

一次，务本女学举行校庆，演新剧，周吟萍扮演剧中主角，粉黛饰容，罗绮彰体，演来纤细入扣，婉转动人。受邀参加校庆的周瘦鹃刚好坐在台下观看，此番相见给了周瘦鹃更深的印象。

经一番犹豫、忐忑后，周瘦鹃遂投信表达自己的爱慕之情。周吟萍早耳闻周瘦鹃其名，颇有好感。没过几天，就回信许以友谊，两人关系日深，书笺往还，互吐衷情。周吟萍把在校中所写作文《探梅赋》寄给周瘦鹃阅看。周瘦鹃诵读之余，大为倾倒，爱意更深，从此通函频频。

随着两人关系密切，周瘦鹃托人提亲。周吟萍的父亲是上海松江名绅，家资丰饶。他认为周瘦鹃寒门出身，一介穷书生，根本看不上女儿心中的这个意中人，强烈反对。周吟萍一个弱女子，在封建家庭压迫之下，没法抗拒，只能暗中饮泣，无奈之下后来被迫嫁给了一个不学无术的富家子弟许某。

出嫁那天，周瘦鹃也参加了周吟萍的婚礼，只见所爱的周吟萍低鬓默坐，双手抚弄着一双浅色丝织手套。这副手套，是周瘦鹃往日赠送给她的。

而此时周瘦鹃的母亲见儿子整日郁郁不欢，命他娶了胡凤君。结婚之日，周吟萍亦来观礼。两年后，周吟萍怀有身孕，她给周瘦鹃写了一封信说："我虽守过了一年，而你已与人也结婚了，这也不能怪你，我深悔不曾向你有所表示，这都是我不肯多说话的害处。"后来周吟萍因不愿与富家子许某继续同居，毅然投奔供职津浦路的兄长，赴南京谋职，一年多不与许某同房，暗中仍与周瘦鹃通信。

一段出乎情止乎礼的缠绵往事，俱往矣，只留下了深深的追忆。周瘦鹃写作《记得词》百首，每首冠以"记得"二字，通过回顾两人相处时的一笑一颦、一字一句，抒发对周吟萍的无限爱恋。他把对周吟萍的爱，转移到了花木身上，而对紫罗兰花，爱得尤甚。因为周吟萍的英文名字即是紫罗兰。

和周瘦鹃极为稔熟的郑逸梅说："他的左手第四指上，经常戴着一金戒指，上面镌着西文Love，即吟萍给他的纪念物。瘦鹃又积存吟萍寄给他的书札，凡数百通，裹以罗帕，装入锦匣，经战乱随身携带，幸无损失，直至十年浩劫，付诸荡然，瘦鹃也含冤而死了。"

关于这段恋爱，周瘦鹃在49岁时写了《爱的供状》一文，文中说："……我从十八岁起，在这账簿的'备要'一项下，注上了一页可歌可泣的恋史，三十二年来刻骨铭心，牵肠挂肚，再也不能把它抹去，把它忘却，任是我到了乘化归尽之日，撒手长眠，一切都归寂灭，而这一页恋史，却是切切实实长存，不会寂灭的。我平生固然是一无所长，一无所就，也一无所立；只有这一回事，却足以自傲，也足以自慰。我虽已看破了人生，却单单看不破这一回事，也就是这一回事，维系着我的一丝生趣，使我常常沉浸于甜蜜温馨的回忆之中。"

他又说："三十二年来，也不知呕过了多少心血。平日间独个儿坐想行思，总觉得有一个婷婷倩影，兀自往来于心头眼底；而我那些作品的字里行间，也就嵌着这一个婷婷倩影，呼之欲出。又为的西方紫罗兰花是伊人的象征，于是我那苏州的故居定名为'紫兰小筑'；我的书室定名为'紫罗兰庵'；我的杂志定名为《紫罗兰》《紫兰花片》；我的小品集定名为《紫兰芽》《紫兰小谱》；我的丛书定名为《紫罗兰庵小丛书》。更在故园的一角，叠石为'紫兰台'，种满了一丛丛的紫罗兰，每当阳春三月花开如锦的时节，我就天天痴坐在那里，尽情领略着它的色香，而心头眼底的那个婷婷倩影，又仿佛在花丛中冉冉涌现出来，给我以安慰。"

据资料记载，周瘦鹃一直在他书房的案头供着紫罗兰花，连写作用的墨水都是紫罗兰颜色的。用周瘦鹃自己的话说："……我往年所有的作品中，不论是散文、小说、诗词，几乎有一半儿都嵌着紫罗兰的影子。"

20世纪30年代，周瘦鹃邀请张恨水到"紫罗兰小筑"，取出他与周吟萍的所有信件，详细介绍这段恋爱经过，恳请张恨水以此为原型创作一部小说。张恨水衔命而作，这就是后来在《申报》上连载的《换巢鸾凤》。

一生苦恋

新中国成立后，万象更新，周瘦鹃返回苏州，重整故园，广罗嘉木。在他的爱莲堂里，瓶花架石，朱鱼绿龟，书画古玩，莺莺燕燕，一时间芳菲满目。毛泽东主席两次接见他，他感叹"初识人间浩荡春"。他在爱莲堂里，接待过周恩来总理、朱德等国家领导人，并欣喜地写下《一时春满爱莲堂》《年年香溢爱莲堂》，表达他对新中国的崇敬之情。他说，自己平生有四件得意事，第一件，在国内为翻译高尔基作品的创始者。第二件，赴北京开会，毛泽东主席单独晤叙。第三件，周恩来总理和夫人邓颖超游苏，亲临他的家园。第四件，朱德委员长不但到他家，还赠给他一盆名兰。一个知识分子的喜悦洋溢其中。

周瘦鹃后来娶的胡凤君，是一位标准的贤妻良母，在她过门后的第三天，周瘦鹃就很坦白地把自己的一段恋史和盘托出，胡凤君对周瘦鹃这一经历表示深深的同情。婚后，周瘦鹃始终深爱着胡凤君，夫妻情深意笃，生活幸福。可是他心中的另一个爱的种子，实在在心中埋得太深了，总也不能拔去。直到1964年，69岁的周瘦鹃在给女儿的信中还说："你总该知道，我从十八岁起，就爱上了紫罗兰，经过漫长的五十二年，直到今年虚岁七十，仍然死心塌地爱着它。……我为什么这样念念不忘紫罗兰？你当然知道它象征着我所刻骨倾心的一个人。"

1968年8月12日，那个闷热的夏夜，天丧斯文，周瘦鹃视为生命的花木、盆景全被抄走，周瘦鹃深受刺激，这里有他一生的精神寄托。他不再惦记他魂牵梦系的紫兰小筑、他的花木和他的亲人，独自一人在花园中徘徊良久，渐渐摸到花园中央的一口井旁，他沿井而坐，两脚悬入井内，双手将身体撑起，吃力地向前移动，然后眼一闭，手一松，身子重重地沉了下去。爱花成痴的周瘦鹃，同他所爱的花同殉了，那一年，他74岁。

（载《各界》2020年第2期）

郁达夫与王映霞：一段浪漫的风雨情事

郁达夫是中国现代著名作家，因才华横溢享有盛名，他的代表作《沉沦》《故都的秋》《春风沉醉的晚上》《过去》《迟桂花》等，都是脍炙人口的名篇，为中国的文学天空涂抹了一笔绚丽的色彩。而他与"杭州第一美人"王映霞的爱情故事，也演绎出一段浪漫的风雨情事。

一见钟情　喜娶校花

郁达夫，1896年11月出生在浙江富阳一个书香门第之家。18岁那年，随长兄郁曼陀前往日本东京，经过半年多的补习进入东京第一高等学校预备班，先学文哲，后学医学。一年后获得官费待遇，赴第八高等学校就读，后又转入法学部政治学科。此间，他除开始写诗之外，也开始了小说创作。

22岁那年，郁达夫放暑假乘船返国探亲，母亲陆氏好说歹说为他订下了孙荃的亲事。

孙荃是一位旧式女子，比郁达夫小一岁，自幼生活在富阳南乡偏僻乡村，在父亲的亲教下，熟读"女四书"和"列女传"，能诗善文，在那时可算是一个知书达理的好女子。

1921年郁达夫趁放暑假回国，与孙荃完婚。婚后，孙荃为郁达夫生下一儿两女。孙氏谨守妇道，相夫教子，称得上是一位贤淑的妻子。

1927年初春，郁达夫穿着前一天孙荃给他寄来的皮袍子去拜访回上海的同学孙百刚，在那里第一次见到刚满19岁的王映霞，便被迷住了，遂邀请大家一起去吃午饭、看电影、逛大街。

王映霞本姓金，名宝琴，1907年生于风光媚丽的杭州，是一个出色的南国美人。由于外祖父王二南无子，金宝琴便与幼弟从小过继给王家，改姓王，表字映霞。王二南是一个有名的饱学之士，王映霞在他的熏陶下，作诗填词，也是郁达夫的粉丝。在杭州女子师范学校读书期间，王映霞热衷于各种社团活动。尤其是她那白嫩的肌肤、丰满结实而又颀长的身材，加上一双水汪汪的大眼睛，赢得了"校花"的头衔。

王映霞让郁达夫一见钟情，让他第一次明白何为惊艳，何为坠入情网，何为为爱痴狂……

一星期之后，映霞20岁生日，郁达夫特地在江浙菜馆订了一桌上好的酒席以表庆贺，并送了一份生日礼物给王映霞。

从此，郁达夫对王映霞展开疯狂的追求，经常找各种各样的理由，和王映霞约会，或是去餐厅吃饭，或是看新上映的好莱坞影片，他的热情如荒原里火燎的野草兀自燃烧着。郁达夫为王映霞写了大量的情书，当他疯狂地追求王映霞时，他的原配孙荃正在故乡含辛茹苦地替他照顾婆婆和祖母，抚育一对孩子。

王映霞和她的亲戚们都不同意这桩婚事，因为他们知道郁达夫是个浪荡公子，可是这次郁达夫很认真，将他和王的恋爱过程，点点滴滴记载下来，他在日记中写道："遇见了杭州的王映霞女士，我的心又被她搅乱了……南风大，天气却温和，月明风暖，我真想煞了霞君。"他将这些编成《日记九种》，由北新书局出版发行。内容新奇大胆，造成一时轰动。不只是把王映霞的一切赤裸裸地呈现在世人面前，简直就是向天下宣示：王映霞就是郁达夫的了，看你还有什么话说。

也许是被诗人的痴缠弄得心力交瘁，一波三折之后，王映霞终于答应嫁给郁达夫。两年后的1928年，郁达夫和王映霞在杭州悄悄地举行了一个十分简朴的婚礼。沉浸在甜蜜中的郁达夫高兴之余，赋诗一首："朝来风色暗高楼，偕隐名山誓白头。好事只愁天妒我，为君先买五湖舟。"

婚后，他们来到上海。由于《日记九种》的出版以及文坛上不断地报道郁、王的消息，使王映霞成了一个有名的大美人，她每到一处就成为大家目光集中的焦点。

1929年11月间，王映霞为郁达夫生下了第一个男孩郁飞，一年半后，又生了第二个男孩郁云。家庭用度也随之增加不少，而且隐居富阳的孙荃母子的生活开支，也要靠郁达夫寄钱去接济。

1933年4月25日，郁达夫举家从上海迁回杭州，不到两个月，王映霞又为郁达夫生下了第三个儿子郁亮。但郁亮在世仅两年半，因患结核性脑膜炎而夭折。

1935年深秋，郁达夫开始建造自己的住宅，直到次年四月才竣工，取名为"风雨茅庐"。没等房子盖好，郁达夫离开杭州，到福州供职，担任省府参议，负责经济设计方面的工作。当他1936年从福建赶回时，王映霞已经迁入新居。郁达夫在"风雨茅庐"只住了三天，便又赶往福州。这年8月13日，王映霞生下了第四个男孩郁荀。郁达夫远赴闽地，给王映霞减少了许多的约束，甚至留下了充分的空间。她把郁飞、郁云交给母亲照管，还请了一个保姆看顾郁荀。自己摇身一变，打扮得花枝招展，毫无顾忌地在"风雨茅庐"广结社交。这儿成了男士们最爱光临的地方。

感情裂痕　协议离婚

抗战爆发，为避战乱。王映霞带着孩子回富阳老家，后来到丽水，与时任浙江教育厅厅长的许绍棣毗邻而居，两家的孩子常在一起玩耍。此时许绍棣的妻子刚病逝不久，他独自带着三个女儿生活。许绍棣对王映霞倾慕已久，平时对她关怀备至，多有照顾，引起了许多风言风语。王映霞还积极牵线搭桥，把与徐悲鸿有过恋情的孙多慈介绍给许绍棣，促成许孙二人结为秦晋之好。郁达夫听到王映霞与许绍棣的一些风言，又听说与戴笠相好的传闻，心里非常愤怒。他与王映霞之间原有的感情裂痕也因此更为加深了。

郁达夫不扑火，还拼命煽火。大吵之后，王映霞出走。他在《大公报》上登

"寻人启事"，更让王映霞下不了台。后虽经朋友努力撮合，两人勉强复合，但彼此心中都留下伤口。没等复原，郁达夫又在出版的《毁家诗纪》中，自曝家丑，包括涉及王映霞的红杏出墙的艳事，对于丈夫的这一行为，王映霞自然是不能容忍的，无法恢复过去的感情，于是协议离婚，并各在报上自登启事，宣布于众。写现代爱情诗的汪静之曾在遗作《王映霞的一个秘密》中，说郁、王离婚的主要原因是王映霞与戴笠关系暧昧。

从相识相爱，到最终分手，王映霞与郁达夫的这段爱情纠葛曾在文坛上纷纷扬扬掀起过不小的风波，因而他们之间的这段生活历程和情感历程也是当时社会生活的一种真实而细致的再现。

离婚后，王映霞已34岁。最好的年华都给了郁达夫，如今又不愿以"郁达夫弃妇"的形象示众，只好用力打扮自己，竟也在交际场上左右逢源，出尽风头。1940年，王映霞来到重庆，在戴笠的关照下，她去外交部文书科当了科员。上班第一天，王映霞穿上一身凹凸有致的花色旗袍，足蹬三寸高跟皮鞋，加上她那"荸荠白"的皮肤，确实是艳光四射，风情万种。王映霞有效地把握这所剩无几的美艳姿貌，很快摆脱"郁达夫弃妇"的阴影。凭她的家世、学识、美艳、机敏，再加上岁月的磨炼、爱情的波折、饱经世故，已是人情练达又有戴笠的撑腰，更是左右逢源。

1942年经外交部元老王正廷牵线搭桥，王映霞嫁给了华中航业局经理钟贤道，婚礼极为排场，贺客盈门，宴宾三日，王莹、胡蝶、金山这些当时的大明星也前去赴宴。章克标所著《文苑草木》说："他们的婚礼是十分体面富丽的。据说重庆的中央电影制片厂还为他们拍摄了新闻纪录片。他们在上海、杭州各报上登载了大幅的结婚广告，可见这个婚礼的规格之高，排场阔绰。"山城重庆为之轰动，有说法称"钟贤道拐了个大美人！"

王映霞再婚后过上了幸福安静的生活。她晚年回忆称："如果没有前一个他（郁达夫），也许没有人知道我的名字，没有人会对我的生活感兴趣；如果没有后一个他（钟贤道），我的后半生也许仍漂泊不定。历史长河的流逝，淌平了我心头的爱和恨，留下的只是深深的怀念。"王映霞和钟贤道像是一场重逢，可未免来得太迟。

文化名人　惨遭杀害

郁达夫1940年和王映霞离婚后，李筱英突然出现在他的生活中，这使他本已一潭死水的心池，又掀起了波澜。李筱英是福建人，毕业于上海暨南大学。能说流利的英语、上海话。因和丈夫意见不合而离婚。当时她是新加坡情报部的华籍职员，后又担任新加坡电台的华语播音员。

李筱英十分崇拜郁达夫的文学才华，并主动向他求爱。46岁的郁达夫在政治失意和家庭破裂之余，遇上这位花容月貌的佳人，一拍即合，两人感情迅速发展。不久，李筱英便搬进郁家同居。但是，两人的结合遭到了当时年仅13岁的大儿子郁飞的反对。虽然李筱英极力想搞好和郁飞的关系，但他始终不领情。郁达夫碍于儿子不接受李筱英，也不便正式结婚。1941年12月，李筱英痛苦地搬出了郁家。

1943年，郁达夫在印尼化名赵廉，和朋友合开一家酒厂。9月，经朋友介绍，和华侨姑娘何丽有结姻。何丽有是广东人，本名陈莲有，因其貌平平，郁达夫跟她开玩笑，改名何丽有，即何丽之有。因她没有受过教育，不懂华文，欣然接受了这个名字。她一直以为郁达夫是普通酒厂老板，直到1945年9月17日，郁达夫在苏门答腊岛被日本宪兵杀害，人家才告诉她郁达夫是中国著名的文化名人。何丽有和郁达夫生了一子一女。

郁达夫的原配孙荃，与郁达夫分居后就吃长素，念佛诵经，没有再嫁。1978年3月29日逝世，享年82岁。

1946年，戴笠因飞机失事而亡，王映霞得知消息，辞去外交部的文书工作，急流勇退，与丈夫钟贤道在芜湖过着朴实无华的平静生活。1980年，钟贤道病逝于上海，享年72岁。2000年，王映霞在杭州病逝，终年92岁，与钟贤道合葬于杭州南山公墓。

苏雪林：一生的婚姻悲剧

在20世纪20年代末，有一位女作家以自传体小说《棘心》和散文集《绿天》成名文坛，被阿英称为"女性作家中最优秀的散文作者"。且与冰心、冯沅君、凌淑华、丁玲一起并称为30年代的五大才女，她还是公认的楚辞研究专家，她就是苏雪林。

然而在中国现代文学史上，苏雪林的名字并不响亮，曾一度在大陆多数文学史中销声匿迹，直到20世纪八九十年代，才重回人们的视野。但与她在文学创作和研究事业中的无限风光相比，她一生中最不堪回首和遗憾的，或许就是她的不幸婚姻，她与张宝龄从起初的旧式包办婚姻到后来的一直分居两地，这是她人生册页中最凄苦的一章。

无爱的婚姻

1897年，苏雪林出生在浙江瑞安县一个叫岭下的乡村里，祖父给这个小孙女取名"瑞奴"。

年少之时，苏雪林即在才学上表现出过人的天赋，有过目不忘的本领。她性格大胆，7岁时即敢在课堂上对照本宣科的私塾先生说"教不严师之惰"。16岁时，父母给她定了亲，男方是在上海做五金生意的江西南昌张家的二少爷张宝龄，苏雪林从内心里就抗拒这桩包办婚姻，却又无力反抗。

1921年，苏雪林远赴法国里昂留学，而她的未婚夫张宝龄则在美国麻省理工学院学习造船专业，两人隔着千山万水，只能通过书信传情。

尽管苏雪林从未见过张宝龄，但通过他写的那些文字流畅、字体漂亮的信，便能看出他的确如父母所言是一位优秀的青年。可同时她也从字里行间，读出了他的清冷与淡漠，这让苏雪林心中感到十分不安，甚至有了退婚的念头，然而她几次拒婚皆以失败告终。

1925年，苏雪林回国探望病重的母亲，母亲苦口婆心地劝说她尽快与未婚夫张宝龄完婚，为了了却母亲的心愿，苏雪林只好将张宝龄叫回岭下老家，当着母亲的面举行了婚礼。

苏雪林婚后三个月，她的母亲便去世了。办完母亲的丧事，她回到了上海夫家。苏雪林的公公张余三虽是商贾出身，但却喜好文学，所以对学识渊博、满腹才情的儿媳妇颇为喜欢，苏雪林所写的几本书，他都读过，深以她为荣。而张宝龄却对这位才女妻子颇为冷漠，在他看来，"女子无才便是德"，他要的不是一个才女妻子，他只想要一个能照顾他的饮食起居、勤俭持家、生儿育女的普通女子，显然，苏雪林并不符合他的要求。

长期的分居

1926年，苏雪林赴苏州东吴大学任教，张宝龄任职于上海江南造船厂，节假日偶尔来苏州看望她。

不久，张宝龄在苏州购地建屋，别人都觉得他此举是为了妻子和家庭。而苏雪林却觉得他不过是想有个自己的家，并不是为了她。

苏雪林感情丰富，生性浪漫，而张宝龄颇为薄情，生性孤冷。婚后，因受她热情的烧炙，他那一颗冷如冰雪的心才稍稍有所融化。所以他们在苏州的那一年生活，虽然称不上浪漫满屋，但也算得上是甜蜜恩爱。在那段时间里，苏雪林写出了《绿天》等文章，锦上添花地写了自己的新婚燕尔，写得情意绵绵，只是后来想起来，她只觉得好笑。

新屋正在建造时，张宝龄突然患了肠胃病，病势很重，卧床数月不起。因为病痛的折磨，他的脾气变得非常暴躁，苏雪林奉茶奉药，殷勤伺候，可张宝龄一见到她近前便发怒。

苏雪林觉得丈夫性情冷酷、偏狭，还有大男子主义，张宝龄看不惯妻子的名士气派。两人经常吵架，感情的裂痕日益扩大。苏雪林这一团热情的火最终没能融化掉张宝龄那颗冷漠的心。

在爱情上挫败的苏雪林遂将一腔热血都投入了她一心钟爱的文学事业中，全心全意著述写作，婚姻的失败反倒成全了她事业的成功，奠定了她在民国文坛的盛名与地位。

既然婚姻如此痛苦，那为何苏雪林不愿意离婚呢？苏雪林的一生充满了矛盾，其中婚姻即是矛盾的一面。面对父母包办的婚姻，接受过五四新文化洗礼的苏雪林以孝顺母亲的名义妥协，面对婚姻不幸，又因为觉得离婚二字对女人"不雅"，新旧观念互相冲突。把名声看得比幸福更重要的苏雪林，只好勉强维持着表面上的名存实亡的夫妻关系。

新房建成后，他们在苏州住了两年。后来，张宝龄回上海江南造船厂，苏雪林一个人在苏州百无聊赖，便去了安徽大学教书，一年后，她又转到武汉大学任教。抗战爆发后，她随学校南迁，与留在上海的张宝龄也断了联系。

1944年，张宝龄也赴武汉大学任职，一对夫妻终于相聚，数年不见，苏雪林觉得丈夫似乎略通了点人情世故，对自己也比以前温柔了许多。只是不到一年，张宝龄便辞职又返回了上海。

1949年夏，苏雪林远赴香港，而张宝龄选择留在了大陆，夫妻俩从此诀别。双方除了新婚一年在苏州过得平静温馨外，其后便吵闹不断，聚少离多。新中国成立后，苏雪林到香港还偶有信件，等到她去台湾后，两人彻底失去联系。双方终其一生都维持着名存实亡的婚姻关系。

在寂寞中离世

1961年秋天，苏雪林收到她的六叔从香港辗转过来的信，信中说她的夫君张宝龄已于当年2月份在北京病逝。张宝龄自幼营养不良，身体羸弱，肠胃病折磨了他一辈子，他最终死于此病。

结婚虽36年之久，但同居不到4年。如今张宝龄走了，苏雪林才猛然间想起他的好来。张宝龄很聪明，到故乡岭下村不过一个月的婚假，他竟学会了岭下方言，与她说话时便用她的家乡话，苏雪林对此很是感动。

张宝龄当年也是一位不可多得的青年才俊，他毕业于上海圣约翰大学，又在美国留学多年，英文极好，中文也颇通，还写得一笔好字。他的能力和业绩，以及他在工程界的地位，丝毫不逊于苏雪林在文学界和学术界的地位。他为人处世很正派，做事很负责，在江南造船厂工作那么多年，深受领导的器重和同事的拥戴。他教书也很好，在东吴大学和武汉大学任教时，都很受学生的欢迎。

后来祖国大陆与台湾可以通邮了，张家的子侄经常与苏雪林通信。张宝龄的侄子在信中告诉她：张宝龄在北京病重时，有一位侄媳妇给他织了一件毛衣，毛线不够了，忽然看见他的箱子里有一条羊毛围巾，恰巧与毛衣的颜色相同，她便想拆开围巾，张宝龄见状连忙摇手阻止，他指着围巾对侄媳妇说："这是你们二婶（指苏雪林）的东西，我要留作纪念，毛线不够了可以到街上去买。"他说这话时流下了眼泪，末了，他又倍感遗憾地说："我过去对你们二婶实在是太过分了，现在追悔莫及。"他说过这几句话后，没有几天便去世了。

苏雪林读了侄子的信后十分感伤，她后来在回忆录中说："我也很后悔，叫他孤栖一世，不能去享受他理想中的家庭幸福，也实在觉得对不住他。"

晚年的苏雪林无儿无女，茕茕孑立，形影相吊，心境寂寞又无奈，虽然要强的她从来不曾承认自己寂寞，但实际上她内心深处孤独而荒凉。

1999年4月21日，苏雪林在台湾成功大学附属医院，走完了她103岁的传奇人生，一个无爱的苦命女子，带着遗憾与悲凉远去了。她曾不无遗憾地说："我是一只蝴蝶，恋爱应该是我全部的生命，偏偏我在这个上仅余一页空白。"

苏雪林被誉为文坛的常青树。她是现代文学史上享年最长的作家，集作家、学者、教授、画家于一身，一生执教五十年，笔耕八十载，著述65部，创作两千余万字。在这漫漫人生路上，身为女人，她只过了4年的夫妻团聚生活。让人值得欣慰的是，这份残缺的爱情总算在某种程度上成就了她的文学创作和学术研究的辉煌事业，也为20世纪的历史画卷中增添了一位不可磨灭的才女身影。

（载《金陵晚报》2016年12月9日）

庐隐：命运于她过分残酷

庐隐，对今天的文学青年来说，似乎是很陌生的，然在群星璀璨的"五四"新文坛上，她是一颗光彩耀人的新星。与冰心、林徽因齐名并被称为"福州三大才女"。"五四"时期的女作家，能够注目于革命和社会题材的不能不推庐隐为第一人。看她的著作年表足以让人惊叹，其作品数量之多、题材之广、思想之深刻，都是当之无愧的。然命运对于庐隐，却过分残酷。

寄人篱下的生活

庐隐原名黄淑仪，又名黄英，1898年生于福建省闽侯县南屿乡。其笔名庐隐，有隐去庐山真面目的意思。

庐隐的父亲是清朝举人，母亲是传统女性。因祖母在她出生那天去世，母亲认定她是灾星，将她交给奶妈喂养。奶妈把她带到乡下，她在缺失亲情的村野里长大。2岁时生一身疥疮，3岁还不会走路、不会说话，却爱哭闹，脾气偏强。后父亲赴长沙任知县，父母带着庐隐前往。乘船途中，她因想念奶妈而终日哭闹，父亲心中火起，竟将之抛入江中，幸被一听差搭救，才免一死。庐隐6岁时，父亲因病去世，留下孤儿寡母陷入困境，是舅父将他们接到北平，然后便在外祖父家生活。

对于童年，庐隐说那是个"没有爱，没有希望，只有怨恨"的历程。在那寄人篱下的生活中，庐隐看多了冷眼，受够了虐待，早已形成执拗孤傲的性格，她在那个人口众多的大家庭里简直是个不折不扣的异数。于是，母亲为了眼不见心不烦，干脆将女儿送到一所免费寄宿的教会女校去读书。

生命中第一个男人

庐隐13岁考进女子师范学校，开始了她的少女时代。由于她聪明、勤奋，在师范学校时大量阅读古今小说，林纾译写的多种小说，她都看了一遍，被同学称为"小说迷"。她在《红楼梦》《西厢记》和《玉梨魂》的恩爱情仇中植下了文学的种子。

在舅父家里，庐隐认识了一位表亲林鸿俊。这位少年读书不多，人却聪明漂亮，其家境贫穷，无依无靠。曾在日本留学，因父病回国，在北平逗留期间，与庐隐相识。林鸿俊长庐隐三岁，他欣赏庐隐的聪明、干练和善良，托人向黄夫人提亲。黄夫人觉得他没有受过良好的教育，拒绝了。林鸿俊很伤感，写信给庐隐，倾诉对她的仰慕，坦述自己幼年丧母、青年丧父的凄凉身世，以及不能与之结为秦晋之好的悲哀和绝望。这信引发了庐隐强烈的共鸣和同情，激起了她对母亲的势利的一腔义愤。毅然决然地向母亲表示："我情愿嫁给他，将来命运如何，我都愿意承受。"母亲了解女儿执拗的性子，只好退让，提出的条件是对方必须大学毕业，学有所成后方可成婚。林鸿俊欣然接受，在婚约上签了字。庐隐为林的学费四处张罗，有一位亲戚动了恻隐之心，资助了林鸿俊2000元。

林鸿俊如愿以偿考进了北京工业专科学校。这时庐隐高中毕业，当时大学不招女生，她便在中、小学代课，游走于北平、安徽、河南之间。两年后，北京女高师招生，庐隐要去报考，母亲极力反对。庐隐为筹学费，又到安徽教了一学期书，积攒了200元，于1919年秋报考女高师。

庐隐事业上一帆风顺，感情上却遇到了麻烦。她与林鸿俊越来越貌合神离，林鸿俊大学毕业后，要求庐隐践诺与他结婚。庐隐以自己还没毕业为由拒绝。在庐、林订婚后的交往中，两人志趣不同，渐生分歧。林虽经过"五四"的洗礼，但思想守旧。特别是林大学毕业后，在山东糖厂当工程师，有经济实力，能让妻子享受闲适优厚的生活，他便劝庐隐在多事之秋的年代不要过多地抛头露面，不要热衷于社会活动，而应做一个相夫教子贤惠的知识女性。同时还表示他不满足现状，准备报考高等文官，云云。庐隐对林鸿俊这种庸俗的思想本就不满，又听说他这个工科出身的人要去报考高等文官，甘当军阀政府的政客，更为恼火。她对好友程俊英说："林来信总讲他目前的地位、收入、享受，太庸俗了。我已经回信，请他另找高明。"性格豪放磊落的庐隐，真的与林鸿俊解除了婚约。

庐隐当初为"仗义"与林订婚，时下又因道之不同而与林分道扬镳。

走进郭梦良的生活

1918年，庐隐考入北京女子高等师范读书，在那里，她激扬文字，张扬性情，与女高师学生自治会主席王世瑛，文艺会干事陈定秀、程俊英形影不离，以战国"四公子"自命。又因她为人豪爽热情，交游广泛，被封为"孟尝君"，这个绰号使全校师生都对她刮目相看。有了这种魅力和本事，她竟开始写起小说，为此特意取了个"庐隐"的笔名，可不是要结庐隐居，恰恰相反，她要给文坛一点颜色瞧瞧。第一篇小说是《隐娘小传》，她不满意，一直压在箱底，最终付之一炬。她的第二篇小说《一个著作家》发表在茅盾主编的《小说月报》上，凭着这张"门票"，她成了文学研究会的首批会员。接着，她连续发表了《一封信》《余泪》等短篇小说。同届同学中还有后来成为著名作家的苏雪林。1921年庐隐加入了由郑振铎、沈雁冰、叶绍钧等人创立的文学研究会，是第一批会员。

在此期间，庐隐结识了北京大学法学系高才生郭梦良。他们同为福建老乡。毕业后，她不顾双方亲友反对，与郭梦良离开京城，在上海的一品香旅舍举行了婚礼。他们的结合是快乐与忧患交织的，庐隐出任教职，照顾家务，还写小说，郭梦良除了打理教务，研究人生哲学，也勤于编著。男耕女织，夫唱妇随，按说，这样的生活虽苦犹甜，但她仍感到有些失望。她将这种情绪巧妙地隐匿在小说《前尘》中，故事是：一个女人有心爱的情人，且与他结为夫妇，归宿不算糟糕，可她总觉得不满足，结婚后第三天就一个劲儿地抹泪，原因竟是"觉得向往结婚的乐趣，实在要比结婚实现的高得多"。这就是典型的小资情绪，乏味的现实自然是经不起深究的。难怪乎庐隐会在小说《何处是归程》中哀叹：结婚也不好，不结婚也不好，歧路纷出，到底何处是归程啊？

谁曾想到，郭梦良体质不佳，积劳成疾，他们的女儿郭薇萱出生十个月，就先期撒手人间，年仅27岁，给庐隐留下咀嚼不尽的伤恸。庐隐护送丈夫的灵柩回福州安葬，遭到郭家的鄙薄，处境之艰难，心情之悲苦，用她的话说，便是"在这半年中，我所过的生活，可谓极人世之黯淡"。庐隐写作熬夜，未能得到婆婆的体谅，后者嫌她灯盏点得太久，耗油太多，庐隐的郁闷终于大爆发，带着女儿怒气冲冲地离开了福建，回到北平。

生命中幸福的时光

或许连庐隐自己都不曾想到，当她经历半生辗转，年近三十，已是心事苍凉热血成冰时，竟会又有一个男人全心地敲开她的心扉。

这一次，追求庐隐的是清华大学西洋文学系的三年级学生李唯建，一个比庐隐小八岁的大男生。如同起先躲避瞿冰森的追求，庐隐再次躲避丘比特的神箭，但李唯建的锲而不舍令她既惊讶又暗喜。这个大男生相貌英俊，思想清新，心灵未受世俗尘滓的污染，学业也非常优秀，他写诗，爱文学，有着热烈的纯情和想象，与庐隐灵犀相通。真看不出，他内心居然会有俄狄浦斯情结（恋母情结）。当李唯建发动一波又一波的爱情攻势时，庐隐开玩笑说："我可是有名的扫帚星，你不怕？""怕，我只怕取不到最近的距离欣赏你！"

1929年，李唯建自称为"异云"，庐隐自称为"冷鸥"，他们通信频繁，爱情急骤升温。一度幽怨郁闷的庐隐重又变回了昔日快乐奔放的"孟尝君"。1931年2月，庐隐和李唯建去日本度蜜月。行前，她将《云鸥情书集》（共六十八封情书）交由天津《益世报》连载，仿佛爱情长跑，引得世人瞩目。一年后，上海国光社即出版了这本充满狂热情话的书信集。在这部情书的结集中，庐隐将自己始而迟疑，继而欢欣，终而热烈的情怀展现无余。她在第五十四封信中如此坦白："我来到这个世界上，什么样的把戏也都尝试过了。从来没有一个了解我灵魂的人，现在我在无意中遇到你，我们第一次见面，就是基于心灵的认识。异云，你想我是怎样欣幸？我常常为了你的了解我而欢喜到流泪，真的，异云，我常常想，上天使我认识你，一定是叫你来补偿我此前所受的坎坷。"

庐隐在33岁时，已是当时文坛上名气很大的女作家。但出人意料的是，她却在风华正茂的中年，因为临盆难产，在上海大华医院抢救无效，1934年5月13日，一代才女走向了永久沉默的深渊，那年庐隐36岁。当年上海第一出版社出版了《庐隐自传》，1936年北新出版社出版了《东京小品》（散文、小说集）、《火焰》（长篇小说），中央书店出版了《庐隐选集》《庐隐创作选》，1947年上海新象书店出版了《庐隐佳作选》。在庐隐去世一周年之际，李唯建写了一篇字字血泪、句句深情的《悼庐隐》，刊登在傅东华主编的《文学月刊》上。

新中国成立后，李唯建出任四川省文史馆研究员、省政协委员，翻译出版了美国柯柏的《四川军阀》，还用英语体选译了带注释的《杜甫诗歌四十首》。

1977年，李唯建写了一首抒发生平感怀的自传体长诗《吟怀篇》，诗中忆及与庐隐相识、相恋、结婚、死别的一段生活，他哀叹："海滨灵海无潮汐，故人一去绝音息。冷鸥空留逐波影，异云徒伤变幻性。"

1981年11月12日，李唯建也离开了这个世界。

朱自清：月下淡淡柳荷风

现代著名文学家朱自清留给世人的印象主要有两点：一是以写美文著称，中学课本里有《荷塘月色》《背影》《桨声灯影里的秦淮河》等一系列脍炙人口的佳作；二是民主战士，即便身患重病，仍拒领美援面粉，始终保持着一个正直的爱国知识分子的气节和情操。他在一生的悲苦中，曾经历了两次婚姻。

发妻不幸过早去世

朱自清，1898年生于江苏东海县，长于江苏扬州，故自称"我是扬州人"。他原名朱自华，号秋实，由其父按"腹有诗书气自华"所取。此名寓意虽好，可只蕴含气质修养的陶冶，深意不够。1917年报考北京大学时，朱自清选"自清"作为自己的名字，典出《楚辞·卜居》"宁廉洁正直以自清乎"。其意是勉励自己在逆境中不丧志，顺境时不同流合污，固守清白节操。

朱自清自幼文静，聪明好学。19岁的时候，由父母包办，娶了沉默寡言的武钟谦，她与朱自清同庚，那时候的朱自清也同武钟谦一样内向，很少说话。

武钟谦是扬州名医武威三的女儿，朴实、文静，属于那种中国传统式的典型的贤妻良母型的女性。朱自清喜欢写作，也一直忙于写作，武钟谦则把自己的时间完全交给了丈夫和孩子，虽然两人之间难以沟通，但对丈夫百般体贴，小日子过得和和美美。与朱自清生活了12年，为他生育了三男三女。为了这个家，武钟谦倾注了自己全部的心血和爱心。可好景不长，武钟谦积劳成疾，1929年因肺病去世，年仅31岁。

武钟谦的去世让朱自清十分悲痛，心里始终充溢着对妻子的情爱。1932年，朱自清特意写了《给亡妇》一文，在文中，朱自清内心的细腻与惋惜之情跃然纸上："谦，日子真快，一眨眼你已经死了三个年头了。这三年里世事不知变化了多少回，但你未必注意这些个。我知道，你第一惦记的是你几个孩子，第二便轮着我。""我也只信得过你一个人，有些话我只和你一个人说，因为世界上只你一个人真关心我，真同情我。你不但为我吃苦，更为我分苦；我之有我现在的精神，大半是你给我培养着的。"

朱自清的学生魏金枝曾说："至于我们的朱师母呢，也正和朱先生是一对，朴素羞涩以外，也是沉默、幽静。除了平日招呼以外，不大和我们搭腔，我们谈着，她便坐在床上做活。"

陈竹隐支撑起这个家

爱妻辞世，朱自清曾发誓不再娶。但隔了一年，事情就发生变化。6个幼小的孩子让朱自清劳心万分，他每天周旋在孩子们和工作之中，既当爹又当妈，觉得一个人的力量实在是不够，难以自理。叶公超等人看到他拖着几个孩子，实在是艰难得很，于是就开始为他的婚事操心。

1931年暑假，陶然亭酒楼，经人介绍，朱自清与毕业于北平艺术学院的齐白石的弟子，工书画、善度曲的陈竹隐相亲，就此谱写了一曲荷塘清风般的浪漫恋歌。

陈竹隐，1903年出生于成都一个清寒之家，小朱自清5岁，16岁父母双亡，经历了丧父丧母的痛苦。她从四川省立女子师范学校毕业后，为了生计，离开成都，去青岛的电话局做接线生。枯燥地忙碌一年多，她攒了些钱，又去北平深造，考入北平艺术专科学校。陈竹隐长相清秀，大眼睛双眼皮，性格很活泼，与武钟谦是两种类型的女子。

相亲那天，朱自清穿一件米黄色的绸大褂，白净的脸上戴一副眼镜，看起来显得文雅正派。谁知脚上却穿了一双老款的布鞋。就是这双鞋子让陪同陈竹隐的女同学笑了半天，回去后同学们说坚决不能嫁给这个土包子。陈竹隐当然不会为这双鞋去否定一个才华横溢的人。初次见面之后，他们的感情就有了交流。后来朱自清再约她时，她爽然赴约，还和朱自清一起去饭馆吃饭，坐电车去看电影。活泼开朗的陈竹隐让朱自清感受到一个全新的情感世界。

朱自清幼子朱思俞后来回忆说："他们一个在清华，一个住城里，来往也不是特别方便，那个时候清华有校车，每天从清华发到城里头再回来，两人要来往的话就靠校车这么交往，没有来往的时候，就靠信件，所以那个时候父亲写信写得比较多。"能保存下来的，朱自清写给陈竹隐的情书有71封。

是年8月4日，朱自清和陈竹隐在上海结婚。文艺界知名人士沈雁冰、郑振铎、叶圣陶、丰子恺等人都曾前往祝贺。

婚后，他们回到北平，住在清华园，一过门陈竹隐很快就有点不适应。面对一大家子人，怎样把哭哭闹闹的孩子哄高兴？起初她简直有些束手无策。这些，朱自清完全忽略了，以为陈竹隐也如武钟谦一样，会照顾好这个家，一切都不用他操心。

陈竹隐初为人妻，所希望和得到的难免有些落差。她活泼外向，朋友也多，未婚前与女同学经常出去写生，看戏。如今，她完全被这几个孩子缠住了。她不工作，不会友，每天给这个孩子讲故事，给那个孩子补衣服，还要操心朱自清的饮食起居。朱自清要挣钱养活一大家人，压力之大可以想见。他天天熬夜写稿，写作速度却不快，一天只能写500字。

渐渐的陈竹隐开始适应了这个家。她毕竟是很爱朱自清的，因为爱他所以爱他的孩子。他们适应着彼此，接受着彼此，日子反倒越过越好了。朱自清与陈竹隐感情虽然好了，生活却依然清贫。越穷的日子，孩子越多。后来陈竹隐为他又添了二子一女，家里吃饭的人更多了。朱自清每月薪水只够买3袋面粉，全家吃都不够，饮食不规律，朱自清的胃不好，时常犯病。为了让孩子们上学，陈竹隐还背着朱自清去协和医院卖过几次血。

守寡独自带大子女

1937年，抗日战争爆发，朱自清带着家人随清华南迁到昆明。时局紧张，生活困难，无奈之下，陈竹隐毅然一个人带着孩子们回到自己的老家成都，挑起抚育8个孩子（武生的一个后来夭折）的重担。从此，他们夫妇两人一个在成都，一个在昆明。但朱自清没有忘记写作，在那段时间他写出了不少的优秀作品。同时，他也从未放下对妻子和孩子的思念和牵挂。每逢假期，朱自清都要穿越千山万水回成都探亲，山一程，水一程，关山重重，他不以为苦，因为那里有爱他的妻儿等着他。

1946年10月，朱自清从成都探亲回到北平，11月担任"整理闻一多先生遗著委员会"召集人。经过漫长曲折的道路，在黑暗现实的教育和爱国民主运动的推动下，他终于成为坚定的革命民主主义战士。1948年6月18日，当吴晗拿着一份《抗议美国扶日政策并拒绝领美援面粉》的宣言来请朱自清签名时，他立马郑重地签上了自己的名字，并愤然地说："宁可贫病而死，也不接受这种侮辱性的施舍！"并嘱告家人不买配售面粉，始终保持着一个正直的爱国知识分子的高尚气节和可贵情操。签名仅仅隔了一个多月，就因胃溃疡穿孔，朱自清终于病倒了，住进了医院，不幸手术后引起了并发症，1948年8月12日，朱自清过早地结束了才华横溢的一生，终年50岁。追悼会上，挂着陈竹隐亲撰的一副挽联：

十七年患难夫妻，何期中道崩颓，撒手人寰成永诀；

八九岁可怜儿女，岂意髫龄失恃，伤心此日恨长流。

一年之后，毛泽东主席在《别了，司徒雷登！》一文中，称赞"朱自清一身重病，宁可饿死，不领美国的'救济粮'""表现了我们民族的英雄气概"，这是对朱自清人格的充分肯定和赞扬。

陈竹隐在朱自清去世后，还只有45岁。她一直善待他所有的孩子，守寡独自带着8个子女艰难地走过了以后42年的漫长道路，直到孩子们一个个都长大成人。在朱自清的大儿子生活困难的时候，陈竹隐每月都给他寄去三十元钱，而那时，她一个月只挣六十元。闲余的日子，她全部用来整理朱自清的书稿。她心里装着的全是朱自清，他们的爱，一如朱自清笔下清丽深情的文字，清新芬芳如月下淡淡的荷风。1990年6月19日，陈竹隐病逝，终年87岁。

陈竹隐的一生为朱自清付出得太多太多，但她是愿意的。宋美龄曾经有一句名言：女人要崇拜才快乐。是的。与自己仰慕的人生活，吃多少苦也是快乐的。

（载《金陵晚报》2017年6月11日）

郑振铎：人生的情与爱

郑振铎是著名藏书家、版本学家，又是中国现代文学史上杰出的文学家和社会活动家。

1919年五四运动时，郑振铎是北京铁路学校学生会领袖。他与瞿秋白等人创办《新社会》旬刊，1920年11月，又与沈雁冰（茅盾）等人发起成立现代文学史上最著名的文学团体——文学研究会。处在人生辉煌时期的郑振铎，也和那个时代的青年人一样，心中开始孕育着自己的爱情。

被拒绝的初恋

郑振铎，笔名西谛，1898年出生于浙江永嘉（今属温州市），祖籍是福建长乐。在他童年时期，因做小官的祖父去世，家里的生活开始十分窘迫。依靠母亲做些针线活，郑振铎才勉强得到读书的机会。

1917年夏，在叔父的资助下，郑振铎考进了北京铁路管理学校（今北京交通大学）。课余时郑振铎常跑到米市大街青年会的书报室去阅读书籍，在这里他读了不少西方社会学著作和俄国现实主义文学作品，思想上受到启蒙教育。不久结识了瞿秋白、耿济之、许地山等人。五四运动爆发时，他们各自成为所在学校的学生代表，积极投身反帝反封建运动。

这时期，北平的福建同学组织起抗日联合会，经常聚会，有一个叫黄世瑛的同学也参加其中。她来自北京女子高等师范学校，是女高师的"四公子"之一。黄世瑛家里很有钱，几代都做官，她的父亲当时正任教育部的主事。像她这样的富家小姐，居然也积极参加爱国活动，还担任了校学生自治会主席，且又长得很漂亮，郑振铎心里对她很有好感。

不知从什么时候开始，郑振铎觉得只要有几天没见到黄世瑛，便心神不定起来。有时，他碰上有关于学生运动的事，便会闯进女高师的红楼去找黄世瑛。当时，因五四运动的冲击，女高师当局已被迫放宽了原先如同监狱看守般的门卫制度，男生也能进出校园。遗憾的是，由于黄世瑛父母的反对，郑振铎长时间处于无可奈何的痛苦中。最终黄世瑛囿于父母亲的意见，写信告知郑振铎，"愿终始以友谊相重"。郑振铎深受打击，却也无可奈何。

找到自己的心爱

1921年上半年，经沈雁冰介绍，郑振铎进入上海商务印书馆工作，编务之余，郑振铎还到商务馆出资办的神州女中去兼课。在这里，他的爱情终于开花结果。神州女中的学生里，有一个叫高君箴的学生，巧的是她的父亲竟是商务印书馆总编辑高梦旦，而且还同自己是福建老乡，就这样高君箴闯入了他的生活。

1922年12月8日，郑振铎在其主编的《儿童世界》上发表了他的学生高君箴译述的一篇童话《怪戒指》。高君箴非常兴奋地对郑振铎说，今后还想继续投稿。郑振铎有意"师生恋"，但之前"门不当户不对"的失恋让他变得内心忐忑，格外谨慎。

商务馆的郑心南也是郑振铎的福建同乡，郑振铎便请他去高梦旦那里探探底细。高梦旦听了郑心南的话，立即就高兴地同意了，还说，只怕自己的女儿配不上他。其实高梦旦早就看中了郑振铎的人品和才华。高梦旦很快把女儿叫来，问问她的想法，并嘱咐她多与郑振铎接触，谈谈书，谈谈文学。

1923年4月，高梦旦让女儿与郑振铎一起去杭州旅游，以加深两人的了解。回到上海，这桩亲事算是订下来了。但是，此事却遭到了高氏族人们的反对，他们纷纷来指责高梦旦，理由就是"门第"太悬殊。原来，高、郑两家虽是长乐同乡，但高家世代为宦，家财豪富，而郑家先祖门第卑微，郑振铎不过是个穷书生而已。然而，高梦旦却选定了这个乘龙佳婿，他力排众议，对族人们说："穷，不怕，我的女儿要嫁的是年轻有为的人，而不是钱！"

走进婚姻殿堂

1923年的秋天来到了。在这秋色宜人的季节，郑振铎与高君箴的爱情也成熟了，这年10月10日，他们在上海一品香饭店举行了婚礼。

关于这场婚礼，有个有趣的插曲：在举行婚礼的前夕，万事皆备，郑振铎忽然想起母亲没有现成的图章。这可怎么办？因为按照当时"文明结婚"的规矩，结婚证书上是必须盖上男女双方家长、主婚人及新娘新郎的印章。他少年失父，因此母亲的章是万不可少的。

于是他立即请人送信给好友瞿秋白，瞿是刻印章的高手，请他赶紧代刻一个。孰知瞿秋白的回书竟是一张"秋白篆刻润格"，也就是通常俗称的价目表。"润格"上标明：刻石章每字二元，七日取件；如属急需，限期取件则加倍收费。边款不计字数，概收二元云云……郑振铎看后，不觉一笑，以为瞿秋白说话幽默，也许事忙，是推脱之意。

次日一早，瞿秋白却派人送来了一封红纸包，上面大书"贺仪五十元"。郑振铎知道瞿秋白经济并不宽裕，正说着"何必送这么重的礼"！哪知打开纸包一看，竟是三枚精致的石刻印章。一枚是母亲的，另两枚则是新郎和新娘的，边款一刻"长"字，一刻"乐"字，合起来正好是"长乐"，这真是语意双关。茅盾很感兴趣地算了一下，这几枚印章刻工，加上加倍的"润格"，恰好是五十元。原来是瞿秋白跟郑振铎开了个大玩笑，在场的人都忍不住捧腹大笑起来。两位新人本打算在婚书上签字的，于是也改用了图章。

下午，举行结婚仪式，高朋满座，宾客云集。瞿秋白也赶来贺喜，并在婚礼上作了精彩的演说，题名"薛宝钗出闺成大礼"，大谈其妇女解放、恋爱自由等，引得满堂宾客，有的瞠目结舌，有的鼓掌欢呼。这些话，现在看来，当然平常之极，但在半个多世纪以前的上海，还是足以震世骇俗的。当时的上海，已是中国最"现代化"的城市了。叶圣陶在婚礼上则称赞郑振铎与高君箴是两个富有童心的"大孩子"。

美满动荡生活

婚后，高君箴成了郑振铎的好帮手。不久，郑振铎撰写《中国文学者生卒考》，着重介绍汉代到清代320多位著名文学家，高君箴则大力协助、提供资料。此后，在郑振铎撰写《文学大纲》和《插图本中国文学史》等论著时，她都做了大量资料整理工作，从而使这些著作得以早日问世。1924年12月，高君箴和郑振铎合译的童话集《天鹅》由商务印书馆出版，叶圣陶在此书序言中热情称赞了他俩献身于儿童文学的精神。

1927年4月12日，蒋介石发动了震惊中外的"四一二"反革命政变。上海市总工会召开市民抗议大会，郑振铎不但参加了聚会和游行，还与胡愈之等人联合写了一封给国民党的抗议信。信中他们悲愤地说："党国大计，纷纭万端，非弟等所愿过问。惟目睹此率兽食人之惨剧，则万难苟安缄默。弟等诚不忍见闸北数十万居民于遭李宝章、毕庶澄残杀之余，复在青天白日旗下，遭革命军队之屠戮，望先生等鉴而谅之。"最后署名，郑振铎是领衔者。

此信在报纸上公开发表后，影响很大，反动当局恼羞成怒，通知浙江军阀按名搜捕。4月28日，李大钊先生在北京被奉系军阀残酷杀害。在这种白色恐怖的形势下，作为岳父的高梦旦，要郑振铎赶紧出国避难。

这年5月，郑振铎离妻别子，远赴英法等国。在国外，他用自己裁制的小本本，记简单的日记，隔一段时间，他便根据这简单的原始日记，改写成详细、生动的日记，寄给妻子君箴。他后来出版的《欧行日记》，就是其中保存下来的一部分。字里行间，饱含着对妻子的深深思念。在连白天也得开着灯的灰蒙蒙的雾伦敦，郑振铎还不断地翻译书稿。从1928年3月起，《小说月报》开始每期连载他的《希腊罗马神话传说中的恋爱故事》。直至年底第12期止，共26篇。1929年3月，以《恋爱的故事》为书名出版时，扉页上印着："本书献给我的妻，君箴，她是我的一位重要的合作者。本书是在怀念她的情怀里写成的。"仅此数语，足见他对妻子的爱恋之深。

此后，郑振铎与高君箴与整个民族一起在经历了许多风雨沧桑后，迎来了中华人民共和国的诞生。

不幸因公殉职

新中国成立后，郑振铎走上了中国文物工作的领导岗位，历任文物局局长、考古研究所所长、文学研究所所长、文化部副部长、中国民间研究会副主席等职。高君箴也先后在国家文物局、文物出版社供职。

1958年10月17日，时任文化部副部长的郑振铎将率一个文化代表团出访。他起得比平日更早，匆匆记了前一天的日记。随后，又匆忙给在上海的朋友靳以写了封信，他说："我就要动身到阿富汗去访问。先到莫斯科，再转塔什干，然后换机直飞喀布尔。麻烦的是，四季的衣服都要带齐。虽只有三天的旅程，却似整整地过一年……"

紧接着，为赶时间，他便大口大口地吃着早餐，吃完，跟家里人说他要走了，便由儿子陪着赶往机场。因天气不好，航班暂停，又与儿子一起回了家。下午，他接到可以起飞的通知，便又跟母亲、妻子告别："我走了，这次是真的走了。"不料，他含笑而别的话，竟成谶语。

10月20日清晨，人们从中央人民广播电台惊悉：由北京飞往莫斯科的客机失事，中国文化代表团团长郑振铎等同志不幸遇难。

斯人已逝，天地悠悠。郑振铎给爱妻高君箴的情诗如是写道：

每朵春花都爱和暖的日光么？

——是的。

每棵绿草都爱蒙蒙的细雨么？

——是的。

每条游鱼都爱粼粼的碧波么？

——是的。

那么，我呢，我的爱——？

你给了我光，给了我水，给了我生命之源，

我怎能不爱你呢？

（载《钟山风雨》2018年第6期）

老舍与胡絜青：相濡以沫的一世情

民国年间的那辈年轻人，常因战事频仍、世事更迭，其婚姻枝蔓横生，变数无常。在一些知名文化人士中，此种现象尤为多见。而老舍与胡絜青这对伉俪，他们结婚时，一个属于超龄大男，一个是超期"剩女"，或许正是这样，两人似乎更懂得幸福生活的来之不易，始终相濡以沫，经风遭雨，不离不弃，一世情深。

老同学热心当月老

老舍和胡絜青都是老北京满族正红旗人。老舍，1899年生，原名舒庆春，字舍予；胡絜青，1905年生，原名玉贞。

1930年，25岁的胡絜青在北京师范大学国文系就读，这在当时已算得上"剩女"了，看着姑娘一天天长大，胡母非常着急。有一天，著名语言学家罗常培到胡家去玩，他是胡絜青兄弟的好朋友。胡母像对几乎所有来客一样对罗常培也唠叨起女儿的婚事，并托他帮忙物色。

罗常培这时首先想到的是老同学老舍，他跟老舍是打小光屁股一起长大的，就把老舍的一些情况告诉给胡絜青的母亲，老太太一听乐了，又是个文化人，心里很是满意。

这年冬天，老舍从英国伦敦回国，已然是著有《老张的哲学》和《赵子曰》等作品的著名作家了。月老罗常培立即与胡母商量，想了一个点子让胡絜青与老舍见面。

北师大有个学生文艺社团，叫"真社"。胡絜青书画兼修，有女才子之誉，自然成了真社的骨干。一天，社友听说著名作家老舍回到了北平，而且要去拜访北师大教务长白涤州，便决定由胡絜青出面前去邀请他来校讲演。

两个青年都不知道这是罗常培一手策划的。不过，他们在白家初次见面的印象都相当不错。胡絜青回家后，母亲问她对老舍的感觉如何？胡絜青被问得如入云雾中，只得支吾着回答"还行"。

此后在罗的撮合安排之下，老舍不断地被朋友们拉去吃饭，而饭桌上总有胡絜青。在频频的相见之后，老舍与胡絜青都已心仪对方了。后来，老舍受齐鲁大学之聘，离开北平，到济南教书。这时他给胡絜青寄来一封长长的信，介绍了自己的身世，表达对胡的相爱之情。信中幽默地说："我们不能一辈子靠吃朋友的饭来见面，你我都有笔，咱们用笔把心里话都说出来吧……"

鸿雁往来，每天一封，有时甚至一天两封，连续写了一百多封信。就这样，他们于1931年4月订婚，老舍与胡絜青第一次在中山公园后面的小沙滩上拥抱。这是在那个守旧的年代，两人做出的"大举动"，也是他们人生道路上同风雨、共患难的开始。这年暑假，胡絜青一毕业，这对有情人结成伉俪。

洞房花烛夜，老舍对胡絜青说："我有一句话必须说清，平日，如果你看到我坐在那儿不言语，抽着烟，千万别理我，我是在构思，绝不是跟你闹别扭，希望你别打扰我。"接着他又说："咱们要和睦相处，决不能吵架拌嘴。"这句话成为老舍夫妇恪守的信条，他们共同生活了35年，从没有红过脸。

新中国最坚强的女性

半个月后，老舍携新婚妻子来到济南，继续当他的教授，胡絜青则在一所中学里教书。到1937年，他们已有了三个孩子。

抗战爆发后，日本入侵山东，局势危急，学生、友人纷纷辞别逃难，老舍也想走，济南一旦失陷，他就有被逼为汉奸的危险。可是三个孩子，一个4岁，一个2岁，一个才3个月，还有老人，怎么走呢？

日本铁蹄激发了老舍的爱国情感，他经过相当长时间的思想斗争，最后在胡絜青的支持下，暂时抛下妻子儿女，只身赴重庆投入了抗日的洪流，并很快成了中华全国文艺抗敌协会的总负责人。

老舍这一走，注定要饱受战乱离别之苦，同时，也把巨大的苦难留给了胡絜青。在老舍离开济南后不久，胡絜青带着孩子们回到了北平娘家。她一直想南下到重庆去跟老舍会合，但为了照顾老舍的老母，她迟迟下不了决心。1942年夏天，老舍母亲去世，她就又想走了，但当时从北平到重庆的广大地域已全部被日军占领，很多地方都战火纷飞，要带着三个孩子，冲破无数的关卡和硝烟，她一个弱女子如何能成行？

命中注定胡絜青选择了老舍，就必须要走一条坎坷之路。周恩来总理曾竖起大拇指感叹道："中国女性中最坚强的是胡絜青。"

胡絜青拖儿带女，跋涉千里，历时50余天，穿过重重封锁线，终于在1943年11月17日，辗转到达重庆，和老舍团聚，这时，两人已分别整整6年。

逃难经历促名著问世

胡絜青在北京5年，当了4年多的中学教员，尝够了国亡家破的痛苦，孩子常受日本孩子的欺负。当时的北京，成了一座活地狱。

胡絜青详详细细地向别后的丈夫介绍北京那边方方面面的生活，说了两三个月时间，那生动的细节、有趣的街坊琐事、日寇凶残的欺凌，促成老舍排除一切干扰，在北碚小镇开始了近百万字的《四世同堂》的创作。这个大部头的素材，是胡絜青九死一生从北京给他带来的。

这部小说以祁家四世同堂的生活为主线，形象、真切地描绘了以小羊圈胡同住户为代表的各个阶层、各色人等的荣辱浮沉、生死存亡。作品记叙了在北平沦陷后的畸形世态中，日寇铁蹄下广大平民的悲惨遭遇，狠狠地鞭挞了附敌作恶者的丑恶灵魂，揭露了日本军国主义的残暴罪行，反映了百姓们面对强敌愤而反抗的英勇无畏，讴歌、弘扬了中国人民伟大的爱国主义精神和坚贞高尚的民族气节，史诗般地展现了第二次世界大战期间，中国人民为世界反法西斯战争做出的杰出贡献，作品气度恢宏，可歌可泣，一经问世，影响极大。

1945年3月，老舍应邀去美国，岂料此去长达4年多，直到新中国成立，他才坐海轮于1949年12月回到阔别多年的北京。

风雨过后的真情告慰

作为爱国文人，新中国成立后，老舍写了很多歌颂党和新社会的诗文，但他一直没能入党。1966年，"文革"爆发，那些诗文也没有能救他。8月23日，老舍去北京市文联上班。没想到这次去，他竟被红卫兵批斗后打得皮开肉绽，走不动路，最后被拖到了附近的派出所里。有人打电话通知胡絜青去接老舍，但只说是西单牌楼，没说具体地点，害得胡絜青雇了辆三轮车，到处转悠，最终才在派出所里找着老舍。只见丈夫穿着血衣躺在地上，景象惨不忍睹。

胡絜青在三轮车里，搂着一动不动的老舍，颠簸着回到家里。不久，老舍恢复了点精神，对胡说："你睡你的，我该休息了。"胡絜青牢记着他们洞房之夜的那个约定，没有打扰老舍，但在离开老舍的卧室时，胡絜青生怕他寻短见，把房间里剪刀、裁纸刀等利器都带出门外。第二天早上，她去给他换衣服，清洗伤口，劝他别再出去了。但老舍还是走了，而且永远走了——那天傍晚，天刚刚擦黑，在太平湖边读了整整一天《毛主席诗词》的他投湖自尽。

1978年6月30日，在京的全国文艺界朋友为老舍举行了骨灰安放仪式。那天，邓颖超来得特别早，她紧紧握着胡絜青的手说："如果恩来还活着，他会第一个来。"

老舍生前说过这样一段话：

我是文艺界中的一名小卒，十几年来日日操练在书桌上和小凳之间，笔是枪，把热血洒在纸上。可以自傲的地方，只是我的勤劳，小卒心中没有大将的韬略，可是小卒该做的一切，我确实做到了，以前如是，现在如是，希望将来也是如是。在我入墓的那一天，我愿有人给我一块短碑，刻上：文艺界尽责的小卒，睡在这里。

历史给了老舍这样公正的评价：他是人民的艺术家。

（载《金陵晚报》2016年6月8日）

闻一多与高孝贞：一曲人间爱情绝唱

闻一多，本名闻家骅，字友三，1899年出生于湖北黄冈市浠水县一个书香门第。他一生的道路曲折，有过迷茫、有过失误、有过苦闷，在中国共产党的关怀与帮助下，找到了真理，此后便义无反顾，不屈不挠，勇往直前，为追求真理而英勇奋斗，直至献出宝贵的生命。他是中国现代伟大的爱国主义者、坚定的民主战士、中国民主同盟早期领导人、中国共产党的挚友、"新月派"代表诗人和著名学者。

妻子的好学赢得诗人的爱

1912年，14岁的闻一多考上清华学校（清华大学前身）时，父母为他订了婚，对象是闻家远房的姨表亲，名叫高孝贞，比闻一多小4岁。闻一多考取清华后，高孝贞的父亲认为这孩子有出息，便主动提出要将女儿嫁给他。亲上加亲，又门当户对，闻一多的父母欣然同意订下这门亲。

当时，闻一多埋头学习，积极参加校内的各种文艺活动，对此事并没多想，到快毕业时，才不得不考虑。清华是留美预备学校，学生毕业后可以公费留学美国。父母怕他出国留学就拴不住了。因此一次次来信，催闻一多回去结婚。作为一个五四青年，一个激情满怀、热情浪漫的诗人，闻一多向往的是自由恋爱，他多次据理力争，仍无济于事，只好回故乡浠水结婚。

结婚那天，闻一多一早又钻进他的书房看书，家里人生拉硬拽才给他理了发，洗了澡，换了衣服，但一转眼又不见他了。当外面鼓乐齐鸣，鞭炮震天，迎新的花轿已抬着新娘上门了，却到处找不到新郎。大家七手八脚，连推带拉，才把他从书房拥到前厅举行了婚礼仪式。闻一多的这种态度，是对父母包办婚姻的一种无可奈何的抵抗。

蜜月期间，闻一多对新婚妻子很冷淡，醉心于诗的研究，居然完成了一篇洋洋两万余字的论文《律诗的研究》。他对这门婚姻的不满也并未因结婚而消减，从老家回清华以后，他于1922年5月7日写信给弟弟家骊，痛说自己的不幸："大家庭之外，我现在又有了一个小家庭。我一想起，我便为之切齿发指。我不肯结婚，逼迫我结婚，不肯养子，逼迫我养子……宋代诗人林和靖以梅为妻，以鹤为子，我将以诗为妻，以画为子……家庭是一把铁链，捆着我的手，捆着我的脚，捆着我的喉咙，还捆着我的脑筋；我不把它摆脱了，撞碎了，我将永远没有自由，永远没有生命！"

尽管闻一多对这桩婚姻极为不满，但对妻子仍然采取关心和负责的态度，两人毕竟从小就相识。蜜月过后，高孝贞按习俗回娘家，闻一多回校途经武昌时，专门写信给父母，要求让妻子早日回来读书。他在信中说："我此次归娶，纯以恐为两大人增忧。我自揣此举，诚为一大牺牲。然为我大人牺牲，是我应当并且心愿的。如今我所敢求于两大人者，只此让我妇早归求学一事耳！大人爱子心切，当不藐视此请也。……如两大人必固执俗见，我敢冒不孝之名，谓两大人为麻木不仁也。"

在他的恳求下，父母后来送高孝贞进入武昌女子职业学校。1922年夏，闻一多赴美后，继续关心妻子的学习情况，写家信时经常询问和叮嘱，而且从精神上鼓励妻子要有志气，努力成为一个有学问、有本事的人。在一封家信中，他举美国著名女诗人海德夫人的重大成就为例，说明"女人并不是不能造大学问、大本事，我们美术学院的教员多半是女人。女人并不弱似男人。外国女人是这样，中国女人何尝不是这样呢"？

从1922年12月21日起，闻一多在美国用5天的时间还写了42首《红豆》组诗，献给妻子，无不充满对妻子缠绵悱恻的深情思念。如第九首："爱人啊！将我作经线，你作纬线，命运织就了我们的婚姻之锦；但是一帧回文锦哦！横看是相思，直看是相思，顺看是相思，倒看是相思，斜看正看都是相思，怎样看也看不出团圆二字。"

紧随丈夫共度患难的日子

1925年夏，闻一多提前回国，在国立艺专任教。1926年1月，他把妻子和女儿立瑛接来北平，开始过小家庭生活。高孝贞作为家庭主妇，虽然比较累，心情却舒畅多了。

高孝贞是独生女，她的父亲思想开明，不让女儿缠小脚，让她和男孩一块玩和读书，因此她习惯了自由，性格活泼开朗。嫁到闻家后，受到大家族的诸多礼教约束，不太适应。现在来到北平，有了自己的小家庭，自己做主，心中自然高兴，对丈夫的照顾也热情周到，家务之余与丈夫一起读读唐诗，逗逗女儿，夫妻恩爱亲密，生活像诗一样充满乐趣。

1926年7月，因时局变化，人事纠纷等原因，闻一多离开国立艺专，携家眷回到故乡浠水。1930年8月，应青岛大学校长、好友杨振声的邀请，闻一多和梁实秋一起去青岛大学任教。梁任外文系主任，闻任中文系主任兼文学院院长。此后，他陆续在上海、南京、武汉等地任教，和妻子时聚时分，一直到1932年8月又回到清华，才过上安定的日子。闻一多当时的薪水不菲，住房宽敞，环境幽美，每周六晚上常带上全家去礼堂看电影，春秋假日全家去逛颐和园，或游北海、故宫，家庭氛围幸福温馨，一点看不出当年闻一多拒婚的阴影。

如此舒心的日子只过了5年。1937年7月，卢沟桥事变爆发，日寇发动大规模侵华战争。闻一多的家庭像千百万中国人的家庭一样，被迫颠沛流离。

当时，闻一多带着三个小儿女在北平，高孝贞很着急，一封接一封地加急电报，催丈夫不惜一切，即刻带孩子们回武汉。闻一多在北平也焦急万分：走还是不走？要走，平汉路已不通，只能辗转走别的路线，兵荒马乱，路途艰难，令人害怕；如果不走，一旦北平沦于日军之手，后果不堪设想。在举棋不定、心乱如麻的时候，他拿起笔接连给妻子写信，倾吐在危难之时对妻子的思念和挚爱："这时他们都出去了，我一个人在屋里，静极了，我在想你，我亲爱的妻。我不晓得我是这样无用的人，你一去了，我就如同落了魂一样，我什么也不能做。前回我骂一个学生为恋爱问题读书不努力，今天才知道我自己也一样。这几天忧国忧家，然而心里最不快的，是你不在我身边。亲爱的，我不怕死，只要我俩死在一起。"

信发出后不久，闻一多便毅然带着三个孩子和保姆赵妈，经津浦路匆匆回到武昌。

抗战期间，闻一多从一位著名的诗人、学者，逐步成长为爱国民主运动奔走呼号的民主斗士，并于1944年参加了中国民主同盟。因此，他有了许多为共同目标团结在一起的战友、同志，大家都尊敬他，爱戴他，他也从同志们身上得到温暖和爱。他把这种同志之间的爱看得比对妻子、家庭的爱更崇高，他曾经对自己的学生说："对我的家庭，我很满意，你是知道的。"他指着跟前的小女儿继续说："我爱他们，但这种爱不能使我满足；我要求的是另一种爱，如今我找到了它，那就是同志爱。同志爱是人间最崇高、最真挚、最深刻的爱，用什么语言能表达出它的真实的内容呢？"他想了一想，用英文重复了一句："崇高的爱！"随后又感慨地说："这样的说法也只能近似而已。"他还说："当我年轻的时候，整日在苦闷彷徨中，找不到适当出路，读《离骚》，唱《满江红》，也解决不了我的具体问题。在今天……"他沉吟了一会儿，又说："你看到我这两年变化很大嘛？是的，我愉快，健康，不知疲倦，是组织的力量支持着我，生活在组织中，有一种同志爱……"

在闻一多的熏陶、感染之下，高孝贞也从生活上的至亲伴侣，逐渐成为他的同志，他的事业最坚定的支持者。

继承丈夫遗志奔向解放区

1946年7月15日上午，云南大学至公堂举行的李公朴殉难经过报告会，会上闻一多拍案而起，发表了气壮山河的《最后的讲演》，痛斥特务罪行，并表明自己"前脚跨出大门，后脚就不准备再回来"的决心和"一个人倒下去，千万人站起来的"信心。当天下午，闻一多就在自己家的大门外被特务暗杀。高孝贞奔出大门，扑向丈夫，身上沾满了丈夫的鲜血，她一时想死，但霎时间又醒过来："不，我要活下去，我要活下去！孩子们需要我，一多的仇一定要报！"

高孝贞继承了丈夫的遗志。1947年，她带着孩子们几经周折回到北平，在组织和朋友们的帮助下，住进什刹海附近的白米斜街。她利用这个比较隐蔽的环境，使自己的家成为中共的一个秘密联络点。在高孝贞多方掩护和配合下，这里还成为蒋管区进步青年前往解放区的一个中转站，一批又一批的青年住在这里，高孝贞对他们像家人一样，热茶热饭，嘘寒问暖，直到护送人来接走。

1948年3月，高孝贞改名高真，带着孩子奔向解放区，被选为华北人民代表。新中国成立后，高孝贞先后担任全国政协及河北省政协委员，1983年11月病逝，享年81岁，骨灰于1996年11月移入同在八宝山革命公墓的闻一多墓中。

闻一多与高孝贞的爱情没有一见钟情的开始，他们在颠沛流离中互相搀扶，在艰难困苦中相濡以沫，在战火纷飞中不离不弃，谱写出一曲人间爱情绝唱。

（载《钟山风雨》2020年第4期）

俞平伯与许宝驯：琴瑟和鸣相伴一生一世

人们知晓俞平伯，大多是因为他是著名红学家。殊不知，他也是一位昆曲家，这与和他相伴一生的妻子许宝驯有关。他对昆曲的爱伴随着对许宝驯的爱情共生，在他们长长的爱情生活中，有太多的昆曲元素的滋养。

旧式婚姻　琴瑟和鸣

俞平伯，原名铭衡。1900年出生于浙江吴兴（今湖州）。1919年，俞平伯毕业于北京大学，后在燕京大学、北京大学、清华大学任教。早年俞平伯以新诗人、散文家享誉文坛。

许宝驯，是俞平伯母亲许之仙的娘家侄女。许宝驯时常到俞家与俞平伯姐弟玩耍，一起学琴，两人可谓青梅竹马。同样出身名门的许宝驯琴棋书画中除了棋外都非常精通，尤擅长昆曲。俞平伯诗纪其事云："少小挑芯夜读书，闻来外姊辍伊唔。"

1917年，时年17岁、尚在北京大学读书的俞平伯，奉父母之命，与长他4岁的许宝驯，一个裹小脚的旧式闺秀，在北平东华门箭杆胡同结婚。北京大学教授黄侃及俞平伯同班同学许德珩、傅斯年、杨振声等皆前来致贺。

许家都是昆曲爱好者，尤其是许宝驯，清秀纤细，温柔贤淑，有细细的凤眼和清脆而绵软的嗓音，唱起昆曲来字正腔圆，还能填词谱曲。婚后，夫妇二人情趣相投，诗词唱和。从北大毕业后，俞平伯拒绝了外面的锦绣前程，回到杭州第一师范学校执教，居住在西湖边孤山俞楼，傍西湖山水，与妻子朝夕相伴。夫妻俩听雨观云，赏月眠花，唱诗和词，曲画互娱。俞平伯创作，许宝驯为他抄誊。他出版的第一部新诗集《冬夜》，她亲手誊写过两遍。他研究《红楼梦》，著《红楼梦辨》，她是他的"脂砚斋"，红袖添香，朱笔点评，此书一出，便奠定了俞平伯一代"红学大师"的地位。

受许宝驯雅好昆曲的熏染，俞平伯也迷上了昆曲。他的嗓音不美，发音很特别，甚至有点儿五音不全，唱曲时常常引得妻子哈哈大笑，但这不影响俞平伯对昆曲的热爱，他深研曲学，拍曲的功夫日益老练。

后来，俞平伯两次出国皆匆匆而返。有一次俞平伯申请到英国留学。可刚离开家门，他就开始想念妻子。轮船在茫茫的大海上行驶，海风吹着他单薄的衣衫，他一个人走在想她的路上，寂寞又凄凉。他一路上不停地写诗寄给妻子，思念像疯长的野草，遮天盖地的，他心底是杂乱无章的野莸蒿草。在英国待了13天，浓雾紧锁了13天，他再也待不下去了，作出了一个惊人的决定，立即回国。此后他的"半月留英"传为笑谈。

俞平伯丢不下许宝驯，舍不下温馨的家庭，更舍不得中国传统文化这个巨大的磁场。

突遭厄运　相濡以沫

俞平伯是学界文界的大名人，很早就亲近宝、黛，1952年至1954年，便将其旧作《红楼梦辨》删改、增订，易名《红楼梦研究》出版，接着又发表了多篇研究《红楼梦》的论著，很有自己的所见。1954年秋，山东大学中文系毕业生李希凡、蓝翎写了两篇有关评俞平伯研究《红楼梦》的文章，对俞平伯的红学观点和研究方法提出尖锐的批评。文章寄到中国作协主办的《文艺报》，没有被刊用；就给了本校的《文史哲》，得以发表。书生气十足的俞平伯，根本也不会想到，一股暗流正在悄悄地涌动。

《人民日报》相继发表了《应该重视对〈红楼梦〉研究中的错误观点的批判》《质问〈文艺报〉编者》和李希凡、蓝翎的新作《走什么样的路？》等文章。一场轰轰烈烈的"《红楼梦研究》批判"运动开始了，俞平伯成了众矢之的。

遭此大批判之后的俞平伯，淡泊了政治，深居简出。可他对昆曲的兴致却越来越浓郁。每逢星期四上午，夫妇俩专门请来笛师伴唱。在昆曲的活动中，俞平伯更多的时候是充当配角：夫人唱，他拍曲；别人唱，他打鼓。他敲击檀板，神情严肃，一丝不苟。20世纪50年代，中国唱片公司曾为欧阳予倩灌制了几张昆曲唱片，唱片上特地标明"俞平伯司鼓"，足见俞平伯为昆曲司鼓的水平之高。

可惜，好景不长，"文化大革命"中，俞平伯更是在劫难逃。1969年，70岁的俞平伯被下放河南五七干校，许宝驯得知消息后，毅然申请要与丈夫一起"一肩行李出燕郊"。这个曾经家中只要有来客都会躲进珠帘的大家闺秀，在最艰苦的日子里却展现出无比的勇气。夫妻俩住在一间不到10平方米的土房里，原是牲口圈，墙面斑驳，尘土飞扬。残墙漏屋，他们依然品诗论文、清唱昆曲、把盏绘画，不时还对一回弈，推敲一回难解的桥牌。"负戴相依晨夕新，双鱼涸辙自温存。烧柴汲水寻常事，都付秋窗共讨论"，在弥漫着猪屎气和柴火味的狭小空间里，俞平伯萌发出了许多清新安逸的好诗句。日后俞平伯作诗回忆那段时光，很有情趣："茅檐绝低小，一载住农家。倒映西塘水，贪看日西斜。"

逆境中的生活，漫长而严峻的寒冬，衬托出这对患难夫妻情爱的珍贵。

相守到老　一生一世

1971年1月，作为特殊照顾的老知识分子，俞平伯夫妇从干校回到北京，他们的生活恢复了相对平静。俞平伯和几个昆曲票友组织起"谷音社"，唱昆曲。

俞家的"古槐书屋"又重闻优雅的昆腔声。主角永远是他的夫人,俞平伯更多的是充当配角,夫人唱,他打鼓。唱出夫妻二人相敬相扶、白首共度的流逝岁月。其中《情勾》《游殿》最为精彩。之后,俞平伯又新创作了《鹧鸪天·八十自嘲》词,曲友们在俞家雅集清唱。

一天,俞平伯所在单位的人去给他送来补发的工资。俞平伯点完钱后不慌不忙地问:"这只是本钱,利息在哪里?"来人很惊愕,说:"没有利息。"俞平伯说:"工资是国家给我的,扣这么多年就是错误的。今天你们来送就是很好的证明。还本付息是个常识。"来人更是无言答对。俞平伯接着说:"其实我并不在乎几个钱,我是对有些人信不过。他们什么事情都干得出来。我担心他们从中贪污。"其时,"文化大革命"还远没有结束,对《红楼梦研究》的批判也没有停止。俞先生敢于直言,吐露心声,表现出老一代知识分子的风骨。

1977年10月28日,是他们夫妇60周年结婚纪念日,为纪念难得的花甲姻缘,俞平伯在这年里字斟句酌,数易其稿,写出了七言长诗《重圆花烛歌》:"苍狗白衣云影迁,悲欢离合幻尘缘。寂寥情味堪娱老,几见当窗秋月圆……"凡一百句,因事寓情,流转畅达,才情俊发,感人肺腑。

1982年1月14日,许宝驯逝世,她的去世令风烛残年的俞平伯"惊慌失措,欲哭无泪,形同木立"。百日之内,俞平伯哀至即书,写下了"既不娱人,亦不悦己"的《半帷呻吟》,计收诗词二十首,文两篇。"人去楼空,六十四年夫妻付之南柯一梦。"他更加寂寞了。他们妇唱夫随了64年,一旦那个主唱去了,另一个的配唱和伴奏也失去了意义。从此,古槐书屋再也听不到昆曲的唱和声了。他把她的骨灰安放在自己卧室内,晨昏相对,朝夕相伴,以曾经的美好回忆,滋润因她离去而干涸的日子。即使在病重期间,他也不肯离开放着妻子骨灰的卧室。

1990年10月15日,91岁的俞平伯在北京安然长逝。

俞平伯许宝驯伉俪,可以说是20世纪最后一对旧式婚姻中的才子佳人。他们的流风余韵，他们的鸾凤和鸣，令人感怀。蓦然回眸，俞平伯许宝驯鹣鹣鲽鲽，在一片悠悠扬扬的昆曲声中，于一腔缠缠绵绵的深情蜜意里，化为一片旧时月色。

（载《金陵晚报》2017年2月27日）

夏衍：与德清的浓浓情结

"夏衍"这个名字是与语文课本联系在一起的。他的报告文学《包身工》，记录了一群20世纪30年代上海纱厂女工受尽非人压榨的苦难。作为一个文学家，夏衍一生笔耕不辍，创作了《法西斯细菌》《上海屋檐下》等大量的文学作品；作为一个革命家，夏衍早在三四十年代就在上海秘密从事党的地下工作，是中共左翼运动的主将，公开的身份则是学者、翻译家；作为一个性情中人，夏衍一生的爱情，与德清有着浓浓的情结。

从德清走出的赴日留学生

夏衍，原名沈乃熙，1900年生于浙江杭县（今浙江杭州）一书香门第。

夏衍的母亲徐绣笙，是浙江德清县的一个名门望族。夏衍3岁那年，父亲沈学诗就患中风去世了。此后，家道败落，家庭的重担就落到了母亲一个人身上。为了维持一家七口的生计，徐绣笙把长子沈乃雍送到她家乡德清城关的当铺做学徒，忍痛把三女儿"送"给了住在苏州的四叔，家里没有劳动力，就把十几亩旱地租给别人种，让二女儿和四女儿做一些"磨锡箔"之类的零活来补贴家用。

夏衍在母亲家乡的德清高小读了三年半的书，一直是一位品学兼优的好学生。1915年9月，夏衍考进了浙江省立甲种工业学校，学习染色。学校的校长许炳堃是夏衍人生中幸遇的一位恩师。

入学第一天，许校长就反复给夏衍讲了校训"诚朴"两字的意义，讲实业救国的道理。学校管理严格有序，又聘请了陈建功、杨杏佛等名师，使"甲工"成为杭州城里颇有名气的一所学校，培养了许多实业人才，也熏陶了一批文艺奇才，如画家、敦煌艺术研究专家常书鸿，电影艺术家沈西苓等。

1920年夏，夏衍修完了"甲工"的全部课程，且成绩优异，在染色科名列第一。毕业后，夏衍本打算到法国勤工俭学，便从表兄那里借了十块大洋，瞒着母亲，悄悄到上海寻找去法国的路线途径。在十里洋场，夏衍才真正体味到生活的酸甜苦辣和无奈。最后，他怀着非常暗淡的心情回到了故乡杭州。正当他孤寂迷惘的时候，校长许炳堃为他展开了一条希望之路。

一天，夏衍应约到"甲工"去见许校长。他心里惶惑，一路揣测着校长的意图，从住家严家弄到学校一直磨磨蹭蹭，走了很长时间。在校长办公室，许校长和夏衍进行了一次长谈。几十年后夏衍在他的《懒寻旧梦录》中，是这样回忆的：

"今天找你来，是为了考虑你的前途问题，你有什么打算？"我沉默了许久。他接着说："我说，你一是留校，做点事；二是去日本。"这又使我吃了一惊，这对我来说不是白日梦吗？于是我也很平静地说："先生知道，我家境不好……"校长看出了我的窘态，笑了："这我知道，我的意见是，你假使愿意，可以由学校保送，费用由学校供给，到你考取官费为止。"这样的事是我根本不曾想到过的，于是我只能说："愿意去，可是我得和母亲商量……"突然间，这位不苟言笑的校长破颜一笑！"和你母亲商量？你的母亲是不会不同意的。"这一说我才安心，当我再想讲几句的时候，他站起来了，脸色又变得严峻："学校保送，为的是培养工业人才，你要好好用功！"

听了校长的话，夏衍又惊又喜，惊的是，像他这样家境贫寒的学子能够得到如此的眷顾；喜的是，他梦寐以求的出国求学的愿望终于实现了。这年的9月下旬，夏衍和他的同伴经过长途颠簸，来到了日本。在东京，夏衍参加了三个月的日语补习，随后考入了明治专门学校，被分入电气工学科。在明治学校的五年时间，夏衍得益匪浅，学校丰富的藏书，为夏衍打开了通往文学的大门，他畅游在文学的大海，领略到了狄更斯、屠格涅夫、契诃夫、托尔斯泰等一座座文学高山上的风景，完成了真正的文学启蒙。夏衍还参加了校外的读书会——"社会科学研究会"，开始接受马克思主义的思想，他感觉到一个崭新的天地在眼前展开。其间，他还在日本见到了景仰已久的诗人郭沫若和革命先驱孙中山，对国计民生、国家前途有了更多的认识。原本夏衍可以学成归国，但他心志已定，决定留在日本，一方面，考入九州帝国大学工业部，继续取得官费，以解决生活上的燃眉之急；另一方面，积极参与社会活动，开始了全新的革命生涯。

娶了一位德清的媳妇

在日本的几年时光，是夏衍生命里最青春的岁月。其间，他像许多年轻人一样，情窦初开。

1923年暑假，夏衍回到故乡杭州。一个偶然的机会，他结识了在浙江省立女子师范学校就读的符竹因。符竹因能歌善诗，还会弹奏琵琶。他被她少女的气息感染了，他沉浸在自设的爱情梦境中。当他向她表达自己的爱意时，却遭到符竹因的拒绝。此时，符竹因正与一个青年诗人汪静之相爱着。

这次情感经历是夏衍第一次爱的萌动，无果而终。就在这时母亲徐绣笙也在牵肠挂肚儿子的婚事。她几经物色，在德清老家选中了蔡家的女儿蔡淑馨。

蔡家和徐绣笙的娘家一样，是德清的大户。蔡的父亲是杭州纬成丝织公司驻沪总账房（经理）。在沈旦华的记忆里，外婆吴镜平大有"女中豪杰"的气概。她在对待女婿夏衍的问题上，一点也不含糊。在大革命低潮时期，国民党到处屠杀共产党人，夏衍在最危难的时刻加入了共产党，这是要杀头的事，并且会累及全家，但吴镜平毫不犹疑地把夏衍藏在自己家里。在没有越洋电话、网络视频的年月，两个彼此爱慕的人只能通信，增进相互的了解，慰藉心灵的相思。"两地书"是那个年代的爱情见证，一封封书信如一块块坚实的石头，构筑了他们的真挚爱情。夏衍与蔡淑馨的爱情也是在书信往返中渐渐升温，他称蔡淑馨"我的百合花"。翻开1925年夏衍写的《日本日记》，随处可见他们如胶似漆的感情。

1924年暑假，夏衍第二次回杭州，主要是为了和心仪很久的蔡淑馨正式相亲。1925 年，从省女师毕业的蔡淑馨，在校长的鼓励下也来到日本，进入了奈良女子高等师范学校学习。于是，夏衍在京都租了一间小木屋，以后每逢假日，夏衍便常和蔡淑馨，还有朋友们来这里小聚。

1927年4月下旬，夏衍回国，以"不曾写过一篇作品的非文艺工作者"身份跨进文艺界。1929年翻译出版了高尔基的《母亲》，在进步青年中广泛流传，并秘密从事党的地下工作，成为中共左翼运动的一名社会活动家。1930年4月，夏衍和蔡淑馨在上海举行了婚礼。

晚年心心念念着德清

从抗日战争开始到新中国成立，夏衍从事了十二年的新闻工作。他所有的文章都反映着时代的精神和紧扣着革命斗争的需要。1954年11月，夏衍任文化部副部长，主管电影与外事工作，从1955年7月到任，直至1965年被免职。这时全家也迁往北京。蔡淑馨为了支持丈夫的工作、事业，放弃了自己的所学专业，辞去了在上海一所中学的校长职务，做了一名全职太太。在以后的岁月里，于各个历史时期，她都默默地协助夏衍，殚精竭虑，风雨同舟。

这期间，夏衍亲手把《祝福》《林家铺子》《革命家庭》等改编成电影文学剧本，与此同时，他还写了大量文艺理论文章和电影理论专著。

"文革"中，夏衍遭受迫害，被投入监狱达八年之久，妻子蔡淑馨担惊受怕，后发展到精神失常，时有幻听幻觉。1984年10月1日，夏衍应邀参加国庆35周年庆典上天安门城楼观礼，当他回到自己家中，发现妻子已经在昏睡中平静地走了。幸运的是女儿、儿子都在身边，送了母亲最后一程。

这一年，夏衍写完了他的回忆录《懒寻旧梦录》。写完此书，夏衍在女儿沈宁陪同下，最后一次来到母亲的故乡德清，那是1986年，是为看望母校"德清县清溪小学"。夏衍还登上了莫干山。莫干山是有名的竹子世界，他漫步幽篁修竹间，沐浴青山绿水中，享受了清凉世界带来的幽雅和宁静。回到北京后，夏衍给母校寄来了少儿读物和成语故事的录音磁带。1994年，夏衍被国务院授予"国家有杰出贡献的电影艺术家"称号。

1995年2月6日，夏衍在北京逝世，享年95岁。夏衍的一生烙上了深深的时代烙印，这个与世纪同龄的革命家、艺术家毕生都未脱离火热的斗争，他以惊人的斗争、笔耕不辍的精神和对人民群众的深情关切，为后人留下了宝贵的时代镜像，为中华民族的文化宝库增添了璀璨夺目的艺术光辉。

李金发："诗怪"的坎坷爱情路

李金发，原名李权兴，1900年出生在广东梅县一个客家商人家庭。这位客家阔少，早年就读于香港圣约瑟中学，后到上海入南洋中学留法预备班。1919年与林风眠、李立三、徐特立、王若飞、郎静山等赴法国勤工俭学。先后在枫丹白露公学和法国国立艺术学院学习雕塑。同时，受到法国象征派诗歌的影响，开始诗歌创作。并将法国象征派诗歌介绍到我国，于1920年在《语丝》上发表了象征主义诗歌《弃妇》，在中国新诗坛引起一阵骚动，被称为"诗怪"，成为我国第一位象征主义诗人。

发妻忧郁离世

李金发的第一次婚姻，是与邻村女子朱亚凤结婚。

朱亚凤原本是李家收养的一个童养媳。自幼家贫，父亲早逝，母亲无以为生，改嫁时便将年幼的女儿托付给本族亲属李金发的母亲。

李母像对待亲女儿一样，让她读书识字。李金发从小和朱亚凤一起长大，避着家人，二人经常到郊外野花丛和小溪边玩耍、聊天。李金发从小就知道朱亚凤将来是自己的媳妇。后来李金发在《故乡》一诗中，描写了他们相约在曙光初露的清晨，手拉着手，欢快地跳跃着，说悄悄话的情景。

1919年春天，李母给金发和亚凤操办了婚礼，小两口甜甜蜜蜜地生活在一起。李金发给朱亚凤念《红楼梦》，自己也学着袁枚的样子，填诗作对。

半年后，李金发就去法国勤工俭学，一去就是三四年。当踏上法兰西的土地，李金发的第一个问题就是语言不通，"勤工"根本不可能。无奈中，李金发只能"俭学"。

同去的林风眠为自己选择了绘画专业。他问同乡："金发，你学什么呢？"李金发说："我学雕塑行吗？"于是在巴黎，他们开始了各自的艺术人生。

艺术总是来自苦难。自小在梅县长大的李金发，从不参与巴黎的纸醉金迷，而是每天苦苦修炼，内向而孤独的他在雕塑艺术上进步神速，22岁时，他为林风眠制作的雕像就入选了巴黎春季展览。中国人的形象第一次出现在巴黎春展上。也就是在这时，李金发接触到了刚刚在法国萌发的象征派诗歌。波特莱尔和魏尔伦的诗在李金发面前打开的时候，他似乎找到了灵魂的寄托。1921年，李金发的第一本诗集《微雨》已经初见雏形。

1922年，身在巴黎的李金发收到家信，他的妻子朱亚凤死了。原来自李金发走后，朱亚凤不能忍受孤独的生活，心情忧虑，身染重疾，在重病中服毒自尽，从此李金发结束了第一次婚姻。

结缘德国女郎

好长一段日子，李金发睁眼闭眼都是朱亚凤的笑脸，那些《红楼梦》里的句子总是跳进脑际。而法国的日子也越来越艰难。1922年底，林风眠劝李金发到德国游学，换一个环境。在德国柏林，李金发一面练习雕塑和画油画，一面写诗，并很快地完成了第二部诗集《食客与凶年》。

在与德国画家交往时，李金发认识了女画家格塔。他给格塔起了一个非常好听的中文名字：屐妲。

屐妲受父亲的熏陶也擅长绘画，李金发和屐妲志趣相投，爱好相同，很快坠入情网，李金发又一次感到了幸福。爱的力量把一直伴随李金发的阴郁一扫而空，他变得乐观而愉快。这大大激发了他的创作灵感，促使他写了很多首爱情诗。很快他的诗集《为幸福而歌》也写完了。主宰这部诗集的是炽热的爱火，是对屐妲的情思。1924年，李金发和屐妲在法国巴黎城郊的一个小镇结婚。他们的生活十分美好。

这年11月底，时任上海美术专科学校校长刘海粟给李金发寄来一封信，邀请他出任美专雕塑系教授。李金发带着屐妲和已经完成的三部诗集，取道意大利返回上海。

而在上海出版的第十四期的《语丝》杂志，已经刊发了李金发的《弃妇》一诗，署名李淑良。这首诗很快在国内掀起了巨大的波澜，完全陌生的写作方式引发了不小的争论。1923年，李金发曾将诗集《微雨》寄给周作人。周作人极为赞赏，复信说这诗为国内前所未有，给了李金发的诗相当高的评价，并出版了李金发的第一部诗集《微雨》。当李金发夫妇回到上海的时候，他的诗名已经斐然。虽说毁誉参半，但李金发独特的笔触已经造成了很大的影响。李金发的诗充满怪异、神秘、颓废和失落的情调，是很典型的中外合璧的象征派诗。李金发声称："我最初是因为受了波特莱尔和魏尔伦的影响而作诗的。"

令人感到意外的是，上海美专的雕塑系却招不到学生，李金发的生活陷于困境。这年底，屐妲给李金发生了个儿子。做父亲的李金发变得更勤劳起来，不管是文学、雕塑、翻译还是美术教育，李金发在不断地求职谋生，以减轻生活的压力。他写小说，做设计，甚至还在田汉的电影里客串做演员，直到他在上海认识了蔡元培。1928年李金发创办了《美育》杂志，由他们夫妇共同编辑。这本杂志只出版了4期，但它的豪华印刷，为宣传现代美育思想做出很大的成绩。

生活的拮据和谋生的艰难，考验着屐妲对李金发的感情。屐妲最终未能闯过这一关。屐妲越来越不能适应中国的生活，越发思念故国和亲人。1930年的秋天，屐妲带着5岁的儿子李明心回德国探亲，从此一去不返。李金发几经努力，也没有挽回这桩婚姻，遂于1932年与屐妲离婚。

相伴最后爱妻

1931年冬，李金发回到广州，经孙科举荐任广州美术学校校长。在这里他比在上海心情愉快得多。一是他有机会施展他的雕塑艺术，二是结识了同乡、后来成为他的第三任妻子的梁智因。

梁智因出身梅县望族，是晚清学者兼诗人黄遵宪的外甥女。在接触中，李金发欣赏梁智因的通情达理，善解人意，更为她的高雅气质所吸引；而梁智因觉得李金发很有才气，诗与画都很有成就，除了年龄比她大12岁外，还是很满意的。于是在1932年9月，他们在广州新亚酒店举行了十分隆重的婚礼。他们的爱情没有与朱亚凤那样的青梅竹马，两小无猜的纯真感情，也没有与屐姐那样热情似火，激情浪漫的潇洒，而是随着年龄的增长和饱经风霜之后，显得真挚而深沉，成为同舟共济的生活伴侣。

他们在广州共同度过了几年平和而稳定的生活。这几年李金发将主要精力用于名人雕像工作，广州现存的两座有名的城市雕塑，均出自李金发之手，一座是黄花岗七十二烈士墓的邓仲元像；另一座是越秀山的伍廷芳像，成为中国雕塑的经典之作，这也确立了李金发作为中国雕塑的开山鼻祖的地位。

1937年底广州沦陷后，李金发携妻带子逃到越南，在那里参加了抗战工作。抗战胜利后，他又先后出任国民政府驻伊朗一等秘书和驻伊拉克公使。直到1950年退休，定居美国新泽西州。在林湖买了一块农场，夫妻二人依靠养鸡为生。后来鸡蛋过剩，销路不畅，他们关闭了养鸡场到纽约定居。李金发以雕塑的微薄收入维持生活，再苦再累，梁智因也毫无怨言。

晚年，李金发常发"愿有日能来归祖国，作落叶归根之计"之叹，然而，那时的李金发已不再写诗。1976年12月25日，李金发突发心脏病，病逝于美国纽约长岛的寓所。梁智因与李金发相伴走过44年的人生旅途。人们是不会忘记他在象征诗和雕塑方面的重要贡献。

就新诗而言，李金发的诗，出于方言的限制，没有做到明白如话。好在"五四"新文学是宽容的，这里有周作人的慧眼，有戴望舒、施蛰存、穆时英、刘呐鸥等人与他同行。

台湾诗人痖弦在论及李金发时，曾言，前卫作家不一定是最好的作家，但前卫作家往往是影响较大的作家，这评价对李金发是恰当的。

（载《金陵晚报》2017年5月6日）

蒋光慈与宋若瑜：革命作家的生死恋情

蒋光慈，现代小说家，原名蒋宣恒。"五四"时期参加进步学生运动，是无产阶级文学的拓荒者，曾赴苏留学。1924 年回国后加入中国共产党，从事进步的文学活动。一生宣传革命文学。其作品影响深远，胡耀邦、陶铸等老一辈革命家就是读着他的书，而毅然地走上了革命道路。

为中国革命文学疾呼

蒋光慈，1901年出生于安徽省金寨县一个小商人家庭。1917年，蒋光慈在安徽芜湖省立五中学习，五四运动开始，蒋光慈担任五中学生会副会长，经常面对滚滚长江吟诵岳飞的《满江红》，抒发豪情，将原名"蒋宣恒"先改为"蒋侠生"，他说："我所以自号'侠'，将来一定做个侠客杀尽这些贪官污吏。"后愤而想当和尚，改为"蒋侠僧"，"我当和尚，也还是做个侠客杀人"。

他在校期间，联络其他学校，组织示威游行，声援北京爱国学生运动，率领学生宣传抵制日货，参与义务教育，在"学会"办的《青年》杂志上发表诗文。芜湖学潮风起云涌，五中被誉为"芜湖的北大"，是与蒋光慈作为学生运动组织领导者之一的积极活动分不开的。

1920年，蒋光慈由高语罕介绍去上海，成为上海外国语学社的首批学员，结识了陈独秀、陈望道等革命家，加入上海社会主义青年团。1921年与刘少奇、任弼时、萧劲光等被派赴苏联学习，在苏联莫斯科东方劳动者共产主义大学学习时，两次见到了列宁。1924年1月列宁病逝时，他专门写下了《哭列宁》的诗和散文，并在《新青年》发表《列宁年谱》，是较早宣传列宁著作的人。

1924年夏，蒋光慈回国，任教于上海大学社会学系，开始在文坛上大声疾呼无产阶级革命文学。1925年，他的诗集《新梦》发表，钱杏邨对此评价道，"中国的最先的一部革命的诗集""简直可以说是中国革命文学的开山祖"。

两颗心从相识到相恋

早在"五四"学生运动初期，青年学会会员宋若瑜在编辑《青年》半月刊时，看到从外省寄来的蒋光慈的苍劲流畅的墨迹，读到他发表在半月刊《青年》第四、第五期上的《读李超传》《我对于自杀的意见》两篇气势磅礴、思想崭新的文章，又听到同学叶雨晴介绍蒋光慈聪明好学、能诗善文的才华，深深地意识到这位学生会副会长的确是一位不平凡的天之骄子，就对他产生了仰慕之情。

宋若瑜1903年生于河南汝南。1917年考入开封省立第一女子师范学校（现在的开封师范专科学校的前身），"五四"的怒潮波及河南，开封的学生迅速响应。宋若瑜率先参加，并组织学生罢课、游行、演讲、散发传单，声援北京的学生爱国运动。为了研究爱国运动和形成共同行动的核心，省立二中集资创办了《青年》半月刊，宣传民主科学，追求革命真理，向封建势力宣战。宋若瑜摆脱了封建礼教的束缚，勇敢地跨校加入，成为青年学会中唯一的一位女性会员。

1920年初，宋若瑜主动给蒋光慈去了一封信："侠僧友：请原谅一个陌生女子的冒昧，文如其人，文如其心，你是一个志向高远而又脚踏实地的有为青年，如蒙不弃，请带上我一起同殉真理之路吧……你的陌生而又熟悉的青年学会会员宋若瑜。"

此时的蒋光慈正在为自己的婚姻困扰着，安徽省的霍邱老家硬是不顾自己的反对，为他讨了一个童养媳。当他收到宋若瑜的来信，如获至宝，十分高兴，"今宵接瑜信，未拆先喜欢。"他拿在手里，躲在树荫下，打开信笺，见工整清秀的墨迹，仿佛那字里行间还透出一种少女特有的脂粉气。他一次又一次地看着、读着，几乎能背出信上的每一句话，每一个字，并情不自禁地自言自语：
"若瑜，我的爱友……"他想到了波兰剧作家廖抗夫的名剧《夜未央》中的主人
公苏维亚的侠女形象，想到了他看完这场演出后自己写的两句诗："此生不遇苏
维亚，死到黄泉也独身。"从此，爱情的种子便在往后的频繁通信里被深深地埋
在心底而萌发了。

　　1920年春天，蒋光慈怀着一腔革命热情，告别了江城芜湖，乘小火轮，泛一
江春水，卷千堆浪雪，向怒涛汹涌的黄浦江进发。在上海，与全国第一届学生联
合会的河南代表、后留在郑振铎当编辑的泰东书局当校对的曹靖华相遇，两人神
交已久，一见如故，互吐心曲。当蒋光慈知道曹靖华的生活有难时，便介绍他到
安徽省清泽县大通镇女子学校任教；当蒋光慈问及宋若瑜时，曹靖华称赞她是一
位难得的才女，富有反抗精神，聪明美丽，气质极佳。蒋光慈深切地感到，这位
未曾见过面的河南姑娘，在他的心目中已经占有相当重要的位置。

　　这当儿，蒋光慈经友人瞿秋白介绍进入上海大学社会学系任教授，暗地里进
行革命活动和文学写作。刚刚定居下来，便四处打听，终于获悉宋若瑜在信阳二
女师教书。蒋光慈兴奋极了，他的心里憋了太多太多的情话，他的胸膛里孕育了
太久太久的思绪，他迫不及待地发出了一封又一封热情洋溢的信，称宋若瑜为
"爱友"。宋若瑜也一改平时的心灰意冷，忘却了身体的疾痛，时常含情脉脉以
"爱友"予以呼应。他们两人鱼雁传书，信来函往，谈情说爱，当时在河南信阳
传为美谈。

短暂爱情留下永久思念

　　宋若瑜的母亲不同意女儿的婚事。为改变母亲的固执态度，宋若瑜相约蒋光
慈在北京见面。1925年7月，宋若瑜和母亲从河南来到北京，住了半个月。宋母
为蒋光慈横溢的才华和革命精神所感动，不仅同意女儿与之来往，而且确定了女
儿与这个小伙子之间的终身大事。

短暂的相见，婚姻的确定。接着又是匆匆告别。宋若瑜母女返回河南，蒋光慈也回到上海。

1926年的中秋节前后，他们结婚了。婚后，他们生活甜美，蒋光慈白天在上海大学教书，夜晚写作，宋若瑜鼓励蒋光慈成为一个"平民文学家、成为无产阶级的诗人"，一边尽着贤妻的职责，生活上精心照顾他，帮他誊清文稿，两人都感到无比幸福。

可是婚后不到一个月，宋若瑜羁患多年的肺病大发作，病情十分严重，高烧不退，经医院确诊：肺结核已是第三期，只有到此病医疗条件最好的江西庐山牯岭医院，才有挽救的希望。

蒋光慈向学校请了假，护送妻子上了庐山牯岭，之后奔波于上海与庐山之间，一边完成大学教学和护理爱妻双重任务，一边还要写作。他的《橄榄》《逃岳》等小说，就是在妻子的病榻前完成的。

经过一个多月的治疗，宋若瑜的病好多了，她在医院里给蒋光慈写信说：

亲爱的侠哥：十七日信及大洋八十元收到，勿念。我在此还好，这几天也不烧了，也能吃饭了。只是精神有点苦闷，我想过些时日就好些了……

可惜的是，再深情的爱也救不了爱人的命。在他们结婚三个月后的11月6日，宋若瑜即病逝于牯岭医院。面对如此残酷的现实，蒋光慈悲痛欲绝，为了永久的纪念，他把与亡妻两人间的往来通信，集中起来以《纪念碑》为名，于1927年11月由上海亚东图书馆出版发行。书上有宋若瑜身穿短袖旗袍、肩披垂到膝下的白色围巾的照片。蒋光慈为《纪念碑》作序。

1928年11月6日，是宋若瑜逝世两周年，蒋光慈含泪写下《牯岭遗恨》的长诗，表达他对亡妻的深深爱恋，每当他想起"在云雾弥蒙的庐山的高峰，有一座静寂的孤坟"时，他总有种痛不欲生的感情。

此后，蒋光慈心里只有写作。写有诗集《新梦》《哀中国》，小说《少年飘泊者》《短裤党》《鸭绿江上》《丽莎的哀怨》《咆哮了的土地》（后改名《田野的风》）等。文坛因此出现了以蒋光慈为代表的无产阶级革命诗歌，显示了诗的

"大众化"的发展趋向。特别是小说《咆哮了的土地》，这是蒋光慈最后的一部作品，也是他在文学史上获得评价最高的一部作品。

1931年蒋光慈因病逝世，年仅30岁。1953年5月23日，上海市文联将蒋光慈灵柩由安徽同乡会公墓迁到虹桥公墓安葬。墓碑为时任上海市市长陈毅所题，上书七个苍劲浑厚的大字：作家蒋光慈之墓。1957年2月，安徽省民政部门追认他为革命烈士，他的革命业绩被陈列在"皖西革命烈士纪念馆"。

沈从文与张兆和：一段传奇的爱情往事

"民国时期最美的情书"，人们熟悉的有徐志摩与陆小曼的《爱眉小札》，鲁迅与许广平的《两地书》，朱湘与刘霓君的《海外寄霓君》，还有一本就是张兆和整理编著的《从文家书》。该书行云流水，字字情深，封封情书记录着沈从文与张兆和风雨同舟、相濡以沫走过的一生。在平平常常的人生冷暖里，让人了解他们一段真实、传奇的爱情。

当上公学的老师

沈从文原名沈岳焕，1902年出生于风景秀美的湖南湘西凤凰古城。儿时的沈从文人精瘦，但非常机灵、滑稽、有趣，常常逗得寨中乡邻们捧腹大笑。

1915年，沈从文由私塾进了凤凰县立第二初级小学，半年后转入文昌阁小学。因沈从文天性活泼好动且贪玩，常常逃学去街上看木偶戏，把书包藏在土地庙里。有一次，他照常把书包放在土地庙，看了一整天戏，戏看完了，他回到土地庙去取书包，才发现书包不见了。第二天，他被老师罚跪在校园里的楠木树下。后来，沈从文知耻而后勇，一改以往的顽劣脾气，勤奋学习。

1918年，沈从文小学毕业后入伍，随当地土著部队流徙于湘、川、黔边境与沅水流域一带。1922年，被"五四"思潮吸引，他脱下军装，来到北平，因为仅受过小学教育，又没有半点经济来源，只能在北京大学旁听。两年后，沈从文开始陆续在京城的《晨报副刊》《现代评论》等报刊上发表小说，在文坛崭露头角，并得到徐志摩、郁达夫等"新月派"作家的赏识。经徐志摩推荐，1928年，时任中国公学校长的胡适聘他来做了国文系讲师。就这样，一个小学毕业生成了大学老师。

第一次上课，慕名而来的学生众多，沈从文紧张得在课堂呆呆地站了十分钟说不出话来，窘迫极了，好不容易开了口，却急促促地三言两语就把精心备课的话都说完了。他再次感到窘迫、无奈，转身在黑板上写道："我第一次上课，见你们人多，怕了。"下课后，学生们议论纷纷，传到胡适耳朵里，胡适笑着说："上课讲不出话来，学生不轰他，这就是成功。"

然而木讷的沈从文万万没有想到，在台下那些目睹他出洋相的学生中有一位外语系来旁听的女生，竟不知怎地对他一见钟情，走进了他的生活，她就是以后成为沈从文结发妻子的张兆和。

情书寄情结连理

张兆和，名门闺秀，家中良田万顷。张家四个才女，个个气质出众、相貌秀美、知书达理，张兆和排行老三。叶圣陶曾说："九如巷张家的四个才女，谁娶了她们都会幸福一辈子。"后来大姐元和嫁了昆曲名家顾传玠；二姐允和嫁了著名语言文字学家周有光；小妹充和嫁了著名汉学家傅汉思。

此时18岁的张兆和皮肤微黑，眉清目秀，活泼俏丽，气质卓尔不群，是学校人尽皆知的校花，外号"黑牡丹"，很多男生仰慕她、追捧她，给她写情书。她不像许多女孩那样一撕了之，而是把他们的情书分类编成"青蛙一号""青蛙二号""青蛙三号"。有一天，自卑木讷的沈从文不敢当面向张兆和表明爱意，便悄悄地给兆和写了第一封情书。打头第一句就是，"不知道为什么我忽然爱上了你？"张兆和有点蒙，但还是不动声色地将其编为"青蛙十三号"留存起来。

沈从文的信写得和他的文章一样美，一封接着一封，越写越长。他大概从胡适那里知道些消息，在信里直呼张兆和"三三"。

短短的半年时间内，沈从文给张兆和写了几百封情书，表达自己心中的倾慕之情。他说："我就这样一面看水一面想你。"他又说："我行过许多地方的桥，看过许多次数的云，喝过许多种类的酒，却只爱过一个正当最好年龄的人。"他还说："我以为我是个受得了寂寞的人，现在方明白我们自从在一处后，我就变成一个不能够同你离开的人了……三三，想起你我就忍受不了目前的一切了。"

老师的情书一封封寄了出去，点点滴滴滋润着对方的心。张兆和把它们一一作了编号，却始终保持着沉默。后来学校里一时流言四起，张兆和实在忍不住，情急之下，拿着沈从文的全部情书去找校长胡适理论。

张兆和把信拿给胡适看，说："老师总对我这样子。"胡适笑吟吟地对她说："我知道他非常顽固地爱你。从文是个天才，我想他是当今中国最有希望的小说家，对于这样的青年，我们应该帮他。他对你的感情也很真诚。"

张兆和不等校长说完，就回了一句："我很顽固地不爱他。"胡适说："我也是安徽人，我跟你爸爸说说，做个媒。"张兆和连忙说："不要去讲，这个老师好像不应该这样。"没有得到校长胡适的支持，张兆和只好听任沈从文继续对她进行感情文字的狂轰滥炸。

胡适爱才，眼见着沈从文为相思苦得憔悴，很是惋惜，就写信劝沈从文，"这个女子不能了解你，更不能了解你的爱，你错用情了……此人太年轻，生活经验太少……故能拒人自喜。"但校长的劝导显然没用，沈从文依然在炽热痛苦的单恋中无法自拔。

1930年5月，胡适辞去了中国公学校长一职，胡适的离开，使沈从文不能在中国公学继续任教。在离开中国公学之前，沈从文希望自己对张兆和的追求有一个结果。与胡适会面之后的几天里，张兆和接连收到了沈从文寄来的几封情书。其中，沈从文7月12日写给她的信函竟长达六页。

读完这封长长的信，张兆和在当晚的日记中写道："看了他这信，不管他的热情是真挚的，还是用文字装点的，我总有像是我自己做错了一件什么事因而陷他人于不幸中的难过。"

至此，张兆和坚如磐石的心也开始动摇起来，终于默许了沈从文对自己的追求，1932年7月张兆和从上海中国公学毕业回到了苏州。

这年的暑假，沈从文决定亲自来苏州看望张兆和，二姐允和站在太阳底下的沈从文说："你进来吧，有太阳。"沈从文不进来，允和就告诉他三妹上图书馆去了，不在家，让他进来等。沈从文听完说了声"我走吧"回头就走了。沈从文回到了旅馆，一个人躺在床上胡思乱想，满脑子尽是张兆和的音容笑貌。

其实张兆和的家人比张兆和更早地接纳了这位文坛天才。等三妹回来后，允和对兆和打趣道："你假装用功，明明晓得他今天要来。"兆和说："我就是用功，哪晓得他这个时候来啊。"允和让妹妹大大方方地把老师请到家里来，兆和终于鼓起勇气回请了沈从文。心潮澎湃的沈从文回到青岛后，立即给二姐允和写信，托她询问张父对婚事的态度。

他在信里写道："如爸爸同意，就早点让我知道，让我这个乡下人喝杯甜酒吧。"张兆和的父亲开明地回答："儿女婚事，他们自理。"

1933年9月9日，在沈从文的穷追不舍下，张兆和最终愿意与他结为连理，相伴一生。婚礼是在北平中央公园的水榭处举行的，没有仪式，甚至没有主婚人和证婚人。沈从文不愿让张兆和向家里要钱，于是她结婚唯一的嫁妆是父亲送的字帖——《宋拓怀仁集王羲之书圣教序》。在几位亲友的见证下，两人宣布结婚了。新居是北平西城达子营的一个小院子，梁思成、林徽因夫妇送的锦缎百子图罩单为婚礼增添了些许喜气。

和美的小家生活

在爱情的滋养下，沈从文的创作欲得到了极大的迸发，"有了你，我相信这一生还会写出许多更好的文章。"著名的《边城》就写在那段时间，还有《湘行散记》等，都是后来奠定他文学大师的几部最有影响力的作品。在他的这些作品里，女主人公无一例外的是皮肤黝黑，相貌清秀，比如《边城》中那"黑而俏丽"的翠翠，原型便是他的妻子张兆和。沈从文还写过一篇名叫《三三》的小说，里面叙述的是一个年轻少女的初恋。而沈从文就是一直以"三三"来称呼张兆和的。

结婚十二年来，"三三"走下了神坛，从当初充满活力的年轻学生变成了包容、忍耐的贤妻良母。养育孩子、操持家务自不必说，对自己的作家丈夫，她半要照顾半要管束，既要让他在战乱奔波中吃饱穿暖，还要时时记得将他从他的文学世界中拉回现实生活，平凡生存。

才子多情，常易累美人，沈从文也不例外。他在一封信里诉说他对一个女子的好感。

她叫高青子，是时任总理熊希龄的家庭教师。一次沈从文有事去熊希龄在西山的别墅，主人不在，迎客的是高青子，双方交谈，都留下了极好的印象。沈从文那时已出版了《边城》，在文艺界小有名气。一个月后，他们又一次相见，极具戏剧性的情节开始了。高青子身着"绿地小黄花绸子夹衫，衣角袖口缘了一点紫"，沈从文发现，这是她有意模仿自己小说中女主人公的装束。会心之后，他们的交往很自然地开始了。她仰慕他，这是他的妻子无法给的。不知道沈从文为什么在信里坦白了他"横溢的感情"，张兆和一气之下，带着两个孩子回了苏州老家。

1937年，沈从文到昆明，直到1938年11月，张兆和才携二子辗转与沈从文在昆明团聚。高青子这时也到了昆明，在西南联大图书馆任职。只是后面的故事，并没有如传言说得那样愈演愈奇，跌宕起伏。沈从文与高青子的关系没再维持下去。婚外情总是脆弱的，情感总会退潮，理性重新回归。高青子就像一颗流星在沈从文生命的天空划过，给他的生命带来了一丝光亮，但最终消失在一片黑暗中。历经挣扎后，风波归于平静，他和自己的妻子还是继续互相陪伴着走下去，他是深爱着张兆和的，因为张兆和始终是沈从文心目中的女神。

1945年抗战胜利后，西南联大准备迁回内地。9月9日是沈从文与张兆和的结婚纪念日，他特意写了篇题为《主妇》的小说，作为礼物送给妻子。沈从文回顾婚姻生活，褪去了当年爱情的炙热，却品味出妻子的朴素之美和小家之安稳。

相依为伴的晚年

不幸的是，1949年后，沈从文被剥夺了写作的权利，放下笔后的沈从文感到无所适从，一次又一次来势汹涌的打击，使忧郁过度的沈从文陷入了病态的迷狂状态，他不断念叨着"回湘西去，我要回湘西去"，张兆和无言地面对此情此景，眼泪禁不住滚滚而下。后来，在妻子悉心的照料和药物治疗下，沈从文渐渐恢复了健康，这些难忘的经历使他的心灵产生了对苦难的免疫力，使他和妻子坚强地度过了那段艰辛清贫的岁月。

当外界环境改变，他们的境遇才开始变好，可两人已经老了，岁月过滤下来的只是相依为伴。1988年5月10日，饱经沧桑的沈从文心脏病发作，安详地离开了人世，回到了他魂牵梦绕的湘西，把无限的眷恋留给了白发苍苍的妻子，就如同留给了人间无限柔美的湘西。

张兆和在沈从文逝世之后，开始整理沈从文的文稿。她在1995年整理编辑出版的《从文家书》后记中写过这样一段话："六十多年过去了，面对书桌上这几组文字，我不知道是在梦中还是在翻阅别人的故事。从文同我相处，这一生，究竟是幸福还是不幸？得不到回答。我不理解他，不完全理解他。后来逐渐有了些理解，但是，真正懂得他的为人，懂得他一生承受的重压，是在整理编选他遗稿的现在。过去不知道的，现在知道了；过去不明白的，现在明白了。他不是完人，却是个稀有的善良的人。"

正如定居美国的妹妹张充和所写的那副挽联"不折不扣，亦慈亦让；星斗其文，赤子其人"。那四句话的尾缀，连起来正好是"从文让人"。这是沈从文一生的写照。

张兆和懂了，可他已经走了，她永远也没办法重头再过了。2003年2月16日，张兆和也离开了人世。

石评梅：民国才女的凄美爱情

石评梅是20世纪20年代中国文坛上，一个卓尔不群，有才华、有成绩的女作家。她的创作以新诗见长，作品大多以追求爱情、真理，渴望自由、光明为主题。又因其生活在北京，故有"北京著名女诗人"之称。她那饱含情感的文字，她那凄美温婉的爱情，她那闪烁而短暂的一生，如朝霞、春花、流水、行云，为中国现代文学的星空增添了一道耀眼的光环，她的名字依然留在中国现代文学史的长河中。

晋东才女

石评梅，1902年出生于山西平定。幼名元珠，学名汝璧。因爱慕梅花之俏丽坚贞，自取笔名"评梅"。石评梅的父亲石铭是清末举人，46岁得女，视评梅如掌上明珠，亲自督学。评梅4岁时就能读三字经、千字文，继而四书五经、五古七绝、圣人故事、稗官野史，在书海中广览博猎。

辛亥革命后，石铭到省城太原山西省立图书馆任职，石评梅便随父来到太原，进入太原师范附属小学读书，附小毕业后直升山西省立女子师范。在校期间，她各科成绩优秀，琴棋书画、诗词文赋均很出色，是一位天资聪慧、多才多艺的女性。有一年春节，她画了一幅梅花条幅，自己题诗，诗云："有梅无雪不精神，有雪无诗俗了人。日暮诗成天又雪，与梅并做十分春。"这幅《雪梅图》立意不俗，凸现了梅花的风骨精神，竟引得一些知名学者来观赏，她也因此被誉为晋东才女。

1920年，18岁的石评梅被北京女子高等师范学校录取。其间，她结识了冯沅君、苏雪林等，并同庐隐、陆晶清等爱国进步作家结为至交。在"五四"新思潮的影响下，石评梅开始在《语丝》《晨报副刊》《文学旬刊》《文学》，以及她与陆晶清参与编辑的《妇女周刊》《蔷薇周刊》等报刊上发表散文、诗歌、小说和剧本。她的诗，博得朱自清赞赏。她的小说，打开了20年代女性小说通向诗境的书写之路，文字中时时喷涌出一股激流，一团火焰。

无果恋情

在一次北京山西同乡会上，石评梅被一位青年的反帝反封建演讲所震撼。那位青年叫高君宇。他讲民主，讲科学，讲自由，风度翩翩，慷慨陈词。石评梅认真地聆听着，并被深深地感染。没想到这个青年，日后闯进了石评梅的生活。

高君宇，笔名天辛。既是石评梅的同乡，又是她父亲的学生。五四运动时，高君宇是北京大学的学生代表，是邓中夏的战友，李大钊、陈独秀的学生。曾做过孙中山的秘书，在莫斯科聆听过列宁的教诲，1920年参加了李大钊在京建立的共产主义小组，是中国共产党早期著名活动家之一，是中共"一大"代表，"二大"中央委员。被称作"中国青年革命的健将"。

当高君宇得知石评梅是自己老师石铭的女儿时，陡生亲切感。她崇拜他，他也想了解她。两人都给对方留下了深刻的印象，一切都来得这么水到渠成。自此他们书信往来，鱼雁传书，谈革命，说理想。有时，他们会相约来到北平南郊的陶然亭湖畔散步。在交谈中，他们发现彼此有很多相同的理想和抱负，渐生情愫。

1923年的夏天，石评梅完成了北京女高师范的学业。毕业后，她受聘于母校的附属中学担任国文教员和体育教员。这一年的秋天，她收到高君宇的一封来信。信里只有一片灿烂火红的香山枫叶，上面用毛笔写着几行字："满山秋色关不住，一片红叶寄相思。"这封突如其来的求爱信，让石评梅陷入忧虑和矛盾中。她想了很久，在红叶上写下这样一行字："枯萎的花篮不能承受这鲜红的叶儿。"随后将信又寄了回去。

石评梅的忧虑是有缘由的。原来，她的第一个恋人叫吴天放。那还是在石评梅赴北京女高师范读书时，父亲担心爱女孤身一人出门不安全，便托自己的学生、当时已在北京大学读书的吴天放与女儿一同搭乘火车，好有个照应。日后，吴天放对石评梅关怀备至，一直疯狂追求石评梅。而此时石评梅正值情窦初开，又独在异乡，自然难抵吴天放的狂热追求，可在他们相恋的第三个年头，一次突然的造访让石评梅见到了吴天放的妻儿。最终，石评梅选择了离开。这次感情的挫折，让她心灵的创伤一直难以平复，失去了重新追求爱情和婚姻的勇气。

高君宇也是一个结了婚的男人。1914年，18岁的他在父亲的一手包办下，与大他两岁的李寒心结婚。这桩婚事从一开始，高君宇就极力反抗，但却遭到父亲的严词拒绝。抗婚无果后，高君宇只好离家出走，于1916年考入北大。认识石评梅后，高君宇更加坚定了摆脱封建婚姻束缚的信念。当他被石评梅拒绝后，高君宇对她的感情非但没有减弱，反而更加强烈了。他已深深陷入情网，难以自拔。1924年，高君宇特地回家乡与妻子离了婚。这对于乡下的妻子来说，是不公平的。然而，这也正是那一代人共同的痛苦。

由于革命工作长期南北奔波，出生入死，高君宇积劳成疾，1925年3月，因急性盲肠炎发作而病逝于北京协和医院，终年不满30岁。

石评梅直到此时，才痛彻心扉地明白，被她一次次推开，一次次拒绝的人，真的再也不会回来了。她哀痛万分，在追悼大会上，石评梅在挽联上写道："碧海青天无限路，更知何日重逢君。"

高君宇的死，使评梅痛悔交加，反省不已。她责问自己，"从前太认真人生的错误"，同时忏悔自己"受了社会万恶的蒙蔽"。她按照高君宇生前的愿望，将其骸骨安葬于她同君宇生前经常漫步谈心的北京陶然亭公园中央岛，亲手植松柏十余株，并在墓上题了碑记：

我是宝剑，我是火花。

我愿生如闪电之耀亮，

我愿死如彗星之迅忽。

这是高君宇生前自题相片的几句话，石评梅替他刊在了墓碑上。

英年早逝

高君宇走了，带走了石评梅的情感和希望。石评梅常到高君宇墓地祭扫、忏悔。她的案上供着高君宇的遗像，手上戴着他赠送的象牙戒指，桌上堆满了他的遗稿。她一面埋首整理高君宇的著述，结集出版；一面把自己对高君宇的爱、悔恨和自责形诸文字，写下了大量痛思高君宇的诗文。她的系列散文《象牙戒指》《梦回寂寂残灯后》和《墓畔哀歌》都是写她与高君宇情感之旅的血泪诗行。

石评梅并没有沉沦下去，在悲痛之余，她严肃认真思考社会和人生，逐渐理解高君宇所从事的事业，精神开始振作起来。"自你死后，我便认识了自己，更深地了解自己。"1926年，她在一篇日记里写道："我还是希望比较有作为一点，不仅是文艺家。"同年，她向朋友说，"像我这样的人还有什么呢？我干教员再这样下去，简直不成了！我虽然不能继续天辛（高君宇）的工作去做，但我也应努力干一番事业。"有一次行装都整理好了，只因教育界同仁劝阻，母亲不同意，未能成行。

1928年9月18日，石评梅在北平的寓所突然剧烈头痛，她原以为身体不舒服是常有的事，所以还是照常去附中教书，随后病情日益加重，不久就开始昏迷。23日由山本医院转到协和医院，几天后石评梅终因患脑膜炎，离开了这个爱恨交加的世界。

"生前未能相依共生，愿死后得并葬荒丘"，这是石评梅生前的心愿，朋友们便将她葬在了高君宇的墓旁，让一对青年男女的灵魂永远相伴相随。

"我爱，这一杯苦酒细细斟，邀残月与孤星和泪共饮，不管黄昏，不论夜深，醉卧在你墓碑旁，任霜露侵凌吧！我再不醒。"石评梅带着无穷的思爱与遗恨撒手而去了，却将无比美丽的断肠文字留在了人间。她的生命还不满27岁；她的创作生涯才仅仅六年。诗歌、小说、剧本、评论、散文等体裁，她都曾驾驭过，著作甚丰。在她去世后，其作品由庐隐、陆晶清等友人编辑成《涛语》《偶然草》两个集子。

2012年新世界出版社出版了《石评梅全集》，将石评梅最脍炙人口的散文、诗歌、小说、游记、戏剧、书信等作品精选出来，结集成书。

（载《金陵晚报》2015年7月17日）

朱湘："中国济慈"的悲剧人生

诗人朱湘的死是令人惋惜的。这位被鲁迅誉为"中国济慈"的诗人，是在生活潦倒、爱情无望的境况下，手持一本海涅诗集和自己的诗作，选择一个冬日的凌晨，当轮船即将驶入南京时，纵身跃入江中……

孤傲拒绝

1904年，朱湘出生在湖南沅陵的一个书香门第。不幸的是幼小的朱湘还没有享受温暖的母爱，他的母亲便在他3岁的时候去世了。朱湘10岁那一年，父亲举家迁至安徽，在一个小山村里住下来，便给儿子取名为"朱湘"。可谁知一年之后，父亲朱延熙也离开了人世。从此，朱湘便没有了父母，成了一个孤儿。

为了生存，他跟着大哥大嫂在一起生活，因为彼此年纪相差太大，天性敏感的他与兄嫂的关系并不十分融洽。童年的朱湘总是一个人独自玩耍，一个人闭门看书，一个人做着他喜欢的事情。这该是多么的孤寂，那幼小的心灵时常感到沉沉的压抑，这为他日后养成的冷傲、孤僻的性格埋下了阴影。

生活的寂寞，却让朱湘展露出非同一般的天赋。1917年，年仅13岁的朱湘即考入南京工业学校预科；两年后，他又顺利考入清华中等科四年级，在15岁束发之年就成功跻身于中华一流的学府清华学校（清华大学前身）。

作为一个思想敏锐的青年学生，朱湘早在就读于南京工业学校期间，就受《新青年》的影响，开始接受新文化运动，尤其对新诗青睐有加。步入清华之后，朱湘更是顺应了时代的浩荡洪流，加入了清华文学社，开始了新文学的创作与西洋文学的翻译，在校期间，他的艺术天分已经崭露出来，与饶孟侃、孙大雨和杨世恩并称为"清华四子"，后来他们都成了中国现代诗坛上的重要诗人。

这时，一位女子的出现，搅乱了朱湘平静的读书生活。

原来，在朱湘还没出生之前，父亲朱延熙就给他订了娃娃亲。那是朱父很要好的一个朋友。他们曾相互约定好，如果两家人日后生了孩子，若是女孩，便成为姐妹，若是男孩，便成为兄弟，如果一男一女，就结为夫妻，后来，朱家生了朱湘，父亲的朋友则生了一个女孩。

从懂事起，朱湘便极力想摆脱这场包办婚姻。父亲去世后，他在去清华上学的空当躲过了这次"劫难"。偏偏他哥哥带着朱湘的未婚妻刘彩云（后来朱湘为她改名为刘霓君）来到北京，那是他们的第一次见面。

在旅馆里，朱湘与大哥寒暄着，一旁的刘彩云大胆地望着朱湘，叙说着她在报纸上读到朱湘的诗歌，言语中流露出对朱湘的崇拜和爱意，但是朱湘打断了她的话。因为，她已惹怒了他。

朱湘断然离去，留下刘彩云独自伤心哭泣。回到学校后的朱湘把摆脱这桩包办婚姻的希望，寄托在了赴美留学上，他认为，离家远了，时间长了，刘家便会自行解约。但就在这个时候，清华学堂里贴出了开除朱湘的布告，而此时距离留美仅剩半年的时间。他是因为抵制学校早点名制度，已累计三次记大过处分而被校方开除学籍的。生性孤傲的朱湘坚持认为自己无错可认，宁可被清华开除，也不愿俯首认错。

1923年冬日的寒风中，朱湘离开了清华园，离开了北京，只身来到上海，开始将大部分精力倾注在新诗的创作上，1925年他出版了第一本诗集《夏天》。

萌生爱情

朱湘刚到上海不久，便得知刘彩云也来到了上海。大哥告诉朱湘，刘的父亲不久前去世，兄长独占了家产，她只能一个人跑到上海来找工作，希望自己能养活自己。这个信息激发了朱湘的同情心，他觉得不管婚事成与否，去看望一下刘彩云，也是情理之中的事情。

朱湘穿过几间旧厂房，在一排工棚区，一眼看到刘彩云在这个洗衣房里洗衣。朱湘的心里一下子生发出一种强烈的同情感。

对于朱湘的到来，刘彩云颇感意外，她不知道为什么那个曾经严词拒绝自己的男人，如今会出现在这里。两人漫步走出厂房，却是长久的沉默。最后，刘彩云冷淡地对朱湘说了声："谢谢你来看我。"但朱湘却一个劲地摇头，她只好慢慢转过身去，低着头走回了洗衣房，消失在白腾腾的雾气里。

当朱湘第二次来到那个破旧的洗衣房时，他没见到刘彩云，工友说她病了。他找到了刘彩云的住处，看到躺在床上的刘彩云。

这一刻，一种同情心涌上朱湘的心头，他改变了对刘彩云的态度，向刘彩云表示，愿意接受这份旧式婚姻演变而来的爱情，他安慰着刘彩云，拉着她离开纱厂宿舍，并决定与她结婚。从厌恶到同情，从同情到相爱，朱湘的情感世界发生了彻底地逆转，以至于爱到至深。这一段路他们走了好久，却又似乎在旦夕之间。1925年3月，朱湘同刘彩云在南京三哥家结婚。

新婚燕尔，朱湘为妻子改名霓君，大概是希望与妻子同司马相如、卓文君那样，执子之手，与子偕老吧。

贫困离世

然而，这场戏剧式的婚姻，在若干年之后，因为生活的贫困而遭遇到了巨大的挫折。

两人结婚后，朱湘进入了诗歌创作的高峰期，创作了《答梦》《情感》《雌夜啼》等大量诗歌，1927年又出版了第二本诗集《草莽》，并与闻一多、徐志摩等人一起在《晨报副刊》上创办《诗镌》，成为新月派诗歌的代表人物之一。不久朱湘留学美国，但因为无法忍受外国人对自己的歧视，频频转学，先后在威斯康星州劳伦斯大学、芝加哥大学和俄亥俄州大学学习英国文学等课程。

在这期间，朱湘给妻子刘彩云写了一百多封情意绵绵的书信，浓烈炽热的文字里，充满着对妻子的爱意，寄托着自己在异国的相思之苦。后来便有了与沈从文《从文家书》、鲁迅《两地书》、徐志摩《爱眉札记》并称为四大情书集的《海外寄霓君》。

后来因为经济拮据，他未能完成学业，在1929年8月即提前回国。回国后担任安徽大学英国文学系主任，这个工作，让朱湘每月可以拿到300元的工薪，这在当时，足以过上中产生活了。朱湘也无需再为不能每月按时给妻子足够的家用而苦恼，同时，朱湘也以25岁的年纪成为中国最年轻的教授之一。

在安徽大学，朱湘备课很详细，每次讲课也很认真，很受同学们的欢迎，外加当时的安大集合了一大批才华横溢的青年学者，如郁达夫、苏雪林、周建人等。所以，总体上，朱湘最初的"职业生涯"是愉快的。

可是，好景不长，因为学校经费的问题，朱湘被迫辞职。这时候，朱湘与刘彩云生下了第三个孩子。由于失业，一家人的生活陷入了困境。儿子未满周岁，就因为没有奶吃哭了七个昼夜，活活地饿死。

因为儿子的夭折，刘彩云开始怨恨丈夫的无能，原本甜蜜温馨的夫妻感情开始逐渐恶化。之后朱湘辗转漂泊于北平、上海、长沙等地，由于性情孤傲，得罪了不少人，谋职四处碰壁，只能依靠写诗卖文为生，可最后，连诗稿的发表都越来越困难。到了1933年的冬天，朱湘穷困到只剩一堆书籍和自己亲手写下的诗稿，他似乎看到了自己生命的尽头，他感到无助和绝望。

刘彩云见朱湘整日守着诗稿无事可做，便托朋友帮他找了一份工厂里的临时工作，但遭到了朱湘的拒绝。只会写诗作文的朱湘，因为把诗歌看得与生命一样重要，因而与曾经患难与共的妻子之间，矛盾越来越深。离开人世的前一晚，他用口袋中仅有的一些钱，拿出一部分买了去南京的一张船票，剩下的买了一包妻子平日里最爱吃的饴糖。

次日清晨，朱湘带着一本自己的诗集，一本德国诗人海涅的诗集，一瓶妻子打工所得买来的烧酒，登上了开往南京的客轮，登上了生命的最后一程。

江上的雾气已经消散，但寒风依旧，面对滚滚东逝的长江，这一天是1933年12月5日。当轮船经过采石矶快到南京时，被誉为"中国济慈"的杰出诗人朱湘，纵身跃过船舷，淹没在冰冷刺骨的江水之中，这一年，他29岁。

曾经，朱湘感叹过人生有三件最重要的事："朋友、性、文章。"性格的孤僻，为人处世的孤傲，让朱湘没有了朋友，没有了爱情，独独留下自己的诗文。

朱湘逝世后，妻子刘彩云将儿女先后送人，不久自己削发为尼，遁入空门，从此再无音讯。

朱湘一生孤傲，拒绝了指腹为婚，又爱上了那个温暖的女人。刘彩云给了朱湘家庭，朱湘却没有给刘彩云安稳。一段曲折的爱情，最后画上了悲伤的句号。

戴望舒："雨巷诗人"的多舛恋情

撑着油布伞，独自

彷徨在悠长、悠长

又寂寥的雨巷

我希望逢着

一个丁香一样的

结着愁怨的姑娘……

戴望舒这首著名的《雨巷》，成为现代白话诗的经典，他也由此获得"雨巷诗人"的美誉。可写出如此优美爱情诗的戴望舒，一生中却三次陷入爱河，每一次都以极大的热情投入，却每一次都遭遇背叛。他的初恋是施蛰存的妹妹施绛年，而他的第一任妻子是小说家穆时英的妹妹穆丽娟，第二任妻子是杨静。但他最终都与这三个女性分手了。

诗人的初恋

戴望舒原名戴朝安，1905年出生于杭州大塔儿巷，祖籍江苏南京。"望舒"一词出自屈原的《离骚》："前望舒使先驱兮，后飞廉使奔属。"意思是说屈原上天入地漫游求索，坐着龙马拉的车子，前面由月神望舒开路，后面由风神飞廉作跟班。望舒就是神话传说中替月亮驾车的天神，美丽温柔，纯洁优雅。

少年时期的戴望舒不幸感染天花，毁坏了他俊逸的面容，脸上落下坑洼不平的瘢痕。因为这他经常被人讥讽和嘲笑，但他总是默默地忍受着。那时候，他就立志于写作事业，悄悄地努力，想证明自己比那些讥讽和嘲笑他的人都强。1922年，17岁的戴望舒连同张天翼、杜衡与已读大学的施蛰存创立兰社，并开始了文学创作。第二年秋，戴望舒考上了民国元老于右任、邵力子等人创办的上海大学，后转入震旦大学（复旦大学前身）。在这里他与施蛰存等人共同编辑《现代》杂志，开始了诗歌创作。起初戴望舒写的诗并不被人看好，后来是施蛰存在《现代》杂志上力推戴望舒的诗，并高度评价他的诗是现代诗，故而一度让诗坛出现了与当时流行的"新月派"完全相反的诗歌。

有了这样的关系，戴望舒常被邀至施蛰存家小住。在那里，他见到施蛰存的妹妹施绛年，被这个美丽的少女吸引，并深深地爱上了她，爱情的幼苗在诗人心里萌生。时年18岁的施绛年比他小5岁，开朗、活泼、可爱，与戴望舒忧郁的性格形成强烈的对比。戴望舒虽与施绛年日日相见，但他对爱情羞于启齿，他的第一本诗集《我底记忆》出版时，他在诗的扉页给施绛年题字，大胆向她表白。但施绛年丝毫没有被打动。出于对兄长好友的敬重，施绛年不好断然拒绝戴望舒，希望他知难而退。可是她愈是这样不果断拒绝他，愈是让戴望舒觉得有一线希望，这就更加深了他内心的痛苦。对施绛年一往情深的戴望舒遭到冷遇后，最终以跳楼相挟，施绛年勉强答应。戴望舒兴奋之际，赶紧让父母从杭州赶到上海，向施的父母提亲。施绛年父母起初是不同意这桩婚姻的，现在迫于这种情状，并在施蛰存的努力下，也勉强同意了。

1931年春夏之际，戴望舒与施绛年举行订婚仪式，声势很大。但施绛年提出了条件：希望戴望舒出国留学，在取得学业回来有稳定的收入后，方可完婚。这时，戴望舒又一次陷入感情的低谷。因为他太爱施绛年，面对施绛年提出的条件，他只有义无反顾。

1932年10月8日，戴望舒在经济非常困难的情况下，为了兑现爱情的誓约，他乘坐达特安号邮船离沪赴法留学。

在法国的3年中，戴望舒过着极其贫困的生活，由于自费留学的资金不够，他只得靠译稿来挣钱。1933年8月，戴望舒终于耐不住贫困，写信告诉父亲准备回国。

可惜的是，施降年始终没有爱上戴望舒，因为她早就心有所属，只是迫于外界的压力和戴望舒的要挟而勉强答应，至于要戴望舒出国更是一个缓兵之策。当1935年5月戴望舒回到上海，一个他不相信的传闻终于得到证实，施绛年确实已恋上她原本就喜欢的那个茶叶店的小老板，戴望舒既痛苦又气恼，愤怒之下当众打了施绛年一记耳光，登报解除婚约，结束了长达8年的苦恋。

共结并蒂莲

和施绛年解除婚约后，戴望舒的另一位文友、人称"新感觉派圣手"的小说家穆时英热心地向他介绍自己的妹妹穆丽娟。他说："施绛年算什么，我妹妹比她漂亮十倍！"穆丽娟当时年方16岁，比戴望舒小12岁。美貌大方、文静娴雅的她热烈地爱上了戴望舒，半年后订婚，次年5月结婚。戴望舒这次婚姻称得上是"闪婚"，他们好像没谈恋爱就进入了婚姻。

如同所有的新婚燕尔一样，在最初一段时日内，这对新人沐浴在爱的暖流里。1936年10月，戴望舒在一首题名《眼》的诗中，自喻为"彗星"，是"透明而畏寒的 / 火的影子"，诗的后半篇写出情感高峰，"我是从天上奔流到海 / 从海奔流到天上的江河 / 我是你的每一条动脉 / 每一条静脉 / 每一个微血管中的血液 / 我是你的睫毛 / 是的，你的睫毛，你的睫毛 / 而我是你 / 因而我是我"。诗人激情地倾诉出新婚后他和爱人彼此融入的快乐和如痴如醉的幸福感。

但不久，两人在年龄和性格等方面的差异逐渐暴露出来，特别是1938年5月，戴望舒全家由上海乘船到香港后，两人的感情逐渐有了分歧，他们常常因一点小事而大动干戈。

穆丽娟忆起当年生活时说："他对我没有什么感情，他的感情给施绛年了。"

尽管他们已经有了孩子，但他们的婚姻很快便走到了尽头。1940年冬，穆丽娟回到上海决定离婚，戴望舒得知消息后，便给穆丽娟发出"绝命书"："从我们有理由必须结婚的那一天起，我就预见这个婚姻会给我们带来没完的烦恼。但是我一直在想，或许你将来会爱我的。现在幻想毁灭了，我选择了死，离婚的要求我拒绝，因为朵朵（大女儿戴咏素）已经5岁了，我们不能让孩子苦恼，因此我用死来解决我们间的问题，它和离婚一样，使你得到解放。"

尽管这封"绝命书"写得如此伤感，还是未能动摇穆丽娟离婚的决心。戴望舒只好在离婚协议上签字，根据协议，戴咏素归戴望舒抚养。

第二次婚姻

戴望舒生命中的第三个女人叫杨静。1942年，戴望舒与同在大同图书印务局的抄写员杨静相识，重新燃起了诗人的生活信心，并很快进入热恋。尽管杨静的父母竭力反对，但杨静是个充满个性的女孩，她冲破种种阻力，毅然与大她21岁的戴望舒于1942年底结婚，并把戴的大女儿戴咏素（朵朵）也接过来一起住。

婚后一段时间安定而幸福，家中有车，杨静开车，"很开心"。戴望舒忙于编刊物、写文章，写诗较少。《赠内》一首，可看出诗人新婚后的心境："空白的诗帖／幸福的年岁／因为我苦涩的诗节／只为灾难树里程碑／／即使清丽的词华／也会消失它的光鲜／恰如你鬓边憔悴的花／映着明媚的朱颜／／不如寂寂地过一世／受着你光彩的熏沐／一旦为后人说起时／但叫人说往昔某人最幸福。"这首略带苦涩的诗，传达出诗人亲切温馨的爱和不想遮掩的幸福之感。诗人后来和杨静又生了两个女儿（咏絮、咏树）。1946年，戴望舒携妻女回到上海，在上海师专教书，继续从事翻译和写作活动。后因支持学生爱国民主运动被国民党当局通缉，不得已于1948年5月返港。

杨静从小长在香港，娇小美丽，活泼好动，结婚时才16岁。由于彼此性格和年龄的差异，加之婚前缺乏深入了解，婚后不久便出现了感情上的裂痕，常常因生活上的琐事吵架。1948年末，杨静爱上了一位姓蔡的青年，并向戴望舒提出离婚。戴望舒做了种种努力都未能奏效，两人各带一个女儿，戴咏树归杨静，戴咏絮归戴望舒。

戴望舒是一个诗人，他有自己理想的事业、生活和爱情，他一生都在为自己的美好理想而执着地奋斗。他是一个懂得爱的人，他的爱是执着的、厚重的，虽然于他自己是痛苦的、绝望的。他的苦恋，是一种执着的、崇高的追求，透出诗人纯真的情操和对美好生活的信念。所以他的苦吟虽历经悠长的岁月，至今还能激荡起我们现代人的心弦！

1949年初，人民解放军胜利的消息频传。曾经蒙受"附日"冤枉的戴望舒决定回到北方。这时，卞之琳从英国回国，路过香港，戴望舒决定与他结伴而行。他对挽留的朋友说："我不想再在香港待下去了，一定要到北方去。就是死也要死得光荣一点。"

新中国成立后，戴望舒在胡乔木主持的国家新闻出版总署工作，还给杨静去过信，邀她来北京，说她在香港只是一个装饰品，来北京发展会有大的前途。杨静没有接受诗人的好意。

对于新闻出版总署这项工作，戴望舒十分欣慰，曾向新闻出版总署的负责人胡乔木表示，"决心改变过去的生活和创作方向"。而这时，他的哮喘病已严重到上楼都要停下来休息一会儿的地步。为了更好地工作，他听从医生建议动了手术，但病情并未好转，由于惦记《论人民民主专政》的法文翻译，他提前出院，并给自己打麻黄素针，在家治疗。1950年2月28日上午，他照例给自己打麻黄素针，为了能早点治好，他加大剂量，注射后不久，心脏跳动剧烈，扑在床上就昏迷过去，等送到医院，已经停止了呼吸。

戴望舒去世后，杨静从香港赶到北京参加追悼会，向诗人作最后的告别。

命运多舛的戴望舒一直在曲折中行走，当曙光照耀他时，他又过早离开人世。卞之琳在一篇悼念文章中说："望舒的忽然逝世，最令我觉得悼惜的是：他在旧社会未能把他的才能好好施展。现在正要为新社会大大施展他的才能，却忽然来不及了。"

（载《钟山风雨》2015年第6期）

（《金陵晚报》2016年1月8日转载）

（《各界》2016年第7期转载）

（《各界》2019年第6期转载）

赵树理：作品中有他生活的影子

赵树理在中国现代文学史上是一位占有重要地位的作家，他创作了许多反映农村社会生活、深受群众喜爱的小说，如《小二黑结婚》《李有才板话》《李家庄的变迁》《三里湾》《登记》等，最为人熟知的是《小二黑结婚》。其实，这里面有作家自己生活的影子。

对第一任妻子先冷后热

赵树理，原名赵树礼，1906年出生在山西沁水县的一个贫苦农民家庭。

这里远离省会太原，地处偏僻闭塞的山沟，思想落后，封建积习很深。赵树理是家中唯一的男孩，自然受到长辈们的分外关爱。和别人家的长辈一样，祖父和父亲对他也抱着强烈的望子成龙的愿望。从6岁起，祖父就教他认字、写字，念《三字经》《百家姓》和一些满含封建或宗教道德的格言。青少年时代的赵树理，在很长一段时期内，都被封建礼教的正统思想牢牢地占据着头脑。

尽管赵树理思想很传统，但他从小就参加生产劳动。劳动之余，他很喜爱民歌、民谣、鼓词、评书和地方戏曲，这些经历，使他通晓农业生产和北方农村的生活习俗，熟悉农民的文化和艺术爱好，为自己以后创作大众文学，提供了有利条件。

转眼赵树理15岁了，那年由父母做主，同邻村张家山一位姓马的女子结了婚。马家姑娘比赵树理年长一岁，高大结实。相比之下，刚刚步入青年的赵树理又矮又弱，颇有"小女婿"之感。

婚后，赵树理头脑中"夫为妻纲"的那一套封建意识渐渐显露出来，为了维持纲纪礼仪，他时常摆起男子汉大丈夫的架子要妻子服从这服从那，有时还到母亲那里告状，以婆婆压媳妇。当时赵树理还只是一名高小学生，年龄不大，阅历也有限，对妻子的一些苦衷不以为意。有时他从学校回到家里，妻子对他倾诉日常生活之苦，想从他那儿得到精神安慰，他总是觉得这些小事无关圣贤之道，因而置之不理，有时还对妻子加以斥责，使妻子颇感委屈。

年龄是人生的阅历。几年下来，赵树理逐渐接受了一些民主和科学的新思想，感觉以往对妻子那样的态度很不应该。不知不觉中，夫妻关系变得亲密起来。小学毕业后，赵树理先后在外地上学、教书，妻子在家操持家务，备受辛劳。遗憾的是，1929年春妻子不幸病故，年仅24岁。她生有一子，取名大湖，学名赵广元。赵树理晚年回忆起与妻子的8年情分，时有内疚之感。

与第二任妻子琴瑟和谐

1932年，赵树理第二次结婚，妻子名叫关连中。

关连中，1914年出生于一个贫苦的农民家庭。她兄妹7人，先后有5人被活活饿死。出生在这样一个朝不保夕的饥寒人家，可以说是在苦水中泡大的。一直长到十七八岁，她连名字都没有。她个子又瘦又小，关家人称她为"小女"。"关连中"这个名字，是在新婚之夜，赵树理为她起的。

此时的赵树理，先是在外地教书。抗日战争期间，赵树理主要从事党的宣传教育工作，编辑过《中国人》《黄河日报》等报纸的副刊，四处辗转。

在赵树理投身革命的几年中，一家人的生活重担全都落在关连中身上。她贤良淑德，任劳任怨。虽然赵树理一走就杳无音信，左邻右舍更是众说纷纭，但是关连中却始终如一，她坚信洞房里两人曾经立下的"白头约"。

1943年冬，赵树理的父亲赵和清老人被日本兵抓住，惨遭杀害。关连中满怀悲愤，代丈夫安葬了公爹，在天灾人祸的打击下继续顽强艰难地支撑着这个风雨飘摇的穷苦家庭。后来的日子里，赵树理曾多次感激地说过："在我这个家里老关有功，她是家长，我只不过是家庭成员之一。"

那一年，赵树理的短篇小说《小二黑结婚》和中篇小说《李有才板话》相继发表，在解放区引起极大反响，赵树理一举成名。不仅小说销售量大，还有很多剧团将《小二黑结婚》搬上舞台。

《小二黑结婚》使赵树理成了陕甘宁边区的新闻人物。曾到边区访问的美国记者杰克·贝尔登这样说："在解放区，除了毛泽东和朱德，赵树理就是最有名的人物。"名声虽然响了，可赵树理依旧是"一顶破毡帽""一件破棉袄"，活脱脱一个农村老农，这让许多见到他的人都不敢相信"自己眼前这个人就是大名鼎鼎的作家赵树理"。

赵树理的小说多以华北农村为背景，反映农村社会的变迁和存在其间的矛盾斗争，塑造了农村各式人物的形象，且乡土气息浓厚，有一种新鲜活泼、为老百姓喜闻乐见的大众化风格，开创了一个俗称"山药蛋派"的文学流派，后来这个流派成为新中国文学史上最重要、最有影响的文学流派之一。

夫妻风雨同舟情真意笃

新中国成立后，赵树理先后在《工人日报》《说说唱唱》《曲艺》《人民文学》等报刊工作，但他还是继续深入农村生活，笔耕不辍，用他的作品驰骋于中国文坛。他创作的短篇小说《锻炼锻炼》、长篇评书《灵泉洞》（上集），以及《实干家潘永福》、长篇小说《三里湾》等，都令人爱不释手。

当赵树理收到《三里湾》一书上万元的稿费，再加上国外出版机构给他汇来的外汇时，他心里有些不安："我挣着国家的工资，专门写作还得稿费，这双重待遇太过分了！"最终他决定不再拿国家的工资。他成了新中国第一个不领取国家工资的作家，也成了新中国不领取国家工资的第一人。

周扬是发现赵树理的伯乐。1946年6月，周扬到晋察冀解放区担任宣传部部长。他在张家口编印了赵树理的《李有才板话》准备带往上海，这使他有机会审阅赵树理的全部作品。这位有眼光、有胆识，擅于把握文艺界气候、态势的理论家，随即撰写了《论赵树理的创作》一文，高度评价赵树理的创作。

周扬对赵树理的评价，不仅是他个人的看法，也代表着文艺界领导对赵树理创作风格的肯定。之后，赵树理的创作还得到了郭沫若、茅盾等的高度赞赏。1961年之后，周扬在一次大连农村题材短篇小说创作会上，又一次给1959年曾被批判为"右倾"的赵树理以高度评价，说："中国作家中真正熟悉农民、熟悉农村的，没有一个能超过赵树理。"赞誉赵树理是描写农民的"铁笔、圣手"。

面对优越富足的生活和赞誉声，赵树理还是不改农民的本色，他住不惯北京那样的大城市，每年有三分之二以上的时间还是在乡下，与农民们同吃、同住、同劳动，与妻子、儿女们总是离多聚少。1964年他又回自己的故乡山西晋城工作。

可好景不长，"文革"开始后，赵树理被打成"黑作家""写中间人物的祖师爷"，他的作品被诬陷为"反党反社会主义的大毒草"，他本人也遭到肉体上的残酷迫害，坐牢。关连中为丈夫吃了不少苦头，但她毫无怨言。当造反派对她进行人身攻击，骂她是"黑帮的老婆"时，她毫不示弱地回答："做黑帮的老婆是我的本分！"

1970年9月22日下午，狱中的赵树理突然浑身颤抖，双手乱抓，口吐白沫，嗓子里"呼噜"作响。经专案组批准，他才被送往医院，不幸还是于次日凌晨逝世，这天离他64岁生日仅差一天。

赵树理告别了他热爱的人生和文学事业，直到1978年，赵树理的冤案被平反。关连中与赵树理共同生活了38年，他们在风雨之中相互扶持，情真意笃。关连中不仅是赵树理家庭里的贤妻良母，也是作家当之无愧的知音。她每每想起自己的丈夫，唏嘘不已，总是深情地说："老赵是个倔强的人，也是个性情开朗的人，他受尽了摧残折磨，死得太惨了！"她经常教育子女们说："你父亲一生正直做人，对党对人民问心无愧，做人就要做你父亲那样的人！"

2005年，人民文学出版社出版《赵树理文集》，以纪念这位杰出的作家。

（载《金陵晚报》2017年7月12日）

邵洵美：新月派诗人、出版家的情感漩涡

邵洵美，在20世纪三四十年代的中国文坛上，可谓是大名鼎鼎的"唯美"派诗人、新月派的主将。他又是我国早期著名的出版家，如果没有邵洵美，中国近现代的出版史将被改写。从1928年到1950年，他几乎将全部的精力投入出版事业中，将"巨万家产"毫不吝啬地投入进去。

恋上表姐盛佩玉

邵洵美，原名云龙。1906年出生于上海著名的"斜桥邵家"，爷爷邵友濂为清朝一品大员，是大清国最后一任台湾巡抚，母亲是盛宣怀的四女儿盛樨蕙。

1916年，邵洵美的外祖父盛宣怀去世，盛家为老爷子举办了隆重的丧事，前前后后持续了三年之久，而其中的一个环节就是在苏州停灵。盛、邵两家都是大家族，子女很多，在此期间，平日不常见面的堂表兄弟姐妹之间有了相处交谈的机会，在梦一样的花季年纪里，少男少女的懵懂情愫，总是不安分的。此时的邵洵美，人如其名，温雅俊秀，许多人说他鼻梁笔挺，是个有着希腊风韵的"美男子"。邵洵美的情窦在这时也萌发了，有一个女子让邵洵美的目光久久停留，那女子就是邵洵美的表姐盛佩玉。

安葬好盛宣怀之后，亲戚们都到杭州游玩。邵洵美自从见到比自己大一岁的盛佩玉之后，就陷入了单相思。他在旅馆的走廊上偷偷为盛佩玉拍了张照片，接着又写了首《偶然想到的遗忘了的事情》的情诗，表露了对盛佩玉的恋情。不久，他又将自己的名字"云龙"改为"洵美"，意取《诗经·郑风·有女同车》中的"佩玉锵锵，洵美且都"。这一举动更表明他对盛佩玉的一见钟情。就这样，

十多岁的邵洵美暗恋上了盛佩玉。

1923年邵洵美赴英国留学，进入剑桥大学学习英国文学，临行前恳请母亲向盛家求婚。盛佩玉的母亲征得女儿同意后，便确定了这桩婚事。

不久，邵洵美便与盛佩玉订婚，订婚后的邵洵美常给未婚妻写很多很多的情诗，其中有一首《白绒线马甲》便是在接到盛佩玉给他织的白色毛线背心后创作的，这首诗在《申报》上发表，作为对盛佩玉定情物的回报。那些真挚浓烈的情诗，盛佩玉一直珍藏着。

1927年邵洵美回国与盛佩玉结婚。婚礼在卡尔登饭店举行，证婚人是震旦大学的创始人马相伯。空前隆重的盛况，热闹非凡的场景，十足的喜庆，就连他们的结婚照也登上了当年的《上海画报》的封面，标题为"留英文学家邵洵美与盛四公子侄女佩玉女士新婚俪影"，新婚燕尔，浓情蜜意，一时间成了上海滩大街小巷的时髦话题。

在外人的眼里，邵洵美、盛佩玉的婚后生活必定甜甜蜜蜜，但曾经那样风光的婚礼男主角，还是将自己的心移向了别处，催生了一场异国之恋的美丽传奇。

短暂的移情别恋

邵洵美移情别恋的是一位美国女作家，她同邵洵美一样，也有着一个好听的名字：艾米莉·哈恩。

1928年，艾米莉毕业于威士康辛大学，之后便在纽约亨特女子学院任教，同时也开始了自己的写作生涯。

1935年，艾米莉作为《纽约人》的特约撰稿人来到中国，想进行《宋氏三姐妹》一书的写作。她在上海第一次见到邵洵美，就为他生有一张希腊脸型的面庞而惊异，更为他的多才多艺和流利的英语而倾倒。他们相遇后一见钟情，无需太多言语，惊鸿一瞥间，彼此已心心相印。邵洵美根据上海话发音给她取了一个十分动听的中文名字：项美丽。这个"美丽"的名字将成为这位女士未来五年的专用名，并且伴随她的一生。

几天后，邵洵美和项美丽同游南京，据香港女学者王璞在《项美丽在上海》中的披露，坠入爱河的这对异国情侣，南京之行是两人关系的里程碑，他们正式确立了恋人关系。项美丽经常出入邵家，而她与邵洵美的妻子盛佩玉也成了朋友，与邵家人也和睦相处。盛佩玉重礼教、大度，非但没有打翻醋坛子，而且跟这位洋女子感情很好。

邵洵美也经常在项美丽面前提到自己的妻子盛佩玉，而项美丽从一开始就知道，邵洵美根本不可能与盛佩玉离婚。可爱情里的先来后到不是能控制的，明知那个俊美的中国男子不能给自己一个名分，项美丽还是一再任性地爱上他，甚至在爱情的泥潭里越陷越深。好在这个美国女子自有她的生存之道，她不再要求那么多，只是默默地收起了自己的幻想，只和邵洵美一起做那些让他们快乐的事情，而那些"快乐的事"就是一起办刊物。即便是在抗战时期，邵洵美还是与项美丽协力创办了《自由谭》与《直言评论》。

虽然项美丽介入了邵洵美与盛佩玉的婚姻生活，但对盛佩玉是充满感激的。盛佩玉不但默认了项美丽与邵洵美的关系，甚至还同意他们结婚。项美丽和邵洵美去搞了一份结婚证明，算是夫妻了，作为妻子的盛佩玉还特意送给项美丽一对玉手镯。

邵洵美与项美丽虽然有了一纸婚约，但是诚如项美丽说的，那一纸婚约不过是权宜之计，大家都不曾当真，邵洵美心上的人依然是盛佩玉。

1939年11月，项美丽完成《宋氏三姐妹》书稿后去了香港，之后她没有再回上海。《宋氏三姐妹》于1941年在美国出版后，当即成了畅销书，享誉海内外。项美丽也因此一举成名，这本书的成功也成了邵项之恋最好的纪念，也让两人惊世情缘画上了句号。

项美丽1997年逝世于她心爱的纽约，终年92岁。

倾力于出版事业

此后，邵洵美一直倾心倾力于他的出版事业，写诗、撰文、开书店、印杂志、办印刷厂，先后出版《狮吼》《金屋》《新月》《诗刊》《时代》《人言周刊》《万象》等十几种刊物，1938年又积极出版抗日杂志《自由谭》等，前后几十年，万贯家财基本是为建立一个理想的出版事业而耗尽的。盛佩玉为了支付丈夫经常入不敷出的出版经费，将自己的巨额陪嫁一次次变卖与典当，却毫无怨言："每次听到他提出的要求，只要是光明正大、合情合理的事要花钱，我总会全盘接受。"

1949年后，邵洵美的精力基本花在翻译上，先后译出《解放了的普罗米修斯》《家庭与世界》《玛丽·巴顿》和《汤姆·莎耶侦探案》等文学作品，其翻译成绩主要体现在对英国浪漫主义诗剧移译方面。他译的拜伦、雪莱、泰戈尔等人的诗作，"译笔华美而熨帖，才气纵横"。

1958年由于书局关门、开办化工厂蚀本、投资永丰行亏本，再加上浩繁的家庭开支等，邵洵美的经济状况已不容乐观，家里值钱的东西也都卖得差不多了。好在邵洵美素来胸襟开阔，对此并不以为意，仍靠翻译这一自食其力的方式维持生计。

恰巧在这一年，邵洵美在香港的弟弟病重抢救，急需用钱，邵洵美一时凑不到钱，突然想到美国的朋友项美丽曾借过他1000美金，因此写信，请项美丽将钱转送给自己的弟弟。没想到，信被有关部门截获，在当时中美对立的情况下，邵洵美此举招来了大祸。很快邵洵美被有关部门逮捕，罪名是"敌特嫌疑"，被关在上海市公安局第一看守所。他的案子一直没有审理，没有判刑，也不准亲人探望。

1962年，中央对知识分子的政策做了调整，对1958年以来在各项政治运动中受到错误处理或不公正对待的知识分子做了不少甄别工作。中央文化部及宣传部有关领导亲自过问邵洵美的近况，当得知邵洵美仍在狱中时，便说："如果没有什么问题，也不必了。"于是在遭受了三年多的监狱生活后，邵洵美出狱，终与妻子儿女相聚。旧友们也常来探望，给病重体弱的邵洵美带来了一些慰藉。

只是好景不长。1966年5月，邵洵美在孤独贫病中离世。

邵洵美一生除了读书、买书、写书、译书、出版书，别无他求，甚至为此赔光了家产。在新诗《你以为我是什么人》里，邵洵美曾这样写道："你以为我是什么人/ 是个浪子 / 是个财迷 / 是个书生 / 是个想做官的 / 或是不怕死的英雄/ 你错了，你全错了 / 我是个天生的诗人。"他的一生正如他自己说的："不爱虚荣爱天真，不爱金钱爱人格，不爱权利爱学问。"

（载《金陵晚报》2017年3月29日）

萧乾与文洁若：文学家的浪漫爱情

　　萧乾和文洁若是一对忘年夫妻，他们从1954年结合，一路风雨同舟，历经劫难，却一直相濡以沫，携手并肩。尤其是1990年，80岁高龄的萧乾和夫人还联手翻译了英国著名意识流小说家詹姆斯·乔伊斯的《尤利西斯》，在文坛传为佳话。

"像只恋家的鸽子回到出生地"

　　萧乾，原名萧秉乾，1910年出生于北平一个蒙古族家庭，因生活贫困，母亲给人家做佣工，一个月才能回家一次。13岁时母亲在贫病中去世了，他成了一个孤儿。在亲友的资助下，萧乾一边读书，一边在学校开办的工厂里劳动。他当过学徒，在羊奶厂做过杂活，这样断断续续地一直念到中学毕业。1929年萧乾进燕京国文专修班学习，一年后考入辅仁大学；1933年转入燕京大学新闻系，选修《特写——旅行通讯》课程；1935年进入《大公报》当记者，在英国讲学和读研究生期间曾兼任《大公报》驻英记者，曾采访报道过第一届联合国大会、波茨坦会议、纽伦堡审判纳粹战犯等重大事件。在第二次世界大战期间，他是活跃在前线战场上唯一的一位中国记者，1946年回国后先后在上海和香港的《大公报》任职。

　　1949年后，萧乾徘徊在人生的十字路口，香雨熏风阵阵扑来：香港报人的不菲收入；母校英国剑桥又以教席相邀，许以终身职位。但萧乾还是回到了他热爱的祖国，在人民文学出版社从事文学翻译工作。他说："我像只恋家的鸽子，奔回自家的出生地。"但那时，萧乾在文化圈里已没有了当年的那种显赫名望。

　　萧乾的生活之路曲折、艰难，同样曲折的是，他的情感、婚姻和爱情也充满了传奇浪漫的色彩。

在与文洁若结合之前，萧乾已有过三次婚姻。他的第一任妻子是自由恋爱的"小树叶"王树藏。不久，萧乾移情别恋于一位女钢琴家，两难之下无以面对，只好远走海外。7年后回国，妻子和情人都已另嫁生子。无奈之下萧乾娶了一个混血女郎格温。格温刚生完孩子就与接生医生发生外遇，加之对现实中国的失望，很快弃萧乾而去。这时萧乾又匆忙娶了一个女作家，此女发现解放后的萧乾地位远不如她想象得高，也一样背弃了他。

文洁若也是北平人，生于1927年，比萧乾小17岁。在学生时代，她就读过萧乾的小说《梦之谷》，以及萧乾在"二战"期间采访西欧战场的通讯报道。1950年文洁若从清华大学外文系毕业，到人民文学出版社担任助理编辑，正好和萧乾在同一个编辑室工作。

在译文的翻译和校对中，萧乾给予文洁若这个初出茅庐的青年编辑很大的帮助。文洁若经常捧着译本、带着原著去请教萧乾。更让她有好感的是萧乾的平易近人，谦虚诚恳，以及广博的知识，丰富的阅历，都激起了文洁若对他的景仰与爱慕。此后这两个忘年之交更是形影不离了。

"感到有了一个可以依靠的家"

他们的恋爱被人知晓了，好事者开始议论和善意劝告，这让年轻的文洁若产生过犹豫。有人说，萧乾离过三次婚，感情不专一；有人说，你们的年龄相差太大，不合适。对于初涉爱河的文洁若来说，这些劝慰不能不在她的心底激起波澜，但她又从和萧乾的长期接触中，感受到他的诚恳和坦率。萧乾并没有掩饰自己的婚姻状况，他告诉过文洁若，他曾经遗弃过一个女人，也被两个女人遗弃过，而且前妻还给他留下一个6岁的儿子。

一次，萧乾邀请文洁若到北海划船。文洁若来到北海边见到萧乾身边有个小男孩，心想一定是他的儿子了。萧乾向她介绍了自己的儿子之后，问她说："我带他来，你不介意吧？"文洁若毫不在意地说："你喜欢的，我就喜欢。"

1954年4月30日，萧乾和文洁若结婚，他们没有举行婚礼。前一天，萧乾骑着他那辆破旧的自行车，还雇了辆三轮车，将文洁若的行李拉到他们的新房。第二天他们就去民政局领了结婚证，回到家就算结婚了。这是萧乾的第四次婚姻。

结婚后的一天晚上，萧乾和文洁若到剧场观看反映四川铁路建设的话剧《四十年的愿望》。剧中有一句体现话剧主题的台词："我们40年的愿望终于实现了。"萧乾深受感动，握住文洁若的手，也轻轻地说："我的40年的愿望也实现了——我找到家啦！"的确，40年来他颠沛流离，三度结婚，却没有一个稳定的家，而如今他找到了文洁若，终于感到自己此时才算有了一个可以依靠的家。

萧乾在谈到婚姻时说："美满的要素，应包括60%的主观爱慕和40%的客观适应性。因为没有那不可言说的主观爱慕，两颗心就无法亲近；而若缺乏客观的适应性，即便亲近后，爱情仍无法滋长。"想必此言为萧乾的心声。从此这对忘年夫妻携手走过了45年的历程。

"是中国人得承受中国人的命运"

然好景不长，1957年萧乾被戴上"右派""帽子"，下放劳动，各种政治运动的冲击一个接着一个。文洁若也当了20多年的"臭妖婆"。

"文革"中，萧乾不堪凌辱，几度自杀未遂。有一次为了减少对死亡的恐惧，他就着半瓶酒吃下了大量安眠药，还没来得及实施他自杀计划的下一步，就醉倒在地上，幸好被人及时发现，又捡回了一条命。

文洁若曾对萧乾说："早知道如此，何必当初。你要是1949年去了剑桥，这17年，起码也是个著作等身的剑桥教授了，绝不会落到这般田地。"

萧乾听了，批评文洁若："想那些干什么，我是中国人，就应该承受中国人的命运。"

夫妻俩经历了22年磨难，萧乾的心脏和肾脏都出现了严重问题。直到1979年平反，他们才重见天日，温暖的阳光才照射到年近古稀的萧乾身上。

这以后，萧乾勤奋笔耕，写了大量的散文、笔记、随笔、回忆录等作品。在他90岁诞辰前夕，反映他一生创作和翻译成就的10卷本《萧乾文集》出版，这320万字的文集，包括小说、散文、特写、杂文、回忆录、文学评论和书信，让读者得以饱览、欣赏他各个历史时期的大部分作品。

夫妻俩开起了"家庭翻译作坊"

文洁若做了三十年的翻译，翻译了许多外国作品，但她最想翻译的是英国著名意识流小说家詹姆斯·乔伊斯的《尤利西斯》。乔伊斯是西方文学的叛逆者，这本书用意识流的手法写了大量的心理活动，文字生僻、内容艰涩，很难翻译。1990年，80岁高龄的萧乾和夫人文洁若决定啃起这样一本"天书"。

他们给自己定了"纪律"，在家里开办了"家庭翻译作坊"，是标准的夫妻店，规定每天翻译一页原文，翻译不完不睡觉，外带做完那页上的所有注释。注释全是译者自订自拟的，有六千多条。有一章正文是三万字，注释也是三万字。

为此，他们废寝忘食地干，早上五点就起床，醒不来就上闹钟。两人流水作业，文洁若先草译，做到"信"；萧乾接棒做文字润色，宛如二度创作，力求"达"和"雅"。两人一干就是一天，连下楼的工夫都没有，冬天常常是和衣而卧，如此整整四年。此时萧乾已是八十多岁的老翁，而且只有一个肾。

《尤利西斯》译本出版后，文学界、读者，甚至国家领导人对它的反应之强烈，超乎了出版社和译者的想象。中国现代文学馆收藏了萧、文两人的《尤利西斯》全部译稿。仔细翻看这部译稿，可以发现那上面每一句译文，萧乾都重新译过，充满了文采，通俗、流畅、上口，是纯粹的中国话，成了美文。

1999年2月4日，萧乾撒手人寰，留下文洁若继续在翻译园地里辛勤耕耘。她首先与吴小如一起整理出一部45万字的《微笑着离去——忆萧乾》的纪念文集，又继续整理出版了萧乾的《余墨文踪》，之后又选取萧乾父子之间的通信几十封，整理出版了《父子角——萧氏家书》等。文洁若自己还翻译出版了《圣经故事》《冬天里的故事》以及日本诗人池田大作的诗集。2016年4月，在"文洁若与萧乾的岁月文章《文章皆岁月》新书分享会"上，89岁高龄的文洁若精神矍铄，信心满满地说，她也会像萧乾那样"写到拿不动笔的那一天"。

（载《金陵晚报》2016年9月11日）

罗洪与朱雯：自甘寂寞的文坛夫妻

在中国现当代文学史上，夫妻都是作家的不少：鲁迅和许广平、巴金和萧珊、冰心和吴文藻、钱锺书和杨绛、田汉和安娥、吴祖光和新凤霞、贺敬之和柯岩、秦牧和紫风，等等，他们的名字如群星闪耀，为人们熟知。

可有一对夫妻却长久地默默无闻，颇受文坛冷落，很少进入文学史家的视野，而他们也自甘寂寞，他们就是罗洪和朱雯。特别是罗洪，直到2017年2月27日，以107岁的高龄在上海徐汇区中心医院安详离世时，才像出土的"文物"一样，闪烁在文坛的灿烂阳光下。

为文学两人走到一起

罗洪，1910年出生于上海松江，原名姚自珍，受留日学医的父亲影响，特别喜爱读罗曼·罗兰的小说和欣赏画家洪荒的画，缘于此在她发表第一篇处女作时，便取笔名罗洪，并行世一生。

1929年，罗洪从苏州女子师范学校毕业，回到家乡松江，在第一高级小学任教。热爱文学的她喜欢上一本名为《白华》的刊物，她看到杂志上刊有郑伯奇和苏雪林作品时，很感兴趣，写信到编辑部想邮购一本，由此知道了编辑朱雯。使她没想到的是，朱雯竟也是松江人。朱雯1928年就开始文学创作，是著名的翻译家。20世纪三四十年代，曾翻译出版雷马克的《凯旋门》《流亡曲》两部长篇小说。

罗洪将自己写的三篇散文寄给朱雯，请他指点。朱雯对其中一篇《在无聊的时候》评价甚高，就推荐给《真善美》杂志。1930年罗洪的处女作《在无聊的时候》在当年5月号的《真美善》上发表。而她的第一篇小说《不等边》，也发表在同一杂志的10月号上。

因为文学，罗洪与朱雯相识，从此鸿雁传书不断，两人畅谈各自创作的情况，交流对新作品的感受，感情不断升温。

朱雯不仅和罗洪谈论生活与创作的关系，还用自己创作的体会，去印证那些把人物形象塑造得栩栩如生的名著，罗洪深受启发。那时，朱雯爱读沈从文的小说，且经常得到这位来自湘西作家以自己的创作实践指点青年的长信。罗洪每每读了沈从文给朱雯的信，受益匪浅。后来，两人将他们的交流文字，集结出了本书信集《从文学到恋爱》。

朱雯还常和罗洪谈巴金，他与巴金相识是从普通读者开始的。朱雯钦佩巴金的才华，常以读者的名义写信向巴金请教。没想到，巴金很快就回了信。从此两人书信不断，虽素昧平生，却像是熟识的老朋友。朱雯把每次通信的内容告诉正在热恋中的罗洪，与其分享自己的愉悦。两人觉得巴金不仅讲诚信，对社会也有很强的责任心，商量后决定到上海去见他。他们在环龙路（今南昌路，后巴金搬到武康路）见到了正在写长篇小说的巴金，相谈甚欢。不久，巴金到苏州回访了他们。后来，巴金应朱雯、罗洪的邀请来到松江，赏玩佘山，品茗聊天至深夜。那时，松江去佘山只有一条水路，巴金第一次坐乌篷船，在蜿蜒曲折的河道航行，一路听着水流轻微的汩汩声响，三个人都从心里产生一种安恬宁静的感觉。

1932年春，罗洪和朱雯喜结连理。那天高朋满座，巴金、施蛰存、赵景深等纷纷到场祝贺。当时在青岛的沈从文，还写来了一封幽默、风趣，有着沈氏特有风格的贺信，信的最后充满散文一样的祝福："天保佑你们，此后尽是两张笑脸过日子。"

抗战中激发创作热情

婚后不久，朱雯、罗洪二人就迁居到故乡松江，朱雯任教于江苏省立松江高中，罗洪则从事文学写作。1935年，罗洪的第一部短篇小说集《腐鼠集》出版，由此奠定了她在文坛的现实主义创作基调。

没过几年，抗日战争爆发了，全家不得不背井离乡，先后辗转于桐庐、长沙和桂林等地。"忧患增人慧，艰难玉汝成。"郭沫若在长沙时写给这对夫妇的对联，正是他们艰苦生活的写照。

抗战激发了罗洪"奔腾的热情"，这期间她的"创作激情最高，写作欲望最旺，创作成果最多"，在巴金、茅盾、田汉、柯灵等主编的进步报刊上发表了大量作品，其中不少被收入散文集《流浪的一年》《孤岛时代》。1937年，罗洪写出了较有影响的长篇小说《春王正月》，由上海良友图书印刷公司出版。这部长篇小说，可以说是罗洪与丈夫共同心血的结晶。罗洪每写出一个章节，朱雯必加细致地审阅，提出中肯的意见。罗洪亦必诚恳地加以修改，直至彼此皆认可了才算定稿。妇唱夫和，相敬如宾，可见一斑。

为了出版这部小说，朱雯更是费心尽力。当时赵家璧正在良友图书出版公司任编辑，阅读此稿，称赞不绝，认为这部长篇反映的社会现实虽然不能和茅盾的《子夜》论短衡长，但罗洪作为一位青年女作家，能写出封建经济解体、民族资本主义抬头的小城故事，眼光敏捷，见解独到，是多么的不简单啊。

抗战期间，罗洪、朱雯一度远赴桂林。在那里，朱雯编《五月》文艺刊物，罗洪则帮助他处理一些编务工作。他们对投稿者，无论是名家或一般作者，都一视同仁，对爱国青年的文章更是倾注热情，不遗余力。有一次收到一篇来稿，朱、罗二人都认为文章写得不错，给发表了，及至寄稿酬时，却发现作者只写了姓名，忘了写地址，不知如何是好。罗洪认定该稿可能出自学生的手笔，他们竟跑到附近的几所学校去查询，结果还真的找到了那位粗心的小作者。

两人为文学圆满谢幕

新中国成立后，罗洪加入中国作家协会。当时巴金是上海作协副主席，作协下属的《文艺月报》(即《上海文学》前身)创办时,罗洪是小说组组长。她遇到问题即向巴金请教,从编辑思路到稿件审定,巴金毫无架子,都给予罗洪直接的帮助。后罗洪又到《收获》担任编辑,先后出版《儿童节》《腐鼠集》《这时代》《践踏的喜悦》等短篇小说、特写集12本,《春王正月》《孤岛时代》《孤岛岁月》长篇小说3部,以及散文集多部。

"文革"中,罗洪被迫退休。直到1977年来到北京,看到那么多的文艺杂志如百花竞放,罗洪那颗"死"了的心,重又跳动起来,那支似乎已经枯涩了的笔,又滋润流利起来,她相继在《上海文学》《人民日报》等全国各地有影响的报刊上发表作品。她写出了反映上海"孤岛"时期生活的中篇小说《夜深沉》,及反映当代爱情悲剧的《没有写完的生活答卷》。

从1988年始直到1993年,她一直在《新文学史料》上连载《创作杂忆》,为后人研究新文学提供了极其宝贵的资料。作为一个世纪文学沉浮的见证人,罗洪的作品还被收入《中国新文学大系1927—1937年》"小说卷"、《中国新文学大系1938—1947年》"短篇小说卷"、《中国抗日战争时期大后方文学书系》及《20世纪中国女性文学文库》等重要选集中,2006年《罗洪文集》3卷出版。

朱雯是国内著名翻译家,新中国成立后相继翻译出版了阿·托尔斯泰的长篇三部曲《苦难的历程》及《彼得大帝》。他还是全面译介德国作家雷马克的第一人。《西线无战事》《凯旋门》《流亡曲》《生死存亡的年代》《里斯本之夜》《三个战友》,雷马克一生所著的11部小说,朱雯就翻译了6部。"文革"后,他的翻译作品纷纷重印,出版社想再版他翻译的《凯旋门》,但朱雯说不经过认真修改绝不能出版。过去迫于条件限制,他是从英译本转译的,所以对老译本不甚满意,于是决定重读德文版的原作,重译《凯旋门》。

可此时,朱雯的心脏病却越来越严重了,先是心律不齐,后来发展到阵发性房颤。罗洪回忆说,病情稍微稳定一点,他就向我们保证每天只动笔两小时,事实上两小时刚好在"劲头"上,他哪会甘心停笔,一天总要工作三四个小时。稿子未改完,他的病情加重,住进了医院。就这样,余下的通读和修改任务全落在了罗洪身上。40万字的重译稿在罗洪的帮助下终于完成，《凯旋门》首印20万册，受到欢迎。遗憾的是，1994年，朱雯未及看到新书的面世就与世长辞了。

百岁之后的罗洪，还每天坚持写作，2009年，罗洪又创作了反映1957年反右运动的短篇小说《磨砺》，发表在当年6月号的《上海文学》上，文学界称其"老树新花，宝刀不老"。

"我这个人一生淡泊，名利不看重，无所谓。"罗洪如是说。或许正是因为她的内心如此恬淡，其生命才如此绵长。

罗洪"凭着一种对人类社会广博的爱，以及深厚的热诚"，为20世纪中国的新文学留下了自己的无限赤诚。她曾说："天下每一条成功的路，都崎岖不平，每一件成功的事，都无可幸至，各种艺术品的创制，都漫无止境。这需要不断的努力，一种默默的坚毅的努力。"她的这种真诚和努力，将是留给文学史的一笔财富。

往事如烟，中国最年长的女作家罗洪跨越一个多世纪的文学写作和编辑生涯，堪称中国新文学百年兴衰起伏历程的见证。现在她走了，不只有研究中国现代文学的专业学者会记得她，还会有更多的读者会去读她的文字，记得她写的书。

（载《文存阅刊》2018年第6期）

卞之琳：一生缠绵缱绻的苦恋

张家四姐妹，作为中国"最后的大家闺秀"个个兰心蕙质，才华横溢而浸淫书香。大姐元和嫁给上海昆曲名角顾传玠，二姐允和嫁给大学者、语言文字学家周有光，三妹兆和与沈从文结成伉俪，四妹充和与美国汉学家傅汉思喜结秦晋。而四妹张充和的背后，却久久伫立着一位思慕她的人，他只能站在"楼上"，怅然遥望他心中的恋人，一望60多年，直望成一道美丽空明的风景——读卞之琳的诗作，《断章》是无论如何绕不过去的。诗不长，仅4句35个字：

你站在桥上看风景，

看风景的人在楼上看你。

 明月装饰了你的窗子，

你装饰了别人的梦。

尽管诗人卞之琳声称这首短诗只是他信手拈来的，可却是他所有诗作中流传最广、影响最大、议论最多、又最被人们时常引用的一首诗作。

这首《断章》，有人说它倾吐爱情，有人说它表达哲理，有人说它袒露诗人的心迹。其实，这是一首有着现实生活来历的爱情诗。那个站在桥上看风景的女子，依稀是当年诗人魂牵梦萦的美丽倩影，其原型就是卞之琳苦恋了几十年的"张家四姐妹"中的四小姐张充和。

一见钟情

卞之琳，1910年出生于江苏海门汤家镇。与同时期或前一辈的诗人、文学家相比，卞之琳的青少年时代可以说是一帆风顺的。他先是在私塾里打下了良好的古文基础，而后慢慢接触并迷上了新诗。14岁那年，卞之琳随父亲去上海，买了一本冰心的诗集《繁星》及《志摩的诗》。读高二时，他又读了些莎士比亚的戏剧和英国浪漫派诗歌。1929年，卞之琳考入北京大学英语系，在大学里他遇上了自己仰慕已久的徐志摩。徐志摩也很看重卞之琳的才气，遂将其引为自己在诗歌界的一个同志，热心教诲不止，还将一些诗拿给沈从文看，推荐到刊物上发表。就这样，因为有徐志摩的提携，卞之琳登上诗坛的过程十分顺利。等到1933年夏天从北京大学英文系毕业时，卞之琳已是诗界一颗冉冉升起的耀眼新星。

那年初秋，23岁的卞之琳毕业后，接受了保定育德中学的教职。一天，和往常一样，他与巴金、靳以在沈从文家中小聚。当时沈从文刚刚娶了他苦苦追求了几年的张兆和。相谈甚欢时，突然，19岁的张家四小姐张充和从苏州老家来到北平，投靠新婚燕尔的三姐、三姐夫，准备报考北京大学中文系。就是在这偶然的场合，卞之琳蓦然见到了张充和。

张家四姐妹名声早已在外，均才色俱佳，诗词歌赋、琴棋书画，样样精通。张充和与上面三个姐姐比较，个人条件可谓更加得天独厚。还在充和8个月大时，她就被一位虔诚信佛、法名为识修的叔祖母收养在膝下，作为自己的亲孙女着意精心抚养。充和11岁时，叔祖母为了把她打造成为民国一代风华绝尘的淑媛，特地从山东请来了吴昌硕的高足、著名考古学家朱谟钦先生，让其作为张充和的国学老师，指导学习。

张充和16岁时，宠爱她的叔祖母过世，她又重回到苏州，与父亲、继母和弟弟们同住。她在父亲创办的乐益女中读过一年的书，可是，学校的氛围让她觉得并不舒服，原因是她不太喜欢学校中林林总总的纪念日。她在张家四姐妹中是自由、独立而又有一点小小的任性的那个，于是，趁着三姐新婚之际，她跑到北平来了。

执着追求

与张充和的乍然相见，让卞之琳一眼就喜欢上了她。可是，张充和却没有爱上他。一向内向、拘谨的卞之琳从那一天开始就给张充和写信、写诗，表达爱意。可他在诗里却又不敢大胆地直抒胸臆，而是用朦胧而含蓄的诗句："你站在桥上看风景，看风景的人在楼上看你。明月装饰了你的窗子，你装饰了别人的梦。"

卞之琳把自己对张充和的情感，都凝结成了诗，他以少有的轻快、明丽、纤细的笔调给张充和一封接一封地写信、写诗。残酷的是，卞之琳眼里值得珍惜的初次见面，在张充和看来却完全是另外一回事。卞之琳那些在诗坛颇受赞赏的诗歌，她觉得"缺乏深度"，卞之琳的外表，包括眼镜在内，她认为都有些装腔作势，因为卞之琳常常在她面前提到象征派诗人魏尔伦和瓦雷里，留给张充和的印象是"有点爱卖弄"。这实在是天大的误会。卞之琳留给朋友们的是一个"沉默寡言，戴着高度近视眼镜，清瘦又常不加修剪"的形象，无论如何是和"装腔作势""爱卖弄"搭不上边的。

卞之琳与张充和在北平的交往，大约持续了两年的光阴。1935年底，张充和忽然无端地患上了肺结核病。张家的大姐元和亲自到了北平，把张充和接回了气候宜人的苏州老家养病。1936年10月，卞之琳母亲病逝，回到老家奔丧。母亲入土为安后，对张充和甚是牵挂的卞之琳由家乡海门专程去了苏州，探望休养中的张充和。回到苏州后的张充和，此时与朋友间的交往，基本上处于一种隔离状态，忽见卞之琳的到来，心绪大佳，遂兴致勃勃地陪同卞之琳，游览了苏州的所有风景名胜。卞之琳看到张充和的身体恢复得如此迅速，也颇感欣然。由此可以推断，张充和与卞之琳从初次见面到这次重逢，两人应该说是不错的朋友，不然以卞之琳的性格是不会贸然去登门拜访的。

关于这次见面，卞之琳后来在《〈雕虫纪历〉自序》里说道："不料事隔三年多，我们彼此有缘重逢，就发现这竟是彼此无心或有意共同栽培的一粒种子，突然萌发，甚至含苞了。我开始做起了好梦，开始私下深切感受这方面的悲欢。隐隐中我又在希望中预感到无望，预感到这还是不会开花结果，仿佛作雪泥鸿爪，留个纪念，就写了《无题》等这种诗。"

1937年，卞之琳将这《无题》诗五首，加上其余几首诗作编成《装饰集》，手抄一册，题献给张充和。这大概是两人相处得最温馨，也走得最近的时期吧。"东边日出西边雨，道是无晴却有晴"，然而，即便偶尔有情，终究还是无意，最终这颗爱情的种子仍旧没有发芽。

永存心中

1947年卞之琳获得英国文化协会的"旅居研究奖"，受邀前往英国牛津大学访学。临别前到苏州张家小住，与张充和话别，随后于7月初乘船去香港，中旬离港前往英国。卞之琳万万没想到，张充和会在自己旅居英国的一年多时间里把自己嫁掉了。

那时，张充和已经是位"大龄"女青年了，在北大教昆曲和书法，寄寓在三姐兆和家中。这年9月，沈从文介绍她与北大西语系外籍教授傅汉思相识。傅氏是世居德国的犹太人，他精通德、法、英、意文学，在加州大学获得博士学位后，到中国学习中文，从事中国历史、文学的研究和教学，成了名副其实的汉学家。他与张允和很快坠入爱河，于1948年11月喜结秦晋。卞之琳得到信息，受到了极大打击，但他仍然不能忘却他对张充和那段始终不曾说破的恋情。

就是这一年，淮海战役的隆隆炮声，将沉溺于个人情感哀伤中的卞之琳惊醒，他匆匆赶回黎明前的中国，迎接一个崭新的中国诞生。其后，张充和与傅汉思远走高飞去了美国。卞之琳也以巨大的热情，投入新中国的各项文艺筹建工作中。

1953年秋，卞之琳来到江南农村，参与农业合作化的运动。入夜的乡村寂静、清明，流动着几分温馨。卞之琳入宿之处，竟然是张充和从前住过的闺房。旧居依然，玉人已去，卞之琳回想自己当时的心境是："秋夜枯坐原主人留下的空书桌前，偶翻空抽屉，赫然瞥见一束无人过问的字稿，取出一看，原来是沈尹默给张充和圈改的几首词稿。"原词为张充和1938年所作，当年卞之琳曾看过，重读词稿，顿时百感交集，物是人非。他将词稿取走，保存好，即便在十年"文革"中也不曾损毁。

1955年，45岁的卞之琳才和青林结婚。

晚年的卞之琳，一直独自居住于北京干面胡同东罗圈11号，那是中国社科院专门给国宝级学者们准备的一幢四层住宿楼，卞之琳在这里静静地整理着自己的诗作。

卞之琳与张充和自从1947年苏州一别，一直到1980年，才又重新见上一面。1980年，卞之琳作为大陆的著名学者，作为文化的亲善使者前往美国。张充和当时还在耶鲁大学艺术系做兼职讲师，尚未办理退休手续。卞之琳将自己在1953年下乡时找到的沈尹默修改过的张充和词稿完璧归赵，张充和很感激卞之琳如此的心细。当时，张充和的手头只存留有沈尹默的来信，但丢失了全部的词稿。回国后，卞之琳特意写了一篇回忆当年的散文，发表时特意配上了张充和手迹的影印件。

此后，卞之琳再也没有像当初那样不停地给张充和写信写诗了，但这绝不意味着张充和已经从他心中消失。卞只是将对张的那份感情包藏得更深了。那种爱和怀念，还是会在不知不觉中表现出来。比如在人民文学出版社出版的《中国现代作家选集》丛书的《卞之琳》卷上，卷首有一张抗战胜利后卞之琳与张充和同游苏州天平山的照片，这大概也是他对过往那段难忘悲欢日子的一种形式的纪念。

2000年，90岁的卞之琳去世。从1933年对张充和一见钟情开始，到2000年驾鹤西去，卞之琳对张充和的爱可以说是终生不渝。虽然这只是一场"落花有意，流水无情"的单恋，但它却并未"转瞬即逝"。当那心仪的人流水般远去了大洋彼岸，她的身影却永远留在了诗人的心中，并在他漫长的一生中装饰了他的梦。人常说，得不到的爱情是最凄美动人的。卞之琳对张充和一生的苦恋，就属于这种最凄美动人的爱情。

（载台湾《传记文学》2015年第5期）

（《金陵晚报》2015年5月24日转载）

陈梦家与赵萝蕤：他的欢喜，他的诗

陈梦家和赵萝蕤，一个是"新月派"诗人，才华横溢，潇洒英俊；一个是著名的西语文学翻译家、比较文学家。在20世纪的中国文化界，只有钱锺书、杨绛夫妇能和陈梦家、赵萝蕤伉俪相媲美。

两情相悦结良缘

1911年，陈梦家出生在浙江上虞一个基督教家庭，自幼在南京长大。他的父亲陈金镛是中国基督教最早的开拓者之一。

陈梦家高中尚未毕业，就考入南京"国立第四中山大学"（前身是南京高师、东南大学，后改名"中央大学"）学法政科。受闻一多的影响，陈梦家16岁开始写诗。闻一多虽然在此校任教只有一年，时间短暂，但他发现并培养了陈梦家成为"新月派"诗人。

待陈梦家1931年毕业时，已出版了《梦家诗集》，一跃成为"新月派"的中坚力量。这年的12月，陈梦家奔赴淞沪战场前线。在青岛，他记录下了前线的情景："在蕴藻滨的战场上／雪花一行行涧着新鬼的坟墓间／开在雪泥／那儿歇着我们的英雄——静悄悄。"这是他一生中最后作的几首新诗之一。

闻一多不仅教会了陈梦家新诗格律，更让陈梦家重新确立了新的学术志趣。1932年，闻一多北上清华，陈梦家也于同年底到了北平。在闻一多的建议和父亲旧友司徒雷登推荐下，陈梦家入燕京大学宗教学院学习。在这里，他邂逅了燕京大学校花赵萝蕤，两个年轻人有相同的家庭背景，又有共同的志向，相恋着走到了一起。

赵萝蕤自幼生长在苏州，7岁时进景海女子师范学校读书，这是一所教会学校。其父赵紫宸生恐学校不注重中文的培养，亲自在家里为女儿教授《唐诗三百首》和《古文观止》。12岁那年，女作家苏雪林来班上教国文，她重视学生的写作能力，赵萝蕤的作文簿常常被苏雪林画上红色的双行圆圈圈，加以点赞。赵萝蕤从小在家受到中西文化的熏陶，既能诗文，还能弹一手好钢琴。1926年赵紫宸接任燕京大学宗教学院院长，他们全家离开苏州，迁往北平。这一年赵萝蕤14岁，她考上了燕大附中，两年后直升燕大中文系。

两颗热恋的心闪出了火花。1936年1月，陈梦家和赵萝蕤结婚，婚礼在燕京大学校长司徒雷登的办公室举行。"七七事变"后，陈梦家离开北平，由老师闻一多推荐，到西南联大驻长沙的清华大学教授国文。陈梦家由此完成了从诗人到学者的转型。

西南联大虽由清华、北大、南开组成，但仍循清华旧规：夫妻不能在同一学府任教。这样，赵萝蕤便做出牺牲，在家操持家务，但仍勤读不辍。1939年至1944年，赵萝蕤在云南大学和云大附中任教，同时翻译出版了意大利作家西洛内的反法西斯小说《死了的山村》。

1944年，由美国哈佛大学费正清教授和清华大学金岳霖教授介绍，陈梦家到美国芝加哥大学讲授中国古文字学，赵萝蕤同行。1947年，陈梦家先行回国，任教清华。赵萝蕤1948年在芝加哥大学取得文学博士学位后也回国。那时北京已经变成孤城，连飞机都不通航了。不少人正千方百计地逃出围城，而赵萝蕤却想尽办法，终于在查阜西先生的帮助下，搭乘一架没有座位的军用小飞机，降落在天坛公园的一块空地上。她是名副其实地在紧要关头，投向了人民的怀抱。三周后，北平解放，她与丈夫陈梦家团聚。随后，赵萝蕤任燕大西语系教授，后又兼系主任。1952年院系调整时，赵萝蕤调入北大西语系任教授。

从诗人到考古学家

1951年，新中国开始了对"知识分子思想改造运动"，陈梦家自此难以适应后来不断出现的政治风云变化。

大学院系调整时，陈梦家在清华大学受到猛烈"批判"，离开学校被"分配"到社科院考古研究所。

在这里，陈梦家的兴趣有了质的变化，收藏明清家具，成了陈梦家的又一个癖好。后来对家具的热爱一直伴随他直到生命终结。陈梦家用自己撰写《殷墟卜辞综述》的稿费购置了钱粮胡同的一处四合院，那里原先是王世襄舅父的房产。陈梦家经常委托勤快敏捷的王世襄将自己购买的家具送去抛光修理，再加上那几年的耳濡目染，王世襄也逐渐窥得古典家具的堂奥。

在社科院考古研究所，陈梦家依然坚持他的业务挂帅理念，批评当时学术界的行政领导是"外行领导内行"。1957年，陈梦家又一次引祸缠身，他发表了一篇《慎重一点"改革"汉字》的文章，不赞成废除繁体字实行简化字，由此被定为右派，遭到学者的集中批判。批判他的人中，有很多都是大名鼎鼎的学者，如王力、夏鼐、翦伯赞、唐兰等人，都写了长篇批判稿。

被打成右派后，陈梦家一度被"下放"到河南农村劳动改造。面对陈梦家的遭遇，妻子赵萝蕤受到过度刺激，导致精神分裂。精神分裂的苦痛像噩梦一样此后一直缠绕着赵萝蕤。

在20世纪60年代初期的"小阳春"中，陈梦家被调回考古所，他的著作《汉简缀述》也得以出版。正当陈梦家准备大展身手的时候，史无前例的"文革"开始了，这个性格刚烈的学者，终是没能熬过劫难。

陈梦家告诉朋友说："我不能再让别人把我当猴子耍了。"说这话时，他的心已经死了，他只能以死来捍卫生命的尊严，他要像老舍、傅雷等人一样，宁为玉碎，不可瓦全。在8月24日夜里，陈梦家写下了遗书，遂服下大量安眠药片。或许安眠药量不足以致死，经抢救他没有死成。十天后，陈梦家在家中用另一方式自缢身亡，他日记里的最后一句话是："这是我最后的一天。"那天是9月3日，陈梦家生命的年轮停止在55岁。陈散原有诗云"世乱为儒贱尘土，眼高四海命如丝"，用来形容当年的陈梦家和千千万万与他一同受难的中国知识分子，是再合适不过了。

挥之不去的思念

陈梦家死后，这个悲剧由妻子赵萝蕤独自承担。她带着陈梦家收藏的家具、字画回到了美术馆后街赵紫宸购置的一套四合院内，和弟弟赵景心住在一起。1978年12月28日，中国社会科学院考古研究所在京举行了陈梦家追悼会，为陈梦家恢复了名誉，给予了他高度的评价。

赵萝蕤的精神分裂症，直到"文革"结束才逐渐好转。苦难并没有使她一蹶不振，一如她那好听的名字，充满葳蕤生机。后来赵萝蕤继续在清华执教，并任博士生导师。

赵萝蕤长期从事英国文学家狄更斯、勃朗特姊妹和美国文学家惠特曼、詹姆斯的研究。早年翻译的艾略特长诗《荒原》，20世纪80年代初又应上海译文出版社之约重新进行了修订。同时，赵萝蕤沉下心来研读了十余年美国新出版的有关惠特曼的著作，又借赴美机会到国会图书馆查阅惠特曼的手稿，终以十二年的工夫完成了带有大量注释的《草叶集》全译本，于1991年出版，这一成就震惊了学术界。同年，芝加哥大学邀请赵萝蕤博士回母校参加建校100周年活动，并授予她"专业成就奖"。

1996年11月北京大学出版社又出版了赵萝蕤生前的最后一本书《我的读书生涯》。这是她教学五十多载、读书七十余载的经历和自传。

晚年，赵萝蕤唯一的消遣是弹钢琴。在明月映照的深夜，赵萝蕤这位著名翻译家和比较文学家，摩挲着陈梦家留下的书籍和遗物。从她苍老的手指间流淌出来的乐声，似乎是她向世人倾诉那段渐渐远去的沧桑岁月，朦胧中她又忆起了陈梦家写过的一首《一朵野花》的诗：一朵野花在荒原离开了又落了／不想到这小生命，向着太阳发笑／上帝给他的聪明他自己知道／他的欢喜，他的诗，在风前轻摇……

赵萝蕤于1998年元旦在北京病逝，走完了她86年的风雨人生。

宋清如与朱生豪：一生执着的爱情

宋清如，著名诗人，翻译家，有着"江南才女"之称，她是诗人朱生豪的夫人。

宋清如与朱生豪是浙江杭州之江大学的校友，两人因诗而相识、相知、相爱，在漫漫十年的鸿雁传书中，爱情之果，瓜熟蒂落，1942年在上海喜结秦晋之好。然而幸福却如此得短暂，在朱生豪全力沉浸于翻译沙士比亚剧作时，终因伏案日久，积劳成疾，不幸猝然而逝，把生命中最后的日子全都献给了莎剧。

朱生豪逝世后，命运把更多的寂寞与清苦都留给了宋清如，她抚养幼子，倾力出版朱的遗作，把一生交付给了自己心中最爱的人，寄托着对丈夫的深深思念。

走出深闺

宋清如，1911年出生于江苏常熟西张镇栏杆桥一户富裕家庭。这一年与她同年出生的有萧红，比她稍早的有孟小冬、丁玲、林徽因、陆小曼等，晚于她的则有苏青、张爱玲、孙多慈等。名媛辈出，演绎着她们各自不同的命运。

宋清如秉性聪颖，自幼酷爱文学。早在启蒙阶段，她不仅按私塾先生要求读完了《三字经》《百家姓》《千字文》《古文观止》《孟子》《左传》《唐诗三百首》等课本，而且还广泛阅读了《三国演义》《水浒传》《西游记》《聊斋志异》《封神榜》等古典小说，打下了扎实的古文基础。

及长，宋清如在接受完私塾启蒙后到常熟女子高小读书，接着又考入了苏州省立女中。此时家里正在为她筹划一桩婚事。原来，在宋清如6岁时，父母已将她许配给江阴一户华氏大族人家，准备等宋清如读完初中，就天经地义地"女大当嫁"。而受"五四"新思潮影响的宋清如，根本不可能接受这桩封建的包办婚姻，她向母亲明确表示"不要嫁妆要读书"。父母亲疼爱这个掌上明珠，经过抗争，只好让步，还给她一个自由的天空。有了自己的人生理想，宋清如朝着这个方向决然前行，并以优异成绩考取浙江杭州之江大学，成为中文系的一名学生。

结识朱生豪

还在高中时，宋清如就喜欢写新诗，也试着创作新诗，但她并不懂得传统诗词的平仄。之江大学有一个"之江诗社"，诗人们不少是古体诗词高手，宋清如拿出自己精心准备的"宝塔诗"作为参加之江诗社活动的见面礼。

众人读了面面相觑，同学彭重熙看后，传给朱生豪，朱生豪看了下就微笑着把头低下，没有言语，没有表情，宋清如一阵紧张，觉得自己的宝塔诗成了"怪物"。

朱生豪瘦弱苍白，寡言内向，很少见他有激动忘情的表现，常被同学们笑谑为"没有情欲"的才子。三天后，他给宋清如写了一封信，并附上三首新诗，请宋清如指正。来而不往非礼也，宋清如立即回信，诗词创作成为两个年轻人的话题。她开始学写新诗，他耐心指点她，毫不客气地批评，时而又情不自禁地表扬，或则一字一句地帮她修改，宋清如的新诗有了飞快的长进。

宋清如有着清丽的外貌，更有着不凡的气韵，个性也颇为独特。她拒绝华美的衣裳，认为一个人的质地好坏，不在外表，而在内心。尽管素衣布鞋，可依旧掩饰不了她的清韵雅致。说来也巧，这一点和朱生豪的审美不谋而合。朱生豪曾说："灵魂美的人，外表一定是美的。"

最美的是初开的情愫，之江诗社，让两个年轻的诗魂相遇了。一个浪漫诗人，一个楚楚女子，一唱一和，眼角眉梢，满是笑意，爱情正向他们汹涌而来。

宋清如天生是为读书为写诗而生的女孩，一句"认识我的是宋清如，不认识我的，我还是我"曾让同学们心跳、惊叹。当年的《现代》《之江年刊》上经常见到她的新诗，其中《有忆》《夜半歌声》可以说是20世纪30年代新诗中的精品，表现了新女性外出求学、争取独立自主的心路历程。

主编《现代》杂志的施蛰存，曾以"一文一诗，真如琼枝照眼"来赞美宋清如的文采，称她的诗风，与徐志摩、戴望舒等相近，写小说"不下于冰心女士之才能"。宋清如早年的诗歌，曾与艾青、何其芳、臧克家等"大牌诗人"一起刊载于《现代》杂志上，是20世纪30年代文坛不多见的一位"新女性诗人"。

鸿雁谱心曲

1933年夏，朱生豪大学毕业，到上海世界书局做英文编辑。此时比他低三级的宋清如继续在读。与朱生豪短暂的分离，增加了清如的思念，而联结着他们的，唯有书信寄托情思，倾诉情怀。

离别才觉眷念。朱生豪狂热地爱上了这位江南才女，"我实在喜欢你那一身的诗劲儿，我爱你像爱一首诗一样""因为昨夜我曾梦着你，梦得那么清楚分明，虽然仍不免有些傻气……"，几乎每封信都要写出对她的相思。宋清如默念在心，也以女性特有的细致回应朱生豪。

1935年8月，朱生豪到常熟宋家，这是两人关系明朗的标志。"那照眼的虞山和水色使眼前突然添加了无限灵秀之气，那时我真爱你的故乡"，所谓爱屋及乌，因为那是朱生豪心爱姑娘的家乡。

1936年，宋清如从之江大学毕业，她的理想是当一名教师。朱生豪和她开玩笑，愿以一月三块大洋聘请她做秘书和家政。这时湖州民德女中向她抛出橄榄枝，宋清如接受了这一邀请。自此，这个25岁的女诗人正式走上社会。

这时的朱生豪经鲁迅先生的倡导和友人们提议，在上海着手准备为世界书局翻译"莎士比亚戏剧全集"，表示要将译作送给宋清如作为礼物。宋清如深受感动，写了一首《迪娜的忆念》相赠："落在梧桐树上的 ／是轻轻的秋梦吧 ／

落在迪娜心上的 ／是迢遥的怀念吧／四月是初恋的天 ／九月是相思的天 ／继着蔷薇凋零的 ／已是凄艳的海棠了／东方刚出的朝阳 ／射出万丈的光芒 ／迪娜的忆念 ／在朝阳的前面呢 ／在朝阳的后面呢"朱生豪读后情不自已，当即谱成歌曲，作为回赠。

1942年5月1日，经过了十年爱情长跑，宋清如和朱生豪步入婚姻的殿堂，一代词宗夏承焘为新婚伉俪题下"才子佳人，柴米夫妻"八个大字。历时十年的"罗曼蒂克"爱情，至此转入"风雨同舟"的人生旅途。

短暂的幸福

爱情是浪漫的，婚姻生活却是务实的。婚后，宋清如不再是那个沉浸在读书世界里的之江才女了，凭着宋清如的中文和英文功底，她完全可以从事翻译和创作。可是，为了支持丈夫的事业，她只能充当起家庭主妇的角色，一日三餐，柴米油盐，样样操心，这也是那个年代知识女性为家庭所作的牺牲。朱生豪则依然做他的才子，"闭户家居，摈绝外务"，一门心思在家翻译莎士比亚作品，这是他的梦想。1943年夫妇两人回到日寇占领下的嘉兴老家，深居简出。

婚后第二年，他们的儿子尚刚出生了，欣喜之余生活负担更加重了，宋清如除了"相夫教子"，还要充当丈夫最得力的助手，承担几百万字译文校对的重任。世界书局出版《莎士比亚戏剧全集》时，曾对宋清如校稿有"校对极精细，堪信无错字"的赞语。

由于长期的超负荷伏案写作，加上饮食缺少营养，朱生豪的身体日渐虚弱，在翻译《亨利四世》时，突然肋间剧痛，出现痉挛。经诊治，确诊为严重肺结核并发症。朱生豪在生前最后一封写给二弟的信中说："这两天好容易把《亨利四世》译完。精神疲惫不堪……因为终日伏案，已经形成消化不良现象，走一趟北门简直有如爬山。幸喜莎剧现已大部分译好……已替中国近百年翻译界完成了一件最艰巨的工程……不知还能支持到何时。"

1944年11月底，朱生豪病情加重，日夜躺着，无力说话，更无力看书了。他对日夜守护他的宋清如说："莎翁剧作还有五个半史剧没翻译完毕，早知一病不起，就是拼着命也要把它译完。"

临终前两天，他告诉宋清如大便失禁了。宋清如一看，全是鲜血。当宋清如给他擦洗身体时，朱生豪喃喃地说："我的一生始终是清白的。"就在这天晚上，宋清如听到朱生豪叫了声"清如，我要去了！"宋清如连忙大声呼叫，他才渐渐苏醒。宋清如泪如雨下，告诉他哪怕相聚一分钟，也是宝贵的。12月24日中午，朱生豪两眼直视，口中念着英语，声音由低渐高，宋清如听出这是他在背诵莎士比亚戏剧的台词。26日中午，朱生豪弥留之际，轻轻呼唤宋清如："小青青，我去了！"这一年，朱生豪和宋清如都只有32岁。

继承未竟遗愿

遭遇丧夫之痛的宋清如，以顽强的意志，开始了新的生活。1945年抗战胜利，宋清如带着儿子回到常熟老家，安排好家务后在一所中学任教。在执教的同时，一直念念不忘丈夫的临终嘱托，遂将整理好的译稿交世界书局出版。为帮助读者全面了解翻译家朱生豪和《莎士比亚戏剧全集》，宋清如撰写《译者介绍》《朱生豪与莎士比亚》等文，作为出版"附件"发表于当年《文艺春秋》等刊物上。

新中国成立后，人民文学出版社决定再版《全集》，时任社长的冯雪峰亲笔致信宋清如，就有关出版事宜与其商讨。宋清如接信后备受鼓舞，满腔热情配合做好工作。1954年，朱生豪翻译的《莎士比亚戏剧全集》重版发行。

《莎士比亚戏剧全集》的出版，令宋清如甚感欣慰，但她仍心系着朱生豪未竟的"五个半史剧"译稿。1955年，宋清如决定"请长假"，带着儿子尚刚前往成都，"全职"从事编译整理工作。在四川大学的一年时间里，她完成了整部《理查三世》和三部《亨利六世》，以及半部《亨利五世》的翻译整理工作。因假期届满，她将《亨利八世》一部带回杭州，利用学校教学之余完成。尔后，又花了将近一年时间，把全部译稿重新进行一番修订与校勘。就这样，一部数百万字的世界名著，凝聚了朱生豪、宋清如夫妇大半生心血，曾被鲁迅先生赞为"于中国有益""在中国留存"的浩大文化工程，终于尘埃落定，圆满画上了句号。

"文革"开始后，宋清如遭到冲击。她的全部译稿被当作"毒草"付诸一炬。儿子尚刚受到牵连，大学毕业后被分配到新疆和田矿区。虽然身处逆境，宋清如并没有被厄运击倒。她相信乌云终将消逝，光明定会再现。

"文革"结束，文艺界迎来了百花齐放的春天，莎士比亚全集和它的翻译者也恢复了名誉。应文化界人士请求，宋清如用8年时间整理了朱生豪236封书信，于1995年编辑出版了《寄在信封里的灵魂——朱生豪书信集》一书，并陆续发表了一些诗文，深情缅怀朱生豪为中国文坛所作的非凡业绩。

1997年6月，宋清如在接待一批外地来访客人时，突发心脏病急送医院抢救，终因医治无效，一代才女溘然长逝，享年86岁。这个孤独了一生的女人与她的爱人分离53年后，追随爱人的灵魂而去了。"苦念天上的仙乐，黎明时飞回了天空"，宋清如仿佛又回到自己的诗作里。其挽联："骚人译莎剧坛神韵当年寒门同吟；才女清歌文苑流芳今日化鹤重寻"，高度概括了宋清如不平凡的一生。

（载《金陵晚报》2017年3月20日）

徐迟：一半是火焰一半是海水

他写过诗《二十岁人》，写过报告文学《哥德巴赫猜想》，翻译过梭罗的《瓦尔登湖》……他的著作和译作接近1000万字。他就是著名的诗人、作家、翻译家徐迟。

被火焰燃烧

徐迟，1914年出生于浙江南浔一个教师家庭，曾就读于苏州东吴大学文学院。

年轻时的徐迟是个英俊倜傥的诗人，20世纪30年代曾在北平、天津从事诗歌和散文创作。19岁时，徐迟就在上海露出锋芒，在著名的《现代》杂志上发表诗作。

1933年7月，徐迟弄到一张假学历证明，考取了燕京大学的插班生，进入英文系三年级学习。入学后，他写诗、译诗、写散文，继续给《现代》投稿，并结交了《国闻周报》的编辑沈从文。不料这张假学历证明，被燕大注册处查出来了，但燕大还是介绍他到东吴大学读二年级。在东吴大学读书期间，徐迟继续利用课余时间写诗作文，常有作品发表，同时也结识了杜衡、穆时英等文化界的名人，颇有一种踌躇满志的样子。1934年的暑假前，他突然宣布不参加考试，因为家庭经济困难，决意自动退学，好省些钱让他弟弟能在清华大学读到毕业。

退学后，徐迟回到老家南浔中学教书。除了教国文和英文之外，大部分精力都用于写作上。1936年春的一天，徐迟写作很疲劳，便来到操场上，想放松一下心情，忽然看见自己的学生陈松，正迎着早晨的明媚阳光，边散步边朗诵着一首诗歌。他愣住了，从来没有发现陈松这么美。她迎着朝阳朗诵诗歌的声音，陶醉于诗歌境界的那种神情，更增加了少女的风韵。徐迟也陶醉了。事后他特意买了本日记本，把这天见到陈松的感受记了下来。此后，他每天都要写日记，将对这位少女的爱恋都写在日记上。他还为陈松写了首题为《露十四音符》的诗，只是当时还没有勇气直接送给陈松。

隔了一段时间，徐迟又在操场上见到了陈松。这次他实在按捺不住自己，就叫陈松到他的宿舍里。将这十来天写的日记给陈松看。陈松读着读着脸上涌起了一层层红云，读完低着头默不作声，徐迟问她："怎么样？有何感想？"陈松忽闪着晶莹的眼睛，羞赧地说："我完全没有想到你会这样。"两人在暮霭中沿着学校运动场的跑道走了一圈又一圈。然后，他把她带到自己住的小楼中，这时，"空气里有了春天的气息。四周是黑暗的。"徐迟写道，"我突然捉住她的两肩，把她推到墙上，然后猛烈地吻了她。我从没有这样激动的情绪，因此我经历以前从未经历过，从此以后再也未能经历到的这样的狂喜。"

徐迟在一篇文章中回忆："当我的燃烧的嘴唇贴上她的燃烧的嘴唇时，那墙开始时还是稳定的，然后就没有，仿佛天上的群星也都纷纷坠落，或旋转飞走。我们两人被火焰燃烧着，火焰的喷发烧毁了一切。这是我的唯一的一吻。这是神圣的吻，这是定情的吻。得到这样的一吻应是我的超乎其他人的罕有的幸福。当我们又恢复了知觉，而两唇分开的时候，我们不需要说什么了，我们将永不分离了。"

就是这一吻，他们决定相伴终身，永远也不分离了。不久，徐迟就与这个17岁的陈松在《南浔周报》上刊登了订婚启事，还在怡丰园酒店办了两桌酒席，宴请了两家的亲属和他们的朋友、同学。

1936年的冬天，徐迟相继出版了《二十岁人》和《歌剧素描》等两本诗集，开始引人注目，成为颇有名气的年轻诗人。有的妙龄女郎开始向他暗送秋波，使得徐迟几乎陷入情感的诱惑里。他意识到，任凭感情的野马信马由缰地驰骋，是对不起给了他初吻的陈松的。于是在1936年的12月，利用寒假时间，徐迟到陈松家商量结婚的事。陈松的哥哥陈铭德提出，妹妹才17岁，需要多念点书。徐迟则表示，希望陈松能和他一起回上海，住在他家，在上海读书，等她中学毕业后再结婚。

1937年陈松中学毕业了，她与徐迟结为伉俪。他们相濡以沫，恩恩爱爱，度过了几十年的爱情生涯。

1985年，陈松因患癌症去世。

陷入了海水

陈松逝世后，朋友们曾多次劝徐迟续弦，但徐迟忘不了发妻，总是拒绝。直到1989年，情况发生了变化。

这年3月，在珠海的一次笔会上，成都某大学的一位讲师陈彬彬（电影演员白灵的生母），慕名拜访徐迟。这是他们的第一次见面，从此以后，陈彬彬穷追不舍，几经波折以后，终于在1992年10月5日功德圆满，两人正式结婚。

陈彬彬当年50多岁，原来的丈夫是某地的一位乐队指挥，二人生有一子一女。因为男方性格粗暴，一次两人吵架，男方打了陈彬彬一记耳光，陈彬彬便坚决离了婚。但在结识徐迟到1992年同徐迟结婚之前，陈彬彬在北京还与某名人有过一次闪电式的婚姻。

婚姻本身应该是无可非议的。每个人都有追求幸福的本能，也有追求幸福的权利。徐迟本人也对同事悄悄说过，陈彬彬生活上对他很照顾。婚后的日子里，徐迟常常换上一件新衬衫，穿上一双新皮鞋。但是陈彬彬结婚的目的很快显露出来：想傍名人，让自己出名。她不顾一切场合，四处介绍自己是徐迟的夫人。她要徐迟多陪她，并为她的作品发表提供关系，以致后来徐迟与同事见面都私下进行。此时的徐迟，已经开始感到有些麻烦了。

1993年4月，徐迟偕陈彬彬同赴广东惠阳参加一个国际华文诗人笔会。这是陈彬彬第一次以徐迟夫人的身份出席这类场合，其间却因为名单上没有打出自己的名字，她当着众人的面把名单撕成了碎片，让在场的诗人和记者们大吃一惊。这还只是一个序曲。第二天，她干脆不出门，饭菜都得送到床边，徐迟左劝右说仍无可奈何。后来笔会在西湖公园举行诗歌朗诵，参加朗诵的都是一些著名诗人。陈彬彬也要求登台，被组委会拒绝。陈彬彬逼着徐迟去说情，徐迟两次找到诗人野曼，请他与担任司仪的诗人白桦通融一下。但白桦与诗人洛夫都不同意，认为既然是著名诗人诗歌朗诵会，她就不应该参加。结果，陈彬彬当场哭起来，弄得徐迟尴尬至极，终于深感日子难过了。

1994年1月，早已忍无可忍的徐迟终得解脱，法庭宣布两人达成调解，协议离婚。

凄苦的晚景

徐迟1957年至1960年曾担任《诗刊》副主编，1960年定居武汉后，以主要精力从事报告文学的创作。尤其是1976年以后，徐迟独辟蹊径，以报告文学为载体反映自然科学领域的生活，先后写出了《哥德巴赫猜想》《地质之光》《生命之树常绿》《在湍流的涡漩中》等一系列反响强烈的作品。《哥德巴赫猜想》《地质之光》以及反映葛洲坝水利枢纽工程建设的《刑天舞干戚》，曾获全国优秀报告文学奖。徐迟以诗人气质写报告文学，特别是写知识分子题材的作品，常能融政论、诗和散文于一炉，其结构宏大，气势开阔，语言华美而警策，独具风格。

然而，这位原先热情、执着和乐于助人的作家，在经历爱妻陈松癌症去世、第二次婚姻破裂等一连串打击后，逐渐开始变得孤僻、沉默，除了与三四个知己谈天外，整日足不出户、闭门独思，并且与家人的距离也越来越远了。应该说此时的徐迟，他的精神世界在陈松谢世以后就渐渐垮掉了，尽管他又经历了闪电般的婚姻，但老人却始终没有走出原配夫人离开他的阴影。

1996年12月12日，时钟指在半夜12点钟，以"报告文学之父"著称于中国文坛的诗人、作家徐迟从武汉同济医院6楼的高干病房的阳台上翻身跃出……

一个曾经用他的作品扣动千百万读者心弦的人，他的心脏停止了跳动。

（载《金陵晚报》2017年5月15日）

穆旦与周与良：沉重的苦难与纯真的欢欣

穆旦本名查良铮，是我国著名的"九叶派"诗人之一，也是卓越的诗歌翻译家。他在诗歌创作，俄、英语诗歌翻译中，都取得了令人瞩目的成就，在我国现代诗坛和诗歌翻译界，都占有众望所归的重要地位。著名诗人公刘对穆旦有过这样的评价："作为诗歌翻译家——另一种意义上的诗人——穆旦是不朽的！他的许多译诗是第一流的，是诗。不同语言的山阻水隔，竟没有困扰诗人的跋涉。人们将铭记他的功勋！"

参加远征军

穆旦1918年出生于天津书香门第，自幼聪颖好学，在南开中学读书时便开始诗歌创作。1935年毕业时，穆旦以优异的成绩被三所大学同时录取，最终他选择了清华大学外文系。此时，他将自己的查良铮的姓氏"查"字上下分开，成为"木旦"，再利用同音字组成"慕旦"或"穆旦"，含义是渴望黎明。

1940年，穆旦毕业于西南联大外文系，留校任助教。1942年杜聿明远征缅甸支援英军前，曾向西南联大征求英文好的老师做翻译，以便与英美军官沟通。当时已留校任教的穆旦得知此事，志愿前往参加中国远征军入缅抗战。英文流畅的穆旦任第五军军部少校翻译官，给参谋长罗又伦将军当翻译。当时，杜聿明和罗又伦都很喜欢和穆旦谈论文学。

远征军经过两个月的激战，不敌日军，开始全面撤退。"时当盛夏，暑雨连绵，瘴疠丛生，地利不熟"，环境十分恶劣。穆旦在行军记录中有这样的描述："五日不见人烟，山中无道路，沿溪内乱石行进，军马骡陷死甚多""一日内，因沿途无滴水可解渴，官兵疲困万倍"。

在热带的豪雨里行军，穆旦的腿开始肿了，疲倦得从来没有想到人能够这样疲倦，有一种发疯的饥饿感，他曾经一次断粮达八日之久。已经快要闭眼，幸好遇到了救援，忽然有饭吃了，一顿猛吃，差一点撑死。穆旦的老师吴宓，在日记里这样记述："铮（指穆旦）述从军的见闻经历之详情，惊心动魄，可泣可歌。"

这个24岁的年轻人最终还是拖着疲惫的身体到达印度。对于这段经历，穆旦写成了他著名的《森林之魅——祭胡康河上的白骨》的长诗。在诗中穆旦心痛地写道："你们的身体还在挣扎着想要回返，而无名的野花已在头上开满。"

1943年，穆旦回国。

相识周与良

回国后，穆旦常回母校清华大学。穆旦的同学周钰良是他从南开到清华的学友，此时正在清华外文系任教。穆旦每次去母校，都要看望这位老同学。时间长了，穆旦认识了周钰良的妹妹周与良。1946年，在清华大学工字厅，两个年轻人相遇了。

周与良1923年出生于名门世家，是著名爱国民主人士周叔弢（1950年曾任天津市副市长）的次女。这一年周与良刚从辅仁大学生物系毕业，考入燕京大学读研究生。后来她成为我国著名微生物学家。

自从认识了周与良，穆旦每周末都会到燕京大学找周与良。周与良对穆旦的印象也很好，觉得这个小伙子英俊潇洒、文质彬彬、说话风趣，谈论文学很有独到见解，特别是他的诗写得好。

两个年轻人有时相约去王府井大街逛逛，穆旦喜欢进书店，周与良陪着他，穆旦问周与良爱看小说吗。她说中学时看过不少巴金、茅盾的著作，也看过一些外国原著，如《战争与和平》《傲慢与偏见》等。穆旦又问她为什么读生物系。她说自己喜欢理科，看小说只是消遣而已。穆旦也时常陪周与良逛东安市场，为周与良挑选一些合适的衣服。逢到寒暑假，周与良回天津，穆旦会抽出时间到天津去看她。

随着交往的深入，两人感情有了递增，穆旦向周与良吐露心曲，谈及自己的两次不幸恋爱。初恋的女子叫万卫芳，是燕大的学生。女子的家境很好，家里为她定了亲，她陪伴着穆旦一起南下。途中，女方家里来了一封电报，说是母亲病重，望早归。穆旦认为这是一个骗局，女友回去必然会被逼婚。果然，万卫芳一回到天津，就被迫和原来有婚约的男子结婚了。穆旦另一个女朋友，是毕业于金陵女子大学的曾淑昭。分手的原因，是穆旦参加远征军。为了抗战，穆旦放弃了这段爱情。曾淑昭后来和胡适的长子胡祖望结婚，婚后育有一子，取名胡复华。

1948年3月周与良也像她哥哥一样去芝加哥大学，穆旦特地从南京赶来上海为自己的心上人送行，还送了几本书和一张相片给周与良留念，相片的反面写着一首诗：

风暴，远路，寂寞的夜晚。
丢失，记忆，永续的时间，
所有科学不能祛除的恐惧，
让我在你底怀里得到安憩。

几年后，穆旦积攒了一部分钱，于1949年8月底，从曼谷去了美国，入芝加哥大学研究生院，读英美文学硕士，与分别一年多的周与良两情相悦。

1949年12月23日，这对相恋多年的情侣乘火车去佛罗里达州一个小城举行了简单的婚礼，因为周与良的五哥周果良在那里的一个研究所做博士后。证婚人就是周果良和他的一位同事。一周后这对新人回到芝加哥。在后来漫长的痛苦岁月里，周与良一直伴随着穆旦，坚韧无私、患难与共。

从此风雨起

1953年1月，穆旦夫妇回国。同年5月夫妻俩一同在南开大学工作，穆旦在外文系任副教授，周与良任生物系副教授。一年后，穆旦翻译完成了影响深远的《普希金抒情诗集》，他写诗时用"穆旦"笔名，而译诗则直接用查良铮的本名。他以清新、质朴、流畅的译笔把普希金介绍给中国读者，由巴金主持的上海平明出版社出版，那是"查良铮译诗的黄金时代"，他从此名震读书界。

可惜，那段美好的时光没过多久，厄运来了。

1955年肃反运动开始，因穆旦有参加过远征军的历史，成为肃反对象，每天到外文系交代问题。他吃不下饭，睡不着觉，实在没什么交代的，仍被逼着交代，非常苦恼。后来穆旦的问题按一般政治历史问题予以结论，遂离开了外文系在校图书馆工作。1958年，穆旦突然被法院判定为"历史反革命"，在校监管三年。拿到判决书，他不敢告诉妻子，直到两天后，在岳父家中，才告知周与良。从此，穆旦在图书馆被监督劳动，打扫图书室的通道和厕所，每天都比别人早半小时上班。1962年解除监管后，继续被"监督使用"，依旧"自愿"打扫厕所。这位戴着苦难枷锁的诗人，以超乎想象的坚强与毅力，默默承受命运的打击，在经历了白天繁重的体力劳动和残酷的批判斗争后，晚上他继续翻译抚慰心灵的诗歌，夜深人静，在昏暗的灯光下，独自在家里翻译起英国诗人拜伦的著名长诗《唐璜》。

没过多久，更大的苦难在等待着他。"文革"中，穆旦一家再次遭难，批斗、抄家、劳动，夫妻分别被关押，家里留下四个孩子，最大的15岁，最小的仅8岁。一家人在无奈中等待那个厄运的年代过去。

1973年，穆旦接到南开大学通知，要他和妻子周与良、女儿去见美籍华人、康奈尔大学教授王宪忠一家。见面回家，子女们半路抱怨爸爸，美国生活那么好，为什么要回来？

穆旦对孩子们说："物质不能代表一切，人不能像动物一样活着，总要有做人的抱负。中国再穷，也是自己的国家。我们不能去依附他人做二等公民。"

最后的奉献

穆旦悄悄译完了拜伦的鸿篇巨制《唐璜》后，又反复修改普希金的诗体小说《欧根·奥涅金》，并把普希金的五百首抒情诗重新推敲、加工、润色，使译文质量日臻完美。

1976年1月19日晚，穆旦为儿子打听招工的事，骑车去找一位朋友，回家路上不慎摔伤。他念及当时家庭的处境，宁肯自己忍受痛苦而不想给家里人增添负担，延误了最佳手术时机。在家躺了一个月，疼得受不了，就让妻子烧一块热砖给他热敷，终究挨不过，还是去了医院，拍片结果是右腿严重骨折。后来又发生唐山大地震，行动不便的穆旦，蜗居在他的危房中，一心坚持他的翻译事业，始终没有放下译笔，周与良心疼丈夫，劝他休息："咱们还是过平安的日子吧。你别再写了。"

一个人到世界上来总要留下足迹。妻子不要他写，他就背着家人偷偷写。1977年2月，穆旦把《欧根·奥涅金》修订稿抄写完毕，连同已经重新修改好的《普希金抒情诗集》译稿，整整齐齐地放进一个帆布小提箱，交给了小女儿查平，对她说："你最小，希望你好好保存这些译稿，等你长大了或等你老了的时候，这些总是能够出版的。"

1977年2月24日穆旦住进医院，次日回家洗澡，准备动手术。午饭后，穆旦忽然感到剧烈胸痛，立即送医院抢救，26日凌晨，穆旦逝世。那一年他才59岁，一代天才诗人在刚刚到来的文艺春天英年早逝了。

1980年，穆旦平反昭雪，恢复名誉。周与良在丈夫逝世后，含泪整理出版穆旦的译作和穆旦诗集。这些译作、诗集，成为20世纪80年代文学青年们最宝贵的养料，并被愈来愈多的青年人喜爱。1985年，穆旦的骨灰安葬在万安公墓，同葬在墓穴中的还有一部1981年出版的《唐璜》。

周与良后来成为南开大学微生物学科主要创建人，是一位杰出的学者，著有《真菌学》一书，成为高校通用教材。2002年5月1日，周与良在美国逝世，终年

79岁。四个子女遵照母亲的遗愿，从美国回到北京，将母亲的骨灰和父亲合葬在一起，让父母永远相伴。墓前鲜花怒放，松柏常青，似乎在告诉人们，这里埋葬着一对夫妻沉重的苦难，纯真的欢欣；记载着墓穴主人曾经付出的代价，留下的深思。

2018年4月5日，为纪念穆旦百年诞辰，南开大学召开"一颗星亮在天边"为主题的诗歌翻译国际学术研讨会及"穆旦诗歌朗诵会"："当茫茫白雪铺下遗忘的世界，我愿意感情的激流溢于心田，来温暖人生的这严酷的冬天……"

汪曾祺与施松卿：爱就是一生为你骄傲

热爱文学的，都知道作家汪曾祺。他是沈从文先生的得意弟子，被誉为"中国最后一个纯粹的文人，最后一个士大夫"，他一生爱吃、爱玩、爱闲逛，是文学界的老顽童。

西南联大的同学成了同事

1920年，汪曾祺出生于江苏高邮，家里算不上名门望族，但也可谓是书香世家，在这样一个既传统又宽松的家庭里，汪曾祺度过了他的童年和少年。

19岁那年，汪曾祺离开家乡，进入昆明的西南联大中文系。在西南联大，汪曾祺是出了名的"不务正业"学生，喜欢的课去听听，不喜欢的课便逃课躲在宿舍和图书馆。不及格、留级、无学位，他通通不在乎。但他又确实是个才子，连沈从文先生都曾夸赞他"文章写得比我好"。他在报纸上发表了很多的文章，那些文字鲜活生动，充溢着人间寻常烟火气，吸引了一大批的读者，其中就包括施松卿。

施松卿，福建长乐人，与现代著名作家郑振铎、冰心是老乡，1918年出生于新加坡，从小过着衣食无忧的生活。她在西南联大和汪曾祺同级读物理系。正在她准备开始新生活的时候，她突然病倒了，诊断的结果是肺结核，她无法再跟上物理系的进度，于是，一年后，她便转到了生物系。再后来病情加重，只好休学一年，回校后又转到西语系学英语。因为长年的肺病，施松卿很是纤瘦，再加上相貌淡眉秀目，有天生的雅致容颜，一颦一笑间显出一种怯弱的神态，叫人忍不住心生怜惜，于是，便有人给她取了个"林黛玉"的外号。

1945年夏天，施松卿毕业了，她没有回长乐，留在了昆明，去了当地的建设中学，做了一名教师。也许是命运的安排，施松卿没有想到，曾经相互闻名却一直未曾结识的汪曾祺，在西南联大毕业之后，竟会和她在昆明建设中学一同执教，成了低头不见抬头见的同事。

这以后，汪曾祺和施松卿渐渐熟悉起来。她了解到他是江苏高邮人。谈论文学的时候，他总是说上许多，意态潇洒。可只要她一提英文，他立刻就佶屈聱牙了，他的英文很差，听不懂也不会说。她见他那样，总会忍不住笑起来。

他们的爱情滋生于何时？最初，他们只是在放学后结伴而行。她说她觉得他的文章有古文的底，清淡悠长，他很欣喜她懂得，也微微有得意。

他们在建设中学待了两年，1946年7月，他们一同离开了昆明，汪曾祺去了上海，在李健吾先生介绍下在上海致远中学做了国文教员，而施松卿则回了福建老家。之后，她得到一个机会，去北京大学西语系给冯至先生当助教。去北平之前，施松卿特意去上海看了汪曾祺，他的父亲汪菊生也从家乡高邮特意赶来了，和她见面后表示了认可。他俩的关系算正式确立了下来。于是，等施松卿在北平安顿下来后，汪曾祺也辞职去了北平。

新中国成立后，北京市文联成立，汪曾祺因为出众的文学才华，从武汉回到北京进入文联工作。他们的爱情也终于在1950年的夏天，结成了正果。没有场面宏大的婚礼，汪曾祺穿着一件绿军装，施松卿穿一件白色的小翻领衬衫，都是那个年代最普通最常见的装扮，一起去办了结婚手续。而后，两个人又在一家小相馆拍了一张结婚照。照相的时候，他们都有些紧张，多年后两人觉得那张照片拍得很好。

施松卿最懂得自己的丈夫

汪曾祺和施松卿的婚后几年生活，是最快乐的。他做着自己喜欢的工作，有稳定的收入，她为他生了三个活泼可爱的孩子，一家衣食无忧，其乐融融。而后的生活就不平顺了。他们在那动荡的岁月里，常常与苦难相依相伴。

汪曾祺一生坎坷，他曾被定为"右派"，下放到农村，又经历过"文化大革命"的批斗，吃过许多苦。

瘦弱多病的施松卿，陡然间成了家里的顶梁柱，一个世人眼中的"林黛玉"，在漫长孤独的时光里，以瘦削的肩膀挺起一个家，承担起照顾三个儿女的重任。纵使世事风雨狂妄摧残，她自始至终都未曾想过离他而去。

汪曾祺被定为"右派"之后，别人都忙着划清界限，可施松卿却在忙着给汪曾祺买"鸡狼毫"。原来是汪曾祺写信给妻子，要她寄些毛笔和稿纸，毛笔还非要"鸡狼毫"不可。这种毛笔市面很少，施松卿每次上街都要到各个文具店里问问，一有货就赶紧买几支囤下来。

汪曾祺临去沙岭子的时候，施松卿为他准备行李。家里的积蓄不多，可她还是执意买了一块苏联表给他。或许施松卿是想，没有她陪伴他的日子，这块表，能陪着汪曾祺度过难熬的每分每秒。

在沙岭子，汪曾祺每天要扛170多斤的粮食，还要起猪圈、刨冻粪、干农活。别人都苦不堪言，可他却颇有种陶渊明归隐田园的感觉。白天的时候，他种马铃薯，晚上的时候，他画马铃薯，把全国各地各种马铃薯都画个遍，居然画出了一本《中国马铃薯图谱》。他一边画，还一边烤，烤完就吃，自得其乐。在烤马铃薯的香气中，荒凉寂寞的沙岭子也添了些许的烟火气息。最难的岁月，他就是这样熬过来的。就像他自己说的："我觉得全世界都是凉的，只有我这里一点是热的。"

夫妻俩虽然聚少离多，但因为彼此牵挂，心却离得很近很近。有一次，汪曾祺在坝上采到了一个大蘑菇，他不舍得吃，便带回宿舍晒干，精心储存，等到过年能回家时给家人做一道鲜美的蘑菇汤。

在十年风雨飘摇中，夫妻俩没有因为动乱而心生隔阂，背后是对苦难的豁达与从容。在最难的日子里，他们把梨花的花瓣看成月亮，把喷洒农药的波尔多液，看成雨后蔚蓝的晴空。

施松卿一生最懂得汪曾祺，因为她的懂，苦难就像淡淡的流云，不曾在汪曾祺的天空留下任何痕迹。

相互扶持一生为他骄傲

转眼到了20世纪80年代，汪曾祺和施松卿经过生活的风风雨雨，也由当年的才子佳人变成了名副其实的老来伴。在平淡的岁月里，他们依然生活得有滋有味。

那时汪曾祺依旧是家里的主厨。他最喜欢做饭，把做饭当成艺术，和写文章一样认真。平日里，他最爱去的就是菜市场。买菜回家，戴上围裙，便开始大刀阔斧地准备做饭。他把对生活的热爱、对家人的关怀以及文人的精致都融进了每一道饭菜里。煮干丝要先用火腿丝、冬菇丝、虾籽上汤同熬，这样煮出来的干丝才有足够的鲜味；烧小萝卜要用最当时的小水萝卜，早几天晚几天都不行，再用干贝慢慢炖，才够入味。孩子们都说，老爸烧的菜好吃。

汪曾祺爱喝酒是出名的，但施松卿为着他的身体，严格限量，不让他"超标"，于是家里常常上演老鼠躲猫的喜剧。汪曾祺常常偷跑去小酒馆喝酒，趁着施松卿不在家时买酒，要是实在躲不过，他甚至在做饭的时候偷喝料酒。连孩子们都笑着说："我爸在家里没地位，我们都欺负他，妈妈也不拿他当回事，但他乐在其中。"

有一回，孩子们好奇父母的爱情故事，缠着母亲讲一讲。施松卿装作不屑一顾的样子说："中文系的人都土死了，外文系的女生谁看得上！"

孩子们笑问："那你为什么还要和爸爸在一起？"

已经有了三个孩子的施松卿，还像个少女一样红了脸，笑着回答道："有才啊！一眼就能看出来。"在她的一生中，任何时候，只要提到他，她永远是骄傲的。

那段时间，汪曾祺的才华又一次爆发出来，他最有名的两个短篇小说《受戒》《大淖记事》就写于"文革"结束后。他还把下放时的劳动经历写成了《葡萄月令》,那篇散文美得丝毫看不出他在受苦。

生活中的两个老人毕竟老了。1994年,汪曾祺住院做手术,烟酒全戒了。施松卿每天跑医院,给他带零食陪他解闷。孩子们劝母亲:"岁数这么大了,天天跑医院吃得消?"施松卿说:"我每一次走进医院,就看见你爸早早地站在病房门口,朝外张望。"

后来,施松卿也因为心脑血管病晕倒,被送进医院抢救,出院后再没能站起来。汪曾祺便在家陪着她。写作的时候,一听到"曾祺"的呼唤,他马上放下笔,一颠一颠走过去,想着法子和施松卿说说话,聊聊开心的事。

1997年5月16日,汪曾祺因消化道大出血突然去世,临走前的最后一个愿望,居然是想喝一杯碧绿透亮的龙井。为了这口龙井,他甚至不顾80多岁的高龄,跟医生"撒娇":"皇恩浩荡,你就赏我一口喝吧!"好不容易,医生答应让汪曾祺用茶水沾唇。可女儿还没来得及把龙井带来,斯人便逝去了。仅仅一年的时间,施松卿也紧随着他而离去,她始终放心不下这个"老头子"。

四十多年的婚姻里,他们经历过人生的起起落落,也经历过平淡岁月的淘洗,可他们从未放开彼此的手,就这样穿越在生活的柴米油盐中,相互扶持走过了一生。

魏巍与刘秋华：情结烽烟伴终生

魏巍是一位著名的军旅作家，他的长篇通讯《谁是最可爱的人》，在新中国初期可谓家喻户晓、脍炙人口、蜚声文坛，曾经感动和激励过几代人。2008年这位可爱的老人走了，让我们走进他鲜为人知的家庭，走进他和妻子携手相伴的62年岁月……

硝烟中相识

魏巍原名魏鸿杰，1920年出生在河南郑州一个贫苦家庭。少年时期，魏巍在郑州东大街关岳庙小学（即现在的创新街小学）读书，在那里，受一位叫蔡芸芝（即魏巍作品《我的老师》的女主人公）的年轻女教师的熏陶和影响，喜爱上了文学。

中学时代，魏巍便在郑州的报纸上主编过《芦笛》周刊和《铁笛》周刊。1937年抗日战争爆发后参加八路军。此后，魏鸿杰将笔名"魏巍"用作正名。1938年，魏巍从延安抗大毕业，在晋察冀边区从事部队宣传工作。

魏巍的妻子叫刘秋华，河北省安平县报子营村人，1925年生于一贫苦农家，是家中的长女。17岁那年，父亲在鬼子"扫荡"中惨遭杀害，弟妹幼小，母亲体弱，淳朴勤劳的刘秋华成了家里的顶梁柱，做饭、挑水、洗衣、织布、下田收种，什么都干。刘秋华19岁担任村妇女自卫队指导员。

1944年春节期间，魏巍和战友一同访问"冀中子弟兵的母亲"李杏阁大娘。跨进大门，织布机旁坐着一位年轻姑娘，正神情专注地织土布。见有客人来，姑娘放下手中的梭子，笑着起身，让座、倒水，然后跑到外面，将正在发动群众做军鞋的李大娘找了回来。魏巍后来知道，姑娘叫刘秋华，是李杏阁的堂孙女。

不久，部队驻地转移，魏巍恰巧被安排住进了刘秋华家里。年轻的心总是敏感的，渐渐地，两人都有一种说不清的亲近感，但谁都没有讲明白，毕竟是子弟兵与老百姓的关系。魏巍整天跟随部队搞战地报道，刘秋华则忙着站岗放哨做军鞋，都很忙，接触的机会不多。

再后来，魏巍随部队开赴新的战场。刘秋华也带着弟弟参军，她被分配到《前线报》社做收发工作。之后，魏巍、刘秋华虽见面不是很多，可在战争硝烟中萌生的爱情之花，已经愈开愈艳了。

1945年8月15日，日本无条件投降。此时的魏巍接到命令，火速到冀中军区第七分区任宣传科科长。刘秋华的家乡就在第七分区的驻地，恰好刘秋华也要回一次家，于是，两人结伴同行。月色如水的星光下，他们边走边谈，走了整整一宿。"那是我一生中最快乐最美好的一夜。直到那个夜晚，我们才彼此捅破了这层纸。"

1946年3月19日，在平绥线上一个叫下花园的小车站，魏巍与刘秋华举行了简朴的战地婚礼。没有鲜花美酒，仅有战友们的祝福。那时魏巍26岁，刘秋华21岁。从此他们相伴一生。

赴朝写名篇

然而，在爱情的温柔和甜蜜中，魏巍只能短暂停留，之后他又随部队转战南北。同那个时代的许多革命伴侣一样，夫妻俩无处为家。虽然都在一个军区，但总是聚少离多。1947年春节后，刘秋华生下了大女儿魏欣。而此时的魏巍正随部队攻打石家庄，别说回家，就连个电话都打不通。直到三个月后，石家庄战役结束，魏巍才在部队休整期间抽空赶回家看了女儿一眼。

魏巍的心在战场上，一篇篇诗作在战火中飘飞，鼓舞着战士们奋勇拼杀。刘秋华不但要行军打仗，还要带孩子，也是居无定所。只有打完了一次仗，夫妇二人才能小聚一次。

新中国成立后，夫妇俩先后进入北京，并在部队驻地有了一个相对稳定的家。作为一个老革命，刘秋华完全有条件走上领导岗位，但身为魏巍的妻子，她还是为丈夫的事业作出了牺牲——从部队转业到了地方，心甘情愿地当起了"贤内助"。对于妻子所做的一切，魏巍感激不尽。

1950年5月，魏巍调解放军总政治部工作。当年10月，中国人民志愿军入朝作战，总政、新华社组织了一个战地采访组，魏巍惜别妻女，再一次亲历炮火，履行着一位战地记者的神圣职责。魏巍在志愿军前线部队，耳闻目睹了许多撼人心魄的英雄故事。正是这次深入的采访，使他进一步了解到志愿军战士的崇高与伟大，也正是这次深入的采访，使他回国后写出了那篇不朽之作——《谁是最可爱的人》。

1951年4月11日，《人民日报》破例用头版头条、大字标题发表了一篇战地通讯《谁是最可爱的人》。报纸送进中南海，朱德总司令连声称赞"写得好"，毛泽东主席阅后立即批示"印发全军"，并建议其他领导人也认真读一读这篇文章。

《谁是最可爱的人》文章发表后，在全国引起了广泛影响，先后印刷22次，印数达数十万册。举国上下，前线后方，到处在谈论着"最可爱的人"这个美丽的新名词，该文后来也成为一篇经典课文。

1953年9月23日，周恩来总理在全国第二次文代会上讲话时，竟推开了讲稿，对着话筒大声说："在座的谁是魏巍同志，今天来了没有？请站起来，我要认识一下这位朋友。（这时，全场都望着从座位上站立起来的魏巍，热烈鼓掌），我感谢你为我们子弟兵取了个'最可爱的人'这样一个称号。"后来，"最可爱的人"成了志愿军的代名词，也成了几十年来中华大地上运用频率最高的词汇之一。

"我们回家吧"

1966年，"文化大革命"开始了，魏巍由妇孺皆知的大作家成了在劫难逃的

"文艺黑线人物"，他的那些脍炙人口的作品也在一夜间变成了"大毒草"。猛然跌进政治深渊，魏巍心里痛苦至极。从枪林弹雨中跋涉过来、一直对党忠心耿耿的他，实在想不出自己到底做错了什么。为了不让性情耿直的妻子担心，他强抑着心中的苦水。

面对多次审查、多次批判，看着日益憔悴的丈夫，刘秋华也是强忍痛苦安慰丈夫。这对忠贞不渝的革命伴侣凭着对中国共产党的坚强信念，挺过了那段艰难岁月。

粉碎"四人帮"以后，魏巍宝刀不老，在妻子的全力支持下，再一次焕发了无穷的青春活力。

1978年，魏巍担任了北京军区文化部长，他一口气创作出了反映伟大的抗美援朝战争的长篇小说《东方》，表现了壮烈的抗美援朝战争生活，作品荣获1982年中国首届茅盾文学奖长篇小说创作奖。

1987年，年近古稀的魏巍又出版了全面反映长征的长篇小说《地球的红飘带》，此书被称为"具有宏伟气魄的史诗性作品"。为了创作《地球的红飘带》，魏巍在1983年和1984年，以顽强的毅力和执着的精神，两次偕夫人刘秋华重走长征路，历时一年多，实地考察和体验红军当年经历的种种艰难。长征亲历者聂荣臻元帅读罢此书后感慨："我从《当代长篇小说》杂志上看到了魏巍同志的新作《地球的红飘带》，兴奋不已，接连十几天，一口气把它读完了。《地球的红飘带》是用文字语言叙述长征的第一部长篇巨著，写得真实、生动，有味道，寓意深刻，催人奋进，文字简洁精练，读来非常爽快。读完全书，我仿佛又进行了一次长征。"

魏巍的《东方》《地球的红飘带》《火凤凰》这三部作品，构成了"革命战争三部曲"。

"我的创作一半功劳归老伴。如果没有她，就不会有我现在的一切。"魏巍曾在一篇文章里由衷地夸奖妻子，他说他"不知道菜市场在哪儿，不知道家里的钱放在什么地方，甚至不知道孩子在读几年级。这些家庭生活中的'小事儿'都由妻子操劳着。"

魏巍75岁生日时，还写过一首《自题》诗，刻在黄河边上，那里有个石碑。这首诗写的是他离家参军的情形："黄河岸上一少年，不觉霜雪飞鬓边。烟飘青春从不悔，雾迷关山志更坚。鲁师遗训铭心底，痴牛永俯孺子前。胸中自有青松气，尽瘁不唱夕阳残。"

2007年9月，魏巍患病住进解放军医院，在住院近一年的时间里，刘秋华每天去医院看望。为了不让家人难过，她从不在众人面前掉泪。2008年8月24日，魏巍走完了自己88年的人生征程。直到这时，面对魏巍还散发着余温的遗体，刘秋华才放声大哭出来，那一刻，她对躺在病床上的魏巍深情地说："我们回家吧！"

（载《金陵晚报》2017年1月16日）

闻捷：歌唱爱情的诗人

1955年,《人民文学》3月号发表了一组题名为《吐鲁番情歌》的抒情诗,作者闻捷。自此以后闻捷名冠诗坛。1956年初,诗人的第一本诗集《天山牧歌》出版。《天山牧歌》因表现了边疆少数民族青年人的美好爱情和愉快的劳动生活,而广为读者称道,闻捷的诗也因此被誉为"劳动和爱情的赞歌"及"生活的牧歌"。

这样一位才华横溢,歌唱劳动、歌唱生活、歌唱爱情的诗人,却在"文革"中经历了他人生的爱情悲剧。

厄运悄悄袭来

闻捷,又名赵文节。1923年出生在江苏丹徒一个铁路职工家庭。少年时代,闻捷曾在南京水西门外一家鑫记煤厂当学徒。1938年,受抗日救亡运动之感召,闻捷到武汉参加抗日救亡演剧活动。1940年奔赴延安,先后在陕北文工团、陕北公学工作、学习,开始创作反映陕甘宁边区军民斗争生活的诗歌、散文、小说、剧本等文学作品。是巍巍宝塔山,滚滚延河水,哺育着闻捷成长为一名革命战士。

在延安,闻捷结识了杜芳梅。杜芳梅出身于陕北米脂县的一个望族,是一位美丽、贤淑、庄重、热情的女性,曾经是陕甘宁边区的模范工作者。他们由相识而相爱后走到了一起,在烽火的岁月中,他们相濡以沫,相依为命。

解放战争时期,闻捷作为战地记者参加解放西北的战斗,并随军到了新疆,任新华社西北总分社采访部主任,1952年任新华社新疆分社社长。尔后,长期生活在新疆的他专业从事诗歌创作，抒发对新生活的浓烈情思，他的诗逐渐引起了广泛注意，为世人所熟知。从1959年起，闻捷根据当年积累的生活素材，开始创作长篇叙事诗《复仇的火焰》。按计划，长诗共分三部。以解放初期粉碎新疆东部巴里坤草原的叛乱为题材，描写人民解放军贯彻中共党的民族政策，教育、团结受蒙蔽群众，孤立哈萨克民族中的反动派，取得了平叛胜利的故事。从较广阔的历史背景来表现这场复杂斗争，使得长诗更具有宏大的史诗性质。第一部《动荡的年代》于1959年出版。

1961年初，闻捷从甘肃调到上海作协，妻子杜芳梅也调往上海一家人民银行工作。不久，闻捷在西北创作的长诗第二部《叛乱的草原》也于1962年出版，依旧反响热烈。正当闻捷打算继续完成长诗第三部《觉醒的人民》，并计划再创作一部反映长江两岸人民斗争生活的长篇史诗《长江万里》的时候，厄运却悄然而至，袭向正在诗坛走红的年轻诗人。

痛失延安结发爱妻

"文革"以排山倒海之势爆发了，15岁就参加革命的闻捷，竟莫须有地成了"反革命分子"和"叛徒"，沦为第一批被打倒的对象。

在银行工作的妻子也以莫须有的罪名被批斗，大字报一直贴到她家宿舍的走廊里。杜芳梅是个性格倔强，把自尊看得比生命还重要的人，对这样的凌辱感到万分气愤，大家闺秀的她誓以一死维护自己的清白。1968年夏天，她毅然从住家的高楼平台上跳下。死前，她留给三个女儿的最后一句话是：爸爸不是叛徒，妈妈也没有罪。

悲剧发生后，上海作家协会要戴厚英和青年诗人王宁宇一道去把杜芳梅的死讯委婉地告诉闻捷。此时的戴厚英，被指派为闻捷调查组组长。闻捷在狱中听到了自己深爱的妻子的死讯，如雷击顶，悲痛至极。

闻捷对妻子的深沉的爱，感动了戴厚英。连戴厚英自己也意想不到，在审查过程中，她悄悄读了闻捷的不少诗作，竟被深深地感动。

诗人在绝望中倒下

戴厚英，1938年出生在安徽淮北阜阳地区一个穷乡僻壤的小镇。1956年，她考入上海华东师范大学中文系，毕业后分配到上海作家协会文学研究所工作，于1961年结婚，丈夫是中学同学，青梅竹马。1964年10月她生下女儿，取名醒醒。

1970年3月7日，上海作协全部进入五七干校劳动。此时的戴厚英因为和丈夫长期两地分居、感情不和而离了婚。青梅竹马建立起的情感最终破裂了，这使戴厚英非常地痛苦。

而此时经审查被"解放"了的闻捷，也在干校劳动，由于他身高体阔，劳动出色，又懂得一些庄稼活，便当了连队下属的生产队长，他的顶头上司恰巧是戴厚英。

两人一个养猪一个种菜，一起负责每天生产劳动的安排。在往返干校和田间的长堤上，沐浴着朝霞和夕阳，两个人谈文学谈诗歌谈生活谈未来，谈得十分投机，渐渐地彼此之间有了感情。戴厚英后来在一本书中写道："诗人的感情好像一股巨大的旋风把她整个吞了进去，而诗人清新亮丽的诗歌字字句句仿佛都是对她的呼唤。"两人在苦难中相爱了。尽管他们的年龄相差15岁，戴厚英时年31岁，闻捷46岁，但相同的艺术见解和对生活的执着追求，缩短了岁月的距离。何况两人又都是婚姻生活中的不幸者。

很快，一纸结婚申请交到了工军宣队的手里，他们公开了恋情，希望能早日批准结婚，互相有个照应。一个多月过去了，结婚申请的批复杳无音信，一种不祥的气氛开始弥漫在两人的心里。

果然，事情的发展对他们愈来愈不利，戴厚英被调往吉林接受再教育。动身之前，闻捷准备和戴厚英一起回趟上海，到照相馆去拍一张合影照，以示永不相忘，却遭到了工军宣队的阻挠，并宣布，闻捷留下来值班。

闻捷终于按捺不住和工军宣队领导吵了起来，一个住牛棚的"文艺黑线人物"敢和造反派领导吵架，这可是阶级斗争的新动向。形势急转直下，一天下午，五七干校召开了关于闻捷的批判会。第二天一早干校广播了一篇"叛徒闻捷不思悔改、坚持文艺黑线并且向无产阶级进攻、向革命造反派进攻、腐蚀造反派"的大字报。

轮番的检查使闻捷和戴厚英的精神近乎崩溃，为了让戴厚英好过一些，闻捷提出暂时停止恋爱，保留两人的关系。而戴厚英的性格宁折不弯，她对闻捷的回答是："要断就坚决地断。"其实这正是爱到绝望的地步才说出的话。

1971年春节前夕，五七干校的人全部拉练回上海，闻捷也不例外。1月的上海是寒冷的，就好像此时戴厚英和闻捷的心情。当戴厚英站在闻捷面前还给他家门钥匙的时候，这位身高一米九的东北大汉失声痛哭。戴厚英也哭着对闻捷说她不值得他去爱，她是一个没有灵魂的女人。闻捷彻底地绝望了。1971年1月12日下午，戴厚英在市党代会上最后一次见到了闻捷。这场会议一直开到晚上才结束，闻捷看也不看同在一个会场的戴厚英，转身就走，而戴厚英出于对闻捷的关心，远远地尾随着他从成都路到了南京路。当戴厚英跟随闻捷走到距离闻捷家还有100米的时候，她停住了脚步，她知道她不能再见闻捷，长痛不如短痛。戴厚英强忍着对闻捷的思念转身走了回去。而就在这天夜晚，闻捷在家写完遗书，折叠好，放在熟睡的小女儿床边，然后走进厨房，打开了煤气开关……诗人倒下了，为了他心中浪漫的爱情。

这一天恰好是他与戴厚英相爱一百天。

斯人已逝，而活着的人则陷入了深深的自责。戴厚英在她的书中写道，闻捷死后她像突然从船上被掀翻到波涛汹涌的海里，看不见岸，也看不见船和桥，甚至连一块让她喘气的石头也摸不着。

痛定思痛，1979年，戴厚英写出了第一部长篇小说《诗人之死》。她写的诗人的原型便是闻捷，而小说中的"向南"便是她自己。她在文字里留下了她人性复苏的记录，留下了人的自尊，也留下了一段凄婉动人的爱情故事。

之后，戴厚英又相继出版了多部小说和散文集，成了一位享誉海内外的知名作家。谁也没想到，这样一位经历苦难的作家，竟于1996年8月25日在上海自己的寓所被人杀害，年仅58岁。

（载《金陵晚报》2017年6月16日）

王火：一个有故事的人

作家都善于讲故事，但并非每一个作家自身都拥有故事性的人生。可王火，却肯定称得上是一个有故事的人。

一对情人隔海相望

王火，原名王洪溥，1924年出生于上海，原籍江苏如东县。父亲王开疆曾留学日本早稻田大学，回国后做过《民国日报》的律师、法学教授，是政治文化界的名人。不幸的是，父母离异后，6岁的王火随父亲从上海搬到南京生活，失去母爱的王火，"陷入情感上的贫穷，自此进入寂寞而又压抑的少年生活"。这段心路历程后来被王火写进他的童年自传里，取名《失去了的黄金时代——金陵童话》。

1937年，王火上初中一年级时，抗战爆发了。日寇轰炸南京，他随家人躲避战火先后辗转安徽、湖北等地，最终到达香港。1942年，不愿在日本控制区生活读书的他，不远万里，穿越封锁线，历时三个月，到达战时大后方重庆，在离重庆不远的江津，考进了国立九中。在这里，王火相遇了同学，即后来成为他妻子的凌起凤。

凌起凤，又名凌庶华，同王火同庚。其父是辛亥革命元老、著名爱国人士凌铁庵。

凌铁庵与王火父亲交好，因了这样的一层关系，王火不时到凌家玩。凌铁庵很喜欢王火，觉得这个青年人聪明，勤奋好学，人品也好，因此，要王火经常来凌家玩，将凌家当成自己的家。王火高中毕业后考入重庆北碚复旦大学。

时间会积聚情感。王火与凌起凤两个年轻人相识长了，有了感情，渐渐坠入爱河。有一次，凌起凤突然问王火："你不是已经考上复旦大学新闻系，到重庆北碚上学去了吗，怎么还经常回江津？这样来回奔波，不怕影响学业吗？"她问得含蓄，王火回答得也含蓄，写了一首藏头诗给她，诗云：

一天香云绕碧山，心随鸟飞烟散。

只因庭院残，爱上禅林凭栏杆。

起家立业在江南，凤舞龙蟠钟山。

而今栖霞岭，已经七度血斑斓。

诗写得很有技巧。通过原先他们熟悉和热爱的南京山水和江津风光的巧妙结合，委婉地向她传达出浓浓的爱意。凌起凤接过诗看了，用那对明如秋水的大眼睛看着王火，不无羞涩地一笑，并随即将这张用毛笔写在宣纸上的诗珍藏了起来。毫无疑问，她看出了这首诗中每行的第一个字，连起来就是"一心只爱起凤而已"。王火这首藏头诗，是他求爱的宣言，凌起凤珍藏起来，表示她接受了王火的求爱。

抗战胜利了，凌家也迁回了南京，王火则随复旦大学迁回了上海。他风华正茂，在新闻、文学两个方面的才华越渐显露。

1948年，两人订婚。恰在这时凌起凤随家人去了台湾，一道海峡将一对有情人无情地隔离开。两人分别4年，一直靠书信往来，寄托彼此的思念。

婚后夫妻历经坎坷

新中国成立后，海峡两岸关系异常紧张，处于战争一触即发的状态。大陆的阶级斗争的弦越绷越紧。作为一名共产党的干部，且事业蒸蒸日上，又在极敏感的宣传文化口工作的王火，与海峡对岸国民党上层人士凌铁庵女儿的恋爱，在好些人看来就是阶级立场不稳。这样的爱情，对男女双方来说都是要冒极大的风险、经受极大的考验。很多好心人劝王火和凌起凤分手，不要影响了自己的前程。一向随和的王火此时却出奇的倔强。

真爱无敌。海峡对岸的凌起凤，也在日夜思念王火，为了他，为了信守当年的誓言，为了他们的爱情，她冒着千难万险，割断刻骨铭心的父女亲情，抛弃舒适的生活、工作，毅然决然悄悄经香港回到大陆，最终这对有情人终成眷属，走到了一起。1952年8月，王火与凌起凤在上海结婚。虽然没有连累台湾的亲属，但是从那时起直到父母亲去世，凌起凤就再也没有见到自己的亲人。多年后的王火还以凌起凤的这段曲曲折折的原型写过一部电影文学剧本《明月天涯》，发表在1981年1月的《花城》杂志上。

婚后不久，王火从上海调往北京，在《中国工人》杂志社任编委兼总编助理。凌起凤也随丈夫到了北京，先后在中国工人出版社等单位工作。王火勤于笔耕，卓有成效。这期间，王火已经开始酝酿动笔，写作他后来获得第四届茅盾文学奖的史诗性长篇巨著《战争与人》三部曲。

就在王火要在更高的层面上冲击时，他所钟爱的《中国工人》杂志因种种原因被撤销了。他从北京下放到山东支援老区建设，1961年7月王火和凌起凤来到山东沂蒙山区，支援农业第一线。来到临沂后，王火被安排到临沂一中担任副校长，凌起凤就在一中的图书馆工作。他们在这里一待就是22年，把一生最好的时光献给了沂蒙山区。"文革"中，王火受到冲击，遭受无休止的批斗、抄家，所幸王火桃李满天下，在学子的庇护下逃过了更为残酷的一劫。

1983年10月，王火由当年复旦大学的同学推荐离开生活了二十多年的临沂，前往四川成都参与筹建四川文艺出版社的工作。之后任该社党组书记兼总编辑。凌起凤带着两个女儿又随着王火来到成都，她对王火说："我反正是跟着你走的人，哪里都是家。"

"爱并不是一时的激情，爱代表一路同行"。正是由于结合得这样困苦艰难，王火和凌起凤特别珍惜他们的爱情。王火自18岁与凌起凤相识相恋，两人相濡以沫几十年，"没有夸张，我们还真的没有红过一次脸。也许是因为经过大风大浪我们才走到一起，非常不容易。"

情深意长的"大后方"

经过二十余年的艰苦写作，王火的《战争和人》三部曲（《月落乌啼霜满天》《山在虚无缥缈间》《枫叶荻花秋瑟瑟》）相继诞生，由人民文学出版社陆续出版后，好评如潮，声誉鹊起，1997年王火获第四届茅盾文学奖。在《战争和人》书的扉页上，印着王火与凌起凤的合影。王火写道："几十年来我们是最好的伴侣，我们是最好的合作者，她总是我的第一个读者，所以我说我的小说都应该写上她的名字。她是我的很可靠的大后方，我的大后方始终很安定。"

这部作品的成功，为人罕知的是，1985年一天下雨，王火经过正在建设中的成都出版大厦工地时，听到一个穿红毛衣的小女孩的哭声，走近一看，发现小女孩掉进附近工地的深坑里，王火跳下去把小孩托举到沟上，自己却爬不上来了。这时雨越下越大，坑里更滑。他使出浑身力气向上一跃，头部被脚手架上的钢管撞击了一下，导致颅内出血，左眼视网膜损伤。经住院治疗，出血止住了，但视网膜受伤留下隐患。

受过伤的眼睛岂能使用过度，王火仍日夜埋头写他的《战争和人》，结果1987年，王火的左眼视网膜脱落，两次手术失败后左眼完全失明了。那以后，《战争和人》的第二部、第三部，是王火靠右眼一笔一画地爬格子完成的。凌起凤始终陪伴着他，给王火提供最好的写作环境和氛围，无微不至地关心他。

王火说，凌起凤有学问有教养，既可执教，也可为文，"然而她为了全身心地协助我，放弃了很多，她无微不至地照顾我，是我的'大后方'。我每写一部作品，她是我的第一个读者，给我提了很好的建议。可以说，她为我付出很多。"

天不假年，"汶川"地震后，一直身体不好的凌起凤被查出脑萎缩，2011年7月2日深夜，87岁的凌起凤病逝，在成都安详地离开了这个世界。

王火悲恸不已，他将凌起凤的骨灰盒存放家中，说百年之后，要和凌起凤合葬在一起。王火曾在《长相依》一文中，写下这样深情的话："我们互相带着年轻时的浪漫走进婚姻，又以爱来相互滋润着各自的心田。我们的爱情始终充满魅力。当我挥去历史的尘土揭开记忆的箱盖时，我愿同时掸去的是我所经历过的那个特定时代有过的不幸与无奈，只留下爱和温馨。"

（载《金陵晚报》2017年8月13日）

高莽与孙杰：结缘俄苏文学

　　高莽是我国俄语翻译界的泰斗人物，也是著名的作家、画家。2011年，中国翻译协会授予高莽"翻译文化终身成就奖"。2013年11月，他凭借翻译阿赫玛托娃的叙事诗《安魂曲》译作，荣获"俄罗斯—新世纪"当代文学作品最佳中文翻译奖。年近九旬时，又因翻译2015年诺贝尔文学奖得主阿列克谢耶维奇的《锌皮娃娃兵》一书，进一步为公众所熟知。

　　高莽一生离不开三个非凡的女性：母亲、妻子和女儿。母亲给了他生命，教他怎么做人；女儿延续父亲的事业，放弃了在巴西的优越的生活条件；妻子则是他心中的最爱，在他最困难、遭受批判与凌辱时，妻子成了他安身避难的港湾。

结缘《保尔·柯察金》话剧

　　高莽，1926年生于哈尔滨，这座城市有着浓郁的俄罗斯风情。1933年，高莽进入一所基督教会学校，同学中以俄罗斯人居多，老师上课时也是用俄语讲课。每天放学回家高莽都会对母亲哭诉，因为他听不懂同学们说的话，憋得难受。文盲的母亲耐心地劝慰儿子要坚持，终于在一群讲俄语的孩子中，高莽慢慢融入其境，渐渐能讲一口流利的俄语，同时还爱上了俄罗斯文学。

　　17岁时，高莽在当地的《大北新报》上发表了第一篇译文，是屠格涅夫的一篇散文诗《曾是多么美多么鲜的一些玫瑰》，自此走进了俄语文学的翻译天地。

　　1945年抗战胜利后，高莽到哈尔滨市中苏友好协会所属的机关报《北光日报》工作，经常翻译些俄苏的诗歌散文。高莽原本不愿意从事翻译工作，他是在日本帝国主义占领的哈尔滨长大的，一看到奴相十足的"翻译官"，心里就十分厌恶，觉得翻译是给鬼子当走狗，替统治者做事。可是优美的俄苏文学又深深地吸引着他，他还是不停地翻译。当时高莽的作品常署名"何焉"笔名，意思是在反问自己："我不喜欢做翻译，为什么还在做？"

1946年，高莽读了苏联作家班达连柯根据小说《钢铁是怎样炼成的》改编的剧本《保尔·柯察金》，受到强烈的震撼，顾不上自己中文水平的不成熟，立即把它翻译成中文，并很快出版发行。不久哈尔滨市小学教师业余联合文艺工作团决定上演这个剧本，扮演剧中女主角冬妮娅的是孙杰，一位年轻漂亮的女孩子。

孙杰与高莽同龄，都属虎。她长得身材高挑，眼睛漆黑，梳着两条长长的辫子，是一所小学的助理校长。为了更深入体验和了解角色，孙杰来到哈尔滨中苏友好协会，相识了作者高莽。她问了高莽许多有关剧中人穿的衣服、屋里的摆设、风俗习惯等问题，问得很仔细。高莽找出一大堆有关苏联的书籍、资料借给孙杰参考。此后，孙杰频繁地来访，让两个年轻人的人生轨迹出现了交叉点，他们相爱了。

当话剧在哈尔滨公演时，十分成功。站在舞台上谢幕的"冬妮娅"，看到了台下的高莽，眼前骤然一亮，他们的目光相撞着，从对方深情的目光中两人都感到了什么。高莽不得不坦言，孙杰是第一个让自己心动的女孩子。

几年后，孙杰到北京中央戏剧学院学习，1953年，高莽也调到北京中苏友好协会担任口语翻译。这一年，这对靠鸿雁传书的"两只老虎"结成了终身伴侣。孙杰穿着藕荷色的布拉吉出现在婚宴上，那是她最喜欢的颜色。赵丹、白杨、金山、张瑞芳、孙维世等参加了他们的婚礼，并在婚礼红绸带上签名祝贺。朋友们闹新房时，幽默地戏称他们的新房是"老虎洞"，引得大家开怀畅笑。

妻子是他作品的第一读者

从1954年起，高莽先后在中苏友好协会总会联络部及《友好报》工作，曾多次随中国作家、美术家等赴苏联及东欧国家访问或出席一些会议。

1956年，《钢铁是怎样炼成的》的作者尼古拉·奥斯特洛夫斯基的夫人赖莎来中国访问，她在全国各地为青年作报告时，高莽担任她的口语翻译。当赖莎得知高莽译过《保尔·柯察金》剧本，而他的夫人孙杰因为扮演剧中女主角冬妮娅和高莽相爱时，高兴地要求高莽一定要带夫人和她见一面。

那天见面时，赖莎紧紧握着高莽夫妇的手，风趣地说："记住，我是你们的媒人。"并送给他们一张照片，照片上是双目失明的奥斯特洛夫斯基躺在病床上，而赖莎亲密地守护在其身边。赖莎工整地在照片背面写上："祝你们像微笑的尼古拉那么幸福。"

1962年，高莽调往中国作家协会《世界文学》杂志编辑部，后任《世界文学》杂志主编、编审。1983年与1987年应苏联作家协会邀请，高莽前往莫斯科出席第六次与第七次苏联文学翻译家国际会议。苏联作家协会因高莽多年有效地从事文学翻译活动，1997年吸收他为名誉会员，同年俄罗斯总统又因其对中苏（中俄）文学艺术交流的贡献而授予他"友谊"勋章。1999年高莽获中俄友协颁发的"中俄友好纪念奖章"和俄中友协颁发的"俄中友谊纪念章"。

高莽一生出版了三十多部译作及十多部关于俄罗斯的著作，他的一生都奉献给了俄罗斯的文学艺术。他翻译的冈察尔的小说《永不掉队》收录于中国语文课本教材；他出版过普希金抒情诗、莱蒙托夫书信集、阿赫玛托娃长诗《安魂曲》、叶赛宁组诗、帕斯捷尔纳克自传《人与事》、马雅可夫斯基剧本《臭虫》等作品。

在这些作品的背后，孙杰始终是高莽事业的"贤内助"，是高莽作品的第一读者，那时根本没有电脑，孙杰总要给他一遍遍誊写稿子，高莽改七八遍，她就抄七八遍，几十年从来如此，她抄写的稿子后来成了高莽的珍藏。

2006年，高莽还出版了《我画俄罗斯》，书中收录了高莽为苏俄作家、汉学家和友好人士画的像。被画者有名垂青史的，也有今天已默默无闻的，远至19世纪，近至2006年，堪称一次文学史大扫描。高莽用文字和画记录了和这些作家们的交往。

那是高莽最幸福的时光

高莽很早喜欢画画，也学过油画。1937年普希金逝世100周年，高莽临摹了一幅普希金的肖像，这是他的画第一次被张贴出来。"文革"中，高莽开始创作组画《马克思、恩格斯的战斗生平》，他总爱把马克思夫人燕妮的衣裙画成藕荷色。因为孙杰和他结婚时穿的就是藕荷色的布拉吉，这让他一辈子忘不掉。

2007年，高莽完成了肖洛霍夫的肖像画，请我国专门研究肖洛霍夫和翻译其作品的前辈草婴先生题词。草婴先生写了四句话："面对静静流淌的顿河，心里翻腾着哥萨克的血泪，通过一个人的悲惨遭遇，控诉法西斯的滔天罪行。"这一年俄罗斯举办中国年时，高莽应邀在莫斯科举办了一场画展，展出高莽画笔之下的普希金、托尔斯泰、高尔基等四十多幅著名人物的肖像画，这些画被文学馆和纪念馆收藏。

生活的路，总是不平坦的。妻子孙杰70岁之后，眼睛突然失明了，生活起居很不方便。在高莽的关爱和精心呵护下，妻子仍然感到了人生的幸福。因为高莽只要在家中，就会对妻子大声说"太太，我爱你"。他是用这句话呼唤着孙杰，慰藉着妻子的心灵。为了稳定病情，高莽每天给妻子点眼药水。漫画家华君武闻讯后深受感动，画了一幅《恩爱虎》赠送高莽。画上两只胖胖的老虎相拥在一起，站在后面的那只拿着眼药水瓶，前面那只面带羞涩，用双手捂住了自己的眼睛。题款为"不是害羞，是点眼药的恩爱"。高莽解释说，每天五六次给妻子点眼药水，是他最幸福的时光。此外高莽还天天搀着盲妻下楼，让妻子坐在轮椅上，慢悠悠地推着她沿生活区转悠，接接地气。为了能够照顾妻子，高莽还推掉了许多社会活动。他曾对他的许多朋友说过，"我最大的心愿是走在孙杰后面，哪怕晚一分钟也好！这样我可以先送她……"这句话是那么地感动人心。

可谁也没料到，2017年10月6日那个晚秋的夜晚，高莽还是在平静中先妻子而去了，享年91岁。他在天堂等待着自己的爱妻。

高莽一生精彩而充实，在七十多年默默辛勤耕耘中，用他一生的著作、译著和画集垒起的文化高山永远屹立在中外文化界，他的精神品格和人格魅力永远留在人们的心间。这是一座后人难以企及的高峰，像阳光一样，永远带给人们温暖。

我想起高莽在他晚年翻译的《阿赫玛托娃诗文抄》那本书中，亲手抄写的一段诗句："让我孤零零的一个人能够，安然轻松的长眠，让高高的苔草萋萋的吟唱，吟唱春天，我的春天。"

著名学者

蔡元培：趋于完美又匆匆逝去

蔡元培是民国时期著名的教育家、政治家，他72年的人生历程，先后经历了晚清时代、南京临时政府时代和民国政府时代，一路经风历雨，始终信守爱国和民主的政治理念，致力于废除封建主义的教育制度，奠定了我国新式教育制度的基础，为我国教育、文化、科学事业的发展作出了富有开创性的贡献。他被毛泽东主席誉为"学界泰斗、人世楷模"。

蔡元培一生经历了三次婚姻，每一次婚姻都令他刻骨铭心，他的爱情生活似乎每次都趋于完美，然而又匆匆逝去，或许，这也是一种残缺美。

中年丧偶

蔡元培，1868年出生在浙江绍兴的山阴县（今绍兴市）。蔡家几代书香，在蔡氏几代聚居的这座明代晚期风格的古建筑里，蔡元培度过了他的童年时代。至少年时期，蔡元培已名动公卿，曾被常熟籍的宰相翁同龢称赞："年少通经，文极古藻，隽才也。"

1889年，21岁的蔡元培考中举人，少年得志，迎娶了他的第一位夫人王昭。王昭也算得上是名门望族、大家闺秀。不过蔡元培的第一次婚姻，完全是奉父母之命、媒妁之言的旧式婚姻，蔡元培在婚礼之前甚至从来没有和王昭见过面。当时的蔡元培虽有了一些新的思想，但还不足以与封建正统习俗相抗衡，只得接受。

王昭在蔡元培面前，总要尊敬地称他为"老爷"。为此，参与百日维新的蔡元培还嗔怪她："你以后可不要再叫什么'老爷'，也不要再称什么'奴家'

了，听了多别扭呀！"而王昭总是温顺地说："唉，奴家都叫惯了，总是改不过来呢。"

王昭有洁癖，什么都要弄得干干净净，凡座席、食器、衣巾等都禁止别人触摸。每次睡觉前必须先脱去外衣，然后脱去衣裙之类，再用毛巾擦拭头发等等，而且花钱极节省。但蔡元培却生性豪放、不拘小节，还有些大男子主义，两人婚后经常发生口角。在最初的几年里，蔡元培似乎难以接受自己的妻子，这样一晃过了7年，直到王昭为他陆续生下了两个儿子，家庭添丁增喜悦，蔡元培才觉得应该改善他与王昭之间的夫妻关系。

1900年，接受了西方新思想的蔡元培开始重新思考女权的定义，他写出了《夫妻公约》，重新调整与妻子王昭的关系，这对结婚十多年的夫妻才越来越感觉生活和谐幸福，他曾告诉好友："伉俪之爱，视新婚有加焉。"就在夫妻感情愈发融洽之际，这一年，王昭因严重的肝病去世，时年35岁。

中年丧偶这一人生大不幸降临到蔡元培身上。悲痛欲绝的蔡元培，为妻子王昭写下了祭文与挽联，沉痛悼念，称颂她有"超俗之识与劲直之气"，赞扬她淡于名利，恪尽妻子、母亲之责，不以丈夫中进士、点翰林为喜，不为丈夫辞官回乡而怨。

续娶仲玉

人生一世，遭逢不幸，实所难免。王昭去世时，蔡元培32岁，正值风华正茂之时，这时的他在江浙一带已颇有名气。很多文人志士关心蔡元培的续娶，纷纷上门来给他说媒。倡导新思想的蔡元培则对这种旧式封建"提亲"根本不屑一顾，为避免不必要的麻烦，他当着众媒人的面，磨浓墨、铺素笺，挥毫写下了一则"征婚启事"：第一，不缠足；第二，识字；第三，男子不娶妾，不娶姨太太；第四，丈夫死后，妻子可以改嫁；第五，意见不合，可以离婚。这份"征婚启事"在当时可算惊世骇俗，上门的人顿时退避三舍。特别是后两条，在那时的人们看来，显得悖于常理。

1901年的一天，蔡元培在朋友家看到了一幅工笔画，线条秀丽、题字极有功底，出自书香门第黄仲玉之手。黄仲玉是江西名士黄尔轩的女儿，当地有名的才女。她没有缠足，识字，还精通书画，孝敬父母，完全符合蔡元培的择偶标准。蔡元培托人去提亲。当黄仲玉得知蔡元培的五条择偶标准后，更是对其人品与见识肃然起敬，二人志同道合。

1902年元旦，蔡元培在杭州举办了一生中的第二次婚礼。这次婚礼中西合璧，他用红幛缀成"孔子"两字，代替悬挂三星画轴的传统，以开演说会的形式代替闹洞房。

婚后夫妇两人相敬如宾，感情甚是融洽。1903年，爱国学社的活动引起清政府的警觉，下令侦讯。蔡元培辗转青岛、日本、绍兴、上海等地，一方面学习德语，准备赴德留学以躲避风头；一方面仍从事教育和革命活动。而黄仲玉则一直追随左右。1904年至1907年，女儿威廉和儿子柏龄先后在上海与绍兴出生。1912年，黄仲玉携子女随蔡元培赴德国。在德国的四年，蔡元培编著了《中国伦理学史》。1913年6月，蔡元培夫妇应孙中山先生之邀，回国参加"二月革命"；9月，因革命失败又双双流亡欧美各国。1916年10月，蔡元培应邀就任北大校长而回国。为了支持丈夫的事业，黄仲玉放弃了自己的书画爱好，致力于照料丈夫，抚育子女，操劳家务，终致积劳成疾。

黄仲玉与蔡元培共同生活了20年，在蔡元培从事反清革命、留学德国、民国元年参政，以及后来旅居海外、回国出任北京大学校长等一系列重要活动中，她始终作为一个贤妻良母，在精神上和实际生活中支持丈夫的事业。不料1920年底，蔡元培赴欧洲考察时，黄仲玉病情恶化，于1921年病逝。蔡元培在日内瓦得知噩耗，当即挥泪写下著名的祭文《祭亡妻黄仲玉》："呜呼仲玉，竟舍我而先逝耶！自汝与我结婚以来，才二十年，累汝以儿女，累汝以家计，累汝以国内、国外之奔走，累汝以贫困，累汝以忧患，使汝善书、善画、善为美术之天才，竟不能无限之发展，而且积劳成疾，以不能尽汝之天年。呜呼，我之负汝何如耶……"

贤妻周峻

在蔡元培54岁时，时任北大校长的他决定再一次续娶。他再次提出自己的条件：一、具备相当的文化素质；二、年龄略大；三、熟谙英文，能成为研究助手。这时，一位名叫周峻的女子，走进了他的生活。

周峻是蔡元培原来在上海成立的爱国女校的一位学生，这位学生对蔡元培一直抱有一种敬佩与热爱的情感，她一直到33岁还没有结婚，这在当时的旧中国是难以想象的。蔡元培和周峻两人年龄相差22岁。在挚友的介绍撮合下，1923年7月10日，蔡元培和周峻在苏州留园举行了隆重的婚礼。

婚后第十天，辞去北大校长的蔡元培和周峻携子女赴欧洲学习。在欧洲的两年半时间里，蔡氏夫妇先后旅居比利时、法国和德国。蔡除了写作《哲学纲要》，还从事大量社会活动。周峻则先后入布鲁塞尔美术学校和巴黎美术专科学校，攻习绘画。同时，她还以相当的精力陪丈夫出席各种学术会议，并协助蔡元培在英国朝野进行庚子赔款的一系列活动。1924年冬，蔡元培夫妇共同进入汉堡大学，进行研究和深造，直至1926年初回国。

南京国民政府成立后，蔡元培历任要职，周峻亦时常参加一些社会活动。蔡元培与周峻都喜欢吟诗，两人时常联句、唱和，过生日时必互赠贺诗，表达爱慕之情。因为两人的蜜月是在海上度过的，以致其后蔡元培在祝贺周峻46岁生日时写诗道："遂于蜜月里，海上听涛声。"之后又赠一首七律："蛩驱相依十六年，耐劳嗜学尚依然，岛居每恨图书少，春至欣看花鸟妍。儿女承欢凭意匠，亲朋话旧诉心田，一樽介寿山阴酒，万壑千岩在眼前。"

周峻把对蔡元培的爱倾注在她的作品——《蔡元培半身像》中。而蔡元培则在上面题诗一首"唯卿第一能知我，留取心痕永不磨"。可见夫妻真情之深切。

美好的时光总显短暂。1940年3月5日，已近垂暮之年的蔡元培在香港因病与世长辞。蔡元培书写完了其一生多舛的爱情婚姻传奇。

蔡元培逝世后，周峻带着儿女回到上海原华山路的住所，新中国成立后，陈毅市长特批将华山路一幢房屋供蔡元培子孙后辈永久居住。1975年周峻逝世，享年85岁。

（载《金陵晚报》2017年4月15日）

梁启超：扑朔迷离的婚姻生活

梁启超，1873年生于广东新会（现广东省江门市新会区），字卓如，号任公，中国近代思想家、政治家、教育家、史学家、文学家，清华大学国学院四大教授之一。他的文章富有独特的历史视角，引人深思，启蒙思想。他的婚姻生活也扑朔迷离，令人有很多的猜想。

李惠仙：恩爱的结发妻子

1890年，梁启超参加广东乡试，秋闱折桂，榜列第八名，成了举人，这位出身寒素之家，本为一介寒士的青年，立即成为当时一颗十分耀眼的新星，受到主考官李端棻的器重。李从这个温和儒雅、才华横溢的穷书生身上看到了未来发展的潜力，怜爱其年少才高，主动将堂妹李惠仙许配于他。

李惠仙，出身于官宦之家，父亲李朝仪，从直隶（河北）平谷知县，一步步做到顺天府尹，相当于今天的北京市市长。经维新派大臣、礼部尚书李端棻的牵线搭桥，李惠仙于1891年与梁启超结婚。

这一年梁启超18岁，李惠仙大他4岁。第二年的夏天，梁启超便和夫人一起回到了故乡广东新会。梁家世代务农，仅靠几亩薄田度日，家境并不宽裕。新婚夫妇刚到老家时，连一间像样的新房都没有，只能借用梁姓公族书室的一个小房间权作新房。广东的气候炎热潮湿，初来乍到的李惠仙很不适应。但这位生长于官宦之家、下嫁到一个乡村的大小姐并不抱怨，也不嫌弃梁家的贫寒，她看中的是梁启超的才华，很快便适应了梁家贫寒俭朴的生活，操持起家里的日常杂务，梁家上下都对这个新媳妇交口称赞。梁启超的生母赵太夫人五年前就已仙逝，继母只比李惠仙大两岁，李惠仙仍极尽孝道，日夜操劳，精心侍奉，在乡里四邻博得了贤妻良母的美名。

梁启超参与"戊戌变法"初期，已名噪京华，光绪皇帝很欣赏梁启超的文采。在召见他时，因梁启超不谙官话，彼此难以交流，光绪帝大为扫兴，结果，只赏了个小小的六品衔。这也促使梁启超痛下决心学好官话。李惠仙自幼长在京华，官话说得自然流利，梁启超便请夫人教他学习官话。夫妻二人，妇唱夫随，不消多时，梁启超的口语水平大有长进，在社交场合也开始得心应手了。

1896年，李惠仙随梁启超到上海创办鼓吹维新的《时务报》，并在上海创办女子学堂，她担任校长，成为中国第一位女学校长。李惠仙与丈夫一起经历了清末民初政坛、文坛的惊涛骇浪，她总是给梁以安慰和鼓励，助梁施展才华，替梁抄录文章，做梁文的第一位读者。

"百日维新"失败后，慈禧命令两广总督捉拿梁启超的家人，梁启超只身亡命东瀛，不久李惠仙到日本与梁启超团聚。1901年李惠仙为梁启超生下儿子梁思成。因梁思成从小身体羸弱，为了香火有传，李惠仙准许他将她从北京带来的侍女王桂荃纳为妾。

1913年梁启超携妻妾回国，于1915年参加护国战争，对一家老小更是放心不下。李惠仙反而鼓励他说："上自高堂，下至儿女，我一身任之。君为国死，毋反顾也。"李惠仙可以称得上是深明大义的贤内助，梁启超深情地称她为"闺中良友"。

梁启超对李惠仙一向敬爱有加，1924年9月13日，李惠仙因不治之症溘然而逝。梁启超写下了一篇情文并茂的《祭梁夫人文》。文曰：

我德有阙，君实匡之；我生多难，君扶将之；我有疑事，君权君商；我有赏心，君写君藏；我有幽忧，君噢使康；我劳于外，君煦使忘；我唱君和，我揄君扬；今我失君，只影彷徨。

何蕙珍：被拒绝的婚外情

就在梁启超只身逃亡日本后，应康有为的邀请，梁启超到美国檀香山宣传成立保皇会，组织海外华侨支持光绪皇帝的变法维新。

在宣传变法维新中，梁启超感到，这一宣传不只是要得到美国华侨的支持，还应得到美国人的支持，可是梁不懂英语，使他一时很为难。于是，在一次宴会上，美国华侨中一位姓何的侨商主动介绍、推荐自己的女儿何蕙珍来给梁启超当翻译："小女何蕙珍，从小在美国长大，接受西方教育，16岁便任学校教师，于今已有4年，英文极好，可以给你当翻译。"

梁启超一听，十分高兴，就请何蕙珍坐在他的身边。何蕙珍很大方，一口标准的国语，更让梁启超惊喜。

席间，何蕙珍广博的学识，不凡的谈吐，尤其是她对梁启超著述的熟稔，使在座者大感意外。整个宴会仿佛成了何蕙珍与梁启超的对话，而他们两人，也如相知多年的忘年交一般。

这让梁启超特别高兴，多年来，除了妻子李惠仙外，他还没有与一个女子这样接近过。

梁启超对这位助手印象极好，在美国的日子，如果没有何蕙珍给他当翻译，他几乎寸步难行。有一件事让梁启超特别感动。梁启超在檀香山到处奔走演说，清廷驻檀领事馆买通了一家当地的英文报纸，不断写文章攻击梁启超。梁启超心中不服，但苦于不懂英文，不能回击，只好置之不理。不料此后不久，竟出现一桩怪事，另一家英文报纸上连载为梁启超辩护的文章，文字清丽，论说精辟。不久，梁启超得知这些文章竟然是何蕙珍撰写的，这使他从心底产生对何蕙珍的敬意。此后，梁启超请何蕙珍教他学习英语，何蕙珍愉快地当起了梁启超的英文老师。他们间的接触越来越频繁，距离也越来越近了。

不久，一位好友前来拜访梁启超，婉劝梁娶一懂英文的女子作夫人，说这样会给他的事业带来极大的帮助。梁启超沉思片刻，随即言道："我知道你说的是谁。我敬她爱她，也特别思念她，但是梁某已有妻子，昔时我曾与谭嗣同君创办'一夫一妻世界会'，我不能自食其言；再说我一颗头颅早已被清廷悬以十万之赏，连妻子都聚少散多，怎么能再去连累人家一个好女子呢？"

梁启超最终以理智锁住情感，结束了这场苦恋。后来，在他任民国司法总长时，何蕙珍从檀岛来北京，欲与之结秦晋之好。但梁启超只在总长的客厅里招待何蕙珍，她只好怏怏而返。李惠仙病逝后，何蕙珍又一次从檀岛赶来，但梁启超仍然婉辞。梁启超的这一做法，对何蕙珍来说似乎有点薄情。

王桂荃：倾力抚养梁氏儿女

梁启超的第二位夫人姓王，叫来喜，王桂荃这个名字是梁启超给她取的。1903年，她18岁时在李惠仙的主张下与梁启超结了婚。她既是李惠仙得力的助手，也是她各项意图的忠实执行者，又是家里的主要劳动力。由于她说得一口好日语，所以凡属家务方面的对外联系，大部分都是由她来办。她和梁家人相处得都很不错，很有人缘。

王桂荃后来一连给梁启超又生下了六个子女。在李惠仙生前，梁启超很少公开提到王桂荃，因为这姻缘违背了自己定下的"一夫一妻制"。他要求孩子们叫王桂荃为"王姑娘"或者是"王姨"，可是几乎所有的孩子对王桂荃的感情都非常深，他们都称呼李惠仙为"妈"，称呼王桂荃为"娘"。有一次，梁思成因为考试成绩不如弟弟梁思永，挨了李惠仙的一顿暴打，多年后他回忆说："事后娘搂着我温和地说，'成龙上天，成蛇钻草，你看哪样好？不怕笨，就怕懒。人家学一遍，我学十遍。马马虎虎不刻苦读书，将来一事无成。看你爹爹多有学问，还不停地读书。'她的这些朴素的语言我记了一辈子。从那以后我再也不敢马马虎虎了。"

1929年，梁启超也因病逝世，跟李惠仙合葬于北京香山。他的孩子们全都留给了王桂荃。之后的岁月里，生活的重担全部压在王桂荃的肩膀上。当时，除了思顺、思成以外，其他几个孩子都在上学，学业尚未完成。而丈夫的去世，使得家中主要收入没有了，经济状况迅速恶化，在这种情况下，王桂荃竟能够艰难地支撑起这个家，把每个孩子都培养成人，梁家子女从王桂荃身上，学到了坚忍不拔的勤奋品格。

梁启超共有9个子女：思顺、思成、思庄、思永、思忠、思达、思懿、思宁、思礼，其中思顺、思成、思庄为李惠仙所生；其余为王桂荃所生。他们中的许多人后来都成为杰出的人才，兄弟里面出了三个院士，这在世界范围内也可算是罕见的。

1968年，王桂荃与子女们四散分离，80多岁的她在一间阴暗的小屋中与世长辞。"文革"后，梁家子女们在香山梁启超、李惠仙的合葬墓旁新立了一块石碑，并在墓碑后面栽种了一棵小松树，题名为"母亲树"，以纪念王桂荃这位培育了数名栋梁之材的平凡母亲。

（载《金陵晚报》2017年1月19日）

陈寅恪与唐筼：白首不相离

陈寅恪的大名在学界早已贯耳，他是中国现代最负盛名的集历史学家、古典文学研究家、语言学家、诗人于一身的百年难见的人物，曾与叶企孙、潘光旦、梅贻琦一起被列为清华百年历史上"四大哲人"，与吕思勉、陈垣、钱穆并称为"前辈史学四大家"。他与妻子唐筼的爱情，也如他挚爱的事业一样，一见钟情，成为他生命中最珍贵的财富。

大龄剩男

1890年，陈寅恪出生于湖南长沙。祖母黄夫人以其生于寅年，便取名寅恪，其父陈三立是"清末四公子"之一、著名诗人。

1900年，陈寅恪的祖父陈宝箴去世，陈三立举家迁居江苏金陵（南京），不久他在家中开办"思益学堂"，教授四书五经、数学、英文、体育、音乐、绘画等课程。陈寅恪自小就启蒙于家塾，打下了深厚的国学底子。

13岁时，陈寅恪东渡日本，后游学欧美，潜心学问。1926年7月，陈寅恪从美国回到北京，在清华园任教。陈寅恪以学识渊博著称，他不讲究衣着，夏秋季穿蓝布长衫，冬春季一身灰长袍青布马褂，腋下夹着蓝布书包。陈寅恪年近四十，仍未婚娶，急煞了父亲。这时，陈寅恪的母亲俞氏已去世，他的兄弟姐妹中只有他还没有成家，陈三立一再催促儿子成婚，但陈寅恪始终未承允。

因为陈寅恪没有家室，学校便安排他住在工字厅单身宿舍。陈寅恪嫌其太冷清，不愿住。同事赵元任就盛情邀请他住到自己的家中。当时赵元任住清华南院一号、二号两屋，于是将二号屋让出一半给陈寅恪住。陈寅恪吃饭在赵家搭伙，日常一些生活琐事也都由赵元任夫人杨步伟代管。平时赵元任和陈寅恪两人谈学论经，十分融洽。陈寅恪对此显然也很满意，他说："我愿意有个家，但不愿意成家。"

这样的状况维持了好长一段时间，陈寅恪习以为常、安之若素，赵元任夫妇也毫无怨言。赵妻杨步伟是个热心人，眼见陈寅恪快四十岁了还单身，实在忍不住便对他说："寅恪，这样下去总不是事啊。"陈寅恪回答："虽然不是长久之计，现在也很快活嘛。有家就多出一大堆麻烦事了。"听到这，赵元任半开玩笑地说："不能让我太太老管两个家啊！"此时陈寅恪的父亲向陈寅恪发出最后的警告："尔若不娶，吾即代尔聘定。"陈寅恪看父亲着急上火，才感觉事态严重，只好请求宽限时日。于是赵元任夫妇就广泛动员同事为陈寅恪物色对象，操心成家。

一见钟情

让人没想到的是，1928年初春的一天，一向专注学问的陈寅恪，竟然因为一幅字收获了自己的爱情。

陈寅恪有位叫郝更生的同事，有次与陈寅恪聊天时提到他女友有一位唐姓闺蜜，家里挂有一幅字，署名南注生。他向陈寅恪请教"南注生"为何许人。陈寅恪听了惊讶道："此人必广西灌阳唐景崧之孙女也。"

因为陈寅恪曾读过唐景崧所著《请缨日记》，而且自己的舅舅俞明震曾在台湾辅佐唐景崧，所以他对唐景崧的诸多事情都十分了解。"南注生"是清朝台湾巡抚唐景崧的别号。他向郝更生解释后便提出，希望能拜访这幅字的主人。果不其然，一见面正是唐景崧的孙女唐篔。

唐篔又名晓莹，1898年生，其祖父唐景崧是同治四年的进士，先后任翰林院庶吉士、吏部主事等职，后出任台湾巡抚，在中法战争中屡建功勋，是位著名的爱国将领。唐篔毕业于金陵女校体育专业，后执教于北京女高师，曾是许广平的老师。

陈寅恪与唐筼见面后，彼此一见钟情，都很珍惜这生命中来之不易的姻缘。他们由一幅字而结识，不久就坠入爱河，进入难舍难分的热恋之中。而出身名门的唐筼，从小饱读诗书，能诗会画。所以，当那一刻才女遇见才子，四目相对，只剩下相见恨晚了。

1928年7月17日，38岁的陈寅恪与30岁的唐筼在北京订婚，由于唐筼的很多亲友在苏、杭、沪一带，便于8月31日在上海举办婚礼。婚后夫妻感情融洽，有陈寅恪诗为证，诗云："当时诗幅偶然悬，因结同心悟夙缘。果剩一枝无用笔，饱濡铅泪记桑田"。从此两人便开始了相濡以沫的一生。

陈寅恪是学者，生活中笨拙不堪，大家出身的唐筼则悉心一样样学来，渐成治家好手。陈寅恪体弱多病，唐筼千方百计调剂饭菜，自创一本手写的"食物成分表"，为丈夫搭配合理膳食。两人结婚之后至1937年，生下三个女儿：陈流求、陈小彭、陈美延。其中"流求""小彭"取自琉球、澎湖岛名。由此看出陈寅恪给女儿起名字的用意，彰显出这位旷世学人的家国情怀。

抗日战争爆发，陈寅恪的父亲陈三立义愤绝食，溘然长逝。治丧完毕，陈寅恪随校南迁，过着颠沛流离的旅途生活，先后任职任教于清华大学、西南联大、广西大学、燕京大学，直至1949年受聘广州岭南大学，后该校与中山大学合并，遂移教于中山大学。自此一家人生活才安定下来，可惜陈寅恪这时已双目失明，成了一个盲人教授，一切都要靠唐筼的照应。

1955年仲秋，逢两人的结婚纪念日，陈寅恪题诗曰："同梦葱葱廿八秋，也同欢乐也同愁。"唐筼步原韵和道："甘苦年年庆此秋，也无惆怅更无愁。"同年陈寅恪生日时，唐筼赋诗祝寿："今辰同醉此深杯，香羡离支佐旧醅。郊外看蔬无异味，斋中脂墨助高才。考评陈范文新就，笺释钱杨体别裁。回首燕都初见日，恰排小酌待君来。"尾联满怀深情地回首27年前二人在京华初识的情形，也表明自己虽然历尽磨难，依然无悔当初的选择。

追随而去

1962年7月，已是古稀之年的陈寅恪，洗漱时不慎滑倒摔断了右腿股骨，自此长卧于床榻。这对双目失明的陈寅恪来说，更是雪上加霜。但唐筼更是竭尽全力护理丈夫。在频繁的政治运动中，陈寅恪所有的"声明""抗议书"，乃至"交代材料"全都出自唐筼的手笔，陈寅恪内心的痛苦、忧愤，应该说唐筼感受得最深切，也最剜心透骨。尽管如此，她却总是努力用女性的全部柔情为丈夫带去心灵的慰藉。更难得的是，她还在寻找各种机会给丈夫呈现生活的快乐和美好。正是这种生活上无微不至的照料，精神上和风细雨的慰藉，使身残体弱的陈寅恪凭借超人的毅力，在风烛残年完成了80万字的《柳如是别传》等著述。

陈寅恪经常对几个女儿说："我们家里头，你们可以不尊重我，但是不能不尊重你们的母亲。""妈妈是主心骨，没有她就没有这个家，没有她就没有我们，所以我们大家要好好保护妈妈。"

一次胡乔木前往看望陈寅恪，关心他的文集出版。陈寅恪说："盖棺有期，出版无日。"胡乔木笑答："出版有期，盖棺尚早。"在助手的帮助下，他把《隋唐制度渊源论稿》《唐代政治史述论稿》《元白诗笺证稿》以外的旧文，编为《寒柳堂集》《金明馆丛稿》，并写有专著《柳如是别传》，最后撰《寒柳堂记梦》。他的助手黄萱曾感慨地说："寅师以失明的晚年，不惮辛苦、经之营之，钩稽沉隐，以成此稿（即《柳如是别传》）。其坚毅之精神，真有惊天地、泣鬼神的气概。"

"文革"开始后，陈寅恪遭到残酷折磨。使他最伤心的是，他珍藏多年的大量书籍、诗文手稿，多被洗劫。此时陈寅恪已衰弱得只能进一点汤水之类的"流食"，而唐筼的心脏病也已相当严重，几近瘫痪。而奄奄一息的陈寅恪，自知不久于人世，怜唐筼之不易，叹命运之不公，写下了生命中最后一曲挽歌《挽晓莹》："涕泣对牛衣，卅载都成肠断史；废残难豹隐，九泉稍待眼枯人。"

此挽联撰后一月余，即1969年10月7日，一生在史学界纵横驰骋，卓有建树，晚年饱受磨难的79岁的陈寅恪，在广州逝世。弥留之际他一言不发，只是眼角有泪不断地流淌。而唐筼也出奇的平静，没流下一滴眼泪。45天后的11月21日，唐筼也追随让她一生仰慕的丈夫驾鹤西去，终年71岁。她好像是专门为陈寅恪来到这个世上，陈寅恪走了，她也就离开了这个世界。

陈寅恪以学识渊博著称于世，然而，他的人生却颠沛多难，壮年盲目，暮年膑足。幸运的是，一位知书达理的大家之女润泽了他的生命，甚至追随着他渡向生命的彼岸。两人演绎了一段传统文人的婚姻佳话：相呴以湿，相濡以沫，荣辱与共，白头偕老。

陈寅恪一直喜欢庐山，2003年他的后人将夫妇俩合葬在江西庐山植物园，为美丽的匡庐增添了几分文脉、几分安然。墓碑旁一块大理石上由著名画家黄永玉镌刻有陈寅恪终生恪守的"独立之精神，自由之思想"名言。

（载《团结报》2018年8月23日）

陈衡哲：中国第一位女教授的美满婚姻

陈衡哲是北京大学第一位女教授，新文化运动发起者中第一位女作家，她的《西洋史》是中国学者精心著述的第一部西洋史……其丈夫任鸿隽是著名的"中国科学社"的发起人和领导者。他们夫妇是胡适一生最亲密的朋友。

从小立志要为自己"造命"

陈衡哲1890年出生在常州武进，祖籍是湖南衡山。陈衡哲的祖父辈均曾为官，大伯陈鼎是进士、翰林院编修、浙江乡试主考官，因参与"戊戌变法"，与六君子一起绑赴刑场后被恕，流放湖南；二伯陈范是举人，曾任江西铅山知县，也是后来赫赫有名的"苏报案"馆主；父亲陈韬也是个举人，历任四川多处县令、知府等职。陈衡哲外祖父庄家，则是闻名常州的四大家族之一；母亲庄曜孚是著名的国画家，长于诗词；三舅庄蕴宽，民初曾代理江苏都督，后为故宫博物院创始人。

陈衡哲就是在这样一个书香世家长大的，其浓郁的读书氛围，独立的求知个性，造就了陈衡哲不平凡的人生之路。她的聪慧，在小小年纪就显露无遗。4岁时，她就随母亲识字读书，课本居然是《尔雅》。当别的女孩子希望穿漂亮衣服的时候，她却希望在"学业上有前途"。姐姐7岁开始缠足，轮到她的时候，却通过种种方法保留了一双"船脚"。13岁的时候，陈衡哲跟着舅舅到两广求学，然后孤身一人到上海进入女子中西医学堂学医。17岁时，她花两个月时间到四川，去那里探望做官的父亲。但在成都，她却不能遵从父母亲安排的"候补官太太"的婚姻。这个要自己"造命"的女孩，最终逃离家庭，躲避到常熟姑母家居住。姑母对她十分关心，对其进行了系统的教育，给了她很大的鼓励。

1914年，陈衡哲在上海参加清华学校（今清华大学）面向全国招考10名留美女生的考试，名列第二。这年8月的一天，上海外滩上"中国号"蒸汽机船静静停泊在黄浦江畔，她和所有留学生们从这里出发去美国留学。到美国后，陈衡哲先在纽约的一所女子学校学习英语，而后进入瓦萨女子大学历史系，主修西洋历史，辅修西洋文学，她给自己取了个英文名字：莎菲·陈衡哲。

上帝为她安排一个好伴侣

陈衡哲对待自己的情感问题，一度抱独身主义想法。留美时她已经25岁了，在那个年代算得上是"超级大龄剩女"。但就在此时，命运之神在大洋彼岸给她安排了一个好伴侣，此人便是长她4岁的任鸿隽。

任鸿隽，辛亥革命元老之一，是中国现代科学的开路先锋，曾第一个提出"科学兴国"的理念。当时正在康奈尔大学学习的任鸿隽作为《留美学生季报》的主编，收到了一篇署名"莎菲"的《莱茵女士传》的来稿，讲的是一位女子办学的故事。任鸿隽读来兴味盎然，认定作者很有小说天才，就在当年《季报》秋季号上编发了这篇文章。紧接着，任鸿隽向"莎菲"约稿，从此两人开始了通信。1916年暑假期间，任鸿隽邀请几位科学社的朋友郊游，其中就有陈衡哲，这是他们的首次会面。9月初，中国科学社首次年会召开时，陈衡哲在这次会上当选为中文书记，同时也出席了中国科学社的年会。陈、任两人相互有了更多的了解。

任鸿隽从康奈尔大学毕业，进入哥伦比亚大学读研究生。这里与陈衡哲就读的瓦萨女子大学坐火车只需三小时。这期间，任鸿隽约上胡适，专程前往拜访陈衡哲，渐渐三人成了很要好的朋友，几乎每天都有书信往来。

任鸿隽对陈衡哲的爱恋日增，胡适看得很清楚。这一年的11月初，任作《对月》诗三首，最后一首是"不知近何事，明月殊恼人。安得驾蟾蜍，东西只转轮。"胡适将其视为"抒意言情之作，其词皆有愁思"。愁思就是相思。11月9日，胡适把任的诗戏改为："不知近何事，见月生烦恼。可惜此时情，那人不知道。"

就在任鸿隽对月寄相思之情时，陈衡哲给他寄来了歌咏风月的新诗二首。其中一首《月》是这样写的："初月曳轻云，笑隐寒林里；不知好容光，已映清溪水。"

接到这歌咏风月的诗，任鸿隽很是兴奋，就立即把这两首诗拿去"献宝"，请胡适猜是何人所作，不料识才的胡适一下子就认出是陈衡哲的手笔。

1917年6月，陈衡哲在胡适接任总编的《留美学生季刊》发表白话小说《一日》，被称为中国文学史上第一篇白话小说，比鲁迅的《狂人日记》早了一年。

1920年8月22日，陈、任在南京订婚，陈衡哲已经过了30周岁。他们的好友胡适参加了订婚礼，及至9月她与任鸿隽在北京结婚的时候，胡适赠给他们的对联是"无后为大，著书最佳"。胡适在后来出版的中国第一部白话文诗集《尝试集》中，有《我们三个朋友》之作，以新诗的形式表现了他与任鸿隽、陈衡哲之间情同手足的挚友关系，被传为文坛的一段佳话。他们三个人在以后的漫长岁月中，或相聚笑谈，如沐春风；或书信往来，诗词唱和，谱写了一曲动人的友谊篇章。

夫妻同提携演绎爱情佳话

自1920年回国后，陈衡哲写了100多万字的小说、新诗、散文，成为民国初年的知名女作家；同时受蔡元培之邀到北京大学任教，开讲西洋史和英文课，成为北大第一位女教授，也是中国第一位女教授。1926年她的代表作《西洋史》问世后，一时洛阳纸贵，连续再版。胡适称该书"是一部开山之作"。1935年，国民政府调任任鸿隽为四川大学校长，陈衡哲也随之任川大历史系教授。

作为一个学者、历史学家，她对妇女、教育、社会问题都有自己独特的见解。她对四川军阀和官僚的腐败深恶痛绝，连续在《独立评论》上发表文章进行抨击，奋笔直抒四川的保守与落后。文章一经发表即遭四川新闻界和一些读者的口诛笔伐，她愤而离川。

在以后几十年的风风雨雨中，陈衡哲和任鸿隽在文化、教育、生活上，相互提携，共同拼搏，那高尚而纯洁的爱情，真挚而动人的故事，成了中国现代文学史上的佳话。史海钩沉，回味他们的情感世界，无不让我们感佩至极，敬慕由衷。

1948年，陈衡哲与丈夫赴香港，准备中途转美国与子女团圆，却又突然改变了主意，据说原因是任鸿隽无法割舍他所挚爱的科学事业。

新中国成立后，任鸿隽一直担任全国政协委员、上海市科协副主席、上海市图书馆馆长等职务，陈衡哲则担任上海市政协委员，生活相对安静。1960年，任鸿隽编完《科学》杂志136卷总目录后退休，次年冬即因心力衰竭病逝。

此时，胡适在海峡的对岸，断了联系。女儿任以都也被阻隔在美国，无法回来奔丧。陈衡哲设法与任以都通信，督促她及时联系胡适，告知任鸿隽去世的消息。等胡适接到信回复时，已是隔年了，他悲伤地说："政治上这么一分隔，老朋友之间，几十年居然不能通信。请转告你母亲，'赫贞江上的老朋友'（用的是暗语，指胡适）在替她掉泪。"胡适最后说："三个朋友之中，我最小，如今也老了。"

收到这信的一两个月后，即1962年2月24日，72岁的胡适在台湾主持"中央研究院"欢迎新院士的酒会结束时，猝发心脏病逝世。那一年，72岁的陈衡哲正在克服眼疾，写作悼念任鸿隽的文章——《任叔永不朽》。

后来，陈衡哲眼疾加重，连楼都多年不能下来了，唯一的爱好是听广播。"文革"中，因有一双儿女在海外，抄家自然难免，她的诗词稿在浩劫中也不知去向。直到1974年，陈衡哲的长女任以都才有机会回国探亲，母女团聚，感慨万千。两年后的1月7日，陈衡哲因肺炎病逝于上海，终年86岁。她走了，带走的是躯壳，而带不走的是她那个时代文人所具有的一种风雅情怀。

21世纪初开始，胡适的研究得到了重视，且方兴未艾，逐步深入。而作为新文学运动的第一位女作家、北京大学第一位女教授的陈衡哲，却已经逐渐被人们淡忘了。在中国现代文学史和中国现代教育史上，是理应写上陈衡哲这一名字的。

（载《金陵晚报》2016年8月13日）

刘半农与朱惠：教我如何不想她

江苏江阴有个"刘氏兄弟纪念馆"，这刘氏兄弟者，乃刘半农、刘天华、刘北茂也，昆仲三个在中国现代文化史上均有卓著的建树和贡献。

刘氏兄弟中的老大刘半农最为人们所熟知。他是中国近现代史上著名的文学家、语言学家和教育家。

"此生只钟情妻子朱惠"

1907年11月，刘半农以江阴考生第一名的成绩入读新办的常州府中学堂，刚入学第一年，刘半农每次考试几乎都名列第一，被学校"列入最优等"，一时声名大噪。这为他日后能够研究实验语言学打下了坚实的基础。

刘半农的母亲是一个虔诚的佛教徒，逢年过节经常到离家不远的一处小庵堂里烧香拜佛，时间一久，结识了常来进香的朱家女人，两人成了无话不谈的好友。刘半农11岁那年，母亲带他到庵堂里烧香，碰巧朱家女人也带着自己的两个女儿来庵里玩。这次见面让双方有了意外的惊喜。

刘半农相貌端正，聪明灵活，朱家女人看了满心欢喜，便萌生了将长女许配给他为妻的念头。巧的是刘半农的母亲也相中了朱家的长女朱惠。朱惠比刘半农大3岁，已出落成一个亭亭玉立的少女。刘半农的母亲回家就把朱家意思与丈夫说了，丈夫极力反对，认为朱家与刘家门不当户不对，便以女方年长儿子3岁为由拒绝了。

朱家却认准了这门亲事，诚恳地说，如果嫌老大大了，就把老二许配刘家。话说到这个地步，刘家便答应了这门亲事。然而好景不长，不久，朱家二女儿竟患病去世了，刘家很叹息了一阵子。本来这门亲事算黄了，但朱家还是提出把老大许配给刘家，刘半农的父亲被对方的诚意感动了，最终同意了这门亲事。

刘半农对这桩婚姻本来就很满意。在婚前他就打破常规，一有机会就悄悄地往朱家跑。一次，朱惠在井台上打水，无意中露出长裙下的一双用红布裹着的三寸金莲。看着心上人走路一瘸一拐的样子，他很是心疼，就让丈母娘家给未婚妻放脚，显示了青年刘半农对那个时代旧习俗所持的抛弃传统糟粕的勇气。

1910年夏初，刘半农母亲病危，按当时乡间的风俗，为了冲喜，刘半农和朱惠仓促结婚。虽然最终没有挽回母亲的生命，但朱惠却成为他一生最忠实的伴侣。

婚后，朱惠吃苦耐劳，由于过度劳累，先后两次流产。刘父极为不满，为了刘家香火，决定要为儿子纳妾。此刻受新思潮影响的刘半农，对父亲的决定十分反感，他告诉父亲，他此生只钟情于妻子朱惠一人，绝不会负她。刘父勃然大怒，刘半农为了朱惠不惜与父亲反目。见到丈夫如此维护和关爱自己，朱惠心中甚是感激，她没有爱错人，他值得她倾心付出，甘苦与共。

"辛亥革命"爆发后，学校关闭了，刘半农只好跟着二叔去上海谋生。刘半农担心朱惠在家里受委屈，就悄悄地把妻子带到上海。小夫妻俩在上海安家立业，日子过得安宁又甜蜜。1916年他们的第一个女儿出生了。

"半农"成为正式的名字

在上海，刘半农做过杂工，又做过开明剧社编辑，最后在朋友的介绍下，到中华书局编辑部谋了一份编辑工作，业余在《小说月报》《时事新报》《中华小说界》等报刊上发表译作和小说。

经过几年的奋斗，刘半农在上海滩声名鹊起，被人称为"江阴才子"，他已经可以靠着每月几十元的稿费维持一家人的生活，而且约他写稿的杂志越来越多。

在上海期间，刘半农除了在文学上收获颇丰，最重要的是结识了一批对他日后的发展方向影响深刻的人物，其中最为重要的有陈独秀和周树人（鲁迅）、周作人兄弟等。

1917年夏，刘半农从上海返回江阴，一方面在家中赋闲，一方面思考着自己未来的人生道路。由于没有固定收入，经常穷得揭不开锅，妻子不得不经常回娘家去借贷。就在一家人贫困潦倒的时候，刘半农忽然接到了北京大学蔡元培校长寄来的聘书，聘请他担任北京大学预科国文教授。一个连中学都没有毕业的人突然接到这个知名高等学府的聘书，不仅妻子难以相信，他自己也不敢相信。最后他想起了与陈独秀的交往，意识到这好事都是那桩交往的结果。

原来陈独秀创办的《新青年》，倡导文学革命，曾邀请活跃于上海文坛的刘半农加盟，于是刘半农很爽快地响应了陈独秀的号召。从此，《新青年》每期必登刘氏的译稿，陈、刘二人遂成至交。

事实也是如此，陈独秀慧眼识珠，不仅看出刘半农身上的锐气，更看出他是一个可造之才，北大需要这样的人，于是向不拘一格选人才的北大校长蔡元培大力推荐。就这样，刘半农鲤鱼跃龙门，随着一纸聘书，跨入了知名学府北京大学。同时执教的还有钱玄同、周作人、胡适等人。

在北大任教期间，刘半农在反对封建复古主义的斗争中，冲锋陷阵，写了不少文章，成长为新文化运动的闯将。一个偶然的机会，醉心于通俗小说创作的刘半农在《新青年》杂志上看到胡适的《文学改良刍议》，大受震动，写了《我之文学改良观》在《新青年》杂志发表，表达自己文学改革的愿望。从此"半农"成了他正式的名字。

在新文化运动中，刘半农逐渐成长为真正的猛士，成为《新青年》的四大台柱之一。

"教我如何不想她"

1920年，刘半农带着妻女登上日本海轮"贺茂丸"号去英国留学，朱惠在伦敦生下一对龙凤胎。产后身体虚弱，刘半农便整日陪在她身边，端茶倒水，料理家务。在他的悉心照料下，妻子渐渐恢复了健康。也就是在这一年，刘半农在伦敦为妻子写下了一首白话情诗，起初名为《情诗》，后来受妻子启发，改名为《教我如何不想她》："天上飘着些微云，地上吹着些微风。啊！微风吹动了我的头发，教我如何不想？……"

这首诗情深义重，感人至深，最难能可贵的是他首创了"她"字作为女性第三人称，这在中国文学史上可以说是功不可没，意义非凡。1926年，刘半农的好友、语言学家赵元任特地为此诗谱曲，由百代唱片公司灌制唱片发行，从而将这首绝美的诗传播了出去，成为20世纪30年代的年轻人最喜欢的一首流行歌曲，曾风靡一时。诗中的"她"又成为家乡和祖国的代称。

后来，刘半农又辗转赴德国留学。在欧洲的求学岁月里，刘半农和朱惠患难与共，互相扶持，恩爱依旧。几年间，刘半农写出《四声实验录》《汉诗声调实验录》和《语音学纲要》等重要学术作品。他的博士论文《汉语字声实验录》还获得了"康士坦丁·伏尔内语言学专奖"。1925年，刘半农带着全家回国定居。他忙着上课和写作，在北大成立了中国第一个语音实验室；妻子在家料理家务，照顾孩子和他的饮食起居，一家五口，阖家欢乐，幸福满满。

1934年刘半农带着学生和语音设备赴西北调查，他要用最新的科学方法记录当地歌谣土风。7月5日刘半农一行到达大同，调查了雁北13个县的方言，并收录当地歌谣。由于一路上工作特别劳累，且受到当地毒虫的叮咬，7月7日到达张家口时，刘半农开始发烧，但仍抱病给第一师范师生做了一小时的演讲。会后他坚持调查记录工作，体温上升至39.5摄氏度。当夜回京，他被误诊为感冒，到14日才确诊为回归热，但已难以挽救，于当日下午二时病逝。一代文化斗士就此英年早逝，年仅43岁。他走得那么仓促，那么匆忙，甚至都没来得及和他深爱的妻子与孩子告别。

刘半农走后，朱惠含辛茹苦地将儿女抚养成人。他不在的日子里，朱惠总是轻轻唱着他为她写的那首情诗——《教我如何不想她》，他那么美好，她那么爱他，教她如何不想他？可惜空荡荡的房间里，只少了一个他。

1947年，朱惠去世。儿女们按照她的遗愿将她葬在刘半农旁边，生同衾，死同穴。从此他们两个人再也不分开。

（载《金陵晚报》2017年11月23日）

胡适与江冬秀"不般配"的婚姻，相濡以沫的爱情

民国历史上，有许多的包办婚姻，大多过得不幸福。唯有胡适与江冬秀，这对在外人眼里极其不般配的夫妻，一个是学者、教授，一个是大字不识几个的乡下小脚女子，在几十年的婚姻生活中，两人却相濡以沫，恩恩爱爱走完一生。

接受母亲的"礼物"

胡适1891年出生于安徽绩溪，3岁丧父，是母亲一手将他抚育长大。13岁时，就由寡母做主，与旌德县江村江世贤之女江冬秀订婚。

这对娃娃亲，实属偶然。一次胡适随母亲到姑婆家看民间的社戏，适逢江母也来了。江母看到小胡适眉清目秀，聪明伶俐，对他的知书达理很是欣赏，有意招他为女婿。但胡母未曾答应，心下想：江冬秀比胡适大1岁，不合时俗，且属虎，按安徽民间说法，属虎的女人将是母老虎。而江母一意想招胡适为婿，便托胡适的本家叔叔为媒。这位媒人说动了胡母，两家老太太为两个孩子合了八字，一来二去，胡适与江冬秀的婚事就定下来了。

定亲之后，胡适就外出求学。先是去上海，1910年赴美留学，师从著名实用主义哲学大师杜威。而江冬秀则在家乡，整日学习女红、刺绣，大字不识几个。十年间，两人始终不曾见过面。

而在美国的胡适开始给江冬秀写信，每次写家书都不忘嘱咐母亲，让江冬秀多看书、习字、放脚："姊（胡适对江冬秀的称呼）现尚有工夫读书否？甚愿有工夫时，能温习旧日所读之书……虽不能有大益，然终能胜于不读书坐令荒芜也。""缠足乃吾国最残酷不仁之风俗……姊为胡适之之妇，正宜为一乡首倡。

望勿恤人言，毅然行之。"

在胡适的引导下，江冬秀开始给他写信，虽话不多，且有好多错别字，但江冬秀的信读起来却很可爱、直白、浅显，让胡适很喜欢，还一再催她多写。有一次胡适生病了，恰巧接到江冬秀的信，心里很高兴，写下了"病重得他书，不满八行字；全无紧要话，颇使我欢喜"的诗句。

1917年，胡适从美国学成回到北京，任北京大学教授，很快就成为中国文学的领袖和新文化运动的核心人物。他学识渊博，在文学、哲学、史学、考据学、教育学、伦理学等诸多领域均有不小的建树，传奇般地获得过几十个博士学位。一生显赫，人生相当顺达。

这年的12月，在母亲的一再催促下，胡适回到故里，与从未见过一面的江冬秀完婚。胡适的婚姻是不折不扣的旧婚姻，为了不让母亲伤心，他接受了这份"苦涩的礼物"。

陪伴夫君掌家务

婚后，胡适让江冬秀照顾母亲，自己则继续回到北京。直到1918年，江冬秀才离开家乡，来到胡适身边。自此以后，天涯海角，江冬秀总是伴随着胡适。以至于唐德刚戏言："胡适大名重宇宙，小脚太太亦随之。"

江冬秀来北京后，小夫妻感情不错，他们一起逛琉璃厂，出入于各大古董店；一起去前门大栅栏买东西、看戏；空闲时，相约到便宜坊去打牙祭。前门和大栅栏都是北京著名的商业区，车水马龙，人流如潮。前门位于北京的中轴线上，十分繁华。大栅栏东起前门，西至煤市街，在北京是人人皆知。至于便宜坊更是北京著名的老字号，它在菜市口米市胡同，这里的焖炉烤鸭全国驰名，与全聚德比起来，甚至更正宗一些。

江冬秀平时在家里喜欢打麻将，做安徽菜，请客，爱热闹，家里常常高朋满座。她在厨艺上可是一把好手。欢聚之时，胡适是最高兴不过的。谈笑中，他还在朋友面前讲一些世界各国怕老婆的笑话，他说："太太年轻时是活菩萨，怎好不怕；中年时是九子魔母，怎能不怕；老了是母夜叉，怎敢不怕！"又说："太太出门要跟从，太太命令要服从，太太说错了要盲从，太太化妆要等得，太太生日要记得，太太打骂要忍得，太太花钱要舍得。"说完后，满屋笑声，连他自己也哈哈大笑起来。这其实是一种"善待妇人"的姿态，更是一种文化上的期待。

有一次，胡适的朋友石原皋过30岁生日，家眷都在家乡，就他单身在外。江冬秀就热情地为他操办生日，在自己家里请了两桌客，亲自下厨，大菜里有一个徽州著名的"一品锅"，热气腾腾地端上桌，只见一层鸡、一层鸭、一层肉，点缀着一些蛋皮饺，锅底下是萝卜、白菜。胡适详细介绍这"一品锅"，告诉客人这是徽州人家待客的上品，里面有一只三斤重的大母鸡，一只三四斤重的蹄髈，三十六个鸡蛋，两桌人吃得不亦乐乎。石原皋只花了十几块买菜钱，其他的都是江冬秀家的。对妻子的烹调本领，胡适常赞不绝口。这一天，胡适在朋友面前特别有面子。

江冬秀虽是一个小脚女人，但颇有魄力，有才干，遇事能决断，具有男子汉气概。她发觉胡适与曹佩声（曹诚英）有暧昧关系后，不是温柔劝阻，而是抓住胡适爱惜名声的特点，采取进攻策略，大吵大闹、寸步不让。有次竟拿起裁纸刀向胡适脸部掷去，虽未击中，却迫使胡适与曹佩声断绝了关系。北大教授梁宗岱成名之后，要同他的妻子离婚，梁妻忠厚懦弱，无力抗拒。江冬秀闻之挺身而出，为她打抱不平。江冬秀将梁妻接到自己家中，给她助威壮胆，最后闹到法院打官司，江冬秀亲自到法庭代她辩护，结果梁宗岱败诉。

书籍是胡适的命根子，江冬秀深知丈夫的价值，了解他的兴趣爱好。抗日战争期间，胡适在美国担任大使，江冬秀一人在国内，带着三个孩子逃离北平，兵荒马乱中，始终带着丈夫的几十箱书，正由于她的努力，胡适的藏书在战乱中得以保存下来。

后来，胡适在给她的信中感激地写道："北平出来的教书先生，都没有带书。

只有我的七十箱书全出来了。这都是你一个人的大功劳。"

老夫妻恩爱一生

江冬秀总是劝胡适不要从政，不要做官，希望他好好研究学问。但胡适还是违背了妻子的劝告，涉足政界，做了"过河卒子"。

抗战爆发后，蒋介石曾两次发电报给胡适，要他出任驻美大使，国难当头，胡适只好放弃了"二十年不从政"的誓言，于1938年出任了国民党参政会参政员，驻美国大使。他心里清楚，妻子是不会同意自己从政的。

果然江冬秀对此大加反对，写信劝胡适，不要过问政治，还自责说："我恨自己不能帮你助一点力，害你走上这条路上去。"胡适写信对妻子说，"我们徽州有句古语：留得青山在，不怕没柴烧。青山就是我们的国家，我们今日所以能抬头见世人者，正是因为我们背上还有一个独立的国家在，我们做工，只是对这个国家、这青山，出一点汗而已。"并在信中对妻子承诺，"战争完结时，我一定回到我的学术生活去"，江冬秀这才理解了丈夫。

胡适在美三年，夫妻俩彼此联系全靠书信。江冬秀挂念胡适在美国的诸多不便，不时给他寄去各种衣服、书籍、茶叶、丝袜等用品。

有一天，胡适穿上江冬秀寄来的一件红绛色棉袄，在右边口袋里发现一小包东西，打开一看，里面竟是七副象牙挖耳，他看了，心里有说不出的感动，他想，只有江冬秀会对他这样体贴入微，想得这么细，给他寄这小件的东西。

胡适曾经动情地对人说，别人的妻子哪个不希望自己的丈夫当官，自己做个官太太，但他的老妻却鼓励他回到学术上去，真心觉得敬佩她。晚年胡适曾对秘书胡颂平说："久而敬之这句话，也可以作夫妇相处的格言。所谓敬，就是尊重。尊重对方的人格，才有永久的幸福。"

新中国成立前夕，江冬秀本想回到安徽江村老家悦心堂居住，因胡适执意要她同去美国，她只好随之离开祖国而出走。在纽约度过了十年的清淡寓居生活之后，两人于1958年回到台湾。在婚姻生活中，胡适越来越离不开江冬秀。江冬秀对他的照顾可谓十分体贴周全，细致入微。她是胡适温暖而坚强的后盾，是他永远的依靠。

1962年，71岁的胡适因心脏病突发去世，江冬秀痛不欲生，恸哭不已，医生给她打了两针镇静剂才稳定下来。

1975年，江冬秀在台湾去世，享年85岁，算得上是高寿了。

杨步伟与赵元任："神仙伴侣"的美好姻缘

杨步伟与赵元任这对伉俪，一生幸福美满，堪称现代最美满的婚姻，被世人誉为"神仙伴侣"。

1971年6月1日，是杨步伟、赵元任的金婚之日，门生故旧在美国旧金山"四海酒家"为他们举觞庆祝。杨步伟面对满座高朋当场赋诗一首："吵吵闹闹五十年，人人都说好姻缘。元任今生欠我业，颠倒阴阳再团圆。"赵元任随即乘兴和诗一首："阴阳颠倒又团圆，犹似当年蜜蜜甜。男女平权新世纪，同偕造福为人间。"两人出口成章，文化底蕴尽显，博得满堂掌声。其诗写得诙谐、幽默，含尽两人的琴瑟之和。

相识相知

杨步伟，原名兰仙，小名传弟。祖籍安徽池州，1889年出生于南京花牌楼（在今天的太平南路一带），这是个拥有百口之家、128间房屋的大家族。其祖父是中国佛教协会创始人杨仁山。1919年杨步伟于东京帝国大学医科博士毕业，是中国第一位医学女博士。在她出生前，已由祖母做主与姑家孩子指腹为婚。长大后，杨步伟在祖父的支持下退婚成功。

赵元任，江苏武进（今常州）人，1892年生于天津，被尊为"汉语言学之父"，与梁启超、王国维、陈寅恪并称为"清华四教授"，同时也是中国现代音乐学之先驱。他谱曲的名曲《教我如何不想她》，至今流行不衰。他一生会讲33种汉语方言，会说英、法、德、日、西班牙语等多种外语。他12岁双亲病逝，14岁那年，大姑婆"给他与一个姓陈的女孩定了亲"。他在日记上记载："婚姻不自由，我至为伤心。"

一次偶然的机会，杨步伟与赵元任相识。

那是1919年5月，杨步伟接到父亲来信，要她回国到北京开设医院。等她到了北京，父亲已因病故去，此后她和朋友在西城绒线胡同开了一家森仁医院。1920年，赵元任从美国哈佛大学获哲学博士学位回到清华大学任教。有天晚上，赵元任从国语统一会开完会出来，因时间太晚西直门城门已关，回不了清华，就转去表哥庞敦敏家过夜。那天表哥家正好有客人小聚，都是留学日本归来的朋友，其中两位是森仁医院的女医生杨步伟和李贯中，第二天两位女医生回请庞敦敏夫妇到中央公园吃饭，作为庞家客人赵元任也应邀做客。饭后大家到杨步伟的森仁医院，他们吃了法国点心、美国巧克力糖，赵元任唱美国歌，表哥表嫂唱昆曲，甚是热闹。

这次聚会，活跃幽默的赵元任给杨步伟留下深刻的印象；而杨步伟的气质谈吐，尤其是杨步伟冲破旧礼教，退掉家庭包办婚约的行为更是让赵元任欣赏不已。

相爱相伴

从此赵元任便成了森仁医院的常客。杨步伟在自传里说，她本想成全赵元任和李贯中的结合，自己尽量躲开，谁知最后成全的却是赵元任和她自己。不久，赵元任在中山公园向杨步伟吐露了倾慕之心，杨步伟也终于不再为成全朋友的爱情而牺牲自己的爱情。

他们热恋了，赵元任认定这个比自己大3岁的女人，于是南下，在亲戚帮助下，与原女方陈家解除了"婚约"，并赔偿了2000元作为青春损失费。愉悦之余，赵元任还在日记中写道："我和这个女孩订婚十多年，终于获得了自由！"

1921年6月1日，两人结了百年之好。当时的赵元任30岁，杨步伟33岁。他们的婚礼，是民国时期"文明结婚"的最早范例，在当时"面子第一"、注重排场的社会风气下，别出心裁。

这一天上午，两人先到中央公园自拍多张合影，挑选在格言亭拍的一张作为结婚照。照片上写的格言是："阳明格言：知是行之始，行是知之成""丹书之言：敬胜怠者昌，怠胜敬者灭"。随后二人在北京市小雅宝胡同49号住处，请老朋友胡适还有杨步伟的同事朱徵医生一块儿吃晚饭，由杨步伟亲自下厨做四样美味的小菜。饭后，赵元任微笑着取出手写的一封文件，说，要是朱徵大夫和胡适先生愿意签名作证，他和韵卿将极感荣幸。赵元任回忆道："我的同班同学胡适劝我们至少用最低限度的办法，找两个证人签字，贴四毛钱印花，才算合法。"

欣喜之余，赵元任还致函美国的天文学教授比斯布克罗，幽默地称自己"于1921年6月1日下午三点钟东经百二十度平均太阳标准时"结婚，后者也不含糊，将这一喜柬贴在天文台的布告栏上，作为一种天文现象广而告之。

相亲相敬

婚后，杨步伟舍弃了自己担任的医院院长和妇科主任职务，全心支持丈夫的事业，跟随赵元任先后到剑桥、清华、耶鲁、哈佛大学讲学。杨步伟是个闲不住的人，终身热心公益事业。赵家人好客，赵元任在清华任教的4年间，每逢节假日，不仅校内来客不断，从市里来访的人也很多。为了能使客人品尝到更多地方风味的菜肴和点心，杨步伟就和清华几个教授夫人商量，在清华园大门外的小桥边整修了三间小房，合办了一个饭馆，并从东城五芳斋请了一个厨师。饭馆门上贴了一副对联："小桥流水三间屋，食社春风满座人。"开张那天，几位教授夫人都去帮忙。哪知头一天就来了200人，不到两小时，就把事先备好的菜吃得精光。开张两个月，400多元的本钱多为请客垫光了。

1938年赵元任一家定居美国，数十年来，他们的家一直是清华留美学生的"接待站"。中国著名科学家周培源、钱学森等早期赴美留学的学者，都是赵府的座上客，人们到了赵元任家如沐春风，有一种宾至如归的亲切感。杨步伟不仅好客，而且烧得一手淮扬名菜，她曾编了一本《中华食谱》，由胡适撰写前言，赛珍珠作序。这本书是写中国食物和各地饮食风俗的，并不是专讲做菜与配料。该书从出版起到几十年后，一版再版，至20世纪60年代已经出了27版，被翻译成20多种文字，在美国畅销不衰。

赵元任博学多才，既是数学家，又是物理学家，对哲学也有一定造诣。然而他主要以著名的语言学家蜚声于世。他从1920年执教清华至1972年在美国加州大学退休，前后从事教育事业52年。中国著名语言学家王力、朱德熙、吕叔湘等都是他的学生，他"给中国语言学的研究事业培养了一支庞大的队伍"，可谓桃李满天下。

杨步伟的能力和精力，做个教授夫人绰绰有余。她在照顾家庭、从事公益活动之余，还出版了《一个女人的自传》（后来出版时更名为《杂记赵家》，由胡适先生作序）、《中国妇女历代变化史》等书。《一个女人的自传》由赵元任翻译成英文，《中华食谱》则由赵元任和大女儿赵如兰翻译成英文。她写的《中国妇女历代变化史》，由她三女儿赵来思译成英文。

1973年6月，他们伉俪从大洋彼岸回到阔别几十年的故土，在首次大陆之行中，周恩来总理、郭沫若、竺可桢等会见了他们。在受到周恩来总理长达三小时的亲切接见时，杨步伟竟充当了主要角色。赵元任对周总理诙谐地说："她既是我的内务部长，又是我的外交部长。"这充分证明了赵元任对夫人的挚爱之情。

杨步伟生有四个女儿，个个出色。长女赵如兰，在哈佛学音乐与语音学，后在哈佛教音乐和语言，是哈佛大学有史以来的第一位华裔女教授。她的丈夫卞学鐄在麻省理工学院任教。次女赵新那，学化学，也是哈佛毕业，嫁黄培云，夫妇俩回国后一直在长沙矿冶学院工作。三女赵来思，学数学，加州大学毕业，与日本人波冈维作结婚，婆母是法国人，公爹则是抗日战争时的反战者，且因此坐过牢。赵来思和波冈维作同在康奈尔大学任教。四女赵小中，学物理，毕业于康奈尔大学，任职于麻省理工学院，丈夫邱宏义，后离异。

就在他们和睦相处，恩爱伴侣结婚满一个甲子的时候，1981年3月，杨步伟去世，享年92岁。她的两个女儿还专程把母亲的一部分骨灰送回南京刻经处安葬。因为杨步伟有遗言，说要回来陪伴挚爱的祖父。此后不到一年，1982年2月，赵元任也仙逝，享年90岁。美国加州大学专为他们伉俪设立了纪念室。

（载《团结报》2017年6月22日）

（《人物周报》2018年1月12日转载）

梁漱溟：国学大师的传奇婚姻

梁漱溟是一个很矛盾的人。他曾自称最讨厌哲学，结果却讲起了哲学；他在学校里根本未读过孔子的书，结果开讲起孔子哲学；他未上过大学，结果偏教起了大学；他曾经发誓一辈子不娶，结果却结了两次婚……这位素有"中国最后的大儒"之称的国学大师，一生的经历传奇多彩，他的爱情与婚姻生活也如同他的整个人生一样传奇且耐人寻味。

勉强成婚后渐生夫妻情

1893年，梁漱溟出生于广西桂林一个日趋没落的贵族家庭。父亲梁济清末时做过内阁中书，后晋升为候补侍读，梁济自己虽潜心儒学，却非常开明，并不死逼子女们读圣贤书。

14岁那年，梁漱溟考入北京顺天中学堂。班上人数虽不多，却藏龙卧虎，后来出了三位大学者：张申府、汤用彤，还有梁漱溟。梁漱溟早年加入同盟会，一生致力于儒家学说和中国传统文化的研究，造诣颇深，是中国现当代有名的哲学家和教育家。

年轻的梁漱溟一心信佛，无意于婚姻和家庭。1921年初冬，梁漱溟28岁，曾发誓一生食素、终身不娶的他，在其父死后，自咎未成家生子的不孝，开始考虑自己的终身大事。彼时，在军界的朋友伍庸伯把自己的妻妹黄靖贤介绍给了梁漱溟。

伍庸伯问梁漱溟的择妻条件，梁漱溟说："在年龄上、容貌上、家世上全不计较，但愿得一宽和仁厚之人。不过，单是宽仁而缺乏超俗的意趣，似乎亦难与我为偶；所以宽仁超俗而有魄力者，是我所求。这自然不容易得，如果有天资大略近乎这样的，就是不识字亦没关系。"

黄靖贤小梁漱溟1岁，长相一般，为人也缺乏热情，还不聪慧。由于出身名门，从小茶来伸手、饭来张口，因此对家务更是一窍不通。对于这位姑娘，梁漱溟也并不特别在意，但他不想让伍庸伯为难，辜负朋友的一番美意，还是娶了她。

订婚之后，两人便于1921年11月成了亲。成婚之夜，梁漱溟与黄靖贤谈及上面说的宽厚、超俗、魄力三点。"她不晓得魄力一词，问此二字怎样写。"由于文化差异，梁漱溟与黄靖贤两人感情平淡，精神上很少交流。梁漱溟一开始对黄靖贤并不十分满意，说她虽没有读过书，但识得字。随着时间的推移，经过几年的磨合，两人越往后越生出爱意来了，属于那种典型的"先结婚后恋爱"。

正如梁漱溟后来回忆时说："靖贤的为人，在我心目中所认识的，似乎可用'刚爽'两字来说她。"而黄靖贤的勤俭持家、正直忠信，也让梁漱溟不用为挣钱养家而受约束，从来可以进退自如地专心于自己的社会活动。

尤其在黄靖贤去世前4年间，夫妻感情弥笃。梁漱溟在得二子后，还想要个女儿，因此黄靖贤在两度小产后再次妊娠，终因"胎盘前置"的难产，于1935年8月20日在山东邹平去世，年仅42岁。梁漱溟痛苦不已。

梁漱溟在《悼亡室黄靖贤夫人》中，充满深情地回忆这段生活："我自得靖贤，又生了两个孩子，所谓人伦室家之乐，家人父子之亲，颇认识这味道。""现在靖贤一死，家像是破了，骤失所亲爱相依的人，呜呼！我怎能不痛呀？"为了哀悼亡妻，梁漱溟还写了一首白话诗，以示纪念："我和她结婚十多年，我不认识她，她也不认识我。使我可以多一些时间思索，多一些时间工作。现在她死了，死了也好，处在这样的国家，这样的社会，她死了，使我可以更多一些时间思索，更多一些时间工作。"平淡之中渗透着一种深深的情意。

无奈中续娶却情投意合

"中年丧偶大不幸"，自此梁漱溟决定以后不再续娶。他信守诺言一个人过了差不多十年时间。在这十年间，梁漱溟确实如他自己所说的那样，充分利用亡妻留给他的机会和时间，忙于思考，忙于国事。十年过去，两个孩子渐渐长大。长子1925年出生，此时18岁；次子1928年出生，此时亦15岁；而梁漱溟本人亦年过半百，开始需要有人来照应生活。

无奈中到了1943年，梁漱溟自己也没有料到会续弦。如果说，他的第一次婚姻平平淡淡，那么，这一次则是沸沸扬扬。

抗战开始后，许多文艺家和学界名流齐聚桂林，梁漱溟也归返故里。1943年夏，年届半百的梁漱溟偶然结识了在桂林当教员的"老姑娘"陈淑芬。

陈淑芬本名陈树棻，毕业于北京师范大学，一直没有婚配，是年47岁，比梁漱溟稍年轻。

陈淑芬长得较漂亮，也会打扮，虽年近半百，但看上去比实际年龄要小十余岁。有才有貌的陈淑芬一心想嫁给一个哲学家。两人一见钟情，你来我往，形影相随。不久，他俩的爱情竟然成了一则闻名广西的新闻。桂林的报纸以幽默风趣的口吻，大量地报道他俩颇具浪漫色彩的恋情。

1944年1月，梁漱溟和陈淑芬热恋半年后，终于瓜熟蒂落，在友人的家里举行了传统的婚礼。婚礼由国民革命军第四军军长李济深主持，当时在桂林的文艺界和学术界名流100多人参加了婚礼。著名剧作家田汉，还为此写了一首幽默长诗。

来宾发言完毕，大家纷纷要梁漱溟报告恋爱经过，梁漱溟无法推脱。他说："我听说现在谈恋爱要花很多钱，上馆子、看电影、听戏、给女友买东西等等，我却囊中羞涩，不好意思谈及此事。但我的确给她写过信，邀约她在天气晴朗时一起去河边散步。可是约定的那天，天公偏偏不作美，恰逢阴天小雨。她是否会应约前来呢？我犹豫了一会，拿着把伞就出门了，半路上，我很高兴地遇见了她。于是，便打开雨伞和她一起到河边去散步。这是我一生中最有趣的一次散步，是在雨中。后来，雨大了，我们便到路边的小亭子里坐了一会……"

梁漱溟在讲这段恋爱经历时，陈淑芬羞得头也不敢抬。从这里也可以看出这段恋情在梁漱溟心中是多么的甜蜜。梁漱溟报告了与陈淑芬女士的恋爱经过之后，童心大发，情不自禁地唱起了"抒情小调"。他的嗓子虽不怎么好，唱得也不很标准，来宾却一再为他鼓掌。唱完了歌，梁漱溟突然向来宾高声宣布："我们现在可以走了！"话音一落，他牵着陈淑芬的手迈出了宴会厅。据说，梁漱溟、陈淑芬的婚礼，是20世纪40年代桂林文化界最有影响的一件盛事。

厄运中是妻子坚守陪伴

梁漱溟与陈淑芬的婚礼虽然举行得十分热闹，婚后却不是那么幸福。梁漱溟是个社会责任感很强、做事颇为认真的人。他一旦投身事业和工作，很少顾及家庭。正像他在《寄宽恕两儿书》中所说："我不谋温饱，不谋家室。"

梁漱溟太钟情于事业，必然会冷落陈淑芬。对此，陈淑芬想法颇多。此外，家中事情都落在陈淑芬身上，使她感到很吃力。加之陈淑芬的脾气大，一遇不顺的事就爱发火，而且很难说通。这使梁漱溟最为反感，也很难忍受。因而，两人时常为一些琐事发生摩擦。

尽管梁漱溟对后来这次婚姻不太满意，他还是很感激陈淑芬，因为她是在他最困难的时候与他结婚的，陪伴他从中年进入耄耋之年，并为他作出了很大的牺牲。特别是在那场"史无前例"的"文革"日子里，她为梁漱溟受尽屈辱与痛苦。因此当陈淑芬1979年9月去世时，年已86岁的梁漱溟为她诵经守灵。

党的十一届三中全会召开后，中国进入了新的历史时期，梁漱溟担任了宪法修改委员会委员，终于迎来了自己的春天。

1988年6月23日，95岁高龄的梁漱溟坦然告别人世。有人慨叹：一个入世的知识分子是很难保持自己的心境平和的，他会呐喊、激愤、忧伤、痛苦，而这常常不免伤及他们的身心，影响他们的个人生活，甚至使他们短寿。像梁漱溟这样，一辈子都直道而行，却又能活到95岁的高龄，不能不说是一个生存的奇迹。

（载《团结报》2018年3月1日）

（《人物周报》2018年3月29日转载）

（《现代阅读》2018年第11期转载）

吴宓："得"与"不得"之间

"文革"结束后的1978年，偏居西南师范学院一隅的吴宓教授逝世，不久学界掀起对他著作、学术的研究热，这位民国文人留给后人的俨然是一个严谨的学术大师印象。诚如他的乡党、当代著名作家李若冰所说："吴宓，其实是民族文化的捍卫者。他主张以中华文化为主体，兼收西学之长。不应该攻其一点，不及其余。他在教育及学术上的贡献是巨大的，不应被埋没。"随着研究的深入，吴宓的婚恋情况也露出冰山一角，令后人唏嘘不已。这应了英国戏剧家萧伯纳说过的一句话："人生有两大悲剧。一是得不到想得到的东西，一是得到不想得到的东西。"吴宓一生有过三次婚史。

结发陈心一

吴宓，1894年出生于陕西泾阳，本名吴玉衡。吴宓之名是他在1910年报考清华学校时自己所取的，意为安静。

1918年11月，留学哈佛的吴宓，突然接到清华留美同学陈烈勋的来信，欲将自己的妹妹陈心一介绍给吴宓为妻。信中说陈心一毕业于浙江省女子师范学校，现年24岁，为浙江定海县一位小学教员，心气很高，择婿要求特别严苛。陈烈勋在信中明确指出，其妹在家中曾多次听他谈及吴宓，后又阅读过《益智杂志》《清华周刊》中有关吴宓的诗文，尤其是看到《清华周刊》上吴宓的照片后，萌发爱慕之情，愿嫁吴宓，侍奉终身。吴宓接信后，怦然心动，立即回信认可。

1921年8月，留美回国的吴宓便匆匆赶往杭州，相晤陈心一。这次相晤极富戏剧性。到了陈家，吴宓西装革履，意气风发，一副海外学子的风度。而陈心一按吴宓留下的日记叙述，"两人只是默默相对"。尴尬之时另一个女主角翩然出场了。这便是吴宓人生悲剧中最为关心，且刻骨铭心的毛彦文。

毛彦文，南京金陵女子大学英语系毕业，美国密歇根大学教育学硕士。事也凑巧，毛彦文与陈心一本是一对好友，这天，她来陈家是想与陈心一告别，不想在这里与吴宓不期而遇。毛彦文的未婚夫朱君毅还是吴宓清华读书时的同桌好友。朱君毅长毛彦文4岁，为姑表兄妹，自幼青梅竹马，感情甚笃。但在毛彦文9岁时，由其父做主，把她许配给了方姓朋友之子。毛彦文浙江女子师范学校毕业时，方家怕生变故，催逼完婚，就在方家迎亲的大轿抬至毛家大门之际，不甘命运摆布的毛彦文从后门悄然逃离。此前，她和表哥朱君毅早已月下为盟，私订终身了。方家退婚后，由毛、朱双方家长做主，毛彦文与朱君毅正式订婚。吴宓作为朱君毅的同桌好友，早在清华读书时，便知道了毛彦文。那时，朱君毅每次读完表妹的情书后，都会让吴宓过目。

吴宓对毛彦文在信中流露出的才情敬佩不已，久而久之，吴宓心中便涌动出异样的情愫，碍于同学之谊，他不曾流露，而是深深隐藏在了心底。

吴宓在美留学时，收到陈烈勋欲将其妹说合给他的信时，曾委托朱君毅，让毛彦文打探陈心一的情况。毛考察后回复说："陈女士系一旧式女子，做贤妻良母最为合适。"从这个意义上讲，毛彦文实际上是吴宓与陈心一的媒人。

这次，突然在陈心一家中与毛彦文不期而遇，吴宓本就怀有好感，但见对方活泼雅趣，大方得体，一副新派淑女风范，吴宓顿时在心中暗自生出一丝落寞，怎奈毛彦文名花有主，且是挚友之未婚妻。

当日，毛彦文告别他们回了上海。吴宓与陈心一一见如故，在陈父的安排下，双双泛舟西湖，吴宓心中殊为快活。第二天，两人再度早游西湖，其乐融融。吴宓在日记中这样记述道："是日之游，较昨日之游尤乐。家国身世友朋之事，随意所倾，无所不谈……此日之清福，为十余年来所未数得者矣。"

13天后，吴宓和陈心一便闪电般地入了洞房。匆忙草率的婚姻，似乎已悄悄隐示着某种悲剧的意象。果然，婚后不久，吴宓总觉得陈心一当贤妻良母可以，但"呆滞"，令自己痛苦不迭，整日沉浸在"离还是不离"之中，直至1929年，吴宓不顾亲友劝阻，与陈心一离异。其实吴宓心里的天平早就倾向另一个人了。

穷追毛彦文

毛彦文虽然与表兄朱君毅已互定终身，谁知半路上朱君毅突然变卦了，他以近亲结婚有害下一代为由，坚决提出要与毛彦文解除婚约。毛彦文万般无奈之下，只得转而求助吴宓夫妇。吴宓于是作为一个中间人，往返于两人之间，极力救火说和。怎奈朱君毅去意已决，坚决不肯与毛彦文缔结白首，最终还是解除了婚约。

本欲救火的吴宓却引火烧身，他居然在朱、毛二人分道扬镳后，不顾有妇之夫的身份，向毛彦文表白了自己的爱意。毛彦文断然拒绝。令她不可容忍的是，撇开媒人身份、友情关系不说，吴宓的举措实在荒唐。他几乎在每封信中，都会不厌其烦地赘述自己从某年某月起，在朱君毅处读到她的信而渐渐萌生爱意，这令毛彦文大为反感，何况她与吴宓的结发之妻陈心一原本就是很要好的朋友和同学。

吴宓为毛彦文所拒后，并不甘心。他索性做得更加离经叛道。结婚7年后，陈心一不忍吴宓情感上的叛逆，最终仳离。这一石破天惊之举，让世人目瞪口呆。吴宓之父更是公开指斥儿子，"无情无礼无法无天，以维持旧礼教者而倒行逆施。"

毛彦文由不见经传的人物立时成为"三人间的中心人物"，她心中叫苦不迭，但面对吴宓的求爱，仍是不愿就范。吴宓毫不气馁，对毛彦文的追求愈演愈烈，成了一场爱情的马拉松，中间包含了太多的故事，以至于在20世纪30年代的上海滩，他们的故事成了小报津津乐道的话题。

吴宓的锲而不舍最终打动了美人的芳心。女人的骨子里，总是喜欢被爱的，毛彦文亦不能免俗。可是，两人的爱情未因来之不易而最终瓜熟蒂落。

吴宓是一个充满了矛盾的人，保守与浪漫，新派和旧派居然会对立地存在着。当毛彦文开始心仪于他，准备谈婚论嫁时，吴宓却生出了一丝隐忧，既想和毛彦文成为夫妻，又担心婚后会不和谐，两种截然不同的心情，让吴宓彷徨不已，患得患失。

1931年3月，吴宓赴巴黎进行学术交流。他一反以前温情脉脉的样子，将电报拍到美国，措辞强硬地令毛彦文放弃学业，迅速赶往欧洲，与之完婚，否则各自分手。

毛彦文来了巴黎。吴宓却又不想结婚了，改为订婚。满腔热情而来的毛彦文大为狼狈，原来是对方费尽心机追求她，她松口了，对方又变了卦。毛彦文哭着说："你总该为我想想，我一个三十多岁的老姑娘，如何是好。难道我们出发点即是错误？"

吴宓不为所动，冷静地说："人时常受时空限制，心情改变，未有自主，无可如何。"对此，吴宓在日记中这样记述："是晚彦虽哭泣，毫不足以动我心，徒使宓对彦憎厌，而更悔此前知人不明，用情失地耳！"

这次巴黎论婚作罢后，吴宓与毛彦文从欧洲归来。毛彦文留在上海，一直在等待吴宓迎娶。1933年8月，吴宓又一次南下，目的是先去杭州，向卢葆华女士求爱，如不成，再去上海，和毛继续讨论是否结婚。友人劝他别老玩爱情游戏，此次南下必须弄个老婆回来。结果又是两头落空。毛觉得他太花心，因此也唱起高调，说她准备做老姑娘，尽力教书积钱，领养个小女孩。天真的吴宓并未察觉出这番话中的潜台词，他大约觉得毛反正是跑不了的，依旧热衷于自己的多角恋爱。

毛彦文一气之下，嫁给了曾任北洋政府总理的熊希龄，当时熊希龄66岁，毛彦文33岁。吴宓做梦也没想到会有这步棋，这让他觉得自己有一种遭遗弃的感觉，同时也很内疚，认定毛是赌气，自暴自弃，不得已而嫁人。很长时间里，吴宓都没办法确定自己应该扮演什么样的角色，是负情郎，还是被负情的痴心汉，两者都是，又都不是。不管怎么说，毛是他一生最钟爱的女人，只有真正失去了，才感觉到珍贵。毛彦文结婚以后，特别是三年后熊希龄病故，吴宓一直对她纠缠不休，既是不甘心，也是真心忏悔。

伴老邹兰芳

吴宓与毛彦文的爱情马拉松随着毛彦文的悄然去台，而走到了终点。新中国成立后，吴宓已近暮年，心态渐趋平和，但这时，他又迎来了一场惊世骇俗的婚恋，1953年6月与20多岁的邹兰芳结为夫妻。

邹兰芳，四川万源人，这位生于地主家庭的千金小姐走出大山沟到重庆求学，并最终完成学业，是依靠两位供职原国民党川军的哥哥资助的。当她看到了吴宓在《新华日报》上的"思想检讨"文章后，眼睛一亮，像抓了根救命稻草似的，决定立刻抓住吴宓。于是，她先是热情洋溢地主动写信给吴宓，声称自己佩服其道德文章，虔诚地崇拜他。吴宓戴着老花镜，将来信读得滚瓜烂熟，然后书生气十足地回了信。随即，邹兰芳不请自入，登门求教，并以学生身份为老师缝补浆洗，渐渐她不避世俗，终于使吴宓迎娶了她。

婚后的日子里，邹兰芳一直缠绵病榻。三年后，邹兰芳因肺病不治，香消玉殒。吴宓很伤心，此后，饭桌上必多摆一副碗筷，他饭前必做默祷。更奇的是，吴宓看电影，也必买两张票，空出身边的座位，意中犹有亡妻相伴。

"文革"中，吴宓成为西南师院批斗的重点人物，蹲入"牛棚"，到平梁劳改，受尽苦难。1978年1月17日吴宓病逝，终年84岁。

（载《金陵晚报》2017年7月2日）

金岳霖：一种至死不渝的情感

哲学大师金岳霖是把西方现代逻辑介绍到中国的主要人物，同时也将西方哲学与中国哲学相结合，建立了独特的哲学体系，为中国培养了一大批有较高素养的哲学和逻辑学专门人才。他著有《论道》《逻辑》和《知识论》，凭这三本著作，金岳霖奠定了他在中国哲学界的地位，其中《知识论》在中国哲学史上首次构建了完整的知识论体系。

就是这样一个博学的学者，个人的情感生活却很独特。他与梁思成、林徽因夫妇是好朋友，但他又深深地爱着林徽因，为爱一生未娶。即便林后来病逝，他仍孑然一人，他们之间的这段情感已脱离了世俗的境地，如今很少有人能够理解。

为爱理智退出

金岳霖，1895年出生于湖南长沙，祖籍浙江诸暨，字龙荪。1911年，金岳霖考入清华，随后考取官费留学生，获美国哥伦比亚大学博士学位；1925年从英国游学回国；1926与冯友兰等创办清华大学哲学系，先后任清华大学、西南联大、北京大学哲学系教授；新中国成立后，历任清华大学哲学系教授、系主任、文学院院长，北京大学哲学系教授、系主任；1955年后任中国科学院哲学研究所一级研究员、副所长。

金岳霖认识林徽因，是缘于好友徐志摩的引荐，想必在那之前，徐志摩一定在他耳边说过不少关于林的赞美之词。金岳霖当时年轻有为，血气方刚，身高一米八的个头，一表人才。当他见到林徽因，果然美丽可爱，与之交流后，更感到林的思想独特，知识渊博，幽默大方，有着极大的人格魅力，与他所见的传统女子截然不同。用翻译家文洁若的话说，林徽因"天生丽质和超人的才智与后天良好高深的教育相得益彰"。从此，金岳霖生了情、动了心，深深爱上了林徽因，爱上了她的才情，和她那江南独有的吴侬软语。但金岳霖知道林徽因已与梁思成结了婚。后来金岳霖搬了家，偏巧隔壁就是梁家，两家大院相通，他们毗邻而居。

那时候，林徽因家每到星期六都会举行"沙龙"，来访之人多为社会名流学者，金岳霖也是每次必到的座上客。他看到宾客个个滔滔不绝，见解独特，个性自我，不禁为之震撼，而林的一颦一笑都铭记在他心中，她的每一个独特的观点都让金回家品味许久。

在金岳霖看来，林徽因是一个女神，这从他晚年对林的评价中可见一斑。在意识与记忆力都不是很清晰的晚年，金岳霖仿佛对任何事情都不感兴趣，但是，只要一提到林徽因，便会竖起大拇指，激动地说出一些令人吃惊的话："林徽因啊，这个人很特别，我常常不知道她在想什么。"

金岳霖对林徽因的倾心，林徽因心中也明了，她对金岳霖亦十分钦佩敬爱，他们之间的心灵沟通可谓非同一般。有一年林徽因去昆明疗养，陪同她去的不是梁思成，而是金岳霖。一次林徽因给胡适写信，透露出心中的苦衷："我的教育是旧的，我变不出什么新的人来，我只要'对得起'人——爹娘、丈夫、儿子、家庭等等，后来更要对得起另一个爱我的人，有时，我自己的心情便弄得十分为难。"信中说的"另一个爱我的人"，就是默默给予林徽因关爱的金岳霖。

1932年，梁思成从河北考察古建筑回来，林徽因无法排解心中的心事，哭丧着脸对梁思成说，她苦恼极了，因为自己同时爱上了两个人，不知如何是好。梁思成一听半天都说不出话来。他一面痛苦自己的妻子爱上了金岳霖，一面欣慰她很坦诚，没有把他当个傻子。金岳霖是中国一流的哲学家，和徐志摩、梁思成一样，在各自领域中都堪称是一代宗师。

梁思成苦思一夜，比较了金岳霖优于自己的地方，他终于告诉妻子，她是自由的，如果她选择金岳霖，他祝他们永远幸福。林徽因又原原本本把一切告诉了金岳霖。金岳霖的回答更是率直坦诚得令人惊异："看来思成是真正爱你的。我不能去伤害一个真正爱你的人。我应该退出。"

默默为爱付出

这件事后，三人继续心无芥蒂地相处着。金岳霖从此成为梁、林夫妇无话不说的好朋友。生活中金岳霖依然默默地爱着林徽因，而林徽因呢，是否真的就这样不再陷入矛盾，不再烦恼，可能只有她自己知道。他们相处得更好了，甚至梁思成和林徽因吵架，也是找理性冷静的金岳霖来当"仲裁"，相信他会把事情处理得妥妥当当。金岳霖就这样自始至终都以最高的理智驾驭自己的感情，爱了林徽因一生。林徽因、梁思成、金岳霖三人，只要有一个环节出了问题，不够坦诚豁达，那么今天我们听到的将是一段恶俗的三角恋故事，而不是这样令人佩服的动人情节。

仰慕林徽因的人可谓多矣，但像金岳霖这样持久专一的，还没有第二个。金岳霖对林徽因的爱好像一首诗，静静的；如潺潺流水，终年不枯，且始终如一。他始终没有如徐志摩那样对林苦苦追求，而选择默默欣赏。以他理性的观点看来，梁林二人那是天生一对："比较起来，林徽因思想活跃，主意多；但构思画图，梁思成是高手，他画线，不看尺度，一分一毫不差，林徽因没那本事。他们俩的结合，结合得好，这也是不容易的啊！"这样豁达的心境，感性的诗人徐志摩是做不到的，在金岳霖看来，徐志摩感情放纵，满脑子林徽因，是他不自量。金岳霖早认识到，假若自己也追求林，也会是一种不自量的表现，所以才选择默默地付出。当然，金、徐两人对待林徽因的态度是与他们本身的性格分不开的，理性与感性，静默与疯狂。

世间的事情风雨变幻，人的命运也多舛。才华横溢的林徽因在1955年4月1日因病去世了。

得知林去世的消息，金岳霖趴伏在办公桌上号啕大哭，边哭边对学生说："林徽因走了。"追悼会上，亲朋送的花圈和挽联中，要数金岳霖送的一副挽联别有一种炽热颂赞与激情飞泻的不凡气势。上联是："一身诗意千寻瀑"，下联是："万古人间四月天"。那是一种怎样深沉的爱意、毫不掩饰的赞美与依恋。

汪曾祺在他的《金岳霖先生》一文中写道："金岳霖对林徽因的谈吐才华，十分欣赏。现在的年轻人多不知道林徽因。她是学建筑的，但是对文学的趣味极高，精于鉴赏，所写的诗和小说如《窗子以外》《在九十九度中》风格清新，一时无二。"

很久之后，金岳霖在回忆林徽因的追悼会时还会说："追悼会是在贤良寺开的，我很悲哀，我的眼泪没有停过……"

至死孑然一人

林徽因去世多年后，金岳霖对她依然极其迷恋。一天，金岳霖郑重其事地邀请一些至交好友到北京饭店赴宴，众人大惑不解。开席前他宣布说："今天是林徽因的生日！"顿时，举座感叹唏嘘。那一年，距林徽因去世已经29年。曾有学者请金岳霖为林徽因的文集写一篇序，他激动地说："我所有的话，都应该由她自己说，我不能说。我没有机会同她说，我不愿意说，也不愿意有这种话。"

他如此深刻地爱着她，终身不娶似乎有了更确切的理由：纵使有再出色的女子，与她相比，也黯然失色，新娘若不是她，娶妻何用？

人这一生，最凄凉的场景，莫过于晚年的孤独。岁月流逝，半个多世纪后，当年西装革履，拄着手杖，戴一副墨镜，像英国绅士的金岳霖也垂垂老矣。无法想象没有林徽因在身边的日子里，一个80岁的老人，那个为爱痴狂的金岳霖是怎样度过每一天的。佳人已去，金岳霖无以期盼，他的世界黯淡下来了。他晚年一直过着深居简出的生活。

他忽然想起毛泽东主席早年和他说过的话："你要接触接触社会。"于是他和一个蹬三轮平板车的约好，每天带着他到王府井一带转一大圈。坐在车上的金岳霖东张西望，那情景一定非常有趣。王府井人挤人，熙熙攘攘，谁也不会知道这位东张西望的老人是位一肚子学问，为人天真，热爱生活的大哲学家。

1984年10月19日，金岳霖在北京逝世，享年89岁。

金岳霖去世后，骨灰也安放于八宝山革命公墓，与林徽因墓仅一步之遥。终于明白，世间有这样一种情感，叫做至死不渝。

为纪念金岳霖，中国金岳霖学术基金会和中国逻辑学会共同组织，于1990年设立"金岳霖学术奖"，主要奖励逻辑学和现代哲学方面的优秀成果，此奖为我国逻辑学研究的最高学术奖项，也是中国学界享有盛誉的学术奖项之一。

林语堂："幽默大师"的爱情故事

林语堂是中国当代著名学者、文学家、语言学家。他一生写作出版了近百部作品集，让后人敬慕、痴迷。林语堂婚前曾有两位恋人，成为他妻子的廖翠凤是他的第三位恋人。他的爱情故事也是一部精彩绝伦、厚重的书。

懵懂少年的初恋

林语堂出生于福建漳州一个基督教家庭，父亲是教会牧师。他的童年是在故乡度过的。很小的时候，林语堂就有了一位"意中人"，名赖柏英。赖柏英和林语堂在同一个村子出生成长，青梅竹马，两小无猜。算起来，林语堂还是赖柏英的长辈。柏英的母亲是林语堂母亲的义女，初次见面，柏英的母亲按照传统辈分的礼节，让女儿叫林语堂"五舅"。

赖柏英的脸偏瘦，活脱脱一个刚刚成熟且散发着甜香的橄榄。林语堂眼珠一转，不停地大叫："橄榄，橄榄！"赖柏英起先不明所以，好奇地四处张望。林语堂手指着她，叫得更起劲了。赖柏英这才明白过来，是林语堂在给她取绰号。慢慢叫习惯了，赖柏英也喜欢上这个特别的名字，后来这个"橄榄"的外号就叫响了。

童年的他们一起去河里捉鱼摸虾。"她蹲在小溪里，蝴蝶落在发梢，缓步徐行，蝴蝶居然没有飞走。"这情景林语堂直到80岁仍一如在眼前。"老来多健忘，唯不忘相思。"

两人谈天说地，天真无邪地许下许多美好诺言，他说娶她为妻，她说非他不嫁。林语堂爱赖柏英，赖柏英也爱林语堂。如此青梅竹马的一对，只是后来无奈地分手了。林语堂远走他乡求学，急于追求新知识，见识新天地。当他到上海读圣约翰大学时向她求婚，赖柏英却未允许，她不愿离开家乡，她的祖父双目失明，她要孝顺祖父，她认定家乡什么都好，最后嫁给了本地的一个商人。

初恋是男人一生都无法解开的魔咒。后来，林语堂常常还会想起，在故乡，有个女孩，她行走在清晨的稻田里，风吹树，树上的积雨落下，湿了她的发梢和她的蓝色棉布长衫。若干年后林语堂写了一部自传体小说，名为《赖柏英》，书中的主人翁就是他的第一个恋人。可能在赖柏英的心里，也是会时时想起那个叫她"橄榄"的小伙子的。

一心追求陈锦端

1912年，林语堂去上海圣约翰大学读书。在大学二年级时，林语堂曾接连好几次走上大礼堂去领奖章。这件事曾在圣约翰大学和圣玛丽女校传为美谈。然而，对林语堂来说，最好的事是在这儿认识了陈锦端，并与之坠入热恋。陈锦端是林语堂同学的妹妹。

两人相识以后，林语堂就常常约她一起吃饭聊天。锦端画画，他就写作，他们用画和文字将周围的世界装点得五彩缤纷。放暑假了，林语堂就三天两头跑到厦门鼓浪屿陈家。

一切都像小说一样，相爱的男女到了谈婚论嫁之时，女方的父亲却出来棒打鸳鸯。陈锦端出身名门，她的父亲是归侨名医陈天恩，而林语堂不过是教会牧师的儿子，两家门不当户不对，陈父看不上林语堂，看中的是一个名门的阔少，当时子女的婚姻都由父母包办。

林语堂爱陈锦端，陈锦端也恋着林语堂，但他们中间横亘着一条河。他和她，隔河相望，无桥可渡，绝无成亲的机会。就这样，林语堂的第二次恋爱还没有步入高潮就戛然而止了。

陈父虽然不给这对恋人渡河之桥，但他却愿意为林语堂搭起另一座桥。他对林语堂说，隔壁廖家的二小姐贤惠又漂亮，如果愿意，他可做媒人。陈锦端得知父亲干预自己的婚事，拒绝了父亲为她觅寻的富家子弟，孑然一身远渡重洋去了美国留学。

陈锦端留学归国后，多年不婚，一直单身独居。直到32岁那年，她才与厦门大学教授方锡畴结婚，长居厦门，终身未育，只抱养了一对儿女。

姻缘天定的伴侣

廖翠凤是鼓浪屿首富廖家的二小姐。廖翠凤对林语堂并不陌生，她在圣玛丽女校上学时，一直就很欣赏他的才华，如今又见林语堂长得一表人才，心里一千个愿意。而当二人拟订终身时，廖翠凤的母亲却有异议，说："和乐（林语堂的本名）是牧师的儿子，家里很穷。"廖翠凤听了，果断地回答说："穷算不了什么。"这话传到林语堂耳朵里，让他很感动，也许是姻缘天定，就是这句话一锤定音，成就了林语堂与廖翠凤的婚姻。

1919年1月9日，林语堂与廖翠凤结婚。婚后，他征得廖翠凤的同意，将结婚证书烧掉了，他说"结婚证书只有离婚才用得上"。烛火点燃了婚书，红红的火苗表示了他们永远相爱、白头偕老的决心。

那时，林语堂已在清华大学当了3年英文教师，正准备到美国哈佛大学留学。于是这对新婚夫妇，在横渡太平洋的轮船上度蜜月，一起去美国哈佛大学留学。在哈佛读了一年后助学金被停了，林语堂只好前往法国打工，后来又到了德国。林语堂先在耶鲁大学攻读，获得硕士学位，又到莱比锡大学攻读比较语言学。

他们结婚4年了，廖翠凤才怀孕。由于经济拮据，他们不得不回国分娩。林语堂爱惜这头生女儿，给她取名凤如。待翠凤坐完月子，他们就来到京城，北大聘他为英文系教授，兼北京女子师范大学讲师。

林语堂把家安置在一个小四合院里，简单又温馨，他负责往家赚钱，翠凤负责料理家务，女儿乖巧可爱，生活很幸福。终其一生，林语堂对妻子始终爱恋。

心相牵挂情依依

廖翠凤生于富贵之家，但她却能快乐地和丈夫一起过平常日子。婚后有很长一段时间，他们生活艰苦，不过巧妇不会难于少米之炊，简单的饭菜她亦能做得花样百出。实在揭不开锅时，廖翠凤会默默当掉首饰维持生活。

后来，林语堂来到上海，蔡元培聘请他做了研究院的英文编辑。有了稳定收入，他把妻女从北京接了过来，正式在上海安家落户。每当林语堂合上书，搁下笔，亚里士多德、柏拉图、尼采等离他而远去之时，一桌热气腾腾的可口饭菜，还有妻子笑吟吟的脸盘，那种温馨、幸福的感觉慢慢充盈林语堂的整个心房。林语堂常饱含深情地对朋友们说："婚姻生活，如渡大海，风波是一定有的。婚姻是叫两个不同的人过同一种生活。女人的美不是在脸上，是在心灵上。等到你失败了，她还鼓励你；你遭诬陷了，她还相信你，那时，她是真正的美。"

1936年8月，林语堂一家人移居美国。1938年，林语堂开始用英文撰写长篇小说《京华烟云》。为避开所有干扰专心写作，林语堂独自搬到城外的一间小木屋里居住，翠凤每天给他送来吃的，总是小心翼翼，避免打断丈夫的思绪。历经一年，总计70万字的长篇巨作终于完成，接着又被译成多国文字出版。仅抗战期间，《京华烟云》在美国就销了25万册，被《时代周刊》誉为现代中国小说经典之作。

廖翠凤一生都在激励丈夫，不曾阻拦林语堂前行的脚步，还随时把他像孩子那样照顾得周周到到。他们相濡以沫，恩爱有加，互相体贴和关心，堪称夫妻中的典范，林语堂时常得意地说："我把一个老式的婚姻变成了美好的爱情"。

林语堂在美国住了30年，思乡之情使他们一家于1966年定居台湾，林语堂边演讲边写作，后来还被聘为香港中文大学研究教授，生活过得很充实。

1969年1月，夫妇俩庆祝结婚50周年，林语堂给翠凤买了一个手镯，手镯上刻着一首诗："同心相牵挂，一缕情依依。岁月如梭逝，银丝鬓已稀。幽冥倘异路，仙府应凄凄。若欲开口笑，除非相见时。"

林语堂幽默地说，我送她一只手镯，是表彰她当年强有力的决定，还有50年来一次又一次为家庭的幸福做出的牺牲。

有人问他们半个世纪"金玉缘"的秘诀。老夫妇抢着说，只有两个字，"给"与"受"。他们相互之间，都会尽量多地给予对方，而不计较接受对方的多少。

1976年3月26日，林语堂在香港去世，享年81岁。廖翠凤将他的灵柩运到台北，长眠于故居后园中。廖翠凤仍与他终日厮守，直到她也闭上眼睛停止呼吸。

（载《金陵晚报》2017年4月10日）

陈西滢与凌叔华：讲述别样人生

在人们的印象中，陈西滢的名声似乎不是很好的，这缘于他和鲁迅有过的一场笔仗，曾名噪一时。现在看来，这也仅是其长期受西方教育，看法不同罢了。生活中的陈西滢却是个外冷内热的人，特别是对他的妻子凌叔华，一生宽厚，情深意笃。

喜结连理

陈西滢，名源，字通伯，1896年生。"西滢"是他为《现代评论》周刊"闲话"专栏撰稿时用的笔名。父亲陈仲英是个文化人，做教育和编辑工作。

陈西滢有个在民国了不得的表叔吴稚晖。吴看侄子"孺子可教"，便把他送到欧洲去留学。先是上中学，毕业后入爱丁堡大学和伦敦大学学政治经济，获博士学位。一个地道的中国孩子练成了欧洲青年，谈吐举止、学问气派、绅士风度，无一不是英国模样。

1922年，26岁的陈西滢回国，应蔡元培校长邀请担任北京大学外文系教授。梁实秋曾将他与胡适、周氏兄弟、徐志摩并称为五四以来五大散文家。

凌叔华原名瑞棠，1900年生于北平（今北京）一个仕宦人家。她天资聪颖，6岁时用一根炭棒在雪白的墙上画山水、树木、小鸟、白云……1921年入燕京大学。师从新文学运动的牛耳周作人，和同学冰心、林徽因并称"文坛三才女"。1924年底在刚创刊的《现代评论》上发表小说《酒后》。

1924年5月，印度诗人泰戈尔访问中国，作为北京大学教授兼英文系主任的陈西滢当时是接待的负责人，而这时在燕京大学的凌叔华也作为欢迎代表出席。

在欢迎的茶话会上两个年轻人第一次打了照面。这时关于泰戈尔的食宿问题成了接待团讨论的重点，学校的食堂肯定不行，到大酒店也不雅，思来想去他们就想到了凌叔华的家，因为凌家是文人之家，条件比较适合。在凌家的接待宴会上，凌叔华的谈吐自如和优雅的气质，让徐志摩与陈西滢两人都看在了眼里。

此后，徐志摩疯狂地与凌叔华书信往来，把她当作自己的红颜知己，两人一度火热。凌叔华对徐志摩看得是比较清楚的，她知道两人之间不会有姻缘的结果。所以，在徐志摩与陆小曼婚期将至时，她很主动地选择了退出，转而与陈西滢书信往来，谈起了恋爱。

那时的陈西滢也喜欢搞文化沙龙，就像林徽因家的客厅一样，自然也吸引了不少人参加，他还担任《现代评论》主笔。凌叔华本身就是个才女，经常在期刊上发表小说，儒雅的陈西滢越看越欢喜。就在这种欣赏的意境中，两人悄悄地恋爱了起来，很低调也很私密，几乎所有人都不知道，密不透风。但也有知道的，比如胡适，他在中间扮演了重要角色，凌叔华在婚前像每一个浪漫的少女一样，对爱情的甜蜜有无限憧憬。她写信给胡适吐露自己的美好期待："在这麻木污恶的环境中，有一事还是告慰，想通伯（指陈西滢）已经向你说了吧？这是我们两年来第一桩心事，现在已有结论，当然算是最值得告诉朋友的事，适之，我们该好好谢谢你才是。"

1926年7月，陈西滢与凌叔华这对有情人终成眷属，婚礼并不奢华，朴素简单。婚后不久两人去了日本，一边学习一边度蜜月。凌叔华的选择是明智的，她要的是陈西滢全心全意的爱，而不是徐志摩似的热烈却虚无的情。

红杏出墙

1928年10月，陈西滢前往武汉大学任教，凌叔华也一同前往。

武汉冬冷夏热，凌淑华很不适应，更不适应的是脱离了大家闺秀身份去脚踏实地地过日子，写作绘画的梦幻与现实琐碎的矛盾，时时逼迫着她。陈西滢又无法帮助凌叔华实现想留学法国发展绘画的愿望。

正在这个时候，有一个青年一头撞进凌叔华平静的生活，这个青年名叫朱利安·贝尔，来自英国，是位诗人兼画家，他又是小说家弗吉尼亚·伍尔芙的姨侄，朱利安的母亲也是位画家。当时陈西滢是文学院院长，出于对人才的需要邀请朱利安来武汉大学任教。

凌叔华时常和这位小伙子聊天，谈论英国的文学和著名作家。凌叔华毕竟年长他几岁，自然是以一种姐姐对弟弟的那种关怀，帮他买生活用品、挑选家具、布置宿舍。朱利安顿时感觉她像一股暖流，安抚着他这颗在异国他乡孤寂的心，文学绘画，竟发酵了凌淑华和朱利安的关系，他们很快双双坠入爱河。

凌叔华是又惊又喜，没想到这个青年敢在眼皮子底下坑火，她似乎又回到与徐志摩的那种感觉。朱利安唤醒了凌叔华体内沉睡的荷尔蒙，两人顿时打得火热。这种张扬炽热的爱逐渐蔓延开来，而且朱利安在陈西滢的面前似乎也不避嫌，朱利安在给母亲的信中甚至直接把凌叔华当作儿媳妇介绍，两人甚至成双出入地到处游玩。

不久，凌叔华的一位老友病逝，她要赶回北平，便带着朱利安一起去了。到了北平，两人到处闲逛游玩，凌叔华把朱利安介绍给身边的好友们，大家一看她身边多了位外国的年轻人，自然有了一些流言蜚语。

回到武汉之后，学校里的议论更是甚嚣尘上，搞得两人狼狈不堪。据说朱利安并非只爱凌叔华一个，艳遇瞎搞的事也不少，他对婚姻、对爱情并没什么感觉，只是图个好玩，自然是负不起婚姻的责任，给不了凌叔华幸福。

陈西滢知道了自己妻子的一些花边新闻，很理智地跟凌叔华谈心，开出了一离婚，二分居，三与朱利安一刀两断的三种解决办法，由凌叔华自己决定。

陈西滢很了解凌叔华的性格和追求，知道她这不过是一次纵爱，最终还是会回到家庭中来。但作为她的丈夫，自然是要及时灭火，他不吵不闹，主动铺好一个台阶让凌叔华下。理性的凌叔华选择了回到丈夫身边，决然地与朱利安分手再见，稳固了家庭。只是朱利安默默地感到伤心，还好没有酿成悲剧，要不然又是一段难堪的往事。

云雨过后，朱利安只有离开武大，学校还为他开了一个欢送会，按道理这样就结束了。没想到朱利安与凌叔华在广州竟然会再一次碰面，最后还去香港停留了几天。当陈西滢得知这些情况以后自然怒不可遏，尽管凌叔华有过辩解，但陈西滢哪会听得进，他写信对朱利安说："我感到很受伤害，我对你的行为感到惊讶，你对我许下诺言说不会再给叔华写信，更不会再见她，除非她强迫你。我不知道，你会把道德原则扔掉的同时，也把对朋友的诚信统统扔掉了，没有信义，没有尊严，不遵守诺言。"

后来朱利安离开中国去西班牙参军，不幸牺牲在战场，临终前，口中喃喃自语道："我一生想两件事，一是有个美丽的情妇，二是上战场。现在我都做到了。"

消息传来，凌叔华自然一惊，许久说不出话，但也只能是这样了。

共度余生

此后许多年，凌叔华的世界里不再有这位热烈青年的影子，和陈西滢两人与当时许多学者一样，过着动荡艰辛的生活，直到抗战结束。1946年，陈西滢受国民政府委派，赴巴黎出任常驻联合国教科文组织代表，凌叔华随后便带着女儿陈小滢与陈西滢团聚，从此定居欧洲。在欧洲的时间里，她的作品和绘画受到西方学者的力捧和喜爱，她研究印象派绘画多年，开始在自己的领域建立起文化的旗帜。

1964年，法国与中国建交，无奈之下，陈西滢一家前往英国伦敦定居，安度晚年；1970年3月29日，陈西滢在伦敦病逝，生前陈西滢依然对故乡念念不忘，依旧有落叶归根的愿望；1989年，凌叔华坐着轮椅，由女婿陪同，飞回故国，将丈夫陈西滢的骨灰安葬在他的老家江苏无锡。

1990年5月22日，凌叔华安详去世，享年90岁，临终前她留下遗言，要与陈西滢合葬，让夫妇两人在另一个世界依旧在一起。

凌叔华是爱着陈西滢的，他的宽容和厚实的肩膀给了她依靠。凌叔华那曾经热烈的爱给过朱利安、炽热的情给过徐志摩，但当她失去之后，发觉身边的陈西滢才是她永远的港湾，便渐渐地爱了起来，陪他履职，陪他漂洋过海，陪他度过那最艰难的外交生涯，陪着他走完人生最后的旅程。

（载《华人时刊》2019年第8期 ）

王力：找到心中知己

中国旧式婚姻，大都走秉承父母包办之路，语言学家王力的婚姻亦不能幸免。然而青年王力却能在包办婚姻后，和结发妻子和睦分手，最终找到自己的知心伴侣。他从一名饱含理想的乡村青年，成长为学贯中西的大学者，为中国语言学事业的发展作出了重要贡献。1985年，王力将《王力文集》20卷全部稿酬捐献给母校北大，设立"北京大学王力语言学奖金"。

圆满解除包办婚姻

王力，1900年出生于广西博白，幼年家贫失学，后一边以教书为生，一边自习不辍，1926年考入清华国学研究院。几年后，梁启超对王力的毕业论文写下"精思妙语，可为斯学辟一新途径"的评语。

就在王力考入清华这一年，王力在父母的包办下，和一个陌生的农村姑娘结了婚，那时王力才16岁。结婚十多年，夫妻相处的时间很少。加之妻子又不识字，彼此间谈起话来，很难谈到一块，更谈不上她对王力的事业有什么帮助，王力为这事很苦恼。

1932年，王力获法国巴黎大学文学博士学位回国，在清华大学任教。此时这段不幸的婚姻又让他十分头痛。王力从乡村走到城市，又出国读过博，融入了全新的环境，特别是生活在清华园内，目睹其他文化人的自由恋爱，妻子有文化，事业上互相帮助，夫妇间感情融洽，家庭幸福美满，愈发觉得自己婚姻的无奈。经过慎重考虑，他终于鼓起勇气，决定解除这段封建包办的婚姻。

王力一向孝顺父母，离婚对家庭来说毕竟是件大事，他先将自己的想法说出，征求父母的意见。他给父母去了封信，把要离婚的决定告诉父母。王力父母侨居印尼多年，受到西方思想的影响，脑筋比过去开通了，看了儿子的来信，斟酌再三，觉得王力提出离婚是有道理的。这一不幸婚姻，原本就是他们一手包办造成的。

1932年秋，王力回到博白老家，与妻子商议离婚的事。

妻子秦祖瑛是个勤俭的老实人，自嫁到王家后，十多年来，几乎没有过过一天好日子：结婚的第二年就当了母亲，之后，王力为家庭生计，常年在外乡教书，接着又长期在外求学，公婆去了南洋，她和继祖母在家，生活过得十分艰难。离婚，在王力回老家之前，秦祖瑛就预料到了。她看到村里由父母包办婚姻的大学生一个个都和农村的妻子离了婚，知道这是潮流所趋，对她本人来说，事情迟早也是会发生的。女人的敏感让她朦胧地意识到自己可能是下一个。

王力很能体谅秦祖瑛的心情，他回到家里，对秦祖瑛说，她在王家并无过错，错的是封建婚姻制度，他俩都是封建婚姻的受害者。他之所以要提出离婚，是出于事业的需要，因为他们之间文化差距太大，勉强维持夫妻关系，家庭生活很难搞好，对他的事业也没有帮助，希望她能理解他的心情。他又说，这些年来，多靠她侍奉老人，养育儿女，他是不会忘记的。至于离婚的事，只要二人签个离婚协议书就行，可以不在乡中公开宣布，秦祖瑛仍可继续住在家里，和子女一起生活。两个儿子，他会供他们读完大学，还将定期付给家中生活费。经过王力委婉地劝说，秦祖瑛自觉没有文化对王力的事业确实是难以帮助，又见王力如此通情达理，便含着泪水点头应允了。他们签了离婚协议书，这桩不幸的婚姻就此结束。王力离婚的事鲜为人知，秦祖瑛仍住在王家，没受乡人的歧视。

王力和秦祖瑛离婚后，实践自己的承诺，定期给秦祖瑛寄生活费，培养子女读书。而秦祖瑛一如既往，尽心服侍老人，抚育子女，勉励子女读书上进，切莫辜负母亲对他们的期望。让秦祖瑛感到莫大安慰的是，三个子女后来不仅都受到高等教育，还在各自的事业上有所成就。大儿子王缉和，文学家，广西大学和广西师范大学中文系教授，笔名秦似（1986年逝世）；二儿子王缉平，广西医科大学教授，广西医科大学附属医院神经内科首任主任；女儿王缉国，广西日报社编辑记者。新中国成立后，秦祖瑛一直跟着子女生活，直到1985年以85岁高龄在南宁病逝。

找到终身知心伴侣

离婚三年后，1935年王力在他35岁时与22岁的夏蔚霞结婚。

夏蔚霞，1913年出生于江苏苏州，早年家境贫寒，靠刻苦读书获得苏州景海女子中学奖学金，高中毕业后，留校任图书管理员。

和夏蔚霞恋爱之初，王力就把自己之前的一段感情经历告诉夏蔚霞，得到了她的理解和同情。婚后，夫妻感情甚笃。王力是广西人，跟夏蔚霞学会了讲苏州话，被叶圣陶鉴定为"宛逢乡旧"。

此后，王力先后在清华大学、昆明西南联合大学、广州岭南大学、中山大学等校任教，夏蔚霞除照料家务外，还担任学校的图书管理员和音乐教员等职。1954年王力调到北京大学中文系任教，夏蔚霞也从中山大学图书馆调入北京大学数学系图书馆任管理员。

"文革"期间，王力饱经磨难，但他始终默默承受。唯独有一次开批斗会的时候，一个红卫兵从他身边经过，用手在他的头顶上猛拍了一掌，这一回王力当众掉下了眼泪，因为拍他的这个红卫兵，是他培养过的学生。

"文革"结束后，这位八旬老人重获新生，他写诗自励，要效法"铁弓七扎老廉颇""志壮何妨白发多"。他以只争朝夕精神，用了不到十年的时间，完成了《同源字典》等9部专著和上百篇论文。1980年，王力欣喜地为陪伴自己走过艰苦岁月、协助他做整理书稿等工作的老妻夏蔚霞写了一首七律诗，其中有句"甜甜苦苦两人尝，四十五年情意长"表达对妻子的爱意。

1984年11月中山大学建校60周年校庆，王力应中大之请在中山纪念堂举行了一次公开演讲，居然吸引了一万多名学子。"王力老师坐在台中央，神采奕奕，完全不像个80多岁的老人。他笑容满面，吐字有板有眼，连最后一排也听得清清楚楚。纪念堂内外的听众们全神贯注地听讲、做笔记，没有座位的人互相用彼此的背当课桌做记录。他的讲课和往常一样，趣味盎然，笑声、掌声不断。"这是王力生前最后一堂公开课，也是他从教50年来学生最多的一堂课。当他回到中大宾馆时，妻子夏蔚霞问："今天的课上得怎样？"老人自豪作答："我讲的课还有不成功的？"引来一片笑声。

这一年，王力还应中华书局之约编写古汉语字典，共完成60多万字，即全书的1/3。就在王力病重被送往医院那天，他还艰难地写下了300多字。这部字典在王力辞世后，由他的几个学生继续编写，定名为《王力古汉语字典》。

1986年5月3日，中国语言学界的泰斗、中科院院士王力在京病逝，享年86岁。在遗嘱中，他说："我的一生，是奋斗的一生。我对我的一生是满意的。"他嘱咐子女："要为国家，为民族做一些有益的事情""要把为人类造福当作最大的乐事，最大的幸福"。

王力逝世后，妻子夏蔚霞主动将家中藏书捐献给北京大学图书馆，为保管、整理、出版王力的学术著述，为王力家乡广西博白"王力中学"的创建和发展，她呕心沥血。晚年夏蔚霞双耳失聪，仍勤奋学习，对后代严格要求，对王力的弟子关心备至。2003年10月7日，夏蔚霞在北京逝世，享年90岁。

（载《金陵晚报》2017年8月23日）

曹诚英：胡适刻骨相思的一位女性

邂逅西湖

曹诚英者，新中国农学界首位女教授、植物细胞遗传学专家也。今年春上，偕文友一行6人，同往安徽绩溪观光胡适故居，话题谈及胡老先生一生中的风流韵事，带出了曹诚英的一段逸事。

胡适一生中，与之相关的女人，最主要的有5个：母亲，妻子江冬秀，恋人曹诚英和有暧昧友情的陈衡哲、韦莲司。其中，曹诚英是最让胡适刻骨相思的一位女性。

曹诚英1902年出生于安徽绩溪旺川的一个大户人家，是胡适三嫂的妹妹，小胡适11岁。1917年胡适回乡与江冬秀完婚，曹诚英是婚礼上的伴娘之一，两人初识，互相倾慕，胡适对这位比自己小11岁的伴娘很有好感，曹诚英也很景仰大名鼎鼎的年轻学者胡适。此后，他们开始通信，曹诚英给胡适写信，请求胡适指导她写诗和修改诗作。

1923年，胡适到杭州休养，曹诚英也在杭州读书，异乡久别重逢，两人分外亲热。曹向胡诉说自己婚姻的不幸，原来她在四年前，由父母做主包办，嫁给了同村上庄没有爱情基础的胡冠英。成婚不久，曹诚英就离开丈夫就读于杭州第一女子师范学校。婆婆对她十分不满，叫儿子续了个小妾，受"五四"新思潮唤醒的曹诚英怒从心起，毅然与丈夫离婚。胡适十分同情曹诚英的遭遇，写了一首《怨歌》寄托自己的伤感情怀，其间还常陪曹诚英散步于西湖。

自此两人交往渐多。曹诚英与胡适一起看日出、观海潮、在西湖荡舟，在清朗的月光下喝茶、散步、谈论文学掌故，形影不离，两人感情日趋渐增。不久胡适在《西湖》一诗中，隐喻自己的相思："十七年梦想的西湖，不能医我的病，反使我病得更厉害了！然而西湖毕竟可爱，轻雾笼着，月光照着，我的心也跟着湖光微荡了。前天，伊却未免太绚烂了！我们只好在船篷阴处偷觑着，不敢正眼看伊了……"

这一段邂逅，让胡适流连忘返。然幸福的时光总是短暂的，离别很快来临，直到当年的12月份，胡适才依依不舍回到北京，可心仍久久沉浸在杭州烟霞洞的亲昵与温馨中。胡适陆续写下《暂时的安慰》《秘魔崖月夜》等诗文，为他们的那段相处，留下美好的文字："依旧是月圆时，依旧是空山、静夜，我独自踏月归来，这凄凉如何能解！翠微山上的松涛，惊破了空山的寂静，山风吹乱了窗纸上的松痕，吹不散我心头的人影。"充满着对曹诚英的思念。

真情挽留

可世上没有不透风的墙。1924年，两人的关系很快传到江冬秀那里。其时，胡适也打算与江冬秀离婚，每当胡适向江冬秀提起此事，江冬秀立刻火冒三丈。她大吵大闹，大骂曹诚英是狐狸精，并把曹诚英的照片撕碎解气。江冬秀可不像一般的乡村女子那样羞怯、胆小，而是泼辣、大胆、果断，深谙驯夫之术。胡适爱名、爱面子，爱保持他那作为国人导师的圣人形象，江氏抓住胡的这一弱点，常常拉着胡适到大街上找街坊邻居们评理，这些招数屡试不爽，吓得胡适噤若寒蝉。因为在胡适的人生中，更重要的不是爱情，而是事业，是自己国学大师的形象。所以，当爱情受阻时，胡适所想的，不是像浪漫诗人一样为爱情而牺牲，而是如何大事化小，小事化了，不要传出去让别人笑话。在咄咄逼人的江冬秀面前，胡适终于放弃了爱情，默认了"强迫同居"的现状，只有抱憾终身。胡适在《如梦令》中写道："月明星稀水浅，到处满藏笑脸。露透枝上花，风吹残叶一片。绵延，绵延，割不断的情缘。"

曹诚英于1925年从杭州第一女子师范学校毕业后，进东南大学读农科，直到

1931年毕业于中央大学农学院，然后赴美考入了胡适的母校康奈尔大学的农学院，主攻农作物细胞遗传学，期望谋求经济上的独立，也希望借助时间与距离来摆脱对胡适感情上的依赖。

巧的是，胡适早年进康奈尔大学，选读的也是农学院。此时，胡适特意写信给他的女友韦莲司，让她照顾曹诚英。此后，两人一直鸿雁不断，小心翼翼地通过书信与诗词寄托着相思，品尝着苦涩的婚外情。

1949年上海解放前夕，曹诚英在上海复旦大学任教，又与胡适相遇，她力劝胡适留在大陆，不要去台湾，胡却未听从。谁想这次见面竟成永别，隔着一湾浅浅的海峡，留下无尽的怀念。后来曹诚英终身未嫁。

未了情缘

1952年院系调整，复旦农学院远迁沈阳，曹诚英不顾体弱多病，随院北上。当时很多教授不适应北方寒冷天气，要求调回南方。而曹诚英丝毫不为所动，安心坚守在沈阳农学院教学第一线，成果迭出，特别在马铃薯良种繁育的研究和推广领域建树尤多，在我国农学教育、科研的史册上留下了光辉的一页，被选为沈阳市政协委员。

"文革"开始后，曹诚英因为昔年与胡适的一段恋情而备受折磨，不得不于1968年只身回到安徽老家，寄居在一位远亲家中。生产队悯其孤弱，再三要给她盖房，均遭婉拒。她平日节俭，却将平时积蓄的钱悉数捐给生产队里，看到乡亲们过河踩着石头走，她拿出钱修桥铺路；看到队里加工粮食仍用水车，她拿钱买柴油磨米机和磨面机；看到孩子们整天在外面乱跑，她拿钱办了幼儿班；山上树林被砍光了，她出钱买树苗；她建议队里改良猪种，教授栽培果树知识。她先后拿出来数万元，这在当时是很大一笔钱了。她将最后一笔储蓄交给生产队里时，说了一句发自肺腑的话，"从此我可以睡安稳觉了"。

曹诚英一生经历了家庭和社会带来的太多苦难，但她一直与苦难作斗争，从不向命运低头，以微弱的女子之躯，以特别的意志力，与凶恶的病魔搏斗，与俗世的舆论偏见抗争。一位作家说"苦难可以激发生机，也可以扼杀生机；可以磨炼意志，也可以摧垮意志；可以启迪智慧，也可以蒙蔽智慧；可以高扬人格，也可以贬抑人格——全看受苦者的素质如何"。曹诚英没有被苦难击倒，而是高扬人格，为我们留下了一个光辉的身影。

1973年，曹诚英患肺癌在上海病逝，骨灰送回故乡安葬。

她曾经委托好友汪静之，将她一生珍藏的一大包与胡适往来的书信，在她死后焚化。这段刻骨铭心的相思，她珍藏了一辈子，死后也随她带去天堂。现今遗留不多的一些诗稿，是汪静之在曹诚英逝世后忍痛摘抄的。其中一首词，尚为人们熟知。原词为：

虞美人　答汝华（1943.6.19）

鱼沉雁断经时久，未悉平安否？万千心事寄无门，此去若能相见说他听。

朱颜青鬓都消改，惟剩痴情在。廿年孤苦月华知，一似栖霞楼外数星时。

诗是为纪念与胡适相恋20周年而作的。情真意切，凄美动人，清新流畅，余味不尽。

曹诚英去世后，按嘱附葬在绩溪旺庄的公路旁。这是一条通往胡适故居所在的上庄村的必经之路，石碑上刻着"曹诚英先生之墓"。她还是寄希望于在路边能与胡适相逢。斯人已逝，留下一段持续半个世纪的似断非断的恋情。

（载《学习与传播》2014年第3期）

（《金陵晚报》2014年7月11日转载）

汪静之："湖畔诗人"的尘影往事

　　1919年，初夏的西子湖畔，浓荫低垂，18岁的汪静之，正漫步在苏堤上。这是他第一次离开家乡，来到人间天堂的杭州。湖光山色、绿柳红舫的迷人风景，让他陶醉不已。这个身材瘦削、斯文白净的年轻人，刚考入浙江省立第一师范学校，带着无限的憧憬，来到这朝思暮想之地，开始他人生新的生活。

年轻的"湖畔诗人"

　　汪静之，1902年出生于安徽绩溪一个茶商家庭，家境殷实，是当地颇有名气的富户。汪静之是家中7个子女中唯一的男孩，备受宠爱，幼时即入私塾，接受传统教育，熟谙古典诗词。他从小勤奋好学，青年时在学校受到《新青年》思潮的影响，开始学写白话诗文。

　　就读浙江省立第一师范学校不久，汪静之便有诗作发表在《新潮》杂志上。他的许多科目都挂"红灯"，唯独国文成绩出类拔萃，在学校里成了名人，同学们纷纷以"诗人"相称。后来他认识了另一位诗人应修人，相互通信，成为诗友。1922年，汪静之介绍潘漠华、冯雪峰和应修人认识。四个风华正茂的青年，满怀着对文学纯真的爱走到了一起，在西泠印社四照阁成立了"湖畔诗社"。自此，中国诗坛上有了"湖畔派"之称。湖畔诗社的第一本诗集，是应修人将他们创作的61首诗歌合在一起编成的一本合集，诗集取名为《湖畔》。题词："我们歌笑在湖畔，我们歌哭在湖畔。"

　　《湖畔》是我国新诗史上继《尝试集》《女神》《草儿》《冬夜》之后的第五本新诗集。

朱自清曾评说："中国缺少情诗……真正专心致志做情诗的，是'湖畔'的4个年轻人，他们那时候可以说生活在诗里。"

同年夏，"湖畔诗人"汪静之的处女作《蕙的风》经鲁迅修改后，由上海亚东图书馆出版。扉页上有周作人题签的"放情地唱呵"，还有朱自清、胡适、刘延陵三人写的序言和作者的自序。朱自清称汪静之是"二十岁的一个活泼的小孩子"，胡适称之为"我的少年朋友"。《蕙的风》以清新诗笔，直抒爱情的欣喜和苦闷，给人以耳目一新之感，其大胆的抒情也招来非议。一时之间洛阳纸贵，短期内加印四次，声名仅次于胡适的《尝试集》和郭沫若的《女神》。

1926年，汪静之出版了他的第二本诗集《寂寞的国》，同时还写了一部长篇小说《翠英及其夫的故事》、一部中篇小说《耶稣的吩咐》，以及一部短篇小说集《父与子》。

美满的婚姻

说起汪静之的婚姻史也挺有意思。

当年和汪静之同乡的还有胡适的红颜知己曹诚英，她也是安徽绩溪人。那时家乡流行做亲的风俗，汪家与乡里富户曹家，关系不错，常有往来，而且家境实力相当，门当户对。还在汪静之出生前，双方父母就相约指腹为婚：若汪家生了儿子，曹家生了女儿，或者相反，就结为亲家，以便延续两家的友谊。结果，汪家生了儿子汪静之，曹家生了女儿曹秋艳（又名初菊）。这就自然而然地将他们定下了终身。由于汪曹两家往来较多，汪静之与曹秋艳也经常在一起玩，他们可谓是青梅竹马，两小无猜。不料曹秋艳自幼身体不好，经常患病，虽然她的父母到处求医，为女儿治病，但最终也没有挽救女儿的生命，在她12岁时，还没有来得及享受人间的美好和未婚夫的温馨，就早早离开了人世。

在曹家，与曹秋艳同龄的还有一位与她父亲同父异母的小姑母，这就是曹诚英。每逢汪静之到曹家时，经常在一起玩的小伙伴中，除了曹秋艳之外，还有曹诚英。因此汪静之与曹诚英也是青梅竹马，两小无猜的伙伴，不过长大后，他们则以姑侄相称。

1918年汪静之到屯溪安徽茶务学校读书，开始接触新文学。或许是青春的躁动，他写了一首情诗寄给曹诚英，表达了他对曹诚英的爱慕之情：

我看着你 / 你看着我
四个眼睛两条视线 / 整整对了半天
你也无语 / 我也无言……

虽说曹诚英对这个小伙伴的印象不错，但在当年，她也是被指腹为婚者，不敢超越雷池一步，就以辈分不同而婉言拒绝了。就在这一年，16岁的曹诚英与指腹为婚的乡里富户之子胡冠英举行了婚礼，婚后曹进入浙江第一女子师范读书。

此时，汪静之也考取了浙江省立第一师范学校，虽然不能与心上人曹诚英结为伴侣，哪怕是常与她会面，也是精神上的莫大的安慰。敏感的曹诚英意识到了汪静之的思想动因，就积极为他介绍女朋友，来分散他的纠缠。于是，每逢汪静之与曹诚英约会时，她都带一位女同学一起来，以便给他们搭搭桥。不料汪静之个头矮小，几个女同学都看不上他。

这时的汪静之经常发表诗歌，成为诗坛上享有盛名的"湖畔诗人"。他以创作爱情诗为主，在现代诗坛上产生了很大的影响，曾得到过鲁迅、胡适等新文化先驱者的赞许。这顶诗人的桂冠，终于使他赢得了爱情。曹诚英经过几次为他搭桥失败后，仍然关心着这位小侄子，她又为他物色了一位叫符竹因的同学。本来符竹因也是嫌汪静之个头矮小的，但是汪静之极富才华的情诗，如同丘比特的箭射中了符竹因的心扉。她很欣赏他的才华，很喜欢他的诗歌，就答应交往。符竹因貌美异常，端庄贤淑，汪静之为之倾倒，全身心地追求她。汪静之的同学作打油诗嘲笑这位诗人。"矮脚诗人汪静之，痴心妄想一情痴。蛤蟆想吃天鹅肉，八仙美女笑他痴。"最后，符竹因抵挡不住汪静之的情诗和情书的进攻，这对情侣于1924年在武汉结为伉俪。符竹因在浙江女师上学时名为"符竹英"，汪静之改其为"符竹因"，两人两情依依，携手走过60多年人生之路。

被动的外遇

1928年至1936年，汪静之辗转于上海、南京、安庆、汕头、杭州、青岛等地，任中学国文教员，以及建设大学、安徽大学、暨南大学中文系教授。这期间，汪静之在教学之时，他的生活出现了一段插曲。

1929年9月3日，一个叫玉莺的学生，邀请老师汪静之看电影，一起吃过晚餐后，汪静之送玉莺到她的朋友家借宿。到了门口，玉莺对老师汪静之说："太晚了，不打扰人家了，去住旅馆吧。"到了新雅旅馆，汪静之说："开两个房间。"玉莺以胆小害怕为由，要和老师汪静之住一个房间，汪静之就开了一个标准间（两个床铺）。汪静之遭遇了一夜情。第二天，汪静之与玉莺一起游西湖。汪静之在这个艳遇面前，冲昏了头脑，开始编织左拥妻、右抱妾的美梦。玉莺却断然回绝，她说："恋爱必须全占有，爱不完全，宁可无。爱情不可三人共，难忍二妻共一夫。"5天后，玉莺毅然离去。1991年的一天，汪静之在西湖边留影时，忽然想起这个叫玉莺的女学生，并为之写诗，诗中的序言说："自1929年离别后，已六十年生死不明。"当年玉莺在失望之极后，嫁给了一个海外华侨，出国了。

第二个主动投怀送抱的学生叫玉珍，住进月宫饭店，她先提出条件，要求汪静之先离婚再跟她结婚。遭到拒绝，两人争论许久，终于分床而睡。苦苦追求汪静之半年以后，玉珍终于自动放弃。1932年，汪静之感觉对不起妻子，对符竹因坦白、忏悔、保证，写了一组"罪犯自招供"情诗，称第一次把持不住，"犯罪已遂"，第二次是"未遂犯"。汪静之的这两段外遇都有点被动的成分，但也不排除诗人天生多情、风流的因素，符竹因还是很大度地原谅了他的艳遇。

往后的生活

1933年，汪静之应南京省立栖霞乡师校长黄质夫的邀请，从杭州赶来任教。他发现这所学校很有些新气象，师生同桌吃饭，学校收支账目上墙公开，黄校长作风务实民主，常听课，也为生病的教师代课，还常组织师生们下乡劳动，为农民们演出小节目，宣传禁赌禁毒，威望很高。汪静之很是敬佩，两人很谈得来，逐渐建立起友谊。后因《蕙的风》诗集的影响，喜静的汪静之不堪媒体的频频出现，以及对情诗所指对象的追问，半年后，不得不谢绝黄质夫的一再挽留，离开了令他很留恋的栖霞乡师。

抗战期间，汪静之先赴粤任中央军校四分校国文教官，后随校迁往广西、贵州。抗战胜利后，汪静之先后执教于徐州江苏学院、复旦大学中文系。1952年，汪静之应冯雪峰之邀，入人民文学出版社任编辑；1954年因与顶头上司聂绀弩不和，改为特约编辑；1956年转入中国作协为专业作家，因不受单位管束而相对自由；"文革"中，夫妇俩相濡以沫、相依为命，熬过了那段不堪回首的日子；1982年秋，汪静之重返阔别多年的南京，与亲友们相聚，在亲友陪同下驱车前往栖霞，在栖霞山下的山丘林间，祭祀故交黄质夫。他教过书的栖霞乡师早已改为栖霞中学了，然校园依旧保持昔日的风貌。

1996年10月，95岁高龄的汪静之，怀着永久的纯真爱心走完了人生之旅，再也不能歌吟于湖畔，宛如一泓宁静的西湖之水。

（载《金陵晚报》2015年2月8日）

（《学习与传播》2015年第6期转载）

周培源与王蒂澂：两情相悦恩爱终身

著名科学家周培源一生的婚姻美满幸福，他曾对自己的妻子说过这样一句话："我爱你。六十多年了我只爱过你一人。你对我最好，我只爱你。"周培源与王蒂澂一生执手偕老，经历了疾病、战乱、贫穷，晚年富贵安逸，不论何时何境，不负初心。正如西方婚礼的证婚词，也一如中国那句古话：执子之手，与子偕老。

在那么多照片中他选中了王蒂澂

周培源，1902年出生于江苏宜兴一个书香之家，父亲周文伯是清朝秀才，母亲冯瑛生有一子三女，周培源排行老二。周父对子女教育尤为重视，纵然乱世动荡年代，周培源自小仍能不断学业，加之勤奋刻苦，终学有所成。

1919年，周培源考入清华学校（今清华大学前身）中等科。其间，发表数学论文《三等分角法二则》，受到当时数学教授郑之蕃的赞许。1924年赴美国留学，在美仅用三年多的时间就获得学士、硕士、博士学位，还拿到了加州理工学院的最高荣誉奖。而后又到欧洲游学，遍访名家，1929年回国，成为清华大学最年轻的教授之一，那一年，周培源27岁。

1930年的一天，周培源到朋友刘孝锦家做客，刘孝锦笑眯眯地对周开玩笑说："你年轻有为，前途光明，万事俱备，只欠东风。"周培源何等聪明，立即听出了她的话外音，笑道："清华的女生少，物理系的女生更少，美国大学里学物理的中国女生简直稀有，哪里有人瞧得上我。"刘孝锦心里明白，他主要是因为潜心学业，才耽搁了终身大事。于是告诉他，她所在的北平女子师范大学可是秀色满园，要不要她给介绍一位？说着，刘孝锦拿出一沓同学的相片来，周培源一张张翻阅起来，突然定格，指着一张照片说："就是她了。"这个"她"就是王蒂澂。

王蒂澂，吉林扶余人，1910年出生于一个贫困而重视教育的家庭，17岁那年以官费进入北平女子师范大学，就读于英文系，并深谙中国古典文学和历史学，以出众的容貌和才华成为"校花"。那张照片是王蒂澂在颐和园拍摄的。

刘孝锦有心成人之美，很快安排便宴让他俩相识，两人如期赴约。王蒂澂一身淡雅衣裙，轻轻入座，周培源坐在她身侧，近在咫尺，暗中端详。她纤瘦细巧，瓜子脸，柳叶眉，细长秀眼，透出万种风情。周培源对她殷勤有加。才子佳人，彼此一见倾心，此后约会不断，周培源经常到北女师宿舍找王蒂澂，两人交往了两年，爱情的甜蜜也在二人的嬉笑打闹中潜滋暗长，日久弥深，瓜熟蒂落。

望着培源窗外的笑容王蒂澂哭了

1932年6月18日，周培源和王蒂澂在北平的欧美同学会结婚，清华校长梅贻琦亲自主持婚礼。婚礼伊始，有个好玩的插曲。证婚人梅贻琦向大家微微鞠躬后宣布："今天是王蒂澂先生和周培源女士的结婚典礼，呃呃，不是，是周培源先生和王蒂澂女士的结婚典礼……"全场哄堂大笑。婚礼上的金童玉女令在场者羡煞！事后，新郎新娘对这段插曲有不同评论，新郎认为梅校长"老糊涂"了："这么严肃认真的场合，怎么可以这样糊涂呢？"而新娘则认为这正是梅先生的"幽默"，从中可见二人性格的差异和互补。

婚后，王蒂澂到清华附中教书，爱巢筑在清华新南院。新南院是新盖的西式小楼，建筑精美，设施完备，还配有新式电话和热水管道。周培源夫妇和闻一多、俞平伯、陈岱孙等著名教授居住于此，整个新南院洋溢着和谐的气息。

这对伉俪感情甚笃，晚饭后，总是携手出门散步。夕阳下，他们并肩而行的身影，亦是清华园的一道绝佳风景。

婚后的三年里，他们的两个可爱的女儿如枚和如雁降生，给他们的生活增添了许多乐趣。

然而，乐极生悲，王蒂澂却因身体虚弱而得了严重的肺病。当时，还没有雷米封之类的特效药，得了肺结核近乎罹患绝症。为了避免传染，周培源把爱妻送到香山疗养院，休养了整整一年。周培源延请了北平最好的医生为王蒂澂治疗。

在此期间，周培源除了教学和科研，还要照顾两个幼女，其中的辛苦可想而知。可是，他从来没有耽误过每周一次的探望妻子。从清华园到香山，当时只有一条崎岖不平的土路相连，他骑着自行车，往返五十里，风雨无阻。可惜探视有时间限制，周培源去后迟迟舍不得离去，每次都被护士"驱逐"出门，他便悄悄来到病房的窗口，爬上窗台。王蒂澂躺在病榻上，看到他隔窗在向她挥手，两只手上沾满了灰尘。怕被护士发现，周培源不敢出声，用手比画着"好好养病"，见她听懂了，他笑得像孩子一样灿烂。她哭了，埋下头，眼泪打湿了枕巾。

她在香山疗养了一年，居然奇迹般地痊愈了。爱神战胜了死神。

培源是王蒂澂心中永远爱着的人

时间一晃，这对恩爱的夫妻，走过了十多年。这期间，周培源一家人又辗转到西南联大，住在离学校很远的山邑村。王蒂澂在战乱中为他生下第三个女儿，身体自此大不如前，但她承揽了所有家务，照料三个女儿，为的是让丈夫安心备课做学问。寒风冬夜，窗纸呼啦作响，周培源每日备课到深夜，王蒂澂哄睡了孩子，为他端来一杯热水，看着孩子们香甜的睡容，他捧着热水，一言不发，只是对她笑，她也笑，脸上尽是柔情温暖。

周培源在联大任教六年，开设了五门课程。他的学生里出了诺贝尔物理学奖得主杨振宁、中国近代"力学之父"钱伟长、物理学家林家翘、数学家陈省身……他自己的研究也渐入佳境。

新中国成立后，周培源调入北大，于是举家搬进了北大燕南园。燕南园是原燕京大学的教师居所，精致典雅。周家居住在燕南园56号，庭院中遍植樱花。樱花树均由周培源打理，他极爱花，还常常戏称家中有"五朵金花"，其中四朵是女儿们，另一朵是王蒂澂。王蒂澂原名王素莲，后来改成了"蒂澂"，"澂"是"澄"的古体，"蒂"是"并蒂莲开"，这个名字的含义是"莲出淤泥而不染"。王蒂澂已经是四个孩子的母亲了，可仍有人称赞她的美貌，美得像绽开的莲花，爱花的周培源也把她当花朵一般呵护。她的一生也真的如莲，始终娇嫩清丽。

每年春天，他们都要结伴出门踏青，他一路挽着她的手，生怕她磕着碰着。他对她好到连女儿们也"嫉妒"了。每次一起郊游，拎着大包小包的女儿们总在后面无奈地喊："对不起！麻烦你们两位分开一会儿，帮我们照看一下东西。"

王蒂澂习惯迟起，每天早晨，周培源都会在妻子睁开眼的时候，对她说："我爱你。"直到有一天她突然生了一场大病，再也站不起来了。可是，他还是与从前一样，每天一大早跑到她床前，问她："你今天感觉怎么样？腰还疼不疼？别怕困难，多活动……"

周培源50多岁，右耳便失聪了，从那时起，说话就不由自主地"大声嚷嚷"。他自己听不见也生怕别人听不见。每天早晨，他对她的"表白"也嚷嚷得众人皆知。长大了的女儿们，听到老父亲的绵绵情话都忍俊不禁。做母亲的也不好意思了，冲着老头嗔道："你好烦啊！"

周培源笑了，那笑容是那样澄澈明净。周培源89岁时，相对论引力论研究有了重大进展，一兴奋，心梗住院了。91岁时他又招收了博士研究生，想在研究领域有新的突破。

1993年11月24日清晨，周培源晨练回来，又来与她说话。他看起来有些疲惫，她想他大概没有睡好，于是催着他再睡一会儿。

他说："好啊。"然后，悄悄地上了床。这一躺下，把毕生精力献给了祖国和人民、献给科学事业的周培源就这样再也没起来。

王蒂澂还以为老伴又在跟自己开玩笑呢，他一向是个幽默的人。可是很快她便知道了，这一次，他是真的走了。她慢慢地、慢慢地握住了他的手，很凉，她的泪水一滴滴落下来。

随后，王蒂澂很平静地面对一切：打电话通知国外的女儿回来；一再叮嘱，送他走，不要穿西装，中国人要穿中山装。当晚，夜阑人静时分，轮椅上的老太太要小女儿如苹帮她做一件事："替我写封信，带在他身上，贴在他心口。"那晚，女儿写了一遍又一遍，不是这个字不对，就是那个字没写好，直到她满意为止，信中写道："培源：你是我最亲爱的人，你永远活在我的心中！"

16年后，2009年6月22日，99岁的王蒂澂也溘然长逝，到天堂与她最爱的人团聚去了。

梁实秋：一生开放两次的"花"

梁实秋是20世纪中国一个沉甸甸的名字，他是现代文学史上著名的理论批评家、作家、英国文学史家、翻译家。他温文尔雅，气质不凡。他人生的两次婚姻均美满幸福。冰心老人对梁实秋有过高度评价，她说："一个人应该像一朵花，不论男人或女人。我的朋友之中，男人中，只有实秋最像一朵花。"这朵"花"，一生中开放了两次。特别是第二次，即便在最后的时刻，仍然像烟花那般绚烂。

幸福美满的包办婚姻

梁实秋本名梁治华，字实秋。他14岁考入清华，从中学一直读到高等科（大学）。

1921年秋的一个周末，正在清华读书的梁实秋回到家中，在父亲书桌上发现一张红纸条，上面写着"程季淑，安徽绩溪人，二十岁，1901年2月17日寅时生"，他马上意识到这是父母为自己选的未婚妻。当时的新潮青年是闻"包办"色变，但梁实秋对此并无抵触情绪，而是充满了一种好奇和期待。

程季淑出生于北京的大户人家，和胡适是同乡。她的祖父程鹿鸣曾任直隶大名知府，为官清正廉明，离职时身无一物。其父程佩铭是家中长子，在京城开"程五峰斋"店，经营笔墨生意，全家生活支出全靠开店所得。科举废除后，笔墨店生意一落千丈，终于关门倒闭。后来，程佩铭只身到关外谋生，客死他乡，此时程季淑年方9岁。

程季淑有个同学叫黄淑贞。她的父亲和梁实秋的父亲是莫逆之交。黄淑贞想把自己的好友介绍给梁实秋，便托母亲为程季淑写了个红纸条。梁实秋在父亲书桌上看到的红纸条，就是黄淑贞母亲到梁家正式提亲做媒时留下的女方生辰八字。

过了些日子，黄淑贞约梁实秋和程季淑见面。两人见面时，只谈了半小时，程季淑不健谈，还有几分矜持，梁实秋很机灵，知道再这样持续下去，会显得很尴尬，于是便与程季淑约定下次在中央公园见面，程季淑欣然允诺。自此他俩多次在公园里相会，并在公园里定下了终身。

1923年，梁实秋结束了8年的清华生活，按照学校的要求打点行李准备赴美留学。这一去对两人意味着将有几年的离别。于是临别前，梁实秋到程季淑那里话别。他们约定三年后结婚。

在美国留学期间，梁实秋对程季淑朝思暮想。1927年2月11日，学成回国的梁实秋与程季淑在北京南河沿欧美同学会举行了婚礼。婚后十几天，北伐的国民革命军逐步逼近南京，两人在战乱中被迫转赴上海。程季淑这时已有身孕，虽然程季淑学有专长，但从长远计，梁实秋还是不放心她出去工作。从此，程季淑从一个新式的职业女性退回家庭，开始了相夫教子的家庭主妇生活。

1930年夏天，梁实秋接受朋友杨振声的邀请，到青岛大学任外文系主任，全家又远赴山东。程季淑的母亲也来到这里，一家老少三代生活在一起，这也成为梁实秋一生中难得的美好时光。夏天，每到周末，梁实秋和程季淑就带着几个孩子到海边玩。夫妻俩在海边晒太阳，孩子们奔跑着逐浪、捉螃蟹，欢声笑语传得很远。程季淑还提醒梁实秋要多钻研业务，少涉足政治，鼓励梁实秋翻译莎士比亚的著作。

1937年7月北平沦陷，已移居北平的梁实秋觉得自己早先的政论很可能招致灾祸，而且有朋友暗示他已经上了日军的"黑名单"，上上之策是尽快逃离北平。可岳母年老体衰，重病在身，不堪奔波之苦。他和程季淑商量，决定他一人先走，待局势稍缓，再作打算。他俩无论如何也不曾想到这一别竟长达6年。

1943年春天，程季淑的母亲病故，当她带着孩子们和一大堆行李站在梁实秋面前时，两人都禁不住泪流不止。程季淑时年43岁，眼角已见皱纹，耳旁已有白发；梁实秋既忙于国事奔走，又不忘著译耕耘，眉宇间也初露沧桑。

自那以后的三十余年，无论天涯海角，两人始终相伴相随，相偕而行。至1967年梁实秋才全部翻译完莎士比亚全集。这里既凝聚着梁实秋的心血，也深印着程季淑的默默奉献。梁实秋说："翻译莎翁著作是一个浩大的工程，在这漫漫长途中陪伴我的只有季淑一人。"

1972年，梁实秋和程季淑到美国西雅图定居，安度幸福的晚年。谁知不久一件祸事猝然降临到他们头上。1974年4月30日，梁实秋夫妇到超市购物，临街的一个梯子突然倒下，不偏不倚正落在程季淑身上。她被送到医院急救，终因伤势过重而去世。程季淑走了。老伴的死，对梁实秋是个沉重打击，他为纪念相濡以沫50年的妻子，写下了《槐园梦忆》一书，寄托对亡妻的悼念之情。

晚年的"柏拉图式"爱情

梁实秋与韩菁清的恋情缘起于一次偶然的邂逅。当梁实秋在悲痛中写完怀念妻子的《槐园梦忆》，交给台北的远东图书公司出版时，梁实秋来台北校对清样。很偶然的机会，他和年轻貌美的台湾"歌星皇后"——著名影歌双栖明星韩菁清相识。从此，拉开了他晚年传奇的柏拉图式爱情的序幕。

那天，韩菁清是随义父谢仁钊到远东图书公司讨要一本《远东英汉大辞典》。听说这本书的主编梁实秋也正好在公司，便要老板引见。

初见梁实秋，韩菁清恭敬地称他为"梁伯伯"，而梁实秋却让她改口称他"梁教授"。在饭店里，他们边喝咖啡边倾谈。梁实秋说，"曾经听过你唱的歌，不过第一次在电视节目中看到你的名字时觉得很拗口。"韩菁清听后笑了，如实相告这名字的来历，是从《诗经·唐风·杖杜》一句"其叶菁菁"里，取了"菁菁"两个字作艺名。因为用"菁菁"作艺名的人太多，于是改成"菁清"。

韩菁清竟然读过《诗经》，这让梁实秋倍感意外，再深谈下去，还知道她读过古文，能背《孟子》，喜欢书法，梁实秋更是欢喜、敬佩。

不知怎的，韩菁清与梁实秋越谈越欢，也不由将自己的身世告诉了梁实秋。

韩菁清生于1931年10月，父亲是一位巨贾，后移居上海。7岁时，她便在上海的儿童歌咏比赛中一举夺魁，14岁荣登"歌星皇后"宝座，成为上海滩光彩夺目的新星。1949年，韩菁清随父去了香港，埋头读书。由于人长得美丽端庄，很快有电影导演请她出演《樱花处处开》，此后一发不可收，片约滚滚而来。她自编、自演、自唱、自己制片的《我的爱人就是你》，使她获得了金马奖的优秀演员奖。后来，因为她的皮肤对油彩过敏，她不得不退出影坛。这时她已30岁了，个人的婚恋屡屡失败，先是与相恋8年的泰国银行总裁分手，紧接着又与一位菲籍华裔男士终结恋情。

自他们相识后，梁实秋每天都与韩菁清在一起，或谈文学艺术，或道国事家常，或一起吃饭、散步……感情的潮水在两人心中一寸寸涨起。一天梁实秋向韩菁清表白心意，韩菁清内心既激动又纷乱。经历过爱情的风风雨雨，爱情于她，是个甜蜜且又痛苦的事。平心而论，她承认梁实秋确实很有魅力，是可托付终身之人。然而，横亘在她面前的最大障碍，是梁实秋已71岁了。虽然她明白爱是没有年龄限制的，可他已到了古稀之年，要戴着助听器才能听到声音，又患了严重的糖尿病……

然而梁实秋的真诚、勇敢与执着，终于感动了韩菁清。那颗经历了多年情感挫折、一直冻结着的心，终于被真爱感化了。他们开始了真正的恋爱。

1975年1月，梁实秋去美国处理前妻的死亡赔偿事宜，离别时，两人约定：回中国台湾后立刻办理终身大事。

可社会上疯传的梁韩之恋，在梁实秋返美之后，突然成为"新闻风暴"。《教授与影星黄昏之恋》之类的新闻标题在大小报纸上频频出现。矛头首先指向韩菁清。韩小姐年轻美丽，为何允嫁七十多岁的老翁？是图名还是图财？梁实秋这样迅速的"转变"，令人伤心失望。"悬崖勒马""保住晚节"是朋友规劝梁实秋用得最多的词语。

1975年5月9日，经历了情感的严峻考验，梁实秋排除世俗偏见的干扰，提着一箱书信，飞过太平洋，与韩菁清喜结良缘。

婚后，他们彼此挚爱。韩菁清在生活上给了梁实秋无微不至的关爱，而梁实秋，充满创作活力，他每天上午专心读书，写作，一天写5000字。1979年6月梁实秋写完了《英国文学史》和《英国文学选》，获得了"国家文艺贡献奖"。为了使他劳逸结合，韩菁清教会了74岁的丈夫跳舞。月华如水，两人相拥翩翩起舞。他做什么她都喜欢，她穿什么他都觉得漂亮……

1987年11月3日，梁实秋病故于台北。弥留之际，他拼尽全身力气喊出的最后一句话是："清清，我对不起你，怕是不能陪你了！"他爱这个女人，爱到了生命的最后。

这位喝了大半辈子洋墨水，教了40多年英国文学，主编了《英汉辞典》的著名翻译家去世后，却没有穿西装，而是穿一身传统中山装入殓的。

许多人并不看好的婚姻，他们却携手走过了13年恩爱快乐的时光。1994年，时年64岁的韩菁清病逝，这段柏拉图式的爱情，真正成为一段永驻人间的佳话。

（载《金陵晚报》2016年8月26日）

吴晗与袁震：患难与共的生死情

翻开中国历史，20世纪60年代中期开始的"文化大革命"，其导火线就是那篇《评新编历史剧〈海瑞罢官〉》，吴晗是那个新编历史剧的作者，又是所谓的"三家村黑店"的主人之一。另两个是邓拓和廖沫沙。

在那个腥风血雨、黑白颠倒的年代，吴晗的名字家喻户晓。

历经磨难终成眷属

吴晗，1909年出生于浙江义乌一个没落的封建士大夫家庭，他是这个家庭的长子。吴晗少年聪慧，自小就对历史尤其是明史产生浓厚兴趣。早在他上中学的时候，他的父亲就将一个世交的女儿介绍给他。那个女孩子家里很有钱，人也长得漂亮，但是吴晗不同意。

1929年，吴晗前往上海，考入中国公学。从此，他与胡适结下了不解之缘，成为胡适的门生，深得胡适的赞赏。

1931年，吴晗考入清华大学历史系，毕业后在历史系任教，开设明史和明代社会等课目，影响直追陈寅恪、张荫麟这些史学大家。这期间一位朋友委托他照顾正在患肺病的袁震。

袁震，生于湖北光化（今湖北老河口市），1921年和她姐姐袁溥之在武汉读书时，就受到革命思想的熏陶。大革命失败后，袁溥之被捕，袁震只得离开武汉，转学到清华大学历史系，是清华园中有名的才女。1934年春，就在她将以优秀成绩毕业时，却染上了肺病。由于病情严重，卧病太久，清华大学不得不取消了她的学籍。但她并没有因此而消沉，在病床上仍博览群书，坚持学习。

吴晗在生活上照顾袁震，并与袁震交流学问。吴晗研究明史，袁震研究宋史，他们自然谈得投机。吴晗敬慕袁震的学问、思想，袁震也爱吴晗的品德、文章与待人的真诚。但是她知道自己的身体不好，不能拖累这位才华出众的青年，就把爱慕吴晗的情感埋藏在深深的心底，只同他谈学问。而吴晗对袁震也由敬慕产生了爱情，但是他怕影响袁震的治疗，从未向她提出过婚姻的问题，只是加倍地关心她。

正当吴晗和袁震热恋之时，抗日战争全面爆发，北平各大院校开始南迁，清华大学迁至云南，吴晗应熊庆来的邀请，到云南昆明任教授，他和袁震只好依依惜别。离别时吴晗深情地说："我这一去虽关山万里，但决不会忘记你，也决不会别情它移！你要充满信心，战胜病魔，一旦你能下地行走，我就来接你到昆明去。"袁震也情深意切地说："你放心地去吧！我一旦能下地行走，一定会想方设法飞到你的身边！"

1938年，吴晗的母亲也来到昆明。自从丈夫去世后，她含辛茹苦把两个孩子拉扯大，现在听说儿子有了媳妇了，她怎能不高兴，就催促他们赶快结婚。1939年春，袁震在姐妹们的护送下，辗转来到昆明，住在吴晗家里。

袁震来了以后，吴母看到袁震是个弱不禁风、面色苍白、步履维艰、身体羸弱的女子，就劝吴晗不要同袁震结婚。吴晗没有听从母亲的劝告。妹妹吴浦月认为母亲是为哥哥的幸福着想，就用母亲的话去劝说吴晗。吴晗听完后说："两个人要好，不仅仅是在顺利的情况下要好，更要在患难的情况下要好。"吴浦月被吴晗的话深深地感动，反过来帮助哥哥做母亲的工作。

袁震在吴晗一家的精心护理下，病情渐有好转。一天，吴晗告诉母亲说要陪袁震进城看病，就同袁震在昆明城内的一家旅馆里住了一晚上。第二天，昆明的报纸上登出了他们的结婚启事，就这样，这一对有情人培育的爱情之蕾终于绽放。那一年，吴晗30岁，袁震32岁。他们日后携手相伴，走过了风风雨雨的几十年。

引导丈夫走向革命

如果说胡适对吴晗的影响主要是学术上的，那么袁震对吴晗的影响不仅有学术上，更有思想上的，她的影响比胡适更为深远和有力。

袁震在湖北女子师范读书时是董必武的学生，且是中共早期党员，因战乱与组织失去联系。袁震在病榻上与吴晗多有思想交流，对吴晗所具有的"胡适史观"很不以为然，取笑道："怎么老是在胡适面前矮三尺呢？"吴晗笑答："我在袁震面前就矮一丈了。"足见他对袁震的倾心。后来吴晗也承认："袁震对我倾向党、倾向革命、追随马列主义起了很大作用。"

受妻子影响，吴晗渐渐地开始注意政治和参加民主运动。1943年7月，经著名法学家周新民和著名社会学家潘光旦介绍，吴晗正式加入了中国民主同盟，从此更加关心时局，并接受了中国共产党的领导，积极投身各种活动，对国民政府的批判越来越激烈。1948年，吴晗和袁震在中共地下党组织的帮助下奔赴西柏坡，受到了毛泽东和周恩来的亲切接见。1949年2月，吴晗受党中央之托，以军管会副代表的身份接管北京大学、清华大学，并担任了清华大学历史系主任、文学院院长、校务委员会副主任等职务。10月1日，吴晗参加了开国大典。同年11月，吴晗出任北京市副市长，主管文、教、卫工作。1957年3月，吴晗光荣地加入了中国共产党。

担任领导职务后的吴晗公务缠身，但他对袁震的感情和照顾仍是一如既往。吴晗对袁震执着的爱情像一副天下最好的良药，使得袁震一天天好转起来。袁震尽力在学术上充当丈夫的帮手，许多人在吴晗家里都见到过他俩逐字逐句推敲文章时那严肃而又亲密的情景。在妻子的帮助下，吴晗十几年间先后出版了《历史的镜子》《史事与人物》《灯下集》《春天集》《投枪集》等多部著作。对这些著作，袁震花费了大量心血。吴晗曾不止一次地对人说道："我的每一篇文章都有袁震的心血。"

吴晗从20世纪40年代开始数易其稿的《朱元璋传》，在史学界乃至现实生活中都发生过重大影响。新中国成立后，由他提倡编辑出版的《中国历史小丛书》，在普及历史知识、进行爱国主义教育方面发挥了重要作用。

吴晗、袁震同甘共苦了十余年，因袁震一直身体不好，没生小孩，夫妇二人十分渴望有个孩子。时任全国妇联儿童福利部部长的康克清知道后，就建议他们从孤儿院领养一个。吴晗夫妇接受了康大姐的建议，从孤儿院抱回了一个小女孩，取名吴小彦。小彦长得很机灵，也很懂事，给了吴晗夫妇心理上莫大的安慰。不久，他们又从孤儿院抱养了一个男孩，取名吴彰。自打有了这两个孩子，吴晗、袁震的生活就平添了许多乐趣。

"文革"中夫妻含冤辞世

然而，正当吴晗和袁震沉浸在天伦之乐的时候，一场史无前例的劫难向他们袭来。

"文革"开始前的1965年11月10日，姚文元在《文汇报》上发表了《评新编历史剧〈海瑞罢官〉》，诬陷《海瑞罢官》的作者吴晗"攻击毛主席""反党反社会主义""为彭德怀翻案"。1966年夏，在批判"三家村"的日子里，吴晗的家人常常被"深夜里猛烈砸门声惊醒"，整个院子贴满了"砸烂"的大标语。吴晗又相继被扣上"叛徒""特务"等莫须有的罪名。在一年多的时间里，吴晗几乎每天都要被揪斗和体罚，"他的身上总是旧创未平，新伤又起"，身心健康受到极大的损害。他担心袁震因此受到连累，劝她回湖北光化老家隐居起来。袁震却坚决地说："即使天塌下来，我也要和你在一起！我们不求同生，但求同死！"

1968年3月，吴晗正式被逮捕入狱。吴晗入狱不到一个月，袁震也被送到"劳改队"实行"群众专政"，连女儿小彦、儿子吴彰照顾她的权利也被剥夺了。原本就长期卧病的袁震，哪里经得起如此的非人折磨，1969年3月18日她不幸与世长辞。同年10月11日，饱受摧残折磨的著名历史学家吴晗也含冤辞世。这对夫妻结合于颠沛流离之中，死亡于沉冤未白之时，真是同生共死的患难夫妻。

1979年7月，北京市委为"三家村反党集团"冤案平反，为吴晗恢复党籍，恢复名誉，吴晗和袁震重新走入人们的视野。特别是他们那一段惊天地泣鬼神的爱，将不朽于青山绿水间。

钱学森与蒋英："航天之父"的完美婚姻

2016年4月24日是我国设立的首个"中国航天日"。设立"中国航天日"，旨在大力弘扬航天精神，激发全民族唱响"发展航天事业、建设航天强国"的主旋律，凝聚实现中国梦、航天梦的强大力量。

这一天，中国人会想起被誉为共和国"航天之父"的钱学森，再一次走近他的事业、家庭，以及他和妻子演绎出的令多少世人景仰艳羡的完美婚姻。

父辈定的婚姻

钱学森蒋英这对夫妻，一生幸福相伴，两人出身名门，颜质优雅、事业有成、爱情笃深、品格高尚，得老天钟爱，集家世、美貌、才华、品行、爱情于一身。

钱学森生于1911年，其父钱均夫；蒋英生于1919年，其父蒋百里。

钱均夫早年和蒋百里同读于浙江杭州求是书院（今浙江大学）时，是同窗好友，结为莫逆之交，并同赴日本留学数年，一个学军事，一个学教育，回国后均定居北京，两家关系甚密。蒋百里后来成为民国时期著名的军事理论家、陆军上将，以"兵学泰斗"驰名于世。钱均夫则成为著名教育家，在民国政府教育部任职，后任浙江省教育厅厅长。

蒋百里膝下有"五朵金花"，钱均夫只有独子钱学森。钱均夫与妻子章兰娟希望有个女儿，见蒋百里的三女儿蒋英活泼可爱，恳求蒋百里夫妇把蒋英过继给他们。蒋百里夫妇慨然应允，于是钱家办了酒席，过继蒋英，因此蒋英一度改名为"钱学英"。

钱学森和"钱学英"以兄妹相称，两小无猜，青梅竹马。蒋百里心里十分喜欢钱学森，他多次对钱均夫说："咱的学森，是个天才，好好培养，大有出息。"在一次钱、蒋两家聚会中，钱学森和蒋英当着父母及众亲戚，一起合唱起《燕双飞》，博得两家人的一片喝彩。

过了一段时间，蒋百里夫妇思女心切，就又把蒋英接了回来。钱夫人答应让蒋英回去，却提出一个条件："咱蒋英，现在是我干女儿，将来得给我当儿媳妇。"蒋百里夫妇满口答应："好啊，门当户对，我们赞成。"

此后蒋英虽然回家了，但去钱家时仍叫钱学森父母为干爹干妈，叫钱学森干哥，直到两人分别到国外留学才中断了往来。

上海喜结良缘

良好的家庭环境，使钱学森和蒋英自幼受到很好的文化熏陶和教育。蒋英喜爱唱歌，喜欢听西洋古典音乐，颇有音乐天赋。1936年，17岁的蒋英随父游欧洲，次年考入德国柏林音乐大学声乐系，从此开始了在欧洲学习音乐的漫长旅程。1941年蒋英毕业，随后受柏林德国大戏院之聘，数度演唱。1943年瑞士"鲁辰"万国音乐年会上，蒋英参加匈牙利高音名师依隆娜·德瑞高所主办的国际女高音比赛，名列第一，成为东亚获胜第一人。

而钱学森，不仅学习成绩优异，还多才多艺，无论是绘画、音乐，还是辩论，都表现出众。1935年，毕业于上海交大的钱学森获得庚子奖学金赴美留学。获博士学位后，他和导师冯·卡门共同创立了举世瞩目的"卡门—钱学森公式"。从此，钱学森的名字传遍了世界各地。

1946年，蒋英结束了在欧洲长达10年的求学生涯，回到了祖国。1947年5月31日，她在上海兰心大剧院举行归国后第一次个人演唱会，轰动了整个上海滩。报界评论，"她卓越的歌唱艺术"使人们看到"中国一样有优越的艺术天才，良好的资质和聪颖头脑"。这一年，蒋英邂逅了同样学成归来的美国麻省理工学院的教授钱学森。

当他们的目光相遇时，钱学森对女孩子第一次有了心动的感觉，而这个人就是青梅竹马一块长大的"小妹"蒋英。钱学森向蒋英求婚，有情人终成眷属，1947年，钱学森和蒋英在上海喜结良缘。婚后不久，钱学森先回美国，一个多月后，蒋英独自到了波士顿和钱学森团聚，在大洋彼岸开始了他们的新婚生活。

回国遭受阻挠

1949年，新中国成立，钱学森与蒋英打算女儿一满月就带着孩子回国。可是事情没那么简单，因为钱学森在美国工作的十年间，为美国航空和火箭技术的发展做出了重要贡献，颇有影响。当得知钱学森要回国，美国海军次长金布尔声称："钱学森无论走到哪里，都抵得上5个师的兵力，绝不能让他离开，他太有价值了。"1950年夏天，钱学森在美国受到莫须有的迫害，被囚禁了15天，体重骤降15公斤。此后的5年里，他一直被软禁，住所被监视，甚至电话也被监听。那时，钱学森只能在学校做一些无关紧要的工作，蒋英则在家带着两个年幼的孩子，过着一段屈辱而又艰辛的日子。

蒋英用歌声慰藉着丈夫的心灵，钱学森没有被击垮。他学着用音乐与枯燥的生活搏斗，钱学森常常吹一支竹笛，蒋英弹一把吉他，两人共同演奏17世纪的古典室内音乐，以排解寂寞与烦闷。为躲避美国特务的监视与捣乱，这5年里他们搬了5次家。在这苦闷的生活中，钱学森含冤忍怒，完成了两部学术著作。

1955年9月，在周恩来总理亲自过问下，美国政府才无奈准许钱学森夫妇回国，钱学森夫妇带着他们6岁的儿子永刚、5岁的女儿永真终于踏上了归国的旅程。

在祖国怀抱里

新中国的"两弹一星"事业艰难起步，钱学森作为技术总负责人经常亲临第一线，从20世纪50年代中期到整个70年代，钱学森领导研制火箭、导弹和卫星。他在基地一蹲就是十天半月，甚至几个月。出于保密要求，钱学森出差从来不对家人讲。有一次蒋英在家里好长时间都得不到丈夫的音讯，她不得不去国防部五院询问钱学森的消息。五院的同志回复她："钱院长在外地出差，平安无恙，只是工作太忙，暂时还回不来，请您放心。"蒋英听了这才放下心来。后来，只要是钱学森穿着大皮袄和大靴子风尘仆仆地回家，蒋英就猜出来丈夫要到大西北去了。

时光飞逝，中国的"两弹一星"事业取得了一个又一个辉煌的成绩，钱学森被誉为共和国的"航天之父"。蒋英对丈夫的爱国情怀有了更深刻的理解。钱学森把国家的利益看得至高无上，他以国为重，家为轻；以科学事业为重，以个人名利为轻。这位对家庭和孩子付出极少的丈夫和父亲，把他的情感和精力，全部献给了中国的国防科技事业。蒋英心甘情愿为丈夫默默地付出，不让他有一点后顾之忧。

在伟大科学家的背后，蒋英是琴瑟相和的妻子，而在另一个属于她的声乐世界里，她又是主角。

蒋英1955年归国时，已是享誉世界的女高音歌唱家，她被分配到中央实验歌剧院任独唱演员。为了支持钱学森的事业，她调到了中央音乐学院，从事教学工作，一干就是40余年。她一生桃李满天下，亲手培养了26个学生，其中近一半在国际音乐舞台上取得骄人的成绩，傅海静、祝爱兰、姜咏、吴晓路、孙秀苇、赵登峰、多吉次仁、赵登营等都是国际乐坛上声名显赫的歌唱家。作为歌唱家，蒋英创造过辉煌；作为教育家，蒋英又为世界输送了中国的骄傲。

钱学森晚年获得了很多奖，他曾诙谐地对蒋英说："钱归你，奖（蒋）归我。"

1991年10月16日，党中央国务院中央军委授予了钱学森"国家杰出贡献科学家"荣誉称号。在人民大会堂举行的颁奖仪式上，钱学森满怀深情地向他的妻子蒋英表示感谢，他说："我今天获奖了，我也不要忘记，我老伴几十年来给予我的这种理解和支持。"

天堂再续深情

每当蒋英登台演出，或指挥学生毕业演出时，她总喜欢请钱学森去听、去看、去评论。钱学森也竭力把所认识的科技人员请来欣赏，大家同乐。有时钱学森工作忙，蒋英就亲自录下来，放给他听。如果有好的交响乐队演奏会，蒋英也总是拉钱学森一起去听，把这位科学家、"火箭迷"带到音乐艺术的海洋里。

钱学森与蒋英的结合，堪称艺术和科学的完美联姻：一位从事艺术，一位献身科学。在蒋英执教40周年研讨会上，钱学森写了书面发言，他这样写道："在我对一件工作遇到困难而百思不得其解的时候，往往是蒋英的歌声使我豁然开朗，得到启示，正因为我受到这些艺术的熏陶，所以我才能够避免死心眼，避免机械唯物论，想问题能够想得更宽一点、活一点。"

2009年，钱学森这位中华赤子、"两弹一星"元勋与世长辞，享年98岁。三年后，2012年2月5日，92岁的蒋英在儿女们含泪的目光中也永远闭上了双眼，追随钱学森到天堂去了。钱学森，一位划时代的科学家；蒋英，一位同样卓越的声乐学家。高山流水，知音相伴，就如同小时候一起唱过的那首甜蜜的歌——《燕双飞》一样，在天堂，他们继续共同演绎和谐的科学与艺术的天籁。

（载《金陵晚报》2016年5月2日）

吴健雄与袁家骝："东方的居里夫妇"

有人说，爱情究其根本，是寻找世界上的另一个自己。比如吴健雄和袁家骝，他们都在对方的身上找到了自己的影子，他们彼此是世界上的另一个自己。

吴健雄是著名华裔物理学家，被誉为"物理女皇"。她的丈夫袁家骝是袁世凯的孙子，也是赫赫有名的物理学家，夫妇二人堪称"东方的居里夫妇"。

相逢于柏克莱大学

吴健雄，1912年出生在江苏太仓浏河镇的一个书香世家。虽是女孩，父亲吴仲裔为其取"健雄"这个颇为阳刚的名字，是希望她不让须眉，积健为雄。

吴父提倡男女平等，创办明德女子职业补习学校，这对吴健雄的成长起了至关重要的作用。她先后就读于太仓浏河小学、明德学校、苏州女子师范学校。在父亲的鼓励下，她决定继续到大学深造。日后回忆起来，吴健雄曾这样描述父亲对她产生的重要影响："如果没有父亲的鼓励，现在我可能在中国某地的小学教书。父亲教我做人要做'大我'，而非'小我'。"

1929年，吴健雄以苏州女师第一名的成绩获准保送国立中央大学（南京大学前身）数学系，一年后转入物理系，从而迈出了人生中的重要一步。在居里夫人的学生、物理学家施士元教授的精心指导下，吴健雄1934年撰写了一篇题为《证明布拉格定律》的优秀毕业论文，获得学士学位，毕业之后她受聘到浙江大学任物理系助教。

青年时代的吴健雄聪慧过人，言行举止中更有着江南女子特有的温柔妩媚，是众多男子追求的目标。只是那时的她一心扑在学业上，虽对爱情充满期许，却也相信缘分，淡然待之。

吴健雄真正的爱情故事，是1936年她由中国上海坐船到美国加州旧金山，决定留在柏克莱念书后才开始的。

起因是吴健雄的同学介绍她认识了也是学物理的中国留学生袁家骝。袁家骝出身显赫，是袁世凯"二皇子"袁克文的公子。袁家骝幼时在老家河南安阳读书，13岁时到天津上南开中学，后入燕京大学攻读物理。在燕大校长司徒雷登的帮助下，袁家骝获得奖学金赴美深造。

两人相识不久，袁家骝充当向导，带吴健雄参观柏克莱大学的物理系。学校里原子实验设备的完善和精良吸引了吴健雄，她毅然决定留在柏克莱，与袁家骝成了同班同学。两人之间的爱情故事，也由此开始。

也许是因为第一次见面时留下的良好印象，吴健雄虽然在柏克莱物理系享受着众星捧月般的待遇，但是她真正会应邀赴约的对象却只有袁家骝一个人。

那时候，他们经常一起听课，一起去图书馆看书，一起吃饭，常常会就一个学术上的问题交流到深夜。刚到美国，他们常到一家中国餐馆用餐，当时袁家骝的经济条件不太好，吴健雄便常常为他代付餐费。

时间能够打败爱情，亦能够成就爱情。随着两人之间的了解增多，他们在对方身上都看到了对科学事业共同的热忱，并因此愈加惺惺相惜。眼前的这个人，仿佛就是世界上的另一个自己，他们都从对方的身上看到了与众不同的闪光点，当两个人心意相通时，爱情也就在不远处招手了。

1942年5月30日，吴健雄30岁生日的前一天，他们在洛杉矶帕萨迪纳举行了简单的婚礼，两人在美国的许多同学好友都前来庆贺，如钱学森等。婚后，在洛杉矶南面的一个海滨，他们度过了一个温馨、浪漫的蜜月。

并肩致力科学事业

吴健雄在美期间获得了诸多表彰，并于1948年获聘美国物理学会会士。1956

年，吴健雄和袁家骝决定一起回国，看一看阔别已久的故乡。在决定启程后不久，吴健雄突然接到一个邀请——验证"宇称守恒定律"的科学性和正确性。在听她说完这件事后，袁家骝微笑着看了妻子一眼，毅然退掉了一张船票，孤身一人先踏上了回国的旅程。他知道，吴健雄的心已被这项富有挑战性的实验深深地吸引了。

吴健雄验证了李政道、杨振宁提出的"宇称不守恒"假设，但由于某些原因未能与这两位物理学家共同获得1957年的诺贝尔奖。吴健雄博士对诺贝尔奖的态度，似乎验证了唐代诗圣杜甫"细推物理须行乐，何用浮名绊此身"的名句。

1958年，吴健雄晋升哥伦比亚大学正教授，同时获选为普林斯顿大学创校百年来第一位女荣誉博士，同一年她还当选为第一位华裔美国国家科学院院士，被列入《美国科学名人录》。

袁家骝也是享有国际声誉的物理学家，在高能物理、高能加速器和粒子探测系统研究上卓有成就。尽管袁家骝也在高能物理研究方面取得了一些成绩，但是在妻子的光环下显得逊色了许多。有人曾开玩笑说，吴健雄家是女主外，男主内。吴健雄很严肃地说："我有一个很体谅我的丈夫，他也是物理学家。我想如果可以让他回到他的工作中不受打扰，他一定会比什么都高兴。"

袁家骝在妻子身上找到了自己的梦想，所以他甘愿付出所有来爱她。她成功了，他觉得自己也就成功了。他们本来就有相似的目标，她是这个世界上的另一个自己。

共眠于紫薇树下

1984年10月，吴健雄第一次回到阔别40多年的故乡，参加母校明德学校恢复校名暨明德楼落成典礼，独自捐建明德学校紫薇楼。她平时以俭朴著称，为设"吴仲裔奖学金"她慷慨解囊，捐出近100万美元，以这种独特的方式表达她的"寸草心"，造福桑梓。4年后，她又专程回故乡，参加纪念父亲吴仲裔诞辰100周年纪念活动，并亲自向太仓县59名优秀师生颁发首届"吴仲裔奖学金"。

吴健雄不喜欢出风头。很多人为她不能成为诺贝尔奖得主而鸣不平，她却一笑置之。1975年，以色列人设立了沃尔夫奖。该奖以"为了人类的利益促进科学和艺术发展"为宗旨，吴健雄成为该奖的第一位得主。

中科院冯端院士撰文说："吴健雄教授和袁家骝教授将他们半个世纪的生涯都奉献给了崇高的科技事业，道德文章，堪为当代青年人效法的楷模。"

这句中肯而质朴的话，一定是这一对将毕生的心血奉献于科学事业的"平凡的"夫妻最想听到的评价。

1997年2月16日，吴健雄教授驾鹤西去。4月6日，袁家骝亲自护送吴健雄的骨灰回到祖国，安葬于苏州太仓浏河。吴健雄的墓地在明德学校紫薇阁旁，墓体设计由贝聿铭任设计顾问。2003年2月11日，袁家骝在北京离开了人世，家人遵照遗嘱将他安葬到明德园，让这对风雨同舟六十载的科学伉俪一起长眠于紫薇树下。

她是他的妻子，是国际舞台上闪耀光芒的伟大科学家；他是她的丈夫，是甘愿永远走在她身后的那个人。他付出自己的全部，成全她的辉煌；她理解他的良苦用心，报以一世的真情——这份付出和理解，也正是爱的真意。要多难得，我们才能遇到对的人；又要多幸运，我们才能爱到对的人。

吴健雄堪称进入世界一流物理学家行列的中国女性第一人，是20世纪华人妇女的杰出代表，她奋进不息的科学生涯，勇于创新的大师风范，情系桑梓的爱国情怀，给当代的中国科学工作者树立了榜样。1990年，中国南京紫金山天文台将其发现的编号为2752号小行星命名为"吴健雄星"。吴健雄是少数在有生之年获此殊荣的科学家之一。

吴健雄的一位同学曾用诗一样的语言称颂过她："她真是一位出类拔萃的女性，看到她就仿佛看到平地线上崛起一座青翠的山峰。"

（载《团结报》2019年2月28日）

王世襄与袁荃猷：世间最美好的爱情

被誉为"京城第一玩家"的王世襄，是著名的文物专家、收藏家。他和妻子袁荃猷一生相伴，演绎出人世间最美好的爱情。

"学长做学妹的'论文导师'"

王世襄生于1914年，祖籍福建福州。在北平生长的他一口的京腔，进燕京大学时，开始读的是医学，结果主课门门不及格，幸好选修课分数高，于是转到文学院国文系。这下如鱼得水，成绩十分出色。他还经常帮同学完成诗词作业，毕业之后，考取了燕京大学的研究生，研究中国画论。1941年，王世襄拿到了硕士学位。袁荃猷就是在这时进入王世襄的内心世界。

袁荃猷出生于1920年，江苏松江人（后划归上海）。她从小在祖父母身边长大，据说，这是因为母亲在生下她的小妹妹之后，得了产褥感染去世。奶奶就把她和几个孩子"一窝端，全给接收过去养起来了"。在祖父母家，袁荃猷读《论语》、背《孝经》，弹古琴、学画画，过的是典型旧派闺秀生活。她入燕京大学时学的是教育学，毕业论文是编写一本中小学国画教材。导师周学章先生推荐她去找王世襄，请学长来做小学妹的"论文导师"。

初次见面，袁荃猷印象最深的是看王世襄在吃柿子，吃完留下完完整整的柿子核。王世襄对袁荃猷的论文很上心，到了后来，为了让她通过论文，居然帮着写。这两人就这么渐渐相熟起来。

后来抗日战争如火如荼，王世襄毕业后去了四川重庆，临行，他送了袁荃猷一盆太平花。在四川，王世襄写了很多信给袁荃猷，只收到袁的两封回信，其中一封写着："你留下的太平花我天天浇水，活得很好，但愿生活也能像这太平花。"王世襄看到信说，这是我见过最美的情书。

1945年抗战胜利，王世襄结束了辗转川蜀的生活，也结束了与袁荃猷相隔千里的思念，回到北平，与袁荃猷结为连理。这一年王世襄31岁，袁荃猷25岁。

从此，两位战火硝烟中的燕大学子，携手并肩，一起经风沐雨，走上了一条对我国传统文化的承袭之路，也走出了一段千古称美的爱情佳话。

"没关系，你去吧，家里也有人照顾我"

王世襄和袁荃猷结婚后，王世襄很快发现，这位太太真是"妙不可言"，除了琴棋书画外，其他全不在行。据说家务活仅限剥蒜头，到了剥葱就不行，一根葱可以层层剥光，剥完发现什么都没有，还倒过头来埋怨丈夫："你是不是不会买葱，为什么葱里什么东西都没有？"把个王世襄笑翻天，好在王世襄极其会做饭，是个美食家。

新婚燕尔，连蜜月也没有过完，这对新人就分隔两地了。彼时的王世襄离开北平，被派往日本去追缴文物，他在回忆文章中说："整整一年中，我们都一心放在侦查追缴文物上。当我将德侨杨宁史非法购买的青铜器目录抓到手中，并把编写图录的德国学者罗越带到天津与杨对质，使杨无法抵赖时，荃猷和我一样的喜悦兴奋。"

两人暂别一年，王世襄从日本追讨文物回到北平，他给袁荃猷带了一个火绘葫芦片小红木盒，这是他之前分别时候在信里许诺的，要是做好了就送给她。盒子上工整地镶嵌着葫芦圆片，王世襄亲手在上面绘了两株盆景。袁荃猷打开小盒子，里面静静躺着的是两颗红豆。袁荃猷说，这是我们的爱情信物。

1948年王世襄又一次被故宫外派去美国，彼时，袁荃猷正得了肺结核，到协和医院检查说肺部有空洞，必须卧床休息至少一年。大家都说这病有危险，劝王世襄不可远行。袁荃猷却对丈夫说："没关系，你去吧，家里也有人照顾我，父亲（指王世襄父亲）还常常翻译法文小说给我看。"

王世襄走的第二天，她的日记是这样写的："今日父亲买一筐杨梅，大吃。可惜畅安（王世襄的乳名）已走，念他。"

一年后，王世襄回国。自此，他们的生活，真的像那一盆太平花一样幸福。在芳嘉园小院子里，他养鸽子，她在一边描画；她抚琴，他在一边欣赏；他们是夫妇，更是知音。世间最美好的爱情，都写在王世襄和袁荃猷的脸上。他唤她荃荃，她唤他畅安。

袁荃猷天性贤淑，文雅清通，童年即有家馆讲授国学，并师从汪孟舒先生，学习书法、绘画和古琴。这三样才华，是袁荃猷终其一生滋养品性的厚德之艺，也是她终其一生作为土世襄文博事业之"贤内助"的天赐之缘。袁荃猷特别喜欢弹古琴，是她一生的追求，曾师从古琴国手管平湖先生。见袁荃猷喜欢抚琴，王世襄就特别留意古琴，看到好的琴，不惜卖掉家中各种细软，为太太的爱好掏钱。1948年，他看到一把"大圣遗音"古琴，为了买这把琴，王世襄以饰物三件及日本版《唐宋元明名画大观》换得黄金约五两，再加翠戒三枚（其中一枚为王世襄母亲的遗物），才购得此琴。后来他在所著的《自珍集》里这样说，"唐琴无价，奉报又安能计值，但求尽力。"

王世襄最开心的事情，莫过于看管平湖和袁荃猷各坐一边抚琴，口传心授，自己陪在一边，间或到厨房忙东忙西，给老婆跟管先生准备饭菜。他给自己起了个绰号，叫"琴奴"。

1957年，王世襄被诬陷偷盗，抄家多次都没有查出任何问题，才把他放回家。回家之后，他才听说，袁荃猷曾经几次前去看守所，慷慨陈词，讲述了丈夫1945年至1946年追回文物的日日夜夜，包括派往日本从东京运回的一百多箱善本书等，坚称自己丈夫有功无罪。王世襄说，在那一刻他才知道，平日温文尔雅的太太，居然为了他鼓起如此勇气，在关键时刻站出来保爱人周全。

"文革"期间，王世襄在干校接到一封电报："荃猷病危，王世襄速来。"他心急如焚，赶回家才知道，太太得了精神分裂症。原来，和袁荃猷住在一起的同事天天劝她交代王世襄的情况，她躺在床上拼命想，实在觉得王世襄没有任何问题，才患了这病。

经过几个月的治疗，袁荃猷神智渐渐恢复正常，才又回到干校劳动，有时候也回芳嘉园。王世襄的父亲心疼儿媳妇，买了一碗两毛钱的肉丝面。袁荃猷谢了又谢，却忍着没吃，说留给老人。

1969年的一天，袁荃猷在天津团泊洼干校，收到了王世襄从湖北咸宁干校寄来的一把小小的扫帚，并有附信谓曰："用灶余竹根、霜后枯草制成，盖藉以自况"。她自然明白王世襄的心意：敝帚者，自珍也。世道艰辛，千里相隔，王世襄意在鼓励太太记住他们之间约定的"自珍"精神，以更坚强的内心和更自律的言行，一起渡过难关。后来，王世襄出《自珍集》，他们把这把扫帚印在了扉页上。

1976年下半年，王世襄夫妇重新回到北京的芳嘉园。此时的王世襄已年过花甲，然精神依旧矍铄。而更令他内心欣喜的是，终于可以与袁荃猷一起，重进书斋，堂堂正正地以一颗纯明之心，悠游于艺苑学坛。

从此之后二十多年的时间里，王世襄夫妇全身心地投入学问的研究和创作当中，共出版了将近四十部著作，并发掘和挽救了许多行将消失的中国文化。

"他做的所有事，我'支持'"

王世襄学识渊博，对文物研究与鉴定有精深的造诣。他终年埋头著述，袁荃猷则用其生平所学，成为王世襄的得力助手。王世襄的每一本著述，都隐含有袁荃猷的静雅身影。

1989年，历经三十载的苦心积淀，王世襄关于古典家具研究的扛鼎之作《明式家具研究》在香港和台湾两地同时出版，一时争购者众，洛阳纸贵。

《明式家具研究》里，七百余幅线条图都由袁荃猷精心绘制，她将明式家具的结合方式和榫卯做了精确测量，绘成图纸。写书时，王世襄右眼忽然失明，也是袁荃猷帮他整理文字，编辑校对。她心疼他，懂得他，他做的所有事情，她只有两个字：支持。

1993年王世襄夫妇将几十年收集到的79件明式家具入藏上海博物馆。这一举动，亦来自袁荃猷，她对王世襄说："物之去留，不计其值，重要在有圆满合理的归宿。"

袁荃猷喜爱刻纸艺术，创作了很多传统图案的刻纸作品。后来在丈夫的鼓励下，她整理出版了自己的刻纸作品集《游刃集》。在王世襄80岁生日的时候，袁荃猷为他刻了一幅《大树图》。王世襄说，自己这一生的爱好和追求都被荃荃刻画出来了，在那棵大树的果实上，有家具、竹刻、漆器，也有鸽哨、葫芦、獾狗……这是天底下最了解他的人。

2003年，荷兰克劳斯基金会为表彰王世襄在中国（传统）工艺领域的专家性和创新性的研究，奖励给王世襄十万欧元。在得知这个消息的时候，袁荃猷已病重住院，"病危而神志清醒"中的她对王世襄说："全部奖金捐赠给希望工程。"在生命的最后，他们还保持着惊人的一致性。

这一年袁荃猷去世，王世襄写了14首《告荃猷》诗，字字泣血，满含深情。其中就有："我病累君病，我愈君不起。知君不我怨，我痛无时已。"

之后，悲痛不已的王世襄将夫妻收藏的古琴、铜炉、佛像、家具、竹木雕刻、匏器等一百多件文物拍卖。只有一件东西保留着，那是他与太太一起买菜的提筐。他说，等到自己百年之后，要请人把这个提筐放在墓里，就像他们两个人，一起拎着这个提筐去买菜。王世襄说，这叫"生死永相匹"。

2009年11月28日，王世襄病逝，享年95岁。

杨苡与赵瑞蕻：在西南联大收获的爱情

杨苡，出身于书香门第。祖辈中有4位在晚清时考上翰林，父亲留学日本，在民国时期担任中国银行天津分行行长。哥哥杨宪益、姐姐杨敏如都是闻名遐迩的著名学者、专家。她自己翻译的英国著名作家艾米莉·勃朗特的《呼啸山庄》，独步译坛，一直深受广大读者的喜爱，至今已再版数十次，其精装本被英国勃朗特纪念馆收藏。

相识于西南联大

杨苡，原名杨静如。1919年出生于天津，家境殷实。从8岁到18岁，她一直在天津中西女校读书。在校时，杨苡喜爱阅读、写诗，还给巴金写信。中西女校是一所教会学校，有保送制度，杨苡毕业后即保送至南开大学。

1937年"七七事变"发生后，局势动荡不稳。杨苡和家人从天津坐轮船到了云南昆明避难。

当时的清华、北大、南开几所大学在昆明组建西南联合大学。杨苡就去联大报名，她担心数学过不了关，有人提醒她："你去问问，你去年不是考上过南开吗？"于是杨苡就去问报考老师。老师查了一下，发现有杨苡的名字，高兴地对她说"欢迎你复校"，并给了一张学号。就这样杨苡什么都没考，顺顺当当地进了西南联大。

西南联大藏龙卧虎，三个学校的老师轮流上课，闻一多、朱自清、浦江清、刘文典、吴宓、冯至……大概每一个老师上两个星期的课。讲课之外，还有专门辅导学生上写作课的老师，类似于今天的助教。

西南联大有个"高原文学社"，年轻人聚在一起特别爱写诗，后来走出了像"九叶派"穆旦等几位著名诗人。晚上文学社活动时,杨苡就敲门进去,冒冒失失地说:"我也想加入高原。"同学们说:"欢迎欢迎。"于是杨苡开始写诗。1939年春天,杨苡在这里结识了后来成为她丈夫的诗人赵瑞蕻。那时赵瑞蕻比杨苡高两届。

赵瑞蕻是浙江温州人,1935年在温州中学读书时就开始写诗,第一首抒情诗《雷雨》发表在温州中学校刊上,是西南联大外文系学生,师从吴宓教授。

在文学社,诗友们写作热情都很高,杨苡写了一首思念哥哥杨宪益的诗,拿给赵瑞蕻看,请他帮助改一改。赵瑞蕻很用心,其实在他心里已渐渐爱上了这个小姑娘。改完后,赵瑞蕻对杨苡说:"看看我给你改的。"杨苡看完笑一笑就撕了,弄得赵瑞蕻不知所措,十分尴尬。

谁也没想到1940年,杨苡和赵瑞蕻却结了婚。几十年后,杨苡回忆这段往事和他们日后的婚姻时,微笑着说:"我那次把他改的诗稿,看完笑一笑就撕了。每个人风格不一样,我不能接受他改的,但也不发脾气。那时候结婚的人,都有一张婚书,上面写着:'我俩志同道合,决定……国难时期一切从简……'后来我跟赵瑞蕻结婚,就没写'志同道合',因为我俩'志同道不合',喜欢的东西不一样。比如我特别喜欢戏剧,不管中国地方戏剧、外国戏剧,都喜欢,都想看。他对于看戏,简直是受罪。还有'文化大革命',我们的想法在大方向上一致,但他不敢说,我敢说,所以倒霉的是我倒霉……"

倾情于翻译名著

刚来西南联大的时候,沈从文老师听说杨苡要上联大的中文系,就劝杨苡:"你还是进外文系的好,你已学了十年英文,那些线装书会把你捆住。"他借给杨苡好多翻译过来的书籍,有《冰岛渔夫》等,说将来你也能做翻译。就这样杨苡在联大进了外文系,为她日后翻译《呼啸山庄》奠定了基础。

杨苡第一次接触《呼啸山庄》是20世纪30年代,那时她还在上中学。有一次她看了由劳伦斯·奥利佛与梅儿·奥伯朗主演的好莱坞名片《魂归离恨天》，这部电影便是根据《呼啸山庄》改编的黑白有声片。当时杨苡只有十八九岁，非常年轻，很容易被爱情故事感动，从那时起，她就埋下了深深的《呼啸山庄》情结。1944年，杨苡到位于四川重庆沙坪坝的国立中央大学借读，有一次偶然在学校图书馆借到这本书，就认真地看了一遍，她又一次被书中的故事深深感动。直到1953年，杨苡决定开始着手翻译她喜欢的《呼啸山庄》。

在杨苡之前，梁实秋已将这本书翻译为《咆哮山庄》，但杨苡总觉得书名译为《咆哮山庄》很不妥。但怎样将这部名著的书名译得更好，杨苡也颇费了一番周折。

一个夜晚，窗外风雨交加，一阵阵疾风呼啸而过，雨点洒落在玻璃窗上，宛如小说女主人公凯瑟琳在窗外哭泣。杨苡所住的房子外面本来就是一片荒凉的花园，这时她感到自己也仿佛是住在当年约克郡旷野附近的那座古老的房子里。于是，杨苡苦苦地思索着该怎样确切译出这本书名的深刻内涵，又能基本上接近它的读音。这时，灵感忽然从天而降，她兴奋地写下"呼啸山庄"四个大字。这以后的译者在翻译这部书时，都不约而同地把它译成了《呼啸山庄》。

在翻译《呼啸山庄》前，杨苡粗略地看过梁实秋的译本。翻译之前，她不会去仔细看别人的译本，担心这样会受影响。等翻译完成后，觉得没有把握的地方，她才会看看梁实秋是怎样翻译的，然后再查字典，决定怎样翻译。杨苡始终认为自己比较笨，是靠字典翻译的。她翻译《呼啸山庄》大概用了一年的时间，译得比较慢，每翻译完一部分，她还要念给不懂英文的人听，看看他们能不能理解，感觉不上口的地方还要进行修改润色。

杨苡翻译完《呼啸山庄》后，译稿在1955年6月由平明出版社出版，到现在已经几十年了，在这期间又出了很多译本，有田心的译本，方平的译本，张玲、张扬的译本，宋兆霖的译本，沈东子的译本等等。有一次，杨苡在《世界电影》杂志上偶然看到了《呼啸山庄》的电影译本，发现其中有些内容跟她翻译的完全一样，她也不好说别人是抄她的，反而觉得很开心，她觉得这说明自己翻译的有些片段还可以。

童心率真的晚年

赵瑞蕻和杨苡一样，整日与书本为伴。当杨苡译出名著《呼啸山庄》时，赵瑞蕻也翻译出版《红与黑》。新中国成立后，赵瑞蕻一直在南京大学任教，1953年至1957年曾去德国莱比锡大学当客座教授，讲授"中国现代文学史""鲁迅研究"等课程。

1956年，杨苡也去了德国莱比锡，一年后回国，到《雨花》编辑部做编辑。她的兴趣比较广泛，除翻译之外，还进行诗歌、散文和儿童文学等方面的创作。1960年杨苡到南京师范学院（即现在的南京师范大学）任教。

1962年以后，赵瑞蕻开始着力于中西方比较文学的研究，著有中外文学比较论文多篇，最受称道的是《鲁迅〈摩罗诗力说〉注释·今译·解说》，资料丰富翔实，见解精辟。此外还出版了《西诗小扎》《诗歌与浪漫主义》以及译著弥尔顿的《欢乐颂》《沉思颂》等。

"文革"开始后，杨苡的《呼啸山庄》和她的儿童文学都受到批判，杨苡开始"靠边"了，后来她又受到哥哥——著名翻译家杨宪益的牵连，直到哥哥1972年出狱后，她才彻底得到"解放"。

1999年2月15日除夕之夜，赵瑞蕻突发心脏病在南京去世，享年84岁。杨苡没有想到老赵会走得那样快，那天他还在他的书桌旁伏案工作，白天还和小女儿赵蘅通过电话，显得很高兴，他是那样渴望生活，没想到夜里感到不适，说走就走了。第二天是大年初一，坚强的杨苡没有把丈夫去世的消息向外透露，直到大年初五大家才知道。

杨苡除了翻译《呼啸山庄》外，还译有《永远不会落的太阳》《俄罗斯性格》《伟大的时刻》《天真与经验之歌》等，著有儿童诗《自己的事自己做》等。

在历经了一个世纪的起起伏伏后，时间呼啸而去，2023年1月27日杨苡逝世，享年103岁。

王元化与张可："书香伉俪"的爱情故事

中国现当代真正称得上"书香伉俪"的，只有三对夫妇，他们是林语堂与廖翠凤，钱钟书与杨绛，王元化与张可。确实，在王元化的一生中，除了母亲以外，妻子张可是他生命中至关重要的一个人。

相识于"戏剧交谊社"

王元化，1920年出生于一个典型的书香门第。其父王芳荃是上海圣约翰大学首届毕业生，后又赴美留学，获芝加哥大学硕士学位，1922年在清华大学任教，与王国维、陈寅恪等为同事。这样得天独厚的环境，使王元化得以在清华园生活了十多年。当年的清华园，给王元化留下了极为深刻的印象。"独立之精神、自由之思想"的"清华精神"，则成为日后王元化在精神和人格上与大师们亲近和感应的契合点。

张可，1919年出生于苏州一个世家望族，青年时受教于李健吾、孙大雨等名师，从小锦衣玉食的张可在生活上却简单而素净。在暨南大学读书时，她经常穿一身淡蓝布袍子，一双普通皮鞋。她最喜欢的事情就是读书。而在各种文艺形式中，她尤其喜爱戏剧。她18岁时就在老师李健吾的提议指导下，以"范方"的笔名翻译出版了奥尼尔的剧本《早点前》，并在该剧中扮演女主角，一直到后来成为上海戏剧学院戏文系的名教授、莎士比亚研究专家。

1937年王元化与张可在上海的"戏剧交谊社"结识。抗日战争爆发后，作为暨南大学演剧队的主要成员，张可经常跟随剧社到各处演出抗战救亡的戏剧。她排演过外国剧《锁着的箱子》及曹禺的《家》、于伶的《女子公寓》、吴祖光的

《风雪夜归人》等剧作。

此时的王元化正值血气方刚，风华正茂。他在上海积极参加学生救亡运动，放弃了在清华大学做教授的父亲为他设计的留洋计划，背着家人，偷偷参加了地下党，在平津流亡同学会中做文艺方面的工作，逐步成长为一个有民族担当、思想成熟的进步青年。

共同的爱好使王元化和张可走到了一起，两人在戏剧社排剧演戏，或到张可家谈文说艺，或共同参加地下党的刊物编辑工作。王元化回忆他初次见到张可时的样子："她很朴素，剪一个不长不短的齐肩发，穿一件旗袍，也不是很考究的布料。从我认识她到结婚再到后来一起生活，她都不是很喜欢修饰的，偶尔把头发梳成个辫子盘在头上，就算很时髦了。"

随着交往日深，王元化渐渐对她心生爱慕。张可对王元化的深层了解，是因为王元化后来认识张可的哥哥满涛，两人爱好相同，王元化和满涛都非常喜欢鲁迅，那是他们之间不倦的话题。他们经常谈论当时在西方名噪一时的小说《尤利西斯》，还争辩托尔斯泰与陀思妥耶夫斯基的优劣等问题。每逢这时，张可也大多在场。在哥哥与王元化的密切交往过程中，张可对王元化渐渐地有了更深的了解，感情也随之起了变化。8年后，有追求者问张可到底喜欢谁？她坦然地说："我喜欢王元化。"而理由则简单得不能再简单："王元化是一个很真诚的人。"

爱情在思想与情感交流中萌生、发芽、滋长，两人在双方亲人的祝福声中于1948年3月在上海按照基督教的仪式举行婚礼。这对新人发誓，不管灾难还是疾病，都相守如一，直到生命结束。

"几生修得梅花福"

他们后来历经种种劫难，而美如钻石的婚姻，却成了上海文化界的经典。人们把他们的琴瑟之合誉为"旷世良缘"，把王元化之有张可美誉为"几生修得梅花福"。

1955年，全国范围内开展声势浩大的"反胡风"运动，千余人受牵连。当时为政一帆风顺的王元化，不期然遭遇了"胡风反革命集团分子"的牵连。长时间隔离审查、写不完的交代、受不尽的侮辱，使他精神崩溃。

当张可的家第一次被查抄，她在学校里被人开会逼迫承认丈夫是反革命，张可始终拒绝承认，她坚信自己的丈夫。

在王元化的问题即将"结案"时，有人提出，只要王元化承认胡风是个反革命分子，即可作人民内部矛盾处理。但他坚持认为这个结论缺乏强有力的说服证据，不予接受。结果他被定为胡风分子，开除党籍，行政降六级。这种傲骨如同王国维一样，真有一种遗世独立的悲壮！

长期的压抑使王元化患上了精神病。张可顶住各种政治压力，以柔弱的肩膀挑起了家庭重担。在狂风暴雨的日子里，她以她的坚韧、仁爱、悲悯与苦难担当的精神，支撑着一个弱小家庭的生存，没有一句怨语，没有一点倦意，没有一丝放弃。

此后的很长一段时间，王元化没有工作，只拿生活费，家里的经济来源主要靠张可的工资。她在悉心照料着丈夫的饮食起居的同时，为丈夫所钟爱的学术研究提供尽可能的帮助，并和丈夫一起翻译了莎士比亚评论多达50万言，其后编成《莎士比亚研究》出版。这是王元化夫妇俩在学术上的唯一一次真正的合作，成了他们相濡以沫走过60年风云岁月的见证。后来王元化说："和张可一起在莎士比亚的艺术世界里遨游的日子，是我们一生中美好的回忆。"

1966年"文革"开始，王元化又一次被打成历史反革命，再次被隔离审查。离开家庭以后，王元化的精神病又一次复发，比1955年的那一次更加严重。

在度过了艰难岁月后的1979年6月，张可却突然中风，昏迷七日不醒。幸运的是张可经抢救脱离了危险，病情基本稳定，人也渐渐恢复了神志，但由于大脑受损，竟完全丧失了阅读能力。看着病中的妻子，王元化像个小孩似的号啕大哭。

王元化曾深情地说："从反胡风到她得病前的二十三年漫长岁月里，我的坎坷命运给她带来了无穷的伤害，她都默默地忍受了。我那时遭到屈辱，对任何东西都很敏感，对于任何一个不易察觉的埋怨眼神，一种稍稍表示不满的脸色，都会感应到。但她始终没有使我会受到刺激的任何情绪的流露。这不是许多因丈夫牵连而遭受磨难的妻子都能做到的。"

2006年，张可在经历了骨折、失语、吞咽功能的丧失之后去世。

追随张可而去了

人生常常就是这么无常和奇妙。1981年12月王元化平反昭雪后，被聘为国务院刚刚成立的学位委员会评议组成员，与王元化同时被聘的还有王力、王瑶、王起、吕叔湘、朱东润、李荣、吴世昌、萧涤非、钱钟书、钟敬文等蜚声海内外的知名学者，他是这些成员中最年轻的一个。这一年，王元化的书和钱钟书的著作同被评为首届中国比较文学荣誉奖，"北有钱钟书，南有王元化"的说法由此不胫而走。但对于这样的美誉，王元化一直表示"此说不妥"，他说，"钱钟书是前辈，在学术上我不能和他比，我是晚辈，决不能这么提。"

晚年，王元化将自己的书斋定名为"沪上清园"，他出版的一系列学术著作也往往冠以"清园"的名字，诸如《清园夜读》《清园论学集》《清园近思录》。"清园"者，清华园之谓也。他有如此强烈的"清华园情结"，因清园是他小时候的居所，更是他一生所坚持所信仰的精神图腾。

作为一个学者，王元化一生都在不断地思考与探索，他的著作，从《文学沉思录》到《思辨短简》，从《思辨随笔》到《清园近思录》等，如果要用一个字来概括，那就是一个"思"字。王元化晚年常说的一句话是："为学不作媚时语"，他家中悬挂着李锐赠的手书条幅，抄录有刘禹锡的《浪淘沙》："莫道谗言如浪深，莫言迁客似沙沉。千淘万漉虽辛苦，吹尽狂沙始到金。"王元化很珍爱这幅字，而这首诗恰恰是他跌宕起伏的一生写照。

2008年5月9日晚10时40分，在与肺癌斗争了许多个日夜之后，著名文学家、学术家、思想家王元化在上海瑞金医院永远地合上了那双闪烁着特有光芒的眼睛，平静地离开了人世，享年88岁。学术界、思想界又一重镇坍塌！他是中国真正的"精神贵族"，虽命运多舛却始终坚持着"中国知识分子的责任"，不降志、不辱身，"追求的不是成功，而是信仰"。

王元化追随张可而去了。

（载《金陵晚报》2016年10月2日）

梁思礼：相伴一生的爱人，钦佩一生的亲人

梁思礼，中国科学院院士、国际宇航科学院院士、国际宇航协会副主席、国家科学技术进步奖特等奖获得者、中国导弹和火箭控制系统专家、中国航天事业的奠基人之一。他的成功背后，有一个和他相濡以沫几十年的妻子在时时地支撑着他的事业。

人生的美好姻缘从回国开始

梁思礼，1924年出生于北京，他的父亲是梁启超，母亲是王桂荃。51岁的梁启超老年添子，更是欢喜有加，给他最小的儿子取了个昵称"老白鼻"。可惜那么疼爱他的父亲，在梁思礼5岁时就去世了。虽然梁思礼受父亲的直接影响比他的哥哥姐姐少，但他继承了梁家的传统，热爱祖国。梁启超生前一直教导他的孩子们，"人必真有爱国心，然后方可以用大事。"

1935年，梁思礼考入天津南开中学，抗战爆发后转入耀华中学。高中毕业，在母亲朋友的帮助下，他申请到了美国明尼苏达州嘉尔顿学院的奖学金。1941年梁思礼登船随三姐梁思懿赴美留学。

在美国留学时，梁思礼立志工业救国，特别想学实用技术。他在综合性大学虽然有奖学金，但读了两年还是决定转去"工程师的摇篮"普渡大学，获得电机工程学位。后来，他又在辛辛那提大学获得自动控制的博士学位。

1949年9月，离开祖国已经8年的梁思礼得知新中国成立的消息，放弃了在美国无线电公司的优厚待遇，毅然回国投入火热的建设中。他还给同学们写信，要他们也早日归国。

回国伊始，梁思礼在邮电部电信研究所从事技术工作，他人生的一段美好姻缘也就从这里开始了。

1954年，梁思礼在单位的周末舞会上认识了麦秀琼（后改名为赵菁，一直沿用至今），接触中发现彼此有很多相通共鸣的地方，让两人一见钟情。

麦秀琼也是典型的广东人，个子矮小、消瘦，文静，能说一口非常流利的广东话。两人通过一段时间的交往，感情日深。梁思礼惊讶地发现，当他在美国读博士的时候，麦秀琼刚好高中毕业，那时摆在她面前的有三条路：考大学、去游击区或工作养家。由于她学习成绩优异，老师很希望她去读大学，但已是共产党员的她，毅然放弃了考大学的机会，参加了共产党领导的游击队，投入解放全中国的革命洪流中。

面对这位小八路出身的老党员，梁思礼想到自己刚回国参加工作，还不是一名党员，这让要求上进的梁思礼一直"耿耿于怀"。他不断地努力着，直到1956年，梁思礼参与国家"十二年科学远景规划"的制定，才被批准入了党，实现了他盼望已久的宏愿。这年年底，梁思礼和麦秀琼举行了俭朴的婚礼，他们相敬如宾、恩恩爱爱携手走过了半个多世纪。几十年后，当记者问及这段婚姻往事时，麦秀琼不无幽默地说："就梁思礼那个倔脾气，要是入不了党，我们的婚还真结不成了呢。"

磨难中妻子支撑他的航天梦

婚后，梁思礼总是忙忙碌碌，每天回来很晚，有时还要经常出差，家中的事很少过问。家里人只知道他在某研究所，从事一项非常重要的科学研究，而他自己更是守口如瓶。家中一切事情都落在麦秀琼身上。

麦秀琼也很有才华，完全可以在事业上有所发展，但为了支持梁思礼的事业，她放弃了，不仅料理全家的生活，还不断学习，懂得了不少航天知识。由于麦秀琼有长期做资料整理的工作经验，加上她较强的领悟力和细心的工作态度，离休后，她成为梁思礼得力的、离不开的"资料室秘书"。梁思礼说："我平时需要什么材料，她很快就可以给我找出来，有时我还没说她就已经给我准备好了，这种默契就叫秤不离砣吧。"

1960年是我国航天事业迅猛发展的一年。在苏联停止援助的困难面前，航天人决定自主研制我国第一个中近程地导弹，射程约比苏制导弹增加一倍。正当梁思礼埋头实验时，一场政治运动袭来。1965年的"四清"运动，由于梁启超的缘故，梁思礼不停地作检讨。

由于熟悉情况，梁思礼还是被单位派往基地继续科研工作。在基地的紧张工作让梁思礼暂时躲过了冲击，但母亲王桂荃的家却被抄了。尽管梁思礼十分挂念母亲的安危，最后还是决定沉下心，一心一意把"两弹结合试验"这个国家头等大事做好再说。

当试验成功，梁思礼回到北京，等待他的不是成功的喜悦，而是又一波的冲击。作为梁启超的儿子，梁思礼被称为"保皇党的孝子贤孙"，立了专案。那时梁思成、梁思庄、梁思懿、梁思达、梁思宁几个兄姐早已经被关进了牛棚。

幸好，后来的"文革"中，梁思礼因为受到周总理的保护，没有受到更多的迫害。在这艰难的岁月中，是妻子麦秀琼始终相依相伴，苦苦地支撑着这个家庭。

后来，梁思礼在一次记者采访中十分骄傲地说："我和老伴结婚几十年，无论在多么困难的日子里我们从来没有吵过一次架，我庆幸生命中有了她，她为我牺牲了许多，这才是真正的金婚呀，我们是情比金坚。"说完后，梁思礼忍不住哈哈大笑起来。

在他最爱听的音乐声中离世

梁思礼夫妇育有一儿二女。儿子梁左军，从小与奶奶王桂荃一起长大。"文革"期间，奶奶因挨批斗而不幸去世，使梁左军幼小的心灵受到极大伤害，落下了抑郁症的病根，在30岁那年，就结束了自己的生命。这成了梁思礼夫妇心中一道永远的伤痛。

伴随在他们身边的是梁红、梁旋两个女儿。梁红继承梁思礼的衣钵，是新一代航天产品研制人员；梁旋则自创计算机软件开发公司，先前是一家外资计算机公司市场推广部负责人。

这个和睦的家庭始终充满音乐的氛围。音乐，是梁思礼一生的最爱，陪伴了梁思礼80多年。还是在他6岁生日时，哥哥姐姐送了他一套贝多芬交响曲作为生日礼物。他最爱第五交响曲（《命运交响曲》），常在家从头哼到尾。

即使是"文革"最艰难的日子，梁思礼也依然保持了这一爱好，在家中悄悄关上门窗，拉上厚厚的窗帘，摆好从苏联带回来的留声机，放上唱片，把声音调到最小，麦秀琼和孩子们围成一圈仔细地聆听。印象最深的是普罗科菲耶夫的《彼得和狼》，他一边放，一边给孩子们讲解乐曲中的故事："这段音乐是彼得欢快的脚步……这是狼来了……听到狼的主题了吗……这是猎人来了……"

在家中，梁思礼常常播放《施特劳斯圆舞曲》《天鹅湖》《莫斯科郊外的晚上》《威廉退尔序曲》等节奏欢快的歌曲。有时小女儿梁旋换了首严肃的曲子，梁思礼立刻要她："换回刚才的那支圆舞曲。"

梁思礼最爱听圣桑小提琴协奏曲。他对麦秀琼说："这支曲的一、三乐章是激情的高山，第二乐章则是平静的湖泊。"希望她在他临终时播放这首曲子，"不要放哀乐，不必悲痛和沉痛。"让前来送行的人们能感受到音乐的优美和宁静。

2016年初春，梁思礼因肺功能不适住进医院，在医院的病房里，音乐成为梁思礼的慰藉。每当音乐响起，躺在床上的梁思礼双手跟着一起打拍子。梁旋过来帮父亲活动活动腿脚，能感受到父亲的脚随着乐感的节拍而舞动。

住院期间，恰逢妻子麦秀琼生日。这时躺在床上的梁思礼已无法起身了。吃饭时，孩子们端着杯子到他病床边，呼吸困难的梁思礼，看着妻子，一遍一遍为她唱生日快乐歌，祝愿妻子岁月静好，白头偕老。

可惜，几天后的4月14日，中国航天事业奠基人之一、中国科学院院士、国际宇航科学院院士梁思礼在北京逝世。

88岁的麦秀琼遵照丈夫生前的遗言，含泪在法国著名音乐家圣桑的小提琴协奏曲声中，送别和自己相伴六十多年、令她钦佩一生的亲人。

（载《金陵晚报》2017年6月22日）

谷超豪与胡和生：数学王国里的一对比翼鸟

谷超豪和胡和生是一对院士伉俪，师从同一位宗师，他们相濡以沫，携手徜徉在数学王国，荣辱与共，风雨同舟，在共同喜爱的科学领域里，攻克了一个又一个难题，创造了一项又一项的辉煌业绩。谷超豪被认为是继20世纪大数学家艾里·嘉当之后，第一位在无限维变换拟群领域取得重要进展的人，胡和生则是中国数学界第一位也是唯一一位女院士。数学成就这对比翼鸟的爱情梦，相爱相守六十载。

相遇图书馆

谷超豪，1926年出生于浙江温州。中学时代就对数学产生了浓厚的兴趣，在数学方面颇有天赋，他自学了《数学的园地》等专业启蒙书籍。回忆抗战期间在温州读中学的往事时，他说，当时粮食紧张，为了吃饱饭就得动脑筋：用大碗，第一碗盛浅些，很快吃完，马上去盛第二碗，第二碗装得满满的，这样才能吃饱。如果第一碗盛多了，等你吃完第一碗，饭桶空了，就盛不到第二碗。这就是运筹学的一种。1943年，他考入了浙江大学数学系，有幸遇到了名师苏步青教授。

千里马与伯乐相遇了，1948年谷超豪在苏步青教授的指导下完成了研究生学业，留校担任苏先生的助教。

胡和生，1928年生于南京市一个艺术世家，祖父胡炎卿，是位国画家，擅长花鸟走兽，曾是与吴昌硕、王一亭、程瑶生齐名的沪上名家；父亲胡伯翔，既是画家、摄影家又是实业家，作品曾受艺术大师吴昌硕等赞许。1950年胡和生考进浙江大学数学系，她的导师也是著名数学家苏步青教授。

苏步青很喜欢谷超豪，他将管理图书室的"好事"交给谷超豪，以便可以"东翻西看"。结果，谷超豪与胡和生便在浙大图书室里相遇了。对微分几何的共同爱好，使得两位风华正茂的年轻人的心迅速靠近。他们经常在一起切磋学问，即使两人漫步在美丽的西子湖畔，说得最多的还是数学上的事情。谷超豪稳重寡言，但内秀，古典文学的根基很好；胡和生开朗健谈，由于出身于书画世家，喜爱绘画、摄影，所以，他们偶尔也探讨一些艺术问题。

胡和生研究生毕业后也留校工作，1952年高校院系调整，两人双双随苏步青到了上海复旦大学。1957年，经过六七年的"爱情长跑"，在浙大埋下的爱情种子终于在复旦开花结果，谷超豪与同门师妹胡和生喜结连理，成了人人称羡的科苑"比翼鸟"。

1996年11月，谷超豪过70岁生日，庆祝会上，群贤毕至，气氛热烈。94岁的苏步青教授眉开眼笑，兴致极高，他一手挽着谷超豪，一手挽着胡和生，亲切地说："今天我要给你们俩祝福！你们俩当初结婚还是我做的媒呢！"

携手共患难

1957年，新婚燕尔的谷超豪告别爱妻前往莫斯科大学留学，他在数学上显现的才华震惊了学校。留在国内的胡和生埋头数学科研，也取得了不俗的成绩。他们之间，只能通过鸿雁传情。

大跃进年代，许多业务尖子被划入"走白专道路"之列，有人扬言要拔胡和生的"白旗"，这令她百口难辩。由于对远在万里之外的谷超豪牵肠挂肚，她提出赴莫斯科探亲，却有人反对，幸好学校领导不为所动，批准了她的苏联之行。

在莫斯科火车站，谷超豪一见胡和生，就吃惊地问："怎么瘦成这样？"为了不给谷超豪加重心理负担，胡和生对自己在政治上受到的委屈只字未提。他们小别重逢之后，来不及卿卿我我，就双双扎进图书馆里，胡和生把探亲当成了绝好的进修机会。

不到两年，谷超豪在无限维变换拟群等方面取得了突破性研究成果，1959年6月获得了莫斯科大学物理数学科学博士学位后回到了祖国。1960年到1965年，谷超豪继续在数学领域里纵横驰骋，迎来了学术丰收季节。

但不幸的是，"文革"来了，苏步青教授首当其冲，被打为"反动学术权威"；不久之后，作为苏先生的得意弟子，谷超豪也被列为"修正主义分子"，关进"牛棚"。胡和生形单影只，艰难度日，"造反派"逼迫她揭发谷超豪。她冷峻应对："要我说谷超豪解放前的事情，我那时不认识他，能说什么！你们可以查他的档案！"

胡和生生来性格坚毅，柔中有刚，但是作为命运相连的妻子，她愁肠百结地为谷超豪担忧。那时谷超豪被关在学生宿舍，她找来他们贴心的学生，让他悄悄地递纸条过去，询问近况。很快，回条来了，上面写着："我没有什么。"看到丈夫在匆忙中写成的这五个字，胡和生的眼圈红了，心里略感宽慰。

后来，"造反派"忙于打内战，形势渐见缓和，对"牛鬼蛇神"的看管有所放松。胡和生一有机会就去找谷超豪，讲几句话，给他打气。

相濡以沫，患难见真情。他俩携手走过那不堪回首的十年，一起迎来了灿烂的阳光！

并肩"比翼鸟"

谷超豪温文尔雅，喜爱中国古代诗词；胡和生热情活跃，多才多艺，尤爱摄影和绘画，夫妇之间相互理解和尊重，感情甚笃，家庭幸福、温馨。1980年谷超豪当选为中国科学院院士。

1991年，当谷超豪得知妻子胡和生也成为中国数学界第一位女院士时，心情十分高兴，当即赋诗一首《贺和生》："苦读寒窗夜，挑灯黎明前。几何得真情，物理试新篇。红妆不需理，秀色天然妍。学苑有令名，共赏艳阳天。"谷超豪对妻子的赞誉和爱慕，跃然纸上。

谷超豪是数学家，但他也是教育家。在他的学生中，有9人当选为中国科学院院士或中国工程院院士。而这与谷超豪的教学思想密不可分，每当他在一个新的领域中有研究进展时，他总是毫无保留传授给有才华的学生，让学生在该领域内继续深入研究，自己却又去开拓一个全新的领域。就如同一个辛勤的园丁种上一棵小苗，施肥后，又种下另一个小苗，直到栋梁成林。

从教六十多年来，谷超豪桃李满天下，他常告诫年轻人，"数学与古典文学都十分重视对称性，许多作品中还蕴含着丰富的科学思想萌芽。在我的生活里，数学是和诗一样让我喜欢的东西。诗可以用简单而具体的语言表达非常复杂、深刻的东西，数学也是这样。千万不要重理轻文。""乐育英才是夙愿，奖掖后学有新辉。"谷超豪的这两句诗，也是他诲人不倦的真实写照。

谷超豪和妻子胡和生，两人的身体都不算壮实，疾病缠身时，轮番住院，他们更是形影不离地厮守在一起。他们的病房布置得像书房一般，病情稍有转好，就一起进入了他们的数学世界。想象一下那幅美丽动人的画面吧！在洁净的病房里，一位斜倚在病床上，一位端坐在椅子上，静静地捧读着书本，时而小声讨论着什么，时而对视一笑。世上有几多这样的情景。

他们俩都不善于操持家务，生活中崇尚简朴，挤出尽可能多的时间钻研学问。两人之间经常讨论的话题还是数学。谷超豪曾说："我做的工作可以讲给她听，她做的工作可以讲给我听。我们可以互提问题，这是生活中的最大乐趣！"正是这种情趣使他们一次次摆脱了病魔的纠缠，一直沉浸在温馨平淡的学者生活氛围之中。

在数学王国里，谷超豪、胡和生夫妇俩从来未停止过追赶的脚步，而这对数学家回报给生活的却是勤奋、质朴和兴趣，这些铭刻着生活印记的浪花，跳跃在他们平凡日子的溪流里，一年又一年。

2009年8月6日，经国际小行星中心和国际小行星命名委员会批准，编号为

171448的小行星被命名为"谷超豪星"，作为对这位著名数学家的褒奖。

2012年6月24日，一生注定为"数学"而来的世界著名数学家谷超豪因病医治无效，在上海逝世，享年87岁。

（载《金陵晚报》2017年7月27日）

陈景润与由昆：数学家的绝世之恋

陈景润的名字，是因了徐迟写的那篇名闻天下的报告文学《哥德巴赫猜想》，而走进千千万万读者的视野，一如旋风般震撼着人们的心灵，使人们认识了一个执着、刻苦、钻研、勤奋的数学家形象。

心中唯一的一次爱恋

1933年，陈景润出生于福建福州。1953年毕业于厦门大学数学系，厦大校长王亚南慧眼识珠，举荐陈景润回母校数学系任助教。1957年10月，陈景润得到著名数学家华罗庚教授的赏识，被调到中国科学院数学研究所。

1966年，陈景润屈居在他那6平方米的简易小屋，借着一盏昏暗的煤油灯，伏在床板上，用一支笔，潜心钻研。经过近十年的推算，耗去了几麻袋的草稿纸，他终于攻克了世界著名数学难题"哥德巴赫猜想"中的（1+2），创造了距摘取这颗数论皇冠上的明珠（1+1）只有一步之遥的辉煌，并于1973年发表了著名论文《大偶数表为一个素数及一个不超过二个素数的乘积之和》（简称1+2），被公认为是对"哥德巴赫猜想"研究的一个重大贡献。论文的发表，受到世界数学界和著名数学家的高度重视和称赞。英国数学家哈伯斯坦和德国数学家黎希特把陈景润的论文写进数学书中，称之为"陈氏定理"。

1978年1月，著名作家徐迟在《人民文学》第1期上发表了报告文学《哥德巴赫猜想》，描述了陈景润不畏艰苦、勇攀高峰的事迹。当《人民日报》2月17日以显著版面转载时，强烈的社会反响犹如热流一样流遍了全国，震撼着中外数学界，"陈景润成了中国科学春天的一大盛景"。而此时，家喻户晓的陈景润却因疾病又一次躺在解放军309医院的病床上。

一天，几个医护人员来到陈景润的病房查房，陈景润不经意抬头望去时，心里禁不住猛地一动。他看到了一双他从来没有见到过的大而明亮的眼睛和一张十分美丽的面孔。几乎就是在那一瞬间，陈景润便对眼前这位尚不知姓名的姑娘产生了强烈的好感，开启了他心中唯一的一次恋情。

让陈景润怦然心动的姑娘名叫由昆。命运就是这么巧合，没几天由昆被派到陈景润的病房里值班，机缘让两个人接触的机会更多了。每次由昆一出现，陈景润就显得特别高兴。陈景润借着由昆来查房的机会常和她说话，渐渐知道了她是从武汉军区156医院来北京309医院进修的见习生，知道她还没有男朋友，知道她现在正在学英语。于是，就在他找出理由让由昆和他一起学英语的时候，他对由昆说了一句英语，为了加重自己的情感表达，他又用中文发出这样的感叹："如果我们能够生活在一起就好了！"

陈景润对由昆一见钟情。

携手步入婚姻的殿堂

最初的时候，由昆是被陈景润的爱情吓坏了。她没有一丁点的思想准备，首先想到的是这不可能，绝不可能，陈景润是举世闻名的大数学家，地位那么高，自己就是个普通的医务人员；陈景润已经45岁，而自己只有27岁。尽管由昆对陈景润有好感，从心里很尊敬和佩服陈景润，虽然是到了考虑自己婚姻的时候，但自己是个普通的人，和陈景润谈这个事，人们会不会指责她追名逐利？世俗的反应也在一步步困扰着她。

但真正的爱情是回避不了的，真正的爱情更是无法拒绝的。当由昆感受到了陈景润在被她拒绝后的沮丧、痛苦和丧魂失魄；当由昆感觉到陈景润一天数度走到病房外面晾晒衣物，其目的只是为了借机多看自己几眼；当她听到陈景润对她说"我们不能在一起的话，我这一辈子都不会结婚了"，陈景润的执着感动了由昆。

陈景润对感情的执着，就像他对事业的执着一样，确立了一个目标，他是绝不会改变的。善良的由昆终于大着胆子鼓足勇气对陈景润说出了这样一句话："那我们再相互了解一下吧！"

就是这么一句话，让本来已经失望至极的陈景润一下子又看到了希望。也就是从说出这句话开始，由昆从心理上慢慢接受了陈景润，接受了陈景润的爱情。一种纯真的爱情开始从由昆的心头产生，并且越来越强烈，直至深入到她的血液和骨髓里。

在那段恋爱的日子里，陈景润和由昆相依相伴，一起去看北京香山的红叶，一起去植物园观赏奇异的植物，一起登临长城，一起游览十三陵水库。走在大自然中的陈景润一点也没有传说中的那种书呆子气。相反，他显得特别的活跃。每一朵花、每一棵草，都会引起他由衷的赞叹；每一株树、每一只鸟，都会令他开心不已。而他的天真和孩子气又更激发了由昆对他的爱。在纯真的爱恋中，两人之间年龄的距离消失了，两人之间地位上的差距也消失了。他们成为世界上最相称、最般配、最亲密、最幸福的一对恋人。

经过两年的相知相恋，1980年8月，陈景润深情地牵起由昆的手，步入婚姻殿堂，他们正式结婚了。

他们的婚礼非常简单。没有举行什么仪式，甚至两人连一套新衣服也没有做，只是买了点糖果散发给前来贺喜的领导和朋友，顺便请大家吃了一顿饭。

结婚一年后，他们有了孩子，陈景润一个人在北京，由昆跟儿子在武汉。一边要工作，一边还要照顾孩子，心头还时时牵挂着丈夫，由昆人累，心更累。在邓小平的关心下，1983年，由昆带着刚满周岁的儿子从武汉军区调到北京，在解放军309医院供职。此时，50岁的陈景润和32岁的由昆，才开始了真正的家庭生活。陈景润亲昵地称呼妻子由昆"由"，而由昆则一直敬重仰慕陈景润，认真地叫陈景润"先生"，从不叫他的名字。

"陈景润星"在夜空陪伴

陈景润非常喜爱自己的儿子，最先给儿子起名叫"由伟"，后来，在由昆的说服下，前面才加了个"陈"姓。"陈"和"由"，是他和由昆的姓，"伟"则寄托了他对孩子最美好的希望。由伟三个月大时，陈景润就试图教孩子写字，将铅笔夹在儿子的小小的手指间，热情地比画着，令人哭笑不得。待到快两岁时，就又在家里教孩子认字，说英语。陈景润一心希望孩子将来能成为对国家有贡献的人。每当由昆下班回家，"由回来了，由回来了！"陈景润总是这样高兴地拍着手，带着儿子从书房绕出来，迎接由昆，一家三口其乐融融。

命运安排了由昆和陈景润相识、相知、相爱，也安排了她要承担起照料一位伟大数学家的责任和使命。

1985年陈景润被诊断为帕金森综合征，后来又因为不幸摔伤，做了股骨置换手术，术后又出现骨化性肌炎，站立十分困难；加之慢性咽喉炎使喉头麻痹，言语不清，吞咽困难。此外，他身上还有许多器质性功能受损。从1984年到1996年去世，这12年中，陈景润几乎全是在医院度过的。由昆既要上班，又要带孩子，还要照顾丈夫，非常辛苦。但是，她一点也不觉得委屈，守着先生，守着一大一小两个孩子，她感到很踏实，很幸福，很满足。

1996年1月17日傍晚，陈景润突发高烧达40度，持续数日不退，医生诊断为肺炎；27日晨出现呼吸、心跳骤停，经抢救，约8分钟后恢复心跳、呼吸；随后，经中组部、卫生部的联系，转入北京医院。北京医院尽了最大努力进行治疗和抢救。然而至3月19日，陈景润还是在由昆不停的呼唤声中永远地闭上了眼睛，年仅63岁。他为科学事业作出的最后一次奉献是：捐赠遗体供医院解剖。

真正的爱是没有尽期的，它会以各种各样的方式延续。

陈景润的遗体火化后，一部分骨灰存放在八宝山，剩下的骨灰则被由昆拿回家。她把陈景润的骨灰装进另一个骨灰盒，就放在家里。那段日子，由昆经常走到陈景润的骨灰盒前，对着骨灰盒说话。她感到先生还活着，还在家里。

1999年，陈景润逝世三年后，紫金山天文台将一颗行星命名为"陈景润星"，以示纪念。

2000年5月21日，由昆做了她一生中一件重要的事情，那就是为陈景润挑选了一处新的归宿。著名数学家陈景润的骨灰被安放在象征着他所取得的数学成就的"1+2"造型墓中。整个墓背靠青山，左临桃林，右有如意湖，湖光山色交相辉映。由昆知道陈景润生前爱花，爱树，爱大自然，特地为先生挑了这么一个环境幽雅而又恬静的地方。

由昆就是以这样一种方式继续表达着自己对先生的敬重、景仰和热爱。化为星辰的"陈景润星"在朗朗的夜空，陪伴着"由"，永不离开。

2018年12月18日，党中央、国务院授予陈景润同志"改革先锋"称号，颁授"改革先锋"奖章，并评价其为激励青年勇攀高峰的典范。

（载《华人时刊》2019年第4期）

社会名流

熊希龄：近代著名教育家的婚姻生活

熊希龄，中国近代著名教育家、社会活动家、实业家，也是一位杰出的爱国主义者。他25岁中进士，后点翰林；35岁为清朝五大臣之一出洋考察欧美宪政，任参赞；40岁出任民国"财政部"部长；1913年当选民国第一任民选总理。由于反对袁世凯复辟帝制，不久就被迫辞职，晚年致力于慈善和教育事业。他一生娶了三位夫人，这三个女人对他的一生产生深远的影响。

新婚丧妻续弦

熊希龄，1870年出生于湖南湘西凤凰县一个三代从军的家庭。因此地隶属湖南凤凰厅，故在熊希龄成名之后，他被人尊称为"熊凤凰"。熊希龄自幼聪颖过人，文采斐然，吟诗作对，大气浩然，有"湖南神童"之称。

熊希龄的原配夫人廖氏，系贵州镇远人，与熊希龄成婚后夫妻很恩爱，但不久廖氏便患肺病，医治无效，于1895年病故。所生一女宝贞也随之夭折。

湖南常德知府朱其懿是熊希龄的老师，见其新婚丧妻，颇为同情，认为熊是一个人才。朱知府有一个同父异母的妹妹朱其慧，与熊希龄是同学。朱其慧擅长诗词歌赋，非一般人所及，朱知府有意将其妹许配给熊希龄。征得妹妹的同意后，朱知府想出一个点子，决定拟联征对选郎，上联曰："养数盘花，操春秋消息。"

征婚联用红纸贴出，学校的男生震动不已。一个个欢欣若狂，绞尽脑汁，想娶美貌佳人，可是都未博得朱其慧一笑。熊希龄一心只想读书，以图飞黄腾达，见了此征联的情景，觉得有失男儿尊严，于是来了个无心插柳，随手写出下联："凿一池水，窥天地盈虚。"

朱知府见罢拍案叫绝，果如他想象有此奇才，当晚将妹妹叫到书房，问她意下如何。朱其慧不好意思地低下头，说："此人才华出众，前途无量。"

婚前的一个月夜，熊希龄携朱其慧到沅溪畔漫步，对她说："我本不敢高攀，却柳已成荫，只怕贤妹失望。"朱其慧马上答道："仁兄之才，小妹早已心中有数，愿与君同尝甘苦，就像这溪水永不回头。"

熊希龄得此佳偶，自然兴奋无比，学习更加用功，次年中举，到京城会试，成为清末少有的进士，受到重用。

婚后，熊希龄与朱其慧，感情甚笃，相敬如宾，比翼双飞，家庭生活非常融洽，被世人传为美谈。

1917年，由于反对袁世凯复辟帝制，熊希龄被迫辞职。脱离政界后，他于1920年创办著名的北京香山慈幼院，并就此走上了一条以社会救助和慈善教育为业的艰辛道路。朱其慧倾力辅助丈夫的事业，并独立创设妇女红十字会、平民工厂、婴幼教保院等。她还连年协助丈夫为灾害和战祸所殃及地区的民众举办赈济。与此同时，她与晏阳初、陶行知等人一同发起平民教育运动，在南京设立平民教育会，成立平民学校30多所；后在北平成立中华平民教育会，一时成为熊希龄从事社会慈善和职业教育的得力助手。

谁知，红颜女子多薄命，朱其慧为熊希龄生下三胎之后，一病倒床，1931年因脑出血而逝世，年仅55岁。熊希龄失去爱妻，悲痛万分，整日精神恍惚。为怀念爱妻，他蓄长须，持手杖，以洁身自爱，鳏居多年，不再续弦，一心办慈幼事业。

致力慈善事业

1920年，熊希龄为安置灾区孤儿，在北京西山创办"香山慈幼院"。熊希龄为慈幼院中蒙养园题写的门联是"幼幼及人之幼，生生如己所生"，横批是"蒙以养正"。之后，熊希龄几乎毕生投入救灾恤贫，在湖南创设"义赈会""临时妇孺救济会"，在北京与国际人士合办"华洋义赈会"。熊希龄的慈善不仅惠及国人，且最早参与国际救援。西伯利亚发生灾荒，"华洋义赈会"派出赈灾队救济俄人；1932年9月日本东京大地震，募集白米数十万吨，运往灾区救济灾民。熊希龄为慈幼教育注入全部家产，1932年将全部家财包括新文化街53号自己的"王府"裸捐"熊朱义助儿童福利基金会"。

熊希龄说："国难方殷，余当以身许国，马革裹尸，或遂其志。而回念吾生，幼受祖父母、父母之教养，长受吾师之训诲，而终身又得余妻之内助，使余得以尽力于国家社会，感念前情，当倾其所有家产，以为吾父、母、师、妻之纪念，或稍尽余酬报之心，使社会平民同受幸福也。"其高尚的民族气节和献身救国的大无畏精神跃然纸上。

晚年相伴毛彦文

孤独的生活使熊希龄深感无内助之不便，特别是忙于慈善事业身体渐弱，不断生病。为使香山慈幼院的事业继续发展下去，在朋友的劝说下，才女毛彦文走进了他的生活。

毛彦文，浙江江山市人。毕业于杭州女子师范学校讲习所。因品学兼优，长得漂亮，有"女师校花"之称。1920年，毛彦文考入北京高等女子师范学院，后在美国密歇根大学毕业，回国后历任复旦大学、暨南大学教授。熊希龄对毛彦文一见钟情，立即向毛彦文求婚。时已33岁的毛彦文接受了66岁的熊希龄的热烈追求，毅然嫁给她一直称作"伯父"的前国务总理。1935年两人在上海结成终身伉俪。

两人的年龄反差，为媒体提供了足够的噱头，参加婚礼的有五百人之多，上海名流，济济一堂，包括章士钊、梅兰芳、杜月笙等各界名流。朋友送联或曰："以近古稀之年，奏凤求凰之曲，九九月成，恰好三三行满；探朱其慧之慧，睹毛彦文之文，双双如愿，谁云六六无能。"或曰："老夫六六，新妻三三，老夫新妻九十九；白发黑发，红颜对对，白发红颜眉齐眉。"熊希龄自己在与毛彦文成婚之夕，也写有一首自题墨荷的《莲湖倾影图》词，其词曰："绿衣摇曳，碧波中，不受些儿尘垢。玉立亭亭摇白羽，同占人间未有。两小无猜，双飞不倦，好是忘年友。粉后铅腮，天然生就佳偶。偶觉万种柔情，一般纯洁，清福容消受。软语娇绍沈酒里，甜蜜光阴何骤。纵与长期，年年如此，也觉时非久。一生花下，朝朝暮暮相守。"足见其情之绵绵，言之灼灼，爱之荡荡也。

婚后，这对老夫少妻，恩爱无比，爱情上是夫妻，事业上是志同道合、同舟共济的战友。毛彦文辞去教职，迁居北京，继承熊希龄的事业，协助他主持香山慈幼院工作，继而又出任中国妇女红十字会会长。

1937年12月，上海、南京相继失守沦陷。熊希龄和毛彦文转道香港绕广州到湖南，料理香山慈幼院迁址并设立湖南芷江和广西柳州两个分院事宜。在18日抵达香港时，熊希龄突发脑出血，25日，这位风云人物病逝于香港，毛彦文一时肝肠欲断。国民政府为他举行了国葬仪式，对他辉煌的一生作了高度评价。毛泽东曾评价他："一个人为人民做好事，人民是不会忘记他的，熊希龄是做过许多好事的。"周恩来也说："熊希龄是袁世凯时代第一流人才，是内阁总理。熊希龄的事，我看后就记得很清楚。"

1992年5月17日，熊希龄的遗骨从香港归葬北京，安放在香山脚下北辛村熊氏墓园。在归葬仪式上，时任全国人大常委会副委员长的雷洁琼代表中央作了讲话，充分肯定了熊希龄的历史功绩："熊希龄先生是中国近代史上著名的教育家、社会活动家和慈善家，也是一位杰出的爱国主义者。他在旧中国奋斗了半个世纪。他的一生是忠于慈善教育事业的一生，是追求光明与进步的一生。"历史会永远记住熊希龄。

熊希龄去世后，毛彦文一直未嫁。此后，她继承熊希龄事业，在战争动乱年代四处奔走，艰难维持香山慈幼院运作，成为这个著名慈善机构的精神支柱。而她对熊希龄的感情，不但没有因为他的离去而消逝，反而愈加炽烈。毛彦文还含泪撰写了《熊秉三先生遗像遗墨事略》，详细地介绍了熊希龄的一生。抗战胜利后，毛彦文先后当选国民党北平市参议员和"国大"代表；1949年去台湾；1950年赴美国，在加州大学和华盛顿大学任教；1959年返台定居；1999年去世。

（载《金陵晚报》2017年4月23日）

（载《团结报》2018年5月3日）

林觉民与陈意映：短暂却永恒的爱情

1911年3月，中国辛亥革命爆发前夕，有一位青年，写完一封诀别信，毅然投身追求共和的黄花岗起义，从容赴死。他牺牲时年仅24岁，留下怀孕8个月的年轻妻子和5岁的幼子。这位青年，就是被清军赞为"面貌如玉，肝肠如铁，心地如雪"的林觉民，这封诀别信，就是传颂百年的《与妻书》。

林觉民是20世纪初叶大革命时代涌现的一个英才，是黄花岗七十二烈士之一。他生活的时代，正是垂暮的清王朝被"蚕食鲸吞"，中国正一步步陷入苦难深重和极度屈辱的深渊的时代。为挽救危亡的中华民族，林觉民和许多爱国知识分子一起，上下求索，为之献出了年轻的生命。

夫妻情深

林觉民，1887年生于福建闽侯，字意洞，号抖飞。他14岁考入福建全闽大学堂，一直是这所新式学校里最活跃、耀眼的学生。全闽大学堂是戊戌维新的产物，思想激进者大有人在。林觉民的老师沈学监，是清朝第一批留美生，常发表教育救国之言论，这对林觉民接受民主革命思想颇有影响。

1905年，林觉民回乡与陈意映结婚。那时还是光绪皇帝在位的封建时代，包办婚姻依旧是一条铁的规矩。林觉民与陈意映的婚姻也不例外。洞房花烛夜，两人第一次相见。或许是门当户对的缘由，两个从未谋面的年轻人，却有着相见恨晚的情愫。

陈意映是陈元凯的女儿，自幼喜好读书，吟诗弄墨，知书识礼。在林觉民的影响下，思想更显先进了。

尽管林觉民和妻子陈意映是奉父命结婚，但两人先结婚后恋爱，感情非常深厚。婚后，林觉民觉得当前教育腐败，力赞邹容《革命军》中所提的"革命与教育并行"，与几个进步同学在家乡城北找了间房子，自办私学，动员妻子陈意映、堂妹林孟瑜等亲友十余人入学上课。他亲授国文课程，抨击封建礼教，并介绍欧美先进国家的社会制度和男女平等情况。在他的劝导下，家中一众女眷纷纷放脚，还有人进入福州女子师范求学，成为该校第一届毕业生。

然而，求学若渴的林觉民，在结婚两年后，决定离家去日本留学。陈意映理解丈夫"大丈夫志在四方"的豪情壮志。1907年，林觉民别家离妻自费去日本留学，专攻日语。翌年补为官费生，入庆应大学文科，攻读哲学，兼习英文、德文。此间他积极从事革命活动，并加入中国同盟会组织。

林觉民的父亲林可珊听说同盟会中有不少革命党人，十分忧虑，常写信来让儿子退党，说这太危险了。林觉民回复道："大人所不安者，恐儿学非所用，将有杀身之祸，今习文科，文科主心理、伦理诸学，岂有学心理、伦理之人而得祸者。"以此敷衍过去。

林可珊其实是林觉民的叔父，因为没有子嗣，大哥林孝觊就将觉民过继给他。林可珊从小对林觉民疼爱有加，但思想极其活跃的儿子却总让他操心不安。

在日留学的两年里，林觉民时时思念新婚的妻子，且思念之情与日俱增。每当放寒暑假，他都会早早地回国看望妻子。

告别妻子

1911年3月，辛亥革命爆发前夕，林觉民突然提前回国探亲。陈意映对丈夫的突然回来满心惊喜。而林父对儿子的回来却感到一种诧异，一再追问。为了打消家人的疑虑，林觉民很随意地解释说，日本放樱花假，有几个日本同学想来中国一游，请他当导游。

事实上，林觉民这次回家，是肩负一个重要使命，目的是游说福建地区革命党人响应广州起义。因为他在日本得知，身在香港的黄兴、赵声等人正在筹划广州起义，身为同盟会成员的他，对于这次起义更是义不容辞。于是他匆忙动身回国。

这是同盟会领导的第10次武装起义，此前的起义全都失败了。每当国内起义失败的消息传到日本，中国留学生们都常常抱头痛哭，一股消极颓靡的情绪开始蔓延。在一次聚会上，林觉民忍不住说，"中国危在旦夕，大丈夫当以死报国，哭泣有什么用？我们既然以革命者自许，就应当仗剑而起，同心协力解决根本问题。这样，危如累卵的局面或许还可以挽救。凡是有血气的人，谁能忍受亡国的惨痛？"

林觉民回国后，整日在外奔波，很晚才一脸倦色回到家中，有时甚至通宵不归。起初，妻子陈意映并未觉察他的异样，渐渐地发现丈夫总有什么心思。林觉民也几次想要告诉妻子，跟她作别，但眼见妻子怀有8个月身孕，担心她无法承受，始终开不了口。他常常一个人对月独酌，神情凄苦怅然。

一个月后，林觉民终于告别妻子，带20多人决意参加广州起义。他们先到香港集合，与大部队会合后赴广州。

情爱永恒

1911年4月27日下午5时半，广州起义正式发动。在黄兴的带领下，街头出现了一大批青年，个个臂缠白巾，脚穿黑胶鞋，手拿武器，匆匆赶往总督署。

起义者举火焚烧总督署后，行至东辕门，遭遇清水师提督李准亲率的卫队。在激烈的巷战中，林觉民被一颗流弹击中腰部，满身是血，终因体力不支被清军生擒。两广总督张鸣岐和水师提督李准亲自审问林觉民。

遍体鳞伤的林觉民态度从容，毫无惧色。他不会说广东话，当时的广东官员中很多人懂英语，于是改用英语作答。后来，他索性坐在地上，在大堂上侃侃而谈，纵论世界形势、宣传革命道理。又在大堂上发表演说，当说到时局险恶的地方时，林觉民捶胸顿足，愤激之情，不可遏抑。他奉劝清吏洗心革面、献身为国、革除暴政，尽早建立共和政体。当时水师提督李准觉得林觉民是一个可用之才，劝总督大人为国留人，而张总督认为这种人物万不可留给革命党，遂下令处死。

在被关押的几天，林觉民水米未进。被害之日，他面不改色，泰然自若地迈进刑场，大声笑曰："吾今日登仙矣。"遂引颈就戮，年仅24岁。死后葬于黄花岗，此地还埋葬着其他71名起义者，他们被后人誉为"黄花岗七十二烈士"。

林觉民牺牲后，在广州供职的陈意映父亲陈元凯得到消息，为了避免满门抄斩，令人连夜报信，让林家赶紧避难。消息传到家中，陈意映挺着大肚子，同林觉民父母、弟妹等一家七口人，以最快的速度卖掉了房产搬走，秘密迁到了福州光禄坊一处幽僻的独门院落居住。

几天后，惊惶未定的家人发现，有人从门缝塞进来一个包裹。打开来一看，是林觉民的两封遗书。一封是写给父亲林可珊的《禀父书》："不孝儿觉民叩禀：父亲大人，儿死矣，惟累大人吃苦，弟妹缺衣食耳。然大有补于全国同胞也。大罪乞恕之。"

另一封即是写给妻子陈意映的《与妻书》。遗书中表达其慷慨就义的决心和对妻子互相砥砺之深情。陈意映看完书信悲痛欲绝，欲跟随林觉民而去，面对求死的媳妇，林觉民双亲苦苦哀求，念在肚里的孩子，她才放弃轻生的念头。

一个月后，陈意映早产，生下一男孩，取名林仲新，她秉志抚孤。本以为孩子能带给陈意映希望，但过了一年多，因思念林觉民过度，终日郁郁寡欢的陈意映还是于1913年去世，年仅22岁。留下两个孩子，一册书稿。

黄花岗烈士殉难一周年之后，孙中山先生在一篇祭文之中流露了不尽的悲怆之情："寂寂黄花，离离宿草，出师未捷，埋恨千古。"

孙中山先生的如椽巨笔体现了历史伟人的高瞻远瞩。他在《黄花岗烈士事略》序言之中写道："……是役也，碧血横飞，浩气四塞，草木为之含悲，风云因之变色。全国久蛰之人心，乃大兴奋。怨愤所积，如怒涛排壑，不可遏抑，不半载而武昌大革命以成。"

百年风云过去，如今埋葬黄花岗七十二烈士的墓园，早改建为黄花岗公园，苍松翠柏，烈士英魂仍在。1986年该公园被评为"羊城新八景"之一，名为"黄花浩气"。

（载《金陵晚报》2017年8月8日）

顾维钧：民国第一外交家的传奇婚姻

顾维钧，1888年出生于江苏嘉定（今属上海嘉定区）。作为20世纪初中国外交界新生代的一员，顾维钧无疑是一个翘楚。其良好的家世，使得他从小就接受西式教育，后又前往美国留学。学成归国后，他从大总统袁世凯的秘书到内阁总理的干将，再到外交部的后起之秀，直至史上最年轻的外交使节，一路春风得意。顾维钧一生所经历的几段婚姻，也同样充满了传奇色彩。

有名无实的张润娥

1908年，时年20岁的顾维钧已在美国留学4年。这年年初，父亲顾溶突然从老家来信，要求他回家成亲，以了却父母的一桩心愿。接到来信，顾维钧先是一惊，随即想起当年的一段往事。

原来早在顾维钧12岁时，家里就按旧俗给他定了一门亲事，对方是名医张骧云的侄孙女张润娥。张家是中医世家，张润娥父亲的医术很高明，常出入顾府。张大夫为顾家小少爷顾维钧诊病时，觉得这个小家伙聪颖过人，十分赏识，便萌发联姻之意。其时顾维钧的父亲顾溶执掌上海财政，位高权重，经媒人一撮合，双方父母一拍板，12岁的顾维钧与10岁的张润娥就此定了亲。

如今8年过去了，张家眼看女儿已18岁了，便催着顾家完婚，这才有了顾溶给儿子来信。却不料此时接受新思想熏陶的顾维钧哪能接受这种旧式婚姻。于是他以完成学业事大为由，婉言拒绝父亲的命令。但他父亲哪里肯依，施以压力。无奈之下，顾维钧只好作出让步，同意假期回国探望双亲，不提结婚之事。等顾维钧一回到家中，父母亲便双管齐下，软硬兼施，他的父亲甚至以绝食相威胁。顾维钧心软了，表示"愿意在形式上结婚"。父母闻言大喜，心想什么"形式"不"形式"，一旦生米煮成熟饭，岂能返饭为米？当即令家人准备婚礼。

令人啼笑皆非的是，洞房花烛夜新郎失踪，伴郎好不容易才在新郎母亲的房中找到他。母亲怕事情弄僵，袒护儿子在自己房中过了两夜。此举引起大哗。由于母亲的恳求，顾维钧不得不回到自己的房中，他与新娘两人一睡沙发一睡床，一直相安无事。晚年顾维钧回忆时，仍感慨地称赞张润娥的宽容、忍耐和天真淳朴。

一年过后，顾维钧终于提出协议离婚。张润娥既不表示赞同也不表示反对。顾维钧说："如果双方同意，婚约便可解除。"顾维钧将相关法律文书寄给张润娥。张润娥考虑散局已定，复函表示要与其面商。1911年，他们签了离婚协议，"以极友好的态度彼此分手"。

有缘无福的唐宝玥

1912年，顾维钧在哥伦比亚获法学博士学位后归国，其时唐绍仪任外交总长，顾维钧便在唐手下当了一名外交部三等秘书。他少年翩翩，常出入于达官贵人的娱乐场所。一个偶然的机会，他邂逅了唐绍仪的女儿唐宝玥。唐宝玥没有出过洋，对出国向往已久，所以她平时非留学生不交。顾维钧的英俊，更是打动了她的芳心。男才女貌，互生好感，自此两人形影不离。唐绍仪有心将顾收为东床快婿，便千方百计提供方便，创造女儿唐宝玥与顾维钧接触的机会。有了这层关系，顾维钧开始步步高升，在北京两年间，官至外交部情报司司长。

顾维钧自受命回国后，因公务一直没有时间回上海探望父母。他想返沪探亲时，"恰好"唐宝玥也向父母提出到沪上看望姑母。唐绍仪顺水推舟，嘱顾维钧多照料女儿。到了上海，两人很快坠入爱河，共结连理。

与唐宝玥结婚后，顾维钧度过了人生中最美好的一段婚姻生活。1915年，27岁的顾维钧奉命出任驻美公使，唐宝玥同往。两人夫唱妇随，幸福美满。但好景不长，1918年10月，美国有两大外交盛会同日在华盛顿和费城举行。顾维钧分身无术，便请夫人择一地代表自己出席。唐宝玥怜爱丈夫，主动要求去路途遥远的费城。不料这次赴会竟成了悲剧。原来当地暴发了一场席卷全球的疫病——西班牙流感，唐宝玥在归途中不幸染病，本来就身心俱疲，回到华盛顿后就一病不起，两天后便撒手人寰，留下一双稚男幼女。这对于个人事业刚刚起步的顾维钧而言无疑是沉重的打击。

有钱无缘的黄蕙兰

1920年，经历了巴黎和会的顾维钧在外交界的声誉与日俱增。此时，顾维钧正任国联（一战后成立的一个类似于联合国的组织）理事。经人介绍，在纽约与慕名前来的号称"亚洲糖业大王"的华侨黄仲涵的女儿黄蕙兰相识，很快两人就到了形影不离的地步。

黄仲涵为英伦华侨第一巨富，去世时积财500万镑。他只有一个女儿，长得虽不漂亮，但华美的衣着、贵重的首饰，把她打扮得让任何男人都会动心。她嫁过人，前夫是英国的一位爵士，结婚不久便死了。高贵的门第关不住春色，她仍旧出入于豪华的交际场所。早在唐宝玥在世时，她对顾维钧就已心仪相思，据说日夜祈祷着唐某早亡。天从人愿，她便狂热地追随起顾维钧。那时顾还年轻，虽羡慕她的豪富，但不满于她的容貌，可黄蕙兰却不耐再等，生怕顾维钧为旁人夺去。有一天晚上，她老练而坦白地对顾说："我的金钱力量，可以保证你事业的成功，我们来开始合作吧。"

黄蕙兰成了外交官夫人后，由于她气质典雅，又谙熟欧洲风俗和多国语言（她的法语，连顾维钧都自叹弗如），在外交舞台上如鱼得水。她跟随丈夫顾维钧活跃于国际政坛上，处处都能为丈夫助一臂之力。在我国驻外使节的夫人中，黄蕙兰是佼佼者。

顾维钧和黄蕙兰在一起生活了三十余年，直到顾维钧1956年从驻美大使衔上卸任退休。大概是由于夫妻之间性格上的差异，最终劳燕分飞。对于他们夫妻之间的这段姻缘，晚年的黄蕙兰在所著的《没有不散的宴席》一书中有较详细的记述。1993年黄蕙兰在美国曼哈顿无疾而终，生有二子顾裕昌和顾福昌。

有情有义的严幼韵

经历了三次婚姻洗礼的顾维钧，备尝酸甜苦辣，三年之后，72岁的他与小他20岁的严幼韵结合了。这是一段没有任何功利色彩的纯情之旅。顾维钧把爱的方舟停泊在严幼韵温馨的港湾，这是他人生中最幸福、最平和、最安定的时光。

严幼韵，浙江宁波人。上海著名绸缎庄"老九章"老板之后裔，复旦大学毕业。她有一绰号叫"爱的花"，源于汽车牌号。大学时代的严幼韵便学开汽车，其时髦可想而知。严幼韵的前夫杨冠笙，系普林斯顿大学国际法博士，早年在清华大学执教，后入外交界，曾任驻菲律宾总领事，1942年日军占领马尼拉时遇害。早在20世纪30年代，因丈夫关系，严幼韵便与顾维钧熟识。丈夫去世后，严幼韵于1959年前后供职于联合国。那时，顾维钧正出任"驻美大使"。由于工作上的关系，两人便有交往，相互属意。

严幼韵是位善于理家、精于治家的女主人。婚后她把精力倾注在照顾丈夫的生活上。同他聊天，让他身心愉悦；陪他散步，让他恬静怡然；为他安排牌局，供他消遣取乐。严幼韵熟知丈夫有晚睡晚起的习惯，考虑到晚餐到次日早餐有十多个小时不吃东西，怕影响他的健康，便每日凌晨3时必起，煮好牛奶放在保温杯中，并附上一张"不要忘记喝牛奶"的纸条放在床边。顾维钧晚年在谈到长寿秘诀时，总结了三条："散步，少吃零食，太太的照顾。"

1985年11月14日顾维钧无疾而终。他去世后，哥伦比亚大学设立"顾维钧奖学金"。严幼韵将他的155件遗物捐给上海嘉定博物馆，并捐了10万美元，资助建立顾维钧生平陈列室，以慰夫君。

顾维钧曾经在回首自己一生的4段婚姻时，将与严幼韵概括为"主情"，而与唐宝玥的婚姻概括为"主贵"，与黄惠兰的婚姻则概括为"主富"。

（载《金陵晚报》2015年10月14日）

（载台湾《传记文学》2016年第10期）

宋子文："民国首富"的恋情

每次路过鼓楼北极阁，见那葱葱茏茏的山巅深处，绿树掩映着一座西洋乡村式建筑，这便是当年国民政府财政部部长宋子文的公馆。公馆高三层，钢筋混凝土结构，平面呈曲尺形，依山而建，楼随山势，高低起伏，错落有致。当年，这里不仅是宋子文全家的住所，还是国民党人士的密会场所，许多重大的决策计谋都成于其中。

在这里，想得更多的则是宋子文一生中与两个名媛的恋情。

闯入宋子文心中的第一个恋人是盛爱颐

盛爱颐是晚清重臣盛宣怀的第七个女儿。父亲去世时她才16岁，但已经出落得亭亭玉立了，不仅能诗会绣，还写得一手好字。她的胞兄盛恩颐时任汉冶萍公司的总经理，在上海滩各路朋友很多，整天忙于业务。盛爱颐则是妈妈的心肝宝贝，朝夕陪伴在侧。庄夫人若是有什么个人私密的事情，多半是由她出面周旋，故不到20岁就见多识广，伶牙俐齿，以"盛七"闻名于上海滩。

当时宋子文刚从美国留学回来不久，由其大姐宋霭龄引荐，当上了盛恩颐的秘书，因为宋霭龄原先当过盛家五小姐盛关颐的家庭教师，与盛家上下都很熟悉。盛恩颐社交活动繁多，住在老公馆时差不多睡到中午才起床。而宋子文的作风是西洋一套，按着钟点来盛府汇报工作，见主人迟迟未起身，只得在客厅里等候。庄夫人和七小姐看不过意，时而出来招呼一下，这就使他有机会接近盛爱颐。

宋子文早年入上海圣约翰大学预备班学习，1912 年赴美留学，入哈佛大学研修经济；1915年获经济学硕士学位，继往纽约国际银行工作并到哥伦比亚大学攻读经济学博士学位；1917年回国。他长得一表人才，举止谈吐儒雅得体，办事雷厉风行从不误事，很快赢得了盛家人的信任。不久，他又担任了七小姐盛爱颐的英语教师，还经常向她讲述大洋彼岸的异国风光及风土人情，尽可能地展示他的博学和才识。七小姐未出过国，经不住宋子文绘声绘色的描述，那颗高傲的心，渐渐向他靠拢了。

可是事情并非像宋子文想得那么罗曼蒂克，盛爱颐的母亲庄夫人硬是不同意这门婚事。起初她觉得小伙子人长得挺不错，又是留洋回来，两个年轻人似乎很投缘，也就颇有些心动，但她对宋子文的家庭尚不十分了解，于是请家中大管家李朴臣去打听。李朴臣回来禀报说："宋家是广东人，他父亲是教堂里拉琴的。七小姐怎么可以嫁给这样的人家？"庄夫人心里有数了，门不当户不对的，不能答应。

好在大权捏在盛恩颐的手里，一个命令就把这个小秘书调到武汉，当个汉冶萍公司汉阳铁厂的会计处科长。宋子文明知这是玩的调虎离山计，碍于体面，还是前去干了几天，不久就返回了上海。他脾气很犟，庄夫人越是阻挠，他越是紧追不放。有时在大街上，他看见前面是七小姐的车子，就一踩油门加足马力追上去，把车子往七小姐的车前一横，硬要与之对话。

1923年2月，广州陈炯明兵变被平定后，孙中山先生在广州重建革命政权，急需各方面的人才。宋子文由其二姐宋庆龄引荐，被孙中山起用，从而步入政坛。当时孙中山先生一封封电报催其南下，宋子文认为这是个人发展的好机会，但他总放心不下盛爱颐，力劝盛爱颐同他一起赴广州。

盛爱颐内心十分矛盾，一方面她不愿惹母亲伤心，但是内心深处对婚姻自主也充满了向往。可宋子文要她离家出走，离开母亲，这对一个从小生活优裕，从未离开过高墙深院的千金小姐来说，也是一道难题。

她犹犹豫豫的，宋子文却没有时间容她犹豫了。在七小姐、八小姐去浙江钱塘江看潮的时候，宋子文就追到了杭州。他手里捏着3张开往广州的船票，劝两位小姐跟他一起去广州，说革命一定会成功，年轻人应当闯天下。

盛爱颐心里很难受，思前想后，她还是离不开母亲，离不开盛公馆这个超级大宅门，最后掏出一把金叶子（金质的树叶造型的礼金）交给宋子文。金叶子是当时上流社会送人的礼金，比直接送钞票要高雅些。她知道宋子文没有钱，是送他作路费的。

宋子文很失望，其实这也是意料中的事情。他握着金叶子感激地说："我真心感谢您，这些就算是借给我的吧。"

宋子文这一去就是好几年。孙中山先生先要他筹办中央银行，后出任行长，还担任广州国民政府财政部部长。

1927年北伐胜利之后，宋子文回到上海，那时盛家的老太太庄夫人已经去世。按说当年的主要障碍已经不存在了，他原本可以和盛爱颐重叙旧情。可当时国民党内部在闹宁汉分裂，宋子文处于一个尴尬的政治夹缝之中，他无心考虑个人的私事，他先去了武汉，最后还是倒向了南京。

在失恋的困顿中，机遇让宋子文认识了另一个富家名媛

1927年盛夏时节，刚刚出任南京政府财政部部长的宋子文第二次上庐山，下榻于庐山一家高档宾馆。庐山凉爽的气候和秀美的风景，使他的心情平和了许多。他也想为母亲在庐山建一栋别墅，使母亲能常来庐山享享清福。宋子文请庐山官员找一个建筑行家参谋、估算，官员推荐了庐山有名的老板张谋之，并领宋子文去参观张谋之的别墅。

张谋之，字若虚，原籍九江，木工出身，在九江新坝上（今庐山路）开办平民汽车行。不久瞄准外国人大批涌入庐山，办洋行、建别墅的势头，张谋之全家迁至牯岭，创办牯岭张兴记营造厂（地址在电厂路），自己和家人则住在日照峰新建的别墅中，门牌为日照峰3号。张在九江、庐山社交甚广，结交了许多洋人、政界、商界等地方名流，他自身也是一位商界知名人士。张家对地方

建设、公益、慈善事业，都积极参与，确实办了不少好事，至今还有许多人怀念他。

当张谋之听说当今显贵宋子文到访，喜出望外，当即率家人出门相迎，恭恭敬敬地将宋子文迎进客厅。张谋之得知宋子文的来意后，极为热情地向宋子文介绍庐山的气候、水土情况，认为给老年人建造的别墅，要特别注意防潮、地理位置等问题，在山坡平缓处建二层木质结构的别墅为好，宋子文听了连连点头。张谋之还领宋子文参观自己设计、建造的家宅，宋子文对张家别墅甚感满意。

更让宋子文眼睛一亮的，是张家小姐张乐怡。

张乐怡，时年十八九岁，有着1.68米高的身材，加上一头乌黑光泽的秀发和美丽动人的不俗长相，是一位风姿绰约、身材丰满、亭亭玉立的时髦小姐。她20世纪20年代初毕业于基督教创办的南京金陵大学。毕业后回到庐山，参与父亲的企业管理。因为会一口流利的英语，是张家对外社交活动的得力翻译。由于平日参与一些社交活动，张乐怡增长了不少见识，谈吐不俗，格调高雅。因为经常接触中外名流，即便在宋子文这样的显贵面前，张乐怡也并无羞涩之态，于大方优雅之中又多了几分清纯，不能不让见惯大城市里各类女子的宋子文眼睛一亮，心弦为之一颤。当张乐怡端过一杯香气扑鼻的热茶，用流利纯正的英语请宋子文喝茶时，在美国留学多年的宋子文也不能不惊奇于她的英语水平了。两人不时用英语愉快地交谈，越谈越亲切，越谈话越多，宋子文的眼光里闪射出越来越多的热情，仿佛已忘了此行的目的。在这位清纯秀美、风韵气质俱佳的女子面前，竟不能自持，情感又一次起了波澜。

精明的张谋之早从宋子文的眼神中读出了故事，不失时机地提出能否请宋部长赏脸吃个便饭，本就已挪不动脚步的宋子文欣然答应。张谋之又极委婉地询问部长是否带了家眷一起上山，请一同前来赴家宴。年已33岁的宋子文笑了一下说，他尚无家眷，还是独身一人。

在张家吃晚饭时，宋子文对满桌精心烹制的菜肴赞赏不已，又有秀色佐餐，自是胃口大开,心中的烦恼早已一扫而光。吃完晚饭后,张谋之见宋子文毫无去意,便又在宽大的客厅举办舞会,宋子文和张乐怡跳了一曲又一曲,兴致极高。

在此后的5天时间里,宋子文和张乐怡的身影频频出现在各个景点,两人越谈越投机,两颗心越靠越近,在庐山上演了一场情意绵绵的"庐山恋"。

不久,宋霭龄、宋美龄便也上了庐山。她们早就在为宋子文的婚事操心,张罗介绍了不少对象,宋子文都没有动心,没想到这次他自己在庐山相中了一个女子,她们专程上山来考察一番,看看这位"山妹子"能否成为宋家的长媳。当宋霭龄、宋美龄见到大方优雅、知书识礼的张乐怡时,一致认为宋子文的眼力不错,宋子文需要的正是这样一位温文尔雅、心地纯洁的伴侣。宋霭龄、宋美龄按照庐山当地的习俗,正式向张家提婚。张谋之自是喜之不胜,张乐怡也欣然允嫁。

同年,宋子文和张乐怡播种的爱情喜获丰收,两人结下百年之好。从此,宋子文正式成为庐山建筑业老板的乘龙快婿。婚后,张乐怡成为宋家掌门人,宋子文夫妇每年都回庐山探亲,拜会岳父母。张乐怡和宋氏家族的成员相处甚为融洽,她从不拨弄是非,从不争权夺利,深得宋氏家族好评。

1930年当宋子文再次回到上海时,已是民国财政部部长的他就带着夫人张乐怡出入公开场合了。张乐怡虽比不上盛爱颐出身那么高贵,但也算是富商之女,美丽大方也不亚于盛爱颐。盛爱颐因此为负心郎宋子文大病一场,她一直到32岁才与庄夫人的内侄庄铸九结婚。

新中国成立前夕,张乐怡随丈夫离穗赴港,后定居纽约曼哈顿

从1950年初开始,宋子文的三个女儿相继出嫁,生儿育女。

大女儿宋琼颐出生于1928年,夫君冯彦达是上海永安公司创办人郭彪的外孙,其父冯执正是宋子文青年时代的朋友,曾任驻德国汉堡领事、驻荷兰阿姆斯特丹领事。抗战时期先后出任中国驻印度加尔各答总领事、驻美国旧金山总领

事，1945年8月底起任驻墨西哥大使。二女儿宋曼颐，丈夫是新加坡华裔余经鹏。三女儿宋瑞颐嫁给了菲律宾华侨杨成竹。宋子文夫妇对三个女儿自幼便关爱有加，待到女儿一个个长大成家，三个女婿也都英俊硕健，事业有成，大家庭一派祥和之气，亲情融融。

宋子文三个女儿成家后，也都育有子女。琼颐生有二子（冯英翰、冯英祥），曼颐生一子二女，瑞颐则生有二子二女。三个女儿共生育了九个外孙，这使得宋子文夫妇晚年生活充满了生气和乐趣。对他们来说，节假日和生日就意味着与女儿和孙辈们的相聚。宋子文喜欢与外孙辈一起做游戏、捉迷藏，遇上吹生日蜡烛，宋子文总要拉上外孙们"帮忙"。

随着年事渐高，宋子文舐犊之情更浓。特别是大女儿琼颐的二儿子冯英祥，从小便与外公外婆生活在一起，是宋子文看着、带着逐渐长大的。

后来冯英祥回到父母边，宋子文便时常牵挂。有时夫妇二人离开纽约外出度假，宋子文总是会写信给冯英祥。如1960年1月4日宋子文在旧金山给冯英祥的英文信件中写道："亲爱的麦克：我现在旧金山，天天都在牵挂着你，不过我很快就会带着许多夏威夷的礼物回来。你喜欢寄给你的照片吗？上面有公公、阿婆、丽莎和其他人。吻你。"宋子文的落款为"Go Go"，即"公公"，这是因为孩提时的冯英祥在叫宋子文时，总是把"公公"念成"Go Go"，以后宋子文在与冯英祥的通信中，常常落款"Go Go"。

1971年4月24日晚，宋子文夫妇在旧金山参加一个朋友家的聚餐时，宋子文因食物进入气管，导致心力衰竭而猝然去世，时年77岁。当时，尼克松总统发去唁电，云："他报效祖国的光辉一生，特别是他在第二次世界大战期间，为我们共同的伟大事业，所做的贡献，将永远为美国朋友们铭记不忘，和你们一样，我们感到他的逝世是一个损失。"

1988年，张乐怡在纽约病逝，终年79岁。据说，张乐怡生前曾多次表示，心系大陆，心系庐山，作为炎黄子孙，希望有生之年能回祖国看看，关心着祖国的统一大业。在她的影响下，1993年1月，张乐怡的大女儿、纽约"华美协进社"

主席宋琼颐主办"末代皇帝生平文物展"活动，曾向北京博物馆商借一批溥仪使用过的文物展出，借此宣传祖国——中华人民共和国的空前发展，受到纽约广大华人的热烈欢迎。

（载《团结报》2013年10月24日）

（《金陵晚报》2013年12月21日转载）

罗家伦与张维桢：漫漫情书铺就的百年之好

罗家伦，"五四运动"的命名者，是我国近代著名的教育家、思想家、社会活动家。他与张维桢的爱情，在那一代青年中是个特例，两人一见钟情，互许终身，而后是两地长相思，靠鱼雁传书，漫漫八年长跑，缔结良缘。这样的恋爱与婚姻，可谓十全十美、百里挑一。让我们走进历史的隧道，走进他们的爱情传奇。

一见钟情

罗家伦，字志希，笔名毅，1897年出生于浙江绍兴。两岁时，罗母就开始教儿子识字、背诵短诗，稍大后，父亲也常为家伦传授古今诗词，持续了好几年。

罗家伦早年就读于上海复旦公学，1917年考入北京大学。据说，当年参加阅卷的胡适在招生会议上说："我看了一篇作文，给了满分，希望学校能录取这位有才华的考生。"主持会议的蔡元培表示同意。可当委员们翻阅罗家伦的成绩单时，却发现他的数学是零分，其他各科成绩也不出众。由于蔡、胡两人的要求，学校还是破格录取了罗家伦。

在北大，罗家伦在陈独秀、胡适支持下，与傅斯年等人发起成立"新潮社"，编辑出版《新潮》杂志，跟《新青年》互为犄角，旌鼓相应，成为当时新文化运动的两个桥头堡。1919年，罗家伦当选北京学生界代表，在《每周评论》上发表文章，第一次提出"五四运动"的词语，一直沿用至今。这一年的12月，罗家伦到上海参加全国学联成立大会，支持新文化运动。

在"全国学生联合会"成立集会上，罗家伦认识了张维桢。张维桢是上海女子学校的学生。她的同学之中有毛彦文、余雅琴，前者后来嫁给了原国务总理熊希龄；后者则嫁给了现代儿童教育家陈鹤琴。上大学期间，她将自己的名字"薇贞"改成"维桢"，表示她对传统女子贞节观念的反抗。

爱情有时来得委实微妙。在妇女解放之风乍起的那个年代，罗家伦与张维桢仅靠这一次短暂的见面，一见钟情，互生好感。1920年初，罗家伦从上海回到北京，心里念念不忘张维桢，就寄了两张小型风景照片给她。张维桢回赠了罗家伦一张个人小照片。这有点类似古代的才子佳人互赠扇子和手帕。

鸿雁传书

1920年8月，罗家伦经上海到美国留学，想在上海一见张维桢。非常遗憾的是，罗家伦来沪后突然生病，错过了和张维桢的一次见面。可想而知，在离开上海的轮船上，当汽笛鸣响的那一刻，罗家伦是怎样的愁肠百转。

在离港的码头，刚刚病愈的罗家伦只好给张维桢发去一封信，信中写道："来沪七日，大烧凡四十二小时，未能一见，心中很难过。玉影已收到，谢谢。不及多书，将离国，此心何堪，余容途中续书。"

罗家伦到美国后，在美国普林斯顿大学求学。1920年12月13日，他写信给张维桢："维桢吾友：此地的风景也好极了！秋天的景象，衬出满林的霜叶。明媚的湖光，傍着低回的曲径，更映出自然的化工。晚间霜气新来，树影在地；独行徘徊，觉得淡淡的月色常对着我笑。唉！我爱此地极了！今寄上照片一张，聊供清览。"写这封信的罗家伦大概如是想：良辰美景，无奈我一人，你快到美国留学，一起分享吧。

从此，他们开始了书信往返，传递着彼此的心灵情愫。罗家伦热情澎湃，写给张维桢的情书，由刚开始的"维桢吾友"，逐渐变成"维桢""维桢吾爱"，到最后更成为"我生生世世最爱的维维"。

在信中，罗家伦除了会跟张维桢高谈阔论民族兴亡和学问之道，也会如所有热恋男子一样变得敏感任性乃至孩子气。虽然，两人在信中总是推心置腹，但由于无法面对面交流，误会也在所难免。当张维桢书信变少时，罗家伦便会酸酸地在信中发牢骚，"你近来少写信。想是你朋友很多，忘记在远方的人了"。当收到爱人照片时，他也会变得兴奋异常，"感激欢喜的心，不必我说"。高兴的时候，罗家伦还会在信里跟张开起玩笑，故意说什么近来有外国女士赠他礼物，在信的末了再解释一番，让爱人万莫误会，仅仅嬉笑之词而已。

1926年4月，罗家伦决定回国，想到就要回到心爱的维桢身边，心情很是激动。可就在此时，张维桢申请到了美国密歇根大学的奖学金，计划秋季进入研究院。多少年了，罗家伦一直盼望她到外国留学，眼见梦想成真了，可是他偏偏要回国了。难道这也是天意？罗家伦的心情从来没有这样的复杂。都说相爱的人是心有灵犀一点通，张维桢为了让心爱的人早日回到上海，给罗家伦汇去了五百法郎，接到汇款时罗家伦七上八下的心放下了，他站在五月的阳光下，觉得爱情的火又能熊熊燃烧起来，因为这至少表明张维桢愿意为爱等候。经过一个星期的海上漂泊，他如愿回到了上海。

罗家伦回到上海，两人只有一个多月的团聚时间，他们有时在上海的法国公园见面。两三周后，两人的感情迅速升温，互相海誓山盟，托付终身。

短暂的相聚，又迎来一次分离。1926年9月，张维桢去美国留学。两人又以情书诉说相思，如罗家伦信中所言："……信停止了，念你的意志还没有停止……"次年，张维桢取得学位回国，这对离别多年的"纸信伉俪"方才团聚。

1927年11月13日，罗家伦与张维桢在上海结为秦晋，蔡元培是他们的证婚人。

此时距他们1919年初次相识，已整整八年。而在这八年间，他们两人能够真正在一起的时间不超过三个月，其余都是靠书信笔谈。回眸一望，那一代人的爱情好像一首诗，余韵袅袅，回味无穷。

大显身手

1928年，罗家伦得到蔡元培和"外交部"部长王正廷的提名推荐，带着蒋介石的亲笔手令，于9月中旬"空降"清华，出任清华大学首任校长，发表题为《学术独立与新清华》的就职演说。他将教育方针归纳为"四化"：学术化，民主化，纪律化，军事化。他对清华的设计是："我们的发展，应先以文理为中心，再把文理的成就，滋长其他的部门。"在就职演说中，他还说："我想不出理由，清华的师资设备，不能嘉惠于女生，我更不愿意看见清华的大门，面对女生关了！"清华大学在罗家伦手里终于实现了男女同校。

罗家伦执掌清华大学校政不足两年，执掌中央大学校政则长达十年，如果说他在清华大学只是小试牛刀，那么他在中央大学就是大显身手了。

1932年8月，罗家伦受命于危难之际，出任中央大学校长。原本他不想接下这个"烫山芋"，无奈前任中央大学校长、时任教育部部长朱家骅秉承蒋介石的命令，一再登门力劝，"以国家及民族学术文化前途的大义相责"。罗家伦有天然的爱国心，"不忍在国难期间，漠视艰危而不顾"，于是他抱定"个人牺牲非所当惜"的勇气，挑起了这副千斤重担。但他要求政府保障办学经费，给予他"专责与深切的信任"。

罗家伦在中央大学长达十年之久。这十年，正是中央大学危难深重而又发达鼎盛的时期，罗家伦是这一时期中央大学整顿和发展的总设计师。

1937年卢沟桥事变后，张维桢投入了南京成立的"全国妇女抗战后援会"的捐款工作，日军逼近南京时，张维桢带着一家数口前往汉口，参加了"汉口妇女抗敌后援会"的工作，除了捐款，还有劳军、缝军衣和救济孤儿与流亡儿童。

1938年3月"中国战时儿童保育会"成立，由宋美龄担任理事长，张维桢是理事之一。国民政府撤退到重庆后，她负责歌乐山保育院的工作，为后方的六十多所保育院，抚育、教养了数万名战争孤儿和难童。

1949年罗家伦赴台，先后出任"中华民国总统府"国策顾问、国民党中央评议委员、国民党党史会主任委员等职。1969年12月25日，罗家伦在台湾因病逝世，享年72岁。

罗家伦去世后，在台湾纪念罗家伦100周年诞辰大会上，98岁的张维桢遵照罗家伦的遗愿将他毕生收藏的唐、宋、元、明、清历代珍贵古画40余件全部捐献给台北故宫博物院。

（载《金陵晚报》2017年6月8日）

曹聚仁：民国著名报人的情感世界

曹聚仁，曾被人称为"谜一样的人物"。他是抗战中的名记者，是民国年间的著名报人。在国共两党都有他的师友，邵力子是他的恩师，蒋经国是他的知交，毛泽东主席两次接见他，周恩来总理多次和他晤谈……曹聚仁一生心系两岸，苦盼统一，鞠躬尽瘁。他的婚恋也缠绵悱恻，他在自己的著作《我与我的世界》一书中，平静地叙述着自己的情感世界。

初恋王春翠

曹聚仁，1900年出生于浙江浦江蒋畈村（今属兰溪市）。

曹聚仁15岁那年在家乡蒋畈的育才小学代课，情窦初开，一心思慕着邻村王家的女儿王春翠。那时王春翠只有12岁，在距离蒋畈村一里多路的另一所小学读书。那时浙江农村的风俗时兴早婚，订婚当然就更早了。于是曹家托媒人去说媒，结果顺顺当当，一拍即合，两家父母为他俩订了婚。订婚后，王春翠转到育才小学来读书。

1916年秋，曹聚仁考上了浙江省立第一师范学校，他恋恋不舍地离开育才赴杭州。其间任学生自治会主席，五四运动爆发时，在杭州领导"一师"同学积极参与爱国运动。1921年曹聚仁师范毕业，和王春翠结婚。婚后那年的暑假，王春翠也考取了杭州女子师范学校，成为家乡第一个到省城读书的女孩。

王春翠在杭州读书，曹聚仁则由邵力子介绍到上海，先后任教于爱国女中、复旦大学等校，并在《民国日报》副刊《觉悟》上长期撰稿，开始在上海文化学术圈声名鹊起。由于夫妻俩劳燕分飞，无限的情思，只有付诸鱼雁。后来暨南大学也来聘请曹聚仁，曹聚仁就将妻子王春翠安排在暨南师范附小教书。曹聚仁白天教书，晚上应报刊之约写稿，王春翠抽空给丈夫抄写稿件，夫唱妇随，琴瑟和谐。

1926年，夫妻结婚5年，他们的爱女阿雯降生。然而谁也没想到，一场厄运突然降临。1932年，上海"一·二八"事变发生，日寇飞机不断轰炸，曹聚仁考虑到妻女的安全，把她们送回乡下蒋畈村。阿雯在乡下水土不服，患了病，病急乱投医，结果用错了药，断送了小小生命。阿雯犹如天空的一颗流星，只在人间闪耀了6年，就夭折了。

爱女早夭，最痛苦的是王春翠。爱情的结晶没有了，一时间王春翠变得十分麻木，丝毫也没注意到曹聚仁对她的情感在悄悄发生变化。

追求邓珂云

情感的危机终于浮出水面，曹聚仁陷入了师生恋的深渊，他爱上了邓珂云。

曹聚仁与邓珂云相识于1934年，那时曹聚仁到务本女中教高三国文，邓珂云是他的学生。曹聚仁是大学教授、作家，已颇有名气。他上起课来，激情满满，批判旧社会，支持新事物，积极主张抗日救国。

邓珂云听曹老师的课感到新鲜，曹聚仁则感到这位学生资质不凡，可惜时间太短了，曹教了一学期，邓珂云就毕业了。临别，曹聚仁送了一本陀思妥耶夫斯基的名著《罪与罚》给她，邓珂云因无经济实力进大学，只好到杭州的舅舅家另谋出路，曹聚仁频频发信，以指导邓阅读为名，渐渐向邓珂云示爱，还两次赶往杭州去看望邓珂云。

1936年，曹聚仁与王春翠的感情终于走到了尽头，而他同邓珂云日渐情深。这年的10月，鲁迅逝世，曹约邓同去上海万国殡仪馆吊唁。在曹的指导下，邓编辑成《大众的葬礼》一书，次年两人又合编了《鲁迅手册》。两本书的问世使曹与邓的关系已非同寻常。王春翠得知消息，气极了，倔强的脾气使她负气出走。

她到杭州谋生，发誓再不回到曹的身边。曹聚仁心中有愧，跟踪来到杭州，要求春翠回来。可是王春翠铁了心肠，矢口回绝。

曹母得知情况，悲痛欲绝，匆匆赶到杭州，苦口相劝，面对婆母的一片苦心，泪流满面的王春翠答应了婆婆，今生不再离曹家门。阿雯死后，王春翠未再生育，后由曹母作主，将大伯的儿子曹景辉过继给了王春翠，她在艰难的困苦中，支撑着这个家。

抗战爆发，曹聚仁走出教室，"脱下长袍，穿起短装，奔赴战场"，开始"书生有笔日如刀"的战地记者生活。由于对淞沪战场出色的现场报道，不久他被国民党"中央通讯社"聘为战地特派记者。战事间隙，曹聚仁曾在一把折扇上题诗一首，托人带给已到乡下老家的王春翠，王看了扇面上写的"珍重明珠意，相怜旧年华。桃花随水流，结伴到天涯"诗，那意思明显是希望和王春翠再续旧情，然而王春翠却不为所动。

1938年，曹聚仁约邓珂云前往武汉，两人成婚，未度完蜜月，两人就同赴鲁南，携手登上台儿庄战场。随着震惊中外的台儿庄战役的胜利，曹聚仁率先向全世界报道了台儿庄大捷的消息，名声大震。蒋经国又邀其创办《正气日报》，任总编辑，使该报成为当时东南三大报之一。邓珂云接任《民国日报》副刊编辑。

抗战期间，曹聚仁和邓珂云巡游东线战场江西、福建、浙江等地，写下了大量的新闻报道、人物通讯和战地杂感，广为《东南日报》《前线日报》《大刚报》和《立报》（香港）、《星岛日报》（香港）等报刊登载，部分内容甚至编入战时教科书。

1940年，他们的女儿出生，接着又有了儿子，活跃的邓珂云中断了报人生涯，充当家庭主妇。

晚年情意浓

1950年，曹聚仁肩负特殊使命只身赴香港，行前，他写信给夏衍、邵力子等人，邵力子答复：在香港也一样可以为国家出力。此后，曹聚仁担任国共特使频繁往来于海峡两岸。

自曹聚仁与第二位夫人邓珂云结婚后，王春翠一直住在蒋畈村乡下，主持育才校务，从事乡村教育，未曾离开曹家。1952年，曹聚仁给春翠在香港找了一份教书的工作，给她寄来了聘书和办好的出境手续，可是王春翠依恋故乡，不肯离开。

1956年，曹聚仁首次以新加坡《南洋商报》记者身份前来大陆采访，周恩来总理设宴招待他。之后，曹多次来大陆，每次来去匆匆，仅与上海的妻子邓珂云相处小住几日，见见儿女。1959年10月1日，曹聚仁应邀参加国庆10周年观礼活动，他约王春翠在北京见面，两人同住新侨饭店。这是夫妻俩自1949年在上海离别十年后，在北京的重逢。曹聚仁陪王春翠游玩了故宫、天安门等不少地方，拍了不少照片。两人还同去照相馆补了一张"结婚照"作为纪念。几天后，周总理到新侨饭店看望他们夫妻俩。在总理关怀下，王春翠的户口问题也得到了解决，由故乡迁到了南京，与曹聚仁四弟曹艺生活在一起，照料婆母，她的生活开始安稳多了。

1960年春节，邓珂云从上海专程赴南京拜望婆母，启程前夕，邓向香港发了一封信。在南京邓珂云见到了王春翠，两人亲密相处。王、邓都知书达理、豁达大度，曹聚仁得知后，欣喜万分。

可宁静的生活等到"文革"开始时又被搅乱了，因曹聚仁的海外关系，邓珂云被批斗，王春翠被逐出南京，遣返蒋畈村。

在香港的曹聚仁得知她们的近况，思亲心切，加之肩负的爱国统一工作又不见有进展，不久生了一场大病，病后苍老不已，身体每况愈下。1972年曹聚仁病逝于澳门，为祖国统一事业坚守阵地到生命的最后，终年72岁。周恩来总理称赞他为"爱国人士"，并指示"叶落归根"，骨灰送至南京，安葬于雨花台旁的望江矶。后移葬于上海福寿园陵园。

"文革"后，王春翠被选为兰溪市政协委员。后来她去浙江萧山与孙女曹灿

（曹景辉之女）一起生活，安享晚年，1987年5月1日病逝，终年84岁。骨灰安葬于家乡的蒋畈墓园，可谓"生当曹家人，死为蒋畈魂"。邓珂云被聘为上海文史馆馆员。她的女儿曹雷遂了父亲心愿，上海戏剧学院毕业后，成为一名电影演员；儿子曹景行继承父业，和他的父亲一样，成为一名出色的新闻工作者。晚年的邓珂云生活安宁，致力于搜集整理曹聚仁的遗著，1991年在上海逝世，享年75岁。

（载《金陵晚报》2016年6月16日）

张幼仪：不无凄苦，又不无自豪的一生

"我要为离婚感谢徐志摩，若不是离婚，我可能永远都没有办法找到我自己，也没有办法成长。他使我得到解脱，变成另外一个人。"

这段话，摘自张幼仪的口述自传。张幼仪何许人也，让我们打开一段远去的历史。

无爱的婚姻

张幼仪，1900年出生于江苏宝山（今属上海宝山区）的一户名门望族，祖父为清朝知县，父亲张祖泽是当时宝山县的巨富。张幼仪的二哥张君劢，是中国现代史上颇有影响的政治家和哲学家，民社党创立者；四哥张嘉璈，曾任中国银行总裁。

1913年，时任浙江都督府秘书的张嘉璈视察杭州一中，看到了徐志摩的考卷，颇为赞赏，主动向徐家提亲，以二妹幼仪相许。徐家当时已是江南富商，旗下拥有电灯厂、蚕丝厂、布厂等企业，和有庞大的政治经济地位的张家联姻，对徐志摩的父亲来说是求之不得的，于是双方立即定下了二人的婚约。两年后的1915年，双方家长为张幼仪和徐志摩操办了一场极其隆重的旧式婚礼。这一年，张幼仪15岁，徐志摩18岁。

1918年，张幼仪生下儿子阿欢，即徐积锴。不久徐志摩出国留学。从结婚到出国，徐志摩和张幼仪相处的时间加起来只有4个月。张幼仪一直陪伴公婆，足不出户，料理家务，养育孩子、照应老人，是典型的"贤妻良母"。

夫妻长久分离也不是件好事，1922年公婆做出决定，安排张幼仪出国与儿子团聚，为的是让徐志摩知道要对家庭负起责任来。

轮船到达马赛港时，张幼仪回忆当时徐志摩的态度，"我斜倚着尾甲板，不耐烦地等着上岸，然后看到徐志摩站在东张西望的人群里。就在这时候，我的心凉了一大截。他穿着一件瘦长的黑色毛大衣，脖子上围了条白丝巾。虽然我从没看过他穿西装的样子。可是我晓得那是他。他的态度我一眼就看得出来，不会搞错的，因为他是那堆接船的人当中唯一露出不想到那儿来的人。"

见面后，徐志摩第一件事，便是带张幼仪去买新衣服和皮鞋，因为他认为张幼仪从国内穿来的经过精心挑选的中式服装太土气了，会让他在朋友面前丢脸。

随后两人拍了唯一的合影，给徐志摩父母寄去。到英国沙士顿安顿下来之后，他们的关系并无改善。而此时徐志摩听张幼仪告诉他又有了身孕，徐志摩也没顾及张幼仪的感受，毫不犹豫地说："把孩子打掉。"

那年月打胎是一件很危险的事。张幼仪不愿意，对他说："我听说有人因为打胎死掉了。"

徐志摩冷冷地回答："还有人因为坐火车死掉的呢，难道你看到人家不去坐火车了吗？"

心存无限希望出国去和丈夫团聚的张幼仪，被他的无情深深刺伤了。

此时的徐志摩正坠入他一生中唯一深爱过的女人林徽因的爱河中，不久徐志摩就提出离婚，张幼仪不答应，徐便一走了之，将张幼仪一人撇在沙士顿。

直到张幼仪生下次子彼得后，遂与徐志摩在柏林签字离婚。一个精明、干练、勇敢而没有诗意的女子，和一个浪漫、天真、热情、毫无心机的诗人，是走不到一起的。

可惜，徐志摩最终没有得到林徽因，她嫁给了自己的老师梁启超的大公子梁思成。这也是一桩父母包办的婚姻，不过梁启超说得微妙，父母只为儿女介绍、搭桥，并不强迫。只是在林徽因的生命里，毕竟有了诗人徐志摩深深的印记。

自强的女人

世上的事情总是千奇百怪的，善良的张幼仪给了天才诗人一个满意的回答。她觉得，这个徒有形式、给她带来无限痛苦的婚姻已经没有意义了。

离婚后，徐志摩的父母舍不得张幼仪离开徐家，两位老人看重这位媳妇知书达理、孝敬公婆、善于理家的品质，是个绝对靠得住的贤妻，于是当着张家的面宣布，认张幼仪为干女儿。

这期间，张幼仪先到巴黎投靠二哥张君劢，并随其去了德国，入裴斯塔洛齐学院攻读幼儿教育。1925年痛失次子彼得，次年夏被八弟张禹九接回上海。不久她又带长子阿欢去北平读书，直到张母去世，张幼仪携子回沪。而徐申如也把海格路125号（今华山路一带范园）送给张幼仪，使她在上海衣食无忧。

张幼仪一天天变得坚强起来，她失去了丈夫，又失去了小儿子，但没有失去自我，没有失去生活的信念，她勇敢地重新面对和设计自己人生的未来。

她先是在东吴大学教德语，后来在张嘉璈的支持下出任上海女子商业银行副总裁，与此同时，八弟张禹九与徐志摩等四人在静安寺开了一家云裳服装公司，张幼仪又出任该公司总经理。这使她的经营能力得到了极大的发挥。她每天上午9点整，就到办公室，这种分秒不差的习惯是从德国学来的；下午5点，会有个教师到公司来，给她补习一个小时的国文；6点钟她再到云裳时装公司打理财务。

张幼仪似乎很有经商的头脑，她在股市里赚了不少钱，在自己的住房旁边给公婆盖了幢房子，供二老颐养天年。此外，张幼仪的宽宏大度也是无与伦比的，她没有和徐志摩反目为仇，徐志摩也是云裳时装公司的投资者之一。他们之间仍有往来，像朋友一样。

1931年11月19日，徐志摩应林徽因之邀，乘飞机赶往北平，出席她给外国驻华使节开设的中国古典建筑美学讲座。不料，徐志摩搭乘的邮政飞机，竟在济南党家庄附近触山爆炸，一代诗人把他34岁的生命交给了这个让他一生为之倾倒的女人。

而此时，徐志摩早已是陆小曼的丈夫了。陆小曼拒绝前去山东为丈夫收尸，又是张幼仪叫她的弟弟张禹九带着才13岁的儿子阿欢前往出事地，料理后事。对徐家来说，白发人送黑发人，何其悲痛。

张幼仪把东方的传统美德演绎到了极致，日子像流水般一天天过去，张幼仪一边安排着公公婆婆的日常生活，直到为公婆送终，一边又为阿欢娶了媳妇，并送他们夫妇去美国留学，自己却留在国内抚养4个孙儿孙女，还尽力忙于自己的事业。

1947年，张幼仪到北京参加一个朋友的婚礼，其时已是梁思成夫人的林徽因由于肺结核病手术住院，托朋友传话说想见她。她带着儿子和孙子去医院看了林徽因，那是她们唯一的一次见面，双方都没有说话。张幼仪后来回忆说："我不晓得她想看什么，也许是看我人长得丑又不会笑。"

不弃的牵挂

1949年，张幼仪离开大陆移居香港。在这里她遇到了此生最知己的苏纪之医生，他们于1953年结婚。这一年，张幼仪53岁。

婚前，张幼仪写信给远在美国的儿子征求意见："母拟出嫁，儿意云何？……因为我是个寡妇，理应听我儿子的。"

儿子的回信情真意切："母孀居守节，逾三十年，生我抚我，鞠我育我……综母生平，殊少欢愉，母职已尽，母心宜慰，谁慰母氏？谁伴母氏？母如得人，儿请父事。"阿欢在美国是土木工程师，这封信颇得其父风韵。

1967年，张幼仪67岁的时候，曾和苏纪之一起到英国康桥、德国柏林故地重游，甚至还乘车去看了当年她与徐志摩一起住过的沙士顿的小屋。站在曾经住过的小屋外，张幼仪思绪万千，她不相信自己曾那么年轻过，那些日子是怎么走过来的。之后，张幼仪倾力在台湾出版了徐志摩的诗文全集。

张幼仪与苏纪之一起度过了20年恩爱生活。苏纪之于1973年因患癌症病逝。之后，张幼仪赴美国定居。1988年，张幼仪以88岁高龄逝世于纽约，安葬在市郊墓园，墓碑上刻着"苏张幼仪"4个字。她是诗人徐志摩情感生活中，活得最长的一个女人。

临终前5年，张幼仪以口述的方式，向侄孙女张邦梅述说了她那不无凄苦，又不无自豪的一生。1996年，张邦梅在美国出版了张幼仪的口述自传《小脚与西装：张幼仪与徐志摩的婚变》。

（载《金陵晚报》2017年4月13日）

张茂渊：为心中的人等待一生

人们常说，世上的爱情，或相濡以沫，携手终老；或相忘于江湖，各自婚娶；或难忘沧海，用尽一生去等待。在民国有这样一位痴情的名媛，为了她心中的那个人，等待了一生一世。她就是集容貌、才情于一身的张茂渊。

心中的恋人

张茂渊，1901年出身于一户名门望族，父亲张佩伦是晚清名臣，曾官至都察院左副都御史；母亲李菊藕是李鸿章的女儿；她的侄女张爱玲是享誉上海滩的著名作家。

1924年张茂渊出国留学，结伴而行的还有张爱玲的母亲黄素琼，也正是在那艘从上海驶往英国的轮船上，她第一次遇到了萦绕自己一生的李开第。此后更没想到，她会用漫长的一生，去等待那个她第一眼爱上的男人。

这时的李开第刚从上海交大毕业，获公费名额留学，可谓雄心壮志青年才俊，此行是去英国利物浦大学就读硕士学位。当天傍晚，张茂渊在船头欣赏海景的时候，李开第用英文意气风发地朗诵拜伦诗歌，这个风度翩翩、英俊才子的形象不禁让张茂渊心动，而张茂渊的清雅高贵气质也让李开第过目难忘。

以后在陌生的异国他乡，李开第对张茂渊时而像兄长一样照顾她，时而像朋友一样哄她开心，时而像情人一样体贴入微。爱情最美好的时光莫过于暧昧期，一举手一投足，一语一微笑，一眸一对视，那两颗悸动的心像两只小鹿在乱跳。

然而，一段浪漫的情感还没来得及开始便陡然被深藏在心海中，原来李开第家里在他留学英国之前已为他定了一门亲事，更何况张茂渊的家世背景也让李开第不敢高攀。无奈，李开第只好向张茂渊表白，他无法抗拒父母的命令，他没有那么勇敢。

微弱的爱情火苗，不经意便被海风吹灭了，但张茂渊的心里却从此埋下了一颗爱的种子，她的冰冷清高，让它一直都不曾热烈发芽，那一年张茂渊已经25岁。

李开第先行回国了，还是在来时的那个港口，张茂渊站在送行的人群中，沉静地凝望着李开第，汽笛声声，催着离别的人。李开第深吸一口气，拿着行李，转身离去，他走得很慢，一步一个回头地看着她。而张茂渊依旧笑着，挥手作别。

张茂渊到英国是为了在英国皇家音乐学院学习钢琴，她是留学生中瞩目的明星。1927年底学成回国，经朋友介绍，张茂渊与李开第又成为圈子里的朋友。

1932年，李开第与未婚妻夏毓智结婚了，让人意外的是能讲一口流利英语的张茂渊却以女傧相的身份出现在婚礼上。后来李开第被派香港工作，张茂渊的侄女、18岁的张爱玲也远赴港大读书，因张茂渊与李开第的这段情谊，就委托李开第做张爱玲的监护人。这期间，李开第对张爱玲照顾备至，直到太平洋战争爆发，香港沦陷，李开第一家赴重庆，才改托自己好友照应张爱玲。

抗战结束后，张茂渊和李开第在上海又一次相遇，来往频繁，并与李妻夏毓智也成了好朋友。

独立的人格

张茂渊长相不俗，身材高挑，肤白发黑，眉目清秀，举手投足间有一种淡然的魅力，显现出东方古典美女的韵味。虽然外貌很吸人眼球，但她为人却清淡冷傲。曾有富商子弟对她展开热烈追求，她一概不为所动。

作为受五四新文化运动影响的女性，张茂渊没有爱情是决不会走进婚姻的。

她独立自强，做过投资，炒过股票，凭着留学经验，进入英商怡和洋行做职员，后来又到电台做播音员，成为中国第一代女主播。之后又跳到戏院为国外原版片做现场翻译，成为中国最早一批女性同声传译。后来又受聘大光明戏院总经理机要秘书，且一做10年。张茂渊凭着不错的收入，和侄女张爱玲居高级公寓，过着颇具小资的生活，虽然有些寂寞，却不失自由和精彩，是今天众口传说中的"白富美"。

她不像一般女人那么爱珠宝，甚至连装饰性的东西都不喜欢，父母留下的珍宝大都卖掉了。冷淡而真实的张茂渊只追随安然的内心，多年来，她和自己的侄女张爱玲生活在一起，和李开第也保持着正常的往来，并一直把他的妻子当作自己的朋友对待。而李开第一心倾注在妻子、儿女身上，与张茂渊从未"越雷池一步"。

岁月就这样慢慢地流淌着。

漫长的等待

由于李开第是资本家出身，新中国成立后，"政治运动"不断，在历次运动中劫数难逃，疲于奔命，生活极其艰难，幸亏夫妻俩相依为命，熬过了一年又一年。

1965年李开第的妻子夏毓智病入膏肓，李开第和张茂渊轮流陪护。临终前，夏毓智拉着张茂渊的手说："我明白你与开第是情投意合的一对，当初我一点也不知情，而你一直把自己的恋情暗藏在深处，我走后，希望你们俩能够结为夫妻，以了我的夙愿。"

"文革"开始后，老年丧妻的李开第被打成历史反革命，女儿远在广州，儿子被逼自杀，亲友避之不及，曾经文质彬彬的李开第被现实摧残成一个满头白发的老翁。而出身贵族的张茂渊虽也遭不断抄家，强制打扫厕所，但由于是女性，处境稍好些。

患难见真情，在这艰难的岁月，张茂渊不顾众人的冷嘲热讽，依然待李开第如初，几乎每天都去帮他干些苦活，无微不至地照顾他，用她那双曾经弹奏钢琴的手干又脏又累的活。

张茂渊始终记得李开第喜欢吃豆腐干，但在那个时期豆腐干很贵，而且她也不再是旧上海的千金小姐，积蓄已经花光，但她却每过一段时间就省出一些钱来，买豆腐干给李开第改善伙食。李开第最初并没有想太多，直到有一天他看到她在门口喝稀粥吃萝卜干当午餐，他才明白，她日子过得那么清贫，只是为了省出钱来给自己买豆腐干。他感动得眼眶都湿润了，心疼地问她："你怎么能吃这个？一点营养都没有。"可张茂渊却淡淡地说："上了年纪要吃清淡点。"

两位老人相互支持着，终于熬过了噩梦般的十年，两颗曾为世事苍老的心渐渐贴近，爱情终于不再是大洋中刮过的一阵海风，而是在发芽，生根，开花。

1979年李开第平反了，张茂渊写信给李开第："不是我不愿再等，我怕时间不再等我。"李开第回信："虽然我曾经走远，心却没有离开过。"

人生如萍，相忘烟水。这份共同患难、生死相守的感情，已不需再作解释和证明了。这一年，李开第的女儿亲自登门，替自己的父亲向78岁高龄的张茂渊提亲。就这样，经过了半个多世纪的等待，张茂渊终于穿上嫁衣，白发苍苍的做了他的新娘。从此，执子之手，与子偕老。

爱情就是在最艰难的时刻，依旧有人愿意陪在身边。即便你不再拥有年轻和美貌，不再拥有地位和尊严，在爱人眼里，你依旧如故，不因时间和物质发生任何改变。

当张爱玲知道李开第成了自己的姑父，热泪盈眶。她回忆张茂渊曾对她说过："姑姑一定会结婚的，哪怕80岁也会结婚。"

张茂渊与李开第婚后共同度过了十多年，在这段简单安宁的生活中，笼罩着淡淡的玫瑰色幸福。生命的最后几年，张茂渊得了乳腺癌，李开第并没告诉她真相，他为她遍访治癌专家，关怀备至，呵护有加。

1989年，张茂渊的癌细胞已扩散至肺部，医生断定她只能活几个月，但在李开第精心爱抚照应下，生命又延长了两年三个月，这是爱情的力量。

1991年6月16日，张茂渊带着微笑离开了这个让她尝尽冷暖的人间，享年90岁。1999年李开第在平静之中也与世长辞。两人一辈子的爱情故事，成为一段不朽的佳话。

（载《金陵晚报》2017年7月15日）

张友鸾与崔伯萍：幽默报人的恩爱一生

著名报人张友鸾与同是皖籍的张恨水、张慧剑合称"中国新闻界三张"，张友鸾一生尘海浮沉，坎坎坷坷，经历颇多变故。然而在他生命的长河中，有一件事却始终如一，就是与崔伯萍婚姻美满，夫妻伉俪情深意蜜、恩爱一生。

机遇姻缘结为秦晋之好

张友鸾，1904年生，比崔伯萍年幼一岁。巧的是两人是同月同日出生的，都在安徽安庆城里长大，也都在一个城市里读中学，只是那时没有机会让他们相识。可在崔伯萍的心里早就知道张友鸾这个名字。因为当年崔伯萍在学校放学途中，常常见到一位布衣整洁、文质彬彬的书生徘徊于书摊前，翻阅书刊，神情专注。老师指点说，这书生便是张友鸾，学习很用功，文章也写得不错。

机遇可遇。1922年夏天，张友鸾和崔伯萍一同考进了北平平民大学，成了安徽来北平的同窗，很快就相识了。1925年大学毕业后，张友鸾受聘到《世界日报》当编辑，而崔伯萍则回家乡当中学教师。他们分别后比同窗读书时更为思念，经常鸿雁传情，互赠诗文，寄托情思。终于在1926年两人结为秦晋之好，从此成为生活和事业上的伴侣。

张友鸾与崔伯萍两人的姓氏恰合了王实甫的古典名剧《西厢记》中男女主人公张生与崔莺莺的姓氏，以至于在20世纪20年代，我国文艺界便流传着"张友鸾串演《西厢记》，娶得崔娘成佳话"的诙谐说法。也许是凑巧，张友鸾步入文坛写的第一部关于古典文学研究的著作就是《〈西厢记〉批评与考证》。因此，"张郎"和"崔娘"的称呼，从年轻时代便挂在朋友们的口头上。当两人结婚时，周作人借这一民间传闻，挥毫送了一副喜联"一个是文章魁首，一个是仕女班头"。引了《西厢记》中的唱词，吸引了很多宾客的注目。张友鸾的至交张恨水更是抓住他俩与《西厢记》中张生和崔莺莺姓氏上的巧合，填出一阕词，内有"银红烛下双双拜，今生完了西厢债"之句，暗切得天衣无缝，传诵一时。

办报初期倾力当贤内助

1929年，张友鸾来南京创办《新民报》，一度经费拮据。四川军阀刘湘闻讯派人表示可以出资支持，但张友鸾不乐意仰人鼻息，看人脸色，婉言予以拒绝。妻子崔伯萍极力支持他的事业，为了办报，她陆续变卖了自己的一些金银首饰，帮助丈夫渡过难关。

1936年4月，《南京人报》正式问世。张恨水自任社长，张友鸾担当副社长兼经理和总编辑。

在南京期间，张友鸾夫妇租住在城南饮虹巷一间清代的旧宅院里。三间房屋，一间充当书屋兼工作室，张恨水、周南夫妇，张慧剑、黄甘草等友人常来小聚。这时年仅26岁的崔伯萍还辞掉了自己的工作，甘当贤内助，全力承担起家务，主持家政一应杂事，忙得不亦乐乎。天天夜晚，张友鸾若回来迟了，崔伯萍必备好南京特色小吃糖粥芋苗、刘长兴小笼包或糯米枣子粥等夜点，在家里等候。有时还去小巷口张望，充满了温馨之情。正是有了崔伯萍的细心照顾，家庭生活幸福和谐，张友鸾才思倍增，创作了《胭脂井》《白门秋柳记》等十余部广受读者欢迎的小说，均在《南京人报》等报纸副刊上连载；并在繁忙的办报之余，有足够的精力涉猎他喜欢的古典文学研究。因此当张友鸾的《汤显祖及其〈牡丹亭〉》出版时，特意在书的扉页上题写了一句"送给妻萍"，留给妻子作为纪念。

尤为值得称道的是这对夫妇情深意笃，不离不弃，荣辱不惊，达观而乐天，于生活并不讲究，喜欢美食却不刻意追求，而是在日常生活中选取自己爱吃的东西，不和别人攀比。崔伯萍还喜欢自己下厨烹调，以此作为生活中无可取代的乐趣。

夫唱妇随走完恩爱一生

崔伯萍也是很有才气的。张友鸾的一些报界朋友经常聚在一起玩"诗牌"，每牌一个字拼凑成诗。这种打诗牌，没有诗词的功底是不敢加入的。有一次人手不够，崔伯萍被邀请入席。当一位牌友出的诗句"高楼堪小住，旧梦忆炉青"时，下面就轮到崔伯萍了。她略微沉思了一下便吟出"纤手临春水，影惊池底鱼"，立即惊动四座，大家拍手称赞。这恐怕与他们夫妇都喜欢古典诗词有关。闲暇时友鸾吹箫，伯萍吟唱，妇唱夫随，其乐融融，为他们拮据而紧张的生活增添了许多乐趣。

张友鸾常同老伴打趣开心。一次，崔伯萍在家中翻箱倒柜找一样东西，嘴里不停地念叨："樟脑呢？樟脑放哪儿了？"坐在一旁的张友鸾听闻随嘴说道："别找了，就在这里坐着呢！"崔伯萍一听就明白了，说："老头子不害臊，人家叫你声张老，你自己怪得意呢！"一天，当妻子从居委会领回灭蟑螂的药时，张友鸾又同崔伯萍打趣道："你这是谋害亲夫呀！"又有一次，老伴为他改制衣服，要把垫肩拆去。他对老伴说："别拆了。"老伴问："不拆做什么？"他回答："留着好抬杠。"崔伯萍抿嘴一笑："老东西。"

张友鸾生性放逸不羁，肝胆照人，平素幽默健谈，三杯酒下肚，更是天南地北，论古话今，妙语连珠；他笔头功力深厚，善撰散文，也创作过长篇小说。他的一些逸事让人从中领略他的率真性情。他办报近三十年，所拟的一些新闻标题很风趣。一次，南京连日阴雨，他为气象新闻拟的标题曰："潇潇雨，犹未歇，说不定，落一月。"抗战期间，流行语"前方吃紧，后方紧吃"，据传也出自张友鸾所拟的一条新闻标题。有一天，张友鸾与同仁去一家饭馆聚餐，聂绀弩走在前面，一脚踏进饭馆的门槛，回过头来对跟在后面的张友鸾说："今天张老请客呀！"张友鸾笑着回答："先入为主嘛！"聂绀弩哈哈大笑，无言以对，只好做东。

1953年，张友鸾放弃了南京的工作，返京任人民文学出版社古典文学小说、戏剧组组长。该社出版的七十回本《水浒传》《关汉卿戏曲五种》等名著是由他整理、校注的，有一本风靡一时的《不怕鬼的故事》也是他选译的。另外，张友鸾一生还写有《秦淮粉墨图》《沈万山》等16部中长篇小说和《战时新闻纸》《汤显祖及其〈牡丹亭〉》等多篇新闻学、文艺研究专著，也属于一位著作等身的作家。

1957年"大鸣大放"，一些同仁出于真心实意，给上级领导提了些意见，竟都在"反右"运动中成了右派，被剥夺了话语权，张友鸾也在劫难逃，被打入"另册"。对此，夫妻二人从不怨天尤人，也不悲观，而是处变不惊，顺其自然，仍然相濡以沫地面对命运的变故。闲暇时老夫妻还经常逛逛琉璃厂旧书市或天桥市场。有一天，张友鸾与同是右派的舒芜在单位西边的楼梯上相遇，见旁边没有别人，张友鸾朝他微微一笑说："无言独上西楼。"此时此地，张友鸾还妙语如珠，如此幽默。

"文革"之初，张友鸾夫妇被安置到西四胡同的两间西厢房栖身。当时张友鸾疾病在身，他与妻子开玩笑说："我们这回可是回到了'西厢'呀！"

1967年临近春节，已半年之久不敢出外串门的张友鸾和老伴去探望张恨水，却发现老友已于几天前仙逝。张友鸾垂泪顿足，懊悔不迭，"唉，早来几天就好了。"张恨水的儿女哽咽着告诉他："父亲几次吩咐我们每样年菜都留一点儿，说要和几位老叔把酒话新春。可惜，老人家没盼到……"

粉碎"四人帮"后，同仁一起去访问刚从山西出狱回北京的著名杂文家聂绀弩，并在聂家午饭。此时，聂每月从派出所只领取生活费18元。那天的饭菜很可口，张友鸾偕老伴同去，席间赞美道："我准备来吃一月18块的伙食，却吃了一月80块的。"众人皆笑。

这对相敬相爱、开朗乐观、勤奋豁达的夫妻，在人生逆境中相依为命、休戚与共，互相成为生存的依赖，两人于1990年先后去世。张友鸾享年86岁，崔伯萍享年87岁。

（载《金陵晚报》2016年7月9日）

浦熙修与罗隆基：无果的爱情

浦熙修，1910年出生于江苏嘉定县（今属上海），是中国现代女新闻记者中的佼佼者，其以工作勤奋、文思敏捷著称新闻界，在抗战和解放战争期间，先后在重庆和南京任《新民报》记者、采访部主任等职，为宣传中共坚持抗战和揭露国民党反动面目，写了大量的新闻和特写，被称为后方新闻界的"四大名旦"（即彭了冈、浦熙修、杨刚、戈扬）之一。

新中国成立后，浦熙修因了一个人的情感而历经劫难，直至走到生命的尽头。这个人是罗隆基。

初识罗隆基

生活中常会有一种偶然的机遇，让人生出现转机。浦熙修与罗隆基的相识就是这样。那是1946年初在重庆召开政治协商会议的时候，罗是政协会议的代表，浦是《新民报》赴会采访的特别记者。

在重庆举行这样的一次会议，敏感的浦熙修立即意识到，国统区的很多人其实对共产党和民主党派不是很了解，如果能够对他们进行一次集中的报道，对于谈判的进程以及成功率岂不是有很大的帮助。在这种思想的指导下，浦熙修立下一个宏大计划，要在22天的会议期间，遍访38位政协会议的代表，为每一位政协会议代表写一篇专访，并发表在《新民报》晚刊的头版上。

当采访罗隆基时，她为他出众的才华、敏锐的思维、不凡的气质所倾倒。初次见面，两人越谈越投机，彼此产生了倾慕之情。

浦熙修回到报社后，曾对社里的一个要好同事说："我最近认识了一个人，这人真了不起。口才好，外语好，笔头也健，下笔千言，一挥而就。听了他几次发言，觉得他观察敏锐，见解也高，我真是倾倒之至……哦，你不会认为好笑吧！"

这以后，浦熙修与罗隆基形影不离，一起往返于重庆、南京、上海等地的各种场合。

情感逐浪高

罗隆基是民盟宣传部部长，作为共产党的诤友，他曾冒着生命的危险，积极支持中共的事业，义正词严地斥责国民党背信弃义、破坏和谈的罪行。他在学生时代就曾以全省（江西省）总分第一名成绩考入清华留美预备学校，先后留学美国和英国，是响当当的政治学博士。毫无疑问，他崇尚西方民主政治，回国后，在担任《益世报》主笔期间，不断抨击国民党独裁统治，因此蒋介石对他恨之入骨，曾几次派人暗杀，他都死里逃生。上海解放前夕，罗隆基与民盟主席张澜两人被软禁在上海虹桥疗养院，如果不是有人相救，早就被装在大麻袋里投入黄浦江了。

1947年，国共和谈破裂，中共代表团撤离南京，离开时将梅园新村房屋交给民盟托管，罗隆基就住在周恩来、邓颖超住过的房间里，浦熙修天天到梅园新村去，与罗隆基的感情有了进一步的发展。

罗隆基离婚已十几年，又没有孩子，追求他的人不少，但他只瞩目于浦熙修。浦熙修才华横溢，智敏过人，在反蒋斗争中，这对战友，从友谊始而逐渐萌发了爱情，这也导致了浦熙修和自己的丈夫袁子英的离异。

浦熙修与袁子英是在大学里认识的。不过当时前者还是一个学生，而后者已是一名中学教员。经过朋友的介绍，她同当中学教员的袁子英谈起恋爱来了。1932年，大学还差一年毕业的浦熙修和袁子英结婚。

袁子英其实是个有正义感的知识分子，他不满国民党的贪污腐败。在皖南事变后，他和浦熙修曾经帮助需要疏散的共产党员拿到离开重庆的证件和车票。甚至在解放前夕，他也曾冒险保护了正处于复杂社会关系下的很多关键人物。但是，他有自己的生活方式，他不喜欢参与政治，愿意过太平的日子，他所做的所有事情，都是希望可以换得一个安定的生活。而浦熙修则不同，她是事业型的女性，这在她进入新闻行业那一天开始就已经注定了，故而她不是袁子英所希望的那种贤妻良母型的妻子。因此，他们因志趣的不同而分开也就在情理之中了。

浦熙修在其自传中有一段回忆："1947年3月中共代表团撤退后，我真是感觉孤寂极了，没有更多可谈话的人，心中非常苦闷。我和罗隆基就逐渐熟识起来了……我们常常见面的结果，使感情有了进一步的发展。他那时是有意求偶，因为他和妻子早已分离，而我呢？我和丈夫早在重庆期间就有了分歧……1947年冬，我正式离婚……我们原来打算结婚的，但当时因为环境不许可，他又害着严重的肺病，我们没有结婚。"

无果的恋情

谁都以为他俩会正式结婚，他俩也曾打算结婚，然而他俩却没有成婚，命运延伸出了许多意想不到的波折。

全国解放了，罗隆基的病也好了，他们双双来到北京，两人都是全国政协代表，都参加新中国开国大典的天安门观礼。此时浦熙修出任《文汇报》副总编兼北京办事处主任，与罗隆基做了邻居，他俩三天两头见面，按说水到渠成，可以结婚了吧。然而，1957年的"反右"运动，直指"章罗联盟"，浦熙修也被卷入了漩涡之中。姐姐浦洁修、妹妹浦安修及全家一致反对，反对的理由是，罗隆基是资产阶级政客，出于对浦熙修的政治前途考虑，必须与罗隆基尽快分手。

迫于无奈，浦熙修不得不交出罗隆基写给她的所有信件。在当时"党是绝对正确的，有错就是自己的"这一思维模式下，浦熙修一次又一次地写检查，真心实意地按照党的要求检讨自己，"揭发"罗隆基。还附和别人说："罗隆基的反党反社会主义的阴谋是一贯的，他说他的骨头烧成灰也找不到反党反社会主义的阴谋，实际上他的骨头烧成灰，就是剩下来的灰末渣滓也是反党反社会主义的。"

罗隆基面对浦熙修的反噬，痛彻肝肠。他在1957年9月致郭沫若的信中，批评了浦熙修："现在整风座谈会中，揭露与事实相距愈来愈远，是非就愈来愈混淆不清。我举一个极小而极可笑的例子来说：浦熙修揭露'罗隆基是个地主寡妇抚养成的，是地主身份。'实则先父于1924年去世时，我已在美国留学，80岁的庶母今天还健住北京。我家从来没有划过地主。然而这是浦熙修揭发的，谁肯不信？浦熙修且如此，别人揭发的事情就更离奇古怪了，我就成了凶恶残暴、死有余辜的恶魔了。"

罗隆基用含泪的笑，给郭沫若写出这样的信。

在罗隆基划成右派之后，浦熙修也成了右派。他们依然住得很近，但罗隆基再不与浦熙修往来。这并不是为了"划清政治界限"，而是罗隆基不能原谅浦熙修违心的揭发。

郁闷中离世

一年后，浦熙修摘去了"右派""帽子"，周恩来总理安排她到全国政协文史资料研究委员会，担任文教组副组长，参加《文史资料选辑》的创刊工作，她依旧是全国政协委员。

1965年12月7日，罗隆基突发心脏病死于自己家中，病逝时69岁。他孑然一身，没有妻子儿女。

非人的批斗，长期的隔离，让一向开朗的浦熙修变得郁郁寡欢，"文革"中，浦熙修在劫难逃，再次受到批判，在郁闷中她得了癌症。1970年4月23日，一个人住在医院的浦熙修在肉体与心灵的双重痛楚中，拔去了医生为她抢救时插上的针管，带着苍茫之爱，含恨长逝，终年不到60岁。在她生命的最后，这位新闻界的"名旦"终于悟出："当时自己是一个新闻记者，东跑西跑，混在政治漩涡中，却不懂得政治。"

（载《钟山风雨》2016年第3期 ）

（《金陵晚报》2016年7月1日转载）

费孝通：往事如烟

费孝通，1910年出生于江苏吴江县（今苏州吴江区），4岁进入母亲创办的蒙养院，开始接受正规教育。1928年，费孝通入东吴大学，读完两年医学预科，因受当时革命思想影响，决定不再学医，而改学社会科学。从此一生致力于社会学、人类学的研究，在学术上取得了举世瞩目的成就，写下了数百万字的著作。在他漫长的一生中，有三位女性曾影响过他、激励过他，她们分别是：杨绛、王同惠、孟吟。

年轻时苦追杨绛

杨绛是费孝通的初恋，两人相识于苏州振华女中，那时候费孝通似乎就爱上了杨绛。起先杨绛和与她差不多大的费孝通玩过几次游戏，可感觉没劲，认为他呆头呆脑的，女孩常玩的游戏费孝通什么都不会，就不再找他玩了。杨绛用树枝在沙地上给他画过一个丑像：胖嘟嘟，嘴巴老张着闭不拢。使劲问他：这是谁？这是谁？费孝通只是憨笑，不作声。

后来，两人又都求学于苏州的东吴大学。吴学昭在《听杨绛谈往事》一书里写道：东吴许多男生追求杨先生，费孝通对他们说，"我跟杨季康是老同学了，早就跟她认识，你们'追'她，得走我的门路。"费孝通背后的小算盘是想阻止其他男生追求杨绛，可惜爱情永远是排他性的，对于费孝通的爱慕，杨绛似乎一直无动于衷，诚可谓是"落花有意，流水无情"。

1932年，杨绛去清华大学读书，为防其他男生追求杨绛，费孝通让他的好友孙令衔四处传播"杨绛已有男朋友"的消息。结果，当钱锺书与杨绛第二次见面时，钱锺书的第一句话是："我没有订婚。"在杨绛面前，钱锺书之所以说这话，是针对别人传言他已订婚所做的澄清，其意不言自明了。对此，杨绛跟钱锺书说："我也没有男朋友。"没想到这次见面注定了两人的终身姻缘。现代学人中，夫妻均为学者的屈指可数。

后来陷入热恋的杨绛还专门给费孝通写了一封信，告诉他自己有男朋友了。结果，费孝通很快找杨绛理论，认为自己更有资格做杨绛的男朋友，一来他们已经认识多年，二来当时成绩优秀的费孝通确实不服气，他很快知道了那个够格做杨绛男朋友的人叫钱锺书。

两个男人爱上了同一个女生，暗中较劲是免不了的，只可惜，费孝通遭遇的是清华第一才子钱锺书。不过，这似乎也刺激了费孝通的进取心，他更加努力学习，希望在未来的日子里树立起自己的地位，来向杨绛证明自己的能力。费孝通的这种心理，在1950年代思想检讨中有所体现。据吴学昭在《听杨绛谈往事》中记录：陈岱孙、费孝通作全校性的"师范报告"时，杨绛没去听。袁震告诉她，费孝通检讨他"向上爬"的思想最初是"因为他的女朋友看不起他"。被暗恋的人拒绝的经历，是费孝通日后发奋自强的原动力之一。

命运有时就那么会捉弄人，1979年4月，中国社会科学家访美，钱锺书不仅和费孝通一路同行，旅馆住宿也被安排在同一房间，两人关系处得不错。钱锺书出国前新买的一双皮鞋，刚下飞机鞋跟就脱落了。费老对外联系多，手头有外币，马上借钱给他修好。钱锺书每天为杨绛记下详细的日记，留待面交，所以不寄家信。费孝通主动送他邮票让他寄信。当钱锺书跟杨绛谈起费孝通的好心时，淘气地借《围城》中赵辛楣和方鸿渐说的话跟妻子开玩笑："我们是'同情人'。"

1998年钱锺书逝世后，费孝通曾上门看望慰问杨绛。杨绛送他下楼，语带双关地说，楼这么高，今后你就"知难而退"吧。这让人想起了马尔克斯长篇小说《霍乱时期的爱情》中的男主人公阿里萨等了他初恋的情人几十年，终于等到了爱慕的情人。也许，杨绛是费孝通心中永远的梦想，即使年至耄耋，此情不渝。

可是费老并没有做成阿里萨。他与杨绛，依然是从友谊始，到友谊终。

首任妻子王同惠

1933年，杨绛与钱锺书订婚，这意味着费孝通初恋的幻灭。一年后，费孝通跟王同惠相恋。和费孝通一样，王同惠也是燕京大学社会学系的学生，两人在学业上有相同的爱好，也正是在相互学习与彼此了解帮助中，爱情的火苗不期而遇。每天傍晚，他们俩都会相聚在未名湖畔……

1935年夏，费孝通毕业了。在隆重的毕业典礼后，25岁的费孝通和24岁的王同惠在未名湖畔举行了浪漫的新式婚礼，证婚人是燕京大学校长司徒雷登，出席他们婚礼的还有费孝通的导师吴文藻。

新婚的第4天，费孝通与王同惠这对新人就前往广西瑶山做社会调查。他们一到南宁，顾不上休息，第二天便与"广西省教育厅和国民普及基础教育研究院"的人员一起，制订社会调查方案，立即开始调查。有一天，费孝通不幸陷入瑶山猎人为逮捕野兽而埋伏的陷阱之中。为了营救费孝通，王同惠连夜下山寻求救援，却不慎坠崖落水而亡。也就是说，两人结婚仅仅过了108天，王同惠就去世了。

1936年夏，在吴文藻的安排下，费孝通登上"白公爵"号邮轮从上海赴英留学，在英国伦敦政治经济学院师从马林诺夫斯基。经过两年努力，费孝通完成了他的博士论文《江村经济》，在书的首页上，他写道："请允许我以此书来纪念我的妻子。1935年，我们考察瑶山时，她为人类学献出了生命。她的庄严牺牲使我别无选择地永远跟随着她。"

《江村经济》出版于1938年，那一年，不满三十岁的费孝通就写出了社会学的经典著作。此书流传颇广，曾被国外许多大学的社会人类学系列为学生必读参考书之一。

1938年费孝通回国后，继续在内地农村开展社会调查，研究农村、工厂、少数民族地区的各种不同类型的社情，出版了调查报告《禄村农田》。

恩爱妻子孟吟

拿到博士学位的费孝通，在抗战最艰苦的时刻又一次选择了回国，任教于云南大学。在此期间，经大哥费振东介绍结识了孟吟。那时，孟吟因参与华侨爱国运动被荷兰殖民政府勒令出境，刚从印尼回到昆明。两人一见倾心，不久便在昆明结婚。

1940年，对于费孝通来说，是个重要的年头。这一年他有了自己的女儿。女儿的出生让费孝通尝到了初为人父的快乐，他们把家安在了昆明文化巷的一个小院子里。为了纪念王同惠，他们给女儿起名叫费宗惠。昵称"小惠"。孟吟虽不是王同惠那样的知识分子，但也很通情达理。

在孟吟的相依相伴、相爱相慰之下，费孝通先后写出无数颇有影响力的社会学论著，并成为中国社会学的奠基人。毋庸置疑，在费孝通丰硕的成果里，必然也浸透了爱妻孟吟的心血。

1957年反右运动风云突起，费孝通被错划为中国著名的大右派，在人类学界、民族学界，同时被打成右派的还有吴泽霖、潘光旦、黄现璠、吴文藻。

在十年内乱中，孟吟与费孝通一起同甘苦，共患难，载浮载沉，走过那艰难的岁月。

确实，在这半个多世纪的岁月里，有二十多年是非常痛苦的，这段时期就是费孝通从1957年的著名右派熬到改革开放的漫长时光。在那个丈夫被打成右派，妻子往往迅速跟丈夫离婚的年代，孟吟对费孝通却不离不弃。

1995年，孟吟病逝。回想五十五载风雨春秋，费孝通感慨万千，作诗悼亡妻，诗云："老妻久病，终得永息。老夫忆旧，幽明难接。往事如烟，忧患重积。颠簸万里，悲喜交集。少怀初衷，今犹如昔。残枫经秋，星火不熄。"这首诗充分表达了费孝通对孟吟在困苦中与自己始终牵手相伴终身的欣慰之情。

费孝通长期从事社会学研究，为社会学学科建设作出了许多奠基性的工作，是中国社会学的开创者之一，为社会学、人类学的一代宗师，在国内外享有盛誉。费孝通于1980年荣获国际应用人类学会的马林诺夫斯基荣誉奖，1981年荣获英国皇家人类学会的赫胥黎章，1987年荣获美国不列颠百科全书奖；先后被聘为英国伦敦大学、伦敦经济学院荣誉院士，香港大学的文学博士。

2005年4月24日，95岁的费孝通从容追随孟吟而去，为自己传奇的爱情故事画上一个圆满的句号。

（载《金陵晚报》2016年3月19日）

林如斯：美丽如斯的悲剧人生

林如斯，是林语堂的长女。人如其名，美丽如斯，聪慧如斯，她血脉中继承了父亲的文学天赋，7岁时就在报刊上发表文章。然这朵花还未及尽情绽放、深藏的潜力尚未井喷，就因为一段不尽如人意的婚姻，身心俱毁，在漫长的疾病中，戛然凋零了。她的去世，一直是父亲林语堂心中挥之不去的疼痛。

才情超然，父母宠爱有加

1923年，林语堂结束在德国莱比锡大学的留学生涯，和怀孕的妻子廖翠凤毅然回国。作出这样的决定，是因为他不愿意让即将出生的孩子获一个外国国籍，依然怀揣着一个中国人的赤子之心。这是那个年代，中国知识分子内心牢固的爱国情结。

回国不久的5月6日，林语堂的第一个孩子在厦门出生了，是个女婴。他欣喜地给女儿取名如斯。夫妇俩对这个女儿宠爱有加。若干年后，妻子廖翠凤又相继生下两个女儿，取名太乙、相如。

林如斯7岁时，看见父亲整日伏案写作，便对父亲说："我也有话要说。"林语堂望着这个稚嫩、说话像大人样的女儿，鼓励她学习写作，怂恿她给《西风》杂志投稿。从这年起，童年的林如斯在该刊不断有作品发表。显然，她继承了父亲的才华，其旷世的才情，从她日后为父亲用英文写的长篇小说《京华烟云》所写的评论，可以窥见一斑。她是林语堂《京华烟云》的第一个读者。

1936年8月，林语堂一家人移居美国。在海风扑面的邮轮上，林语堂对儿女们说："我们在国外，不要忘记自己是中国人，外国人的文化与我们不同，你可以学习他们的长处，但绝对不要因为他们笑你与他们不同，而觉得自卑，因为我们的文明比他们悠久而优美。无论如何，看见外国人不要怕，有话直说，这样他们才尊敬你。"

为了让孩子们了解一个真实的世界，每逢寒暑假期，林语堂会带着妻子女儿去欧洲旅游，林如斯在她成长的年代，得到了欧风美雨的滋养。

随着年龄的增长，林如斯渐渐懂得了祖国在自己心中的位置，身在海外的她，时刻思念着自己的祖国。当1940年，林语堂决定回国参加抗战时，林如斯兴奋无比，认为报效祖国的时候到了。她在《决定回国》一文中写道："三年来，同胞们在受痛苦、在打仗，同时，我们在国外却奢侈地享受着，我不能再忍受下去了，无论如何，我们都要回国……"

当林语堂一家回到重庆，看到山城到处残垣断壁，不时可见散落在城市中的防空洞，战时陪都笼罩在一种烟火的氛围中。不久，林语堂面对整日跑警报、躲空袭的战乱的气氛，觉得与其这样生活着，还不如到国外去写文章做宣传有力，这样可以得到国际社会对中国抗战的支持。林语堂在宋美龄的支持下，再次携家带口出国。而林如斯对父亲的这一决定很不理解，问父亲："为什么非要到国外才能发挥作用呢？"

在香港等船的时候，林如斯不想离开刚刚回到的祖国，她宁愿像个普通青年，穿草鞋、吃粗粮，在国内进行抗战。

就在随父再次出国不久，她又于1943年独自返回中国昆明，投身抗战，任军医署署长林可胜的秘书。

不满婚姻，父母忧心如焚

1945年，年轻美丽的林如斯到了谈婚论嫁的年龄了。林语堂在上流社会为她物色了一位相貌职业家庭都不俗的华人女婿，名叫汪凯熙，他毕业于北京协和医学院，是一名追求上进的年轻人。双方家长一商量，就为儿女们拟定了婚期。林语堂虽崇尚西学，但在儿女婚姻大事上，他秉承的仍是旧式中国人的那一套。

然而，在订婚前夕，林如斯竟反对父母的包办婚姻，和一个美国小混混狄克私奔，众亲友哗然。这件事弄得林语堂夫妇十分尴尬难堪，更是痛心疾首。

狄克是一个广告公司老板的儿子，初中没毕业就被学校开除了。林语堂觉得狄克靠不住，很为女儿担心。阅历浅薄的林如斯，偏偏遇人不淑，还是选择了狄克并与他结婚。

这桩婚姻，从开始就不被所有人看好，果然婚后，这个小混混狄克打骂虐待林如斯成了家常便饭。林如斯过着穷困落魄的生活，折腾了几年，婚姻走到了尽头，1955年两人离了婚。林语堂看着女儿在不幸的婚姻中煎熬，泪往肚子里咽。

林如斯以为的神圣自由的爱情，到头来竟是一场噩梦。她接受不了，她懊恼、自责、伤心、遗憾，百般情绪不得解脱。她不能原谅自己，也无法相信人性。她的世界碎了，再怎么拼，也缺了一块。林语堂夫妇看了，伤心不已，忧心如焚。

为了抚平女儿心灵的创伤，林语堂携全家去欧洲旅游，面对梦幻般的欧陆风光，林如斯无动于衷，提不起精神，林语堂耐心地开导女儿说："你回美国找份工作，你不是喜欢诗吗？可以试着翻译唐诗。你还年轻，离婚不是天大的悲剧，让这一页翻过去吧。"几年后，林如斯终于走出了那段绝望的、心碎神伤的婚姻阴影，然而，她生病了。

悄然离世，父母伤心不已

林如斯得了抑郁症，住进了医院。此后几十年，林如斯几度进出精神病院，病好的时候，她依然是个聪慧美丽的女子，依然有作品问世。1966年，林如斯随父母回台北定居，并在台北故宫博物院工作。稍后，她主编博物院出版的展览通讯，不时还用英文撰写、介绍博物院珍藏的文物藏品，深受参观者的好评。

其间，在父亲鼓励下，林如斯开始将唐诗翻译成英文，1970年，台北中华书局出版了林如斯编译的《唐诗选译》。林语堂特地为女儿这本译作写了序言。

然而，林如斯终究无法摆脱抑郁症的折磨。1971年1月19日，林如斯在家中自尽，当保姆发现时，她桌上的茶杯里还飘着淡淡的热气。

这种默默结束自己生命的方式，对林如斯来说，也许是一种彻底的解脱，但对林语堂夫妇和所有爱她的人而言，却是无可挽回的痛失。

林语堂得知噩耗，精神几乎崩溃，扑倒在女儿身上大声痛哭。

林如斯的悲剧也许有命运的因素，但和她的性格也有很多关联。既然结束了以前的错误，为什么还要痴痴地沉浸于过往，深深地负疚于前尘，以至于最终崩溃，枉费了满腹诗书和绝世的才情。

才情出众的林如斯，因为没有好好地处理爱情的伤痛，犹如扑火的飞蛾，在刹那间的极美之后，是万劫不复的深渊，让人无限扼腕怜惜。如果，当初林如斯接受了父母之命的姻缘，那该会是另一种情景了。

失去女儿的林语堂，在极度悲伤中迅速地苍老，且无多话。他摆脱不了对心爱女儿的思念。在寂寞的长夜中，林语堂含泪写下一首《念如斯》的诗。诗曰：

东方西子　饮尽欧风美雨　不忘故乡情独思归去
关心桑梓　莫说痴儿语　改装易服效力疆场三寒暑
尘缘误　惜花变作摧花人　乱红抛落飞泥絮
离人泪　犹可拭　心头事　忘不得
往事堪哀强欢笑　彩笔新题断肠句
夜茫茫何处是归宿　不如化作孤鸿飞去

昔景难觅，林语堂年老丧女，老泪纵横，何其哀心，一首《念如斯》道尽林语堂对女儿林如斯的思念。

1976年3月26日，一代文学大师林语堂溘然长逝，女儿的去世使老人加速走向了死亡。

（载《金陵晚报》2017年7月9日）

章含之："末代名媛"的人生风雨情

2002年，章含之的一本回忆录《跨过厚厚的大红门》在上海文汇出版社出版，引起不小的反响。书中作者用情感的笔记录了自己几十年来的心路历程，用大量笔墨深情回忆父亲章士钊、父亲的同乡和老友毛泽东，及自己的情感生活，时人称她为"末代名媛"。

年轻时与洪君彦相爱

1935年，章含之出生于上海，她是著名民主人士章士钊的养女。她的生母名为谈雪卿，是上海滩有名的交际花，在永安公司康克令钢笔专卖柜台当售货员，人称"康克令西施"。谈雪卿配偶陈度，是军阀陈调元之子。两人未婚同居，谈有身孕后，不愿为妾。陈调元请章士钊出面调解私了，于是将谈所生之女托付给章，取名章含之。

章含之1949年在北京贝满中学读书时，在一次圣诞舞会上，相识了燕京大学学生洪君彦。那时章含之14岁，洪君彦17岁。

洪君彦的父亲是前浙江商业储蓄银行董事长。1952年洪君彦在燕京大学经济系毕业后，便在中央财经学院任政治课助教。1953年，洪被选拔为北京大学的政治经济学研究生，后来，在北京大学经济系任教近四十年。

1953年章含之高中毕业了，高考前夕，她本想报考水利专业，临近高考时，校党支部找她谈话，希望她报考外语专业。章服从组织的意见，结果被北京外国语学院录取。

由于章、洪都是上海人，生活习惯相同，又志趣相投，相处久了愈来愈情投意合，终于双双坠入情网。两人几乎每个周末都有约会，在未名湖畔漫步，促膝谈心，沉浸在甜蜜的爱河中，度过许多浪漫时光。章含之爱好文学，特别爱看翻译小说。她介绍洪君彦看俄国陀思妥耶夫斯基的《被侮辱和被损害的人》，莱蒙托夫和普希金的诗集等。洪君彦觉得章含之文学修养比自己好，信也写得充满感情，有文采，对她很欣赏。

一年又一年，春来秋去，两人整整谈了八个年头的恋爱，直到1957年章含之才与洪君彦结婚。1961年章含之生下了女儿洪晃。

1963年12月26日，章士钊带着章含之出席毛主席70岁寿宴。就是在这次寿宴上，毛主席听说章含之在外国语学院任教，主动提出要跟章学习英语，自此章含之成了毛主席的英语教师。章含之获得如此幸运的机遇，完全得源于她父亲和毛主席的关系。

"文革"中节外生枝

"文革"一开始，北京大学首当其冲。造反派首先把矛头指向北大校长兼党委书记陆平，在校系两级干部中揪出一大批陆平"黑帮"。而此时洪君彦是一教研室的主任，也莫名其妙地被当作陆平黑帮揪出来了。

这个时候，章含之和洪君彦的婚姻也出现了裂痕。

1966年底，章含之与同院外语系的一位张姓同事一起去南方"大串联"。当时洪君彦被剥夺执教的权利，在北大监督劳动，没有资格陪章串联。洪君彦知道妻子要串联到上海，特嘱托在上海的姐姐款待她。就在洪的姐姐家的卧室里，章含之与张发生了"不轨行为"，让洪的姐姐发现了。

当时洪君彦并不知道章、张之间在上海发生的事情。直到一次偶然的机会，他从章含之手提袋中的皮夹内发现一张男性照片和安全套后，才觉得不对劲，从"文革"开始后自己就被监管，二人之间就没有夫妻生活了，她带着安全套说明了什么？此后，洪、章为婚外情争吵不断，互视对方为陌路人。

正在洪君彦自认为最痛苦的时候，事情又发生了转机，他的身边出现了一个既同情他，又仰慕他的女人，这是同在一个"牛棚"里接受劳动改造的难友。洪称，这是一个学生辈的女人，在绝对孤立的情况下，"她的关切使我感到温暖，从难友变成了可以诉说心事的知心朋友"。洪君彦也陷入婚外恋的泥沼。

不久，洪君彦与那位难友的事情传到章含之的耳中。章称洪丢了她的脸，与洪吵了起来。面对章的质问，洪的态度是："现在我和你一样有了外遇。不过你做在先，我做在后；你做的是暗的，我做的是明的，咱们扯平了，谁也不欠谁。"

从此，章含之和洪君彦之间关系彻底破裂了，他们成了同床异梦的挂名夫妻。章含之为这段不幸福的婚姻，一直拖着没有离婚。

一生难得的伴侣

1969年春，洪君彦被"解放"了，随北大教职员工一起，赴江西省鲤鱼洲"五七干校"劳动。次年夏天，洪君彦回北京探亲时，章含之早已成了"通天人物"，不久调入外交部工作。

1971年章含之作为一名翻译，将随外交部部长乔冠华参加大陆"返联"后的第一次联合国大会。出发前，代表团团长乔冠华在会上一个个点名，让大家互相认识一下。点到章含之时，她正在门外，人太多挤不进去，她就在外面挥了挥手，乔冠华突然发问："你就是章含之？你就是章老的女儿？"章含之轻声回答："是的。"这是他们的最初相识。

这年的11月，出席联大会议的中国代表团抵达纽约。返京后，章与乔冠华的绯闻在京城传得沸沸扬扬。

在这种情况下，章、洪离婚迫在眉睫。1972年底，章含之提出离婚。1973年3月，章、洪在章家的史家胡同附近的居委会办妥了离婚手续。

章、乔之恋在当时的外交部高层传开后，章含之承受了很大的压力，并被警告。在《跨过厚厚的大红门》一书中，章含之披露了她和乔的爱意，"在我正式办完和洪的离婚手续之前，我和冠华一周通几次电话。我们从不谈爱情，也不谈政治，只是聊天。但那种深深触动两颗心的感情已难以抑制。"章的描述相当细节化，乔当时向她求爱她还不敢接受，"没有勇气面对舆论的哗然，也害怕面对社会各种人怀疑的眼光。"

乔的子女也拒绝接受这桩婚姻。乔冠华最终还是搬进了章含之住的史家胡同。

乔冠华比章含之足足大22岁，这段爱情让章含之走得分外艰难。1973年，乔冠华60岁，身为部长；章含之38岁，身为处长。即使抛开名誉地位的差距不论，年龄上的差距也足以让人侧目。章含之虽经过犹豫，但还是坦然地接受了。此后章含之放弃了当大使的机遇，把所有的感情倾注在乔冠华身上。在度过了不愿回忆的1976年以后，乔被免去外交部部长一职，她和乔冠华过上了平民的生活，两人形影不离，情深意笃，史家胡同51号记录了两人心心相印的一切。章含之曾感慨地对乔冠华说："我们的悲剧是我们两人不懂政治，但却在荒唐的年代相知。假若当年我们是一介平民，我们可以有至少20年，甚至更多的幸福时光。"

乔冠华与章含之一起生活了十年。十年春秋，相濡以沫，章乔之爱，难舍难分。1983年9月22日，乔冠华病逝，享年70岁。

乔冠华去世后，48岁的章含之一直沉浸在对乔的怀念中不能自拔。又过了十年，她才从这种失落的情感中逐渐走出来，先后写出散文集《我与乔冠华》《风雨情》《我与父亲章士钊》《那随风飘去的岁月》《故乡行》《谁说草木不通情》《十年风雨情》等。

2008年1月26日，20世纪70年代中国出色的女外交家章含之因肺部感染不幸在北京朝阳医院病逝，终年73岁，她的女儿洪晃陪伴她走过了生命的最后一刻。一批文学界、艺术界名家扼腕悲痛。他们说："章含之带着一部历史走了，她把一个老上海的经典形象、一段与乔冠华的生死之恋、一幕幕中南海奇闻逸事统统带了去。"

而她的前夫洪君彦与她离婚后，并未有与在"牛棚"中的难友结合。而是娶了电影《五朵金花》中的一位演员朱一锦，据说是当年除杨丽坤外最美的一朵金花。可惜洪君彦与她的婚姻也没有维持几年，离婚了。最终洪君彦和一个名叫陈贤英、同为燕京大学的同学结婚，他们分别31年后，于1986年在新加坡偶遇。9年后的1995年11月，洪与同样离异的陈贤英在香港注册结婚，两人过着其乐融融的晚年生活。

（载《金陵晚报》2017年3月10日）